ALEXANDRA LEHNERT

Die letzte Kiya

Blutthron

© privat

Alexandra Lehnert, geboren im April 1995 im wunderschönen Franken, entdeckte ihre Leidenschaft fürs Lesen und Schreiben bereits in ihrer Kindheit. Nach dem Abitur hat sie eine Ausbildung zur Steuerfachangestellten abgeschlossen, merkte jedoch schnell, dass sie in dem Bürojob nicht glücklich werden würde. Die heute 24-Jährige macht nun eine Ausbildung zur Erzieherin und taucht in ihrer Freizeit am liebsten in fremde Welten ein.

Für meine Mama, weil nicht alle Mütter einen so guten Job machen wie du.

I. KAPITEL

Valentin

Nachdenklich starrte ich auf die Wand, die Dimitri und seine Leute in die Luft gesprengt hatten und die inzwischen wieder stand. An den Übergängen erkannte man deutlich, dass es sich um neue Steine handelte und nachträglich gemauert worden war. Aber wen kümmerte das schon?

Ich dachte an die vielen Trümmer, die nun in New York weggeschafft werden mussten, und spürte, wie sich mein Mund zu einem Grinsen verzog. Im Gegensatz zu mir würde es die Menschen dort deutlich mehr Zeit kosten, die Schäden zu beheben und die Häuser wieder aufzubauen. Die Auswirkungen der Bombe waren gewaltig. Meine Forscher hatten sie innerhalb der letzten Monate entwickelt und es war das erste Mal, dass sie zum Einsatz gekommen war.

Hin und wieder schaute ich die Nachrichten und amüsierte mich über die wilden Theorien, die wegen der Explosion entstanden waren. Ich behielt auch so das weltweite Geschehen im Blick. Nicht, dass wegen der Sache noch ein Krieg angezettelt wurde.

Seit die Menschen über Atomwaffen verfügten, war kein Vampyr an einem Krieg interessiert. Wenn sie sich die Atombomben gegenseitig um die Ohren hauen würden, hätten auch wir kein schönes Leben mehr. Ich war dafür, die Menschheit stark zu dezimieren und sie im Hinblick ihrer Technologien zurück ins Mittelalter zu katapultieren. Aber auf keinen Fall wollte ich den

Planeten zerstören. Immerhin hatte ich vor, noch um die tausend Jahre hier zu verbringen.

Ich wandte mich ab und verließ den Saal. Gut gelaunt stolzierte ich durch die dunklen Gänge meines Schlosses. Mein Plan war aufgegangen. Zu gerne würde ich jetzt in Kanada Mäuschen spielen. Wie ging es wohl Lilya, nun da sie wusste, dass Dimitri einen Teil ihrer Familie auf dem Gewissen hatte?

Ob mein Brüderchen seine Frau wieder besänftigen konnte?

Lilya war eine starke Persönlichkeit, das hatte ich von Anfang an gespürt. Ich hatte sie grausam behandelt und dennoch war sie weit entfernt davon aufzugeben. Sie genoss dafür meine vollste Bewunderung. Der Moment, in dem sie Vladimir wortwörtlich in tausend Teile gesprengt hatte, hatte sich in mein Gedächtnis gebrannt. Ich hatte die Szenerie durch die Überwachungskameras live verfolgen können und war wirklich sprachlos gewesen. In ihr steckte so viel mehr, als man dachte.

Die vergangenen Jahre vor ihrem Auftauchen war alles so eintönig verlaufen. Man konnte beinahe sagen, ich war faul geworden seit Anisyas Tod. Ich hatte Pläne gehabt, die Weltherrschaft an mich zu reißen, und doch hatte ich hier in meinem Schloss gesessen und nichts getan. Hin und wieder hatte ich überprüfen lassen, wo Dimitri war. Seine Suche nach dem Thronerben hatte ich nie verstanden und auch nicht ernst genommen. Niemals hatte ich damit gerechnet, dass er eine Kiya aufspüren würde. All die Jahre hatte ihn der Drang angetrieben, einen letzten Überlebenden zu finden, um seine Schuld ein wenig zu lindern. Er wollte im Nachhinein nicht an dem Aussterben der Rasse beteiligt sein, dabei hatte er den Auftrag unserer Eltern ohne großen Widerstand ausgeführt. Dass er anschließend Schuldgefühle entwickelt und sich in Selbstmitleid gesuhlt hatte, war erbärmlich. Ich stand wenigstens zu meinen Taten.

Keine Ahnung, ob Lilya Dimitri irgendwann in den Wind schießen würde, bei dem, was er alles getan hatte. Lilya waren die Menschen enorm wichtig, was sich unsereins kaum vorstellen konnte. Sie waren unsere Nahrungsquelle und damit hatte sich das Thema für mich auch erledigt. Dimitri hatte das auch immer so gesehen. Wir hatten uns früher über nichts und niemanden

Sorgen gemacht. Wie gerne würde ich die Zeit zurückdrehen, um noch einmal die Unbekümmertheit unserer Kindheit zu spüren.

Kopfschüttelnd verdrängte ich diesen Gedanken. Ich hatte viele schöne Jahre mit Dimitri und unseren Freunden verbracht, doch das war Vergangenheit. Im Nachhinein war das alles nichts wert, denn mein eigener Bruder hatte mich verraten. Aber ich brauchte ihn nicht. Ich brauchte niemanden.

Bei Dimitri war das anders. Für diejenigen, die er liebte, würde er immer alles geben. Lilya schien genauso zu sein.

Ich vermutete deshalb, dass es fast egal war, was er anstellte. Oder angestellt hatte. Sie würde immer an das Gute in ihm glauben. Sie war nicht der Typ, der irgendjemanden aus einer Laune heraus heiratete. Die Ehe war uns Vampyren heilig. Das musste auch sie spüren, obwohl sie unter den Menschen aufgewachsen war, welche sich viel zu häufig scheiden ließen. Es war mir schwergefallen, nicht bei der Hochzeit aufzutauchen. Genauso wie die Krönung hatte ich sie nur im Fernsehen verfolgt.

Ich musste mir eingestehen, dass es schmerzte, nicht mehr als Teil von Dimitris Familie angesehen zu werden. Wäre alles anders gekommen, wäre ich jetzt König und hätte möglicherweise meinen Bruder und Lilya getraut. Vorausgesetzt, dass sie auch zueinander gefunden hätten, wenn der Rest von Lilyas Familie noch leben würde. Wobei ich nicht wusste, ob sich Dimitri auf sie eingelassen hätte, wenn ihm bewusst gewesen wäre, dass seine einstige Verlobte noch lebte. Er hatte sie nie geliebt, trotzdem war er niemand, der eine Verlobung lösen würde. Andererseits, wenn Lilya die Richtige für ihn war …

Möglicherweise hätten sie sich zueinander bekannt, auch wenn ihre und unsere Familie noch gelebt hätte.

Es war allerdings Zeitverschwendung, darüber nachzudenken. Niemand konnte die Vergangenheit ändern, weshalb dieses Was-wäre-wenn zu nichts führte.

Trotzdem fragte ich mich, wie Lilya auf Natascha reagieren würde. Im Gegensatz zu Dimitri hatte ich Natascha immer geliebt. Sie war ebenfalls hier im Schloss geboren worden und wir hatten einen Großteil unserer Kindheit zusammen verbracht. Es war sehr früh bekanntgegeben worden, dass ich sie als der zukünftige König heiraten sollte. Wir hatten bereits eine intakte Beziehung geführt, als mir der Thron aberkannt und Natascha wie eine Trophäe an meinen Bruder weitergereicht worden war. Weder meine noch Dimitris oder Nataschas Einwände waren von unseren Eltern erhört worden und schließlich hatten Dimitri und Natascha dem Druck nachgegeben. Der Raub meiner Braut war eine Entscheidung, die das Fass zum Überlaufen und mich dazu gebracht hatte unsere Familie zu töten. Natascha verschonte ich, auch wenn ich Dimitri etwas anderes weißgemacht hatte. Ich hätte nie die Frau töten können, die mir so viel bedeutete. An ihrer Seite hatte ich stets das Gefühl gehabt, ich selbst sein zu können.

Nun hatte Dimitri sie mir erneut geraubt.

Ich ballte die Hände zu Fäusten und beschleunigte meine Schritte durch die leeren Gänge. Dimitri würde schon sehen, was er davon hatte. Dieses Mal hatte ich sie ziehen lassen, doch das war nur Teil meines Plans. Ich hatte Zeit. Unendlich viel Zeit.

Wenn Dimitri und Lilya füreinander bestimmt waren, blieb ihnen nur ein Happy End oder ein tragisches Ende.

Und ich würde dafür sorgen, dass es Letzteres sein würde.

**

»Wie viele Bomben sollen wir für London einplanen?«

Ich sah auf und begegnete Andrejs fragendem Blick. Er saß mir schräg gegenüber am Tisch und tippte alle Ergebnisse des Meetings in seinen Laptop.

»Drei sollten reichen«, erwiderte ich gelangweilt und trommelte mit den Fingern auf dem Tisch. Anders als ich Lilya hatte weißmachen wollen, hatten wir längst nicht unter allen Großstädten Bomben deponiert. Wir planten jetzt erst, welche Städte als nächstes dran sein würden. Dabei hatten wir es in erster Linie auf die Hauptstädte und allgemein auf die größten Städte der Welt abgesehen. Im Moment waren wir bei Europa.

»Und Paris?«

»Auch.« Ich ließ meinen Blick über die sieben Vampyre schweifen, die an der Besprechung teilnahmen. Die Männer am Tisch gehörten alle zu meiner Rasse, bis auf den Blondschopf am anderen Ende. Der Siyo war ein Experte für Bomben und hatte die Entwicklung dieser geleitet.

Er fing meinen Blick auf und legte den Kopf schief. »Seid Ihr sicher, dass Ihr wirklich nicht mehr als einen Zugang zum Zünder der Bomben haben möchtet? Wenn jemand Zugriff darauf erhält, war die ganze Arbeit umsonst.«

»Ich weiß, aber es bleibt dabei«, erklärte ich. »Ich will der Einzige sein, der sie steuern kann. Wenn mehr Leute darauf zugreifen können, besteht die Möglichkeit, dass jemand diese Tatsache ausnutzt. Entweder um die Bomben selbst zu zünden oder um sie zu entschärfen. Dimitri hat viele Verräter in seinen Reihen. Wer versichert mir, dass es hier nicht auch der Fall ist?«, fragte ich und verengte die Augen zu Schlitzen.

Professor Larson presste die Lippen aufeinander und erwiderte nichts. Ich ließ den Blick erneut von einem Vampyr zum anderen wandern. Nein, ich würde niemals denselben Fehler wie mein Brüderchen machen und mich auf irgendjemanden von ihnen verlassen. Denn das könnte irgendwann mein Todesurteil sein.

∗∗∗

Nach der Besprechung mit meinen Männern zog ich mich in meine Gemächer zurück. Ein kühler Luftzug streifte meine nackten Arme, als ich mein Schlafzimmer betrat. Ich hatte das Fenster offengelassen. Am Horizont ging allmählich die Sonne auf. Sie würde auch an diesem Tag Licht, aber kaum Wärme spenden. Die Nachrichten waren voll von Diskussionen über den Klimawandel, hier merkte man aber noch relativ wenig davon. Doch das würde sich irgendwann auch ändern. Ich schloss das Fenster und zog die dunklen Vorhänge zu.

Ob in den folgenden Jahrhunderten die nächste Eiszeit einbrach oder die Welt sich zu einer riesigen Sandwüste verwandelte, war mir egal. Wir Vampyre konnten uns an jedes Klima anpassen, auch wenn die Mehrheit von uns kältere Temperaturen bevorzugte.

Ich drehte mich um und mein Blick fiel auf das Bett. Trotz der Dunkelheit erkannte ich die blonden Haare des Menschenmädchens, das sich unter zwei Decken verkrochen hatte und schlief. Sie hatte sich offenbar nicht getraut, das Fenster zu schließen.

Für die Menschen hier im Schloss fühlte es sich vermutlich so an, als hätten wir bereits die nächste Eiszeit.

Das alte Gemäuer war nicht dafür ausgelegt, beheizt zu werden. Das wäre auch die reinste Energieverschwendung, da Vampyre die Kälte kaum spürten. Und ob der ein oder andere Mensch erfror, spielte keine Rolle. Obwohl sie uns verabscheuten, genossen sie in den kältesten Monaten sogar unsere Gesellschaft, da wir wie eine Heizung auf zwei Beinen waren.

Das war höchstwahrscheinlich auch der Grund, warum das Mädchen die letzten Tage lieber in meinem Bett schlief, anstatt in den Unterkünften der Menschen. Ich zog mich bis auf die Boxershorts aus und schlüpfte zu ihr unter die Decke. Das Mädchen, dessen Namen ich nicht einmal kannte, seufzte leise und schmiegte sich sofort an mich. Als wäre ich kein Monster, das ihren Tod bedeuten könnte. Ich legte einen Arm um sie und zog sie dichter an mich heran. Sie war eiskalt.

Noch wusste ich nicht, wie lange ich sie in meiner Nähe behalten würde. Es vergingen in der Regel nicht viele Tage, ehe einzelne Menschen anfingen mich zu langweilen. Dann schickte ich sie zurück zu den anderen sterblichen Bewohnern des Schlosses oder trank sie leer, nachdem ich mich ausgetobt hatte.

Ich vergrub meine Nase in der Halsbeuge der Blondine und atmete den süßlichen Geruch ihres Blutes ein. Sie hatte Glück, dass ich momentan nicht durstig war oder irgendwelche anderen bösen Absichten hegte. Ich wollte nur schlafen. Die letzten Tage hatte ich durchgearbeitet und irgendwann wurden auch Vampyre müde.

Meine Gedanken ließen sich jedoch nicht von der Müdigkeit vertreiben. Die blonden Haare hatten mich im ersten Augenblick an Soley erinnert. Sie hatte oft neben mir in diesem Bett gelegen. Bei Lilya hatte ich dagegen nie die Gelegenheit gehabt. Ihre Kräfte hatten ja ausgerechnet in meinem Schlafzimmer erwachen müssen. Nun würde ich möglicherweise nie mehr die Gelegenheit erhalten, meine Absicht von damals in die Tat umzusetzen. Schade. Eine Mischung aus Wut und Enttäuschung machte sich in mir breit und ließ mich das Mädchen fester umklammern. Meine Muskeln spannten sich an und meine Fangzähne traten hervor.

Ein verschlafenes »Was?« kam aus dem Mund des Mädchens, ehe ich meine Fänge in ihren Hals stieß.

2. KAPITEL

Lilya

Schmerz.

Das war das Einzige, das ich wahrnahm. Er lähmte mich und verdrängte alle anderen Gefühle. Wut, Verzweiflung, Trauer, Hass. Alles Emotionen, die in meiner Situation angebracht wären. Doch sie wurden überschattet von dem unsäglichen Schmerz, der mich folterte. Es tat weh. Alles tat weh. Mein Köper und meine Seele waren geschunden und ich wusste nicht, ob ich mich jemals erholen würde. Ich war nicht verletzt und doch übertrug sich der Schmerz meines Herzens auf meinen Körper.

Ich lauschte dem leisen Piepsen der Geräte um mich herum und der Atmung und dem Herzschlag der Person, die neben mir stehen musste. Finger strichen behutsam über meinen Handrücken. Ich wusste, dass es sich um Soleys handelte.

Wie lange ich wohl geschlafen hatte? Ich war bereits vor einigen Minuten aus dem Tiefschlaf erwacht, der mir aber keine Erholung gebracht hatte. Noch weigerte ich mich, meine Augen zu öffnen und mich der Realität zu stellen.

Zu akzeptieren, dass meine Albträume wahr waren. Ich wollte Soley nicht in die Augen blicken und die Trauer in ihnen sehen. Die Trauer, die auch mein Herz befallen hatte und den Schmerz in meinem Inneren anfeuerte.

»Lilya, ich wünschte, du wärst wach.« Soleys traurige Stimme drang an mein Ohr. »Du bist die Einzige, mit der ich reden kann. Dimitri verbringt seine ganze Zeit mit Natascha und nach seinem Verrat will ich ihn einfach nicht sehen.«

Dimitri.

Die Erwähnung meines Mannes ließ mein Herz verkrampfen.

Der Mann, in den ich mich Hals über Kopf verliebt hatte. Der Mann, den ich geheiratet hatte. Der Mann, in dem ich mich so schrecklich getäuscht hatte.

Wie sollte ich ihm je wieder gegenübertreten?

»Ich fühle mich so allein.« Soleys Stimme brach und ich hörte sie schluchzen.

Kurzentschlossen griff ich nach ihrer Hand und öffnete die Augen. »Du bist nicht allein«, krächzte ich und blinzelte gegen das Licht. Meine Stimme klang rau, als hätte ich sie seit einer Ewigkeit nicht benutzt.

Soleys Augen weiteten sich vor Überraschung. »Lilya!« Mit einem Aufschrei warf sie sich auf mich, um mich zu umarmen.

Die Feuchtigkeit an meiner Wange verriet mir, dass sie weinte und augenblicklich sammelten sich auch in meinen Augen Tränen.

Einen Moment lang hielten wir uns einfach nur in den Armen und weinten leise. Dann löste sich Soley von mir und richtete sich wieder auf. Ich bemerkte, dass ich nicht in meinem, sondern in ihrem Bett lag. Sie verließ kurz den Raum und kam mit einem Glas Wasser wieder, das sie mir in die Hand drückte.

Dankbar nahm ich es entgegen und leerte es in einem Zug, um meine trockene Kehle zu beruhigen.

Soley setzte sich auf einen Stuhl neben dem Bett und wischte sich die Tränen von der Wange.

»Ich bin so froh, dass du endlich aufgewacht bist.«

Ich stellte das Glas auf dem Nachttisch ab. »Wie lange habe ich geschlafen?«

»Fast fünf Wochen.«

»Wie bitte?« Ich war über einen Monat ohne Bewusstsein gewesen? »Was ist passiert? Ich erinnere mich an nichts mehr nach –« *Liams Tod.* Ich verstummte. Es auszusprechen, würde alle Dämme in mir brechen lassen. Wie töricht. Nicht darüber zu reden, würde Liam aber auch nicht zurückbringen.

In Soleys Augen erkannte ich die Trauer, die ich nicht zulassen wollte. »Du hast uns gerettet, Lya. Ich weiß nicht wie, aber du hast die Feinde von uns wegkatapultiert und uns alle zum Helikopter teleportiert. Dank dir konnten wir entkommen.«

Ich konnte aber nicht uns alle retten. Dieser Gedanke schnürte mir die Kehle zu.

»Und Valentin hat uns nicht verfolgt?« Er hätte alle Möglichkeiten dazu gehabt, uns sogar zu töten.

Soley schüttelte den Kopf. »Nein. Bisher haben wir auch nichts von ihm gehört. Dass Abwarten seine altbewährte Taktik ist, haben wir ja bereits bemerkt.«

Ich nickte. Valentin handelte nicht spontan oder übereilt. Er hatte Gelegenheit gehabt, mir seine Pläne vorzutragen, und damit war für ihn das Thema zunächst erledigt. Die Bilder vom zerstörten New York drangen in mein Bewusstsein. Valentin wollte mit allem, was er tat, Eindruck hinterlassen und das hatte er definitiv geschafft.

Jedes Mal, wenn ich einen Fuß in dieses verfluchte Schloss in Sibirien setzte, starb ein Teil von mir. Ich fragte mich, ob noch etwas von mir übrigbleiben würde, wenn ich ein weiteres Mal dorthin reisen würde.

Wie viele Schicksalsschläge kann ein Herz verkraften, ehe es zerbricht?

Stumm musterte ich Soley. Sie hatte dunkle Schatten unter den Augen. Trotz aller Rückschläge hatte sie sonst nie ihr Lachen verloren, doch nun war es verschwunden. Ihre ganze Körperhaltung signalisierte Kapitulation. Ich kannte niemanden, der so viel erlitten hatte wie sie. Sie hat Liam über alles geliebt und hatte schlussendlich zusehen müssen, wie er von uns ging. Mein Blick fiel auf ihren Bauch. Bisher konnte man nicht erkennen, dass sie schwanger war, doch das würde sich bald ändern. Würde sie zu einer Zielscheibe werden? Jeder könnte sich zusammenreimen, dass sie ein Kind von einem Menschen erwartete. Ihre Beziehung war die ganze Zeit über nicht akzeptiert, sondern lediglich toleriert worden. Sowohl die Menschen als auch die Vampyre waren der Meinung gewesen, dass sie nicht von langer Dauer sein würde. Dass Liam so schnell sterben würde, hatte aber niemand vorhergesehen. Und mit Sicherheit rechnete niemand mit Soleys Schwangerschaft.

Hätte ich mich nicht mit ihm angefreundet, wäre er heute noch am Leben. Der Gedanke schmerzte beinahe am meisten. Ich hatte so vielen Menschen den Tod gebracht. Was würde ich erfahren, wenn ich den Fernseher anschaltete? Die Anzahl der Opfer in New York?

All das hatte ich zu verantworten. Valentin hatte so viele Jahre die Füße stillgehalten und kaum war ich aufgetaucht, mussten so viele ihr Leben lassen. Ich hatte das Gefühl, eine Schneise toter Menschen zu hinterlassen. Menschen, die mir wichtig waren. Menschen, die ich hatte beschützen wollen.

Ich biss die Zähne fest aufeinander und schlug die Bettdecke zurück. »Tut mir leid, Soley. Ich muss hier raus.«

»Ich verstehe schon.« Sie erhob sich und streckte die Arme nach mir aus, als hätte sie Angst, dass meine Beine mich nach all den Wochen im Bett nicht mehr tragen würden.

Einen Moment drehte sich alles um mich herum, doch ich fand überraschend schnell mein Gleichgewicht wieder und mein Kreislauf schien auch nicht schlapp zu machen. Ich atmete tief durch und schenkte Soley ein Lächeln, ehe ich zum ersten Mal seit dem Kampf in Sibirien wieder einen Fuß vor den anderen setzte und den Raum verließ.

✳✳✳

Es war früh am Morgen und die meisten Vampyre schienen noch oder bereits zu schlafen. Somit begegnete mir niemand in den Gängen. Ich verließ das Schloss und lief unbewusst auf direktem Weg zum Dorf der Menschen. Erst als ich am Haus von Liams Familie ankam, hielt ich inne und starrte auf die verschlossene Tür. Es würde nicht Liam sein, der sie mir öffnete, wenn ich klopfte. Er würde es nie wieder sein.

Beim Gedanken an Liam wurde mein Herz schwer. Er war mein bester Freund gewesen und jetzt würde ich nie wieder mit ihm herumalbern kön-

15

nen. Mein Leben in Kanada war durch ihn viel besonderer gewesen. Ich hatte immer das Gefühl gehabt, dass er mich verstanden hatte, wenn es andere nicht getan haben. Mit Soley und Ana konnte ich ebenfalls gut reden, doch mit Liam war alles irgendwie anders gewesen.

Wie ging es seiner Familie nach seinem Tod? Es war einige Zeit vergangen und sie hatten ihn beerdigt und betrauert. Doch solch einen Verlust würde man niemals gänzlich verarbeiten können. Ich hatte nicht mitbekommen, wie Emma auf den Tod ihres Bruders reagiert hatte. Ich war bewusstlos gewesen, als wir nach Kanada zurückgekehrt waren. Hatte sich jemand um das kleine Mädchen gekümmert? Soley war zu dem Zeitpunkt selbst am Boden zerstört und war vermutlich nicht in der Lage gewesen, jemand anderem eine Stütze zu sein.

Ich überlegte, ob es eine gute Idee war, an die Tür zu klopfen und mit Liams Familie zu sprechen. Wussten sie, dass ich die ganze Zeit über im Koma gelegen hatte? Oder verurteilten sie mich dafür, dass ich mich nicht gemeldet hatte? Glaubten sie, dass ich Abstand hielt, obwohl ich für den Tod von ihrem geliebten Familienmitglied verantwortlich war?

Das alles würde ich nur herausfinden, wenn ich mit ihnen sprach. Doch aktuell fühlte ich mich nicht bereit dafür. Ich wandte mich ab und rannte in den Wald, um stattdessen Liams Grab aufzusuchen. Ich wusste nicht, wo er beerdigt worden war, doch ich hatte einen Verdacht.

***

Liam
09.03.1996 – 13.03.2019
Sohn, Bruder, Freund und Partner
Begrenzt ist das Leben, aber unerschöpflich unsere Liebe.
Deine Seele wird weiterhin in unseren Herzen wohnen.
Wir behalten dich für immer in Erinnerung.

Tränen sammelten sich in meinen Augen, als ich vor dem Grab stand und die Worte las, die in den dunklen Granit gemeißelt worden waren. Ein ganzes

Blumenmeer lag vor dem Grabstein. Die Blumen sahen frisch aus und der Schnee hatte sie nicht unter sich begraben. Was bedeutete, dass sie noch nicht allzu lange dort lagen.

Wie wohl die Beerdigung gewesen war? Hatte Soley eine Rede gehalten? War Dimitri anwesend gewesen?

Die Tatsache, dass ich nicht hatte dabei sein können, schmerzte unglaublich.

Ich ging in die Knie und ließ meinen Tränen freien Lauf. Ich weinte um meinen besten Freund, der eine große Lücke in vielen Herzen hinterlassen hatte.

Ich lauschte dem Tosen des Wasserfalls in meinem Rücken. Wo sonst hätte Liam beerdigt werden sollen, wenn nicht an seinem Lieblingsort? Seit wir uns hier zum ersten Mal begegnet waren, war er regelmäßig hergekommen. Entweder mit mir oder mit Soley.

Soley ...

Es war ungerecht. Wieso hatte sie ihre große Liebe verlieren müssen? Hatte sie es nicht verdient, nach der schweren Zeit ihr Glück zu finden? Wieso nur hatte er sterben müssen?

In mir brannte die Frage, ob ich es nicht hätte verhindern können. Hätte ich ihn sofort zum Helikopter teleportieren sollen? Hätte ich die ganze Zeit über bei den anderen bleiben und kämpfen sollen? Hätte Valentin Liam und Emma wirklich kampflos gehen lassen? Oder wären wir auch angegriffen worden, wenn Natascha sich uns nicht angeschlossen hätte?

Hätte, hätte, hätte ...

Niemand konnte sagen, wie alles ausgegangen wäre, wenn ich mich anders entschieden hätte.

Ich ballte meine Hände zu Fäusten und stand wieder auf. Meine Hose war durch den Schnee an den Knien ganz feucht, doch das kümmerte mich nicht.

Es wurde Zeit, wieder meinen Platz als Königin einzunehmen. Wer wusste schon, wann Valentin seinen nächsten Schachzug tätigen würde? Doch trotz seiner Drohungen und dem Schrecken, den er mit sich brachte, fürchtete ich im Moment eine andere Sache mehr: das Aufeinandertreffen mit Dimitri.

Wenn ich an meinen Mann dachte, fühlte ich mich leer. Als würden meine Gefühle für ihn immer noch schlafen. Ich wollte nicht daran denken, was ich in Sibirien über ihn erfahren hatte. Wollte die Gefühle nicht zulassen, die unweigerlich mit den Erlebnissen verbunden waren. Aus Angst, all die Ereignisse würden mir endgültig den Boden unter den Füßen wegreißen.

Seine einstige Verlobte war wieder bei ihm und ich hatte viel verpasst. Dimitri musste wissen, dass sich seit Valentins Offenbarung etwas zwischen uns verändert hatte. Hatte diese Tatsache ihn womöglich in Nataschas Arme getrieben? Obwohl ich schrecklich sauer und enttäuscht von Dimitris Taten in der Vergangenheit war, fuchste mich der Gedanke, er könne Gefühle für eine Djiya hegen, weil sie sein Wesen besser verstand als ich.

Wir hatten bereits so viel durchgestanden, dann würden wir auch das überstehen, oder? Doch wie sollte ich mit meinem Mann darüber reden, dass er meine leibliche Familie auf dem Gewissen hatte?

Die Neuigkeit, dass meine Mutter eine ältere Schwester gehabt hatte, die aufgrund ihrer Männerwahl verstoßen worden war und letztendlich deshalb auch ihr Leben verloren hatte, war ein Schock gewesen. Die Tatsache, dass Dimitri der Mörder von ihr und ihrer kleinen Familie war, war jedoch viel schlimmer.

Ich hatte Dimitris Vergangenheit akzeptiert. Er hatte gemordet und das nicht nur einmal, doch damit hatte ich mich abgefunden. Sogar, dass er noch einen Tag vor unserer ersten Begegnung Sarah körperlich und Liam emotional gefoltert hatte, konnte ich ihm verzeihen.

Doch eine Mutter, ihren Partner und ihr kleines Kind abzuschlachten, war eine Gräueltat, die ich mit nichts entschuldigen konnte. Und all das nur, weil sich meine Tante in einen Mann aus einer anderen Rasse verliebt hatte. Dabei war er sogar ein Vampyr gewesen.

Ich dachte an Soley, die sich in einen Menschen verliebt hatte und nun ein Baby erwartete. Würden Dimitris Eltern noch leben und dies ebenfalls nicht tolerieren, würde Dimitri dann auch Soley und ihr Kind umbringen?

Konnte ich mich so sehr in ihm getäuscht haben?

3. KAPITEL

Dimitri

»Unternehmen wir einen Spaziergang?«

Ich löste meinen Blick nicht von den Monitoren, um mich zu Natascha umzudrehen. »Später, ich muss noch arbeiten«, antwortete ich, woraufhin ich ein Schnauben vernahm.

»Du vergräbst dich in deiner Arbeit, seit wir hier angekommen sind. Du dachtest vierundzwanzig Jahre lang, dass ich tot bin und nun hast du keine Zeit für mich?«, fragte sie in vorwurfsvollem Ton, der mich innerlich aufstöhnen ließ. Sie versuchte, mir ein schlechtes Gewissen einzureden.

Ich hörte Schritte und schließlich spürte ich ihre Hand auf meiner Schulter. »Bitte.«

»Na gut.« Ich drehte meinen Kopf und sah zu ihr auf. Obwohl sie bereits einige Zeit hier war, fühlte es sich noch immer seltsam an, sie anzuschauen. Es war, als würde ich in meine Jugend zurückversetzt werden. Als wären all die Gräueltaten meines Bruders nie passiert. Die Tatsache, dass Lilya im Koma lag, verstärkte dieses Gefühl, in der Zeit gereist zu sein, noch zusätzlich.

Ich fühlte mich verloren ohne meine Ehefrau. Sie war zum Halt in meinem Leben geworden. Und nun wusste ich nicht, ob sie je wieder aufwachen würde. Und ob sie mir dann überhaupt verzeihen würde. War es Schicksal, dass ich ausgerechnet jetzt auf meine einstige Verlobte gestoßen war?

Natascha sah mich liebevoll an. Wie ging es ihr bei der ganzen Sache? Wir hatten uns bisher nicht viel über die letzten Jahre unterhalten. Ich war noch nicht bereit dafür und sie vermutlich auch nicht.

Ich hörte, wie die Tür in meinem Rücken aufging. Natascha sah auf und ihre Augen weiteten sich vor Überraschung. Sie nahm ihre Hand von meiner Schulter und ich drehte meinen Stuhl, um zu sehen, wer die Kommandozentrale betreten hatte.

Lilya.

Mir stockte der Atem. *Sie ist wach!*

Ich konnte es nicht fassen, sie nach so vielen Wochen endlich wiederzusehen. Soley hatte mich die ganze Zeit über von ihr ferngehalten. Mit klopfendem Herzen musterte ich meine Frau von oben bis unten. Sie hatte abgenommen und sah sehr blass aus. Doch der Ausdruck in ihren Augen passte nicht zu der erschöpften Verfassung ihres Körpers. In ihnen brannte das Feuer.

»Lilya ...«, ich stockte. »Ich bin so froh, dass du wieder wach bist.« Was sollte ich ihr sagen? So vieles lag mir auf dem Herzen, doch ich fand nicht die richtigen Worte dafür.

Sie richtete ihre blauen Augen auf Natascha und runzelte die Stirn. *Ist sie vielleicht eifersüchtig?*, schoss es mir durch den Kopf. Ich verwarf den Gedanken jedoch wieder. Lilya und ich hatten größere Probleme als eine andere Frau.

»Können wir reden?«, fragte Lilya schließlich. Ich nickte und sprang sofort auf, um mit ihr den Raum zu verlassen. Natascha beachtete ich nicht weiter.

***

Schweigend liefen Lilya und ich nebeneinander durch den Wald. Auch um uns herum war es ungewöhnlich still. Als würde unsere Umwelt die Spannung zwischen uns spüren. Man hörte nur das Knirschen des Schnees unter unseren Schuhen.

Irgendwann blieb ich stehen und legte den Kopf in den Nacken. Lilya lief noch etwas weiter, ehe auch sie innehielt. Ich sah in den strahlendblauen Himmel. Die Sonne schien heute zum ersten Mal seit Tagen. Als würde sie

Lilyas Erwachen feiern. Wie hätte sie auch vorher scheinen können? Lilya war mein Sonnenlicht und ich hatte es viel zu lang nicht mehr gesehen. Die letzten Wochen waren trist gewesen. Der April hatte anstatt Frühlingswetter neuen Schnee und kühlere Temperaturen gebracht.

Wie Lilya ihren ersten Winter in Kanada wohl empfunden hatte? Ich hatte sie nie explizit danach gefragt. Die Temperaturen hier konnte man nicht einmal mit New Yorks vergleichen und erst recht nicht mit denen in Texas. Doch natürlich konnte sie es auch nur schwer beurteilen seit sie erwacht war. Immerhin machte ihr die extreme Kälte nun weniger aus. Ich befürchtete allerdings, dass der Schnee und die Kälte sie viel zu sehr an Sibirien erinnern könnten.

»Magst du Kanada?«, fragte ich spontan und sah zu Lilya, die mit dem Rücken zu mir stand. »Die Natur, die Temperaturen?«

Sie sah stirnrunzelnd zu mir. »Wie kommst du jetzt darauf?«

Ich zuckte die Achseln. »Das hier ist kein Vergleich zu deiner Heimat Texas.«

»Heimat ...«, murmelte sie und ließ ihren Blick über die Umgebung schweifen, ehe sie wieder zu mir sah. »Heimat ist das, wonach sich unser Herz sehnt.«

»Und wonach sehnt sich deins?«, fragte ich vorsichtig und ging langsam auf sie zu. Sie rührte sich nicht, als ich direkt vor ihr stehenblieb. Mit unergründlicher Miene sah sie zu mir auf.

Langsam hob ich eine Hand und strich ihr eine Haarsträhne aus dem Gesicht. In mir brannte der Wunsch nach ihrer Nähe. Ich wollte sie umarmen, küssen und nie wieder loslassen.

»Ich weiß es nicht«, antwortete sie schließlich und trat einen Schritt zurück.

Enttäuschung brach über mir zusammen. »Lya, ich weiß nicht, was Valentin dir alles erzählt hat, aber ...«

»Unabhängig davon, was *er* erzählt hat, stelle ich mir die Frage, warum ich es nicht von *dir* erfahren habe. Du wolltest mich nie wieder anlügen.«

Ich biss die Zähne zusammen und schwieg. Sie hatte recht. Keine Entschuldigung würde wieder gut machen, was ich getan hatte. Meine Taten von damals waren unentschuldbar und dass ich sie weiterhin verschwiegen hatte, nachdem andere Dinge bereits ans Licht gekommen waren, machte alles nur noch schlimmer. Vielleicht hätte Lilya mir verzeihen können, wenn ich von Anfang an ehrlich zu ihr gewesen wäre. Seit unserer ersten Begegnung war ich ihr gegenüber verschlossen gewesen. Ich hatte ihr nicht erzählt, dass wir Vampyre waren. Dass ihre Familie tot war. Dass ich viele Menschen und Vampyre auf dem Gewissen hatte. Doch wenn ich ihr das zu Beginn offenbart hätte, wäre es mir vielleicht nie gelungen, ihr Vertrauen und ihre Liebe zu gewinnen. Wie egoistisch ich doch gewesen war. Sie hatte mir vertraut, mir viele Taten verziehen und mich sogar geheiratet. Und was hatte ich getan? Ihr Vertrauen missbraucht und sie immer wieder enttäuscht. Ich war kein guter Ehemann.

»Hör auf, dir so einen Kopf zu machen«, sagte Lilya plötzlich.

Überrascht von ihren Worten legte ich die Stirn in Falten.

Sie seufzte tief. »Ich kann nicht mitansehen, wie es in deinem Kopf rattert. Du kannst die Zeit nicht zurückdrehen, so sehr du deine Taten auch bereust.«

»Was soll das heißen?« Wusste sie wirklich, wie leid mir all das tat? Verzieh sie mir? Ich griff nach ihrer Hand und hielt sie fest.

Mit unergründlicher Miene blickte Lilya auf unsere Hände. »Ach Dimitri. Du solltest mich langsam kennen. Jeder hat seine Schattenseiten. Deine ist deine Vergangenheit. Als wir geheiratet haben, habe ich dich so angenommen, wie du bist.«

Mir klappte der Mund auf. »Heißt das, du verzeihst mir? Einfach so?«

Sie ließ meine Hand los und schüttelte den Kopf. »Es geht nicht *einfach so*. Ich werde Zeit brauchen, um alles zu verarbeiten. Die letzten Ereignisse haben mich zutiefst erschüttert. Ich weiß nicht, was ich jetzt über dich denken soll. Und ob ich dir glauben kann, dass du diesen Teil deiner Persönlichkeit wirklich hinter dir gelassen hast. Aber wir haben keine Zeit, uns deswegen immer und immer wieder im Kreis zu drehen. Ich werde das mit mir selbst ausmachen müssen.«

Ihre ehrlichen Worte berührten mich. Sie machte mir keine falschen Hoffnungen. Wir wussten beide nicht, wie es weitergehen sollte.

»Das verstehe ich«, erwiderte ich leise. »Du kannst dir nicht vorstellen, wie leid mir das alles tut. Ich schwöre, dass ich mich geändert habe, auch wenn es schwer ist, das zu glauben.«

Lilya verschränkte ihre Finger ineinander und sah zu Boden. »Das ist es. Jeder hat eine zweite Chance verdient, aber ich weiß nicht mehr, wie viele ich dir schon gegeben habe.«

Unzählige, dachte ich missmutig. Wann würde sie genug von mir haben? »Lya, ich weiß, dass du sauer auf mich bist. Du musst es nicht in dich hineinfressen oder mir dir selbst ausmachen. Sag mir, was du denkst«, bat ich, in der Hoffnung, sie würde ihre Gedanken mit mir teilen.

Es dauerte eine Weile, bis sie mich wieder ansah und schließlich antwortete. »Ich bin traurig, enttäuscht und sauer. Ich verstehe nicht, wie du damals so handeln konntest. Wieso hast du meine Tante und ihre Familie getötet?«

Ihre Stimme klang ruhig, doch ich spürte, dass sie innerlich aufgewühlt war.

»Ich habe es auf Befehl meiner Eltern getan. Du kannst nicht verstehen, wie streng unsere Welt damals war. Ich bin in keiner so aufgeklärten Welt wie du aufgewachsen. Meine Eltern hatten immer das Sagen und ich hätte mich niemals ihren Befehlen verweigert.« Ich wollte nicht an dieses Erlebnis denken. Die Schuldgefühle hatten mich auch damals schon gequält. Ich hatte gespürt, dass es das Falsche war, doch was hätte ich tun sollen? Mich gegen meine Eltern stellen und womöglich auch verstoßen und getötet werden? Lilya tat stets nur das, was sie für richtig hielt. Sie hatte es nie mit einem strengen Elternhaus zu tun gehabt. Wäre sie als Vampyrprinzessin aufgewachsen, hätte sie vermutlich Verständnis für den Mord an Kalyna gehabt. Dies hatte zumindest Anisya. Sie hatte gewusst, dass ich für den Tod ihrer älteren Schwester verantwortlich war, trotzdem hatte sie mich nicht dafür verurteilt.

»Malyra war noch ein Baby. Egal was dir befohlen wurde ... Wie konntest du nur ein unschuldiges Kind umbringen?« Lyas Stimme brach plötzlich und ich konnte sehen, wie sie gegen die Tränen ankämpfte. Sie hatte stark sein wollen, doch sie litt mehr unter den Neuigkeiten als sie sich selbst eingestand.

Kurzentschlossen zog ich sie in meine Arme und drückte sie an mich. Ich strich ihr sanft über den Rücken, während sie an meine Brust gepresst schluchzte.

Zumindest ließ sie diese Berührung zu, was ich als gutes Zeichen empfand. Es war schön, sie nach all den Wochen wieder halten zu können.

»Würden deine Eltern noch leben ... würden sie ... würden sie dir dann auch befehlen, Soley umzubringen?«, brachte sie unter Tränen hervor.

Lyas Frage erschütterte mich und schnürte mir die Kehle zu. Darum ging es also. Sie dachte vermutlich die ganze Zeit daran, wer noch alles gegen die alten Gesetze verstoßen hatte.

»Das würde keine Rolle spielen. Ich könnte so etwas nie wieder tun. Das schwöre ich.«

Ihr Gedanke war allerdings nicht weit hergeholt. Tatsächlich hätte Soley durch ihre Beziehung zu Liam und die Schwangerschaft ihr Leben aufs Spiel gesetzt, wenn unsere Familien noch am Leben wären. Auch wenn es vermutlich niemals dazu gekommen wäre. Soley wäre Liam niemals begegnet und längst mit einem Vampyr verheiratet gewesen.

Seit ich Gefühle für Lilya entwickelt hatte, musste ich immer wieder daran denken, dass unsere Beziehung nicht akzeptiert worden wäre. Die Dinge hatten sich seit dem Krieg verändert. Heute war die Mehrheit immer noch gegen uns, doch es gab inzwischen wichtigere Probleme als die falsche Partnerwahl. Soley und Lilya waren die letzten aus ihren Königsfamilien. Lilya sogar die letzte ihrer Art. Es wäre dumm, sie deshalb zu töten. Ich hatte einmal diese lächerlichen Gesetze vor ein Leben gestellt, das würde mir nie wieder passieren. Sascha hatte früh erkannt, dass das Schicksal ausgerechnet mich meine große Liebe in einer anderen Rasse finden ließ. Ausgerechnet mich, der früher andere dafür verurteilt hatte.

Lya löste sich von mir und ging wieder auf Abstand. »Ich brauche etwas Zeit für mich, okay?«

Auch wenn ich sie verstand, sträubte sich alles in mir, sie allein zu lassen. Ich hatte ihre Nähe in den letzten Wochen schrecklich vermisst. Doch ich war lange genug egoistisch gewesen. »Natürlich.«

4. KAPITEL

Lilya

Nach meinem Gespräch mit Dimitri war ich davongerannt. Obwohl das Gespräch besser verlaufen war, als ich zuvor gedacht hatte, musste ich einfach weg. Meine Beine hatten mich auf direktem Weg wieder zum Wasserfall geführt.

Vor Liams Grab ließ ich mich in den Schnee fallen und weinte hemmungslos. Ich starrte auf Liams Namen, der langsam vor meinen Augen verschwamm.

Meine Gefühle kämpften gegeneinander an. Ein Teil von mir hatte Dimitri sofort verzeihen und ihm in die Arme fallen wollen, doch ein anderer Teil sträubte sich dagegen. Mein Verstand weigerte sich, dem Wunsch meines Herzens nachzugeben. Ich liebte Dimitri, doch es stand erneut etwas zwischen uns. Immer erfuhr ich von anderen, wie sein Leben verlaufen war. War das eine Basis für eine gute Ehe?

Ich fragte mich, ob es noch etwas gab, das ich nicht wusste, oder ob nun alle Geheimnisse gelüftet worden waren. Mir wurde plötzlich bewusst, dass ich nie erfahren hatte, wer meine Eltern auf dem Gewissen hatte. Valentin hatte angedeutet, dass er aus meiner Familie lediglich meine Großmutter ermordet hatte. Es musste also einer seiner Männer gewesen sein, denn Anisya und Yaris starben auf seinen Befehl hin.

Bei Gelegenheit würde ich bei Dimitri nachhaken, ob er die Mörder kannte, doch vorerst gab es Wichtigeres zu klären.

Während meine Tränen versiegten, malte ich Muster in den Schnee und ging im Kopf meine Möglichkeiten durch. Dimitri verzeihen und das Thema fallen lassen oder weiterhin auf Abstand gehen. Doch was würde ich damit erreichen?

Egal, wie lange ich auch darüber nachdachte, ich würde zu keinem Ergebnis kommen. Ich konnte mich immerhin schlecht dafür *entscheiden*, ihm zu verzeihen. Das Gefühl, verraten worden zu sein, würde nicht einfach verschwinden. Die entstandene Distanz zwischen mir und Dimitri konnte ich nicht leugnen und die Zeit würde zeigen, ob ich mit den neusten Erkenntnissen leben konnte.

»Lya?«, rief plötzlich eine vertraute Stimme.

Ich drehte den Kopf und sah, wie Emma am Flussufer entlang auf mich zu rannte.

Der Anblick des kleinen Mädchens weckte augenblicklich Erinnerungen an die Ereignisse in Sibirien und versetzte mir einen Stich ins Herz. Ich stand auf und klopfte mir den Schnee von der Hose. Keine Sekunde später fiel mir Emma bereits in die Arme.

»O Lya, ich habe dich so vermisst! Es ist so schön, dich wiederzusehen!«

»Geht mir auch so, Emmi.« Ich drückte sie an mich und hörte, wie das Mädchen zu schluchzen begann. »Ssscht, es ist alles gut. Ich bin ja hier«, murmelte ich im Versuch, sie zu beruhigen, wohlwissend, dass nichts gut war.

»Ich vermisse ihn so sehr«, meinte sie plötzlich und mir wurde das Herz schwer.

»Ich auch, Em.« Sanft strich ich ihr über den Rücken.

»Seit wann bist du wieder wach?«, fragte sie und lehnte sich leicht zurück, um mich anzuschauen. In ihren grünen Augen konnte ich ihren Kummer erkennen. Sie musste sehr gelitten haben.

»Du weißt, dass ich im Koma gelegen habe?« Natürlich, Emma war mit uns nach Kanada zurückgekehrt. Sie musste bereits geahnt haben, dass ich auch hier nicht so schnell wieder aufgewacht war.

Sie nickte. »Soley meinte, sie würde Bescheid geben, wenn es etwas Neues gäbe. Aber seit der Beerdigung habe ich sie nicht wiedergesehen.« Bei der Erwähnung der Beerdigung verzog sie gequält das Gesicht.

»Ich bin heute erst aufgewacht und wäre noch zu euch gekommen. Vorher wollte ich nur ein wenig den Kopf freikriegen.« Ich wollte fragen, wie es ihr und ihrer Familie ging, doch ich brachte die Worte nicht hervor. Wie sollte es ihnen schon gehen?

Ich überlegte, was ich sagen sollte, als ich erneut jemanden meinen Namen rufen hörte. Ich ließ Emma los und drehte mich um. Sarah kam händchenhaltend mit Mason aus dem Wald auf uns zu. »Ein Glück bist du wieder wach!« Sarah ließ Masons Hand los und umarmte mich zur Begrüßung.

»Ja, auch wenn ich auf die Realität verzichten könnte«, erwiderte ich traurig.

»Das verstehen wir sehr gut«, sagte Mason und drückte mich auch kurz zur Begrüßung. »Aber wir sind froh, dass du wieder da bist.«

Ich schenkte ihm ein scheues Lächeln. »Danke, Mason.«

»Emma, du solltest doch nicht ohne uns zu Liams Grab gehen«, tadelte Sarah ihre kleine Schwester. »Es ist gefährlich.« Mit Sicherheit dachte sie daran, wie Emma entführt worden war. Allerdings wäre Emma auch nicht sicherer, wenn Sarah oder Mason bei ihr waren. Liam hatte schließlich auch nichts gegen einen Vampyr ausrichten können.

Beleidigt stampfte Emma mit dem Fuß auf. »Ich wollte ihn halt besuchen. Er soll nicht das Gefühl haben, dass wir ihn vergessen!«

Ich biss mir auf die Unterlippe und warf einen Blick in den Himmel. Ob Liam da oben war und uns beobachtete? Ich war nicht gläubig, aber keiner wusste, was nach dem Tod mit einer Seele geschah.

»O Emma. Liam weiß, dass du ihn niemals vergessen würdest«, erwiderte Sarah leise.

Einen Moment blieb es still. Ich löste meinen Blick vom Himmel und räusperte mich. »Ähm Mason, könntest du dich um Emma kümmern? Ich würde mich gerne kurz mit Sarah unterhalten.«

Sarah warf mir einen fragenden Blick zu, ehe sie Mason zunickte.

Bevor Emma protestieren konnte, zog ich das Mädchen noch mal kurz in die Arme. »Ich komme dich so schnell wie möglich besuchen«, versprach ich ihr.

Statt einer Antwort nickte sie nur und ließ sich von Mason wegführen.

»Was möchtest du denn mit mir besprechen?«, fragte Sarah, sobald wir außer Hörweite waren.

Ich ging zum Grabstein und strich vorsichtig den Schnee hinunter. »Ich wollte mich bei dir entschuldigen. Es tut mir leid, dass ich Liam nicht retten konnte.«

Es dauerte einige Zeit, bis Sarah antwortete. »Du brauchst dich nicht zu entschuldigen. Du hast alles versucht, was du konntest.«

Ich schüttelte den Kopf. »Aber es war nicht genug. Und hätte ich mich nicht mit deinen Geschwistern angefreundet, hätte Valentin keinen Grund gehabt, sie zu entführen.«

»Hör auf damit.« Sarah legte eine Hand auf meine Schulter. »Selbstvorwürfe bringen Liam auch nicht zurück. Eure Freundschaft war etwas Besonderes, das hätte er niemals missen wollen.«

Ich seufzte. »Es ist so egoistisch, aber ich vermisse die Gespräche mit ihm. Er hat mir immer zugehört und mir bei meinen Problemen geholfen. Mit wem soll ich jetzt reden?«

Sarah lachte leise. »Dafür sind gute Freunde doch da. Und ich bin sicher, dass du noch genug davon hast. Aber ich verstehe, was du meinst. Liam war nicht nur mein Bruder, sondern irgendwie auch immer mein bester Freund. Er war der erste, dem ich von Mason erzählt habe. Er hat meine Sorgen immer ernst genommen und auf mich aufgepasst.« Sie stoppte und schluckte schwer. »Er hinterlässt eine große Lücke in uns allen.«

Ich nickte nur. Liams Tod würde das Leben hier verändern. Niemand würde ihn ersetzen können.

Sarah nahm ihre Hand von meiner Schulter und musterte mich ernst. »Du kannst aber jederzeit mit mir reden, wenn du möchtest. Wir können auch gegenseitig füreinander da sein.«

»Danke, Sarah. Das weiß ich sehr zu schätzen.«

»Also, gibt es etwas, das dir auf der Seele liegt?«

***

Auf dem Weg zurück ins Dorf erzählte ich Sarah, was ich in Sibirien über Dimitri erfahren hatte. Genauso wie Liam hatte sie Dimitri früher aus ganzem Herzen gehasst, immerhin war sie lange genug von ihm gequält worden. In den vergangenen Monaten hatte sie jedoch auch seine guten Seiten kennengelernt und ihre Meinung über ihn geändert. Ich war also sehr gespannt, was sie zu den neuen Erkenntnissen sagen würde.

Sarah hörte mir die ganze Zeit über aufmerksam zu und schwieg eine Weile, nachdem ich fertig erzählt hatte.

»Wow, das sind wirklich heftige Neuigkeiten. Ich kann verstehen, dass du jetzt überfordert bist«, meinte sie schließlich.

Ich blieb stehen und vergrub die Hände in den Hosentaschen. »Du hast Dimitri so kennengelernt, wie er früher war. Überrascht es dich, dass er das getan hat?«

Sarah blieb ebenfalls stehen und verschränkte die Arme vor der Brust. Auf ihrer Stirn bildeten sich Falten, als sie nachdachte.

»Nun, es sollte mich eigentlich nicht überraschen. Ich habe Dimitri lange Zeit begleitet und viele seiner dunklen Seiten kennengelernt. Trotzdem schockiert mich seine Tat. Vielleicht, weil ich bei meiner Rückkehr nach Kanada einem ganz anderen Dimitri gegenüberstand. Der Kontrast zu früher ist nun umso heftiger.«

»Vermutlich. Da kannst du ja sicher verstehen, wie es mir geht. Ich kenne Dimitris Schattenseiten nur aus Erzählungen. Er hat sie mir gegenüber nie offenbart.«

Sarah lachte trocken. »Natürlich nicht. Er liebt dich und wäre schön blöd, wenn er sich in deiner Gegenwart nicht von seiner besten Seite zeigen würde. Ich denke, es ist natürlich, sich ein wenig zu verstellen, wenn man Interesse an jemandem hat.«

»Du meinst, er hat mir etwas vorgespielt?« So hatte ich die Sache bisher noch nicht betrachtet. Ich war immer davon ausgegangen, dass er durch mich seine Dämonen überwältigen konnte. Nicht, dass er sich extra verstellen musste.

Glücklicherweise verneinte Sarah dies. »Nein, ich glaube, dass er sich durch dich wirklich geändert hat. Er ist nicht von Grund auf böse. Sein Umfeld und die Umstände haben ihn aber oft zu dem Bösen gemacht. Er hat ein gutes Herz und durch dich kann er das auch endlich zeigen. Ich denke, dass er wirklich der Mann sein will, der deine Liebe verdient.«

5. KAPITEL

Dimitri

Eine gefühlte Ewigkeit lief ich ziellos durch das Schloss, bis ich entschied, mit jemandem zu reden. Doch mit wem sollte ich über meine Beziehung sprechen? Sascha, Ana oder sogar Natascha?

Als ich an Nataschas Gemächern vorbeikam, blieb ich stehen und zögerte. Vielleicht war es gar keine schlechte Idee, mich mit ihr zu unterhalten. Sie kannte Lilya quasi nicht und war möglicherweise am wenigsten parteiisch.

Ich atmete tief durch und klopfte zweimal an der Tür. Kurz darauf öffnete Natascha. Sobald sie mich sah, erschien ein breites Grinsen auf ihrem Gesicht, welches ich automatisch erwiderte. Sie sah wie immer umwerfend aus, auch wenn ich den für eine Djiya typischen Stil nicht besonders mochte. Sie war geschminkt und trug schwarze Jeans und einen tief ausgeschnittenen Pullover. Lilya und Soley legten kaum Wert auf Schminke und schicke Kleidung, was mir persönlich auch lieber war. Nataschas dunkle Haare waren feucht, weshalb ich vermutete, dass sie eben erst geduscht hatte. Die noch ungemachten Haare machten sie aber umso hübscher, weil sie natürlicher wirkten.

»Hey Dimitri. Die Wiedersehensparty mit deiner Ehefrau ist wohl schon beendet?«

»Ähm ja. Kann ich reinkommen?«

»Natürlich.« Sie trat zur Seite und ließ mich rein. Ich lief an ihr vorbei und steuerte die große Couch in der Mitte des Raumes an. Mit einem lauten Seufzen ließ ich mich in die Polster fallen, was Natascha mit einem Lachen kommentierte.

»Du klingst, als würdest du alt werden.«

Ich ging nicht auf ihre Bemerkung ein, sondern kam gleich zur Sache. »Ich brauche den Rat einer Freundin«, erklärte ich und verschränkte die Arme hinter dem Kopf.

Natascha setzte sich neben mich und musterte mich fragend. »So? Um was geht es? Beziehungstipps?«, mutmaßte sie.

Ich schürzte die Lippen. »Hm. Ich schätze schon.«

»Okay. Ich hoffe, dass ich dir helfen kann. Immerhin kenne ich deine Frau nicht.«

»Deshalb komme ich zu dir. Als unbeteiligte Dritte hast du vielleicht eine andere Sicht auf die Dinge.«

Nataschas Lippen verzogen sich zu einem Lächeln. »Dann schieß mal los.«

Ich erzählte ihr von dem Problem, das zwischen mir und Lilya stand. Die Tatsache, dass meine Vergangenheit nicht schöngeredet werden konnte und Lilya meine früheren Taten besonders mitnahmen.

Nachdenklich legte Natascha den Kopf schief und wickelte sich eine Haarsträhne um den Finger. »Ich vermute, das Grundproblem liegt in euren unterschiedlichen Moralvorstellungen. Lilya denkt und handelt wie ein Mensch, der eine weiße Weste hat. Manche dieser Frauen stehen auf Männer, die genau das Gegenteil sind. Doch Lilya scheint nicht unbedingt eine Schwäche für Bad Boys zu haben.«

»Allerdings. Das habe ich auch frühzeitig erkannt. Aber unserer Liebe stand das dennoch nicht im Weg.«

»Glaubst du, dass es auch so weit gekommen wäre, wenn sie von Anfang an die Wahrheit gekannt hätte?«

Ich biss die Zähne fest zusammen. Damit traf Natascha genau den Gedanken, den ich auch oft genug hatte. Hätte Lilya sich in mich verliebt, wenn sie all dies vorher gewusst hätte? Wenn wir wirklich füreinander bestimmt waren, dürfte meine Vergangenheit keine Rolle spielen. Doch was, wenn sie sich lediglich in eine Vorstellung von mir verliebt hatte, die nicht der Wahrheit entsprach?

»Dimitri, du solltest wissen, dass ich schon immer dafür war, dass jeder lieben kann, wen er will. Und die Differenzen zwischen dir und Lilya rühren nicht nur daher, dass ihr zu unterschiedlichen Rassen gehört, sondern liegen vor allem an der Art und Weise, wie ihr aufgewachsen seid. Ich bin skeptisch, ob das auf Dauer wirklich gut geht.« Natascha legte ihre Hand auf meine und sah mich eindringlich an. »Du willst doch bestimmt, dass sie glücklich ist. Eine Ehe ist viel Arbeit, doch die positiven Zeiten sollten überwiegen. Und man sollte sich nicht verstellen müssen. Du solltest von ihr nicht für deine Vergangenheit verurteilt werden.«

»Das ist nicht das Problem. Ich verurteile mich doch selbst für meine Vergangenheit. Es war falsch, was ich getan habe.«

Natascha verdrehte die Augen. »Das denkst du inzwischen also? Wäre es besser gewesen, gegen deine Eltern zu rebellieren? Sie möglicherweise für ihre Ansichten selbst umzubringen und das nicht deinen Bruder erledigen zu lassen?«

Ich zog meine Hand weg und lehnte mich zurück. »Nein, das nicht. Ich hätte sie irgendwie anders davon überzeugen müssen, dass ihre Ansichten veraltet sind.«

»Das waren Ansichten, die du selbst lange Zeit vertreten hast. Wie hättest du also etwas dagegen sagen sollen? Fast jeder Vampyr hat diese Meinung vertreten. Das war kein Verbrechen, sondern normal. Wenn du ehrlich zu dir selbst bist, gestehst du dir auch ein, dass du nie von Schuldgefühlen geplagt worden bist, bevor du Lilya kennen gelernt hast.«

Stöhnend legte ich den Kopf in den Nacken und schloss für einen Moment die Augen. Ich dachte über Nataschas Worte nach. Eigentlich wollte ich es mir nicht eingestehen, doch vermutlich hatte sie recht. Lilya weckte diese Schuldgefühle in mir. Früher hatte ich von einem Tag zum anderen gelebt, ohne mir Gedanken um mein Umfeld zu machen. Ich war als Prinz geboren worden, doch nie hatte ich darüber nachgedacht, was ich mit meiner Macht anstellen könnte. Wie ich die Welt zum Positiven verändern könnte. Das war der wohl größte Unterschied zwischen Lya und mir. Sie dachte zuerst an andere, ich zunächst an mich selbst.

»Verflucht!« Ich raufte mir die Haare und fixierte Nataschas braune Augen. »Ich habe es schon wieder getan.«

Verständnislos sah sie mich an. »Was getan?«

»Nur an mich gedacht«, erklärte ich zähneknirschend. »Das ist das ganze Problem in meiner Beziehung und anscheinend mache ich das nicht nur bei Lya.«

»Ich verstehe immer noch nicht, worauf du hinauswillst.«

»Ich komme hierher und erzähle dir von meinen Sorgen, dabei habe ich dich noch nicht einmal gefragt, wie es dir geht.« Dieses Mal griff ich nach ihrer Hand und drückte sie leicht. »Du warst so viele Jahre lang Valentins Gefangene und musst das mit Sicherheit erst verarbeiten. Wenn du also über irgendetwas reden willst, bin ich für dich da«, versicherte ich ihr.

Sie lächelte matt. »Danke, Dimitri. Aber mach dir um mich keine Sorgen. Ich habe dir bei unserer Ankunft bereits gesagt, dass ich darüber nicht reden will. Ablenkung ist vermutlich das Beste.«

Ich nickte und überlegte, was ich sagen sollte, als ich plötzlich Lilya fluchen hörte. Erschrocken ließ ich Nataschas Hand los und sah auf.

Meine Frau stand neben der Couch und starrte uns mit großen Augen an. »Oh, tut mir leid. Ich wollte nicht stören.«

Sie musste sich zu mir teleportiert haben, ohne zu wissen, dass ich bei Natascha war.

»Lya, warte!«, rief ich, doch sie hatte sich bereits wieder in Luft aufgelöst. »Verdammt, ich hasse das!«, stieß ich aus und ließ mich zurück in die Polster fallen. Manchmal war ihre Fähigkeit wirklich lästig.

»Was war das denn?«, fragte Natascha sichtlich verwirrt. Sie sah immer wieder von dem Fleck, an dem Lilya gestanden hatte, zu mir und zurück.

»Tut mir leid, ich fürchte, Lya hat mit mir sprechen wollen«, erklärte ich und stand auf. »Wir können später weiterreden, Natascha.«

Ohne eine Antwort abzuwarten, lief ich zur Tür und stürmte nach draußen. Im Gegensatz zu Lilya hatte ich keine besonderen Kräfte, die sie mich so einfach aufspüren lassen würden, weshalb ich sie auf ganz altmodische Art suchen musste.

✳✳✳

Überraschenderweise wurde ich direkt am ersten Ort fündig.

Als ich unsere Wohnung betrat, fand ich sie zusammengerollt auf unserer Couch vor. Sie hatte ihre Kuscheldecke bis unter ihr Kinn gezogen und sah mir mit skeptischem Blick entgegen.

»Ach Lya, warum besteht unsere Beziehung immer aus Katz-und-Maus-Spielen?« Seufzend ging ich vor der Couch auf die Knie und strich sanft über ihre Schulter.

»Bin ich die Katze oder die Maus?«, fragte sie und ich konnte ein Grinsen nicht unterdrücken.

»Normalerweise würde ich sagen ganz klar die Katze, aber du läufst so oft davon, dass du dich selbst in die Rolle der Maus steckst.«

Sie schürzte die Lippen und richtete sich auf. »Ich will aber nicht die Maus sein.«

Ich setzte mich neben sie auf die Couch und griff nach ihrer Hand. »Dann lauf nicht davon, sondern stell dich dem Kampf.«

Ihr Blick wanderte von unseren Händen nach oben in mein Gesicht. »Ich versuche es ja.«

»Worüber wolltest du mit mir reden, als du vorhin aufgetaucht bist?«

»Ähm ...« Sie biss sich auf die Unterlippe und überlegte kurz. »Ich habe mit Sarah über uns gesprochen«, sagte sie schließlich und mein Puls beschleunigte sich. Für Sarah war ich womöglich noch immer der schlimmste Vampyr der Welt.

»Und was ist ihre Einschätzung?«, fragte ich ruhig und versuchte, die Angst in meiner Stimme zu unterdrücken.

»Sie ist der Meinung, dass du dich inzwischen wirklich geändert hast und deine Taten bereust. Und dass du meine Liebe verdienst.«

»Wirklich?« Hatte ich es tatsächlich geschafft, mich in Sarahs Augen zu bessern?

Lilya nickte lächelnd. »Allerdings. Und ich denke das auch.«

Sprachlos starrte ich sie an. Sarah und Lya waren zu einer komplett anderen Einschätzung gekommen als Natascha. Wer hatte recht? Hatte ich mich verändert? Bereute ich meine Taten? Ich war der Meinung, dass ich das sehr wohl tat und nicht nur wegen Lya.

Ich sah in ihre kristallblauen Augen und hatte das Gefühl, mich in ihnen zu verlieren.

»Ich habe geschworen, an deiner Seite zu stehen«, flüsterte sie. »Dich zu lieben und zu ehren – in guten wie in schlechten Zeiten. Deine Stärken zu fördern und mit deinen Schwächen geduldig zu sein.« Sanft legte sie eine Hand an meine Wange. »Dimitri, die Dämonen deiner Vergangenheit sind deine größte Schwäche. Auch wenn es noch einige Zeit dauern wird, wir werden sie zusammen überwinden. Doch du hast auch geschworen, mit mir zu reden.«

Bei ihren Worten wurde mein Herz schwer und ich presste die Zähne fest aufeinander. Womit hatte ich diese Frau nur verdient?

»Du hast recht: Ich habe gelobt, mit dir zu reden und zu schweigen, zu lachen und zu weinen. Es tut mir so schrecklich leid, Lya, dass ich dich enttäuscht habe.«

Sie lächelte und zog mein Gesicht zu sich heran. Sanft legte sie ihre Lippen auf meine. »In Krieg und Frieden, bis dass der Tod uns scheidet«, murmelte sie.

»Bis dass der Tod uns scheidet«, wiederholte ich. »Ich liebe dich.« Ich schlang meine Arme um sie und küsste sie leidenschaftlich.

6. KAPITEL

Lilya

In den nächsten Tagen hatte ich das Gefühl, dass langsam Normalität in mein Leben zurückkehrte. Wenn man es denn Normalität nennen konnte.

Liam würde niemals vergessen werden. Dimitris Vergangenheit würde niemals vergessen werden. Die Bedrohung durch Valentin würde niemals vergessen werden.

So viel war passiert, doch das Leben ging weiter. Musste einfach weitergehen. Wie sich die Ereignisse in Sibirien auf die zukünftige Politik auswirken würden, blieb noch abzuwarten. Valentin wollte einen Platz im Rat und ich war gespannt, wann er diesen einfordern würde. Für die nächste Zeit war zumindest kein offizielles Ratstreffen geplant, doch das konnte sich jederzeit kurzfristig ändern.

Jede Nacht träumte ich von all den schrecklichen Erlebnissen. Ich wusste nicht, ob ich sie je loswerden würde. Solange Valentin nicht gestoppt wurde, konnte jederzeit etwas Schlimmes passieren. Doch wie sollten wir ihn aufhalten? Ich musste mir eingestehen, dass ich keine Idee hatte und den anderen schien es ähnlich zu gehen. Uns blieb also nichts anderes übrig, als abzuwarten.

Ich seufzte tief und legte den Kopf in den Nacken. Die Sonne war ein ganzes Stück weitergewandert, während ich hier am Wasserfall gesessen und gedankenverloren in die Ferne gesehen hatte.

Wie viel Zeit tatsächlich vergangen war, konnte ich nicht einschätzen. Ich trug keine Uhr und hatte mein Handy im Schloss gelassen. Hier in Kanada hatte ich es selten dabei.

Irgendwann hörte ich neben dem Tosen des Wassers Schritte und sah auf. Ohne ein Wort zu sagen setzte sich Soley neben mich und schaute ebenfalls in die Ferne.

Es verging eine Weile, während wir schweigend unseren Gedanken nachhingen. Sie war bestimmt hergekommen, um an Liam zu denken. Ich bemerkte, wie Soley eine Hand auf ihren Bauch legte, wodurch ich meine Vermutung als bestätigt ansah. Die Geste stimmte mich traurig.

»Warum passiert das nur alles?«, fragte ich leise und durchbrach damit die Stille.

Soley drehte sich zu mir und legte mir einen Arm um die Schulter. Sie lächelte gequält. »Ich weiß es nicht.«

»Wieso muss man immer kämpfen? Wieso muss man immer Krieg führen? Wieso kann man nicht in Frieden miteinander leben? Egal ob Mensch oder Vampyr.« Ich schüttelte verständnislos den Kopf.

»Man muss es nicht. Aber es wird wohl immer zum Leben dazu gehören. Wo Frieden herrscht, muss es auch Krieg geben. War das nicht schon immer so?«

Ich zuckte die Schultern. »Ich weiß es nicht. Mein ganzes Leben lang habe ich gehofft, dass die Menschen dazulernen. Aber danach sieht es nicht aus. Und dasselbe gilt wohl auch für meine neue Rasse.« Ich streifte Soleys Arm ab, stand stöhnend auf und verschränkte die Arme vor der Brust. Die Sonne hatte sich hinter der nächsten Wolke verzogen und einen kalten Wind zurückgelassen.

Soley schaute zu mir hoch. »Das ist erst der zweite Krieg, von dem ich weiß. Zu dem ersten gibt es nur Legenden, da er bereits vor tausenden von Jahren ausgefochten worden war. Diese Legenden besagen, dass drei Geschwister übernatürliche Fähigkeiten entwickelt haben und darum kämpften, wer diese neue Lebensform anführen sollte. Deine Vorfahrin Königin Lilyana soll diesen Kampf gewonnen haben und seitdem herrscht deine Familie über alle

Vampyre.« Sie lächelte. »Das war vermutlich auch der Grund, warum es seitdem keine Kriege mehr gab. Deine Familie hat immer friedlich regiert und jedem seine Freiheiten gelassen. Wir haben meistens sehr zurückgezogen, aber trotzdem friedlich mit den Menschen zusammengelebt und uns aus ihren Angelegenheiten herausgehalten. Wir mögen stärker und manchmal vielleicht auch intelligenter als sie sein, aber das gibt uns ja noch lange nicht das Recht, sie zu unterdrücken und wie Sklaven zu behandeln, was einige gerne machen würden.« Sie strich behutsam über ihren Bauch. »Jedes Lebewesen hat das Recht auf ein unversehrtes und selbstbestimmtes Leben. Die meisten von uns sehen das auch so, weshalb es kaum zu Streitigkeiten kommt. Zudem erleben wir durch unsere Lebensdauer unheimlich viel und sehen genug Leid auf der Welt, weshalb wir nicht selbst noch aktiv daran beteiligt sein wollen.«

Über dieses Thema hatten Soley und ich bereits häufiger gesprochen. Doch es nützte nichts, darüber zu reden, dass sich Millionen gut benahmen, wenn sich einer mit Macht gegen alles stellte. Egal ob bei den Menschen oder den Vampyren. Es reichte ein Funke, um ein ganzes Inferno zu entzünden und die Welt zu zerstören.

Als ich nichts erwiderte, sprach Soley weiter. »Ich weiß, du findest es ungerecht, was zurzeit passiert. Das liegt in deiner Natur. Du hast einen ausgesprochen großen Gerechtigkeitssinn. Du kannst es nicht mit ansehen, wenn andere schlecht behandelt werden und würdest am liebsten jedem helfen.«

Ich schmunzelte. Das sagte die Richtige. Soley hatte so ein großes Herz und würde sich jederzeit für andere opfern. Ihr waren weitaus schlimmere Dinge als mir widerfahren, doch trotzdem kämpfte sie immer weiter. Weil sie es als ihre Pflicht der Allgemeinheit gegenüber verstand.

»Ich weiß. Das war ja auch der Grund, weshalb ich Politikwissenschaft studiert habe. Ich finde es entsetzlich, was in der Welt passiert. So viel Leid und Ungerechtigkeit. Ich wollte eines Tages Veränderungen bewirken.«

Soley erhob sich ebenfalls und legte mir eine Hand auf die Schulter. »Und das wirst du auch. Wir werden diesen Krieg beenden und dann ist es wichtig, dass jemand da ist, der das Volk wieder zusammenführt.« Sie lächelte mich an. »Deine Vorfahren waren gute Herrscher und das wirst auch du sein.«

***

Nach dem Gespräch mit Soley machte ich mich auf den Weg zurück ins Schloss, während sie noch beim Wasserfall blieb. Sie wollte bestimmt noch in Ruhe nachdenken. Wir alle versuchten uns irgendwie abzulenken, um nicht permanent an Liam zu denken. Doch Soley war schwanger und wurde jeden Tag mit der Tatsache konfrontiert, dass der Vater ihres Kindes tot war. Ich konnte mir gar nicht ausmalen, wie sie sich momentan fühlen musste. Der Alltag würde sie so schnell nicht wieder einholen.

Ich vergrub die Hände in den Taschen meines Kapuzenpullovers und lauschte den umliegenden Geräuschen. Das Rauschen des Flusses ließ ich hinter mir, als ich tiefer in den Wald hineinlief. Obwohl ich heute bereits so viel Zeit hier draußen verbracht hatte, teleportierte ich mich nicht zum Schloss zurück, sondern genoss den Spaziergang.

In den letzten Tagen waren die Temperaturen angestiegen und der Schnee war größtenteils geschmolzen. So schön es hier auch im Winter war, ich war froh, dass jetzt endlich der Frühling und der Sommer kamen.

Da ich nicht in Eile war, verließ ich den Pfad, der durch die ständigen Spaziergänge zum Wasserfall entstanden war, und machte einen kleinen Umweg. Vielleicht stattete ich Emma später noch einen Besuch ab. Das Mädchen war für mich wie eine kleine Schwester und ich verbrachte gerne Zeit mit ihr. Ich wusste, dass ich ein Vorbild für sie war, und bemühte mich, dieser Rolle gerecht zu werden. Ich spürte, dass sie mich jetzt umso dringender brauchte, wo Liam nicht mehr da war. Ihre Schwestern und ihre Mutter kümmerten sich rührend um sie, doch sie waren auch alle viel mit ihrem eigenen Leben beschäftigt.

Ich näherte mich dem Schloss und überlegte, ob ich Ana aufsuchen sollte, um eine Trainingseinheit zu absolvieren. Auch wenn ich nach wie vor keine perfekte Schwertkämpferin war, genoss ich die Übungsstunden. Ana war nicht unbedingt der Typ, der gerne einen Mädelsabend mit Liebesfilmen auf der Couch verbrachte. Auch wenn solche Abende mit ihr und Soley schon stattgefunden hatten, war Ana beim Kämpfen am lockersten. Wir hatten immer viel Spaß beim Training. Es überraschte mich nur, dass sie ihre Geduld mit mir noch nicht verloren hatte, weil meine Erfolge eher mager waren. Sie schien sich nicht damit abzufinden, dass ich keine gute Kriegerin werden würde. Sie war immer noch der Meinung, mit der nötigen Disziplin und Arbeit würde ich sie irgendwann schlagen, ohne meine Fähigkeiten einzusetzen. Ich hatte die Hoffnung längst aufgegeben, ließ sie aber in dem Glauben.

Als lautes Gelächter zu mir drang, blieb ich stehen und lauschte neugierig. Wer hatte hier im Wald seinen Spaß?

»O Dimitri, sie ist unglaublich!« Natascha.

Ich runzelte die Stirn und lief leise in die Richtung, aus der ich Nataschas Stimme gehört hatte. Was trieben sie und Dimitri hier? Er hatte mir vor meinem Ausflug gesagt, dass er etwas mit Sascha unternehmen wollte.

Fast geräuschlos schlich ich mich durchs Dickicht, damit sie mich nicht sofort bemerkten. Schließlich entdeckte ich die beiden und versteckte mich hinter einem Baum. Ich linste an dem Stamm vorbei und beobachtete sprachlos das Bild, das sich mir bot.

Natascha strich der Bärin Jacky durchs Fell, während Dimitri mit Teddy und Balu kuschelte. Die beiden waren inzwischen ein Jahr alt und extrem gewachsen, würden aber noch ein weiteres Jahr bei ihrer Mutter bleiben.

Ich hatte die Bärenfamilie in den letzten Monaten nicht gesehen, da sie sich zur Winterruhe in ihre Höhle zurückgezogen hatten. Ein Gefühl der Eifersucht überkam mich bei dem Anblick, wie Natascha mit den Bären umging. Nachdem Dimitri sie mir gezeigt hatte, hatte er mich bei jedem seiner Besuche mitgenommen. Und nun begleitete ihn Natascha.

»Jacky sieht noch total fit aus für ihr Alter«, hörte ich sie sagen. »Ich kann mich noch so gut an ihren Vater Bosko erinnern. Er hat unsere Spaziergänge im Wald immer begleitet.«

Dimitri ging zu ihr und kraulte ebenfalls die Bärendame. »Stimmt, das ist inzwischen eine Ewigkeit her.«

Natascha legte ihre Hand auf Dimitris und sah ihm tief in die Augen. »Es war eine wundervolle Zeit. Ich wünschte, es wäre alles wie damals und uns allen wäre nicht so viel Leid widerfahren.«

»Das kann ich sehr gut verstehen. Damals hatten wir keinerlei Sorgen und haben einfach unser Leben genossen. Ich bin manchmal auch traurig darüber, dass ich die Zeit nicht zurückdrehen kann«, meinte er gedankenverloren und ich spürte einen tiefen Stich im Herzen.

Ich wollte nichts mehr hören und teleportierte mich in unsere Wohnung, um nicht doch noch entdeckt zu werden.

**

Mit einem Gefühl der Leere ließ ich mich auf die Couch fallen. Wünschte Dimitri sich wirklich, dass alles wie früher war? An seiner Stelle würde ich mich auch nach meinem alten Leben sehnen, in der er noch eine Familie hatte und sich gut mit seinem Bruder verstand. Doch wollte er auch Natascha als seine Partnerin zurück?

Dimitri sagte immer, dass er nicht bedauerte, was passiert war, da er dadurch mich kennengelernt hatte. Doch war ich ihm in Wirklichkeit weniger wert als alles andere?

Seitdem ich wieder wach war, hatte ich kaum Kontakt zu Natascha gehabt. Dimitri hatte mehrfach vorgeschlagen, dass ich etwas mit ihr unternehmen solle, um sie besser kennenzulernen, doch etwas in mir sträubte sich dagegen.

Ich wollte sie nicht verurteilen und die eifersüchtige Ehefrau spielen, nur weil sie seine ehemalige Verlobte war. Doch immer, wenn ich die beiden zusammen sah, wurde mir bewusst, was Dimitri in unserer Ehe fehlen könnte.

Verständnis.

Verständnis für seine Vergangenheit und sein Naturell. So sehr ich mich auch bemühte, ihn zu verstehen, ich würde es wohl niemals gänzlich können. Ich verzieh ihm seine Fehler, doch reichte das? Wie musste es sich anfühlen, ständig zu befürchten, dass die eigene Partnerin ein Monster in einem sah? Ich sah Dimitri nicht so, doch ich wusste, dass er das oft dachte.

Er fühlte sich schlecht wegen Dingen, die er getan hatte, die allerdings für keinen anderen Vampyr eine große Rolle spielen würden. Nur für mich ... weil ich eben wie ein Mensch aufgewachsen war, der es mit der Moral sehr genau nahm.

Die Tatsache, dass immer wieder neue Geschichten aufgetaucht waren, machte es auch nicht einfacher, die Vergangenheit hinter uns zu lassen. Ständig wiederholten sich die Streitereien und es war überaus mühsam. Wir liebten uns, doch dieser eine starke Kontrast zwischen uns machte es uns beiden schwer.

Doch deshalb alles hinzuschmeißen kam für mich nicht infrage. Ich hatte ihn geheiratet und würde ihn nicht einfach verlassen, sondern immer an unserer Ehe arbeiten.

Was Dimitri wohl getan hätte, wenn ich nach den letzten Neuigkeiten einfach Schluss gemacht hätte? Dieses Mal hatte ich ihm wahnsinnig schnell verziehen. Noch schneller als bei den letzten Malen. Vielleicht lag das auch an Natascha.

Er hatte viel Zeit mit ihr verbracht, während ich im Koma gelegen hatte. Und auch jetzt noch schien er täglich etwas mit ihr zu unternehmen. Spielte meine Angst eine Rolle, dass er sich womöglich zu ihr hingezogen fühlte, weil sie eine Djiya war? Eine Djiya, die ihn vielleicht besser kannte als ich und die ihn niemals verurteilen würde? Doch sie kannte nicht alle Seiten an Dimitri. Zumindest redete ich mir das ein. Seine feinfühlige und hilfsbereite Art, all seine Veränderungen seit wir uns kannten, waren ihr fremd. Vielleicht mochte sie Dimitri aus diesem Grund gar nicht mehr so sehr, weil er nicht mehr der war, mit dem sie aufgewachsen war. Oder vielleicht sehnte sie sich nach ihrem Martyrium mit Valentin gerade nach dem Typ Mann, zu dem Dimitri inzwischen geworden war. Würde sie es in dem Fall wagen, sich an meinen Ehemann heranzumachen?

7. KAPITEL

Dimitri

Die Sonne war bereits untergegangen, als ich Natascha zu ihrem Zimmer brachte und anschließend in meine und Lilyas Wohnung zurückkehrte.

Lilya saß auf der Couch und zappte durchs Fernsehprogramm.

»Auch mal wieder da?«, fragte sie bissig, ohne aufzuschauen.

Ich runzelte die Stirn. So hatte sie mich noch nie begrüßt.

»Ist etwas vorgefallen oder warum bist du so schlecht gelaunt?«, fragte ich und setzte mich neben sie.

Sie schaltete den Fernseher aus und legte die Fernbedienung auf den Couchtisch, ehe sie sich mir zuwandte. »Nein, oder darf ich etwa nie schlecht gelaunt sein, weil mein Mann kaum Zeit mit mir verbringt?«

»Lya, wenn du das Gefühl hast, mich zu selten zu sehen, solltest du das direkt ansprechen und mir jetzt keine Szene machen. Ich habe mich doch auch nie beschwert, dass du deinen Freiraum brauchst.«

Sie verdrehte die Augen. »Es geht nicht um Freiraum. Du hast mich so lange nicht sehen können und nachdem ich wieder wach war, haben wir uns mal wieder wegen deiner Vergangenheit gestritten. Ich habe dir verziehen, doch das heißt nicht, dass alles vergessen ist. Du könntest dich mehr um mich bemühen. Doch anscheinend hast du nichts Besseres zu tun, als deine Freizeit mit Natascha zu verbringen.«

Ich lachte trocken auf. Darum ging es ihr also. »Ich fasse es nicht. Du bist eifersüchtig auf Natascha und drehst deswegen durch? Ich dachte, Eifersucht wäre in unserer Ehe kein Thema.«

»Ich bin nicht eifersüchtig«, beharrte sie und verschränkte die Arme vor der Brust. »Es wäre nur schön, das Gefühl zu haben, die wichtigste Frau in deinem Leben zu sein.«

Was war nur so plötzlich in sie gefahren? So hatte ich Lya noch nie erlebt. Verständnislos schüttelte ich den Kopf.

»Du bist die wichtigste Frau in meinem Leben, das solltest du wissen. Ich dachte vierundzwanzig Jahre lang, dass sie tot ist. Sie hat eine schwere Zeit hinter sich, ich wollte jetzt einfach für sie da sein.« Glaubte sie wirklich, ich würde Natascha bevorzugen und dass von ihr eine Gefahr ausginge?

»Wie kommt es eigentlich, dass Natascha noch am Leben ist? Hast du ihre Leiche nie gesehen?«, fragte sie unvermittelt und ich runzelte die Stirn.

»Nein. Als ich die toten Körper meiner Familie gefunden habe, erzählte Valentin mir, dass er Natascha mitgenommen hatte, um noch etwas Spaß mit ihr zu haben und sie anschließend ebenfalls getötet hatte. Ich hatte nicht gedacht, dass er lügt.«

»Aber offensichtlich hat er das. Wieso hat er gelogen? Wollte er sie als Geisel behalten, um ein Druckmittel gegen dich in der Hand zu haben?«

»Das kann ich mir nicht vorstellen. Es war eine arrangierte Verlobung, ich liebte sie ja nicht. Wenn er ein Druckmittel gewollt hätte, hätte er Valeria am Leben gelassen.« Tiefe Trauer überkam mich bei dem Gedanken an meine kleine Schwester. Allgemein wieder an den Moment zu denken, als ich meine Familie tot aufgefunden hatte, war schmerzhaft.

»Mhh … Meinst du, sie hat sich gegen dich gestellt und arbeitet nun für Valentin?«, fragte Lya plötzlich.

Ihre Überlegung schockierte mich. »Wie kommst du darauf?«

Lya zuckte mit den Schultern. »Naja, vielleicht war sie von Anfang an auf seiner Seite und jetzt möchte er sie als Köder benutzen, um uns auszuspionieren. Er weiß, dass du sie immer aufnehmen würdest, wenn sie hilfesuchend bei dir auftaucht und eine abenteuerliche Geschichte erzählt, wie sie doch überlebt hat.«

Mir klappte der Mund auf. Wie kam Lya auf so eine Idee?

»Versuchst du mich etwa gegen sie aufzubringen?«, fragte ich gereizt. »Wenn du sie nicht leiden kannst, akzeptiere ich das. Auch wenn du ihr noch nicht einmal die Chance gegeben hast, sie näher kennenzulernen.«

Lya biss sich auf die Unterlippe und senkte beschämt den Blick. Offenbar hatte sie gar nicht gemerkt, wie das Gespräch ausgeufert war. »Tut mir leid. Ich weiß nicht, warum ich heute so schlecht drauf bin.«

Ich seufzte tief. »Ist schon in Ordnung. Sieht so aus, als hätten sich da einige Emotionen angestaut. Wir sollten wirklich wieder mehr miteinander reden.«

Statt einer Antwort nickte sie nur. Ich zog sie in meine Arme und strich zärtlich über ihren Arm. Die Diskussion war vorerst beendet.

Ich dachte über ihre Worte nach. Das Zusammentreffen mit Natascha hatte mich mehr mitgenommen, als ich gedacht hatte. Ich liebte sie nicht, aber sie war eine gute Freundin gewesen und hatte mir viel bedeutet. Deshalb hatte ich mich damals auch auf die Ehe mit ihr gefreut. Obwohl mir bewusst gewesen war, was Valentin für sie empfunden und dass es ihn schwer getroffen hatte, dass man sie ihm weggenommen hatte. Den Gedanken daran, dass Natascha mich möglicherweise verraten haben könnte, schob ich schnell beiseite. Es gab keinen Grund, ihr zu misstrauen. Glaubte Lilya wirklich, dass sie mir etwas vormachte? Oder vielleicht, dass Valentin Natascha so lange gefoltert hatte, bis sie ihm gehorcht hatte? Lilyas und Soleys Willen hatte Valentin auf diese Art und Weise brechen wollen. Hätten sie es nicht geschafft zu entkommen, wäre es ihm womöglich irgendwann gelungen.

Aber Valentin hatte Natascha geliebt und egal was mein Bruder alles getan hatte, ich bezweifelte, dass er sie hätte misshandeln können, damit sie ihm gehorsam wurde.

Doch wenn ich das nun so sah, wie hatte ich ihm dann all die Jahre die Lüge glauben können, er hätte sie getötet?

Wie auch immer. Ich kannte die Hintergründe nicht, also brachte es nichts, wenn ich mir weiter darüber den Kopf zerbrach. Irgendwann würde ich vielleicht herausfinden, was in Sibirien mit ihr geschehen war. Doch fürs erste würde ich meine Meinung bezüglich Natascha nicht ändern.

Lilya sah auf und unsere Blicke trafen sich. Sie war nicht von meiner Seite gewichen. Das war sie nie.

Ich schob alle Gedanken bezüglich Natascha beiseite und konzentrierte mich auf das Wesentliche. Meine Frau. Sie stand für mich an erster Stelle. Natascha war meine Vergangenheit, Lilya meine Zukunft.

»Entschuldige, ich war in letzter Zeit kein guter Ehemann«, gestand ich.

Ihr Blick wurde weicher. »Du brauchst dich nicht zu entschuldigen. Ich kann verstehen, dass dich die ganze Sache belastet. Sie war deine Verlobte. Ob nun aus Liebe oder politischen Gründen, spielt keine Rolle, denn du hast sie sehr gemocht. Ich hätte mich nicht so aufregen dürfen, nur weil du Zeit mit ihr verbringst. Und ich hätte sie nicht verdächtigen sollen, eine Spionin von Valentin zu sein.«

»Ist schon okay.« Ich senkte den Kopf und küsste sie sanft. Ohne den Kuss zu unterbrechen, rutschte sie auf meinen Schoß und vergrub ihre Hände in meinen Haaren.

»Ich liebe dich«, stieß ich zwischen zwei Küssen hervor.

Statt einer Antwort zog sie leicht an meinen Haaren und küsste mich noch leidenschaftlicher. Ein Stöhnen entwich meinen Lippen, als unsere Zungen sich berührten.

Ich schlang meine Arme um sie und drückte sie fest an mich. Ohne unseren Kuss zu unterbrechen, stand ich auf und trug sie ins Schlafzimmer.

***

»Würdest du nun doch etwas mit Natascha unternehmen?«

Lilya hob den Kopf von meiner Brust und sah mich an. »Ja, werde ich«, versprach sie und streckte sich, um mich zu küssen.

Ich schlang meine Arme um sie und erwiderte den Kuss. »Danke, das bedeutet mir viel.«

»Ich weiß«, sagte sie lächelnd und brachte mich damit zum Schmunzeln.

»Denk dran, wie misstrauisch du Ana gegenüber warst bei eurem ersten Aufeinandertreffen. Und heute seid ihr die besten Freunde.«

Sie richtete sich im Bett auf und blickte stirnrunzelnd auf mich hinab.

»Ach, glaubst du, ich habe im ersten Moment immer ein Problem mit einer Djiya? Ana und Natascha kann man überhaupt nicht miteinander vergleichen.«

Ich griff nach ihrer Hand und strich sanft über ihren Handrücken. »So meinte ich das nicht. Gib ihr einfach eine Chance, okay?«

Einen Augenblick lang musterte sie mich noch skeptisch, ehe sie seufzend nickte. »Ist in Ordnung.«

***

Den nächsten Tag wollte ich nutzen, um Natascha und Lilya einander näher zu bringen. Es fiel mir jedoch nicht leicht, eine Aktivität zu finden, die die beiden Frauen verband. Sie konnten kaum gegensätzlicher sein. Als ich vorschlug, dass sie einen gemeinsamen Ausritt unternehmen könnten, stimmten jedoch beide zu.

Ich begleitete Lilya auf dem Weg zu Nataschas Gemächern, um diese abzuholen.

»Und du bist sicher, dass du nicht mitkommen möchtest?«, fragte Lya, als wir vor Nataschas Tür standen. Mit großen Augen sah sie zu mir auf. Ihr flehender Blick entging mir nicht. Sie wollte nicht mit Natascha allein sein. Ich konnte wirklich nicht verstehen, wo ihr Problem lag.

Seufzend nickte ich. »Lya, es macht keinen Sinn, wenn ich dabei bin. Frauen sind immer ganz anders, wenn sie unter sich sind, und ihr könnt euch so viel offener unterhalten.«

Lya verdrehte die Augen und bevor sie noch etwas erwidern konnte, klopfte ich an die Tür.

Natascha öffnete mit einem breiten Lächeln und mein Blick glitt kurz an ihr herunter. Die Reitkleidung, die man ihr gebracht hatte, passte ausgezeichnet. Die hautenge weiße Reithose und das schwarze T-Shirt zeigten ihre weiblichen Kurven mehr als deutlich. Ich verkniff es mir zu Lya zu sehen, denn ich vermutete, dass Nataschas Outfit ihr nicht gefallen würde. Lya sah in ihren Sachen umwerfend aus, doch sie legte eben keinen Wert auf Makellosigkeit.

»Ich bin fertig, wir können los«, verkündete Natascha lächelnd und zog die Tür hinter sich zu. Für einen Moment musterte sie mich, woraufhin sich Falten auf ihrer Stirn bildeten. »Du kommst nicht mit, Dimka?«, fragte sie traurig und spielte mit ihren Haaren, die sie zu einem Zopf gebunden hatte.

Ich schüttelte den Kopf. »Nein, das wird ein Mädelsausflug«, sagte ich grinsend und hoffte, die Stimmung etwas aufzulockern. Als die Blicke der beiden Frauen sich trafen, spürte ich jedoch deutlich die Distanz zwischen ihnen. Sie zusammenzubringen, würde wohl etwas schwieriger werden.

***

»Hilfst du mir beim Satteln, Dimka?«

Natascha stand unschlüssig in der Tür der Sattelkammer und sah fragend von mir zu den Reitutensilien. Lya hatte ihr gezeigt, welches Zubehör sie für ihr Pferd brauchte und war daraufhin losgegangen, um Coco zu satteln.

»Ich bin seit vierundzwanzig Jahren nicht mehr geritten, ich bin nicht sicher, ob ich es noch kann.« Unsicher kaute sie auf ihrer Unterlippe.

»Keine Sorge, das verlernt man nicht«, sagte ich lächelnd, um ihr die Angst zu nehmen. »Und natürlich helfe ich dir.«

»Danke.« Sie trat einen Schritt zur Seite und ich holte Sattel und Zaumzeug für sie aus der Kammer. Anschließend gingen wir zu dem Wallach, den Lya für sie ausgesucht hatte, und gemeinsam sattelten wir das Pferd.

»Vielleicht komme ich ja wieder auf den Geschmack, dann können wir beide in nächster Zeit auch häufiger ausreiten«, schlug Natascha augenzwinkernd vor und tätschelte den Hals des Pferdes.

»Das lässt sich bestimmt einrichten.«

Ein verträumter Ausdruck trat in ihre Augen. »So wie früher. Als die Welt noch in Ordnung war. Nicht wahr, Dimka?«

Ich kam nicht dazu, etwas auf ihre Äußerung zu antworten, denn in dem Moment räusperte sich Lya hinter mir und ich drehte mich zu ihr um. Sie hatte die Arme vor der Brust verschränkt und legte den Kopf schief.

»Bist du fertig?«, fragte sie Natascha und mir entging der leicht gereizte Unterton in ihrer Stimme nicht.

Natascha nickte lächelnd. »Ja. Wir können los.« Sie schien sich immerhin nicht von Lyas Feindseligkeit anstecken zu lassen und trat ihr völlig vorurteilsfrei entgegen. Angesichts der letzten Jahre in Gefangenschaft hatte sie aber bestimmt auch andere Sorgen, als sich mit einer eifersüchtigen Frau herumzuschlagen. Dass sie verstärkten Kontakt zu mir suchte, war für mich völlig verständlich. Ich war ihr einziger Anker in dieser Zeit. Dass Lya das offensichtlich nicht verstand, ärgerte mich ziemlich. Sie sollte wissen, dass keine Frau dieser Welt ihr gefährlich werden könnte.

8. KAPITEL

Lilya

Nachdem wir uns von Dimitri verabschiedet hatten, ritten Natascha und ich schweigend durch den Wald. Ich bereute es bereits, zugestimmt zu haben, etwas mit ihr zu unternehmen. Diese Frau war mir nicht geheuer. In ihrer Nähe gingen all meine Alarmglocken los. Dabei wusste ich nicht einmal, wieso. Ich war nicht eifersüchtig, zumindest nicht im klassischen Sinne. Was mich genau an ihr störte, konnte ich nicht beschreiben.

»Warst du schon mal in Kanada?«, fragte ich, zumindest ein wenig um Smalltalk bemüht.

Natascha runzelte die Stirn und musterte mich abschätzig. »Dimitri ist nicht hier, du kannst dir dieses Theater also sparen.«

Ihre Antwort überraschte mich nicht wirklich. Sah wohl so aus, als würde sie genauso wenig Wert auf meine Gesellschaft legen wie ich auf ihre. Da hatte mich mein Gefühl also nicht getäuscht.

»Gut, dann lass uns doch offen miteinander reden«, schlug ich vor. »Hast du eine Idee, was Valentin plant? Warum hat er dich all die Jahre gefangen gehalten? Was ist dir in dieser Zeit widerfahren? Und was erhoffst du dir davon, Dimitri jetzt schöne Augen zu machen?« Die letzte Frage konnte ich mir nicht verkneifen. Ich war nicht blöd. Und auch wenn ich der Meinung war, dass sie sich nur lächerlich machte, indem sie sich an meinen Mann ranschmiss, nervte es mich dennoch. Und typisch Mann sah Dimitri das natürlich nicht so deutlich wie ich.

Überraschenderweise brach Natascha auf meine Fragen hin in lautes Gelächter aus. »Du denkst doch nicht etwa, dass ich auf sowas antworte, oder?«

Sie lenkte ihr Pferd in meinen Weg, so dass ich Coco zum Stehen bringen musste. »Hör mir mal genau zu, kleine Königin.« Sie lehnte sich in ihrem Sattel nach vorne und musterte mich aus dunklen Augen. »Dimitri ist ein wichtiger Bestandteil meines Lebens und damit wirst du klarkommen müssen. Er gehört dir nicht, nur weil ihr verheiratet seid. Und was meine Vergangenheit angeht: Die hat dich nicht zu interessieren. Steck deine hübsche Nase mal besser nicht in Angelegenheiten, die dich überhaupt nichts angehen. Sonst könntest du es bereuen«, zischte sie.

Mir klappte der Mund auf. Hatte sie mir gerade gedroht?

Sie warf mir noch einen abschätzigen Blick zu, ehe sie ihr Pferd antrieb und davongaloppierte.

Sprachlos starrte ich ihr hinterher und konnte nicht fassen, was sie eben gesagt hatte. Hatte diese Djiya endlich ihr wahres Gesicht gezeigt?

***

Wütend schlug ich die Tür hinter mir zu, woraufhin Dimitri, der auf der Couch saß, erschrocken zusammenzuckte.

»Was ist passiert, Lya?« Er sprang auf und lief auf mich zu. Besorgt musterte er mich und hob leicht die Hände, vermutlich um mich in den Arm nehmen zu wollen. Als er meinen finsteren Blick bemerkte, entschied er sich jedoch dagegen.

»Ich hasse sie!«, zischte ich und stapfte an ihm vorbei. Stöhnend ließ ich mich auf die Couch fallen. Dimitri stand unschlüssig im Raum und blickte stirnrunzelnd zu mir.

»Erklärst du mir vielleicht, was vorgefallen ist?« Er konnte sich bestimmt denken, dass ich von Natascha sprach. Von wem auch sonst?

Ich hatte die Versorgung von Coco den Mädchen aus dem Stall überlassen und war direkt in meine Wohnung geflüchtet, so geladen war ich.

Eigentlich hatte ich gehofft, dass Dimitri nicht hier sein würde und ich mich zunächst beruhigen konnte. Doch nun kümmerte es mich auch nicht mehr, dass er hier war. Ganz im Gegenteil. Vielleicht war es gut, wenn er mitbekam, wie sehr mich seine einstige Verlobte in den Wahnsinn trieb.

»Natascha ist ein Miststück und ich kaufe ihr die Rolle vom traumatisierten Mädchen nicht ab.« So, jetzt war es raus. Dimitri sah mich an, als hätte ich nun völlig den Verstand verloren.

Er seufzte und setzte sich dann kopfschüttelnd neben mich auf die Couch. »Beruhigst du dich jetzt bitte und redest mal Klartext?«

Ich verdrehte die Augen. »Okay, dann zum Mitschreiben: Sobald du außer Sicht- und Hörweite bist, legt dieses Biest ihre Maske ab und zeigt ihr wahres Gesicht. Sie hat sich mir gegenüber absolut unverschämt verhalten. Ich traue ihr nun überhaupt nicht mehr über den Weg.«

»Das kann ich mir nicht vorstellen. Wenn ihr euch gestritten habt und irgendwelche Bemerkungen gefallen sind, dann bestimmt, weil du dich ihr gegenüber so feindselig gezeigt hast. Natascha ist ...«

»Wieso glaubst du ihr mehr als mir?«, fiel ich ihm wütend ins Wort. »Wie kannst du ihr so blind vertrauen, nachdem du sie jahrelang nicht gesehen hast?«

Dimitri hob die Augenbrauen. »Welchen Grund sollte sie haben zu lügen?«

Ich zuckte mit den Schultern. »Keine Ahnung. Vielleicht will sie dich zurück? Du weißt doch gar nicht, wie sehr sie sich möglicherweise verändert hat, seit du sie das letzte Mal gesehen hast.«

»Das ist doch totaler Quatsch. Sie weiß, dass wir verheiratet sind.«

»Ach tatsächlich?« Genervt knirschte ich mit den Zähnen und starrte für einen Moment auf den Boden. »Nun, wenn du der Ansicht bist, dass ich die Lügnerin bin, solltest du vielleicht lieber zu ihr zurückkehren.«

»Du übertreibst maßlos, Lilya.« Dimitri legte einen Arm um mich, doch die Geste beruhigte mich nicht. »Ich will nichts mehr von ihr, aber ich werde sie auch nicht auf die Straße setzen. Sie braucht meine Hilfe.«

»Schön.« Ich streifte seinen Arm ab und stand auf. »Du hast deine Entscheidung getroffen. Hier ist meine.« Und mit diesen Worten zog ich den Ehering von meinem Finger und warf ihn Dimitri vor die Füße. Er starrte mich fassungslos an.

»Schenk diesen Ring lieber einer Frau, der du vertraust!«, zischte ich wütend, machte auf dem Absatz kehrt und knallte die Wohnungstür hinter mir zu.

Wenn ich erwartet hatte, dass Dimitri mir nachlaufen und sich entschuldigen würde, so wurde ich enttäuscht. Betrübt blieb ich stehen und starrte auf die geschlossene Tür. Mit einem dicken Kloß im Hals stürmte ich los und rannte in mein Arbeitszimmer, wo ich die Tränen nicht länger unterdrücken konnte. Ich war so enttäuscht von Dimitri, dass er nicht zu mir gehalten hatte. Ich kauerte mich auf dem großen Bürostuhl zusammen und weinte hemmungslos.

**

Irgendwann klopfte es zaghaft an der Tür. Die Hoffnung, dass es Dimitri sein könnte, erstarb, als Soley den Raum betrat.

»O nein, Lilya. Was ist passiert?« Sie setzte sich neben mich auf den Schreibtisch und schaute mich mitleidig an.

»Dimitri und ich hatten eine Meinungsverschiedenheit«, brachte ich tonlos hervor und wischte meine Tränen weg.

»Wegen Natascha?«, vermutete sie.

»Kann man so sagen«, murmelte ich und fasste noch kurz meinen Ausflug mit Natascha zusammen.

Soley starrte mich schockiert an. »Das hat sie nicht gesagt? Und wie ist daraufhin die Diskussion mit Dimitri ausgegangen?«

»Ich habe ihm meinen Ehering vor die Füße geworfen und bin abgehauen«, erzählte ich und dachte an Dimitris Reaktion. »Ich hatte gehofft, er würde mir nachlaufen, aber er steht scheinbar auf ihrer Seite.«

»Wie bitte? Und was willst du jetzt machen?«

Ich zuckte mit den Schultern. »Ich weiß es nicht.«

»Du kannst doch nicht einfach klein beigeben und dich hier verstecken.« Sie blickte mich verständnislos an. »Lilya, ihr beide habt schon so viel durchgemacht und jetzt brichst du wegen Natascha zusammen? Du hast mir beigebracht, dass man sich nicht so leicht geschlagen geben sollte. Ohne dich wäre ich nie mit Liam zusammengekommen ...« Sie verstummte und einen Moment schwiegen wir beide angesichts des Schmerzes, den die Erwähnung seines Namens immer noch bei uns auslöste.

»Was schlägst du vor?«, fragte ich irgendwann leise und sah zu ihr auf.

In Soleys grünen Augen standen Tränen, doch ich erkannte auch ihren starken Willen darin. »Kämpfen«, sagte sie knapp.

Das Wort drang in mein Innerstes und entfachte mein Feuer. Wut kochte in mir hoch und verdrängte schlagartig die Trauer. Soley hatte recht. Wieso sollte ich vor dieser Frau kapitulieren? Was konnte sie mir schon entgegensetzen? Ich rappelte mich auf und umarmte Soley.

»Danke. Du hast vollkommen recht. Das ist mein Schloss und sie ist hier nur zu Gast. Wie kann sie es wagen, sich an meinen Mann ranzumachen und womöglich Intrigen gegen mich zu schmieden?«

»Das ist die richtige Einstellung«, sagte Soley lächelnd.

Mein Mund verzog sich zu einem breiten Grinsen. »Ich werde dieses Miststück eigenhändig aus dem Schloss werfen, wenn es sein muss. Und dann erobere ich meinen Mann zurück.«

»Wow. Gerade noch am Boden zerstört und nun wirkst du richtig angsteinflößend«, kommentierte Soley meinen Stimmungsumschwung.

»Du kannst dir sicher sein, dass mich gleich jemand anderes noch viel furchteinflößender finden wird.« Ich zwinkerte Soley zu, bevor ich losstürmte und sie im Arbeitszimmer zurückließ.

✳✳✳

Ich fand Natascha im Kaminzimmer. Allerdings war sie nicht allein. Zu meinem Entsetzen war ausgerechnet Dimitri bei ihr. Sie standen am Fenster und wirkten wie ein verliebtes Pärchen. Er hatte einen Arm um ihre Taille gelegt und sie kuschelte sich an ihn. Der Anblick versetzte mir einen tiefen Stich ins Herz, aber statt Kummer machte sich rasende Wut in mir breit. Ich hasste diese Person.

Ich räusperte mich und sah, wie sich Dimitri schnell von ihr löste und sich zu mir umdrehte.

Natascha hielt sich gelassen an seinem Arm fest und lächelte triumphierend. Das Lächeln würde ihr bald vergehen.

»Lass uns allein«, befahl ich Dimitri und zwang mich, in seine Augen zu sehen. Der Ausdruck in seinem Gesicht verletzte mich. Ich wusste, was er jetzt sagen würde.

»Lilya, hör auf damit. Es ist nicht so, wie es aussieht«, versuchte er mich zu beruhigen, und machte einen Schritt in meine Richtung.

»Verschwinde!«, brüllte ich ihn an.

Skeptisch musterte er mich. Er schien zu überlegen, ob er mich mit Natascha alleine lassen konnte. Als er seinen Blick von mir löste und sie anschaute, begann es in mir zu brodeln. Mit ängstlichem Blick klammerte sie sich an ihn.

»Lass mich bitte nicht mit ihr allein, Dimitri«, jammerte sie.

Dieses verdammte Miststück, dachte ich verbittert. Nicht den Mut, vor Dimitri zuzugeben, wie stark sie wirklich war. Stattdessen spielte sie weiterhin das gebrochene Mädchen. Ich wollte gar nicht wissen, was sie ihm erzählt hatte, was angeblich beim Ausritt passiert war.

Dimitri hob beschwichtigend die Hände. »Beruhige dich, Lilya. Alles was du ihr sagen möchtest, kannst du auch vor mir sagen.«

Es war aussichtslos. Auf diese Art und Weise würde ich ihn nicht von ihr wegbekommen.

Nun gut, dann musste ich wohl zu anderen Mitteln greifen. Blitzschnell war ich nach vorn gestürzt und hatte Natascha von ihm losgerissen. Ehe er reagieren konnte, hatte ich mich auch schon mit ihr wegteleportiert.

***

Ich ließ uns beide wieder im Wald auftauchen. Natascha riss sich von mir los und stolperte ein paar Schritte rückwärts.

»Das wird dir Dimitri nicht verzeihen!«, zischte sie.

»Mach dir um ihn keine Gedanken. Ich werde das mit ihm persönlich klären, nachdem ich mich um dich gekümmert habe«, erklärte ich gelassen und verschränkte die Arme vor der Brust.

»Was willst du tun? Mich umbringen und anschließend im Wald vergraben?«, spottete sie.

Ich unterdrückte ein Schmunzeln. Sie sollte mich besser nicht in Versuchung bringen. »Das muss ich nicht. Solltest du so unschuldig sein, wie du sagst, stehst du nun auf Valentins Abschussliste. Er wird eine entflohene Gefangene doch nicht einfach so laufen lassen. Deine neugewonnene Freiheit solltest du also lieber woanders verbringen.«

Ihre Augen verengten sich zu Schlitzen. »Nach deinem Auftritt wird Dimitri dir ohnehin nicht mehr glauben. Er wird sich auf die Suche nach mir machen. Mit deinem Wutausbruch hast du ihn direkt in meine Arme getrieben.« Ein kaltes Grinsen breitete sich auf ihrem Gesicht aus.

»Lass das mal meine Sorge sein. Dass du verschwinden sollst, war keine Bitte. Als Königin der Vampyre befehle ich es dir.« Ich machte einen Schritt auf sie zu und das Lächeln verschwand aus ihrem Gesicht. »Lass in Zukunft die Finger von Dimitri. Er gehört mir!«

Natascha öffnete den Mund, doch ich ließ sie nicht zu Wort kommen. »Mir ist egal, ob du wirklich Valentins Gefangene warst oder insgeheim für ihn arbeitest. Wenn du noch einmal einen Fuß in die Nähe meines Schlosses setzt, bringe ich dich um. Hast du verstanden? Du bist nicht in der Position, mir zu drohen! Merk dir das!«

Nataschas Blick verfinsterte sich, doch sie schien zu begreifen, dass sie sich besser nicht mit mir anlegen sollte. Immerhin wusste sie, wozu ich in der Lage war.

Ohne mich aus den Augen zu lassen, machte sie einige Schritte rückwärts, ehe sie sich umdrehte und zwischen den Bäumen verschwand.

Ich blieb noch eine ganze Weile stehen und sah zu dem Punkt, wo sie verschwunden war. Was meine Entscheidung für Konsequenzen hatte, würde ich noch herausfinden müssen.

9. KAPITEL

Dimitri

»Was hast du mit Natascha gemacht?«, fragte ich scharf, als ich Lilya in der Eingangshalle des Schlosses antraf. Ich hatte mich auf den Weg gemacht, um sie und Natascha zu suchen.

Mit verschränkten Armen kam sie auf mich zu und zuckte bei meiner Frage mit den Schultern. »Sie weggeschickt. In meinen Augen ist sie hier nicht mehr willkommen. Sie soll ihre neugewonnene Freiheit woanders genießen«, erwiderte sie schlicht.

»In deinen Augen nicht mehr willkommen?«, echote ich fassungslos. »Das ist nicht dein Ernst! Lya, was hat sie dir getan? Valentin ist hinter ihr her und du schmeißt sie aus dem Schloss?«

»Wenn Valentin tatsächlich hinter ihr her ist, ist sie erst recht überall sicherer als hier.«

Wütend ballte ich die Hände zu Fäusten. »Du hattest nicht das Recht, sie wegzuschicken! Sie ist meine Freundin und auch wenn du ein Problem mit ihr hast, geht das endgültig zu weit!«

Trotzig reckte Lya das Kinn und funkelte mich an. »Wenn dir meine Entscheidung nicht passt, kannst du ihr gerne nachlaufen. Dann kannst du ihr den Ring deiner Mutter schenken. Aber ich bin mir ziemlich sicher, dass sie damals beim Mord an deiner Familie ihre Finger im Spiel hatte.«

Schockiert von ihren Worten klappte mir der Mund auf. Die ganze Zeit über hatte ich ihre Überlegungen zu Natascha ignoriert, doch jetzt ging sie wirklich zu weit.

»Hast du irgendwelche Beweise für diese Theorie?«, fuhr ich sie an.

Stumm starrte sie mich an und schüttelte schließlich den Kopf. »Glaubst du wirklich, dass ich ihr so etwas unterstelle, nur weil ich sie nicht leiden kann? Oder weil ich eifersüchtig bin? Du solltest mich inzwischen gut genug kennen, dass ich so niemals handeln würde. Sie hat mir gedroht und sich mir gegenüber ganz anders verhalten als dir. Dich konnte sie ja leicht um den Finger wickeln. Mach endlich mal die Augen auf!« Und mit diesen Worten ließ sie mich stehen.

***

Die darauffolgenden Stunden verbrachte ich damit, im Wald nach Natascha zu suchen. Ich hatte mich inzwischen wieder beruhigt und versuchte zu verstehen, was Lya so hatte ausrasten lassen. Erst jetzt war zu mir durchgedrungen, was sie alles gesagt hatte. Und vor allem, was sie getan hatte.

Seufzend zog ich Lyas Ehering aus der Hosentasche und spielte gedankenverloren mit dem Schmuckstück. Sie hätte ihn mir niemals ohne Grund vor die Füße geworfen.

Sie hatte inzwischen so viele schlechte Seiten von mir kennengelernt, dass ich glaubte, dass sie nichts mehr schockieren könnte.

Doch nun drohte Natascha unsere Ehe zu zerstören. Wieso?

Lya hatte recht damit, dass ihr eigenes Verhalten nicht ihrem Charakter entsprach. Es musste irgendetwas zwischen ihr und Natascha vorgefallen sein, was ich nicht mitbekommen hatte. Oder nicht mitbekommen wollte …

Es passte einfach nicht zu ihr, eifersüchtig zu werden oder Leute vorschnell zu verurteilen. Selbst wenn es sich dabei um meine Ex-Verlobte handelte.

Das schlechte Gewissen begann an mir zu nagen, weil ich Lya nicht richtig zugehört hatte. Ich hatte meine Frau von mir gestoßen und ihr misstraut, anstatt sie anzuhören.

In mir wuchsen die ersten Zweifel, wenn ich an Nataschas Glaubwürdigkeit dachte. War sie wirklich Valentins Gefangene gewesen? Hatte sie wirklich eine so schreckliche Zeit hinter sich? Wäre Valentin tatsächlich in der Lage, die Frau zu foltern, die er liebte?

Vielleicht würde ich irgendwann erfahren, was in den vergangenen vierundzwanzig Jahren wirklich passiert war. Vorerst konnte ich nur spekulieren. Etwas anderes konnte auch Lya nicht, doch nachdem ich mich nun beruhigt hatte, war ich sicher, dass ich ihrem Gefühl vertrauen musste. Sie hatte definitiv eine bessere Menschenkenntnis als ich.

Ich hatte mich so sehr gefreut, dass Natascha noch am Leben war, dass ich jegliche Objektivität verloren hatte.

Meine Frau hatte mir immer wieder ihr Vertrauen geschenkt, obwohl ich es so oft missbraucht hatte. Nun war es an der Zeit, ihr mein Vertrauen zu schenken.

***

»Was machen wir hier?« Lilya ließ ihren Blick über die Flugzeuge gleiten, ehe sie skeptisch zu mir sah.

»Einen Rundflug«, verkündete ich und ging zur Pilatus PC-24, einem Privatjet, den ich gerne für Reisen auf diesem Kontinent verwendete.

»Einen Rundflug?«, echote sie und lief mir hinterher. »Und dazu nehmen wir einen Jet?«

»Warum nicht?« Ich stieg in das Flugzeug und nahm auf dem Pilotensitz Platz. Lya setzte sich neben mich und musterte mich von der Seite. Sie ahnte, dass ich etwas aussheckte.

Wir hatten kein Wort mehr miteinander gewechselt, seit sie Natascha aus dem Schloss verbannt hatte. Ich hatte Natascha trotz intensiver Suche nicht aufspüren können und die Hoffnung nach weiteren Versuchen aufgegeben. Ich hatte bald verstanden, warum Lilya so reagiert hatte, und wollte mich bei ihr entschuldigen, weil ich ihr nicht vertraut hatte. Doch dafür musste ich mir etwas Besonderes überlegen.

»Meinst du nicht, dass wir momentan genug Probleme haben, und daher so ein Rundflug nicht unbedingt die beste Idee ist?«, fragte sie genervt und verschränkte die Arme vor der Brust.

»Gerade deshalb ist es eine gute Idee«, widersprach ich.

Per Funk öffnete ich das Hallentor und ließ anschließend die Triebwerke starten. Ich führte noch die Vorflugkontrolle durch, bevor wir schließlich losrollten und starteten.

Der Ausflug war eine spontane Aktion und Spontanität war etwas, das in unserer Ehe in letzter Zeit gefehlt hatte. Ich konnte nur hoffen, dass Lya meine Überraschung gefallen würde.

Sie sah unentwegt aus dem Fenster, während ich das Flugzeug ein paar Runden um das Schloss drehen und immer höher steigen ließ. In der Luft war sie in ihrem Element und ich wusste, wie sehr sie die Aussicht auf ihre neue Heimat genoss. Nach einer Weile drehte ich ab und wir entfernten uns vom Schloss.

Irgendwann brach Lya das Schweigen. »Wo willst du hin?«, fragte sie, nachdem ich zwanzig Minuten geradeaus geflogen war. Das Schloss sah man längst nicht mehr und es überraschte mich, dass sie nicht eher nachgehakt hatte. Sie musste eigentlich direkt bemerkt haben, dass ich nicht ziellos durch die Gegend flog, sondern einem bestimmten Kurs folgte.

»Nach Vancouver«, erklärte ich und wartete auf ihre Reaktion.

Lyas Augen wurden groß und ihr klappte der Mund auf. »Was? Wieso?«

Ich konnte mir ein Grinsen nicht verkneifen. »Damit du mal wieder etwas anderes zu Gesicht bekommst. Du warst seit einem Jahr nicht mehr da draußen in der normalen Welt.«

»Aber wir können doch nicht einfach verschwinden! Wer passt auf Soley auf?«

Ich verdrehte die Augen. »Lya, was soll denn passieren? Welches Interesse sollte Valentin daran haben, ihr nun etwas anzutun? Außerdem weiß niemand, dass wir fort sind. Ich habe nur Ana und Sascha Bescheid gegeben. Ehe jemand etwas merkt, sind wir wieder zurück.«

»Hm«, machte sie und lehnte sich zurück. »Ich hoffe, du hast recht.« Sie klang nicht wirklich überzeugt. Ich bezweifelte jedoch, dass es daran lag, dass sie sich Sorgen um Soley machte. Vielmehr machte ihr bestimmt genauso wie mir die drückende Stimmung zwischen uns zu schaffen. Doch das würde sich hoffentlich während dieses Ausfluges ändern.

✳✳✳

»Dimitri, was bezweckst du mit diesem Ausflug?«, fragte Lya leise und musterte mich von der Seite.

Nach über zwei Stunden Flugzeit, in denen wir hauptsächlich unseren eigenen Gedanken nachgegangen hatten, schien sie die Stille zu stören. Ich hatte schon darauf gewartet, dass sie erneut das Gespräch suchte.

Lya war unglaublich harmoniebedürftig und konnte nichts ungeklärt lassen. Darauf hatte ich heute gesetzt, denn ich selbst hatte diese Unterhaltung nicht beginnen wollen.

»Ich möchte, dass du auf andere Gedanken kommst. Und dass wir beide Zeit miteinander verbringen ...« Ich seufzte und sah ihr tief in die Augen. »Lya, ich habe gestern noch lange nachgedacht. Es tut mir leid, dass ich dir in Bezug auf Natascha nicht zugehört habe. Ich hätte deinem Gefühl von Anfang an trauen sollen. Auch wenn ich eine andere Meinung zu Natascha hatte, hätte ich mich dir gegenüber nicht so verhalten dürfen. Du bist meine Ehefrau, ich hätte nie an deinen Entscheidungen zweifeln sollen.«

Lya blinzelte überrascht. Mit diesen Worten schien sie nicht gerechnet zu haben. Sie senkte kurz den Blick und ein Lächeln erschien auf ihrem Gesicht. »Ach Dimitri ... Ich hätte genauso wenig so impulsiv handeln dürfen. Sie hat dir einmal etwas bedeutet und ihr Auftauchen muss viel in dir ausgelöst haben. Es ist nur natürlich, dass du nichts Böses in ihr sehen wolltest.«

Ich knirschte mit den Zähnen. »Es fällt mir nach wie vor schwer, mir vorzustellen, dass sie keine von den Guten ist.« Für einen Moment starrte ich geradeaus in die Weiten des Himmels. »Erzählst du mir jetzt, was zwischen euch vorgefallen ist?«, fragte ich und sah wieder zu Lya.

Sie nickte und begann schließlich zu berichten.

✳✳✳

Nach einer weiteren Stunde Flugzeit, während der Lilya und ich uns ausgesprochen hatten und sie auch zeitweise das Steuer übernommen hatte, landeten wir auf dem Boundary Bay Airport, südlich von Vancouver. Lya war bei bester Laune, nachdem alles zwischen uns geklärt war. Ich hatte meinen Ohren nicht getraut, als sie mir berichtete, wie sich Natascha ihr gegenüber verhalten hatte. Wie hatte ich Natascha, einer Frau, die ich seit mehr als zwei Jahrzehnten nicht mehr gesehen hatte, mehr Glauben schenken können als meiner Ehefrau? Ich wollte definitiv nicht, dass sich noch einmal etwas zwischen uns drängte.

Nachdem das Flugzeug versorgt war, machten wir uns mit einem Taxi auf den Weg in die Stadt.

Lilya klebte an der Scheibe, während wir durch die belebten Straßen fuhren. Die Küstenstadt verströmte eine ganz besondere Atmosphäre.

Ich bat den Fahrer, uns am Commercial Drive abzusetzen. Abseits der Touristenattraktionen konnte man an dieser Straße den Charme von Vancouver erleben. Viele kleine Geschäfte und Boutiquen luden zum Stöbern ein, was Lya auch nur zu gerne tat. Sie hörte gar nicht mehr auf zu strahlen. Ich sah ihr an, wie sehr sie es genoss, den Alltag dieser Menschen zu erleben.

Am Nachmittag machten wir uns auf den Weg nach Downtown. Wir besorgten uns schicke Kleidung und suchten uns dann ein nobles Hotel. Wechselsachen und andere wichtige Dinge hatte ich bereits zusammengepackt und im Flugzeug untergebracht, ehe ich Lya zu dem Rundflug eingeladen hatte.

Ich wollte mich nur kurz umziehen und dann mit Lilya schick essen gehen, doch sie schien andere Pläne zu haben. Ich fand sie auf der großen Dachterrasse, von der aus man einen herrlichen Blick auf die Berge und den Hafen hatte. Lya stand im Licht der untergehenden Sonne und sah in die Ferne.

Ich trat neben sie und stützte die Unterarme auf dem Geländer ab. »Gefällt es dir hier?«

Sie löste den Blick von der Aussicht und sah zu mir auf. Ein Lächeln erschien auf ihrem Gesicht und ihre Augen leuchteten. »Es ist wundervoll. Danke!«

Ich griff nach ihrer Hand und fuhr mit dem Daumen sanft über ihren

Handrücken. »Wenn das alles irgendwann vorbei ist, holen wir unsere Flitterwochen nach«, versprach ich und holte ihren Ehering aus der Tasche. »Ich werde dir die ganze Welt zeigen«, sagte ich und steckte ihr den Ring wieder an den Finger.

Ein liebevoller Ausdruck erschien in ihren Augen. Sie legte die Hand an meine Wange und streckte sich, um mich zu küssen. »Mach dir deshalb keinen Kopf. Du musst mir nicht die ganze Welt zeigen«, erwiderte sie leise. »Du hast sie mir bereits zu Füßen gelegt.«

10. KAPITEL

Lilya

Der heutige Tag war einer der schönsten, die ich seit einer Ewigkeit erleben durfte. Ich hatte das Gefühl, in die Vergangenheit zurückversetzt worden zu sein. Dimitri schien wieder ganz der Mann zu sein, in den ich mich verliebt hatte und ich konnte gar nicht beschreiben, wie sehr ich mich darüber freute.

Es war, als wären wir wieder ein ganz normales Paar, das ganz normale Dinge unternahm. Wir genossen unsere Zweisamkeit in vollen Zügen und dachten nicht mehr an unsere Probleme. Die würden uns noch früh genug einholen. Doch wenn wir uns nicht hin und wieder solche entspannten Tage gönnten, würde uns irgendwann die Kraft verlassen, weiterzukämpfen.

Der heutige Tag zeigte mir wieder, wofür es sich zu kämpfen lohnte. Ich sah meinen Mann an, den ich über alles liebte und niemals verlieren wollte. Zumindest heute fiel es mir leicht, seine Vergangenheit zu vergessen. Es gab keine Natascha mehr, die mich an diese erinnern konnte. Und es gab niemanden, der mich an Liams Tod erinnerte.

Mein Blick glitt zu dem Pool auf unserer Dachterrasse. Dimitri hatte definitiv ein Händchen für schicke und hochpreisige Hotels. Das war mir spätestens dann klar geworden, als uns erklärt wurde, dass zu der Suite ein Concierge-Service und ein persönlicher Butler gehörten. Dimitri hatte mir ins Ohr geflüstert, ob ein persönlicher Butler sich wohl auch um unseren Blutbedarf kümmern würde, woraufhin ich nur die Augen verdreht hatte.

Auch nach einem Jahr hatte ich mich noch nicht wirklich an all den Luxus gewöhnt, den mein neues Leben mit sich brachte.

»Wie finanziert sich momentan eigentlich dein Heimatschloss?«, fragte ich Dimitri nachdenklich. Er runzelte die Stirn und schien meinen Gedankengang nicht nachvollziehen zu können. »Wie kommst du jetzt darauf?«

Ich zuckte mit den Schultern. »Naja, wir haben so unfassbar viel Geld, weil unsere Vorfahren ein Vermögen angesammelt haben. Aber auch, weil wir immer noch regelmäßig von den Mitgliedern unserer Rassen Abgaben verlangen. Du bist der König der Djiye. Das Geld deiner Rasse geht an dich, was ist mit deinem Bruder?«

»Du hast es selbst gesagt: Unsere Vorfahren haben ein Vermögen angesammelt. Es liegen viele Schätze im Schloss verborgen. Ich bin nicht in Sibirien, daher hat Valentin Zugriff auf all die Reichtümer«, erklärte er schmunzelnd. »Valentin muss sich also keine Sorgen machen, dass er pleite geht«, schob er nach.

»Wirklich schade, dass er euer Erbe für Bomben ausgibt«, meinte ich verbittert.

Dimitri verschränkte die Arme vor der Brust und seufzte. »Dagegen können wir wohl nichts unternehmen.«

»Noch nicht«, ergänzte ich und drehte mich um. Ich wollte das Thema wieder fallen lassen. Heute sollten wir uns nicht mit Valentin herumschlagen müssen. Beim Anblick des Pools musste ich breit grinsen.

»Schluss mit den ernsten Gesprächen.« Ich warf einen Blick über die Schulter und sammelte meine Vampyrkräfte. Dimitri ahnte nicht, was ich vorhatte, und ein Laut der Überraschung verließ seine Lippen, als ich ihn mit nur einer Handbewegung in den Pool beförderte.

Er tauchte auf und strich sich die nassen Haare aus dem Gesicht. In letzter Zeit waren sie ganz schön gewachsen.

»Na warte!«, rief er und schwamm zum Rand.

Ich wartete nicht darauf, dass er aus dem Pool kletterte und mich ebenfalls reinwarf. Stattdessen nahm ich Anlauf und sprang lachend über ihn hinweg ins Wasser. Überraschende Wärme empfing mich. Der Pool schien beheizt zu sein. Anfang Mai würden Menschen wohl sonst nicht schwimmen gehen.

»Meine Königin ist heute wohl besonders gut gelaunt«, stellte Dimitri nach meinem Auftauchen fest und zog mich in seine Arme. Die nassen Klamotten klebten an unseren Körpern und machten unsere Bewegungen träge.

»Das trifft auch auf meinen König zu«, erwiderte ich lächelnd und schlang die Arme um seinen Hals. Dimitri drückte mich an sich und wir küssten uns leidenschaftlich.

***

Nachdem wir geduscht hatten, bestellten wir etwas beim Zimmerservice anstatt Essen zu gehen. Anschließend setzten wir uns auf die Dachterrasse und genossen noch ein wenig die Aussicht. Es erinnerte mich an unser Ritual in Kanada, die Nächte aneinander gekuschelt auf dem Balkon zu verbringen und auf den Sonnenaufgang zu warten. Dimitri hielt mich im Arm und ich spielte gedankenverloren mit seinen Fingern.

»Wir reisen morgen wieder ab. Ich möchte noch woanders mit dir hin«, erklärte er nach einer Weile, woraufhin ich ihn fragend ansah.

»Wohin denn?«, erwiderte ich neugierig.

Er zuckte mit den Schultern und grinste. »Das ist eine Überraschung.«

»Jetzt sag schon, Dimitri«, bettelte ich und zog eine Schnute.

Davon ließ er sich jedoch nicht erweichen und schüttelte den Kopf. Er drückte mich fest an sich und hauchte mir einen Kuss auf die Stirn. »Das wirst du noch früh genug erfahren«, murmelte er.

II. KAPITEL

Dimitri

»Sagst du mir jetzt endlich, wo wir gelandet sind?« Lilya sah mit großen Augen zu mir auf, als ich die Kabine nach der Landung betrat. Fast sechs Stunden Flugzeit hatten wir hinter uns. Ich vermutete, dass sie in der Zwischenzeit geschlafen hatte.

»Sieh selbst«, erklärte ich und öffnete die Tür. Lya sprang auf und lief zum Ausgang. An der Tür blieb sie stehen und starrte nach draußen. Anstatt einen Fuß aus dem Flieger zu setzen, klappte ihr der Mund auf. Sie erkannte den Flughafen offenbar sofort.

»Wir sind in New York?«, fragte sie nach einer Weile. Sie löste den Blick von der Aussicht und sah zu mir. »Warum?« Ich erkannte Verzweiflung in ihren Augen. Verdrängte Gefühle, die sie überfielen. Panik.

New York war ihre zweite Heimat gewesen. Die Stadt, in der sie viele Freunde gefunden hatte. Die Stadt, in der wir uns näher denn je gekommen waren. Die Stadt, in der sie entführt worden war. Die Stadt, in der vor kurzem so viele Menschen gestorben sind. Menschen, die Lya nahegestanden hatten.

Ich griff nach ihrer Hand und räusperte mich. »Vertrau mir.«

Lya biss sich auf die Unterlippe und blickte mir in die Augen. Schließlich nickte sie und wir verließen das Flugzeug.

***

Die Taxifahrt durch die Stadt war eine Tortur. Dunkle Wolken standen am

Himmel und passten zu der derzeitigen Stimmung zwischen mir und Lya. Vancouver hatten wir bei strahlendem Sonnenschein verlassen.

Mit gequälter Miene sah sie aus dem Fenster und trommelte nervös mit den Fingern auf ihre Oberschenkel.

Zweifel quälten mich, ob es wirklich die richtige Entscheidung gewesen war, hierher zu kommen. Doch nun war es zu spät. Ich wollte erneut nach Lyas Hand greifen, um ihr zu signalisieren, dass ich bei ihr war, doch ich tat es nicht. Wie versteinert saß ich da und wartete darauf, dass ich endlich aussteigen konnte.

Lya schien es genauso zu gehen, denn als der Taxifahrer kurz darauf am besprochenen Punkt am Central Park anhielt, sprang sie fluchtartig aus dem Auto. Eilig bezahlte ich und lief ihr hinterher.

Sie steuerte direkt die Stelle an, die ich mit ihr hatte aufsuchen wollen. Eine riesige Gedenktafel, die provisorisch nach dem Bombenanschlag aufgestellt worden war, befand sich auf einer freien Fläche des Parks. Davor erstreckte sich ein riesiges Meer aus Blumen und Kerzen. Die Anteilnahme der Bewohner war gewaltig.

Hinter der Tafel erkannte man den zerstörten Teil von New York. Die Aufräumarbeiten dauerten noch immer an und es würde Jahre dauern, ehe alles wieder aufgebaut wäre.

Vermutlich entstand dort auch ein Ort des Gedenkens. Dieses Mal war New York nicht durch ein Flugzeugattentat erschüttert worden. Mit Lya hatte ich früher das 9/11 Memorial und Museum besucht, wo man alles zu dem damaligen Anschlag erfuhr. Die Auswirkungen der diesjährigen Katastrophe waren noch um ein Vielfaches schlimmer als die Zerstörung des World Trade Centers. Der Detonationsradius der Bombe war so gewaltig gewesen, dass immer noch unklar war, wie hoch die Anzahl der Opfer tatsächlich war.

Ich ließ meinen Blick über die zerstörten Gebäude schweifen und ballte die Hände zu Fäusten. Dafür war einzig und allein mein Bruder verantwortlich. Wie musste es sich für ihn anfühlen, Bilder der Katastrophe zu sehen? Ließ es ihn wirklich kalt?

Ich schluckte schwer und sah zu Lya. Sie war auf die Knie gesunken und starrte sprachlos auf das Bild, das sich uns bot. Mir wurde das Herz schwer, als ich sie so sah. Vorsichtig ging ich auf sie zu und legte ihr eine Hand auf die Schulter. »Es tut mir alles so schrecklich leid, Lya. Ich dachte, hierherzukommen und die Toten zu betrauern, würde helfen, die Geschehnisse zu verarbeiten.«

»Es hilft aber nicht«, flüsterte sie und schüttelte meine Hand ab. Sie stand auf und sah mit Tränen in den Augen zu mir hoch. »All die Toten hatten eine Familie und Freunde. Zukunftsträume. Ohne mich hätten diese in Erfüllung gehen können.«

»Lya, es ist nicht ...«, fing ich an, doch sie unterbrach mich.

»Ich habe den Auslöser betätigt! Ich weiß, dass Valentin es selbst getan hätte, wenn ich mich geweigert hätte. Doch das ändert nichts daran. All diese Menschen sind nicht gestorben, weil Valentin das seit Jahren so geplant hat. Oder weil er seine Spielchen mit uns gespielt hat und das immer noch tut. Mit mir! Er will mich leiden sehen und er weiß ganz genau, wie sehr mich der Anschlag auf New York persönlich trifft.« Sie atmete tief durch und wandte sich ab. Ehe ich noch etwas erwidern konnte, war sie bereits losgerannt.

»Lya, warte!«, rief ich und lief ihr hinterher, doch ich hatte keine Chance sie einzuholen. Auch ohne sich zu teleportieren war es für sie nicht schwer, mich abzuschütteln. Schließlich blieb ich am Ende des Central Parks stehen und sah die Straßen entlang, die voller Menschen waren. Ich konnte sie unmöglich durch die ganze Stadt verfolgen. Wenn Lya allein sein wollte, musste ich das wohl oder übel akzeptieren.

Fluchend gab ich die Verfolgung auf und kehrte zu der Gedenktafel zurück.

***

Es regnete bereits seit einer Stunde in Strömen, als langsam die Dämmerung einsetzte. Ich entfernte mich jedoch nach wie vor nicht von der Bank, auf der ich mich nach Lilyas Flucht vor Stunden niedergelassen hatte. Ich war komplett durchnässt, doch das kümmerte mich nicht. Lyas Abwesenheit war es, die mir Sorge bereitete. Wo steckte sie?

Wieso hatte ich sie nur hierher gebracht? Was hatte ich mir dabei gedacht?

Hatte ich wirklich geglaubt, dass es ihr helfen würde, das Ausmaß der Katastrophe live zu sehen?

Ich vergrub das Gesicht in meinen Händen, lauschte dem Prasseln des Regens und dem Verkehrslärm in der Ferne. Plötzlich vernahm ich Schritte und hob den Kopf, um zu sehen, wer sich bei dem Wetter hierher verirrt hatte.

Mir stockte der Atem, als ich Lya im dichten Regen erkannte. Sie war genauso durchnässt wie ich. Ihre Kleidung klebte an ihr wie eine zweite Haut und ihre Haare fielen wie schwarze Seide über ihre Schulter. In der Hand hielt sie etwas, das sofort meine Aufmerksamkeit erregt hatte. Eine brennende violette Kerze. Sie hielt schützend eine Hand über die Flamme, damit sie bei dem Regen nicht ausging. Es wunderte mich, dass sie sie überhaupt brennend bis hierher bekommen hatte. Lyas Gesicht wurde leicht von dem Schein der Kerze angeleuchtet und der leere Blick in ihren blauen Augen jagte mir einen Schauer über den Rücken.

»Lya ...« Vorsichtig machte ich einen Schritt auf sie zu.

Sie sah auf, schien aber durch mich hindurchzusehen. Schweigend lief sie an mir vorbei und blieb am Rand des Blumenmeeres stehen. Dort befand sich auch eine Steinnische, die mit Kerzen gefüllt war und diese vor Wind und Wetter schützte. Es sollte immer ein Licht für die Opfer brennen.

Lya kniete nieder und stellte ihre Kerze zu den anderen. Einen Moment verharrte sie in ihrer Position, ehe sie wieder aufstand und zu mir kam.

Der leere Ausdruck in ihren Augen war einer Entschlossenheit gewichen, die mich überraschte. »Es war die richtige Entscheidung, hierher zu kommen«, erklärte sie mit fester Stimme und ließ ihren Blick kurz über die Trümmer schweifen.

»Wenn Valentin die Welt in Schutt und Asche legt, wird auch er untergehen.«

12. KAPITEL

Lilya

»Lya, du sollst sofort zu Dimitri kommen!«

Ich hob den Blick von dem Buch in meinen Händen und sah zu Soley, die gerade die Bibliothek betreten hatte. »Was ist los?«

Scheinbar ahnungslos hob sie die Schultern. »Ich weiß es nicht, aber du musst dir wohl irgendetwas anschauen. Er ist im Kontrollraum.«

Ich runzelte die Stirn und schnappte mir mein Lesezeichen vom Tisch, um es zwischen die Seiten zu schieben. Anschließend legte ich das Buch auf dem Tisch ab und stand auf, um Dimitri aufzusuchen. Soley begleitete mich.

Mein Puls raste, als wir durch die Flure liefen. Teleportieren wäre schneller gegangen, doch ich verzichtete darauf, um nicht unnötig Energie zu verschwenden.

Ich konnte nur hoffen, dass nichts Schlimmes passiert war. Seit unserem Ausflug nach Vancouver und New York war ein Monat vergangen, in dem alles ruhig gewesen war. Es hatte auch niemand bemerkt, dass wir das Schloss vorübergehend verlassen hatten. Wäre auch zu schön, um wahr zu sein, wenn es so weitergegangen wäre. Unbewusst beschleunigte ich meine Schritte. Ich hasste diese Ungewissheit.

***

»Was ist los?«, fragte ich in die Runde, sobald wir in der Kommandozentrale angekommen waren. Dimitri, Ana und Sascha drehten ihre Köpfe in meine Richtung.

»Eine Maschine nähert sich«, erklärte Dimitri und deutete auf das Radar.

»Und?«, hakte ich nach. Ich verstand nicht, was das mit mir zu tun hatte. Es kam doch bestimmt häufiger vor, dass Flugzeuge dem Schloss zu nahe kamen, obwohl hier offiziell eine Sperrzone war.

»Es könnte sein, dass du den Flieger kennst.«

Ich runzelte die Stirn und trat an die Bildschirme. Auf einem erschien das Bild einer weiß-blauen Cessna. Sie drehte leicht ein, sodass ich einen Blick auf das Kennzeichen erhaschen konnte. Mir stockte der Atem.

»Das ist das Flugzeug meines Vaters!«

Dimitri nickte. »Deshalb kam es mir also so bekannt vor.«

»Lasst ihn landen!«, rief ich und wollte mich bereits umdrehen, um zum Flugzeughangar zu laufen. Doch Dimitri griff nach meinem Handgelenk und stoppte mich. »Wir wissen nicht, ob wirklich dein Vater in der Maschine sitzt«, gab er zu bedenken. »Es könnte auch ein Trick sein. Ich dachte, alle Flugzeuge wären verkauft worden?«

»Er könnte sie zurückgekauft haben, weil er weiß, dass fremde Flugzeuge vielleicht abgeschossen werden.«

Dimitri runzelte die Stirn. Er schien nicht sehr überzeugt.

»Lasst ihn landen, dann sehen wir, wer der Pilot ist.«

***

Mit klopfendem Herzen stand ich in der Flugzeughalle und starrte auf das Tor, das langsam zur Seite glitt und den Blick auf die Landebahn freigab. Das Brummen des bekannten Fliegers drang bis in mein Herz. *Bitte, lass es meinen Dad sein*, dachte ich flehend. Die Hoffnung, ihn endlich wiederzusehen, hatte sich in mir festgesetzt und es würde schrecklich weh tun, wenn ich jetzt enttäuscht werden würde. Die ganze Zeit über hatte ich nicht gewusst, wo sich meine Familie aufhielt, und ich hatte aus Sicherheitsgründen auch nicht lange nachgeforscht. Die Wahrscheinlichkeit war hoch, dass es sich um eine Falle handelte. Doch meine Zuversicht überwiegte.

In der Ferne konnte ich schließlich erkennen, wie die Cessna auf der Landebahn aufsetzte und in den Tunnel rollte. Sie kam direkt auf uns zu und wurde immer langsamer.

Ungeduldig trat ich von einem Fuß auf den anderen. Ich wollte sofort den Piloten sehen.

Als die Maschine mit etwas Abstand zu uns zum Stehen kam, der Motor ausgeschaltet wurde und der Propeller stoppte, konnte ich endlich erkennen, wer im Cockpit saß. Ich schrie auf und rannte auf das Flugzeug zu. Der Pilot war wirklich mein Vater!

Er sah noch genauso aus wie bei unserer letzten Begegnung. Die dunklen, fast schwarzen Haare, die braunen Augen, die sonnengebräunte Haut und der liebevolle Ausdruck in seinen Augen.

Er öffnete die Tür und kletterte aus dem Flieger.

»Daaaad!«, schrie ich und ließ mich in seine Arme fallen. »Ich fasse es nicht, du bist es wirklich!«

Fest drückte er mich an sich. »O mein kleines Mädchen, endlich sehe ich dich wieder!«

»O Dad, ich hatte solche Angst, dass dir was zugestoßen ist.«

»Scht«, machte er und strich mir liebevoll übers Haar. Ich spürte, wie mir die Tränen die Wangen hinabliefen. Ich hatte ihn so sehr vermisst und nun war er auf einmal hier.

Irgendwann lösten wir uns voneinander und die Fragen sprudelten nur so aus mir heraus.

»Wo warst du die letzten Monate? Wieso hast du mir all die Jahre über verheimlicht, dass ich ein Vampyr bin? Wie kommst du hierher? Und woher wusstest du überhaupt, dass ich hier bin? Und wie hast du ...«

»Ganz ruhig, Lilya. Ich glaube, wir beide haben einiges zu besprechen.« Er wischte meine Tränen weg und musterte mich aus seinen warmen braunen Augen. »Lass dich erst mal ansehen. Geht es dir gut?«

»Ja, alles in Ordnung«, beteuerte ich. »Jetzt wo du da bist noch umso mehr. Ich habe so viele Fragen und so viel zu erzählen!« Ich konnte es nicht glauben, dass er tatsächlich hier war. Nach all der Zeit und nach all den Veränderungen war die Ankunft meines Vaters wie ein Besuch aus der Vergangenheit, meinem alten Leben.

»Ich weiß, aber lass uns das ganz in Ruhe machen, okay?«

Ich nickte und warf dann einen Blick über die Schulter. Überrascht stellte ich fest, dass Dimitri und die anderen nicht mehr da waren. Sie mussten sich zurückgezogen haben, um uns erst mal alleine zu lassen.

»Okay, dann lass uns ein ruhiges Plätzchen suchen.«

***

Ich führte meinen Vater in das Kaminzimmer, wo ich ihn auf die gemütliche Couch zog.

»Also schieß los. Es ist so unendlich viel passiert, seit wir uns das letzte Mal gesehen haben«, begann ich.

»Das kann ich mir vorstellen. Das hier ...«, er machte eine Armbewegung, die den ganzen Raum einschloss, »... muss sehr verwirrend für dich gewesen sein. Dein ganzes Leben wurde von heute auf morgen auf den Kopf gestellt.«

Ich musste lachen. »Verwirrend ist eine ziemliche Untertreibung. Ich bin nicht diejenige, für die ich mich mein ganzes Leben lang gehalten habe.« Ich schluckte und stützte mein Kinn auf die Hände. »Ich wusste lange Zeit überhaupt nicht mehr, wer ich bin.«

»Und heute weißt du es?«

Ich biss mir auf die Unterlippe und überlegte kurz. Wusste ich inzwischen, wer ich war? Kannte ich meinen Platz in der Welt? »Nun, ich bin auf einem guten Weg dahin, würde ich sagen.«

Mein Dad legte eine Hand auf meinen Rücken und ließ sie zärtlich auf und ab wandern. »O meine Süße, ich wünschte, ich hätte dir alles erzählen können. Aber das war nur zu deinem Schutz. Ich hatte Angst, dass man dich finden würde. Ich wollte, dass du deine Kindheit wie ein normales Kind verbringen kannst. Ohne das Wissen, dass deine gesamte Familie ausgelöscht wurde und ein Verrückter auf der Suche nach dir ist.«

Ich schaute auf und sah in die traurigen Augen meines Vaters. Genau genommen war er nicht mein Vater, das wusste ich mittlerweile. Aber trotzdem würde er immer der Vater in meinem Herzen sein. Meinen leiblichen Vater hatte ich nie gesehen und würde ich auch niemals mehr kennenlernen können. Diego dagegen hatte mich aufgezogen. Er war immer für mich da gewesen, wenn ich Kummer hatte. Ich lehnte mich an ihn und schloss die Augen. Er roch so vertraut.

Im Hintergrund registrierte ich, wie die Tür leise geöffnet wurde und sich Schritte näherten. Als ich spürte, wie sich Diego neben mir anspannte, öffnete ich widerwillig die Augen.

Dimitri stand vor uns und hielt meinem Vater lächelnd eine Hand hin. »Hallo Diego, entschuldige die Störung. Ich wollte mich nur kurz vorstellen. Ich bin Dimitri.«

Stirnrunzelnd registrierte ich, wie feindselig mein Vater ihn musterte.

»Ich weiß, wer Sie sind«, erwiderte er, ohne Dimitris Hand zu nehmen.

»Wirklich?«, fragten Dimitri und ich gleichzeitig.

»Ja, aber das tut jetzt nichts zur Sache. Würden Sie meine Tochter und mich bitte alleine lassen?«

Verwirrt sah ich zu Dimitri, der genauso überrumpelt wirkte wie ich. Ich stand auf und nahm Dimitris Hand.

»Ähm Dad, ich weiß nicht, woher du Dimitri kennst, aber er ist mein Ehemann«, verkündete ich stolz.

Nun war es mein Vater, der schockiert von einem zum anderen sah. »Das ist nicht dein Ernst! Du hast diesen Mann wirklich geheiratet? Wie konntest du nur?«

»Dad, ich liebe ihn. Was hast du denn gegen ihn?« Hatte er etwa durch Anisya von Dimitris Vergangenheit gehört?

»Er ist …«, fing er an und schüttelte dann den Kopf. »Ich fasse es nicht.« Seufzend vergrub er sein Gesicht in den Händen.

»Würdest du uns alleine lassen? Ich rede mit ihm«, flüsterte ich Dimitri ins Ohr. Er nickte, warf meinem Vater noch einen skeptischen Blick zu und verließ dann den Raum.

»Dad, lass uns über alles reden«, bat ich. »Von Anfang an.«

Er nahm die Hände von seinem Gesicht und klopfte auf die Stelle neben sich. »Okay, setz dich.«

»Also zunächst einmal: Woher wusstest du, wie du hierher kommst? Warst du schon mal hier?«

»Ja. Du warst damals schon auf der Welt und wir lebten in New York. Ich kam hierher, weil ich Anisya wiedersehen wollte.«

Seine Worte lösten etwas in mir aus. Eine tief schlummernde Erinnerung. Als wüsste ich bereits davon.

»Hast du Dimitri damals getroffen? Ist das der Grund, warum du ihn hasst?«

Die Miene meines Vaters verfinsterte sich. »Allerdings. Er hat versucht, mich zu töten.«

»Er hat was? Aber das hat er mir nie erzählt. Er meinte, er kennt dich nicht.« Hatte er mich auch im Bezug darauf angelogen? Mein Vater nahm mir diesen Zweifel glücklicherweise sofort wieder.

»Ich vermute, dass er sich nicht an mich erinnern kann. Deine Mutter wollte uns schützen, deshalb hat sie jegliche Erinnerungen an uns ausgelöscht.«

»Aber warum hat sie sie mir nicht übertragen?«

Mein Vater hob überrascht die Augenbrauen. »Es hat also funktioniert? Die Erinnerungen, die sie dir eingepflanzt hatte, wurden freigesetzt?«

Ich nickte.

»Vielleicht kannst du es schaffen, die Erinnerung, dass ich hier war, abzurufen.«

Ich runzelte die Stirn. Bisher hatte ich nie versucht, gezielt nach Erinnerungen zu suchen. Nach wie vor überraschten sie mich plötzlich.

Doch nun schloss ich für einen Moment die Augen und atmete tief ein und aus. Einen Versuch war es wert. Ich konzentrierte mich auf meinen Dad und Dimitri und tatsächlich überfiel mich Anisyas Erinnerung.

Ich renne durch den dichten Wald, auf der Suche nach der Quelle der immer lauter werdenden Kampfgeräusche. Ich verabscheue es, Streitschlichter zu spielen, und das kommt in letzter Zeit leider viel zu häufig vor. Ein junger Djiyo hat mich gerufen, weil Dimitri mal wieder ausgetickt ist. Eine Prügelei unter den Mitgliedern dieser Rasse ist etwas, dem man lieber aus dem Weg gehen sollte. Für mich ist es aber nicht gefährlich, sondern lediglich lästig.

Als ich an eine Lichtung komme, sehe ich allerdings etwas, was mich sofort in Alarmbereitschaft versetzt. Diego! Er kämpft mit Dimitri. Genau genommen rangeln sie nur kurz miteinander. Einem Vampyr, und vor allem einem Djiyo, ist er natürlich nicht gewachsen. Um sie herum liegen die toten Körper anderer Djiye, die nicht mehr haben fliehen können.

Dimitri stößt Diego zu Boden und versenkt die Fangzähne in seinem Hals. Er wird ihn umbringen! Nein, das kann ich nicht zulassen.

»Lass ihn in Ruhe!«, schreie ich panisch und stürme auf sie zu. Wenn Diego stirbt, ist alles aus.

Ich riss die Augen auf und schnappte nach Luft. Mein Herz raste aufgrund der Emotionen meiner Mutter. Mein Körper dachte, es wären meine.

»Was ist nach dem Kampf zwischen dir und Dimitri passiert?«, fragte ich atemlos. Die Erinnerung hatte ab dem Zeitpunkt abgebrochen, an dem Anisya eingegriffen hatte.

»Deine Mutter hat mich gerettet und Dimitri zurechtgewiesen«, erklärte er. Er schien genau zu wissen, was ich gesehen hatte. »Sie erzählte mir, dass er der Prinz einer anderen Rasse wäre und sie ihn aufgenommen hatte, nachdem sein Bruder seine gesamte Familie getötet hatte. Seitdem war er wohl nur schwer kontrollierbar und sauer auf die ganze Welt.«

Das stimmte mit Dimitris Erzählungen überein. Er war wohl nicht akzeptiert worden von den anderen Vampyren und häufiger in Streitereien geraten. Ein Grund, warum meine Mutter ihm den Kuss der Gnade gegeben hatte.

»Gut, jetzt weiß ich, woher du ihn kennst. Aber wie hast du meine Mutter überhaupt kennengelernt?«

Dads Mundwinkel verzogen sich zu einem Lächeln. »Nun, du musst wissen, dass sie ihre Schwangerschaft vor der ganzen Welt geheim gehalten hat. Doch mit der Zeit wurde es schwieriger für sie, alle um sich herum zu manipulieren. Eine Schwangerschaft schwächt auch Vampyre. Es zerrte an ihren Kräften, ihre Fähigkeiten dauerhaft einsetzen zu müssen. Schließlich wollte sie für einige Zeit untertauchen. Sie kam nach Europa, wo sie jedoch von Vampiren aufgespürt wurde.«

»Von Vampiren? Sie wurde von Vampiren verfolgt?«

Ich dachte an eine Erinnerung meiner Mutter, in der sie hochschwanger von mehreren Personen umzingelt und angegriffen worden war. Bisher war ich davon ausgegangen, dass es Vampyre gewesen waren.

»Ja, es gibt Gebiete, in denen Vampire häufiger auftauchen. Und sie wittern Vampyre. Vampire sind nicht intelligent, sie folgen ihrem Instinkt. Sie ernähren sich vom Blut der Menschen, doch Vampyrblut hat sie erschaffen und macht sie stark. Das spüren sie und deshalb machen sie auch Jagd auf euresgleichen. Und je reiner die Blutlinie, desto stärker wirkt das Blut. Sie spürten deine Mutter auf und griffen sie an. Sie war schwer verletzt und am Ende ihrer Kräfte, als ich dazustieß.«

Ich sog scharf die Luft ein. »Du bist dazugekommen, als die Vampire sie angriffen? Wie konntest du das überleben?«

Ein breites Grinsen zeichnete sich auf dem Gesicht meines Vaters ab. »Ich bin kein hilfloser Mensch, Lya. Es gibt etwas, das du nicht über mich weißt.«

»Und das wäre?« Fast rechnete ich damit, dass er verkündete, ebenfalls von Vampyren abzustammen.

»Ich bin ein ausgebildeter Vampirjäger«, verkündete er stattdessen und mir klappte der Mund auf.

»Du bist was? Wie kann das sein? Und wieso gibt es so etwas überhaupt?« Die Fragen sprudelten nur so aus mir heraus. Seit ich in die Vampyrwelt eingeführt worden war, hatte noch nie jemand Vampirjäger erwähnt.

»Nun, als die ersten Vampire auftauchten, blieb das natürlich nicht für alle Menschen verborgen. Vampyre sind Meister darin unentdeckt zu bleiben. Vampire dagegen können das nicht.«

Seit ich von der Existenz von Vampiren erfahren hatte, hatte ich mir nie Gedanken darüber gemacht, wie sie im Verborgenen leben konnten.

»Früher gab es Menschen, die diesen Bestien begegneten und sie gemeinsam töten konnten. Diese Menschen schlossen sich zusammen und gründeten den Jägerclan«, erzählte er weiter. »Mein Vater war ein Jäger. Er wurde jedoch irgendwann schwer verletzt und verließ den Clan. Er zog zurück nach Texas, heiratete und gründete die Ranch. Als ich älter wurde, schickte er mich und meinen Bruder nach Europa auf die Jägerakademie. Robert wollte jedoch nie zu den Jägern gehören und ging früh zurück zu unseren Eltern und unterstützte sie bei der Arbeit auf der Ranch.«

Die Neuigkeiten meines Vaters überforderten mich. Niemals hätte ich damit gerechnet, dass sogar mein Opa von der Existenz von Vampiren gewusst hatte. Er und meine Oma starben als ich noch ein kleines Kind war, weshalb ich mich kaum noch an sie erinnern konnte. Hatten sie gewusst, dass ich eine Vampyrin war? Plötzlich erfasste mich eine Erkenntnis, die mein Herz schneller schlagen ließ.

»Malyk«, stieß ich erstickt aus. »Er ist auf dieser Akademie, oder?« Weshalb sonst sollte mein Bruder in der Schweiz auf einem Sport-Eliteinternat sein?

Statt einer Antwort nickte mein Vater nur.

Ich schluckte und stellte die Frage, die mich schon lange beschäftigte: »Ist er mein Halbbruder?«

Dad seufzte tief. »Ja, ihr seid Halbgeschwister. Malyk ist mein Sohn. Er wurde gezeugt, als ich Anisya hier in Kanada aufgesucht habe.«

Meine Vermutung hatte sich also bewahrheitet. »Er ist also ein Halbvampyr. Was bedeutet das? Wird er auch erwachen?«

»Anisya meinte, dass sich das Vampyrblut immer durchsetzen würde. Sobald er zweiundzwanzig ist, wird man keinen Unterschied mehr zwischen ihm und anderen Vampyren feststellen.«

Das war die gleiche Aussage, wie sie Soley bereits getroffen hatte, als wir über Halbvampyre gesprochen hatten.

»Aber Malyk weiß bisher nicht, dass er ein Vampyr ist, oder?«

»Nein. Er weiß nicht einmal, dass Vampyre existieren. Die Jäger sind nie auf sie gestoßen.«

»Du wusstest also auch nicht, dass sie existieren, ehe du meiner Mutter begegnet bist?« Das überraschte mich. Da jagten sie so lange Zeit Vampire und hatten nie herausgefunden, dass noch andere unsterbliche Wesen existierten? Wesen, die diese Vampire überhaupt erst erschaffen hatten?

»Ganz genau. Anisya war der erste Vampyr, den ich traf. Ich rettete sie vor den Vampiren, nahm sie jedoch nicht mit in die Akademie, da ich sofort bemerkt hatte, dass sie irgendwie anders war. Ihre Augen leuchteten violett, als sie meinen Blick zum ersten Mal erwiderte. Laut Vorschrift hätte ich sie töten müssen, doch niemals hätte ich eine Schwangere ermorden können. Auch nicht, wenn sie augenscheinlich kein Mensch war.«

Er stoppte und ich legte den Kopf schief. »Du hast dich Hals über Kopf in sie verliebt, kann das sein?«

Dad blinzelte und ich konnte schwören, dass er leicht errötete. Offensichtlich verlegen fuhr er sich durchs Haar. »Ich kann nicht leugnen, dass sie von der ersten Sekunde an eine gewisse Faszination auf mich ausgelöst hat. Deine Mutter war eine wunderschöne Frau, genauso wie du.« Sein nachdenklicher Blick traf mich, aber es schien, als würde er nicht mich sehen, sondern Anisya. »Du siehst ihr so wahnsinnig ähnlich, Lya. Je älter du wurdest, desto auffälliger wurde es.« Er seufzte. »Es stimmt, ich habe mich wahnsinnig in Anisya verliebt. Ich versteckte sie und sie erzählte mir alles. Bei ihren Schilderungen fiel ich aus allen Wolken. Bis dahin dachte ich immer, zu den Menschen zu gehören, die über alle Wesen dieser Welt Bescheid wissen. Doch da hatte ich mich getäuscht.«

»Sie hat dir wirklich alles erzählt?«, fragte ich ungläubig. Es wunderte mich, dass Anisya ihn einfach ins Vertrauen gezogen hatte.

»Ja. Es überraschte mich selbst, dass sie mir all diese Dinge offenbarte. Doch sie schien mir zu vertrauen. Zwei Wochen, nachdem ich sie gerettet hatte, wurdest du geboren. Ich stand ihr bei der Geburt zu Seite und als ich dich zum ersten Mal im Arm hielt, wusste ich, dass ich dich beschützen würde. Anisya war eine völlig Fremde und du nicht meine Tochter, doch ich liebte dich vom ersten Moment an wie mein eigenes Kind.«

Mein Vater verstummte und schaute mich liebevoll an. Ich griff nach seiner Hand und drückte sie fest.

»Ich liebe dich, Dad. Du bist und bleibst immer mein Vater.«

Er zog mich in seine Arme. »Und du wirst immer meine Tochter sein. Ich liebe dich, meine Kleine.«

Nach einer Weile lösten wir uns wieder voneinander und Dad nahm seine Erzählung wieder auf.

»Nach deiner Geburt bat Anisya mich, auf dich aufzupassen. Sie hatte Angst, dass du getötet wirst, wenn jemand von deiner Existenz erfährt. Sie hielt es für das Beste, dich in meine Obhut zu übergeben. Doch ihre Bitte überforderte mich. Ich hatte keine Ahnung von Kindern und ich war gerade einmal achtzehn Jahre alt. Wie hätte ich meinem Umfeld erklären sollen, dass ich plötzlich ein Kind hatte?«

»Doch du hast trotzdem zugestimmt?«

»Nicht wirklich. Anisya verschwand von einem auf den anderen Tag und ließ dich zurück«, offenbarte mein Vater.

»Das ist nicht dein Ernst!« Meine Mutter hatte mich einfach zurückgelassen? Bei einem Fremden? Wie verzweifelt musste eine Mutter sein, um ihr Baby auf diese Art und Weise abzugeben?

»Was hast du getan, nachdem sie weg war?«, fragte ich dann.

»Ich wusste, dass ich das nicht alles alleine bewältigen könnte, und rief meine beste Freundin an.«

»Claudia?«, mutmaßte ich.

»Ganz genau. Es stimmt, was ich dir über unser Kennenlernen erzählt habe. Ihr Vater war einer meiner Lehrer, doch sie hat ihn damals nicht nur hin und wieder besucht. Sie ging auch auf die Akademie. Wir waren vom ersten Tag an beste Freunde. Sie hielt aber von alledem nicht viel und flüchtete noch vor ihrem Abschluss zurück zu ihrer Mutter. Ich wusste, dass ich ihr vertrauen konnte, deshalb kontaktierte ich sie nach dem Verschwinden deiner Mutter. Als ich mit dir zu ihr kam, wollte sie mir die ganze Geschichte zunächst nicht glauben. Doch immerhin hatten wir Jäger gelernt, dass unsere Welt mehr verbarg, als man auf den ersten Blick vermutete. Sie versprach mir zu helfen und wurde offiziell zu deiner Mutter. Die erste Zeit war sehr schwer, vor allem da Claudia noch minderjährig war. Deine Existenz hielten wir zunächst auch vor unseren Familien geheim. Ich schaffte es, einen Job als

Jäger in den USA zu ergattern und landete so in New York. Claudia kam nach und wir heirateten. Ich arbeitete einige Jahre als Pilot, während sie bei dir blieb. Bei den Jägern hatte ich das Fliegen gelernt und irgendwann wurde ich auch Berufspilot.«

»Wie kam es, dass du bei den Jägern zum Piloten wurdest?«

»Fast alle Jäger haben auch eine Militärausbildung absolviert«, erklärte er lächelnd. »Man hielt das schon immer für sinnvoll. Und ich landete bei der Fliegerstaffel. Der Jägerclan ist eine große und vermögende Institution. Es gibt Helikopter und Privatjets, die natürlich auch jemand fliegen muss.«

»Verstehe. Und wie hast du später den Weg nach Kanada gefunden?«

»Anisya hatte auch mir Erinnerungen eingepflanzt. Jedoch nicht hinter einer Blockade, wie bei dir. Sie zeigte mir auf diese Art und Weise, wie man zum Schloss kam und ich lernte so noch mehr über die Vampyrwelt, was man aus reinen Erzählungen einfach nicht verstehen konnte.«

Dass meine Mutter auch ihm Erinnerungen übertragen hatte, überraschte mich. Es hätte ja auch sein können, dass er direkt nach ihrer Abreise mit mir nach Kanada geflogen wäre, um mich zurückzubringen. Sie musste darauf vertraut haben, dass er verstanden hatte, wie ernst die Lage war und er mich gut verstecken würde.

»Wie hast du schließlich von ihrem Tod erfahren?«, fragte ich vorsichtig.

»Eine Siya hatte uns in New York aufgespürt. Einen Monat, nachdem Anisya Malyk zu uns gebracht hatte. Ich weiß bis heute nicht, wer die Siya war und woher sie von uns wusste. Vermutlich hatte Anisya sie ins Vertrauen gezogen. Sie erzählte mir von einem Angriff auf das Schloss und dass Anisya ihn nicht überlebt hatte. Ehe ich genauer nachfragen konnte, war die Vampyrin auch schon wieder verschwunden.«

»Du standest also plötzlich mit zwei Vampyrkindern da und Claudia hat weiterhin den Job als unsere Mutter übernommen?« Ich konnte mir nur schwer vorstellen, wie es war, jahrelang solch eine Rolle zu spielen. Weder Malyk noch ich waren mit ihr verwandt und trotzdem hatte sie uns großgezogen, obwohl es ein enormes Risiko bedeutete.

»Allerdings. Es war eine harte Zeit. Wir hatten immer Angst, entdeckt zu werden. Von Valentin oder den Mitgliedern des Clans. Wenn man erfahren hätte, dass wir zwei Vampyre großzogen, wäre das Chaos ausgebrochen. Nach einigen Jahren zogen wir dann nach Texas und übernahmen die Ranch meiner Eltern. Wir schickten Malyk in die Schweiz, weil wir wussten, dass er an der Schule in Sicherheit war. Zudem war es sehr unwahrscheinlich, dass in ihm jemand den Sohn von Anisya sieht, da er mir sehr ähnelt. Du hingegen bist das Ebenbild deiner Mutter. Jeder Vampyr auf dieser Welt hätte dich sofort erkannt. Deshalb habe ich dich immer so behütet und aufgepasst, dass dich niemand findet. Das hat über zwanzig Jahre lang auch funktioniert. Bis vor einem Jahr ...« Er schüttelte seufzend den Kopf.

»Du hast getan, was du konntest, Dad. Du hättest mich schlecht einsperren können. Aber woher wusstest du schlussendlich, dass ich entführt wurde?«, fragte ich und mein Vater starrte mich entgeistert an.

»Du wurdest entführt? Von wem? Ich konnte dich nicht mehr erreichen, da habe ich deine Freunde angerufen. Olivia hat erzählt, dass du eine Weltreise mit deinem neuen Freund machst und hat mir ein Bild von euch beiden gezeigt. Da war für mich alles klar und ich habe sofort alles Nötige getan, um deine und unsere Spuren zu verwischen.«

»Ich wurde in New York von Valentin entführt. Dimitri hat meinen Freunden das von der Weltreise erzählt und mich anschließend gerettet.«

Die Augen meines Vaters wurden groß. »Oh, ich hatte ja keine Ahnung. Was ist dir alles zugestoßen?«

Ich spürte, wie sich meine Lippen zu einem Lächeln verzogen. »Jetzt liegt es wohl an mir, ein paar Geschichten zu erzählen.«

13. KAPITEL

Lilya

Es dauerte eine Weile, bis ich Dad über alle Ereignisse des vergangenen Jahres informiert hatte. Anschließend erzählte er, dass er versucht hatte herauszufinden, wohin ich mit Dimitri abgehauen war. Er hatte Claudia besucht und sie über mein Verschwinden aufgeklärt. Außerdem war er bei Malyk gewesen, hatte ihn jedoch immer noch nicht eingeweiht. Ich fragte mich, wie mein kleiner Bruder auf die Neuigkeiten reagieren würde.

»Also ihr seid verheiratet, König und Königin, und offensichtlich ein glückliches Paar ...«, brachte mein Vater schlussendlich meine Beziehung wieder zur Sprache.

»Dad, bitte gib Dimitri eine Chance. Er ist wirklich kein schlechter Kerl.«

»Na schön. Ich versuche unvoreingenommen zu sein.«

»Gut.« Ich stand auf und streckte meine Hand nach ihm aus. »Komm, ich führe dich herum. Ich denke, seit deinem letzten Besuch hat sich hier sehr viel verändert.«

***

Ich führte meinen Vater durch das Schloss und ging anschließend mit ihm ins Dorf der Menschen, in dem die Veränderungen auf den ersten Blick erkennbar waren. Die Behausungen der Menschen und die Art und Weise, wie die Bevölkerung auf mich reagierte. Die Leute begegneten mir mit einem Lächeln, das ich nur zu gern erwiderte.

Ich nahm meinen Vater auch mit zu Emmas Familie, wo er direkt von der Kleinen ausgequetscht wurde.

Liams Verlust war hier tagtäglich spürbar, doch wir alle gaben uns gegenseitig Kraft. Momentan fieberten wir der Geburt von Isabells Baby und Sarahs Hochzeit entgegen. Auch Soleys Schwangerschaft war ein allgegenwärtiges Thema. Wegen der Geburt von Liams Kind hatten die meisten allerdings noch gemischte Gefühle. Doch ich wusste, dass das Baby herzlich aufgenommen werden würde, immerhin hatte Liam sein Leben für das Ungeborene gegeben.

»Hast du dir überlegt, wie lange du hierbleiben möchtest?«, fragte ich, als wir wieder im Schloss angekommen waren und das Zimmer betraten, das für ihn zurechtgemacht worden war. Mir wäre es am liebsten, wenn er für immer hier blieb, doch er hatte vermutlich andere Pläne.

»Darüber habe ich mir bis jetzt noch keine Gedanken gemacht«, meinte er und setzte sich auf die Couch. »Immerhin konnte ich mir nicht sicher sein, ob ich dich hier finde oder nicht vorher getötet werde.«

Nachdenklich setzte ich mich ihm gegenüber. Darüber hatte ich mir noch gar keine Gedanken gemacht. Für meinen Vater war es lebensgefährlich gewesen, sich hierher zu begeben. Hätte er mich hier nicht angetroffen, wäre er womöglich gestorben.

»Wieso hast du es trotzdem riskiert, mich hier aufzusuchen?«

Er sah mich eindringlich an. »Du bist meine Tochter. Ich würde Himmel und Hölle in Bewegung setzen, um dich zu finden.«

Bei seinen Worten wurde mir ganz warm ums Herz. Ich hatte ihn so schrecklich vermisst. »Ach Dad.« Ich stand auf und ging zu ihm, um ihn zu umarmen. »Du hast mich gefunden und ich bin dir unheimlich dankbar dafür.«

Er drückte mich an sich. »Ich bin so froh, dass es dir gut geht. Das Leben hier scheint dir wirklich zu gefallen. Ich hatte immer Angst, dass du es vielleicht nicht verkraften würdest, wenn die ganze Wahrheit ans Licht kommt. Aber mir hätte klar sein müssen, dass du mit allem fertig wirst. Du bist eine ungeheuer starke Frau.«

»Wie hättest du mich denn aufgeklärt, wenn Dimitri nicht aufgetaucht wäre?«, fragte ich neugierig und lehnte mich zurück.

»Claudia und ich hätten die Bombe im Urlaub platzen lassen. Wir dachten, es wäre hilfreich in einem abgelegenen Winkel Australiens auf deine Erweckung zu warten. Dann hättest du Zeit gehabt, dich an alles zu gewöhnen und die Gefahr, entdeckt zu werden, wäre nicht allzu groß gewesen.«

»Und Malyk? Er sollte doch mit in den Urlaub kommen.«

»Das war mal so geplant. Wir waren uns unsicher, ob wir ihn direkt miteinweihen sollten oder nicht. Durch seine Erfahrung mit Vampiren hätte er womöglich eher an die Existenz von Vampyren geglaubt, doch er ist dadurch auch voreingenommen. Wir beschlossen schließlich, dass wir uns zunächst nur auf dich konzentrieren. Malyk hatten wir bereits erzählt, dass der Urlaub ausfällt.«

»Er weiß also nach wie vor von nichts?«, hakte ich nach.

Dad nickte. »Nein, ich bin auch deswegen hier. Es wird Zeit, dass wir Malyk einweihen. Seine Erweckung wird erst nächstes Jahr stattfinden, doch wir können nicht riskieren, dass Valentins Männer noch seinen Aufenthaltsort ausmachen und ihn vorzeitig in die Finger kriegen.«

»Ich dachte, du hättest alle Spuren verwischt? Und selbst wenn nicht, glaubst du, Valentins Männer trauen sich in ein Gelände voller Vampirjäger?«

»Ich habe so gut wie möglich versucht, alle Spuren zu verwischen. Aber wenn man tief genug gräbt, stößt man bestimmt auf eine Spur. Falls ihn jemand findet, können wir Malyk dort nicht beschützen. Da die Vampirjäger nichts von der Existenz von Vampyren ahnen, haben sie auch keine Ahnung von deren Stärken. Sie wären einem Angriff der Djiye nicht gewachsen.«

»Und hier wäre er sicherer, meinst du? Wir haben keine Ahnung, wer auf unserer Seite steht. Unerweckt wäre Malyk hier in Lebensgefahr.« Ich dachte an Liam und Emma, die vor unserer Nase entführt worden waren. Mein Bruder wäre ein genauso leichtes Ziel.

»In Sicherheit ist er nirgendwo. Doch ich lebe lieber mit der Gewissheit, dass hier alles unternommen wird, damit ihm nichts passiert, als dass er am anderen Ende der Welt lebt und wir nichts erfahren. Wir wissen nicht, was in einem Jahr ist. Vielleicht haben wir dann gar nicht mehr die Möglichkeit, ihn einzuweihen.«

Ich musterte meinen Vater nachdenklich. »Dad, hast du Angst, dass du stirbst und ihn andernfalls nie wiedersiehst?«

Ertappt seufzte er. »Ja vielleicht. Wir wissen alle nicht, was uns erwartet.«

Behutsam legte ich eine Hand auf seine Schulter. »Mach dir keine Sorgen. Wir werden Malyk herholen und ich schwöre, dass ich auf euch beide aufpassen werde.«

»Danke, Lya.« Seine Mundwinkel verzogen sich zu einem schiefen Lächeln. »Es ist seltsam, jetzt von dir beschützt zu werden, nachdem ich all die Jahre für dich gesorgt habe.«

Ich lachte auf. »Irgendwann kommt immer der Zeitpunkt, ab dem sich Kinder um ihre Eltern kümmern müssen«, erklärte ich augenzwinkernd, woraufhin er amüsiert den Kopf schüttelte.

»Wann wurde Malyk wirklich geboren?«, fragte ich nach einem Moment der Stille. »Denn der 18.06.1999 kann es ja nicht gewesen sein.«

»Sein tatsächlicher Geburtstag ist der 15.09.1998.« Das überraschte mich wirklich. Ich war von Diego sieben Monate jünger gemacht worden, Malyk sogar neun. Dabei hätte ich es mir auch ausrechnen können. Immerhin wusste ich, dass Anisya im November 1998 gestorben war. Malyk musste also vorher auf die Welt gekommen sein.

»Wow. Das war sicher nicht immer einfach, unser Alter so zu verheimlichen.«

Dad zuckte mit den Schultern. »Es ging. Ihr wart zwar immer weiter als andere – das sind Vamyrkinder im Vergleich zu Menschen ohnehin, wodurch die Unterschiede teilweise schon deutlich spürbar waren. Aber wieso hätte jemand an eurem Alter zweifeln sollen?«

»Stimmt.« Nicht einmal ich bin auf den Gedanken gekommen, dass an meinem Alter getrickst worden war.

Mein Vater stand plötzlich auf und streckte sich. »Es war eine lange Reise. Macht es dir etwas aus, wenn ich mich einen Moment ausruhe?«

»Nein, ruh dich ruhig aus. Ich hole dich dann zum Essen ab.«

Er nickte, woraufhin ich ebenfalls aufstand und ihn noch einmal kurz umarmte. »Bis später, Dad. Ich bin so froh, dass du hier bist«, murmelte ich an seine Brust gepresst.

»Ich auch, meine Kleine.«

***

Nachdem ich die letzten Stunden mit meinem Vater verbracht hatte, machte ich mich nun auf die Suche nach meinem Ehemann. Ich fand Dimitri schließlich in der Gesellschaft von Ana und Sascha in der Kommandozentrale des Schlosses.

»Na, ist die große Wiedersehensfeier vorerst beendet?«, fragte Dimitri.

»Ja, Dad möchte sich ein wenig ausruhen. Es war ein anstrengender Tag.«

Dimitri nickte verständnisvoll. »Hat dein Vater eigentlich erwähnt, woher er mich kennt?«

»Er kennt dich?«, fragte Ana überrascht.

Ich setzte mich auf einen freien Platz und lehnte mich zurück. »Ja, er meinte, du hättest versucht ihn umzubringen, als er das letzte Mal hier war.«

»Wie bitte?« Die anderen starrten mich mit großen Augen an.

Ich berichtete ihnen, was mein Vater mir über seinen damaligen Besuch erzählt hatte und dass Dimitri dies alles vergessen haben musste.

»Haben du und Ana damals eigentlich auch hier gelebt?«, fragte ich Sascha, als ich mit meinem Bericht fertig war.

»Ja. Wir waren beide Teil der Sondereinsatztruppe zum Schutz der Krone. Als uns Valentin nach dem Mord an seiner Familie den Krieg erklärt hatte, waren wir alle in Kanada, um die anderen Könige zu schützen. Anas Vater starb, als er deinen Vater beschützen wollte. Deinen leiblichen Vater Yaris.«

»Oh«, machte ich und sah betrübt zu Ana.

Sie ließ sich ihren Kummer jedoch nicht anmerken und blieb sachlich. »Nachdem er tot war, übernahm Sascha die Leitung der Truppe, bis er sich später mit Dimitri auf die Suche nach dir machte. Aber dass Diego hier war, wussten wir auch nicht. Anisya muss uns ebenfalls manipuliert haben.«

Dimitri legte stöhnend den Kopf in den Nacken. »Das heißt, ich habe einen grandiosen Start bei deinem Vater hingelegt. Kein Wunder, dass er mir gegenüber so feindselig war.«

Lächelnd legte ich eine Hand auf sein Knie. »Keine Angst, er hat versprochen, unvoreingenommen zu sein.«

Dimitri lachte trocken. »Als ob das so einfach wäre. Du liebst mich und hast trotzdem genug Zweifel wegen meiner Vergangenheit. Wie soll dein Vater mich dann mit offenen Armen empfangen, wenn sein Schwiegersohn mal versucht hat, ihn leerzusaugen? Väter haben doch ohnehin schon eine Abneigung gegen die Partner ihrer Töchter.«

»So schlimm wird es schon nicht sein. Wir essen später alle gemeinsam, dann habt ihr Gelegenheit, euch in Ruhe zu beschnuppern. Also versuch bitte, dich von deiner besten Seite zu zeigen«, bat ich.

Dimitri griff lächelnd nach meiner Hand, die noch immer auf seinem Knie lag, und führte sie an seine Lippen. »Was immer meine Königin wünscht«, flüsterte er und gab mir einen Handkuss, ohne mich aus den Augen zu lassen.

14. KAPITEL

Dimitri

Lilya und ich verabschiedeten uns schließlich von Ana und Sascha und kehrten in unsere Gemächer zurück. Dort angekommen machten wir es uns auf dem Balkon in unserer Kuschelecke bequem. In der Ferne ging langsam die Sonne unter, während Lya mir alles erzählte, worüber sie und ihr Vater gesprochen hatten. Irgendwann kam sie auch auf ihren Bruder zu sprechen.

»Hältst du es für eine gute Idee, Malyk baldmöglichst herzuholen?«, fragte sie schließlich. Ihr Kopf lag auf meiner Brust und ich strich gedankenverloren über ihren Rücken.

Ich überlegte kurz, ehe ich antwortete. »Vermutlich gibt es bei der Frage kein richtig oder falsch. Dein Vater hat recht: Malyk ist nirgendwo in Sicherheit. Das sind wir alle nicht.«

»Hm«, machte sie und kuschelte sich enger an mich. »Ich habe nur Angst, wieder jemanden zu verlieren. Das mit Liam war …« Ich schluckte schwer.

»Ich weiß.« Sanft hauchte ich ihr einen Kuss aufs Haar. »Ich verspreche dir, dass ich alles in meiner Macht Stehende tun werde, damit du so etwas nicht noch einmal durchmachen musst.«

»Keiner von uns kann verhindern, dass wir geliebte Personen verlieren. Egal, wie sehr wir es auch versuchen.«

Ich schloss für einen Moment die Augen und seufzte tief. Sie hatte recht, es war unmöglich. Viel zu oft hatte ich den Tod nicht verhindern können. Weder bei Liam noch bei meiner Familie oder anderen. Trotzdem würde ich nie aufgeben, meine Liebsten zu beschützen. »Aber wir müssen es weiterhin versuchen, ansonsten haben wir von Anfang an verloren.«

Lya sah auf und begegnete meinem Blick. Sie wirkte so niedergeschlagen wie immer, wenn wir über solche Themen sprachen. Es fiel ihr nach wie vor schwer, mit der ganzen Verantwortung zu leben. Sie wollte es allen recht machen und vergaß dabei oft ihre eigenen Gefühle.

»Komm, lass uns essen gehen«, schlug ich vor. »Wir können mit deinem Vater über Malyk sprechen.«

∗∗∗

Wir zogen uns um und holten Diego anschließend zum gemeinsamen Abendessen ab. Lilyas Vater schien nicht begeistert davon zu sein, mich zu sehen. Lya versuchte, ein lockeres Gespräch zu führen, als wir uns auf den Weg zum großen Esszimmer machten, wo wir auf Ana, Sascha und Soley trafen. Die drei stellten sich Diego noch mal vor. Ana und Sascha schien er im Gegensatz zu mir damals nicht begegnet zu sein. Trotzdem musterte Diego sie skeptisch. Es war offensichtlich, dass er den Djiye misstraute. Wie so viele andere. Unsere Rasse hatte wirklich den schlechtesten Ruf.

Soley dagegen schenkte er ein Lächeln.

»Es tut mir sehr leid, welch schweres Schicksal dich getroffen hat, Soley. Meine Tochter hat mir von Liam und dem Baby erzählt. Als ich dich zum letzten Mal gesehen habe, hattest du gerade deine Familie verloren. Ich hoffe, in Zukunft wirst du von solchen Verlusten verschont bleiben.«

Soley klappte der Mund auf und auch wir anderen starrten Diego überrascht an. »Ähm, haben wir uns schon mal gesehen?«, fragte sie irritiert. Sie wusste noch nichts von Diegos damaligem Besuch und mir war auch nicht bewusst gewesen, dass sie zu der Zeit hier im Schloss gelebt hatte. Anhand von Malyks Geburtsdatum, das ich von Lya kannte, rechnete ich nach, wann Diego überhaupt hier gewesen sein konnte. Es musste sich um Ende November 1997 handeln. Kurz vorher hatte ich Soley erst aus Valentins Klauen befreit. Im August 1997 war sie erwacht und einen Monat später hatte sie bereits ihre Familie verloren und ist von Valentin entführt worden.

Lya erzählte an Diegos Stelle von dessen damaligem Besuch und dieser griff das Thema schließlich beim Essen noch mal für alle auf. Ich hörte jedoch kaum zu und war in Gedanken versunken. Mir fiel auf, dass Diego mich die meiste Zeit nicht aus den Augen ließ. Ich sollte es ihm nicht verübeln, dass er mich nicht leiden konnte, nachdem ich versucht hatte, ihn zu töten. Wenn ich mich wenigstens noch daran erinnern könnte, wäre diese Tatsache für mich erträglicher. So hatte ich das Gefühl, für ein Verbrechen verurteilt zu werden, das ich nicht begangen hatte.

Nach einer Weile kam Lya auf ihren Bruder zu sprechen und klärte zunächst Ana und Sascha über dessen Aufenthaltsort auf.

»Dein Bruder ist ein Vampirjäger? Wow, das ist echt cool«, kommentierte Ana und brachte mich damit zum Grinsen. Eine andere Reaktion hätte ich von ihr nicht erwartet.

Sie sah zu Diego. »Du bist oder vielmehr warst doch auch einer. Was hast du denn drauf?« Ihre Augen blitzten herausfordernd.

»Ana, du wirst nicht mit meinem Dad kämpfen«, stellte Lya klar, woraufhin Ana die Augen verdrehte.

»Wie langweilig. Aber wenn wir zu dieser Akademie aufbrechen und deinen Bruder da rausholen, komme ich definitiv mit. Menschen, die gegen Vampire kämpfen, sind wirklich spannend.«

Diego warf ihr einen vernichtenden Blick zu. »Ihr werdet nicht so einfach in die Akademie spazieren können. Lilya und ich werden gehen, uns wird man reinlassen. Gegenüber Fremden ist man allerdings sehr vorsichtig, der Clan nimmt Geheimhaltung sehr ernst.«

»In Ordnung. Dann gehen wir beide«, erwiderte Lilya.

»Ich lasse dich aber nicht alleine nach Europa reisen, Lya«, warf ich ein. »Wenn nur ihr beide das Gelände betreten könnt, werden wir euch zumindest bis dorthin begleiten.«

Lilya legte die Stirn in Falten. »Aber nicht ihr alle. Irgendjemand muss hierbleiben und auf Soley aufpassen.«

»Du solltest hierbleiben, Dimitri«, schlug Sascha vor. Überrascht sah ich zu meinem besten Freund. »Was? Wieso? Ich lasse meine Frau nicht noch einmal alleine.«

Ana stimmte ihrem Mann jedoch zu. »Sascha hat recht. Du bist der beste Kämpfer und das Schloss sollte nicht ohne Oberhaupt zurückbleiben. Deine Autorität wird hier gebraucht. Sascha und ich können Lya und Diego begleiten.«

Ich biss die Zähne fest aufeinander und schaute in die Runde. Es sah aus, als würden sie alle zustimmen. Ich war keinesfalls begeistert von der Vorstellung, Lilya schon wieder ins Ungewisse reisen zu lassen. Auch wenn das Ziel weitaus weniger gefährlich erschien als beim letzten Mal. Ich musste mir jedoch eingestehen, dass es durchaus Sinn machte, wenn ich hier blieb. »Meinetwegen, dann geht nur ihr vier.«

***

»Können wir noch kurz reden?«

Überrascht hielt ich inne und drehte mich zu Diego um. Mit unergründlicher Miene stand er hinter seinem Stuhl und sah mich an. Mein Blick wanderte kurz zu Lya, die mir lächelnd zunickte und schnell den anderen aus dem Raum folgte. Ich war froh, das Essen hinter mich gebracht zu haben, ohne mit Lyas Vater aneinander geraten zu sein. Anscheinend würde aber das unheilvolle Gespräch jetzt noch folgen.

Ich legte die Unterarme auf einer Stuhllehne ab und wartete darauf, dass Diego das Wort ergriff.

»Wie kam es eigentlich, dass meine Tochter dich geheiratet hat, bei all den Lügen, die du ihr aufgetischt hast?«, fragte er schließlich.

Ich zog ungläubig die Augenbrauen hoch. War das sein Ernst?

»Ich glaube nicht, dass du an ihrer Entscheidung zweifeln musst. Deine Tochter ist alt genug, eine Wahl zu treffen.«

Diegos Augen verengten sich zu Schlitzen. »Ist nur die Frage, ob es die richtige Wahl war. Sie hat die Vampyrwelt erst vor kurzem kennengelernt. Sie hätte noch genug Zeit gehabt, sich irgendwann in Ruhe einen Mann zu suchen.«

Ich lachte auf. »Das sagst du nur, weil sie mich erwählt hat. Jeder andere wäre dir eher recht gewesen.«

Diego zuckte mit den Schultern. »Mag sein. Kannst du es mir verübeln? So einen Partner würdest du dir auch nicht für deine Tochter wünschen.«

Ich ballte die Hände zu Fäusten und wandte mich ab. »Meine Kinder werden selbst entscheiden dürfen, für wen ihr Herz schlägt«, erklärte ich, wohlwissend, dass ich mich selbst belog. Wenn ich eines Tages Vater werden würde, wäre meine Reaktion ähnlich zu Diegos. Ich würde wollen, dass sie jemanden finden, der sie gut behandelt. In Diegos Augen war ich dazu nicht in der Lage und ich konnte es ihm nicht verübeln. Ich sah mich ebenfalls nicht als den perfekten Ehemann. Aber Lilya liebte mich trotz allem, weshalb ich mich einfach darüber freute, sie an meiner Seite zu wissen.

»Eltern wollen nur das Beste für ihre Kinder. Und wenn wir jemanden wirklich lieben, halten wir uns von demjenigen fern, wenn es das Beste für diese Person ist.«

Ich warf noch einmal einen Blick über die Schulter. »Ich werde deiner Tochter ihre Entscheidung nicht absprechen und so lange an ihrer Seite bleiben, bis sie mich wegschickt. Andernfalls würde ich nur ihr Herz brechen«, sagte ich und verließ den Raum.

✳✳✳

Eine Woche später war es schließlich soweit. Alle Vorbereitungen für die Reise nach Europa waren abgeschlossen. Wir hatten alle möglichen Eventualitäten besprochen, die auf der Reise auftreten konnten. Mir war nach wie vor nicht wohl bei dem Gedanken, Lilya nicht zu begleiten, doch ich äußerte mich nicht mehr dazu. Ich hatte mich damit abgefunden, Soleys Aufpasser zu spielen und die Dinge hier im Schloss am Laufen zu halten. Doch bis Lya wieder sicher zurückkehren würde, könnte ich vermutlich kein Auge zu tun. Lilya verabschiedete sich zunächst von Soley und kam dann zu mir.

»Hast du alles? Blutvorräte, Waffen, dein Handy ...?«, fragte ich sie zum tausendsten Mal.

Lachend verdrehte sie die Augen und schlang die Arme um meinen Hals.

»Entspann dich, Dimitri. Wir fliegen nur schnell in die Schweiz, sammeln Malyk ein und kommen wieder her. Was soll schon passieren?«

Ich lehnte meine Stirn gegen ihre und seufzte leise. »Es gibt immer genug Dinge, die schief gehen können.«

»Es wird aber nichts schief gehen. Vergiss nicht, dass ich sehr gut auf mich selbst aufpassen kann. Ich bräuchte Ana und Sascha nicht einmal mitzunehmen. Wenn Gefahr droht, kann ich mich doch jederzeit teleportieren.«

»Ja, ich weiß.«

Sie streckte sich leicht und küsste mich sanft. Ich drückte sie an mich und erwiderte den Kuss leidenschaftlich. Mein Herz schlug schneller und alles in mir sträubte sich dagegen, sie wieder loszulassen. Schließlich lösten wir uns leicht atemlos voneinander.

»Komm bald wieder und pass gut auf dich auf«, flüsterte ich und hauchte ihr einen Kuss auf die Stirn.

»Du auch. Gib gut acht auf Soley und unser Zuhause.«

»Natürlich.«

Sie drückte ihre Lippen noch mal kurz auf meine, ehe sie sich abwandte und mit Ana, Sascha und Diego in den Privatjet stieg.

15. KAPITEL

Lilya

Ich starrte gedankenverloren aus dem Fenster des Flugzeugs, hinter dem man nichts als schwarz erkennen konnte. Wir waren mitten in der Nacht gestartet, die Sonne würde schon bald wieder aufgehen.

Mein Vater und Sascha schliefen bereits und auch ich sollte den Flug nutzen, um ein paar Stunden Schlaf zu bekommen.

Als die Cockpittür geöffnet wurde, sah ich auf. Ana kam zurück in die Kabine.

»Alles in Ordnung?«, fragte ich sie.

Sie setzte sich mir gegenüber und nickte. »Ja, es läuft alles nach Plan. Aufgrund der Flugzeit und Zeitverschiebung werden wir voraussichtlich fünf Uhr nachmittags in der Schweiz sein.«

»Wo werden wir denn landen?«

»In Samedan. Da du und dein Vater das Gelände der Akademie alleine betreten müsst, können wir nicht deren Landebahn nutzen. Wir werden uns stattdessen einen Mietwagen nehmen und zur Akademie fahren.«

»Okay.«

Ana sah zu Diego und Sascha, die seelenruhig schliefen. »Wir sollten uns jetzt auch aufs Ohr hauen«, schlug sie vor und ich stimmte ihr zu. Ich klappte meine Sitzlehne nach hinten und rollte mich auf meinem Platz zusammen. Ich vernahm nur noch das leise Brummen der Turbinen, ehe ich einschlief.

***

Ein ohrenbetäubender Knall riss mich aus dem Schlaf.

Erschrocken fuhr ich hoch und sah zu meinen Freunden, die ebenfalls durch den Lärm geweckt worden waren.

»Was ...?« Ich warf einen Blick aus dem Fenster und mir stockte der Atem. »Ein Triebwerk brennt!«, rief ich und sprang von meinem Sitz auf.

»Nicht nur eins«, erwiderte mein Vater, der mit sorgenvoller Miene aus seinem Fenster sah.

»Verflucht!« Sascha sprang auf, rannte zur Cockpittür und verschwand dahinter. Mein Vater folgte ihm.

Ich stand im Gang und klammerte mich an einer Sitzlehne fest. »Was machen wir jetzt?« Fragend sah ich zu Ana, die ebenfalls aufgestanden war und in ihrer Tasche kramte. Sie zog ihren Waffengurt heraus und schnallte sich ihr Schwert auf den Rücken. Anschließend befestigte sie noch eine Pistole an ihrer Hüfte.

»Du bewaffnest dich jetzt? Wir stürzen ab!«, rief ich verständnislos.

Sie verdrehte die Augen. »Glaubst du, das ist Zufall? Das ist ein Anschlag!« Sie drängte sich an mir vorbei und steuerte ebenfalls das Cockpit an. Ich lief ihr hinterher.

Ana öffnete die Cockpittür und lugte hinein. »Was ist los?«, fragte sie in die Runde.

Die Piloten schienen alle Hände voll zu tun zu haben, weshalb Sascha antworte. »Beide Triebwerke sind gleichzeitig ausgefallen. Wir müssen sofort notlanden.«

Ich linste an Ana vorbei und warf einen Blick durch die Scheiben. Wir verloren schnell an Höhe und die Berge kamen immer näher.

Ich sah kurz auf meine Armbanduhr. Es war zwanzig nach vier. Wir hätten fast da sein müssen.

»Wo sollen wir denn hier runtergehen?«, fragte ich besorgt in Anbetracht der bergigen Landschaft.

»Entweder finden wir eine freie Fläche oder wir müssen versuchen, einen See zu treffen und notwassern«, erklärte der Pilot überraschend ruhig. Ich ärgerte mich darüber, dass ich keinen kühlen Kopf bewahren konnte.

Ich sah zu meinem Vater, der hinter dem Copiloten stand und offensichtlich versuchte, ihm zu helfen. Auch er wirkte relativ gelassen.

Ana griff plötzlich nach meinem Arm und zog mich zur Seite.

»Du musst dich mit deinem Vater aus dem Flugzeug teleportieren!«

»Was?«

»Er ist ein Mensch. Die Wahrscheinlichkeit, dass er eine Notlandung überlebt, ist nicht sehr hoch.«

Mir klappte der Mund auf. Natürlich, wieso hatte ich noch nicht daran gedacht?

»Aber ich kann euch doch nicht zurücklassen!«

»Keine Widerrede.« Sie gab Sascha Bescheid und zog Diego aus dem Cockpit.

»Lilya!«, hörte ich plötzlich Sascha rufen, woraufhin ich mich noch mal zu ihm ins Cockpit drängte.

»Was ist?«

»Wenn deine Kräfte dafür reichen, nimm Ana mit«, bat er. »Sie soll auf euch aufpassen.«

»Und was ist mir dir?«, fragte ich besorgt.

Er schüttelte lächelnd den Kopf. »Mach dir keine Sorgen. Mir passiert schon nichts. Wir treffen uns am vereinbarten Treffpunkt.«

Ich öffnete den Mund, um zu widersprechen, doch er schob mich kurzerhand aus dem Cockpit. Ich bemerkte, wie er sorgenvoll zu seiner Frau sah, ehe er die Tür hinter mir zuschlug.

Ana, die all seine Worte gehört haben musste, starrte noch einen Moment auf die geschlossene Tür, ehe sie mir zunickte.

»Okay, lass uns verschwinden«, sagte sie.

»Aber wohin?« Mir wurde schlagartig bewusst, dass ich keine Ahnung hatte, wo genau wir uns befanden. Wohin sollte ich uns teleportieren? Ich war hier noch nie gewesen.

»Wir sind fast da. Du hast dir doch Bilder der umliegenden Gegend angeschaut. Such dir irgendeine Stelle aus, aber mach schnell«, erwiderte Ana.

»Ähm ... okay.« Nervös griff ich nach Diegos und Anas Hand und schloss die Augen. Den Lärm und den bebenden Untergrund ignorierend, atmete ich noch mal tief durch und versuchte mir ein Foto in Erinnerung zu rufen. Als vor meinem inneren Auge ein klares Bild erschien, setzte ich meine Vampyrkräfte frei.

***

Als ich wieder festen Boden unter den Füßen spürte, öffnete ich langsam die Augen. Sofort stellte ich fest, dass mein Plan funktioniert hatte. Die Sonne schien in mein Gesicht und ich blinzelte gegen die Helligkeit an.

»St. Moritz?«, riefen Ana und mein Vater wie aus einem Mund.

»Wart ihr schon mal hier?«, fragte ich ungläubig. Bei meinem Vater wunderte es mich nicht, er hatte immerhin einige Jahre in der Schweiz gelebt.

Ana verdrehte lächelnd die Augen. »Ich war schon überall auf der Welt, Lya.«

Ich schürzte die Lippen. »Das heißt aber nicht, dass du jeden Ort sofort wiedererkennst«, kommentierte ich und steuerte eine Bank in der Nähe an. Ich musste mich für einen Moment setzen.

»Alles in Ordnung, Lya?«, drang die besorgte Stimme meines Vaters an mein Ohr. Er setzte sich neben mich und schlang einen Arm um mich. Das war das erste Mal, dass er eine Teleportation miterlebt hatte.

»Ja, ich muss mich nur kurz ausruhen«, meinte ich und richtete meinen Blick nach vorne. Ich hatte uns direkt an das Ufer des St. Moritzersees teleportiert. Die Sonne ließ die Oberfläche des Wassers glitzern. Auf der anderen Seite des Sees lag St. Moritz und um uns herum erstreckten sich die hohen Berge. Es war wunderschön, doch wir hatten momentan keine Zeit, die Landschaft zu bewundern. Ich sah zu Ana, die in ihrem Aufzug viel zu sehr auffiel. Zum Glück befanden wir uns auf einem Wanderweg und gerade war keine Menschenseele zu sehen. Ich hatte uns extra nicht in die Pampa geschickt, damit wir zügig an ein Auto kamen. Außerdem lag die Akademie irgendwo auf der anderen Seite des Berges. Nun hatte ich aber Angst, dass Ana von der Polizei aufgegriffen wurde, immerhin war sie bis an die Zähne bewaffnet.

Bevor ich sie auf die Tatsache aufmerksam machen konnte, ergriff sie das Wort. »Ich werde versuchen etwas über Sascha rauszukriegen. Vielleicht erfährt man in den Nachrichten bereits etwas über einen Absturz. Ruf du Dimitri an und sag ihm, dass du in Ordnung bist und er auf der Hut sein soll.«

»Mach ich. Aber solltest du nicht ...«, fing ich an, verstummte aber sofort wieder, als ich Anas Blick bemerkte. Mir wurde klar, dass ihr in der Situation alles egal war. Sie musste schreckliche Angst um Sascha haben. »Sollten wir nicht mitkommen?«, fragte ich schnell, als sie sich abwandte.

»Nicht nötig, ich bin gleich wieder da.« Mit diesen Worten rannte sie bereits den Weg entlang in Richtung Ortschaft.

Kopfschüttelnd sah mein Vater ihr hinterher. »Jeder, der sie sieht, wird sofort die Polizei rufen. Sie hätte doch auch mit ihrem Handy die Nachrichten checken können.«

»Ich weiß. Aber ich glaube nicht, dass wir sie hätten aufhalten können. Sie wollte vermutlich auch einen Moment allein sein.« Mir blieb nichts anderes übrig als zu hoffen, dass Ana ohne Zwischenfälle gleich zurückkommen würde. Ich zog mein Handy aus der Hosentasche und wählte Dimitris Nummer.

Er ging nach dem ersten Klingeln ran.

»Seid ihr gut angekommen?«, fragte er und ich hörte direkt die Unsicherheit in seiner Stimme. Es war nicht vereinbart gewesen, dass wir telefonierten. Das war einfach zu riskant. Ich entschied mich, gleich zum Punkt zu kommen. »Nein, das Flugzeug musste notlanden und ich habe Diego, Ana und mich aus der Maschine teleportiert.«

»Wie bitte? Geht es dir gut, Lya?«

»Ja, mir ist nichts passiert. Wir sind jetzt in St. Moritz und wissen noch nicht, wie es Sascha und unseren Piloten geht. Ich habe schreckliche Angst um sie«, gestand ich. Wenn Sascha gestorben war, würde ich mir das nie verzeihen.

»Ich bin mir sicher, dass alle drei die Landung gut überstanden haben. Vor allem Sascha ist zäh. Aber wieso musste die Maschine überhaupt notlanden?«

»Beide Triebwerke sind ausgefallen.«

Ich hörte, wie Dimitri scheinbar laut fluchend durch die Gänge des Schlosses rannte. »Unmöglich! Jemand muss die Maschine sabotiert haben.«

»So etwas vermutet Ana auch. Sie versucht gerade etwas über den Absturz rauszukriegen. Ich wollte dir nur Bescheid geben, dass es mir gut geht und du die Augen offenhalten sollst. Wenn es ein Anschlag war, könnte es vielleicht auch jemand bei dir und Soley probieren.«

»Alles klar«, sagte er und schien gegen eine Tür zu hämmern. »Soley, mach auf!«, hörte ich ihn nun leiser rufen. Vermutlich hielt er sich das Handy nicht mehr ans Ohr.

Ich atmete erleichtert auf, als ich leise Soleys Stimme vernahm. Ihr war anscheinend nichts passiert.

»Okay, Lya. Melde dich bitte, sobald du etwas Neues wegen Sascha weißt. Ich werde hier die Sicherheitsvorkehrungen erhöhen und dann schauen, wer euch in der Schweiz wieder abholen kann, damit ihr keine andere Maschine chartern müsst.«

»Ist gut. Ich liebe dich. Bis bald.«

»Ich liebe dich auch. Pass bitte auf dich auf.«

***

Es dauerte zwanzig Minuten, ehe Ana wieder zu uns stieß. Mir fiel sofort die weite schwarze Jacke auf, die sie vorher noch nicht getragen hatte. Anscheinend hatte sie sich etwas besorgt, um ihre Waffen zu verstecken.

»Und?«, rief ich, sobald sie in Hörweite war.

»Die Maschine ist im Silsersee gelandet«, erklärte sie atemlos. »In den Nachrichten war bisher die Rede von zwei Toten.«

Ich schlug eine Hand vor den Mund. »O nein! Glaubst du, dass Sascha ...?«

»Ich tippe eher auf unsere Piloten.« Sie knirschte mit den Zähnen. »Zumindest hoffe ich es.«

»Aber wie kriegen wir das jetzt raus?« Ich durfte gar nicht daran denken, dass Sascha den Absturz womöglich nicht überlebt hatte. Doch selbst wenn, war es schlimm genug, dass unsere Piloten gestorben waren. Ich hätte versuchen müssen, alle aus dem Flugzeug zu kriegen.

»Wir gehen zum ausgemachten Treffpunkt. Sascha wird dorthin kommen ...« *Wenn er noch lebt.*

»Das heißt, wir brauchen einen Wagen«, stellte mein Vater fest. Er dachte vermutlich noch am ehesten von uns rational. Er kannte Sascha und die Piloten immerhin kaum und würde sich von deren Tod nicht aus der Ruhe bringen lassen.

Ana und ich stimmten ihm zu und wir machten uns direkt auf den Weg zur nächsten Autovermietung.

***

»An der nächsten Kreuzung müssen wir nach rechts«, erklärte ich nach einem Blick aufs Handydisplay. Auf den Straßen war die Hölle los. Es war wirklich unklug, sich in eine Touristenhochburg zu begeben. Allerdings konnte eine gewisse Anonymität auch nicht schaden. Mit skeptischem Blick musterte Ana die Menschen, an denen wir vorbeikamen.

»Hör auf sie so anzusehen, als würdest du sie fressen wollen«, zischte ich leise.

»Vielleicht will ich das ja«, erwiderte sie grinsend, woraufhin mein Vater stöhnend die Augen verdrehte. Die beiden schienen keine guten Freunde zu werden. Ich warf noch einen Blick auf mein Handy, um zu checken, wann wir bei der Autovermietung ankommen würden. Noch fünf Minuten.

Plötzlich ertönte ein Schuss und vor Schreck hätte ich beinahe mein Handy fallen lassen. Die Menschen um uns herum schrien auf und rannten los, während immer mehr Schüsse fielen.

Ana packte mich grob am Handgelenk und zog mich mit sich. Ich hatte keine Gelegenheit, herauszufinden, woher die Schüsse kamen und wer sie abfeuerte. Mein Blick begegnete kurz dem von Ana und ich erkannte, dass sie dasselbe denken musste wie ich. Die Schüsse konnten ebenfalls kein Zufall sein. Was ging hier nur vor sich?

»Wir müssen uns trennen!«, rief mein Vater, der genauso wie ich von Ana mitgezerrt wurde. Er schien auch zu ahnen, hinter wem die Schützen her waren.

»Auf keinen Fall!«, brüllte ich, um die Schreie und Schüsse zu übertönen.

»Er hat recht, Lilya! Außerdem kann er sich allein viel einfacher zwischen den Menschen verstecken. Bei uns wird er zur Zielscheibe«, gab Ana zu bedenken. Ich wollte protestieren, da zog sie uns schnell in eine Gasse und blieb für einen Moment stehen. Sie wandte sich an meinen Vater. »Diego, du läufst weiter!«

»Dad, nein!«, rief ich, doch er drehte sich bereits um und rannte los.

Ich wollte ihm hinterher, doch Ana hielt mich zurück und schob mich in die andere Richtung. »Ich versuche die Schützen auszumachen. Und du haust ab!«

»Aber ...«

»Lauf!«, brüllte sie und meine Beine gehorchten ihr.

16. KAPITEL

Lilya

Im Zick Zack lief ich durch die Straßen, bis die Schüsse immer leiser wurden. In der Ferne ertönten Sirenen. Die Polizei würde vermutlich jeden Moment eintreffen und die Schützen überwältigen. Wenn es denn Menschen waren, ansonsten hätten die Polizisten keine Chance.

Mein Herz klopfte mir bis zum Hals, doch ich erlaubte mir keine Sekunde, stehenzubleiben. Ich machte mir nur schreckliche Sorgen um meinen Vater. Eine Kugel reichte, und ich würde ihn nie wiedersehen.

Ich biss die Zähne zusammen und rannte weiter. Nach einer Weile fiel mir auf, dass ich in die Richtung lief, aus der wir gekommen waren. Doch statt den Weg am See anzusteuern, lief ich dieses Mal auf den Berg zu.

Als ich den Waldrand erreichte, blieb ich schließlich stehen und warf zum ersten Mal seit meiner Flucht einen Blick über die Schulter. Ich rechnete damit, niemanden zu sehen, weshalb mein Puls direkt in die Höhe schoss, als ich den dunkel gekleideten Mann erkannte, der langsam auf mich zukam.

In meinem Kopf schrillten alle Alarmglocken. Es war nicht schwer zu erkennen, dass es sich um einen Djiyo handelte. Es konnte sich bei ihm jedoch nicht um einen der Schützen handeln. Dafür war ich viel zu schnell gerannt. Es musste also eine ganze Gruppe auf mich abgesehen haben. Hoffentlich hatten sie Diego nicht gekriegt! Wenn ihm etwas zustieß, könnte ich mir das nie verzeihen.

Ich ballte die Hände zu Fäusten und setzte mich wieder in Bewegung. Sollte der Djiyo doch versuchen, eine Kiya einzuholen. Ich rannte auf die Bäume zu und verschwand im Wald. Es ging steil den Berg hoch und die Bäume standen so dicht, dass ich nicht so schnell vorwärtskam, wie ich wollte. Dadurch konnte mich mein Verfolger allerdings auch nicht mehr sehen.

Als plötzlich wieder ein Schuss ertönte, zuckte ich erschrocken zusammen. Fluchend rannte ich weiter, bis der nächste Schuss ertönte und ich abrupt stehenblieb. Er schien aus der anderen Richtung zu kommen. Liefen etwa zwei schießwütige Djiye im Wald herum?

»Königin Lilya!«, rief plötzlich eine Männerstimme und ich versuchte festzustellen, wie weit sie noch entfernt war. »Ihr seid allein und niemand wird Euch zu Hilfe kommen! Wenn Ihr Euch ergebt, lassen wir Euch am Leben.«

Ich schnaufte genervt. Das könnte ihnen wohl so passen. Die Teleportation aus dem Flugzeug hatte mich viel Energie gekostet, dennoch war ich noch lange nicht am Ende meiner Kräfte. Ich ging sparsam mit ihnen um. Gerade als ich überlegte, in welche Richtung ich weiterlaufen sollte, ertönten mehrere Schüsse gleichzeitig. Irritiert drehte ich mich im Kreis und versuchte mich zu orientieren. Was war denn jetzt los? Hinter mir raschelte es und ich fuhr erschrocken herum. Ein Reh sprang aus dem Schatten der Bäume und rannte panisch an mir vorbei.

Ich lehnte mich an einen Baum und atmete tief durch. Die Schüsse machten mich wahnsinnig. Wenn das so weiterging, würde ich auch noch panisch und kopflos durch den Wald rennen. Vielleicht wäre es am besten, der Situation zu entfliehen und mich aus dem Wald zu teleportieren. Doch gerade, als ich diesen Entschluss gefasst hatte und mich vom Baum abstieß, ertönte erneut ein Schuss und Schmerz zuckte durch meine Schulter. Ich schrie auf und rannte blindlings los. Der Schütze folgte mir. Ein weiterer Schuss traf mich an der Seite und brachte mich beinahe zu Fall. Der Schmerz trieb mir Tränen in die Augen, während ich durchs Dickicht stolperte. In meinen Ohren hallte der Klang weiterer Schüsse nach und versetzte mich vollends in Panik.

Einer der Schüsse streifte meinen Arm und ich legte einen Zahn zu. Ich musste mich irgendwo verstecken, ehe ich tatsächlich umgebracht wurde.

Der Wald lichtete sich ein wenig, wodurch ich schneller vorwärtskam, aber auch ein leichteres Ziel darstellte. Der Boden wurde zunehmend felsiger, je höher ich kam. Ich glaubte, dass der Abstand zu meinem Verfolger langsam wieder größer wurde und gönnte mir einen kurzen Moment zum Verschnaufen. Ich lehnte mich an einen Felsen und atmete schwer. Mir tat alles weh, trotzdem musste ich irgendwie weiter kommen. Wer wusste schon, ob diese Djiye mich lediglich fangen oder tatsächlich töten wollten?

Ich lief ein paar Schritte weiter, hielt jedoch erneut inne, als mir zwischen einigen Felsen ein Spalt auffiel. Könnte ich mich dort verstecken? Ich spähte hinein und erkannte dahinter eine Art Höhle. Das könnte meine Rettung sein. Ich schaute noch mal, ob ich zwischen den Bäumen einen Djiyo entdeckte, dann schlüpfte ich durch den Spalt in die Höhle.

Sobald meine Augen sich an die Dunkelheit gewöhnt hatten, erkannte ich einen Gang, der scheinbar tiefer in den Berg hineinführte. Ich warf einen Blick über die Schulter und sah zurück zum Höhleneingang. Es wäre wohl das Beste, wenn ich so viel Abstand wie möglich zwischen mich und meine Verfolger brachte.

Ich presste eine Hand auf die Wunde an meiner Taille und stöhnte auf vor Schmerz. Das war nun das zweite Mal in meinem Leben, dass ich angeschossen worden war und ich würde mich definitiv nie daran gewöhnen. Es tat einfach nur höllisch weh und der Blutverlust zerrte an meinen Kräften. Jammern würde mir aber auch nicht helfen, deshalb biss ich die Zähne zusammen und folgte dem dunklen Tunnel.

***

Schier eine Ewigkeit lief ich durch die finsteren Höhlengänge, die immer verwinkelter wurden. Längst hatte ich die Orientierung verloren. Hätte ich nicht mein Handy dabei gehabt, hätte ich nicht einmal sagen können, wie viel Zeit vergangen war. So verriet mir ein Blick aufs Display, dass ich bereits über zwei Stunden hier herumirrte. Und bisher war kein Ausgang in Sicht. Wie hatte ich mich nur so verlaufen können? So tief im Berg war jegliches Licht verschwunden, sodass ich selbst mit meinem guten Sehsinn die Gänge nur erahnen konnte. Am Anfang hatte ich noch die Taschenlampe und dann das Displaylicht meines Handys benutzt, jedoch schnell wieder damit aufgehört, sonst wäre mein Akku längst leer gewesen.

Hilfe konnte ich wegen des fehlenden Netzes nicht rufen und allein würde ich hier womöglich nie herausfinden.

Meine Hoffnung war jedoch, dass diese Höhlen vielleicht den Menschen bekannt waren und ich irgendwo gekennzeichnete Wege finden würde. Diese Hoffnung schwand jedoch von Minute zu Minute. Zu allem Übel heilten auch meine Wunden so langsam, dass sie noch immer bei jedem Schritt schmerzten. Ohne Blut würde sich die Heilung noch weiter verzögern. Außerdem steckte die Kugel in meiner Schulter fest. Ich würde es allerdings niemals wagen, sie selbst zu entfernen.

»Scheiße, wo bin ich hier nur gelandet?«, fluchte ich leise, als ich erneut an einer Kreuzung ankam und überlegte, ob ich hier schon gewesen war. Ich konnte es beim besten Willen nicht sagen. Eine Blutspur, die ich durch meine Wunden immer wieder hinterließ, entdeckte ich zumindest nicht auf dem Boden. Ich fragte mich, ob ich die Djiye hatte abschütteln können oder ob sie die Höhle ebenfalls entdeckt hatten und mir weiterhin auf den Fersen waren. Falls Letzteres der Fall war, konnte ich nur hoffen, dass sie die Verfolgung bald aufgeben würden.

Spontan wählte ich den Weg zu meiner Linken und atmete erleichtert auf, als der Gang etwas breiter wurde. Teilweise waren die Höhlengänge so eng gewesen, dass ich fast Platzangst bekommen hatte. Es war ein beklemmendes Gefühl, tief unter der Erde umherzuirren. Ohne zu wissen, ob man je wieder das Tageslicht sehen würde.

Ich lief weiter, bis mir plötzlich auffiel, dass ich die Umgebung besser erkennen konnte. Es wurde heller! Lichtstrahlen mussten durch Felsspalten fallen, was bedeutete, dass ich mich nicht sehr weit unterhalb der Oberfläche befinden konnte. Dann war bestimmt auch ein Ausgang nicht mehr weit!

Ich mobilisierte meine letzten Kräfte und lief schneller. Nach der nächsten

Kurve führte der Gang nach oben und ich musste ein paar Meter klettern. Oben angekommen war es noch heller und an der Decke verlief eine Stromleitung. Das war ein Weg, wie ich ihn gesucht hatte.

Der Gang war jetzt sehr breit und ich konnte in einiger Entfernung eine Metalltreppe erkennen. Das musste der Ausgang sein! Innerlich jubelnd wollte ich losrennen, als mich ein Geräusch hinter mir in der Bewegung innehalten ließ. Ängstlich warf ich einen Blick über die Schulter, konnte aber nichts erkennen. Vielleicht waren das nur ein paar Ratten oder Fledermäuse, versuchte ich mir einzureden und wollte weiter laufen, als ein tiefes Knurren durch den Gang hallte. Meine Nackenhaare stellten sich auf und Panik erfasste mich. Blind vor Angst rannte ich auf die Treppe zu und schrie vor Schreck auf, als ich über etwas stolperte. Ich landete auf allen Vieren und schürfte mir Hände und Knie an dem rauen Steinboden auf. Ohne nachzusehen, was im Weg gelegen hatte, rappelte ich mich wieder auf und sprintete weiter. Meine Wunden brannten wie Feuer, doch ich achtete nicht darauf.

Das knurrende Wesen kam näher. Angesichts meiner körperlichen Verfassung konnte ich mich allerdings nicht mehr zurück nach St. Moritz teleportieren. Ich hatte so viel Blut verloren, dass es mir schon schwerfiel, mich überhaupt noch aufrecht zu halten. Das Adrenalin in meinen Adern war das Einzige, das mich noch antrieb.

Nachdem ich die letzten Meter bis zur Treppe endlich überwunden hatte und mit einer Hand dankbar das kalte Geländer ergriff, kämpfte ich zunehmend mit meiner Erschöpfung. Ich durfte jetzt nicht zusammenbrechen. Völlig entkräftet schleppte ich mich die Stufen hinauf. Am Ende der Treppe sah ich eine schwere Metalltür und betete, dass sie nicht verschlossen war. Ehe ich die letzten Stufen überwinden und es herausfinden konnte, legte sich eine eiskalte Hand um mein Fußgelenk und riss mich zu Boden.

»Neein!«, schrie ich und trat automatisch nach dem Angreifer.

Ich versuchte, meinen Fuß zu befreien, und sah das erste Mal zu meinem Verfolger. Mir rutschte beinahe das Herz in die Hose. Zuerst dachte ich, es sei ein Mensch, oder vielmehr ein Vampyr, angesichts dessen Schnelligkeit und Stärke. Doch diesen Gedanken verwarf ich, als ich in das Gesicht des vermeintlichen Mannes sah. Es war zu einer hässlichen Fratze verzerrt und pechschwarze Augen starrten mich mit leerem Blick an. Seine Haut war gräulich und aus seiner Kehle dröhnte ein eigenartiges Knurren, dessen Klang mir durch Mark und Bein ging.

Ein Vampir!

Verzweifelt riss ich meinen Fuß zurück, trat mit aller Macht in das Gesicht dieses Wesens und setzte dabei meine restliche Energie frei, sodass es von mir fort und die Treppe hinuntergeschleudert wurde. Ohne mir eine Verschnaufpause zu gönnen, hievte ich mich hoch und erreichte endlich die Tür.

Als sie sich ohne Probleme öffnen ließ, hätte ich vor Freude weinen können. Ich schlüpfte durch den Spalt und drückte die Tür schnell wieder zu. Atemlos lehnte ich mich dagegen und versuchte meinen Puls zu normalisieren. Ich befand mich scheinbar in einem alten Keller. An den Wänden und der Decke waren Risse und Löcher, durch die gedämmtes Licht fiel. Die Sonne ging gerade unter.

Als ich sah, wie die Türklinke runtergedrückt wurde, stemmte ich mich mit aller Kraft gegen das kühle Metall. Von der anderen Seite erklang wieder das fürchterliche Knurren und ich überlegte fieberhaft, was ich nun tun sollte.

Ich konnte nicht ewig an der Tür stehen und hoffen, dass der Vampir aufgab. Er war momentan vermutlich unermüdlicher als ich.

Aus dem Keller führte eine weitere Treppe nach oben. Nur noch diese Stufen erklimmen und dann musste ich wieder an der Oberfläche sein. Ich atmete noch mal tief durch und machte mich für einen letzten Sprint bereit. Eins, zwei, drei! Ich verließ meinen Posten und durchquerte so schnell ich konnte den Raum. Hinter mir hörte ich, wie das Metall der Tür gegen die Felswand stieß, doch ich rannte weiter die Stufen empor. Das Knurren des Vampirs verfolgte mich bei jedem Schritt.

Als ich im Erdgeschoss ankam, brüllte er auf und sprang mir in den Rücken. Mit einem Aufschrei fiel ich zu Boden und er landete schwer auf mir. Seine Klauen schnitten in mein Fleisch und hinterließen tiefe Kratzer. Mein ganzer Körper schien nur noch aus Schmerz zu bestehen. Aufgeben war jedoch keine

Option, auch wenn ich am Ende meiner Kräfte war. Ich bäumte mich auf und versuchte verzweifelt, das Monster von mir runterzubekommen. Tatsächlich gelang es mir irgendwie, das Wesen von mir zu stoßen.

Doch ich hatte keine Zeit mich umzusehen, sondern rappelte mich auf und rannte einfach weiter. Ich lief um eine Ecke und blieb abrupt stehen. Eine Sackgasse! Das konnte doch nicht wahr sein! Ich fuhr herum und starrte direkt in die dunklen Augen des Vampirs. Er war ebenfalls stehengeblieben und knurrte mich an. Ich wich langsam zurück, während sich das Monster nicht von der Stelle bewegte. Wieso griff er nicht an?

Mein Blick fiel auf den Streifen Sonnenlicht, der den Flur teilte. Das Gebäude war auch hier baufällig. Das Obergeschoss schien kaum noch vorhanden zu sein, wodurch das Licht direkt durch das kaputte Dach ins Erdgeschoss strömte.

Plötzlich machte es Klick in meinem Kopf. Natürlich, die Sonne schadete dem Vampir!

Ich wusste nur wenig über diese Kreaturen, aber mir war bekannt, dass sie Untote waren, die Vampiren aus den Geschichten der Menschen ähnelten. Durch dieses Wesen musste auch der Mythos entstanden sein, dass Vampiren Sonnenlicht schadete. Ob das Monster tatsächlich in Flammen aufging, wenn es in die Sonne trat, konnte ich nicht sagen. Aber immerhin schien die Lichtempfindlichkeit zu stimmen. Das war eine Erkenntnis, die mich vielleicht rettete. Würde ich das Haus verlassen, könnte ich mich in Sicherheit bringen. Dumm nur, dass ich hier in der Falle saß. Außerdem lief mir die Zeit davon. Die Sonne würde bald verschwinden und dann könnte sich der Vampir auf mich stürzen.

Doch wie sollte ich hier wegkommen? Mit klopfendem Herzen lief ich an der Wand entlang und überlegte, ob ich die Mauer irgendwie überwinden konnte. Ich trat mit voller Wucht dagegen, doch nichts passierte. Sie schien zu dem stabileren Teil des alten Gemäuers zu gehören. Wäre ich im vollen Besitz meiner Kräfte, wäre es mir bestimmt möglich, die Wand einzureißen. Doch nicht in meinem derzeitigen Zustand.

Ich musste also meine Taktik ändern und begann, um Hilfe zu rufen.

Jemand musste mich doch hören! Ich wollte jetzt nicht sterben! Ich schrie mir die Seele aus dem Leib, doch mich hörte scheinbar niemand.

Völlig außer Atem sank ich zu Boden und sah zu dem dünnen Lichtstreifen. Wie viel Zeit blieb mir noch, ehe das Monster über mich herfallen konnte?

Ich hatte keine Kraft mehr, mich gegen einen weiteren Angriff zu wehren. Mein Körper war am Ende. Meine Schusswunden bluteten wieder und auch die tiefen Kratzer, die mir der Vampir zugefügt hatte, sahen nicht gut aus und brannten wie Feuer.

Seufzend lehnte ich den Kopf gegen die Wand und schloss die Augen. Akzeptierte das Unvermeidbare.

Als ich plötzlich Schritte auf der Treppe hörte, riss ich die Augen wieder auf. So wie es klang, war es nicht nur eine, sondern mehrere Personen. Hatten die Djyie mich nun ebenfalls aufgespürt?

Panik erfasste mich, als ich die Meute Vampire erblickte, die schließlich neben dem anderen Vampir zum Stehen kam. Ein halbes Dutzend dieser Wesen stand wenige Meter vor mir und bleckte die Zähne. Der Flur war nicht breit genug für alle, weshalb sie sich gegenseitig schubsten und immer wieder nach vorne drängelten. Sie knurrten und fauchten und starrten mich aus ihren schwarzen Augen an.

Ich resignierte angesichts ihrer Übermacht und die Erinnerung meiner Mutter brach wieder über mich herein. Sie war ebenfalls in die Enge getrieben worden. Verletzt und hochschwanger. Wäre Diego nicht aufgetaucht, wären wir beide gestorben. Doch wer wusste schon, wo sich mein Vater derzeit befand? Hoffentlich ging es ihm gut.

»So viel zu deiner Theorie, dass ich nie einem Vampir begegnen würde, Soley!«, murmelte ich. Nun stand ich direkt sechs von ihnen gegenüber. Wie gerne würde ich noch einmal mit ihr reden. Und mit Dimitri. Beim Gedanken an meinen Mann und meine Freunde wurde mein Herz schwer und Tränen sammelten sich in meinen Augen. Doch ehe die Trauer mich überwältigen könnte, erinnerte ich mich an mein Handy. Es müsste hier oben wieder funktionieren! Mit klopfendem Herzen zog ich es aus der Hosentasche und betete, dass ich hier Netz haben würde und der Akku noch nicht schlapp gemacht hatte. Ein Blick aufs Display ließ mich aufatmen. Ich hatte Empfang! Allerdings war mein Akku ziemlich schwach. Dreizehn verpasste Anrufe von Dimitri und Ana, sowie unzählige Nachrichten wurden mir angezeigt.

Ich beachtete sie nicht weiter und wählte sofort Anas Nummer. Ich ließ es so lange klingeln, bis die Mailbox ansprang.

Das konnte doch jetzt nicht wahr sein!

»Ana, ich werde gleich getötet und du gehst nicht ans Handy? Na schönen Dank auch!« Fluchend legte ich auf, öffnete die Nachrichten und übermittelte Ana meinen Standort. Für den Fall, dass sie doch noch rechtzeitig aufs Handy schaute.

Nachdem ich ihn gesendet hatte, sah ich anhand der Karte, dass ich dem Höhlensystem einmal quer durch den ganzen Berg gefolgt sein musste.

Würde sie mich rechtzeitig retten können?

Ich muss mich verabschieden, schoss es mir durch den Kopf und dieses Mal wählte ich Dimitris Nummer. Im Gegensatz zu Ana ging er sofort ans Telefon. »Lya? Wo bist du?«

Als ich seine besorgte Stimmte hörte, wurde mein Herz schwer und Tränen liefen meine Wangen hinab.

»Dimitri«, schluchzte ich.

»Was ist passiert? Geht es dir gut? Ana sagte, sie könne dich nicht erreichen, seitdem ihr von Djiye angegriffen wurdet.«

»Nein, mir geht es nicht gut. Dimitri hör zu, ich habe nicht viel Zeit«, sagte ich mit einem Blick zum schmalen Lichtstreifen. »Ich wollte dir nur sagen, dass ich dich liebe. Sag das auch Soley und meinem Dad und Ana und Sascha und Emma ...« Meine Stimme brach und ich weinte hemmungslos.

»Lya ...« Dimitris Stimme klang panisch. »Wo bist du? Was ist passiert?«

Ich wischte mir die Tränen von den Wangen und versuchte, ruhiger zu werden. »Ana hat meinen Standort. Ich wurde von einem Djiyo angeschossen und habe mich in eine Höhle geflüchtet. Dort musste ich vor einem Vampir fliehen und nun bin ich in einem baufälligen Haus in einer Sackgasse gelandet und stehe sechs Vampiren gegenüber. Und sobald die Sonne den Flur nicht mehr trennt, werden sie mich ...« *Umbringen.* Ein dicker Kloß bildete sich in meinem Hals.

»Vampire? Okay Lya, bleib ruhig, wir kriegen dich schon da raus. Du musst ...« Den Rest von Dimitris Satz hörte ich nicht mehr. Ich nahm mein Handy vom Ohr und starrte auf den schwarzen Bildschirm. Der Akku war leer! *Nein, nein, nein!*

Jetzt war alles aus.

17. KAPITEL

Lilya

Das wievielte Mal blickte ich nun dem Tod entgegen?

Mein Leben war unglaublich riskant geworden, seitdem ich Dimitri begegnet war. Doch ich hatte es nie bereut. Egal was mir widerfahren war, ich hätte die Zeit nicht zurückdrehen wollen.

In diesem Moment sehnte ich mich allerdings nach meinem alten Leben. Nach der Idylle in Texas. Ich hatte nie das Gefühl gehabt, in Lebensgefahr zu schweben, bevor ich damals dem Djiyo in meiner Küche in New York begegnet war. An diesem Tag hatte sich alles verändert und fortan war mein Leben bedroht worden. Trotz dessen hatte ich immer die Hoffnung gehabt, alles überstehen zu können. Weil ich Leute um mich hatte, die mir immer halfen. Aber jetzt war ich auf mich allein gestellt. Und ich hatte versagt. Ich war nicht stark genug.

Resigniert schlang ich die Arme um die Knie und hoffte, dass ich schnell sterben würde. Ich traute mich nicht mehr nach dem Sonnenstrahl zu sehen, um abzuschätzen, wie viel Zeit mir noch blieb. Es war egal. Es würde nichts ändern. Ich schloss die Augen und schloss gleichzeitig mit meinem Leben ab.

Ein lautes Krachen ließ mich plötzlich zusammenzucken. Es klang so, als hätte jemand eine Tür eingetreten. Waren noch mehr Vampire eingetroffen? Ich traute mich nicht, nachzuschauen.

Da ertönte ein Schuss, der mich doch die Augen aufreißen ließ. Hatten mich die Djiye gefunden? Oder doch Ana?

Mit der Person, die ich schließlich hinter den Vampiren erblickte und die einen Schuss nach dem anderen abfeuerte, hätte ich allerdings niemals gerechnet.

Malyk!

Ich traute meinen Augen kaum. Die Vampire stürzten sich knurrend auf ihn, doch mein Bruder stellte sich verbissen dem Kampf. *So muss es ausgesehen haben, als mein Dad Anisya gerettet hat,* schoss es mir durch den Kopf.

Geschickt wich Malyk den Klauen der Vampire aus und zielte mit seiner Waffe auf deren Köpfe. Doch er schoss nicht mit normalen Kugeln auf sie. Stattdessen sah es so aus, als würden kleine rote Feuerbälle den Lauf der Waffe verlassen und die Vampire in Flammen aufgehen lassen.

Einer der Vampire floh vor Malyk und rannte auf mich zu. Zu meinem Entsetzen musste ich feststellen, dass kein Sonnenlicht mehr den Flur trennte und reagierte zu spät.

Fauchend packte mich der Vampir und schnappte nach meinem Hals. Verzweifelt versuchte ich ihn auf Abstand zu halten. Da hob er mich plötzlich hoch und schleuderte mich von sich. Ich spürte noch den harten Aufprall an der Wand und Schmerz fuhr durch meinen ganzen Körper, ehe alles schwarz wurde.

***

Mit stechenden Kopfschmerzen kam ich wieder zu mir. Meine Lider waren so schwer, dass ich unfähig war meine Augen zu öffnen. Stattdessen lauschte ich den Geräuschen um mich herum. Ich konnte das Atmen einer anderen Person und einen schnellen Herzschlag hören, ansonsten war alles still.

Erinnerungen strömten auf mich ein. Der Absturz, die Flucht vor den Djiye, die Höhle, die Vampire und das verlassene Gebäude ... Malyk! War er bei mir?

Ich konnte nicht mehr in dem Gebäude sein. Der Untergrund, auf dem ich lag, war erstaunlich weich. Lag ich in einem Bett? Außerdem roch es nicht mehr muffig. Stattdessen nahm ich den leichten Geruch eines Frauenparfüms wahr und Panik erfasste mich. Das war nicht Malyk!

Angestrengt riss ich meine Augen auf. Helles Licht blendete mich, sodass ich blinzeln musste. Erschöpft drehte ich mich zur Seite und hob eine Hand vor mein Gesicht. Ich erhaschte einen Blick auf meine Umgebung. Offenbar lag ich in einem kleinen kahlen Raum.

»Du bist aufgewacht«, ertönte eine zaghafte Stimme. Ein Mädchen, das ein paar Jahre jünger sein musste als ich, stand am Fußende des Bettes und musterte mich aus blauen Augen. Ihre blonden Haare hatte sie zu einem langen Zopf geflochten. Unsicher ging sie um das Bett herum, bis sie neben mir stand.

»Wo bin ich?«, stellte ich die erste Frage, die mir einfiel.

»In Sicherheit.« Auf ihrem Gesicht erschien ein Lächeln, das ich ihr nicht abkaufte.

»Wo ist Malyk?« Ich betete, dass ihm nichts passiert war.

Bei der Erwähnung meines Bruders strahlte sie plötzlich. »Es geht ihm gut. Er muss nur mit unseren Vorgesetzten sprechen. Du hast großes Glück, dass er dich gefunden hat. Er hat die Monster erledigt und dich hierhergebracht. Du warst schwer verletzt und er hatte Angst, dass du es nichts schaffst ...« Sie stockte und sah auf ihre Hände.

Erst jetzt bemerkte ich die fremde Kleidung, die ich trug, und die Verbände an meinem Körper. Ich konnte die Wunden darunter nicht sehen, aber ich spürte, dass sie noch nicht verheilt waren. Ich war immer noch zu schwach, um mich selbst zu heilen. Vielleicht war das auch besser so. Immerhin bemerkte man dadurch nicht sofort, dass ich kein Mensch war. Ich war vermutlich in der Jäger-Akademie und hätte große Probleme, wenn man herausfand, dass ich ein Vampyr war.

Ich wusste nicht, was ich sagen sollte und sah mich still im Raum um. Abgesehen von dem Bett und einem Stuhl gab es nichts. Die Wände waren kahl und schienen aus Metall zu sein. Es gab keine Fenster. Nur eine Tür, die keinen Griff hatte. Dafür ein kleines Feld, an dem man vermutlich eine Karte durchziehen musste, um die Tür zu öffnen. Es erinnerte mich an die unterirdischen Labore in Kanada.

Ich sah wieder zu dem Mädchen, das immer noch neben mir stand. Offensichtlich nervös spielte sie an ihrem Zopf. Ihr Blick glitt unruhig durch den Raum. Sie trug eine Art Uniform. Eine enge schwarze Hose und ein schwarzes langärmliges Oberteil, auf dem ein geschwungenes Logo abgebildet war, mit dem ich nichts anfangen konnte. Dazu trug sie schwarze Stiefel und um ihre Hüfte war ein Gürtel befestigt, an dem sich alle möglichen Dinge befanden. Ein Messer war das Einzige, das ich benennen konnte.

»Was weißt du über deinen Bruder und die Wesen, die dich angegriffen haben?«, fragte sie irgendwann und unterbrach damit die Stille. »Warum bist du ihnen begegnet? Und von wem wurdest du angeschossen? Das können nicht sie gewesen sein.«

Fieberhaft überlegte ich, was ich ihr erzählen sollte.

»Mein Vater und ich waren in St. Moritz, weil wir Malyk besuchen wollten ...«

»Diego?«, fragte sie überrascht. Sie schien ihn sogar persönlich zu kennen. »Er ist auch hier?«

Ich nickte. »Ja, aber wir wurden getrennt. Ihr habt vielleicht schon gehört, dass jemand wild um sich geschossen hat. Ich wurde verletzt und auf der Flucht bin ich in einer Höhle gelandet und an der Stelle rausgekommen, wo Malyk mich vor den Vampiren gerettet hat.«

Die Augen des Mädchens weiteten sich. »Du weißt von ihnen?«

»Ähm ja«, antwortete ich zögernd. »Mein Vater hat mir alles erzählt.« Was sollte ich auch sonst sagen?

»Oh. Eigentlich hätte er gar nicht mit dir darüber reden dürfen, aber nun ist es wohl zu spät.«

»Ich werde es niemandem erzählen«, sagte ich schnell.

Das Mädchen nickte nur und zog dann etwas aus ihrer Hosentasche. Mein Handy!

»Hier, bitte.« Sie hielt es mir hin und ich nahm es dankbar entgegen. »Wir haben es aufgeladen, aber wussten deinen Pin nicht. Du willst deinem Vater bestimmt Bescheid geben, dass du okay bist.«

»Danke, das mache ich.« Ich drehte das Handy in meinen Händen, schaltete es aber nicht an. Stattdessen schob ich es in die Tasche meiner Jogginghose. Ein Glück hatten sie es nicht entsperren können. Wer weiß, was sie darauf gefunden hätten.

Ich sah auf und das Mädchen warf mir einen Blick zu, den ich nicht deuten konnte. »Ich habe geholfen dich zu verbinden und wir waren uns nicht sicher, ob ... Ich meine: Wir konnten nicht erkennen, ob die Vampire dich gebissen haben. Kannst du dich zufällig daran erinnern?«, fragte sie scheinbar beiläufig, doch ich konnte sehen, wie ihre Lippen bebten, während sie auf eine Antwort wartete.

Da wurde mir schlagartig bewusst, worauf sie hinaus wollte. Offenbar dachten die Jäger, dass gebissene Menschen ebenfalls zu Vampiren wurden. Und ich wollte nicht wissen, was sie mit diesen Leuten machten.

»Nein, wurde ich nicht«, antwortete ich ruhig.

»Verstehe.« Sie schien beruhigt und ein kleines Lächeln erschien auf ihrem Gesicht. »Wir werden noch ein paar Tests machen und deine Wunden beobachten. Nur zur Sicherheit.«

Verdammt! Ich setzte ebenfalls ein Lächeln auf, doch in meinem Inneren wuchs die Unruhe. Durch die Tests würden sie feststellen, dass ich nicht menschlich war. Und dann hätte ich in meinem derzeitigen Zustand ein ernstes Problem. Ich musste irgendwie an Blut kommen und von hier verschwinden.

»Oh, du brauchst einen neuen Verband«, stellte sie mit Blick auf meinen rechten Arm fest. Stirnrunzelnd hob ich den Arm und sah, dass dort Blut den Verband tränkte. Das Mädchen beugte sich über mich, um nach der Wunde zu sehen und ich wusste, was ich zu tun hatte. Beziehungsweise, was meine einzige Möglichkeit war. So sehr ich es auch verabscheute, blieb nun keine Zeit für lange Überlegungen.

Ich atmete tief durch, bevor ich das Mädchen packte und ihr eine Hand auf den Mund presste, um ihre Schreie zu ersticken. Sie versuchte verzweifelt, sich aus meinem Griff zu befreien, doch ich zog sie zu mir und bohrte meine Fangzähne in ihren Hals. Das schlechte Gewissen nagte an mir, als ich zum ersten Mal auf solch brutale Weise das Blut eines Menschen trank. Doch ich konnte sofort spüren, wie sich meine Verletzungen schlossen und die Energie in meinen Adern pulsierte.

Als ich aus dem Augenwinkel sah, wie das Mädchen nach etwas an ihrem Gürtel tastete, stieß ich sie grob von mir. Sie taumelte und fiel zu Boden. Ohne zu zögern sprang ich auf und hastete zur Tür. Dort legte ich meine Handfläche auf das Feld und konzentrierte mich auf den Mechanismus, der die Tür öffnen sollte. Es klickte und die Metalltür glitt zur Seite. Ich drehte mich nicht mehr zu dem Mädchen um, sondern rannte in den Flur, bevor es seine Waffe ziehen und auf mich schießen konnte.

Sobald ich den Raum verlassen hatte, ertönte ein Alarm und ich vernahm laute Schritte, die schnell näherkamen.

Ich musste hier sofort weg und mir blieb wohl nichts anderes übrig, als mich zu teleportieren.

»Du Miststück! Du hast mich gebissen!«

Ich fuhr herum und sah, dass das Mädchen ebenfalls das Zimmer verlassen hatte. Eine Hand presste sie auf ihren blutverschmierten Hals und mit der anderen richtete sie eine Waffe auf mich. Wütend und schockiert zugleich funkelte sie mich an. Schlagartig wurde mir bewusst, dass ich gerade ihr Todesurteil unterschrieben hatte. Keiner wusste, dass ich ein Vampyr und kein Vampir war. Ich hatte keine Ahnung, ob Vampirbisse Menschen wirklich verwandelten, doch meine Bisse waren definitiv harmlos. Das wusste hier aber vermutlich keiner. *Sie würden sie umbringen.*

Ich biss mir auf die Unterlippe und fällte eine Entscheidung. Ich würde nicht zulassen, dass man das Mädchen umbrachte, nur weil ich nicht nachgedacht und so egoistisch gehandelt hatte.

Ohne länger zu überlegen, teleportierte ich mich hinter sie und verpasste ihr einen festen Schlag gegen den Hinterkopf. Ehe sie bewusstlos zu Boden gehen konnte, fing ich sie auf und teleportierte mich gemeinsam mit ihr weg.

***

Der muffige Geruch des alten Gebäudes empfing uns. So sehr mir der Gedanke auch widerstrebte, an diesen Ort zurückzukehren, war mir auf die Schnelle kein anderer Platz eingefallen, der vermutlich nah genug an der Akademie lag und dennoch abgelegen genug war, damit ein bewusstloses Mädchen nicht auffiel.

Außerdem hoffte ich, dass Ana zufällig hergekommen war, nachdem ich ihr meinen Standort geschickt hatte.

Ich lehnte die junge Frau, deren Namen ich immer noch nicht kannte, gegen eine Wand und lauschte nach Geräuschen in der Nähe. Es blieb jedoch alles ruhig. Ich konnte nur hoffen, dass Malyk die ganzen Vampire erledigt hatte und nicht noch mehr in den Höhlen lauerten.

Durch das Dach fiel Licht, weshalb ich vermutete, dass ich die ganze Nacht bewusstlos gewesen und nun bereits der nächste Morgen angebrochen war.

Ich zog mein Handy aus der Hosentasche und schaltete es ein. Sofort ploppten unzählige Meldungen über verpasste Anrufe und Nachrichten auf. Ohne sie durchzusehen wählte ich Anas Nummer.

Diesmal ging sie sofort ran.

»Lya, endlich!«, meldete sie sich atemlos. »Wir sind tausend Tode gestorben! Geht es dir gut? Wo steckst du?« Zum ersten Mal erlebte ich, dass Anas Stimme leicht panisch klang. Mein Verschwinden hatte auch sie aus der Ruhe gebracht.

»Mir geht es gut. Und euch? Ist Sascha ...?«

»Ja, bei uns ist alles okay. Sascha lebt.« Ich konnte ihre Erleichterung bis hierhin spüren und auch mir fiel bei ihren Worten ein riesiger Stein vom Herzen. Es geht allen gut.

»Und wo steckst du jetzt?«, fragte sie.

»Ich bin wieder in dem Gebäude, von dem ich dir zuletzt den Standort geschickt habe. Kannst du mich abholen?«

»Natürlich. Aber dieses Mal bleibst du bitte, wo du bist!«

18. KAPITEL

Lilya

Ungeduldig lief ich auf und ab. Immer wieder starrte ich auf das Display meines Handys und überlegte, ob ich noch Dimitri anrufen sollte. Er machte sich bestimmt schreckliche Sorgen und es wäre unfair, sich nicht sofort bei ihm zu melden. Außerdem sehnte ich mich danach, seine Stimme zu hören, nachdem ich beinahe gestorben wäre.

Doch ehe ich seine Nummer wählen konnte, hörte ich jemanden meinen Namen rufen und erstarrte.

Das war Malyks Stimme!

Hatten die Jäger mich etwa gefunden? Ich fuhr herum und sah zur offenen Tür des Raumes. Mit klopfendem Herzen lauschte ich den Schritten, die immer näher kamen.

Als Malyk im Türrahmen erschien, wich ich reflexartig zurück. Es war ungewohnt, meinen jüngeren Bruder so zu sehen. In voller Kampfmontur. Als er mich vor den Vampiren gerettet hat, war alles so schnell gegangen, dass ich ihn nicht wirklich hatte anschauen können.

Er trug dieselbe Uniform wie das Mädchen. In seiner Hand hielt er die Waffe, die er auch beim letzten Kampf benutzt hatte. Sie sah aus wie eine überdimensionale Pistole aus einem Science-Fiction-Film und war deutlich größer als das Ding, das die junge Frau auf mich gerichtet hatte.

Ich erkannte in Malyk nicht mehr den Jungen, der er einmal gewesen war.

Er war jünger als ich, doch er sah viel älter aus. Seine Züge waren hart, sein Blick stark und wild. Er sah Diego ziemlich ähnlich. Ob er das schwarze Haar von unserer Mutter oder Diego hatte, konnte man nicht sagen. Doch die braunen Augen hatte er definitiv von seinem Vater. In meinem Kopf tauchte plötzlich die Frage auf, weshalb seine Augen nicht blau waren. Das Vampyrblut setzte sich immerhin laut Soley durch und ich dachte, dass das auch die äußerlichen Merkmale betraf.

Einen Moment starrten wir uns schweigend an, ehe sein Blick zu dem Mädchen hinter mir wanderte. »Julia!«, stieß er aus und machte zwei Schritte nach vorne, so als würde er zu ihr rennen wollen, blieb dann jedoch abrupt stehen. Mit unergründlicher Miene musterte er mich von oben bis unten.

»Ich habe nie beobachtet, wie so eine Verwandlung abläuft, aber sie scheint sehr schnell, doch äußerlich zunächst unbemerkt zu verlaufen«, sagte er und ich vermutete, dass er meine vermeintliche Transmutation zum Vampir meinte. »Wie hast du es geschafft, so schnell und vor allem unbemerkt die Akademie zu verlassen und hierher zu kommen?«, fragte er und ich legte den Kopf schief.

Anstatt ihm eine Antwort zu geben, stellte ich eine Gegenfrage: »Wie hast du es geschafft, mich so schnell zu finden?«

Ich bemerkte, wie er mit dem Kiefer mahlte. Offensichtlich gefiel es ihm nicht, dass ich seine Frage nicht beantwortete. Überraschenderweise antwortete er aber auf meine, indem er in Julias Richtung nickte. »Wir alle haben auf unseren Handys Ortungsfunktionen. Während die anderen dich noch in der Akademie gesucht haben, bin ich logisch vorgegangen. Außerdem ist es nur verständlich, dass du hierher zurückkehrst. Es ist Tag und in den Höhlen wärst du am besten geschützt.«

Natürlich. Ich hätte auch eher daran denken können, dass man ihr Handy vielleicht orten könnte, allerdings war ich nicht davon ausgegangen, dass mir so schnell jemand folgen konnte.

»Du bist also allein?«, schlussfolgerte ich.

Malyks Gesicht verfinsterte sich und er hob seine Waffe. »Das spielt keine Rolle. Ich kann euch beide auch allein ausschalten.«

»Uns beide?« Er schien also tatsächlich zu wissen, dass ich Julia gebissen hatte.

»Allerdings. Ich werde nicht darauf warten, bis ihr beide endgültig dem Wahnsinn verfallt und zu Untoten werdet.«

Der kalte Ausdruck in seinen Augen und die Gefühllosigkeit in seiner Stimme schockierten mich. Julia schien eine Freundin von ihm zu sein und ich war seine Schwester! Wie konnte es ihm augenscheinlich so wenig ausmachen, uns zu töten? Verständnislos schüttelte ich den Kopf.

»Da könntest du auch ewig warten, denn das wird nicht passieren. Ich werde kein Vampir und Julia auch nicht.«

Malyk lachte trocken auf. »Sieht so aus, als hätte sich dein Verstand bereits verabschiedet. Ich habe gesehen, wie du Julia angefallen hast. Und trotzdem kannst du dir nicht eingestehen, ein Monster zu sein? Du hast sie mit ins Unheil gezogen!«

Stöhnend verdrehte ich die Augen. »Es tut mir leid, dass ich Julia gebissen habe. Ich habe nicht an die Folgen gedacht. Aber ich musste es tun, um wieder zu Kräften zu kommen. Vielleicht steckt ein Monster in mir, aber ich bin nicht vergleichbar mit diesen Vampiren.«

Malyk runzelte die Stirn und schien nicht zu verstehen, wovon ich redete. Wie sollte er auch? Dies war weder der richtige Ort noch der richtige Zeitpunkt, um ihn über die Existenz von Vampyren aufzuklären. Ich selbst hatte ewig gebraucht, um alles zu verstehen.

»Schluss jetzt. Ich will nichts mehr davon hören.« Er hob seine Waffe und legte mit einem kalten Ausdruck in den Augen einen Finger an den Abzug. »Lebe wohl, Lilya.«

Ich wollte noch etwas sagen, doch ich sah ein, dass Reden jetzt keinen Sinn hatte. Er würde mich kaltblütig erschießen, wenn ich mich nicht sofort in Sicherheit brachte.

Ich schüttelte traurig den Kopf. »Ja, das ist ein Abschied, aber bestimmt nicht für immer.« Ich sah ihm fest in die Augen und konnte ihm ansehen, dass er nicht glaubte, dass ich dieses Treffen überleben würde. Er hatte mit Sicherheit schon sehr viele Vampire getötet. Nachdem ich ihn einmal in Aktion erlebt hatte, musste ich zugeben, dass er gut war, doch er hatte noch nie gegen einen Vampyr gekämpft. Ich spielte in einer ganz anderen Liga als er.

»Ach. Und du glaubst, du kannst mir entkommen?«

Ich hätte diese Frage stellen sollen. Aus seinem Mund klang die Drohung einfach nur armselig.

»Malyk, ich will nicht gegen dich kämpfen. Und ich habe auch nicht ewig Zeit, um mich mit dir zu streiten. Ich habe noch etwas Wichtiges zu erledigen.« Er setzte zu einer Antwort an, doch ich war schneller. »Du bist mein Bruder. Ob es dir passt oder nicht. Wir sind keine Feinde und werden auch niemals welche sein. Ich werde nicht mit dir kämpfen, aber ich kann mich nicht so einfach von dir töten lassen.« Bevor er reagieren konnte, hatte ich mich direkt vor ihn teleportiert. Ehe er meinen Standortwechsel realisieren konnte, schleuderte ich seine Waffe weg, die mit einem dumpfen Klang auf dem Boden landete. Malyk fluchte laut, als er sah, wie weit entfernt seine Vampir-Waffe nun lag.

Er schien zu begreifen, dass er mir hilflos ausgeliefert war. Er hatte nichts mehr, womit er sich hätte verteidigen können. Doch sein Stolz verbot es ihm, Schwäche zu zeigen. Er stand ruhig und mit erhobenem Haupt vor mir. Die Muskeln angespannt. Er war bereit sich auf mich zu stürzen. Es tat mir weh zu sehen, wie er versuchte, so zu wirken, als würde es ihm nichts ausmachen zu sterben. Doch auch wenn sein Kopf bereit war jetzt schon zu sterben, ich spürte, sein Herz war es nicht. *Zeige niemals Schwäche gegenüber einem Vampir, auch nicht im Angesicht des Todes.* Das hatte man ihm antrainiert, das wusste ich von meinem Vater. Und wie gut Malyk darin war. Er hatte alle seine Gefühle verdrängt. Er war zu einem eiskalten Killer geworden. Ohne Skrupel, ohne Gewissen.

Vermutlich verstand er nicht, warum ich ihn nicht längst getötet hatte. *Weil du mein Bruder bist. Und ich nicht das blutsaugende Monster, für das du mich hältst. Ich bin nicht wie die Vampire, die du kennengelernt hast. Warum siehst du das nicht? Ähne ich etwa den untoten Wesen, die du sonst bekämpfst?*

Malyk bereitete meinen Gedanken ein Ende, indem er plötzlich auf mich zu rannte. Ich nahm wie in Zeitlupe wahr, wie er die wenigen Meter überbrückte, um sich mit all seiner Kraft auf mich zu werfen. Er wollte nicht untätig herumstehen und auf sein Ende warten.

Ich schloss die Augen, ballte die Fäuste und fühlte, wie die Kraft in meinem Inneren pulsierte. Als ich spürte, dass Malyk direkt vor mir war, öffnete ich meine Augen, die in diesem Moment violett leuchten mussten, und schleuderte ihm meine Macht entgegen, woraufhin er quer durch den Raum flog. Ich konnte hören, wie die Luft aus seinen Lungen gepresst wurde, als er hart gegen die Wand prallte. Mit einem lauten Keuchen brach er auf dem Boden zusammen. Ich rannte zu ihm, packte ihn an seinem T-Shirt und zog ihn hoch. Dann drückte ich ihn grob gegen die Wand und zwang ihn, mich anzusehen. Ich versuchte ihm ins Gewissen zu reden, während er sich nicht wehren konnte. »Malyk, siehst du nicht, dass ich kein Vampir bin? Ich werde dir alles erklären, aber du musst mir vertrauen und aufhören, mich töten zu wollen! Es gibt tausende von Leuten, die erwarten, dass ich ihnen helfe und sie beschütze. Ich werde dich niemals töten, denn du bist mein Bruder und ich liebe dich.«

Malyk antwortete nicht und starrte mich verbittert an. Ich sah in seine braunen Augen und wusste, dass es nichts bringen würde, noch etwas zu sagen. Ich ließ ihn los und trat einen Schritt zurück. Er keuchte schwer und musterte mich misstrauisch.

»Auf Wiedersehen, Malyk.« Tränen steigen mir in die Augen und ich drehte mich um und entfernte mich ein paar Schritte von ihm, damit er mich nicht weinen sah. Er sollte nicht das Gefühl haben, dass er mich besiegt hatte. Er blieb am selben Fleck stehen und versuchte nicht noch einmal mich anzugreifen. Es sah ganz so aus, als hätten meine Worte ihn zum Nachdenken gebracht. Oder meine Fähigkeiten, die ihm klar machen mussten, dass ich mich von den Vampiren unterschied, die er bisher gejagt hatte.

Plötzlich hörte ich einen Hubschrauber. War das Ana oder handelte es sich um eine Maschine der Jäger? Ich wischte mir die Tränen von den Wangen und drehte mich zu Malyk um, der mit angestrengter Miene zu lauschen schien.

Der Hubschrauber schien vor dem Gebäude zu landen und schließlich hörte ich Schritte.

Ich warf einen Blick über die Schulter und sammelte meine Vampyrkräfte für den Fall, dass eine ganze Truppe Vampirjäger das Gebäude stürmte. Der Anblick eines bekannten Gesichtes ließ mich jedoch aufatmen. »Ana!«, rief ich und rannte auf sie zu. Wir fielen uns in die Arme und erneut sammelten sich Tränen in meinen Augen. »Du kannst dir nicht vorstellen, wie froh ich bin, dich wiederzusehen!«

»Und ich erst!«, erwiderte sie atemlos. »Die Nachricht, die du mir hinterlassen hast, hat mich vollends in Panik versetzt! Was glaubst du, wie es mir ging, als wir hier ankamen und du nicht da warst?«

Ich wollte es noch kurz genießen, meine Freundin umarmen zu können, doch als ich eine Bewegung im Augenwinkel wahrnahm, handelte ich instinktiv. Blitzschnell stieß ich Ana von mir und keine Sekunde später zischte ein kleiner Feuerball zwischen uns hindurch. Malyk fluchte laut und nahm mich erneut ins Visier.

»Vergiss es, Bruderherz!«, zischte ich und schleuderte ihm erneut meine Macht entgegen. Als er dieses Mal auf dem Boden aufschlug, blieb er bewusstlos liegen.

Irritiert sah Ana von mir zu dem bewusstlosen Malyk. »Das ist dein Bruder?«, fragte sie ungläubig und ich nickte schlicht.

Ana verzog ihre Lippen zu einem breiten Grinsen und klatschte begeistert in die Hände. »Das ist ja wunderbar, dann haben wir unseren Job hier ja erledigt. Da ich eh nicht in die Akademie gekommen wäre, ist es mir ganz recht, dass wir ihn hier aufgreifen konnten.«

Ich seufzte tief. »Also mir wäre der ursprüngliche Plan deutlich lieber gewesen. Ohne Absturz, Flucht vor den Djiye und Vampiren und einem Kampf gegen meinen Bruder.«

Anas Lächeln erstarb und sie musterte mich besorgt. »Du musst uns dringend erzählen, was passiert ist.«

»Ihr mir auch. Aber zunächst müssen wir von hier weg, sonst kommst du doch noch zu deinem Kampf mit den Vampirjägern.«

19. KAPITEL

Dimitri

Ich hielt Lilyas Hand und strich ihr sanft über den Handrücken, während sie erzählte, was ihr in der Schweiz alles widerfahren war. Mein Blick glitt zu Soley, die Lilya mit offenem Mund zuhörte. Auch ich war geschockt von ihrer Erzählung. Die anderen schienen die Geschichte auf dem Heimflug bereits gehört zu haben.

Vor ein paar Stunden war die Gruppe zurückgekehrt und ich hatte ihnen zunächst etwas Ruhe gegönnt. Nun aber saßen wir alle – Sascha, Ana, Soley, Diego, Lilya und ich – wieder zusammen und besprachen die Ereignisse. Wir hatten uns ausnahmsweise nicht im Besprechungszimmer getroffen, sondern saßen alle in unserer Wohnung auf der Couch.

»... und dann haben wir uns auf den Rückweg nach Kanada gemacht. Das war alles«, sagte Lilya und beendete damit ihre Erzählung.

»Ich denke, jetzt sollten die anderen berichten, was bei ihnen los war, als ich auf der Flucht vor Vampiren und Vampirjägern war.« Sie sah in die Runde und Ana nickte.

»Gut, dann mach ich mal weiter. Nachdem wir uns in St. Moritz getrennt hatten, habe ich mich auf die Suche nach den Djiye gemacht, die dort um sich geschossen hatten. Es mussten mehrere gewesen sein, bedauerlicherweise konnte ich nur einen von ihnen erwischen.« Ich bemerkte, wie Ana ihre Hände zu Fäusten ballte. Sie hasste es, wenn ihr jemand durch die Lappen ging.

»Und was hast du mit dem Kerl gemacht, den du erwischt hast?«, fragte ich und Ana lachte auf.

»Willst du darauf wirklich eine Antwort?«

Ich winkte ab. »Ich kann's mir denken. Und hat er ausgepackt, was das Ganze sollte?«

»Natürlich. Wie sich vermutlich jeder denken kann, steckt Valentin dahinter. Einer seiner Spione von hier hatte ihn wohl über unsere geplante Reise unterrichtet. Er hat das alles eingefädelt, um uns Angst zu machen und uns daran zu erinnern, dass es ihn noch gibt«, erklärte sie und verdrehte die Augen. »Valentin entwickelt sich immer mehr zu einem nervigen Kleinkind, das nach Aufmerksamkeit schreit.«

Da konnte ich ihr nur recht geben. Mein Bruder liebte seine Spielchen. Ein Grund dafür, warum er uns niemals einfach auslöschen würde. Mit wem sollte er seine Späße treiben, wenn er keinen Gegenspieler mehr hatte? Einfach nur die Weltherrschaft an sich zu reißen, würde ihn zu Tode langweilen.

»Wir wissen aber nicht, wer seine Spione hier in Kanada sind, oder?«, hakte ich nach.

»Ich denke, dazu kann ich etwas sagen«, meldete sich nun Sascha zu Wort. »Unsere Piloten arbeiteten beide für Valentin und haben auch die Maschine manipuliert.«

»Wie bitte?« Soley hob überrascht die Augenbrauen. »Sie haben ihr eigenes Leben aufs Spiel gesetzt, weil Valentin euch ärgern wollte?«

Sascha schüttelte den Kopf. »Nein, sie haben das Risiko schon möglichst gering gehalten. Sie wussten genau, was sie taten. Hat ihnen am Ende aber auch nichts genützt. Sie haben den Absturz überlebt, aber ich habe die Wahrheit hinterher aus ihnen rausbekommen und es so aussehen lassen, als wären sie ertrunken.« Er zuckte mit den Achseln, als wäre es keine große Sache.

»Und wann habt ihr wieder zusammengefunden?« Fragend sah Soley zu Diego, der sich bisher noch nicht geäußert hatte. Er öffnete den Mund, doch Ana war schneller. »Wir trafen uns bei dem vereinbarten Treffpunkt, an dem Sascha und ich eigentlich warten sollten, wenn Diego und Lilya die Akademie besuchen. Diego hatte sich vorher in der Stadt versteckt, bis die Luft rein war.

Ich hatte zunächst noch den Wald abgesucht, nachdem dort so viele Schüsse gefallen waren. Ich konnte aber weder Lilya noch die anderen Djiye finden.« Schuldbewusst blickte sie zu Lilya. Ich wusste, dass sie sich fragte, ob Lya unverletzt geblieben wäre, wenn sie sich nicht getrennt hätten. »Wie gesagt, Diego und Sascha begegnete ich dann am Treffpunkt und von Lilya hörten wir lange Zeit nichts. Nachdem sie mir ihren Standort geschickt hatte, durchsuchten wir das Gebäude und die Umgebung, konnten sie aber erneut nicht finden.« Ihre Augen verengten sich zu Schlitzen, während sie noch immer zu ihrer Freundin sah. »Hinterlass mir noch einmal so eine Nachricht und ich bringe dich eigenhändig um«, zischte sie und Lya wurde rot. »Tut mir leid«, murmelte sie.

Irritiert runzelte ich die Stirn. »Was für eine Nachricht?«

»Geht dich nichts an«, antwortete Ana und verschränkte die Arme vor der Brust.

Frauen, dachte ich und schüttelte verständnislos den Kopf. »Okay, nachdem wir das geklärt hätten, sollten wir wohl über Malyk reden.«

»Und Julia«, ergänzte Lya.

»Meinetwegen auch über dieses Mädchen. Es war ja die ganze Zeit der Plan, Malyk hierher zu holen. Aber was machen wir jetzt mit ihm?« Die beiden waren betäubt gewesen, als sie hier ankamen und wir hatten sie erst mal weggesperrt. Allerdings in keine Zelle, das hätte Lilya niemals zugelassen, sondern in kleine Wohnungen ohne Fenster, die genau für diesen Zweck gebaut worden waren. »Wie es aussieht, wird es ganz und gar nicht einfach, ihn auf unsere Seite zu ziehen. Meiner Meinung nach stellt er eine Gefahr für uns dar. Wir riskieren zu viel, indem wir ihn hierbehalten«, erklärte ich, wohlwissend, dass Lilya das anders sehen würde.

Wie zu erwarten war, entzog sie mir sofort ihre Hand und starrte mich wütend an. »Was willst du sonst tun? Ihn töten? Er ist mein Bruder und außerdem der letzte lebende Kiyo, Dimitri!«

Mitleidig schaute ich sie an. »Ich weiß Lilya. Aber er ist ein Jäger. Er wurde darauf getrimmt, Vampire zu hassen und zu töten. Wie sollen wir ihn aufklären? Er wird völlig durchdrehen, wenn er erfährt, dass er ein Vampyr ist. Keiner von uns hat damit gerechnet, dass er so kaltblütig auf dich losgeht und dir nicht einmal zuhört.«

»Ich mache mir deswegen keine Sorgen. Spätestens nach seiner Erweckung wird er kapieren, dass wir keine Monster sind.«

»Und wenn er es nicht so weit kommen lässt? Wenn er sich etwas antut, bevor er alt genug ist? Willst du ihn ein Jahr lang als Gefangenen halten? Vermutlich hört er nicht auf uns. Er sieht in uns Monster. Der Bruder, den du in Erinnerung hast, ist tot.« Als ich ihren entsetzten Blick bemerkte, streckte ich vorsichtig meine Hand nach ihr aus und berührte ihren Arm. »Es tut mir leid, Lya.«

Sie schüttelte meine Hand ab und funkelte mich an. »Das ist mir egal. Er ist und bleibt mein Bruder und ich will nicht, dass ihm etwas zustößt. Hast du das verstanden?«

Diego räusperte sich und warf mir einen hasserfüllten Blick zu. »Da kann ich meiner Tochter nur zustimmen. Malyk ist mein Sohn und ich werde nicht zulassen, dass ihm Leid zugefügt wird. Ich habe euch von ihm erzählt und Lya gebeten, ihn hierher zu holen, damit er in Sicherheit ist und nicht auch wegen euch um sein Leben fürchten muss. Außerdem habe ich dieselbe Ausbildung wie Malyk durchlaufen und trotzdem nie ein Monster in Anisya gesehen.«

Ich stöhnte genervt. »Du bist anscheinend ganz anders als dein Sohn. Malyk hat versucht, Lya zu töten! Seine eigene Schwester! Ihn kümmerte es nicht, was sie zu sagen hatte!«

»Das war eine ganz andere Situation. Nun hat er keine andere Wahl, als mich anzuhören! Außerdem kann Diego mit ihm reden. Da er selbst ein Jäger war, kann er vielleicht zu Malyk durchdringen«, überlegte Lilya.

Ich seufzte tief und gab schließlich nach. *Meine dickköpfige Frau.* »In Ordnung. Dann lassen wir Diego mit ihm reden. Und was machen wir mit dieser Julia?«

»Wir warten erst mal ab, was bei dem Gespräch mit Malyk rauskommt. Vielleicht kann er sie dann beruhigen. Ansonsten rede ich noch mal mit ihr und dann könnte sie ja zu Emmas Familie ziehen?«, schlug Lya vor.

Ich hob eine Augenbraue. »Du meinst, da sie jetzt ein Familienmitglied weniger sind und ein Zimmer frei haben?«, fragte ich spöttisch.

»Dimitri!« Ich löste meinen Blick von Lilya und sah zu Soley, die mich wütend anfunkelte.

Entwaffnend hob ich die Hände. »Tut mir leid, das war unsensibel.«

Lilya stöhnte neben mir. Vermutlich dachte sie daran, dass ihr Ehemann absolut gefühlskalt war. Das sollte sie mittlerweile eigentlich von mir gewohnt sein. Nur ihr gegenüber ließ ich Gefühle zu.

***

Diego wollte sofort mit seinem Sohn reden, deshalb fuhren wir alle mit dem Aufzug ins erste Untergeschoss. Dort befanden sich mehrere Wohnungen, die für Gefangene genutzt werden konnten. Lilya wünschte ihrem Vater viel Glück und ging dann mit uns in einen Nebenraum, von dem aus man durch eine als Spiegel getarnte Scheibe in die Wohnung schauen konnte.

Malyk saß auf der Couch, als Diego in die Wohnung gelassen wurde. Er sprang auf und erstarrte, als er seinen Vater erkannte. »Dad?«, fragte er ungläubig.

Diego nickte und ging langsam auf ihn zu. »Hey Malyk. Wir haben uns schon lange nicht mehr gesehen.« Er schloss seinen Sohn in die Arme, der die Umarmung zaghaft erwiderte.

»Was … Was machst du hier? Und wo sind wir überhaupt? In der Akademie oder …« Er kniff die Augen zusammen und ließ seinen Blick durch den Raum wandern.

»Was denkst du?«

Malyk überlegte kurz. »Dass du hier bist, lässt mich eher vermuten, dass die Jäger mich wieder eingesammelt haben und nun abwarten, ob ich auch zu einem Monster werde. Was ist mit Lilya passiert? Weißt du schon, dass sie sich in einen Vampir verwandelt hat?«

Diegos Blick wanderte kurz zum Spiegel, hinter dem wir uns befanden. »Sie ist kein Vampir, Malyk.«

Malyk trat einen Schritt zurück und musterte seinen Vater, als hätte er den

Verstand verloren. »Ich habe gesehen, wie sie Julia gebissen hat! Und anschließend ist sie geflohen und hat gegen mich gekämpft. Ihre Fähigkeiten waren alles andere als menschlich.«

»Ich habe nur gesagt, dass sie kein Vampir ist, nicht dass sie ein Mensch ist«, erwiderte Diego ruhig.

»Was soll das heißen?«

Diego seufzte leise. »Setz dich«, bat er und wies auf die Couch.

Energisch schüttelte Malyk den Kopf. »Was ist hier los?«

»Wir sind nicht in der Akademie, Malyk.«

Malyks Augen weiteten sich vor Überraschung. Ehe er etwas sagen konnte, sprach sein Vater einfach weiter. »Es gibt neben Vampiren noch andere Wesen, von deren Existenz die Menschheit nichts weiß. Lilya zählt zu dieser Spezies. Im Gegensatz zu Vampiren ist sie aber nicht untot, sondern wurde so geboren«, erklärte Diego.

Malyk legte die Stirn in Falten. »Du spinnst. Und sag mir jetzt sofort, wo wir sind!«

»In Kanada. In der Heimat von Lilyas Familie. Sie ist nicht meine leibliche Tochter.«

Ich spürte, wie Lilya nach meiner Hand griff und sah kurz zu ihr. Ihr Blick lag gebannt auf ihrem Bruder.

»Sie ist gar nicht meine Schwester? Sie stammt von irgendwelchen Monstern ab? Und wir befinden uns gerade auf einem anderen Kontinent, in der Hand dieser Wesen?« Malyk fluchte und fuhr sich durch das schwarze Haar.

Diego trat vor und legte Malyk eine Hand auf die Schulter, um ihn zu beruhigen. »Du irrst dich. Es sind keine Monster. Und Lilya ist deine Halbschwester. Du bist mein Sohn, aber ihr habt dieselbe Mutter.«

»Nein«, stieß Malyk aus und ging wieder auf Abstand. »Du hast völlig den Verstand verloren. Haben sie dich einer Gehirnwäsche unterzogen, damit du mir das sagst?«

Ich bemerkte den gekränkten Ausdruck in Diegos Augen, als er erneut zu uns sah.

»Malyk, ich verstehe deine Verwirrung. Aber hör mir bitte zu.« Diego begann, Malyk über Vampyre aufzuklären und wie er ihrer Mutter begegnete. Malyk unterbrach ihn nicht, während er erzählte. Doch sein Blick und seine angespannte Haltung zeigten, dass er noch immer unter Strom stand. Als Diego seine Ausführungen damit beendete, dass Malyk ein Halbvampyr war und im nächsten Jahr erwachen würde, eskalierte dieser. Malyk beschimpfte seinen Vater und ging schließlich mit einem Schrei auf ihn los. Lilya ließ sofort meine Hand los und rannte aus dem Zimmer, um Diego aus der Wohnung zu holen.

Vater und Sohn kämpften miteinander und ich war überrascht, wie fit Diego noch war.

Malyk verpasste seinem Vater einen Faustschlag ins Gesicht, als Lilya die Wohnung betrat. Sofort flogen die beiden Kontrahenten durch ihre Kräfte auseinander und landeten in verschiedenen Ecken des Raumes.

»Willst du Dad umbringen, Malyk?«, fuhr Lilya ihren Bruder wütend an. Dieser starrte sie mit angewiderter Miene an.

»Er ist nicht mehr mein Vater und du bist auch nicht mehr meine Schwester! Du bist ein Monster! Ich wünschte, ich könnte euch töten!«, fauchte er.

Lilya zuckte bei Malyks Worten zusammen, als hätte er sie geschlagen. Ich sah ihr an, wie hart seine Aussage sie traf, und ballte die Hände zu Fäusten. Ohne ein weiteres Wort ging sie zu ihrem Vater und half ihm auf, um daraufhin mit ihm und Lilya die Wohnung zu verlassen. Malyk würdigte sie keines Blickes mehr.

»Sieht so aus, als wäre der Plan gescheitert«, stellte Ana nüchtern fest.

Ich sah von ihr zu Sascha und Soley und erkannte, dass sie nicht damit gerechnet hatten, dass es derart eskalieren würde.

»Scheint so«, erwiderte ich durch zusammengebissene Zähne und verließ den Raum, um nach Lilya zu sehen.

***

Lilya war völlig fertig, nachdem ihr Bruder so auf sie reagiert hatte und ließ sich auch den Rest des Tages von mir nicht aufheitern. Am Abend aßen wir zusammen mit ihrem Vater, Soley, Sascha und Ana.

Soley hatte inzwischen Diego untersucht, ob er von Malyks Faustschlägen irgendwelche Verletzungen davongetragen hatte. Die paar blauen Flecken waren allerdings seine geringste Sorge. Genauso wie Lilya war auch er völlig erschüttert von Malyks Reaktion.

Nachdem Malyk nun wusste, dass er nicht bei den Jägern, sondern in der Gewalt von Vampyren war, verweigerte er die Nahrungsaufnahme und wollte niemanden sehen. Lilya hatte auch nicht vor, ihrem Bruder so schnell wieder unter die Augen zu treten. Zu tief saß der Schmerz seiner Worte.

»Und was machen wir jetzt mit Malyk?«, fragte ich, nachdem wir eine Weile schweigend gegessen hatten. Lilya stocherte nachdenklich in ihren Nudeln herum und antwortete nicht. Auch keiner der anderen schien eine Idee zu haben.

»Lya, du musst etwas vorschlagen. Ich nehme an, dass du ihn nicht für den Rest seines Lebens einsperren willst.«

Energisch schüttelte sie den Kopf und sah von ihrem Teller auf. »Natürlich nicht. Es muss noch einen anderen Weg geben. Vielleicht wird er nicht akzeptieren können, was ich bin. Aber muss er das denn sofort? Wir könnten ihn doch einfach gehen lassen und immer noch auf seine Erweckung warten. Dann wird er uns verstehen«, sagte sie. Doch ich musste ihr widersprechen.

»Nein Lilya, das wird nicht gehen. Er weiß zu viel. Er würde Jagd auf uns machen. Und die anderen Jäger mit ihm. Wir haben genug Gegner in unseren eigenen Reihen. Wir können uns nicht noch auf einen Krieg mit den Jägern einlassen. Versteh das bitte.« Ich machte mich auf ihre Gegenwehr gefasst und war erstaunt, als Lilya nicht darauf antwortete, sondern mich stumm anstarrte. Ich wollte noch etwas hinzufügen, als mir auffiel, dass ihre Lippen bebten und sich Tränen in ihren Augen sammelten. Bei dem Anblick blutete mir das Herz. *O nein, Lilya. Bitte weine nicht. Das kann ich nicht mit ansehen.*

Soley war es, die mir schließlich aus der Patsche half. Sie räusperte sich und lenkte unser aller Aufmerksamkeit auf sich. »Ich hätte vielleicht eine Idee. Ich kann aber nicht garantieren, dass sie funktioniert.«

Lilya blickte sie hoffnungsvoll an und wischte sich die Tränen aus den Augen. »Dann klär uns bitte auf. Ich möchte alles versuchen.«

Soley nickte. »Werde ich machen. Aber zuerst muss ich ein paar Sachen zusammenpacken.«

***

»Das ist deine großartige Idee?«, fragte ich skeptisch, als wir zu dritt vor der Tür zu der Wohnung standen, in der Malyk eingesperrt war. Es ärgerte mich, dass Lilya es nicht zugelassen hatte, ihn in eine Zelle zu sperren. Was er meiner Meinung nach mehr als verdient hätte, dafür, dass er versucht hatte, sie umzubringen.

»Du hast gesagt, du vertraust mir. Also vertrau mir auch.«

Ich ließ meinen Blick irritiert von Soley zu dem kleinen Koffer wandern, den sie aus ihrer Wohnung angeschleppt hatte.

»Sag mir bitte, dass du in deinem Zimmer ein paar Foltergeräte versteckt hattest, die du jetzt eingepackt hast, und nicht das, was ich denke.«

Sie stöhnte genervt. »Dimitri, du kannst dir deine Witze sparen. Wir hatten es so abgemacht.«

»Wieso kann ich das nicht übernehmen?«, fragte Lilya zaghaft. Sie war die letzten Stunden ziemlich ruhig geworden.

»Dein Bruder will dich immer noch umbringen, wie wir vorhin gesehen haben. Er hat seinen Hass im Moment auf dich konzentriert. Wir brauchen eine neutrale dritte Person, die normal mit ihm reden kann. Du würdest jetzt nicht zu ihm durchdringen. Und außer mir ist hier vermutlich keiner in der Lage, die Sache ernsthaft anzugehen.« Sie warf mir einen vielsagenden Blick zu.

Ich hob entwaffnet die Hände. »Okay, schon gut. Ich habe es kapiert. Wir machen es auf deine Art. Aber wenn das nicht funktioniert, habe ich auch meine Zeit mit ihm allein verdient.«

Lilya warf mir einen entrüsteten Blick zu, verkniff sich aber einen Kommentar.

Soley dagegen lächelte. »Alles klar. Aber dazu wird es bestimmt nicht kommen.« Sie umarmte Lilya, die ihr viel Glück wünschte, und warf mir einen Blick zu, der besagte, dass ich mich jetzt gefälligst um meine Frau kümmern sollte. Ich verdrehte die Augen, nickte aber und murmelte auch noch ein »Viel Glück«. Die Tür öffnete sich und Soley trat mit einem Augenzwinkern in unsere Richtung ein, dann schloss sich die Tür wieder. Ich ergriff Lilyas Hand und zog sie in meine Arme. Zitternd gab sie der Umarmung nach.

»Ich hoffe, sie wird Erfolg haben«, flüsterte sie an meine Brust gepresst.

»Das wird sie«, versicherte ich und drückte ihr einen Kuss auf die Stirn.

20. KAPITEL

Soley

Als sich die Tür hinter mir schloss, holte ich tief Luft und ließ meinen Blick durch den Raum schweifen. Ich stand mitten im Wohnzimmer, von dem aus das Bad und das Schlafzimmer abgingen. Über mehr Räume verfügte die Wohnung nicht. Zu meiner Rechten erstreckte sich ein riesiger Spiegel über die gesamte Wand. Dahinter befand sich der Überwachungsposten, von dem aus man das Innere der Wohnung im Blick behalten konnte. Heute Morgen hatten wir alle von dort aus die Auseinandersetzung von Malyk und Diego verfolgt. Jetzt würden Lilya und Dimitri vermutlich auch wieder dort stehen und mir zusehen. Ich fühlte mich unwohl bei dem Gedanken, beobachtet zu werden. Lieber wäre ich wirklich allein mit Malyk, aber das hatte Dimitri mir nicht erlaubt, aus Angst, mir könnte etwas passieren. Er wollte jederzeit eingreifen können. *Überraschend übervorsichtig*, dachte ich amüsiert. Denn in der Regel galt Dimitris einzige Sorge Lilya.

Ich lenkte meine Konzentration wieder auf das Innere der Wohnung und nahm Wasserrauschen wahr. Duschte Malyk?

Ich machte es mir auf der Couch bequem, die frei im Raum stand, und schaute mich erneut um. Vor mir stand ein kleiner Couchtisch, auf dem einige Zeitschriften lagen. Ein Flachbildschirm hing an der gegenüberliegenden Wand. Die Tür, die nach draußen führte, befand sich in meinem Rücken, und rechts von der Tür stand ein hoher Tisch mit zwei Barhockern. Daneben war eine kleine Luke, durch die Malyk, oder wer auch sonst hier untergebracht war, sein Essen und andere Dinge erhielt. Jetzt stand auf dem Tisch ein unberührtes Tablett mit Lebensmitteln.

Als ich hörte, wie im Bad das Wasser abgestellt wurde, konzentrierte ich mich wieder voll und ganz auf meine Aufgabe und versuchte mich dafür zu wappnen, was gleich auf mich zukommen würde.

Keine fünf Minuten später öffnete sich langsam die Badezimmertür und Malyk trat unvoreingenommen ins Wohnzimmer. Er hatte also noch nicht mitbekommen, dass er Gesellschaft hatte. Malyk war oberkörperfrei und barfuß. Er trug nur eine schwarze Jeans, die er bereits bei seiner Ankunft getragen hatte. Er hatte offensichtlich keine Kleidung von uns annehmen wollen. Sein Gesicht wurde von einem grauen Handtuch verdeckt, mit dem er gerade seine Haare trocken rubbelte, weshalb er mich noch nicht bemerkt hatte. Ich betrachtete seinen durchtrainierten Körper und schluckte. Der Anblick eines nackten Männeroberkörpers war eigentlich nichts Neues für mich. Dimitris Sixpack war objektiv betrachtet weitaus eindrucksvoller, aber er war schließlich ein Djiyo und Malyk ein unerweckter Halbvampyr. *Allerdings einer, der Vampire jagt. Nur deshalb ist er so durchtrainiert, vergiss das nicht, Soley*, ermahnte ich mich selbst.

Während Malyk sich das Handtuch noch immer vor das Gesicht hielt, ging er unbekümmert ein paar Schritte in den Raum hinein und zog sich schließlich das Handtuch vom Kopf. Als er mich sah, blieb er sofort stehen. Das Handtuch mit der rechten Hand umklammert, musterte er mich schockiert. Einen Moment sah ich Verblüffung und Ratlosigkeit in seinen dunklen Augen, bis er sich wieder zusammenriss und abzuwägen schien, was er jetzt tun sollte.

Ich lächelte ihn an und versuchte einen möglichst harmlosen Eindruck zu machen. Das schien ihn jedoch nur noch mehr aus dem Konzept zu bringen. Seine Muskeln spannten sich an, als bereite er sich darauf vor, sich auf mich zu stürzen. Ich rührte mich nicht und ließ ihn in Ruhe nachdenken.

Einen Augenblick später entschloss ich mich, das Schweigen zu brechen, in der Hoffnung, ihm seine Anspannung nehmen zu können. »Hallo Malyk.

Mein Name ist Soley. Ich wollte dich besuchen«, sagte ich mit einem schüchternen Lächeln.

Angewidert starrte er mich an und blieb stumm. Seine Reaktion enttäuschte mich. Er betrachtete mich, als sei ich eine giftige Schlange, die jederzeit zuschnappen konnte. So hatte mich noch nie jemand angesehen. Lilya musste sich noch deutlich schlechter gefühlt haben, so von ihrem eigenen Bruder gemustert zu werden.

Stirnrunzelnd wartete ich auf eine Antwort. Um seine Mundwinkel zuckte es und er runzelte ebenfalls die Stirn. Er schien abzuwägen, ob er antworten oder mich eher angreifen sollte. Möglicherweise würde er aber auch gerne zurück ins Bad stürmen und sich einschließen. Nach einer Weile entschied er sich aber gegen die beiden letzten Optionen.

»Du bist ein Vampyr«, brachte er irgendwann durch zusammengebissene Zähne hervor.

Ich atmete tief durch und antwortete indirekt mit einer Gegenfrage. »Woher weißt du das?« Sah so aus, als hätte er Diego doch aufmerksam zugehört.

Meine Frage schien für ihn Bestätigung genug zu sein, denn er schnappte laut nach Luft. Mir fiel ein, dass er bis auf seiner Schwester noch keinem Vampyr begegnet war. Oder vielmehr bewusst kennengelernt hatte. Für ihn waren Vampire diese untoten hässlichen Wesen, die er bisher getötet hatte. Dass es nun auch noch Vampyre gab und wir eigentlich auf den ersten Blick wie normale Menschen aussahen, musste ein Schock für ihn sein. Die Vampire, die er kennengelernt hatte, waren nicht mit uns vergleichbar. Es waren Menschen, die in dem Versuch, so wie wir zu werden, mit unserem Blut im Organismus gestorben und dadurch zu lebenden Toten geworden sind. Sie haben den Verstand verloren und alles getötet, was ihnen in die Quere kam. Wir waren froh, dass es seit jeher die selbsternannten Jäger gab, die sich um dieses Problem kümmerten. Doch nun hatten wir einen Jäger hier, der uns mit Vampiren in einen Topf werfen wollte und unseren Tod wollte.

»Was sonst sollte mir hier begegnen? Was willst du von mir? Habt ihr nicht mehr genug Nahrungsvorräte?«, zischte er.

Ich schüttelte amüsiert den Kopf. Offenbar setzte er weiterhin auf Provokationen. »Ach Malyk, du hast eine völlig falsche Vorstellung von uns.« Ich schaute ihm fest in die Augen. »Aber ich bin hier, um dich von deinem veralteten Weltbild abzubringen.«

Angst blitzte für einen kurzen Moment in seinen Augen auf und nervös trat er einen Schritt zurück. »Und wie gedenkst du das zu erreichen?«, frage er und versuchte sich das Zittern in seiner Stimme nicht anmerken zu lassen.

Ich deutete auf meinen Koffer, der noch neben der Tür stand, und grinste. »Ich werde dir für ein paar Tage Gesellschaft leisten.«

***

Die nächsten Stunden verliefen recht ereignislos. Malyk versuchte, mir so gut es ging aus dem Weg zu gehen, was sich in Anbetracht der Größe der Wohnung eher schwierig gestaltete. Er beäugte mich misstrauisch, wenn er an mir vorbeilief, ansonsten ignorierte er mich stur.

»Du wirst mich nicht loswerden, wenn du mich weiterhin wie Luft behandelst«, erklärte ich ihm, als er nachdenklich durch die Wohnung stapfte und ich ihm trotzig hinterherlief.

Er blieb stehen und stöhnte genervt. »Es würde mir schon genügen, wenn du deine Klappe halten und mir nicht die ganze Zeit hinterherlaufen würdest.«

Ich ging um ihn herum, sodass ich direkt vor ihm stand.

»Das würde aber keinen Spaß machen«, antwortete ich lachend. Seinem Blick nach zu urteilen, fand er es nicht besonders lustig. Also wechselte ich das Thema.

»Ehrlich gesagt fasziniert es mich ja, dass du bisher noch kein einziges Mal versucht hast mich anzugreifen.«

Diese Feststellung schien ihn zu überraschen. »Hätte es denn einen Sinn?«

Ich zuckte mit den Achseln. »Vermutlich nicht. Aber du hast es ja noch nicht einmal versucht. Woher willst du wissen, dass du mich nicht besiegen kannst? Immerhin bin ich nicht deine Schwester. Außerdem hatte es bei deinem Kampf mit Lilya auch keinen Sinn und trotzdem hättest du dich lieber von ihr umbringen lassen, als dir einzugestehen, chancenlos zu sein. Die Zeit bei den Jägern hat dich offensichtlich nicht gelehrt, dass man auch an sich selbst denken sollte.«

Auch an sich selbst denken ...

Kaum hatte ich die Worte ausgesprochen, überkamen mich die schmerzhaften Erinnerungen an Liam und die letzten Augenblicke vor seinem Tod. *Versprich mir, an dich zu denken.* Ich biss die Zähne zusammen und versuchte, mir nichts anmerken zu lassen.

Verärgert ballte Malyk die Hände zu Fäusten und schaute weg. Offenbar hatte ich einen wunden Punkt getroffen. Ich wusste nur nicht, ob es wegen seiner Schwester war, oder weil ihm bewusst wurde, dass ich recht hatte. Ich schätzte die Jäger so ein, dass sie ziemlich egoistisch dachten, wenn es darum ging, ihre Ziele durchzusetzen. Und ihre Ziele bezogen sich ausnahmslos darauf, Vampire zu töten. Koste es, was es wolle. Dieser Denkansatz musste bereits vielen Jägern das Leben gekostet haben.

***

Nachdem Malyk sich mal wieder im Badezimmer eingeschlossen hatte, zog ich ein Buch aus meiner Tasche und ließ mich aufs Sofa fallen. »Sommerwinde« lautete der Titel des Buches, dessen Cover einen Sonnenuntergang zierte. Die Geschichte entstammte der Feder einer sehr guten Freundin von mir. Es ging um Freundschaft und die erste große Liebe. Eine klassische Romanze ohne Vampyre und Krieg, in einer friedlichen kleinen Welt. Meine Freundin hatte es mir geschickt, um mich daran zu erinnern, dass auch ich eines Tages meinen Frieden wiederfinden würde.

Nachdem meine Eltern ermordet worden waren und Dimitri mich aus Valentins Händen befreit hatte, hatte sie mich hier besucht. Sie hatte mir geraten, unterzutauchen und die Verantwortung abzugeben, aber ich hatte abgelehnt, so sehr ich mich auch nach einem normalen Leben gesehnt hatte. Ich konnte meinem Schicksal nicht entkommen. Ich war eine Prinzessin und hatte eine Verpflichtung meinem Volk gegenüber. *Niemand kann ändern, wer er ist.* Ich sah zu dem Spiegel, hinter dem ich Lilya vermutete.

Auch du kannst nicht mehr in dein normales Leben zurückkehren. Du bist nun mal, wer du bist. Das Schicksal hat dich bereits eingeholt. Seufzend schlug ich das Buch auf und begann zu lesen.

***

Ein Schmerz durchfuhr mich und ließ mich aufschreien. Panisch fasste ich an meinen Bauch und richtete mich auf der Couch auf.

Malyk kam aus dem Schlafzimmer gelaufen und blieb stehen, als er mich sah. Ich musste noch blasser als sonst geworden sein.

»Es ist alles okay!«, rief ich an unsere Beobachter gewandt. Ich wollte nicht, dass sie gleich hier hereingestürmt kamen.

Malyk stand unschlüssig im Raum und sah mich an.

»Alles in Ordnung mit dir?«, fragte er skeptisch.

»Ja, habe ich doch gesagt. Ich habe mich nur falsch bewegt.« Der Schmerz war so schnell verflogen, wie er gekommen war. Es war der Schreck, der mich hatte schreien lassen. Der Schmerz war nicht aus meinem Bauch, sondern von meinem oberen Rücken gekommen. Nur untätig hier herumzusitzen, war alles andere als gut für meine Gelenke. Ich sollte mich mehr bewegen. Erleichtert lehnte ich mich zurück. Die Hand immer noch an meinem kleinen Babybauch.

Malyk musste die Geste bemerkt haben. Er starrte auf meinen Bauch und wurde ebenso bleich. »Du, du bist ... Bist du schwanger?«, stotterte er.

»Du hättest es ja ohnehin irgendwann bemerkt. Also ja, bin ich.«

Er ließ sich mir gegenüber auf den Sessel fallen und starrte mich weiterhin verständnislos an. »Das ist unmöglich! Du bist ein Vampyr. Ich dachte, ihr seid ...«

Ich konnte mir ein Lachen nicht verkneifen. »Hast du deinem Vater nicht zugehört? Wir werden geboren, nicht verwandelt. Das unterscheidet uns von deinen Monstern.«

»Doch, habe ich. Aber das so zu sehen. Ich hätte das nie für möglich gehalten ...«

»Weil wir für dich nun mal auch nur blutrünstige Monster sind?«

»So meinte ich das nicht ...«

»Lass gut sein«, winkte ich ab.

»Aber wieso hast du es dann getan?«, hakte Malyk nach.

Fragend sah ich ihn an. Zaghaft deutete er auf meinen Bauch. »Wenn ihr uns angeblich so ähnlich seid, hast du doch auch einen gewissen Mutterinstinkt oder irre ich mich? Ansonsten hättest du eben nicht so reagiert. Ich nehme an, dass du Angst um dein Baby hattest.«

»Natürlich habe ich Angst. Wir haben dieselben Gefühle wie Menschen. Wenn sie nicht sogar noch stärker sind.«

»Aber warum hast du dich dann praktisch in die Höhle des Löwen gewagt? Ich hätte dich angreifen und dir und dem Baby schaden können.«

Lachend schüttelte ich den Kopf. »Ist das dein Ernst? Erstens bist du hier in der Höhle des Löwen und nicht umgekehrt. Und zweitens bin ich keine hilflose schwangere Frau. Ich bin dir nach wie vor haushoch überlegen, verstanden? Außerdem werden wir vierundzwanzig Stunden am Tag überwacht. Mir passiert nichts. Und drittens ...« Ich musterte ihn und lächelte. »Ich glaube nicht, dass du mich angegriffen hättest.«

Malyk legte den Kopf schief und musterte mich. »Ich verstehe. Aber trotzdem: Ich hätte nicht gewollt, dass sich meine Freundin auch nur einem Hauch von Gefahr aussetzt. Der Vater des Kindes hat das einfach so erlaubt?« Malyks letzte Worte versetzten mir einen tiefen Stich ins Herz. Ich sah Liam, wie er sich vor mich warf, um mir und unserem Baby das Leben zu retten, und damit sein eigenes beendete. Ich ballte die Hände zu Fäusten und stand auf. Tränen schossen mir in die Augen und ich wandte Malyk den Rücken zu.

»Ist alles in Ordnung? Habe ich etwas Falsches gesagt?«, fragte er vorsichtig und ich hörte ihn ebenso aufstehen. Ich stellte mich vor den Spiegel, hinter dem immer ein Aufpasser wartete. Ich wusste, dass in diesem Augenblick Lilya dort stehen musste. Wenn sie nicht sowieso den ganzen Tag dort verbrachte, hatte man sie nach meinem Aufschrei mit Sicherheit geholt und nun verfolgte sie sicherlich das Gespräch. Tränen liefen mir übers Gesicht, doch ich wischte sie nicht weg. Stattdessen legte ich eine Hand an das kühle Glas. Ich sah nur mein eigenes Spiegelbild, doch ich spürte, dass Lilya ihre Hand genau an dieselbe Stelle gelegt hatte. Trotz des Schmerzes in meiner Brust lächelte ich. Lilya musste bei Malyks Worten genauso in Tränen ausgebrochen sein. Wir teilten den Schmerz. Sie hatte ihren besten Freund verloren und ich die Liebe meines Lebens. Wir hatten immer gewusst, dass es eines Tages soweit kommen würde. Doch wie schnell dieser Zeitpunkt gekommen war, hatte uns alle sehr getroffen. Meine andere Hand legte ich wieder an meinen Bauch. Unser Baby würde seinen Vater niemals kennenlernen.

Malyk hatte die ganze Szene still beobachtet. Doch jetzt trat er unruhig von einem Bein auf das andere. Mein Gefühlsausbruch schien ihn aus dem Konzept gebracht zu haben. Seit ich die Wohnung betreten hatte, war nichts mehr von der Aggression zu spüren gewesen, mit der er Diego und Lilya begegnet war. Er war lediglich genervt von mir gewesen. Doch seit meinem Schrei hatte er sich ganz deutlich verändert.

Ich seufzte leise. »Er konnte es nicht erlauben. Er ist tot.«

Malyk sog hörbar die Luft ein. »Oh. Das, das tut mir schrecklich leid. Das wusste ich nicht ...«

Ich löste meine Hand von der Scheibe, wischte meine Tränen weg und sah zu ihm. »Ist schon gut. Das konntest du wirklich nicht wissen. Es ist nur so, dass es erst ein paar Monate her ist und ich noch nicht so gut damit zurechtkomme.«

»Darüber kommt man wohl nie hinweg«, murmelte er. »Wusste er von ... Ich meine: Wusste er, dass du schwanger bist?«

»Ja. Und dank ihm bin ich es immer noch.«

Er runzelte die Stirn. »Wie meinst du das?«

»Er hat sich für uns geopfert. Es war während eines Kampfes. Ich wurde angegriffen und er warf sich dazwischen. Ohne ihn gäbe es mich oder zumindest unser Kind heute nicht mehr.« Schweigen folgte.

»Dein Freund war ein richtiger Held«, flüsterte er nach einer Weile.

»Das war er. Und ein Mensch.«

Malyks fassungsloser Gesichtsausdruck brachte mich erneut zum Lachen.

»O ja, du hast richtig gehört. Ein Mensch und ein blutrünstiger Vampyr – Wie kann das nur funktionieren? Nun, ich habe mich in ihn verliebt. Und obwohl uns kein normales Leben vergönnt war, hat er sich für mich entschieden. Ich wusste, dass ich ihn irgendwann gehen lassen müsste. Doch ich hatte nicht damit gerechnet, dass es so schnell passieren würde.«

21. KAPITEL

Lilya

Ich wischte mir die Tränen von den Wangen und verfolgte sprachlos die Unterhaltung von Malyk und Soley. Mir waren sofort die Veränderungen bei meinem Bruder aufgefallen. Der Blick, mit dem er Soley musterte, war nicht länger voller Abscheu oder Hass. Stattdessen erkannte ich in seinen Augen Neugierde und vor allem Bewunderung. Soley mit ihrer strahlenden Persönlichkeit war tatsächlich zu ihm durchgedrungen. Ich wusste nicht, wie sie das immer schaffte, aber ihre einnehmende Art erreichte jeden. Auch Malyk hatte sich nicht einmal einen Tag dagegen wehren können.

Dimitri umarmte mich von hinten und legte sein Kinn auf meine Schulter. »Soley ist wirklich ein Engel«, murmelte er und ich nickte lächelnd.

»Meint ihr, sie hat ihn jetzt wirklich davon überzeugt, dass ihr keine Monster seid?«, fragte Diego. In seiner Stimme schwang noch ein Hauch Skepsis mit.

Ich sah zu meinem Vater. »Ich denke schon, auch wenn es noch eine Weile dauern wird, bis er uns vollständig toleriert und vor allem, bis er akzeptiert, dass er ebenfalls ein Vampyr ist.« Ich hatte den Eindruck, dass er den Gedanken bisher noch verdrängte.

Mein Vater nickte und sah wieder zu Malyk.

Ich lehnte meinen Kopf nach hinten an Dimitris Brust und schloss für einen Moment die Augen.

»Wollen wir ins Bett gehen?«, flüsterte Dimitri an meinem Ohr. Wir waren seit Stunden hier und hatten die Ereignisse in der Wohnung verfolgt. Ana und Sascha waren auch für eine Weile hier gewesen, hatten sich aber längst wieder zurückgezogen.

Ich öffnete die Augen und sah zu Malyk und Soley, die sich immer noch unterhielten. Es wurde wohl Zeit, die beiden allein zu lassen. Soley hatte alles unter Kontrolle.

***

Dimitri und ich machten uns auf den Weg zu unserer Wohnung und zogen uns ins Schlafzimmer zurück. Erschöpft ließ ich mich ins Bett fallen und kuschelte mich unter die Decke. Dimitri löschte das Licht und legte sich zu mir.

»Was glaubst du, wie lange es dauert, ehe Malyk wieder normal mit mir umgeht?«, fragte ich leise.

Dimitri zog mich in seine Arme und hauchte mir einen Kuss in den Nacken. »Gib ihm Zeit. Du wurdest auch völlig unerwartet in die Welt der Vampyre entführt und hast Zeit gebraucht, alles zu verarbeiten. Dein Bruder ist bei Soley in den besten Händen. Sie war schon immer die beste Person für so einen Job. Aber seit sie schwanger ist, kann ihrem Charme niemand mehr widerstehen.«

Ich legte die Stirn in Falten und dachte über seine Worte nach. Er hatte recht. Ich hätte mir während der Gefangenschaft niemand besseren vorstellen können, der mich in dem Moment so wie sie hätte auffangen können. Soley war in jeder Hinsicht umwerfend. Ihre Art vereinnahmte jeden und bei Malyk war auch ihre Schwangerschaft hilfreich gewesen. Ich war mir sicher, dass sie ihn auch so irgendwann auf ihre Seite gezogen hätte, aber direkt mit der Tatsache konfrontiert zu werden, dass wir uns wie ganz normale Lebewesen fortpflanzten, hatte die ganze Sache beschleunigt.

In dem Moment, in dem Soley von Liam gesprochen hatte, war ich stark mit meiner eigenen Trauer beschäftigt gewesen. Doch ich hatte Mitleid in den Augen meines Bruders erkannt. Und Mitleid empfand man nicht für eine Spezies, die man verabscheute. Egal was man Malyk bei den Jägern alles eingetrichtert hatte, er war zu keinem kaltblütigen Mörder geworden. Er hatte immer noch ein Herz. Auch wenn ich daran kurz gezweifelt hatte, als er mich hatte ermorden wollen.

»Liam und er hätten sich gemocht«, flüsterte ich und drehte mich auf den Rücken. Trotz der Dunkelheit erkannte ich, wie Dimitri mich von der Seite musterte.

»Wie kommst du jetzt darauf?«

Ich zuckte mit den Schultern. »Keine Ahnung. Ich glaube, sie haben denselben Kampfgeist.«

Dimitri schwieg eine Weile und strich mir sanft über den Arm. Beim Gedanken an Liam wurde mein Herz schwer. Malyk und er würden sich niemals kennenlernen. Genauso wenig wie Soleys Baby seinen Vater jemals sehen würde. Ich würde alles tun, damit das Kind ein gutes Leben haben würde. Ohne die Bedrohung, die wir momentan fürchteten. Ich wollte niemanden mehr verlieren. Deshalb würde ich auch darum kämpfen, dass Malyk sich hier irgendwann zu Hause fühlte.

»Ich weiß, wie sehr du Liam vermisst«, meinte Dimitri irgendwann und zog mich wieder an sich. »Er fehlt mir auch«, fügte er leise hinzu.

Überrascht zog ich die Augenbrauen hoch. Ich wusste, dass Liam und Dimitri irgendwann ihren Frieden miteinander geschlossen hatten. Doch ich hätte nie gedacht, dass er ihn tatsächlich vermisste. Vermutlich hätten die beiden nach ihrer gemeinsamen Vergangenheit nie offen zugegeben, dass sie doch sowas wie Freunde gewesen waren.

»Ich will niemanden mehr verlieren«, murmelte ich und spürte, wie mir Tränen in die Augen schossen.

»Das wirst du auch nicht.« Er drehte meinen Kopf und hauchte einen Kuss auf meine Lippen. »Nicht, wenn ich es verhindern kann.«

∗∗∗

Nachdem wir einige Stunden geschlafen hatten, schauten wir wieder bei

Malyk und Soley vorbei. Die beiden schliefen noch. Entzückt stellte ich fest, dass mein Bruder anscheinend auf der Couch schlief, um Soley das Bett zu überlassen.

»Sieht so aus, als läuft es ganz gut«, meinte Dimitri schmunzelnd.

Wir entschieden uns, später noch einmal nach den beiden zu sehen und machten uns auf den Weg, um mit Ana, Sascha und meinem Dad zu frühstücken. Beim Essen unterhielten wir uns über den sichtlichen Fortschritt, den Soley bei Malyk erreicht hatte.

»Was glaubt ihr: Wie lange wird es dauern, bis Malyk uns wieder vertraut?«, fragte Dad schließlich. Ihn hatte es genauso hart getroffen wie mich, dass Malyk uns so von sich gestoßen hatte.

Ich zuckte mit den Schultern. »Das kann wohl niemand vorhersagen. Wir werden die nächsten Tage abwarten müssen. Es ist vermutlich das Beste, wenn wir darauf warten, dass er den ersten Schritt auf uns zu macht.« So schwer es mir selbst fiel, ich meinte meine Worte ernst und würde mich daran halten. Am liebsten würde ich direkt zu Malyk gehen und ihm sagen, dass ich genauso wenig wie Soley ein Monster war. Doch das wäre wohl der falsche Weg. Er hatte uns angegriffen. Ehe er sich nicht wünschte uns zu sehen, sollten wir Abstand halten.

Mein Vater nickte schlicht und wechselte das Thema. »Und was machen wir mit Julia? Sagen wir ihr die Wahrheit?«

Ich schluckte schwer. Das Mädchen vergaß ich bei dem Drama um Malyk ständig. Dabei war ich schuld daran, dass sie nun hier festsaß. Da er sie persönlich kannte, wäre es eine Möglichkeit, dass Dad ihr vorgaukelte, dass sie noch in der Akademie war und ihr sagte, dass man abwarten müsse, ob sie sich ebenfalls in einen Vampir verwandelte. Die Ärmste hatte deshalb aber ohnehin schon zu viel Panik. Vielleicht wäre es besser, ihr direkt die Wahrheit zu sagen und ihr zu erklären, dass sie nichts zu befürchten hatte. Auch wenn sie uns das mit Sicherheit nicht glauben würde. Ihr nichts zu sagen und sie sich selbst zu überlassen, weil wir momentan mit Malyk beschäftigt waren, wäre aber auch nicht richtig.

»Es wird wohl das Beste sein, ihr die Wahrheit zu sagen«, überlegte ich laut.

»Würdest du das übernehmen?« Fragend sah ich zu meinem Dad, woraufhin er nickte.

»Da Malyk gut versorgt ist, kann ich gerne versuchen, mich um Julia zu kümmern. Vielleicht habe ich bei ihr mehr Glück als bei meinem Sohn.«

22. KAPITEL

Malyk

Zwei Wochen ...

Nachdenklich starrte ich auf die vierzehn kleinen Kratzer, die ich kaum sichtbar in das Holz des Badezimmerschranks geritzt hatte. Zwei Wochen befand ich mich nun schon hier. Würde ich nicht jedes Mal, wenn ich aufwachte, einen Strich ergänzen, hätte ich in diesen vierzehn Tagen längst mein Zeitgefühl verloren. Meine innere Uhr war alles, was mir noch geblieben war, um ein Gespür für Tag und Nacht zu haben. Die Wohnung hatte keine Fenster. Deshalb konnte ich nicht ausmachen, ob mein Schlafrhythmus überhaupt noch normal war. Vielleicht hatte ich mich auch unbewusst an den von Soley angepasst. Ich vermutete nämlich, dass sie meistens nachts wach war. Das war einfach mein Bild von Wesen der Dunkelheit. Und das blieben sie für mich, egal ob es Vampire oder Vampyre waren.

Soley hatte es so schnell geschafft, mein Weltbild ins Wanken zu bringen. Trotzdem siegte nach wie vor meine Vorsicht.

Mir war so viel darüber berichtet worden, wie Vampyre im Gegensatz zu den mir bekannten Vampiren waren, und mir blieb nichts anderes übrig als davon auszugehen, dass diese Geschichten der Wahrheit entsprachen.

Lilyas Fähigkeiten waren mir bereits in der Schweiz aufgefallen. Kein Vampir hätte jemals so kämpfen können. Und die Theorie, dass sie dazu nur zu Beginn der Verwandlung in der Lage waren, war kaum haltbar. Ich hatte

Lilya nicht mehr gesehen. Doch ich ging davon aus, dass sie sich äußerlich auch nicht weiter verändert hatte. Auf den ersten Blick hatte sie wie meine große Schwester ausgesehen. Doch mir waren die sichtbaren temporären Indizien nicht entgangen, die sie von einem Menschen unterschieden: Die violett leuchtenden Augen, ihre Fangzähne ...

Und Soley? Sie hatte mir erzählt, zu welcher Art der Vampyre sie gehörte. Doch bisher unterschied sie sich für mich optisch in keinster Weise von einem Menschen. Woher sollte ich wissen, dass sie wirklich ein Vampyr war? Sie hatte sich mir gegenüber so nie zu erkennen gegeben. Ich würde es vermutlich nur in einem Kampf herausfinden. Doch niemals könnte ich eine Schwangere angreifen, egal was für ein Wesen sie angeblich war.

Die Frage, wie häufig und vor allem auf welche Art und Weise sie Blut trank, beschäftigte mich. Doch ich traute mich nicht nachzufragen. Würde sie auf die Idee kommen, mein Blut zu trinken? Wäre es überhaupt für sie genießbar?

Wenn es stimmte, was mir erzählt worden war, war ich Lilyas Halbbruder und ebenfalls ein Vampyr.

Die Geschichten, die mein Vater offengelegt hatte, waren für mich der größte Schock. Ich gehörte einer Art an, die ich mein Leben lang verfolgt und getötet hatte. Nun, zumindest einer mit dieser Spezies verwandten Art. Doch das änderte nichts daran, dass man mich mein Leben lang belogen hatte.

Soley schien immer wieder zu bemerken, dass mir das im Kopf rumgeisterte, und erinnerte mich ständig daran, dass auch Lilya ins kalte Wasser geschmissen worden war. Sogar auf eine deutlich grausamere Art und Weise als ich.

Ich hatte schmunzeln müssen, als mir bewusst geworden war, dass bei uns beiden mit der Enthüllung einherging, mit Soley eingesperrt zu sein. Als wäre es ihre Aufgabe, sich um Neuzugänge in der Vampyrwelt zu kümmern. Mein Blick glitt zur Badezimmertür. Vermutlich lag sie wieder lesend auf der Couch.

Das machte sie immer, wenn sie merkte, dass ich nicht mehr empfänglich für Gespräche war. Ich rechnete es ihr hoch an, dass sie meine Gefühle so deutlich wahrzunehmen schien. Noch nie in meinem Leben hatte ich mich von jemandem so verstanden gefühlt wie von ihr.

Ich war mir nicht sicher, ob sie wirklich Medizin und nicht doch Psychologie studiert hatte. Konnte das jemandem einfach im Blut liegen?

Ich seufzte tief und strich noch mal über die Kratzer im Holz. Wie lange man uns beide wohl noch hier drinnen eingesperrt lassen würde? Ich war mir sicher, dass Soley irgendwann Blut brauchte und dann würde ich mitkriegen, wenn sie welches trank. Vorausgesetzt, sie war wirklich ein Vampyr.

Ich trat einen Schritt zurück und betrachtete mich nachdenklich im Spiegel. Die Zeit der Gefangenschaft zeigte bereits erste Spuren. Ich fühlte mich schlapp ohne Tageslicht und ich war blasser geworden. Mein Blick ruhte auf meinen braunen Augen. Sie hatten dieselbe Farbe wie die meines Vaters. Angeblich war die Augenfarbe genauso wie die Farbe der Haare ein deutlicher Hinweis dafür, zu welcher Vampyrrasse man gehörte. Doch ich war ein Mischling. Genauso wie Soleys Baby ein Mischling sein würde. Auch sie schien sich nicht zu hundert Prozent sicher zu sein, was das bedeutete. Doch es gab aktuell vermutlich Wichtigeres, als sich mit diesem Thema auseinanderzusetzen.

Es hieß, dass noch ein Jahr vergehen würde, ehe ich zu einem Vampyr werden würde.

Ich konnte mir nur schwer etwas unter dieser Erweckung vorstellen. Würde ich wirklich ich selbst bleiben? Mit meinen Erinnerungen und meiner Persönlichkeit? Oder würde ich doch zu einem Monster werden?

Ich schüttelte den Kopf und versuchte damit, auch alle negativen Gedanken abzuschütteln. Darüber könnte ich mir später noch genug Sorgen machen. Ich drehte den Wasserhahn auf, um mir kaltes Wasser ins Gesicht zu spritzen, und verließ anschließend das Bad.

***

»Was bedrückt dich?«

Abrupt blieb ich im Türrahmen stehen und sah zu Soley, die auf der Couch lag und mich mit skeptischer Miene musterte.

»Sicher, dass du keine Gedanken lesen kannst?«, fragte ich anstelle einer Antwort.

Soley verdrehte die Augen, was ich mit einem Schmunzeln kommentierte.

»Ich habe mehr Empathie als ein Stein. Das reicht, um zu erkennen, dass dein Kopf vor lauter Nachdenken bald platzt«, erklärte sie schulterzuckend.

Ich lachte auf und ließ mich neben ihr auf die Couch fallen. In den letzten Tagen waren wir schrecklich vertraut miteinander geworden. Wir benahmen uns tatsächlich bereits wie Freunde, wobei ich keine Ahnung hatte, wie es soweit hatte kommen können.

Ich hatte zu Beginn wirklich versucht, Soley auf Abstand zu halten. Ja, sogar sie zu hassen. In ihr das Monster zu sehen, das ich in Lilya geglaubt hatte zu erkennen. Doch so sehr ich es auch versucht hatte, es war mir nicht gelungen.

Inzwischen war ich mir nicht mehr sicher, ob nicht ich das Monster gewesen war, das seine Familie brutal von sich gestoßen hatte, und das scheinbar grundlos. Sie hatten mir lediglich helfen wollen. Soley versüßte mir jeden Tag meiner Gefangenschaft, die ich mir irgendwie auch selbst zuzuschreiben hatte. Hätte ich gleich auf meinen Vater gehört und ihn und Lilya nicht angegriffen, hätte man keinen Grund gehabt, mich länger hier einzusperren.

Inzwischen waren so viele Tage vergangen, in denen ich nichts hatte tun können als nachzudenken und mit Soley zu reden, sodass ich vermehrt daran dachte, um ein Treffen mit Diego und Lilya zu bitten. Ich wollte ihnen sagen, dass es mir leidtat. Auch in der Hoffnung, dann endlich wieder das Tageslicht zu erblicken. Doch irgendwie war ich noch nicht bereit dafür, ihnen gegenüber zu treten. Deshalb kam ich auch nur selten auf die beiden zu sprechen. Ein Teil von mir hatte Angst, wie dieses Treffen verlaufen würde. Würden mich meine Emotionen wieder überwältigen und dazu bringen, meine Familie anzugreifen? Oder würde ich erneut diese Enttäuschung in ihren Blicken sehen, weil ich davon gesprochen hatte, sie umzubringen? Ich wusste es nicht und zumindest vorerst wollte ich es auch nicht herausfinden. Und auch wenn ich es mir nicht eingestehen wollte, ich fing langsam an, die Zeit mit Soley zu genießen.

»Also, was bedrückt dich?«, hakte sie nach und legte den Kopf schief.

Ich sah in ihre smaragdgrünen Augen und für einen Moment vergaß ich ihre Frage. So nett Soley auch war, auf mich wirkte sie irgendwie einschüchternd. Ich hatte nie jemanden kennengelernt, der vom Charakter vergleichbar wäre. Sie hatte offen mit mir über ihre Vergangenheit gesprochen und ich war ehrlich schockiert gewesen. Wieso hatte sie so viele Schicksalsschläge erleiden müssen? Und wie konnte es sein, dass all diese Ereignisse sie nie in die Knie gezwungen hatten?

Für einen Moment senkte ich den Blick und sah zu ihrem Babybauch. Wie hatte er mir zu Beginn nicht auffallen können? Als sie das erste Mal die Wohnung betreten hatte, war er unter ihrer weiten Kleidung gut versteckt gewesen. Außerdem hatte ich anderes im Kopf gehabt als mir Gedanken darüber zu machen, ob diese Vampyrin schwanger sein könnte.

Inzwischen trug sie enge Sachen und es war nicht zu übersehen, dass sie schwanger war. Ich kannte mich mit Schwangerschaftsbäuchen nicht aus. Doch ich schätzte, dass sie schon in der Mitte der Schwangerschaft angelangt war. Fragen dazu, wann genau der Geburtstermin war oder wann der Vater des Kindes gestorben war, hatte ich bisher vermieden.

Es hatte mir gereicht, sie einmal weinen zu sehen. Der Anblick hatte mir schier das Herz gebrochen und ich wollte sie nicht erneut so traurig sehen.

»Nichts Bestimmtes«, murmelte ich ausweichend. »Es gibt viel zu verarbeiten.«

Sie nickte wissend. »Es wird eine Weile dauern, bis du das geschafft hast. Aber auch du wirst dich hier einleben.«

Ich presste die Lippen zusammen. Ihre letzten Worte hatten mich an etwas erinnert. »Ich werde in Zukunft hier leben müssen, oder? Ich werde nie wieder in mein altes Leben zurückkehren können.«

Ein mitleidiger Ausdruck erschien auf Soleys Gesicht und sie legte ihre Hand sanft auf meine. »Ich weiß, dass es schrecklich ist, wenn man sein bisheriges Leben hinter sich lassen muss. Aber es wird leichter und ich kann nur hoffen, dass du bald glücklich sein wirst.«

***

Ein lautes Schluchzen riss mich aus dem Schlaf.

Ich setzte mich auf und versuchte, mich im Dunkeln zu orientieren. Wo war ich?

Es dauerte einen Moment, bis ich in die Wirklichkeit zurückgekehrt war und mein Gehirn meine Erinnerungen zusammensetzte. Ich war in Kanada und lag auf der Couch einer Wohnung, in der ich mit einer Vampyrin eingesperrt war.

Einer Vampyrin ... Soley!

Ich tastete nach der Fernbedienung für die Deckenlampe und schaltete das Licht ein, sobald ich sie gefunden hatte. Müde blinzelte ich gegen das grelle Licht an, ehe ich aufstand und zur Schlafzimmertür lief.

Ich streckte die Hand nach der Türklinke aus und hielt inne, als von drinnen wieder ein Schluchzen ertönte. Mein Herz verkrampfte sich bei Soleys Wimmern. Weinte sie im Schlaf?

Vorsichtig drückte ich die Klinke nach unten und schob die Tür einen Spalt weit auf.

Im Schlafzimmer war alles dunkel. Das Licht vom Wohnzimmer erhellte den Raum und ich konnte Soleys blonde Haare erkennen, die unter der Bettdecke hervorlugten.

»Soley?«, flüsterte ich, um zu hören, ob sie wach war. Erneut drang ein leises Wimmern zu mir, doch ich hatte nicht den Eindruck, dass sie mich wahrnahm.

Ich huschte ins Schlafzimmer und lehnte die Tür hinter mir leicht an, damit ich zumindest noch die Umrisse der Möbel erkennen konnte und nicht überall dagegen lief. Dann schlich ich leise zum Bett.

Als ich direkt davor zum Stehen kam, wusste ich nicht, was ich tun sollte. Sie wecken?

Unschlüssig stand ich da und blickte auf sie hinab. Sie lag mit dem Rücken zu mir und wimmerte immer wieder leise. Dabei bebte ihr ganzer Körper.

Ich atmete tief durch und stieg dann zu ihr ins Bett. Mit klopfendem Herzen legte ich mich hinter sie. Vorsichtig legte ich einen Arm um sie und zog sie sanft in meine Arme. Das Zittern erstarb und sie drückte sich leicht mit dem Rücken gegen meine Brust.

Zufrieden schloss ich die Augen und vergrub meine Nase in ihren Haaren. Genauso wie Soley sich in meinen Armen zu beruhigen schien, so normalisierte sich auch mein Herzschlag und ich kam wieder zur Ruhe.

23. KAPITEL

Soley

Als ich am nächsten Tag aufwachte, bemerkte ich sofort, dass etwas anders war als sonst. Erstens spürte ich, dass jemand hinter mir lag und mich im Arm hielt, und zweitens, dass ich so gut geschlafen hatte wie seit Wochen nicht mehr.

Ich wollte mich zur Seite drehen, doch die Umklammerung wurde plötzlich fester und ich wurde noch stärker an die Person hinter mir gedrückt.

Am Geruch erkannte ich sofort, um wen es sich handelte. Malyk. Wer hätte auch sonst hier sein sollen? Doch was machte er hier im Bett und warum kuschelte er mit mir?

Ich überlegte einen Moment, ob gestern Abend irgendetwas vorgefallen war, aber mir fiel nichts ein. Ich konnte mich auch nicht daran erinnern, irgendwann aufgewacht zu sein. Doch von alleine wird er bestimmt nicht auf die Idee gekommen sein, sich zu mir zu kuscheln.

Ich startete einen neuen Versuch, mich aus seiner Umklammerung zu befreien und dieses Mal gelang es mir. Ich robbte leicht von ihm weg, rollte mich auf die andere Seite und betrachtete sein schlafendes Gesicht.

Durch die Zimmertür fiel etwas Licht und mein gutes Sehvermögen reichte aus, um seine Gesichtszüge genau erkennen zu können. Beim Aufwachen hatte ich mich so geborgen gefühlt, dass ich das Gefühl hatte, in Liams Armen zu liegen. Doch neben ihm würde ich nie wieder aufwachen können.

Beim Gedanken an ihn sammelten sich erneut Tränen in meinen Augen und mein Herz wurde schwer. Traurig strich ich über meinen Bauch. Eine Geste, die ich mir genauso wie viele andere Schwangere bereits zu Beginn der Schwangerschaft antrainiert hatte.

»Scht, nicht weinen.«

Ich sah auf und begegnete Malyks Blick. War er doch aufgewacht, als ich mich aus seiner Umarmung befreit hatte?

»Was machst du hier?«, fragte ich und schämte mich direkt dafür, wie schroff ich klang.

Ein nachdenklicher Ausdruck erschien auf Malyks Gesicht. »Du erinnerst dich nicht.«

Unsicher, ob dies eine Frage oder eine Feststellung war, runzelte ich die Stirn. »An was?«

»Du hast im Schlaf geweint. Deshalb bin ich hergekommen. Du hast dich beruhigt, als ich dich in den Arm genommen habe.«

»Oh.« Ich konnte mich tatsächlich nicht daran erinnern, dass ich einen Albtraum gehabt hatte oder vom Weinen aufgewacht war.

Malyk musterte mich sichtlich besorgt. Der Blick aus seinen dunklen Augen löste eine Gänsehaut auf meinen Armen aus und trieb meinen Puls in die Höhe. Gestern noch hatte ich mich um ihn gesorgt, weil er jetzt eine schwere Zeit durchmachte, und nun sorgte er sich um mich.

Ich hatte mich eigentlich nicht hier mit ihm einsperren lassen, um mitleidige Blicke zu ernten. Die bekam ich momentan ohnehin von allen um mich herum. Mein Ziel war es, ihm zu helfen, besser mit seinem Schicksal zurecht zu kommen. Bisher schien mir das auch gut zu gelingen, weshalb ich schon die nächsten Schritte hatte vorschlagen wollen. Malyk sollte seinen Vater und seine Schwester treffen und sich mit beiden versöhnen. Ich war der Meinung, dass er bereits soweit war. Nachdem der Knoten einmal geplatzt war, hatte er sich in meinen Augen ganz gut mit der Vampyrgeschichte abgefunden.

Und nun war anscheinend ich diejenige, die Hilfe von ihm brauchte. Ich wollte nicht immer das arme kleine Mädchen bleiben, bei dem sich jeder wunderte, dass es noch nicht zerbrochen war. Peinlich berührt senkte ich den Blick.

»Dein Angebot gilt auch andersrum«, murmelte Malyk und hob mit einer Hand mein Kinn an, damit ich ihn ansah. »Du kannst über alles mit mir reden. Ich bin für dich da und wenn es nur darum geht, dich im Arm zu halten.«

Seine einfühlsamen Worte überraschten mich. Auf den ersten Blick wirkte Malyk nicht wie jemand, der so sensibel sein konnte. Doch in den letzten Tagen hatte ich auch seine weichere Seite kennengelernt. Eine Seite, die er ansonsten vermutlich versteckt hielt. Den Jägern wurde beigebracht, keine Schwäche zu zeigen oder dem Feind Gnade entgegen zu bringen. Ich konnte mir nur schwer vorstellen, dass ich es in der kurzen Zeit geschafft hatte, sein Feindbild völlig zu verändern. Doch in diesem Moment vermittelte er mir den Eindruck, dass er definitiv keine Bedrohung in mir sah. Ja, dass er mich sogar gut leiden konnte.

Oder gab ich als trauernde Schwangere solch einen mitleiderweckenden Eindruck ab, dass sich jedes Lebewesen so verhalten würde? Das bezweifelte ich. Es gab immer Leute, die sich durch nichts von ihrem Weltbild abbringen ließen.

»Danke, Malyk. Das weiß ich sehr zu schätzen.« Erneut stiegen Tränen in mir auf. Dieses Mal jedoch vor Rührung.

»Schwangere und ihre Hormone«, witzelte Malyk leise und erreichte damit bei mir ein kurzes Lachen. Er hatte recht, meine Gefühle waren eine einzige Achterbahnfahrt.

»Na los, komm her und lass dich noch mal drücken«, murmelte er und hob den Arm. Ohne zu überlegen, robbte ich wieder an ihn heran. Er legte seine Arme um mich und ich kuschelte mich eng an ihn. Das Gefühl der Geborgenheit, das ich bereits beim Aufwachen gespürt hatte, war wieder da. Ein fast völlig Fremder schaffte es, mich zur Ruhe zu bringen.

Er drehte sich auf den Rücken und ich legte meinen Kopf auf seiner Brust ab. Während ich seinem Herzschlag lauschte, spürte ich, wie sich meiner wieder normalisierte. Ich schloss die Augen und spürte, wie sich ein Lächeln auf mein Gesicht stahl, ehe ich erneut einschlief.

***

Nachdenklich drehte ich die Flasche voller Blut in meinen Händen und warf immer wieder einen skeptischen Blick zur geschlossenen Schlafzimmertür.

Vor zehn Minuten hatte ich es geschafft, mich erneut aus Malyks Armen zu befreien und dieses Mal das Bett zu verlassen. In seinen Armen zu schlafen hatte sich so unglaublich gut angefühlt, doch nun löste diese Tatsache gemischte Gefühle in mir aus.

Liam war noch nicht lange tot und dennoch lag ich bereits in den Armen eines anderen Mannes. Auch wenn die Umstände ganz anders waren. Malyk hatte nur nett sein und mich trösten wollen. Doch aus irgendeinem Grund sah mein Herz dabei noch andere Hintergründe. Das Kuscheln hatte so viel mehr in mir ausgelöst als es sollte.

Ich seufzte tief und nahm einen großen Schluck Blut. Malyk sollte nicht mitbekommen wie ich es trank. Es gehörte zum Vampyrleben dazu, doch ich wollte ihn nicht sofort mit allen Details konfrontieren. Ich war mir nicht sicher, ob er die ganze Vampyrsache mittlerweile verdaut hatte. Um die gesamte Tragweite zu verstehen, müsste vermutlich noch einige Zeit vergehen. Ein paar Berichte über Vampyre würden nicht ausreichen, um sich mit dem Gedanken anzufreunden, selbst einer zu sein.

Ich hob die Flasche wieder an die Lippen, damit ich sie leeren und anschließend wieder in die Essensluke stellen konnte.

In dem Moment hörte ich ein Geräusch und sah aus dem Augenwinkel, wie die Schlafzimmertür geöffnet wurde. Malyk blieb oberkörperfrei im Türrahmen stehen und starrte mich an.

Obwohl dank der Tönung der Flasche der Inhalt verborgen blieb, musste er wissen, um was es sich handelte, wenn er mir in die goldgefärbten Augen sah.

Er löste sich aus seiner Starre und kam auf mich zu, woraufhin ich vor Schreck einatmete und mich prompt verschluckte. Gequält hustete ich und stellte die Flasche ab. Ich presste schnell eine Hand auf meinen Mund, doch die weiße Tischplatte vor mir hatte bereits Blutspritzer abbekommen.

Als ich mich wieder beruhigt hatte, stellte ich fest, dass Malyk weg war. Ich warf einen Blick auf meine Hand, die voller Blut war. Das war wohl gehörig schief gegangen.

Als ich wieder aufsah, kam Malyk mit einem Lappen aus dem Bad und wischte kommentarlos das Blut vom Tisch. Anschließend blickte er schmunzelnd auf meine Hand und nickte in Richtung Badezimmer. »Entweder gehst du sie waschen oder du leckst sie sauber.«

Mir klappte der Mund auf und für einen Moment starrte ich ihn sprachlos an. Hatte er das wirklich gesagt?

Ich schluckte und stand dann schnell auf, um meine Hände zu waschen.

Malyk kam mir hinterher und nachdem meine Hände wieder sauber waren, wusch er den Lappen im Waschbecken aus.

Peinlich berührt ging ich zurück ins Wohnzimmer, trank schnell die Flasche leer und ließ sie dann in der Essensklappe verschwinden.

»Trinkst du jeden Tag heimlich Blut?«, fragte Malyk und setzte sich mir gegenüber.

Ich schüttelte stumm den Kopf.

»Wie oft dann?«

»Normalerweise wöchentlich. Momentan durch die Schwangerschaft ein bisschen häufiger«, erklärte ich und versuchte in seinem Gesicht zu lesen, was er von meiner Antwort hielt.

Er nickte lediglich und ließ sich nicht anmerken, was in ihm vorging.

»Wir töten dafür niemanden«, sagte ich, weil ich irgendwie das Bedürfnis hatte, mich zu rechtfertigen. »Die Menschen hier spenden es freiwillig.« Zumindest heutzutage. Wie das Verhältnis zur menschlichen Bevölkerung gewesen war, ehe Lilya aufgetaucht war, musste ich ihm nicht sofort berichten.

»Hm«, machte Malyk und legte die Stirn in Falten. »Ich kann mir noch nicht vorstellen, dass ich irgendwann auch Blut trinken werde.«

»Das musst du dir jetzt auch noch nicht vorstellen können.« Er würde noch jede Menge Zeit haben, sich an den Gedanken zu gewöhnen, und dann wäre es für ihn auch selbstverständlich.

Ich ließ meinen Blick kurz über seinen nackten Oberkörper schweifen. »Du solltest dir was anziehen.«

Ein schiefes Grinsen erschien auf seinem Gesicht und er verschränkte die Arme vor der Brust. »Wieso? Mache ich dich so etwa nervös?«

Ich spürte, wie mir das Blut in die Wangen schoss und schüttelte den Kopf, um mir nichts anmerken zu lassen. »Nein, meinetwegen kannst du auch den ganzen Tag so herumlaufen. Aber ich dachte, anständige Sachen wären angebrachter, wenn ich dich herumführe.«

Kurz blitzte sowas wie Angst in Malyks Augen auf, ehe er sich wieder im Griff hatte. »Du willst mit mir rausgehen?«

»Ja, ich denke, du bist soweit.«

Skeptisch musterte er mich. »Bist du dir da wirklich sicher?«

»Natürlich.« In der Tat hatte ich den Eindruck, dass er soweit war. Spätestens nachdem er relativ locker auf das Blut reagiert hatte.

Aber es gab noch einen Grund, warum ich jetzt auf die Idee kam, ihn mit raus zu nehmen. Nach letzter Nacht weiterhin mit ihm hier eingesperrt zu sein, fühlte sich falsch an. Wir waren uns viel nähergekommen, als ich beabsichtigt hatte. Flucht war jetzt meine einzige Option.

24. KAPITEL

Malyk

Mit klopfendem Herzen starrte ich auf die schwere Metalltür, die aus der kleinen Wohnung führen würde, in der ich die letzten zwei Wochen eingesperrt gewesen war.

»Bist du soweit?«, fragte Soley und ich nickte.

Augenblicklich glitt die Tür zur Seite und gab den Weg in einen kahlen Flur frei. Soley ging voraus und winkte mich lächelnd hinter sich her.

Meine Starre löste sich und ich folgte ihr langsam. Erleichtert stellte ich fest, dass auf dem Gang keine Menschenseele zu sehen war. Oder besser gesagt keine Vampyrseele. Ich hatte bereits damit gerechnet, dass Lilya oder mein Vater auf mich warteten. Ihnen so unvorbereitet zu begegnen, wäre mir jetzt nicht unbedingt recht gewesen.

Soley führte mich zu einem Fahrstuhl, in dem ich mit großen Augen auf die Knöpfe starrte, die zu den unzähligen Etagen gehörten. Vor allem die Tatsache, dass es so viele Untergeschosse gab, überraschte mich. Wie riesig das Zuhause der Vampyre war. Da konnte die Akademie der Jäger nicht mithalten.

Im Erdgeschoss angekommen, staunte ich nicht schlecht über die große Eingangshalle. Soley schien meine Verblüffung nicht verborgen zu bleiben. »Was erwartest du von einem Schloss?«, fragte sie lächelnd und ich traute meinen Ohren kaum.

»Einem Schloss?«

Soley lachte auf, wurde aber schnell wieder ernst und deutete hinter mich. »Das ist übrigens deine leibliche Mutter.«

Ich drehte mich um und sah zu den drei riesigen Gemälden an der Wand, die drei Paare mit Kronen auf den Köpfen zeigten. Angesichts der Tatsache, dass wir uns in einem Schloss befanden, mussten das die Königspaare der verschiedenen Vampyrrassen sein. Soley hatte mich über die Rassen aufgeklärt, doch ich hatte nur die Hälfte von ihren Erzählungen behalten. Es war absolut surreal, dass ich ein Vampyrprinz war und meine Halbschwester eine Vampyrkönigin.

Die Frau auf dem mittleren Bild sah Lilya so verblüffend ähnlich, dass ich sofort wusste, dass Soley sie meinte.

Nachdenklich betrachtete ich die Frau, die ich nie kennengelernt hatte. Mein Vater hatte mir von ihr erzählt, doch sie blieb für mich eine völlig Fremde.

Ich musterte den Mann an ihrer Seite. Dies musste Lilyas leiblicher Vater sein. Im Gegensatz zu Lilya hatte ich wenigstens noch ein lebendes Elternteil.

Mit gemischten Gefühlen löste ich meinen Blick von dem Gemälde und sah zu Soley, die mich nicht aus den Augen gelassen hatte. Sie versuchte vermutlich meine Gedanken zu ergründen, während ich mich bemühte, diese nicht zu zeigen.

»Du wolltest mich herumführen«, erinnerte ich sie, woraufhin sie sich umdrehte und ich ihr nach draußen folgte.

***

Je weiter wir uns vom Gebäude entfernten, desto besser erkannte ich, dass es sich tatsächlich um ein Schloss handelte. Es wirkte mit jedem Meter, den wir machten, eindrucksvoller und imposanter.

Das Gebäude schien eine Mischung aus Märchenschloss und Burg zu sein und ich konnte keinen Stil benennen, der es beschrieb. Es war teilweise in den Berg eingearbeitet worden, wodurch es so wirkte, als würde es zur Landschaft gehören. Dafür, dass das Schloss vermutlich sehr alt war, war es unglaublich gut erhalten geblieben.

»Wie lange willst du es noch anstarren?«, fragte Soley neben mir und ich konnte das Schmunzeln in ihrer Stimme hören.

»Soley!«

Ich zuckte zusammen und sah den Weg entlang, auf dem ein kleines Mädchen auf uns zu rannte. Bei uns angekommen fiel sie Soley in die Arme.

»Hey Em«, begrüßte diese das Mädchen.

Als sie sich wieder voneinander lösten, nickte Soley in meine Richtung. »Emma, das ist übrigens Malyk. Lilyas kleiner Bruder.«

Emmas Mund klappte auf und sie starrte mit großen Augen zu mir auf. »Wirklich? Erst kommt ihr Vater und jetzt sogar ihr Bruder?«

Soley lächelte. »Ja, Lyas Familie wird immer größer.«

Das Mädchen machte einen Schritt auf mich zu und sah mich neugierig an. »Bist du ein Mensch oder ein Vampyr?«

»Ähm.« Ich sah kurz zu Soley, die nur mit den Achseln zuckte. »Ich schätze, sowohl als auch. Ich bin ein Halbvampyr«, erklärte ich und merkte, wie unrealistisch sich das Ganze noch für mich anfühlte. »Und was bist du?«

Emma sah mich an, als wäre ich verrückt geworden. »Na ein Mensch natürlich.«

Für mich war das nicht selbstverständlich. Ich hatte keine Ahnung, wie ich Menschen von Vampyren unterscheiden konnte.

»Einen Halbvampyr habe ich noch nie kennengelernt«, bemerkte Emma und legte den Kopf schief. »Wie ist das so, einer zu sein?«

Ich hob ahnungslos die Schultern. »Bisher nicht anders als ein Mensch zu sein, vermute ich.«

»Achso.« Meine Antwort schien ihr nicht spannend genug zu sein, denn sie verlor sichtlich ihr Interesse an mir und wandte sich wieder an Soley. »Wann werde ich denn jetzt endlich Tante?«, fragte sie und legte ihre Hände auf deren Babybauch.

Ich traute meinen Ohren kaum und starrte Soley sprachlos an. Tonlos formte ich das Wort »Tante« mit den Lippen und sah sie fragend an. Soley nickte nur leicht. Der Vater von Soleys Baby musste also Emmas Bruder gewesen war.

»Das dauert noch einige Monate, Em.«

Emma verzog das Gesicht. »So eine Schwangerschaft dauert viel zu lang.«

Soley fuhr dem Mädchen lachend durch das blonde Haar. »Du bist doch schon zweifache Tante. Dadurch bist du doch schon komplett ausgelastet, oder nicht?«

Emma schüttelte energisch den Kopf. »Babys sind toll, ich kann noch mehrfache Tante werden.«

»Das weiß ich doch. Jedes Kind kann sich glücklich schätzen, so eine liebevolle Tante zu haben.«

Emma hüpfte vor Freude von einem Bein auf das andere und griff dann plötzlich nach meiner Hand. »Komm mit, ich möchte dich meiner Familie vorstellen«, verkündete sie und versuchte mich mit sich zu ziehen.

»Ähm, bist du sicher, dass das so eine gute Idee ist? Ich möchte nicht unangekündigt bei dir Zuhause auftauchen.«

Hilfesuchend suchte ich Soleys Blick, die leise lachte.

»Wenn es für dich okay ist, können wir ruhig gehen.«

Ich seufzte und schaute dem Mädchen in die grünen Augen, die mich erwartungsvoll anstarrten. »Na schön. Ich komme mit.«

***

Es dämmerte bereits, als Soley und ich uns auf den Weg zurück ins Schloss machten. Emmas Familie hatte mich herzlich aufgenommen und wir hatten auch direkt zum Essen bleiben müssen. Die Stunden waren wie im Flug vergangen. Ich kam mir vor, als wäre ich in einer anderen Welt gelandet.

»Eine wirklich nette Familie«, meinte ich irgendwann, um die Stille zwischen Soley und mir zu durchbrechen.

»Ja, sie sind bezaubernd.«

»Dein Freund muss ein toller Mensch gewesen sein, wenn er aus so einer Familie kam.«

Soley presste die Lippen aufeinander und nickte. Ein trauriger Ausdruck erschien auf ihrem Gesicht.

»Tut mir wirklich leid, was passiert ist. Sowas hat niemand verdient.«

Sie sagte nichts und ich sah ihr an, dass sie kurz davor war, zu weinen. Augenblicklich zog ich sie in meine Arme und drückte sie an mich. Sie verlor den Kampf gegen die Tränen und schluchzte an meiner Brust. Sie schlang die Arme um mich und krallte sich in den Stoff meiner Jacke.

Ich konnte mir nur zu gut vorstellen, wie es momentan in ihr aussehen musste. Schwangere hatten ja bekanntlich ohnehin genug mit ihren Hormonen zu kämpfen. Doch wenn man erlitten hatte, was ihr alles widerfahren war, überraschte es mich immer noch, wie stark sie war.

»Du bist nicht allein, Soley. Vergiss das nicht«, flüsterte ich, während ich ihr durchs Haar strich.

Ich hatte schon immer einen ausgeprägten Beschützerinstinkt besessen. Doch Soley hatte von Anfang etwas in mir geweckt, das ich nicht kannte. Mit jedem weiteren Tag an ihrer Seite wuchs sie mir mehr ans Herz und ich würde niemals mit ansehen können, wie ihr jemand weh tat. Das hatte sie nicht verdient. Nie hatte ich eine so liebenswerte Person wie sie kennengelernt. Sie war der Inbegriff eines reinen Herzens. Und das würde ich beschützen.

***

In der darauffolgenden Nacht konnte ich kein Auge zumachen. Soley hatte mich nicht zurück in die Gefängniswohnung gebracht, sondern mir eine eigene Unterkunft im Schloss gegeben. Sie informierte mich außerdem darüber, dass zu meiner eigenen Sicherheit jemand vor meiner Tür Wache hielt. Es kam mir seltsam vor, dass sie um meine Sicherheit besorgt war. Soley war diejenige, die in meinen Augen Schutz brauchte. Sie wirkte auf mich so schrecklich zerbrechlich. Dabei konnte ich durch ihre Erzählungen ahnen, wie stark sie tatsächlich war. Sie war eine Kämpfernatur. Ihr ganzes Leben lang hatte sie sich durchgebissen und setzte das Wohl aller anderen stets an erste Stelle, anstatt auch mal an sich zu denken. Ich hatte Angst, dass sie sich dadurch irgendwann selbst verlieren würde. Allerdings vermutete ich, dass sich ihre Prioritäten verschieben würden, sobald ihr Kind geboren war. So wie ich sie einschätzte, wäre sie eine Löwenmama. Sie würde alles daransetzen, dass es dem Baby gut ging. Und dazu gehörte auch, dass es nicht noch ein Elternteil verlor.

Wenn ich es richtig verstanden hatte, würde es ohnehin in Kriegszeiten geboren werden und eine ungewisse Zukunft vor sich haben. Ich hatte längst nicht alle Geschichten verstanden, die Soley mir erzählt hatte. Dafür waren es zu viele Informationen gewesen. Es würde noch eine Weile dauern, bis ich über die Geschichte der Vampyre vollends im Bilde war und auch den Istzustand verstand. Dass Krieg herrschte, hatte ich jedoch längst verstanden. Soleys komplette Vergangenheit bestand quasi aus Schicksalsschlägen, die dem Krieg geschuldet waren.

Dass meine Schwester inzwischen verheiratet und die Königin aller Vampyre war, war eine Tatsache, die für mich noch viel zu unwirklich war. Es waren nur eineinhalb Jahre vergangen, seit ich sie zuletzt gesehen hatte, und in diesen hatte sich ihr komplettes Leben gewandelt, wie es nun auch bei mir der Fall war. Sie würde vermutlich am besten verstehen, wie es mir ging.

Früher hatten wir immer ein sehr gutes Verhältnis zueinander gehabt, auch wenn ich ihr die Inhalte meiner Ausbildung in der Schweiz hatte verheimlichen müssen. Nun brauchten wir keine Geheimnisse mehr voreinander zu haben.

Doch die Erinnerungen an unser Aufeinandertreffen in der Schweiz und hier in Kanada lagen mir noch schwer im Magen. Soley hatte angekündigt, dass ich morgen mit Lilya reden sollte, was vermutlich auch ein Grund war, warum ich nicht schlafen konnte. Sie hatte mir zwar versichert, dass Lya mir nicht böse war wegen meiner Ausraster, doch ich fühlte mich trotzdem elend. Sie war meine Schwester und ich hatte sie kaltblütig erschießen wollen, statt ihr eine Minute zuzuhören. Was war nur für ein skrupelloser Killer aus mir geworden?

25. KAPITEL

Lilya

Nervös lief ich auf dem Gang vor Malyks Unterkunft auf und ab. Ana, die vor dessen Tür Wache hielt, beobachtete mich mit amüsiertem Blick. »Los, bring es endlich hinter dich«, meinte sie schmunzelnd. »Dein Bruder ist bestimmt genauso nervös wie du.«

Seufzend blieb ich stehen. »Du hast bestimmt recht.« Ich warf Ana noch einen Blick zu und klopfte dann zweimal an die Tür, die kurz darauf geöffnet wurde.

»Lya.« Malyk sah ein wenig überrauscht aus, dabei hatte er gewusst, dass ich kommen würde. Er trat zur Seite und ließ mich ohne ein weiteres Wort herein.

Ich verschränkte die Finger ineinander und blieb mitten im Wohnzimmer stehen. Malyk hatte erst eine Nacht hier verbracht, weshalb es noch nicht wirklich bewohnt aussah. Die Wohnung hatte größtenteils Soley ausgestattet, als wir noch unterwegs waren, um Malyk nach Kanada zu holen. Persönliche Dinge hatte er ja letztendlich überhaupt keine mitnehmen können.

Malyk fuhr sich durchs Haar und musterte mich abwartend, als würde er hoffen, dass ich zuerst das Wort ergriff.

»Wie geht es dir?«, fragte ich, als mir die Stille langsam unangenehm wurde. »Ich weiß, dass das eine blöde Frage ist angesichts der momentanen Situation, aber wird es langsam besser?«

Er lachte kurz auf. »Ja, das ist wirklich eine komische Frage, aber ich gewöhne mich langsam an alles. Es ist nur schwer zu begreifen, was passiert ist.«

Ich nickte verständnisvoll. »Das kann ich wohl besser nachvollziehen als alle anderen. Wenn du jemanden zum Reden brauchst, kannst du jederzeit zu mir kommen.« Ich machte ein paar Schritte auf ihn zu und legte ihm eine Hand auf die Schulter. »Du bist mein Bruder, Malyk. Ich werde immer für dich da sein«, sagte ich und sah ihm fest in die Augen.

Sein Blick wurde weich und ein kleines Lächeln schlich sich auf sein Gesicht. Er legte seine Hand auf meine. »Ich weiß, Lya. Es tut mir leid, dass ich versucht habe, dich umzubringen.«

»Ist schon okay. Es blieb ja glücklicherweise nur bei dem Versuch«, meinte ich augenzwinkernd. Ich nahm meine Hand von seiner Schulter und zog ihn zum Sofa.

»Du hast doch bestimmt noch Fragen an mich, oder? Ich bin auf jeden Fall neugierig, wie es dir die letzten Jahre bei den Vampirjägern ergangen ist.«

***

Malyk und ich unterhielten uns eine gefühlte Ewigkeit über die Vergangenheit. Ich erzählte ihm ausführlich, wie ich Dimitri kennengelernt hatte und in die Vampyrwelt geraten bin. Er berichtete dagegen, wie die Jahre in der Schweiz waren.

Ich stellte es mir seltsam vor, mit gerade einmal zehn Jahren in ein anderes Land zu ziehen und an eine Schule geschickt zu werden, an der einem offenbart wurde, dass Vampire existierten. Malyk hatte mir erzählt, dass Diego zu Beginn dort geblieben war, bis er sich an der Akademie eingelebt hatte.

Es beeindruckte mich, dass er es auch in dem Alter bereits geschafft hatte, solch ein Geheimnis für sich zu behalten. Er hatte mich all die Jahre belogen, wenn es um seine Ausbildung ging.

»Wie war es an der Akademie? Wie hast du dich davon überzeugen lassen, dass Vampire existieren?«

Malyk lachte trocken. »Na ja, ich wurde wie alle Neuankömmlinge mit einem echten Vampir konfrontiert, der in der Akademie gefangen gehalten wurde. Da blieb mir nichts anderes übrig als es zu glauben.«

»Oh, das klingt heftig.« Wenn ich an mein zehnjähriges Ich zurückdachte, wäre ich nach solch einer Begegnung ziemlich traumatisiert gewesen.

Malyk zuckte nur mit den Schultern. »Es war ihre gewohnte Vorgehensweise. Die Jäger sehen keinen Sinn darin, behutsam vorzugehen. Das habe ich in den letzten Jahren regelmäßig zu spüren bekommen. Das Training war extrem hart, aber effektiv. Egal wie vielen Vampiren ich bisher gegenüberstand, ich habe sie immer besiegt. Und dann kamst du.« Um Malyks Mundwinkel zuckte es und er legte den Kopf schief. »Du warst allein und doch hatte ich keine Chance gegen dich. Ich hatte mich in meinem Leben noch nie so hilflos gefühlt. Wie hätte ich auch ahnen können, dass es eine weitere Spezies gibt, die noch viel mächtiger ist als die Vampire?«

»Und dass du Teil dieser Spezies bist«, ergänzte ich schmunzelnd und Malyk seufzte tief.

»Das ist eine Tatsache, die ich noch immer nicht verarbeitet habe.«

»Das realisiert man vermutlich auch erst richtig, wenn man erwacht. Es war wahnsinnig aufregend, aber auch irgendwie beängstigend, meine neuen Fähigkeiten zu entdecken.«

»Du hattest ja auch kaum Zeit, dir darüber Gedanken zu machen. Du wurdest entführt und zum Glück bist du zeitnah erwacht, so dass deine Kräfte dich schließlich retten konnten. Du wurdest quasi ins kalte Wasser geschmissen und musstest sofort als Vampyrin zurechtkommen. Ich habe noch über ein Jahr Zeit darüber nachzudenken, wie es wohl sein wird.« Malyks Blick wurde ernst. »Und abzuwarten, ob man mich bis dahin versucht zu töten.«

»Ich werde nicht zulassen, dass dir etwas passiert«, versprach ich und meinte es auch so. Ich würde nicht zulassen, dass mir erneut jemand genommen wird, der mir wichtig war.

Ein schiefes Grinsen erschien auf Malyks Gesicht. »Wer hätte das gedacht? Meine große Schwester, die Kämpferin. Nach all den Jahren, in denen ich im Kämpfen unterrichtet worden war, musst du heute auf mich aufpassen.«

Ich konnte ein Grinsen ebenfalls nicht unterdrücken. »Ich muss eben auf meinen kleinen Bruder Acht geben.«

Das mochte im Moment stimmen, doch ich war mir ziemlich sicher, dass Malyk mich nach seiner Erweckung haushoch schlagen würde. Ana hatte bereits angedeutet, so schnell wie möglich mit ihm trainieren zu wollen. Sie würde seine Fertigkeiten nur noch weiter ausbauen und sobald seine Kräfte erwachten, gäbe es kein Halten mehr. Blieb nur noch abzuwarten, welche besonderen Fähigkeiten er entwickeln würde.

»Was ist eigentlich mit Julia?«, fragte Malyk plötzlich und wechselte damit das Thema. Er hatte anfangs gar nicht gewusst, dass wir sie ebenfalls mit nach Kanada genommen hatten.

»Sie ist nach wie vor in der überwachten Unterkunft. Diego und ich haben mit ihr geredet und ihr alles erzählt. Wie du dir sicher denken kannst, hat sie die Neuigkeiten nicht besonders gut aufgenommen. Du solltest unbedingt auch noch mit ihr sprechen. Sie vertraut dir sicher mehr als uns. Es wird auch für sie hart, dass sie nicht in ihr altes Leben zurückkehren kann.«

Malyk hob fragend die Augenbrauen. »Was habt ihr denn mit ihr vor?«

Ich hob unsicher die Schultern. »Wir sind uns nicht sicher. Ich dachte, dass sie vielleicht bei Emmas Familie unterkommen könnte. Du hast sie ja bereits kennengelernt. Meinst du, dass Julia sich bei ihnen einleben könnte?«

Malyk überlegte einen Moment. »Schwer zu sagen. Emmas Familie ist wirklich wahnsinnig nett, doch fürs erste wird Julia wohl überall ihre Schwierigkeiten haben.«

»Was schlägst du dann vor? Ich dachte, dass es hilfreich wäre, wenn sie direkt Kontakt zu den anderen Menschen hier hat.«

»Ich habe ehrlich gesagt keine Ahnung. Sie wird mit Sicherheit rebellieren, egal wohin man sie steckt. Vielleicht sollte sie eine Weile zu mir kommen?«, schlug er vor.

»Einen Versuch ist es wert. Vielleicht kannst du sie ja beruhigen. Am besten besuchst du sie nachher. Dann sehen wir, wie sie in der aktuellen Situation auf dich reagiert.«

»Alles klar.«

»Bist du eigentlich bereit für ein weiteres Treffen?«, fragte ich nach einem Moment der Stille.

Malyk musterte mich mit skeptischem Blick. »Ein weiteres Treffen? Mit wem?«

»Mit Dad.«

Malyk presste die Lippen aufeinander und sah aus dem Fenster. Er schien nachzudenken. Nach einer Weile nickte er. »Ja, ich muss mich auch bei ihm entschuldigen.«

»Bist du ihm böse?« Man erfuhr nicht jeden Tag, dass die Eltern einen das ganze Leben lang angelogen hatten. Ich für meinen Teil hatte versucht, meinen Eltern keine Vorwürfe zu machen. Immerhin hatten sie es getan, um mich zu beschützen. Doch wie sah das Malyk? Schließlich war er Diegos leibliches Kind, im Gegensatz zu mir.

»Nein, ich bin ihm nicht böse. Ich kann es verstehen. An seiner Stelle hätte ich ähnlich gehandelt.«

Ich war erleichtert, dass er sich in der doch recht kurzen Zeit so beruhigt hatte. Wenn ich daran dachte, wie er auf Dad und mich losgegangen war, hatte sich Malyk sehr gewandelt. Ohne Soleys Hilfe wäre es deutlich schwieriger gewesen, ihn auf unsere Seite zu ziehen.

***

Nachdem Malyk und ich noch eine Weile über unsere leiblichen und nicht leiblichen Eltern gesprochen hatten, klärte ich mit ihm, ob er Diego lieber alleine sprechen wollte oder ob ich dabei sein sollte, was ihm jedoch egal war. Deshalb entschied ich mich, Dad dazu zu holen und dann könnte ich die beiden immer noch alleine lassen.

Malyk entschuldigte sich bei ihm genauso wie er es bereits bei mir getan hatte und Dad schloss ihn und auch mich fest in die Arme und beteuerte, dass er uns liebte.

Nach über einem Jahr, in dem ich mein altes Leben komplett hinter mir lassen musste, konnte ich mein Glück kaum fassen, jetzt meine Familie wieder bei mir zu haben.

Ich war nicht die Letzte meiner Art. Auch wenn Malyk nur ein Halbvampyr war, würde er nach seiner Erweckung ein ganz normaler Kiyo sein. Wir mussten nur dafür sorgen, dass er diese überhaupt erleben würde, ohne vorher Valentins Männern in die Hände zu fallen. Die Tatsache, dass sich nicht nur mein menschlicher Vater, sondern auch mein unerweckter Bruder hier im Schloss aufhielten, wäre mit Sicherheit ein gefundenes Fressen für Valentin und seine kranken Spiele. Ich wollte nicht wissen, was er sich diesbezüglich ausdenken würde, um mich zu quälen.

Verheimlichen würden wir es bestimmt nicht können, da wir niemals mit Gewissheit sagen konnten, wer hier im Schloss wirklich auf unserer Seite stand. Doch wir mussten die beiden mit allen Mitteln beschützen. Vor allem Ana und Sascha waren rund um die Uhr mit ihrem Schutz beauftragt. Sie waren die einzigen Djiye, denen wir zu tausend Prozent vertrauten. So sehr ich sie mir auch wünschte, aber eine ultimative Lösung schien es nicht zu geben. Wir konnten uns schlecht alle zusammen dauerhaft einsperren.

Ich wollte Diego und Malyk nicht wegschicken, da ich viel zu viel Angst hatte, dass ihr Aufenthaltsort durchsickerte und wir dann nicht in der Lage waren, ihnen zu helfen. Dieselben Sorgen plagten mich auch im Hinblick auf Soley. Die Schwangerschaft machte sie angreifbar. Das Baby machte sie angreifbar. Und Valentin wusste, wie viel mir Soley bedeutete und könnte auch sie als nächstes Ziel wählen.

Momentan hatte ich riesige Angst, dass man mir Leute entreißen könnte, die ich liebte. Die Sache mit Liam würde ich wohl nie verarbeiten. Doch mir blieb nichts anderes übrig, als weiter zu machen.

Ich war eine Königin und ich konnte mich jetzt nicht im Bett verkriechen und heulen. Es gab wahnsinnig viel zu tun und ich hatte eine neue Ratssitzung einberufen, in der ich Malyk dabei haben wollte. Er sollte sich schnellstmöglich an das Leben hier gewöhnen und daran, was es hieß, ein Prinz zu sein. Auch unerweckt hatte er Anspruch auf einen Platz im Rat, weil er nun mal das einzige weitere Mitglied meiner Familie war.

Daran, dass auch Valentin einen Platz im Rat eingefordert hatte, wollte ich aber zunächst nicht denken. Vielleicht hatte er dies nur gesagt, um mich zu

verwirren. Oder er würde sich tatsächlich bald melden und an Sitzungen teilnehmen wollen. Ich wusste es nicht, deshalb mussten wir uns wohl oder übel
überraschen lassen.

26. KAPITEL

Malyk

»Bist du soweit?«

Unschlüssig stand ich im Türrahmen und sah zu Soley, die gekommen war, um mich abzuholen.

»Keine Ahnung. Bei den Geschichten, die ich bisher über den Rat gehört habe, eher weniger.«

Heute sollte ich an der Sitzung des Ältestenrats teilnehmen. Lilya und Soley hatten mich bereits aufgeklärt, wie die Politik der Vampyre aussah und ehrlich gesagt war das gesamte System für mich sehr undurchsichtig. Ich fand es verwirrend, dass es eine Monarchie gab, bei der jede Rasse ihre eigenen Könige hatte, doch Lilya als Königin der Kiye trotzdem das Oberhaupt aller war. Und dann dieser Rat, der auch noch mitmischen wollte, aber anscheinend nicht sehr vertrauenswürdig war. Dass Krieg herrschte und Valentin in Sibirien offenbar machte, was er wollte, verkomplizierte alles zusätzlich.

»Keine Angst, es wird nicht so schlimm, wie du denkst. Wir hatten vor kurzem erst eine Ratssitzung, heute geht es nur darum, dich vorzustellen«, erklärte Soley auf dem Weg durch das Schloss. Ich warf einen kurzen Blick über die Schulter. Lilyas Freundin Ana begleitete uns, nachdem sie bereits den ganzen Tag wieder vor meiner Tür Wache gehalten hatte. Als wäre die ganze Situation nicht schon seltsam genug, war es zudem ein ungewohntes Gefühl, rund um die Uhr Leibwächter zu haben.

Lilya musste wirklich um meine Sicherheit besorgt sein.

»Soll mich das jetzt irgendwie beruhigen?«

Soley zuckte lächelnd mit den Schultern. »Entspann dich einfach.«

Das war leichter gesagt als getan. Soley und Lilya hatten schlimme Schicksale erlitten und mussten trotzdem versuchen eine scheinbar korrupte Politik am Laufen zu halten. Es war alles noch viel zu unwirklich für mich, als dass ich um meine Sicherheit besorgt wäre. Ich hatte keine Angst vor Valentin, auch wenn das eigentlich angebracht wäre, nachdem was ich gehört hatte. Doch es war etwas anderes, nur von Ereignissen zu hören, statt sie hautnah mitzuerleben.

Als ich von der Explosion in New York gehört hatte, hatte meine erste Sorge meiner Schwester gegolten. Ich war zunächst davon ausgegangen, dass sie an der Uni war. Bei einem Telefonat mit Dad stellte sich allerdings heraus, dass das nicht der Fall gewesen war, obwohl er Lilyas Aufenthaltsort zu diesem Zeitpunkt selbst nicht gekannt hatte. Das vergangene Jahr über hatte ich nicht nach Hause zurückkehren sollen und hatte keinen Kontakt zu Lilya gehabt, was ungewöhnlich gewesen war. Doch es hatte mich nicht stutzig werden lassen. Ich hatte an der Akademie so viel um die Ohren gehabt und auch Lilya war immer schwer beschäftigt gewesen, so dass ich mich nicht ernsthaft gewundert hatte. Nie hätte ich gedacht, dass in der Zeit die Ranch verkauft worden war, Dad sich sonst wo versteckt und Lilya als Vampyrkönigin in Kanada gelebt hatte.

Wir bogen um eine Ecke und stießen dahinter auf Lilya und Dimitri. Meine Schwester fiel mir zur Begrüßung um den Hals und drückte mich an sich. »Hey Malyk.«

»Hey«, erwiderte ich und schlang meine Arme um ihre Taille. Das erste vernünftige Gespräch mit ihr hier in Kanada war jetzt drei Tage her und unser Verhältnis war bereits in der kurzen Zeit wieder deutlich besser geworden. Wir hatten womöglich sogar das engste Verhältnis seit langem. Als Kinder hatten wir uns sehr gut verstanden, doch dann war ich in die Schweiz gegangen und wir hatten uns nur noch selten gesehen. Nun waren wir beide erwachsen und standen uns ganz anders gegenüber. Vor allem aufgrund der momentanen Umstände wusste ich, wie viel es Lilya bedeutete, ihre Familie hier zu haben.

Wir lösten uns wieder voneinander und Dimitri nickte mir kurz zur Begrüßung zu. Ich erwiderte die Geste. Es war kein Geheimnis, dass er nicht der größte Fan von mir war, nachdem ich versucht hatte, seine Frau zu ermorden. Doch ich war zuversichtlich, dass wir schon einen Weg finden würden, vernünftig miteinander umzugehen.

»So, lasst uns reingehen«, sagte Soley lächelnd und zwinkerte mir zu.

⁎

Nervös trommelte ich unter dem Tisch mit den Fingern auf meinen Oberschenkel. Alle Augen im Raum waren auf mich gerichtet und ich wünschte, ich könnte mich in Luft auflösen. Ich wusste nicht, wohin mein gesamtes Selbstvertrauen verschwunden war. In der Akademie war ich einer der besten Jäger gewesen und hatte auch oft vor unzähligen Leuten reden müssen. Doch die heutige Situation war absolutes Neuland für mich. Ich fühlte mich an meinen ersten Tag der Jägerausbildung zurückversetzt, an dem ich mir vor Angst vor Vampiren fast in die Hose gemacht hatte. Nie wieder hatte ich eine solche Angst verspürt. Ich war in den letzten Jahren sehr gut darin geworden, mir meine Gefühle nicht ansehen zu lassen. Doch heute sah man mir meine Panik mit Sicherheit an. Wenn die Vampyre sie nicht ohnehin spüren konnten. Unerweckt war ich quasi genauso schwächlich wie ein Mensch und in diesem Zustand sah ich mich nun zehn Vampyren gegenüber, die mich möglicherweise tot sehen wollten.

Plötzlich legte sich eine Hand auf meine und beendete damit mein nervöses Trommeln auf meinem Oberschenkel. Ich sah auf und begegnete Soleys mitfühlendem Blick.

In dem Moment erhob sich Lilya und eröffnete die Ratssitzung. »Meine Damen und Herren, ich danke Euch, dass Ihr Euch hier eingefunden habt. Ich denke, Ihr könnt Euch bereits denken, warum wir diese Sitzung einberufen haben.«

Die zehn Augenpaare der fremden Vampyre, die für einen Moment auf

Lilya gerichtet waren, wanderten nun wieder zu mir. Unbewusst drehte ich die Hand auf meinem Oberschenkel und verschränkte meine Finger mit Soleys. Sie drückte leicht meine Hand und schaffte es durch diese kleine Geste, dass ich mich ein wenig beruhigte.

»Der junge Mann neben Königin Soley ist mein Bruder Malyk«, verkündete Lilya und ein leises Raunen ging durch die Reihen. »Wie bereits von Zakhar vermutet, ist Anisya auch seine Mutter, was ihn zu einem Kiyo macht. Ich bin also nicht wie bisher geglaubt die letzte Vertreterin der Kiye.«

Bewundernd sah ich zu meiner Schwester, die absolut selbstsicher sprach und eine unglaubliche Autorität ausstrahlte.

Ich bemerkte, wie sie mit dem Blick einen Mann fixierte, der am anderen Ende des Tisches saß. Der Ausdruck in ihrem Gesicht wurde finster. »Zakhar, auch wenn Ihr mit Eurer Theorie richtig gelegen habt, bedeutet das auch weiterhin nicht, dass ich meinen Bruder ehelichen werde. Nicht, dass Ihr vergesst, worüber wir im vergangenen Jahr gesprochen haben.«

Mir klappte der Mund auf. Mich ehelichen? Weshalb sollte meine Schwester mich heiraten? Fragend sah ich zu Soley, doch diese schüttelte nur leicht den Kopf. Eine Antwort würde ich wohl erst nach der Sitzung erhalten.

Zakhar erhob sich nun ebenfalls und räusperte sich geräuschvoll. »Selbstverständlich Eure Hoheit.« Er deutete eine leichte Verbeugung an und sah dann zu mir.

»Wollt Ihr Euch nicht selbst vorstellen und uns mehr darüber erzählen, wie Euer bisheriges Leben verlaufen ist?«, fragte er und setzte ein breites Grinsen auf, das ich ihm jedoch nicht abkaufte. Mir lief es bei seinem Blick eiskalt den Rücken runter. Ich schluckte schwer und wollte mich auch erheben, doch Soley gab mir mit Druck auf meinen Oberschenkel zu verstehen, dass ich sitzen bleiben sollte.

»Zakhar, die Lebensgeschichte meines Bruders geht niemanden etwas an«, stellte Lilya ruhig aber bestimmt klar. »Es ist eine reine Sicherheitsvorkehrung. Ich bin sicher, Ihr versteht das.«

Offensichtlich verstimmt sah Zakhar wieder zu Lilya. »Gewiss, meine Königin. Der Junge muss über nichts sprechen, was er nicht will.«

»Gut, dann hätten wir das ja geklärt. Ich wollte den Rat nur über seine Existenz in Kenntnis setzen. Jedem dürfte klar sein, dass es nicht lange ein Geheimnis bleiben wird, dass mein Bruder im Schloss ist. Ich bitte Euch trotzdem um Verschwiegenheit.« Lilya ließ ihren Blick durch die Runde schweifen und sah jeden der Ältesten einen Moment an, um ihre Worte zu unterstreichen. Es war ein seltsames Gefühl, meine Schwester so autoritär zu erleben. »So, dann kommen wir jetzt noch zu ein paar anderen Punkten, wenn wir einmal hier versammelt sind«, erklärte Lilya und schlug die Unterlagen auf, die vor ihr auf dem Tisch lagen.

Ich atmete erleichtert aus und begann mich zu entspannen. Das Schlimmste schien ich überstanden zu haben.

***

Letztendlich dauerte die Sitzung des Ältestenrats eine Stunde. Es waren Punkte diskutiert worden, die generell die Vampyre betrafen, die nicht im Schloss lebten. Außerdem hatten wir über die Steuern gesprochen, die alle Vampyre ans Königshaus zahlen mussten. Auch wenn ich die meiste Zeit nur die Hälfte verstanden hatte, hatte ich dennoch aufmerksam zugehört. Das war mein zukünftiges Leben, ich musste mich also zwangsläufig mit alledem auseinandersetzen. Es kam mir aber trotzdem so vor, als würde ich träumen.

Nachdem wir den Ratssaal verlassen hatten, war ich wieder von Soley in mein Zimmer begleitet worden. Sie fragte, ob ich noch etwas mit ihr machen wollte, doch ich lehnte ab. Ich fühlte mich ausgelaugt und wollte einfach nur meine Ruhe haben. Es war paradox. Da saß ich die meiste Zeit des Tages nur herum und war dennoch erschöpft. Sowohl körperlich als auch geistig.

Am nächsten Tag sollte mein Training mit Ana beginnen. Ich war sehr gespannt, wie der Unterricht der Vampyrin aussehen würde. Ein wenig Angst hatte ich, seitdem ich wusste, wie stark die Djiye waren, doch im Grunde überwiegte die Vorfreude, mich endlich wieder auspowern und kämpfen zu können.

Ich trat ans Fenster meines Zimmers und genoss für einen Moment die Aussicht. Die Berge hatte ich in der Schweiz täglich vor Augen gehabt, doch

Kanada bot eine andere Art der Schönheit, die ich nicht erklären konnte. Es dämmerte bereits und die Sonne würde bald untergehen. Mein Schlafrhythmus war inzwischen völlig durcheinander geraten, was ebenfalls zu meiner Müdigkeit beigetragen haben könnte. Mein Körper hatte noch nicht begriffen, dass ich eigentlich ein Vampyr war. Immerhin hatte sich bisher nichts an mir verändert. Meiner Erweckung im nächsten Jahr blickte ich mit gemischten Gefühlen entgegen. Einerseits hatte ich Angst, inwieweit es mich persönlich verändern würde. Andererseits fand ich Lilyas Fähigkeiten so beeindruckend, dass ich es kaum erwarten konnte, meine eigenen Kräfte zu entdecken.

Letztendlich musste ich es einfach auf mich zukommen lassen. Es war noch sehr viel Zeit bis dahin. Zunächst musste ich lernen, mich hier besser zurecht zu finden. Außerdem musste ich so lange am Leben bleiben, um meine Erweckung überhaupt zu erleben. Es gab mit Sicherheit genug Kandidaten, die bereits meinen Mord planten.

Ich stützte meine Unterarme auf die Fensterbank, sah in die Ferne und musste lächeln. Egal was passierte, einfach würde ich es den Vampyren nicht machen, mich zu töten.

27. KAPITEL

Malyk

Erschöpft ließ ich mich auf die Couch fallen und vergrub mein Gesicht in den Kissen. »Ich bin absolut am Ende«, jammerte ich, was prompt mit einem Lachen kommentiert wurde.

Müde hob ich den Kopf und sah zu Soley, die es sich auf einem Sessel bequem gemacht hatte. Ihr sah man die Anstrengungen der vergangenen Stunden überhaupt nicht an, was mich richtig fuchste.

»Wie kannst du noch so gut gelaunt sein? Mir tut jeder Zentimeter meines Körpers weh«, meinte ich gequält.

»Alles Übungssache«, erwiderte sie lächelnd. »Ana hat mich schon oft genug gequält. Außerdem vergisst du, dass ich im Gegensatz zu dir bereits erwacht bin, und momentan durch die Schwangerschaft sogar geschont werde.«

»Mhh«, machte ich und drehte mich stöhnend auf den Rücken.

»Ich hasse es so zu sein.«

»Wie denn?«

»Schwach«, murmelte ich. Ich war es nicht gewohnt, in irgendetwas zu unterliegen. Und momentan tat ich das ständig.

Soley schwieg eine Weile, woraufhin ich meinen Kopf in ihre Richtung drehte. Ihr Blick ruhte auf mir und sie hatte ihre Stirn in Falten gelegt. »Du bist nicht schwach«, erwiderte sie ruhig. »Du bist genauso stark wie wir alle.«

»Da wäre ich mir nicht so sicher.« Ich richtete meinen Blick wieder auf die weiße Zimmerdecke. Egal was ich tat, so stark wie die anderen würde ich wohl nie sein.

»Hast du hier denn gar nichts gelernt? Stärke kommt nicht durch Muskeln, sondern aus dem Herzen.«

Ich lachte trocken und erwiderte nichts darauf. Deshalb fühlte ich mich ja so schwach. Ich würde niemals die innere Stärke entwickeln, wie sie Soley besaß. Mir blieb also nichts anderes übrig, als mich auf meine Muskeln zu verlassen. Meine Kampfausbildung hatte mir in den letzten Jahren immer weitergeholfen und nun war ich gefühlt wieder ganz am Anfang.

Seit Wochen trainierte ich nun mit Ana und mein Körper schien sich nach wie vor nicht an die harte Behandlung gewöhnt zu haben. Oft waren auch Lilya oder Soley, aber auch Dimitri und Sascha bei den Trainingseinheiten dabei.

So zum Beispiel auch heute, wo Ana sich ein Programm überlegt hatte, das sich über Stunden gezogen hatte. Einen Parcours durch den Wald mit verschiedenen Stationen und Kampfeinheiten. Wir hatten alle mitgemacht und auch mein Vater war dabei gewesen. Er schloss sich immer öfter dem Training an und ich war beeindruckt, wie fit er noch für sein Alter war.

Mit ihm zusammen trainierte ich manchmal auch ohne die Vampyre. Zweimal war auch Julia dabei gewesen. Sie vertraute den Vampyren nicht und auch wenn ich theoretisch selbst einer war, hatte ich ihr Vertrauen nicht gänzlich verloren. Seit zwei Wochen wohnte sie nun bei Emmas Familie und lebte sich langsam ein. Ich besuchte sie regelmäßig, um ihr bei der Eingewöhnung in ihr neues Leben zu helfen. Dabei war ich selbst noch meilenweit davon entfernt, mich hier zurecht zu finden. Für sie war die Situation allerdings deutlich schwieriger als für mich. Ich gehörte im Grunde hierher, das war die Heimat meiner Familie. Doch sie war durch pures Pech hier gelandet. Ich war auch ein wenig wütend auf Lilya, dass sie Julia gebissen hatte. Natürlich verstand ich, dass sie Angst gehabt hatte, dass herausgekommen wäre, dass sie kein normaler Mensch war und sie deshalb so schnell hatte fliehen wollen. Dennoch hätte es möglicherweise eine andere Lösung gegeben.

Doch es nützte nichts, weiter darüber nachzudenken. Julia war jetzt hier und ich konnte ihr nur als guter Freund zur Seite stehen. Aber es würde noch eine Weile dauern, bis sie akzeptieren würde, dass sie nun hier festsaß. Sie war im Grunde keine Gefangene und dennoch fühlte sie sich wie eine. Genauso wie ich.

Ich hatte das neue Zimmer und dennoch war ich nicht frei, da meine Tür ständig bewacht wurde. Ob das nun zu meinem Schutz war oder nicht, spielte dabei keine Rolle. Ich konnte nicht tun und lassen, was ich wollte, und das schränkte mich enorm ein. Deshalb freute sich ein Teil von mir darauf, dass ich eines Tages erwachen würde. Ich wollte nicht mehr schwach sein, auch wenn ich dennoch Angst vor der Erweckung hatte.

Die Einheiten mit Julia und meinem Vater genoss ich sehr, da ich dann zumindest nicht das Gefühl hatte, ein totaler Schwächling zu sein. Ich hatte immer gedacht, dass ich in der Akademie hart rangenommen worden war, doch nun wurde ich eines Besseren belehrt.

Prinzipiell störte es mich nicht, wie gnadenlos Ana beim Training war, sondern eher die Tatsache, dass mir all das im Grunde wenig nutzte. Einen Djiyo würde ich dennoch nie bekämpfen können. Dafür müsste ich erwacht sein und bräuchte auch so coole Kräfte wie Lilya, um überhaupt eine Chance zu haben.

Wobei ich meiner Schwester zumindest von den Techniken her bereits einiges voraus hatte, nachdem ich mein halbes Leben lang nichts anderes gemacht hatte außer Kampfsport. Nur mit Schwertern und Pfeil und Bogen hatte ich nie trainiert, was mir nun aber ziemlich viel Spaß machte.

»Hast du Lust, noch etwas zu unternehmen?«, fragte Soley und unterbrach damit meine Gedanken.

Ich warf ihr einen Blick zu, der sagen sollte, dass sie wohl den Verstand verloren hatte. »Sehe ich so aus, als würde ich es heute noch mal von der Couch schaffen?«

Soley lachte, stand auf und setzte sich zu mir. Ich richtete mich schnell auf, um ihr mehr Platz zu machen.

»Wir könnten einen Film sehen, dann musst du dich auch nicht erheben«, schlug sie vor und ich willigte ein.

Ich verbrachte gerne Zeit mit Soley und einen Film hatte ich schon lange nicht mehr gesehen. Mein Blick fiel auf den Fernseher, den ich noch nicht benutzt hatte, seit ich hier war.

»Such du einen Film aus«, sagte ich und Soley griff sofort nach der Fernbedienung.

Sie schaltete den Fernseher an und öffnete einen Streamingdienst. Eine Weile scrollte sie durch das Angebot, ehe sie innehielt und mich fragend ansah. »Hast du Lust einen Film zu sehen, der von Vampyren produziert wurde?«

»Was, sowas gibt es?«, fragte ich überrascht. Ich hatte bereits gehört, dass die Vampyre ihre eigene Welt versteckt vor den Menschen aufgebaut hatten und eigene Zeitschriften, Internetseiten und Fernsehsender hatten. Trotz dessen war ich nicht auf den Gedanken gekommen, dass sie auch eigene Filme produzierten.

Lilya hatte mir gezeigt, in wie vielen Zeitschriften und Sendungen bereits über sie berichtet worden war. Bisher hatte die Presse anscheinend noch nichts über meine Existenz herausgefunden, denn über mich fand man noch keine Artikel. Das war aber vermutlich nur eine Frage der Zeit. Im Schloss kannten mich dafür inzwischen alle Vampyre und Menschen, nachdem mich Lya gefühlt jedem persönlich vorgestellt hatte.

»Natürlich gibt es sowas. Also hast du Lust auf einen Vampyrfilm?«

»Gerne.«

Soley wechselte auf eine andere App und klickte sich durch ein paar Filme, ehe sie einen auswählte. »Ist eine Komödie okay für dich?«, fragte sie und ich nickte.

Sie startete den Film und kuschelte sich anschließend wie selbstverständlich an mich.

Obwohl Lilya, mein Vater und auch Julia hier in Kanada waren, war trotzdem Soley zu meiner engsten Bezugsperson geworden. Sie war die erste, die mein Vertrauen gewonnen hatte, und die Zeit, in der wir gemeinsam eingesperrt waren, hatte uns zusammengeschweißt.

Lya hatte mir erzählt, dass Soley besonders war und dies hatte ich auch von Anfang an gespürt. Man konnte nicht anders als sie zu mögen und sich in ihrer Gegenwart wohl zu fühlen. Sie hatte ein unglaublich großes Herz und eine Ausstrahlung, die sich nicht beschreiben ließ.

Hier im Schloss war ich noch anderen Siye begegnet, doch keiner von ihnen ließ sich mit ihr vergleichen. Lya und auch ich unterschieden uns angeblich von den letzten Kiye, was wir vor allem unserer Erziehung zu verdanken hatten. Soley war im Gegensatz zu uns als Kronprinzessin aufgewachsen und dennoch eine Seele von Vampyr. Angesichts ihrer Schicksalsschläge hätte ich an ihrer Stelle längst einen Großteil meines Optimismus und meiner Fröhlichkeit eingebüßt. Doch Soley hatte ihr Strahlen behalten und ich konnte mir kaum vorstellen, dass sie früher sogar noch lebensfroher gewesen war.

Ich legte meinen Arm um sie und versuchte mich auf den Film zu konzentrieren. Er handelte von einer Siya, die mit ihren Freunden eine Universität besuchte und scheinbar mit denselben Problemen wie andere Studenten zu kämpfen hatte. Überrascht stellte ich fest, dass auch Menschen mitspielten und das Bluttrinken völlig normal war und nicht groß thematisiert wurde. Eigentlich sollte es mich nicht überraschen, denn dies war kein Film, der von Menschen gedreht worden war und von Vampiren handelte. Es war ein Film von Vampyren, in denen die Schauspieler selbstverständlich auch Vampyre spielten. Für sie war das alles Normalität. Wenn in Menschenfilmen jemand Wasser trank, wurde das ja auch nicht besonders zelebriert. Hier im Schloss vergaß ich oft, dass es überall auf der Welt verteilt Vampyre gab und diese entweder wie Menschen lebten oder Vampyr-Schulen besuchten.

Im Film gingen die Vampyre anscheinend auf eine öffentliche Universität. Hin und wieder wurde auch thematisiert, wie nervig es war, dass sie vor den Menschen ihre wahre Identität verstecken mussten.

Das alles war so surreal und gleichzeitig wahnsinnig faszinierend. So sah der Alltag von vielen jungen Vampyren vermutlich wirklich aus.

Da es eine Komödie war, kam der Humor natürlich nicht zu kurz. Die Charaktere stellten alles Mögliche an und die Geschichte war wirklich sehr unterhaltsam. Ich lachte einige Male laut auf, auch wenn manche Witze im ersten

Moment teilweise gewöhnungsbedürftig und nicht leicht für mich zu verstehen waren.

Auch wenn ich den Film als sehr gelungen empfand, drifteten meine Gedanken jedoch häufiger ab und ich wurde mir immer wieder deutlich Soleys Nähe bewusst. Sie hatte ihren Kopf gegen meine Schulter gelehnt und ich atmete ihren blumigen Duft ein.

Irgendwann bemerkte ich, dass ihre Augen geschlossen waren.

Der Tag musste für sie doch anstrengender gewesen sein als sie zugegeben hatte. Sanft strich ich ihr mit den Fingern über den Arm und als ich ihr schlafendes Gesicht von der Seite betrachtete, fühlte ich mich mehr denn je zu ihr hingezogen.

Ich hatte sie von Anfang an attraktiv gefunden und mit ihrem Charme hatte sie mich ebenfalls schnell um den Finger gewickelt. Dass sich etwas zwischen uns entwickeln könnte, hatte ich bis zu diesem Moment jedoch nie in Betracht gezogen. Es erschien mir falsch, überhaupt darüber nachzudenken. Sie hatte erst vor kurzem mitansehen müssen, wie ihr Partner ermordet wurde, und erwartete außerdem ein Kind von ihm. Wieso sollte sie in ihrer derzeitigen Situation Interesse an einer neuen Beziehung haben? Sie hatte weitaus andere Sorgen.

Ich seufzte leise und sah wieder zum Bildschirm. Meine Konzentration für den Film war dahin. Es war ungewöhnlich, dass ich mir überhaupt solche Gedanken machte. Mein Interesse an Frauen hatte sich bisher immer nur auf das Eine bezogen. In der Akademie hatte ich den Ruf eines Frauenhelden gehabt. Julia war eine der wenigen, an denen mein Charme abgeprallt war.

So viele ernste Gespräche wie mit Soley hatte ich noch nie mit einer Frau geführt. Und noch nie hatte ich mir derart Sorgen um die Gefühle einer anderen Person gemacht.

Ich hatte ohnehin den Eindruck, dass ich eine hundertachtzig Grad Wendung vollzogen hatte, seit ich hier war. Seit dem Moment, in dem Soley bei unserem Gespräch in Tränen ausgebrochen war. Von da an hatte ich in den Vampyren keine Monster mehr gesehen. Ich hatte es aufgegeben, gegen die anderen zu rebellieren und hatte viel mehr Gefühle in mir zugelassen als in den vergangenen Jahren. Meiner Meinung nach veränderte sich niemand von heute auf morgen, doch ich hatte den Eindruck, dass genau das bei mir der Fall gewesen war. Ich war nicht länger der Frauenheld, der eiskalte Jäger, der Junge, der stets ein Pokerface aufsetzte. In mir war eine Seite zum Vorschein gekommen, von der ich gar nicht gewusst hatte, dass sie überhaupt existierte.

28. KAPITEL

Soley

Als ich erwachte, hatte ich das starke Gefühl eines Déjà-vus. Der ruhige Herzschlag, das gleichmäßige Atmen, der Geruch. Der Arm, der beschützend um mich lag, das Gefühl von Nähe und Wärme ...

Ohne die Augen zu öffnen und mich umzudrehen wusste ich, wer hinter mir lag. *Malyk.* Es war nicht das erste Mal, dass ich so in seinen Armen erwachte.

Ich spürte, wie sich unwillkürlich ein Lächeln auf meine Lippen schlich und schlug die Augen auf. Es war dunkel im Raum, doch ich erkannte sofort die Umgebung. Ich selbst hatte das Zimmer eingerichtet und dekoriert. Die Erinnerung an den Filmabend mit Malyk drang langsam in mein Bewusstsein. Ich musste auf der Couch eingeschlafen sein, doch wir befanden uns nicht mehr im Wohnzimmer. Offensichtlich hatte mich Malyk in sein Bett getragen.

Ich schloss die Augen wieder und kuschelte mich enger an ihn. Ein unbeschreibliches Gefühl von Geborgenheit stieg in mir auf und in meinem Magen kribbelte es. Wie immer, wenn ich Malyk nah war.

Nach Liams Tod hatte ich nicht damit gerechnet, mich in der Nähe eines Mannes wieder so wohl fühlen zu können. Vor allem nicht nach so kurzer Zeit. Dennoch war dies nun eingetreten und ich hatte das Gefühl, dass die Verbindung von Malyk und mir von Tag zu Tag stärker wurde. In den letzten

Wochen hatte ich oft darüber nachgedacht, wie ich mit den aufflammenden Gefühlen für ihn umgehen sollte. Ich könnte Malyk aus dem Weg gehen oder mehr Distanz zu ihm halten und das, was auch immer zwischen uns entstand, im Keim ersticken. Ich wusste allerdings, dass Liam das nicht gewollt hätte. Er war stets um mein Wohlergehen besorgt gewesen und hatte immer nur gewollt, dass ich glücklich war. Er hätte sich gewünscht, dass ich jemanden fand, der mich eines Tages über seinen Tod hinwegtrösten würde.

Bisher hatte ich gedacht, dass das mein Baby sein würde und kein anderer Mann. Doch ich konnte nicht leugnen, dass ich mich vor allem jetzt nach Nähe und Zuneigung sehnte. Allerdings gab es noch etwas anderes, das mich hemmte, abgesehen von meinem schlechten Gewissen und meiner Trauer wegen Liam.

Ich hatte so viele geliebte Personen verloren und machte mir bereits unglaubliche Sorgen um meine Freunde und mein ungeborenes Kind. Malyk war in seinem jetzigen Zustand ein genauso leichtes Ziel wie Liam.

Sollte ich meinen Gefühlen für ihn auf den Grund gehen und auch ihn womöglich verlieren? Das Risiko dafür war hoch, egal welche Sicherheitsvorkehrungen wir trafen.

Allerdings war ich mir auch sicher, dass wir sowieso sterben würden, wenn Valentin einen von uns tot sehen wollte. Egal ob Mensch, erweckter oder unerweckter Vampyr.

Es ging mehr darum, wen von uns man am leichtesten entführen, quälen und als Druckmittel verwenden konnte. Wo ich wieder bei dem Punkt war, dass Malyk eine sehr große Zielscheibe darstellte.

Ich seufzte leise und die Umklammerung von Malyk wurde etwas fester, als spürte er im Schlaf meine Zerrissenheit.

Ob auch er diese Verbindung zwischen uns wahrnahm? Ich konnte mir zumindest schwer vorstellen, dass nur ich sie fühlte.

In den vergangenen Wochen hatte Malyk deutlich mehr Zeit mit mir als mit jemand anderem verbracht. Was durchaus ein Indiz dafür war, dass ich ihm etwas bedeutete. Doch Gedanken lesen konnte ich nicht. Er war erst neu in dieser Welt und nicht jeder käme jetzt auf die Idee, sich in eine trauernde Schwangere zu verlieben. Ich hatte Angst, dass er mit meinen Gefühlen spielen könnte.

Lilya zumindest würde ihrem Bruder Feuer unter dem Hintern machen, wenn er mir das Herz brach und das müsste sich auch Malyk denken können.

Bisher hatte ich Lya gegenüber nichts erwähnt und sie schien auch noch nichts bemerkt zu haben. Das war ungewöhnlich, da sie ansonsten alles sofort durchschaute.

Momentan hatte Lya aber selbst genug um die Ohren, da blieb nicht viel Zeit für intensive Gespräche oder gar Mädelsabende. Dass Malyk und ich jeden Tag Zeit miteinander verbrachten, bekam sie vermutlich gar nicht mit. Ich fragte mich, ob ich mit ihr reden sollte oder ob es vernünftiger war abzuwarten. Allerdings könnte sie vielleicht herausfinden, wie es in Malyk aussah, damit ich Gewissheit hatte. Doch eigentlich wollte ich sie zunächst aus der Sache heraushalten. Es war etwas anderes als damals mit Liam. Ihn hatte ich jahrelang gekannt, auch wenn die Voraussetzungen deutlich schlechter waren, da Liam ein Mensch gewesen war.

Malyk war ein Vampyr, allerdings ein Kiyo. Selbst wenn da wirklich mehr zwischen uns entstand, hätten wir dieselben Probleme wie Lilya und Dimitri. Die Rassen sollten nicht vermischt werden und vor allem nicht im Königshaus. Es gäbe keine reinblütigen Thronerben mehr.

Das war jedoch nichts, worum ich mir ernsthaft Gedanken machte. Mittlerweile kümmerte mich die Meinung der Allgemeinheit nicht mehr.

Das zwischen mir und Malyk war jedoch ohnehin zu frisch, um über eine Beziehung nachzudenken. Bisher hatten wir lediglich ein wenig geflirtet, wenn ich das richtig interpretierte. Und mehr als Kuscheln war auch nie passiert. Ich hatte keine Ahnung, warum mein Kopf dann gleich die Dinge weiterspann und ich an eine gemeinsame Zukunft dachte.

Lag es daran, dass ich bald Mutter wurde und mir so viele Gedanken darum machte, wer dann an meiner Seite stehen würde? Bereits so kurz nach Liams Tod wusste ich, dass ich nicht ewig eine alleinerziehende Mutter sein wollte. Ich wünschte mir jemanden an meiner Seite, der mich auffing. Jemanden, der auch akzeptieren würde, dass Liam immer einen großen Platz in meinem Herzen einnehmen würde. Und ich wusste, dass Liam sich das auch für mich gewünscht hätte. Er würde nicht wollen, dass unser Kind ohne Vater aufwuchs.

Nachdem ich mich so gut mit Malyk verstand, wünschte sich mein Herz möglicherweise, dass er diese Rolle übernahm. Bildete ich mir das Knistern zwischen uns also nur ein oder war da wirklich mehr?

Ich wand mich leicht in Malyks Armen, bis er den Griff etwas lockerte und ich mich auf die andere Seite drehen konnte. Sein Gesicht war direkt vor meinem. Unsere Nasenspitzen berührten sich fast. Ich spürte seinen warmen Atem auf meinen Lippen und sofort kribbelte es in meinem Magen. Mein Puls beschleunigte sich, während ich sein schlafendes Gesicht betrachtete. Er war wunderschön. Äußerlich hatten er und Liam keinerlei Ähnlichkeiten. Liam war blond und blauäugig, Malyk dagegen hatte schwarzes Haar und braune Augen. Zumindest noch. Soweit ich wusste, könnte sich seine Augenfarbe mit der Erweckung noch ändern. Malyk und Liam hatten jedoch eine ähnlich durchtrainierte Statur.

Die meisten Gemeinsamkeiten zeigten sich für mich jedoch in ihrem Charakter. Malyk tat und sagte manchmal Dinge, die mich so sehr an Liam erinnerten, dass es schon fast weh tat. Sie waren völlig unterschiedlich aufgewachsen und dennoch besaßen sie den gleichen Kampfgeist.

Und Malyk sorgte sich genauso um mich wie es Liam immer getan hatte. Er brachte mich oft auf dieselbe Art und Weise zum Lachen. War das der Grund, warum ich mich ihm so nahe fühlte? Versuchte ich durch ihn die Erinnerung an Liam aufrecht zu erhalten?

Ich presste die Lippen fest zusammen und robbte leicht von ihm weg. Am einfachsten wäre es wohl, mein Gefühlschaos auf meine Hormone zu schieben. Es brachte nichts, jetzt irgendetwas zu überstürzen. Vor allem da ich die Freundschaft zu Malyk nicht aufs Spiel setzen wollte.

Seufzend rollte ich mich auf den Rücken und setzte mich dann auf. Einen Moment sah ich noch mal zu Malyk hinunter, ehe ich die Decke zurückschlug, meine Beine aus dem Bett schwang und aufstand.

»Na, schon ausgeschlafen?«

Ich sah von meinem Müsli auf und begegnete Lyas fragendem Blick.

»Ähm ja. Du wohl auch?«, bemerkte ich und aß weiter.

Lya lehnte sich neben mich an die Arbeitsplatte, auf der ich saß, und verschränkte die Arme.

»Was haben du und Malyk denn gestern Abend noch so getrieben?«

Ich ließ den Löffel sinken und legte ihn in die Schüssel.

»Hast du mit Ana gesprochen?«, riet ich und Lya nickte.

»Sie hatte eben mit Sascha Schichtwechsel und ist mir zufällig über den Weg gelaufen.« Ihr Tonfall ließ offen, was sie von der Nachricht hielt.

Ich stöhnte innerlich. Nachdem Ana natürlich mitbekommen hatte, dass ich die ganze Nacht in Malyks Wohnung verbracht hatte, war mir schon klar gewesen, dass Lya es auch bald erfahren würde. Ich hatte ganz vergessen, dass sie Wache hielt, bis ich aus der Tür getreten war und ihr gegenüber gestanden hatte.

»Wir haben einen Film gesehen und ich bin eingeschlafen«, erklärte ich schulterzuckend und wollte mich wieder meinem Essen widmen.

Lya ließ jedoch nicht locker. »Du weißt, dass du mit mir über alles reden kannst, oder?«

Ich seufzte tief. »Es ist nichts passiert, okay? Wir haben nur ein bisschen gekuschelt.«

Lya legte den Kopf schief und musterte mich fragend. »Wünschst du dir denn, dass etwas passiert wäre?«, hakte sie nach und ich zuckte mit den Achseln.

»Ich weiß es nicht«, gestand ich. »Ich kann nicht leugnen, dass ich nicht darüber nachgedacht habe. Aber ich will eigentlich nicht so schnell etwas Neues anfangen, weil ich sonst ein schlechtes Gewissen hätte. Außerdem habe ich Angst, unsere Freundschaft kaputt zu machen.«

Lilya lachte auf. »Ach Quatsch. Du musst überhaupt kein schlechtes Gewissen haben. Und ich bin sicher, dass du damit auch nichts verkomplizierst, geschweige denn zerstörst.«

»Meinst du?«

Sie nickte lächelnd. »Lass es doch einfach auf dich zukommen und mach dir nicht allzu viele Gedanken«, riet sie mir. »Mein Bruder mag dich. Das kann ich auf jeden Fall sehen, so wie er mit dir umgeht. Du hast sein Herz bestimmt im Sturm erobert, während ihr zusammen eingesperrt wart.«

»Mhh«, machte ich und rührte nachdenklich mit dem Löffel in meinem Müsli. »Ich denke also schon wieder zu viel?«

Lya stieß sich von der Arbeitsplatte ab und stellte sich vor mich. »Das machen die meisten von uns, das lässt sich nicht so einfach abstellen. Aber ja, ich sehe dir heute an, dass dein hübsches Köpfchen kräftig am Dampfen ist«, meinte sie schmunzelnd. »Probier einfach weniger zu denken und mehr zu fühlen, okay?«

Ich spürte, wie sich meine Mundwinkel zu einem breiten Lächeln verzogen. Lilya war die Falsche, wenn es um solche Ratschläge ging. Sie beherzigte sie immerhin selbst nicht. So oft wie sie sich wegen ihrer Beziehung den Kopf zerbrach.

»O man, als hätten wir keine anderen Probleme«, jammerte ich und Lya lachte. »Männer werden vermutlich immer unser größtes Problem sein«, bemerkte sie augenzwinkernd, bevor sie sich umdrehte und die Küche verließ.

29. KAPITEL

Malyk

»Haben wir dann endlich alles?«, fragte ich und drückte Lilya die Kiste in die Hände, die ich hergeschleppt hatte.

»Ja, jetzt muss nur noch ausgepackt und dekoriert werden«, erwiderte sie, stellte die Kiste zu den anderen und warf dann einen Blick in den letzten Karton.

Ich sah mich kurz auf der Lichtung um. Bisher hatte sich hier noch nicht viel verändert. Aber ich war gespannt, was Lya alles auf die Beine stellen wollte für Anas und Saschas Silberhochzeit.

»Warum habe ich eigentlich die ganzen Sachen schleppen müssen?«, murmelte ich genervt, was Soley neben mir mit einem Lachen kommentierte.

»Hättest du lieber mit Dimitri tauschen wollen?«, fragte sie amüsiert und deutete hinter mich.

Ich drehte mich um und sah Dimitri, wie er mit einem Baumstamm über der Schulter aus dem Wald marschiert kam. Lilya lief auf ihn zu und erklärte ihm, wo er ihn ablegen sollte.

Soweit ich wusste, wollte Lya ein Lagerfeuer machen und der Baumstamm sollte dann wohl eine Sitzgelegenheit darstellen.

Ich wandte mich wieder zu Soley um und schüttelte den Kopf. »Nein, da haben die Kisten wohl besser zu meiner Kraft gepasst«, gab ich zu und sie nickte lächelnd.

»Hoffentlich ist der ganze Krieg zu unserem fünfundzwanzigsten Hochzeitstag vorbei und wir können endlich unsere Flitterwochen nachholen«, hörte ich Dimitri sagen und warf einen Blick über die Schulter.

Er hatte seine Arme um Lya geschlungen und sie an sich gezogen. Mit verliebtem Blick sah meine Schwester zu ihrem Mann auf.

»Das hoffe ich auch«, erwiderte sie und küsste Dimitri voller Leidenschaft.

Schnell wandte ich den Blick ab. Es war immer noch seltsam für mich, Lya und Dimitri zusammen zu sehen. Meine Schwester, die verheiratete Königin ...

Für Dad war es jedoch noch weitaus schlimmer, sie an Dimitris Seite zu wissen. Er konnte ihn nicht leiden und zeigte das nach wie vor. Ich selbst hatte nichts gegen Dimitri und verstand mich mittlerweile relativ gut mit ihm. Zwar hatte er mal überlegt mich zu töten, jedoch nur aus Angst um Lilya. Was ich nachvollziehen konnte.

»Wollen wir gehen?«, fragte ich Soley, als ein weiterer Schulterblick gezeigt hatte, dass Lya und Dimitri nicht voneinander ablassen wollten.

Soley nickte lächelnd. »Ja, gönnen wir ihnen ein wenig Privatsphäre.«

∗∗∗

Soley und ich verließen die Lichtung und liefen zum Schloss zurück. Inzwischen kannte ich mich hier so gut aus, dass ich die meisten Wege auswendig kannte. Da ich aus Sicherheitsgründen jedoch nach wie vor nirgendwo allein hingehen durfte, bestand ohnehin keine Gefahr, dass ich mich verirrte. Dass ich nur mit Soley durch den Wald lief, sah Lilya eigentlich auch nicht gern. Wir waren in ihren Augen beide ein zu leichtes Ziel.

»Was machst du heute noch?«, fragte ich Soley, um wieder ein Gespräch anzufangen.

»Ich denke, ich kümmere mich um die Essensplanung der Feier. Du musst gleich zu Ana, oder?«

»Hmm«, brummte ich. »Wir haben Trainingsstunde. Lilya wollte sichergehen, dass Ana abgelenkt ist. Keine Ahnung, wie viele sie noch eingespannt hat, um sie zu beschäftigen.«

»Vermutlich einige«, meinte Soley und blieb plötzlich stehen.

»Was ist?«

Sie legte einen Finger auf die Lippen und verließ leise den Weg. Ich folgte ihr und reckte den Hals, um zu sehen, was ihre Aufmerksamkeit erregt hatte.

Schließlich erspähte ich zwischen den Bäumen zwei Gestalten. Julia und Susan. Die Vampirjägerin und Liams Schwester saßen nebeneinander auf dem Waldboden und unterhielten sich leise. Es freute mich zu sehen, dass die beiden Zeit miteinander verbrachten und sich offenbar angefreundet hatten. Julia brauchte Menschen, an denen sie sich hier orientieren konnte.

Ich wollte mich bereits wieder abwenden, da lehnte sich Julia nach vorne und küsste Susan. Abrupt hielt ich in der Bewegung inne und starrte die beiden Frauen an. Ich traute meinen Augen kaum. Soley rührte sich ebenfalls nicht.

Es dauerte einen Moment, bis sich meine Starre löste und ich den Blick abwenden konnte. Schnell drehte ich mich um und kehrte auf den Weg zurück. Ich hörte, wie Soley mir nachlief.

»Damit hätte sich wohl geklärt, warum Susan kein Interesse an einem der Männer hier hatte und gerne wegwollte«, meinte sie schließlich nachdenklich.

»Und damit hätte sich auch geklärt, warum mein Charme immer bei Julia versagt hatte«, überlegte ich laut.

Soley warf mir einen Seitenblick zu und hob eine Augenbraue.

Unschuldig zuckte ich mit den Schultern. »Was denn? Ich bin auch nur ein Mann und Frauen gab es auf der Akademie nicht im Überfluss.«

Soley verdrehte lächelnd die Augen. »Schon in Ordnung.«

Wir liefen zum Schloss zurück, während ich gedanklich noch bei Julia und Susan war. Es freute mich, dass Julia jemanden gefunden hatte, der sie über den Verlust ihres alten Lebens hinwegtrösten konnte. Ich wünschte den beiden von Herzen, dass es hielt.

***

Nachdem Soley und ich zurück im Schloss waren, brachte ich so schnell wie möglich meine Trainingseinheit mit Ana hinter mich. Allein mit ihr zu trainieren war besonders anstrengend, da sie sich ausschließlich auf mich konzentrieren konnte. Außerdem durfte ich mir nicht anmerken lassen, dass wir eine Überraschung für sie und Sascha planten. Normalerweise beherrschte ich mein Pokerface perfekt. Aber irgendwie wurde ich immer schlechter darin, mir meine Gefühle nicht ansehen zu lassen, seit ich in Kanada war.

Nach dem Training hatte Ana mir erklärt, dass am Abend Lilya und Dimitri auf mich aufpassen sollten, da sie und ihr Mann gemeinsam essen wollten. Daraufhin war sie eilig verschwunden, um sich noch schick zu machen.

Ich hatte mich ebenfalls beeilt, in meine Wohnung zu kommen und zu duschen. Es war egal, wie hart oder angeblich weniger hart Ana mich beim Training rannahm. Ich war jedes Mal am Ende.

Frisch geduscht und nur mit einem Handtuch um die Hüften stand ich nun vor meinem Kleiderschrank und überlegte, was ich anziehen sollte. Ich zog frische Boxershorts aus einer Schublade und ließ das Handtuch achtlos zu Boden fallen.

»Bist du fertig?«, ertönte da Soleys Stimme aus dem Wohnzimmer.

Ich wollte antworten, da hörte ich schon ein kurzes »Oh« hinter mir und fuhr herum. Was nicht besonders schlau war in Anbetracht meines Klamottenmangels.

Soley stand im Türrahmen des Schlafzimmers und starrte mich mit großen Augen an. Mir entging nicht, dass ihr Blick kurz über meinen gesamten Körper wanderte. »Sorry«, murmelte sie mit hochrotem Kopf und drehte sich schnell um.

Leider fiel mir in dem Moment kein lockerer Spruch ein, der die Situation hätte entschärfen können. Eilig stieg ich in meine Boxershorts und gab Soley Entwarnung.

»Kannst du mir sagen, wie schick ich mich anziehen soll?«, fragte ich und sie drehte sich vorsichtig wieder um, als hätte sie Angst, noch mehr zu sehen. Dabei gab es nichts, was ihr verborgen geblieben sein könnte.

»Also einen Anzug brauchst du nicht, wenn du das meinst. Zieh an, was du willst«, erwiderte sie schulterzuckend und wich meinem Blick dabei aus. Ich wünschte, dass sie es irgendwie mit Humor nehmen könnte, mich nackt gesehen zu haben.

»Ich möchte neben dir ja nicht ganz hässlich aussehen«, witzelte ich und hoffte, sie würde auf das versteckte Kompliment reagieren.

Soley trug ein buntes Sommerkleid, das ihren Babybauch ein wenig kaschierte, auch wenn er inzwischen schon riesig war.

Ich wusste gar nicht genau, in welcher Schwangerschaftswoche sie aktuell war.

Soley sagte nichts und nach einer Weile wurde die Stille zwischen uns unangenehm. Ich hätte nicht gedacht, dass sie so reagieren würde, wenn sie mich ohne Klamotten sah. Soley war nicht auf den Mund gefallen. Dass sie nun so schweigsam war, wunderte mich.

Ich presste die Lippen aufeinander und drehte mich zu meinem Schrank um. Ohne länger zu überlegen zog ich Jeans und T-Shirt aus dem Regal. Ich schlüpfte in die Klamotten und holte mir noch eine dünne Jacke, da es hier auch im Sommer nachts etwas frisch werden konnte.

»Wollen wir los?«

***

Leise Musik empfing uns, als wir uns der Lichtung näherten. Der Weg war mit leuchtenden Lampions geschmückt, die für eine gemütliche Atmosphäre sorgten. Es dämmerte bereits und der Himmel nahm dieselbe orangene Farbe an wie die Lampen.

Während ich mit Soley den Weg entlanglief, wünschte ich, dass zwischen uns wieder die unbekümmerte Stimmung herrschte wie sonst immer. Ein Teil von mir sehnte sich danach, einfach ihre Hand zu nehmen. Doch ich wusste nicht, ob sie das zulassen würde. Hatte mein nackter Anblick unser freundschaftliches Verhältnis zerstört und jegliche Möglichkeit auf mehr zunichte gemacht?

Für mich war das, was passiert war, keine große Sache. Doch wenn ich daran dachte, wie es umgekehrt gewesen wäre, musste ich mir eingestehen, dass es mich alles andere als kalt gelassen hätte. Ich konnte nicht bestreiten, dass meine Gefühle für sie Tag für Tag wuchsen, und solch eine Situation hätte meinen Wunsch nach mehr als nur Freundschaft verstärkt.

Soley wäre es mit Sicherheit aber deutlich unangenehmer, wenn man sie so überrascht hätte, vor allem bei ihrer Vergangenheit. Dass man bei ihr behutsam sein musste, hatte ich schnell begriffen, weshalb ich bisher keine großen Annäherungsversuche unternommen hatte.

Ich war damals zu ihr ins Bett geklettert, als sie einen Albtraum gehabt hatte und gestern Nacht hatten wir erneut nebeneinander geschlafen. Doch das war auch schon alles gewesen. Im Alltag würde wohl niemand vermuten, dass wir mehrmals miteinander gekuschelt hatten.

Ohne ein Wort gewechselt zu haben, erreichten wir die Lichtung, wo Lilya und Dimitri noch mit den letzten Arbeiten beschäftigt waren. Mir verschlug es fast den Atem, als ich sah, was Lya alles auf die Beine gestellt hatte.

Die gesamte Lichtung war mit Lampions und Girlanden geschmückt. Es gab einen Tisch, auf dem sich verschiedene Köstlichkeiten befanden, zwischen den Bäumen war eine große Leinwand aufgebaut worden und ich konnte nur spekulieren, was später auf dieser zu sehen sein sollte.

Dimitri war gerade dabei sich um das Lagerfeuer zu kümmern.

»Da seid ihr ja.« Lya kam auf uns zu und drückte uns kurz. Meine Schwester trug wie Soley ein Kleid, nur dass ihres in schlichtem Schwarz war.

»Wie sieht denn der Plan aus?«, fragte ich, da ich keine Ahnung hatte, wie der Abend überhaupt ablaufen sollte.

»Ich werde mir gleich Ana und Sascha schnappen und sie hierher teleportieren«, erklärte sie lächelnd. »Und dann machen wir uns einen schönen Abend.«

»Bist du sicher, dass die beiden sich darüber freuen werden und nicht lieber zu zweit feiern wollen?« Für die Frage war es vielleicht ein wenig spät, nachdem nun alles vorbereitet war.

Lilya lachte. »Ich kenne Ana. Am liebsten hätte sie ihre Silberhochzeit genauso groß gefeiert wie ihre ursprüngliche Hochzeit. Das ist momentan alles ein bisschen schwierig, deshalb feiern wir zumindest im kleinen Rahmen.«

»Alles klar.«

Ich trennte mich von den beiden Frauen und steuerte auf das Lagerfeuer zu. Dimitri hatte es inzwischen entzündet und die Flammen schlugen immer höher.

Ich setzte mich auf einen der Baumstämme, die Dimitri hergeschleppt hatte, und starrte nachdenklich in die Flammen. Aus dem Augenwinkel erkannte ich, dass Lya und Soley sich immer noch unterhielten. Ob sie über mich redeten? Ich hatte keine Ahnung, wie Soley über mich dachte. Wenn ihre Gefühle auch nur annähernd meinen glichen, würde sie doch bestimmt mit ihrer besten Freundin darüber sprechen, oder nicht? Zumindest dachte ich, dass Frauen das so machten.

»Hey, zieh hier kein Gesicht wie auf einer Beerdigung.« Dimitri setzte sich neben mich und boxte mir auf den Oberarm, woraufhin ich vor Schmerz aufstöhnte und ihm einen finsteren Blick zuwarf. »Könntest du deine Kraft mal besser dosieren?«, murrte ich, was ihm nur ein kurzes Schnauben entlockte.

»Also macht euch bereit, ich hol Ana und Sascha«, rief Lya plötzlich und ich sah auf. Die beiden Frauen waren ans Lagerfeuer getreten. Soley setzte sich neben Dimitri, was mir einen kurzen Stich ins Herz versetzte. Was war nur mit ihr los?

30. KAPITEL

Soley

Die Minuten verstrichen und Lya tauchte nicht wieder auf. Langsam wurde ich ungeduldig. Dimitri schien es ähnlich zu gehen. Mit nachdenklicher Miene warf er dünne Äste ins Feuer. »Lya sollte die beiden doch nur holen und keinen Kaffeeklatsch mit ihnen abhalten«, brummte er.

»Du bist nicht der geduldigste Typ, kann das sein?«, bemerkte Malyk schmunzelnd, woraufhin Dimitri die Augen verdrehte.

Ich warf Malyk einen kurzen Blick zu, den er sofort erwiderte. Einen Moment musterte er mich aus seinen dunklen Augen. Ich erkannte darin die Frage, die ihm auf der Seele brannte. Er war verwirrt, weil ich plötzlich so auf Distanz ging. Ich wusste selbst nicht, weshalb ich so reagierte.

Lya hatte sofort bemerkt, wie angespannt die Stimmung zwischen uns beiden war, und mich darauf angesprochen, als Malyk außer Hörweite gewesen war. Auf die Erklärung hin hatte sie sich sichtlich bemühen müssen, nicht in lautes Gelächter auszubrechen. Sie verstand nicht, warum mich die Sache so irritiert hatte und wollte wissen, ob ihr Bruder so schlecht gebaut war.

Nein, daran lag es definitiv nicht. Bei der Erinnerung schoss mir erneut das Blut ins Gesicht und ich presste die Lippen aufeinander. Ich konnte Malyks Blick nicht mehr standhalten und sah schnell wieder zu Boden.

Das Problem war eher, dass sich mein Herzschlag nicht mehr normalisieren wollte und auch die Schmetterlinge in meinem Bauch wild durcheinander flogen.

Jemanden entblößt zu sehen, war eigentlich keine große Sache. Hätte ich beispielsweise Dimitri nackt gesehen, wäre mir ein lustiger Spruch wohl leicht über die Lippen gekommen. Doch ich kämpfte momentan ohnehin mit meinen Gefühlen für Malyk und versuchte mir einzureden, dass er gar nicht so anziehend war und ich ihn erst mal näher kennenlernen sollte. Und dann stand er plötzlich nackt vor mir und mir verschlug es wortwörtlich die Sprache.

Da war der Kommentar von Lya, dass ich mich einfach auf ihn stürzen und hätte vernaschen sollen, eher weniger hilfreich. Doch vielleicht hatte sie recht. Ich sollte endlich mutiger werden und nicht wie ein kleines Kind weglaufen.

Ehe ich mir noch mehr Gedanken wegen Malyk machen konnte, tauchte Lya mit Ana und Sascha auf der Lichtung auf.

Die drei taumelten auseinander und Ana stieß einen Laut der Überraschung aus, als sie sich umsah.

»Was ist denn hier los?« Sascha fuhr sich sichtlich irritiert durchs Haar. Ihrer Kleidung nach zu urteilen hatten sie sich für ihr gemeinsames Dinner schick gemacht. Ana trug ein hautenges rotes Kleid, das für sie typisch viel zu viel Ausschnitt zeigte und verboten kurz war. Sascha hingehen trug schwarze Jeans und ein schwarzes Hemd und damit das gleiche wie Dimitri.

Ich setzte ein breites Lächeln auf und erhob mich. Dimitri und Malyk folgten.

Lya hatte inzwischen zwei Sektgläser geholt und drückte sie den beiden in die Hände. »Dachtet ihr, wir würden euch euren fünfundzwanzigsten Hochzeitstag alleine feiern lassen?«

Ich steuerte die Gruppe an und schloss Ana und anschließend Sascha in meine Arme.

»Ihr seid doch verrückt«, meinte Ana kopfschüttelnd und leerte direkt ihr Glas.

Lachend lief Lya zum Tisch, um für Nachschub zu sorgen. Ich wollte ebenfalls etwas zu trinken holen, um mit den anderen anstoßen zu können, da trat mir Malyk in den Weg und reichte mir ein Sektglas mit Organgensaft. Er hatte ein fast schon scheues Lächeln auf den Lippen.

»Danke«, murmelte ich und erwiderte das Lächeln.

»So, sind alle versorgt?«, rief Lya und erhob ihr Glas. Wir stellten uns im Kreis auf und hoben ebenfalls unsere Gläser.

»Wir wissen, dass ihr zur Silberhochzeit am liebsten durch die ganze Welt gereist wärt und keine Party ausgelassen hättet. Doch wir dachten, dass es für euch trotzdem schön wäre, mit uns im kleinen Kreis zu feiern.« Lya machte eine kurze Pause und legte eine Hand auf ihr Herz. »Es mögen schlimme Zeiten sein, in denen jeder von uns geliebte Menschen verloren hat, und niemand mehr weiß, wer Freund und wer Feind ist. Doch ihr sollt wissen, dass ihr immer auf uns zählen könnt. Wir sind eine Familie.«

»O Lya.« Gerührt fiel Ana ihr um den Hals. »Ich liebe euch alle!«, rief sie und zog Sascha und Dimitri mit zu der Umarmung und winkte auch Malyk und mich hinzu.

Ich ließ mich nicht lange bitten und nach einem Moment des Zögerns schloss sich auch Malyk dem Gruppenkuscheln an. Während wir uns alle in den Armen lagen, wusste ich, dass Lya mit ihren Worten genau ins Schwarze getroffen hatte. Jeder hier hatte schwere Verluste erlitten und in den Anwesenden eine neue Familie gefunden.

***

Es war ein wunderschöner Abend. Wir saßen alle am Lagerfeuer zusammen und aßen und tranken. Es wurden Geschichten ausgetauscht und viel gelacht.

Irgendwann schaltete Lya den Beamer an und auf der Leinwand startete eine Bildershow. Die ersten Fotos zeigten Ana und Sascha im Kindesalter. Ana seufzte verzückt und ich bemerkte, wie sie nach Saschas Hand griff. Normalerweise war sie nicht besonders romantisch veranlagt, doch heute schien es ein wenig anders zu sein. Es folgten mehrere Bilder aus Anas und Saschas Kindheit und schnell war auch Dimitri dabei. Alle drei waren im Schloss in Sibirien aufgewachsen, weshalb es nur eine Frage der Zeit gewesen war, ehe sie sich angefreundet hatten. Sascha war zwei Jahre älter als Dimitri und Ana war noch ein Jahr später geboren.

Ich selbst war erst neunzehnhundertfünfundsiebzig geboren worden, also neun Jahre nach Dimitri und Valentin. Letzterer tauchte auch immer wieder auf den Fotos auf. Ich presste die Lippen fest zusammen und ballte die Hände auf meinen Oberschenkeln zu Fäusten, als auf der Leinwand ein Bild von Sascha, Ana, Dimitri, Natascha und Valentin im Teenageralter erschien. Bei seinem Anblick lief es mir eiskalt den Rücken runter. Wer hätte ahnen können, dass aus dem Jungen solch ein Monster werden würde?

Auf dem Foto hatte er einen Arm um Natascha gelegt und ich fragte mich, was wohl aus ihr geworden war, nachdem Lilya sie aus dem Schloss geworfen hatte. War sie zu Valentin zurückgekehrt? War sie seine Verbündete oder tatsächlich auf der Flucht vor ihm? Wir hatten nur noch selten über sie gesprochen. Die Bedrohung ging in erster Linie von Valentin aus. Er war die dunkle Wolke, die über uns allen schwebte.

Plötzlich spürte ich, wie sich eine Hand auf meine Faust legte und löste meinen Blick von der Leinwand. Malyk saß neben mir und musterte mich mit trauriger Miene. Er musste ahnen, wie es mir gerade ging. Ich lächelte matt und legte dankbar meine andere Hand über seine.

Ich richtete meinen Blick wieder auf die Leinwand. Gerade rechtzeitig um noch das erste Bild von Ana und Sascha als Paar zu sehen. Sascha hatte sich im Vergleich zu damals kaum verändert und Ana war auch als Jugendliche schon extrem heiß gewesen. Auch wenn sie zumindest äußerlich deutlich unschuldiger gewirkt hatte, als sie noch bei ihren Eltern gelebt hatte.

»Seit sechsunddreißig Jahren habe ich dich nun an der Backe«, bemerkte Sascha schmunzelnd und drückte seiner Frau einen Kuss auf die Schläfe.

»Hilfe, wird Zeit für einen anderen Mann«, erwiderte sie gespielt schockiert und zwinkerte Malyk zu. »Wie sieht's aus, Kleiner? Interesse?«

»Lass deine Finger von meinem kleinen Bruder«, kommentierte Lya lachend.

»Ich fürchte, er hat ohnehin bereits ein Auge auf eine andere geworfen«, meinte Ana und ihr Blick heftete sich auf mich. Erst jetzt schien den anderen

Malyks Hand in meinem Schoß aufzufallen. Blut schoss mir in den Kopf und ich rechnete damit, dass Malyk ertappt die Hand wegzog. Tat er aber nicht und ein wissendes Lächeln erschien auf den Gesichtern der anderen.

***

Je länger die Bildershow dauerte, desto mehr wurde mir bewusst, wie alt ich inzwischen war. Ich würde nächsten Monat vierundvierzig werden und als Mensch wäre damit wohl schon die Hälfte meines Lebens vorbei gewesen. Als Vampyr waren vierundvierzig Jahre allerdings nur ein kleiner Bruchteil, obwohl ich in dieser Zeit mehr erlebt hatte als viele andere.

Inzwischen waren wir bei der Bildershow bei Anas und Saschas Hochzeit angelangt. Diese hatte vor meiner Erweckung stattgefunden und lange bevor ich die beiden kennengelernt hatte. Dimitri und Valentin kannte ich allerdings zu dem Zeitpunkt bereits durch viele offizielle Veranstaltungen. Vermutlich waren Ana und Sascha bei der ein oder anderen als Wächter dabei gewesen, doch da hatte ich sie zumindest nie wahrgenommen. Dementsprechend war ich auch nicht auf deren Hochzeit gewesen. Ich hatte nur gewusst, dass es eine Großveranstaltung in Thailand gewesen war.

Die Bilder zeigten viele Vampyre, von denen fast alle Djiye zu sein schienen. Valentin und Natascha entdeckte ich auch unter ihnen. Zu diesem Zeitpunkt war sie bereits offiziell Dimitris Verlobte gewesen. Ich warf Lya einen Seitenblick zu und stellte fest, dass sich ihre Miene verfinstert hatte. Vermutlich hatte sie überlegt, die beiden komplett rauszuschneiden, doch sie hatten damals nun mal dazu gehört.

Ich richtete meinen Blick wieder nach vorne und in dem Moment startete ein Video. Es zeigte Ana und Sascha am Strand. Die Sonne war untergegangen und wie heute erhellten Lampions die Nacht. Ana sah unglaublich aus in ihrem Brautkleid im Meerjungfrauenstil, mit freiem Rücken und tiefem Ausschnitt. Sascha war in seinem Anzug aber auch nicht zu verachten. Musik setzte ein und die beiden begannen zu tanzen. Ihr Hochzeitstanz. Sie sahen sich dabei tief in die Augen und ihre Blicke waren voller Liebe.

Lya stoppte das Video und wandte sich lächelnd an Ana und Sascha: »So, ich habe mir gedacht, dass ihr euren Hochzeitstanz heute nach fünfundzwanzig Jahren noch mal aufleben lassen könntet.«

Ana und Sascha tauschten einen kurzen Blick, ehe Ana aufsprang und ihren Mann mitzog. »Dann mach die Musik wieder an«, rief sie und lief zur Mitte der Lichtung.

Lya spulte zurück an den Anfang des Videos und drehte den Ton lauter. Anschließend stand sie ebenfalls auf, reichte uns Wunderkerzen und bedeutete uns ihr zu folgen. Wir stellten uns auf und sahen den beiden bei der Wiederholung ihres Hochzeitstanzes zu. Es begann mit einem langsamen Walzer und wurde dann zu einer aufwendigeren Choreografie mit wechselnden Liedern. Ich warf immer wieder einen kurzen Blick zur Leinwand und stellte fest, dass sie die Schritte noch perfekt beherrschten. Zum Schluss startete »Time of my Life« und ich traute meinen Ohren kaum. Ana und Sascha hatten auf ihrer Hochzeit wirklich zu dem Dirty-Dancing-Lied getanzt? Ich hätte nie gedacht, dass Ana der Typ dafür war.

Als der Moment kam, in dem Sascha sie über seinen Kopf hob, applaudierten wir laut und fielen den beiden in die Arme.

Lya stoppte vorerst das Video und ließ andere Musik laufen. Dimitri griff nach ihrer Hand und begann mit ihr zu tanzen. Auch Ana und Sascha stimmten wieder mit ein.

Ich spürte Malyks Blicke auf mir und sah schließlich in seine Richtung. Er machte einen Schritt auf mich zu und hielt mir lächelnd eine Hand hin. »Darf ich bitten?«

»Gern«, erwiderte ich und legte meine Hand in seine.

31. KAPITEL

Malyk

»Küsse die Person zwei Plätze rechts von dir.«

Ana löste ihren Blick von dem Handydisplay und schaute in die Runde. Keiner schien etwas sagen zu wollen. Der Mehrheit war vermutlich zum Lachen zumute, was sich aber niemand zu trauen schien. Auch ich musste die Lippen fest aufeinanderpressen, um nicht laut loszulachen, als ich den Blick bemerkte, mit dem Dimitri seinen besten Freund musterte.

»Du verarschst uns doch, das steht da niemals«, beschwerte er sich schließlich und streckte die Hand nach dem Handy aus.

Ana zuckte nur mit den Schultern und drehte das Smartphone so, dass wir lesen konnten, was die nächste Aufgabe war. »Sorry Dimitri, du hättest vielleicht doch lieber Wahrheit nehmen sollen«, meinte sie grinsend. Als sie zu ihrem Mann sah, wurde ihre Miene aber schnell wieder ernster. »Tut mir leid, Schatz.«

Sascha winkte schmunzelnd ab. »Regeln sind Regeln. Darf ich entscheiden, wohin er mich küssen muss?«

»Vergiss es, mein Freund«, fauchte Dimitri und verengte die Augen zu Schlitzen.

Lya kicherte leise neben ihm und auch ich spürte, wie es um meine Mundwinkel zuckte. Lächelnd schüttelte ich den Kopf und war heilfroh, dass ich keinen von beiden küssen musste. Ich war kein großer Fan von »Wahrheit oder Pflicht« und hätte mich am liebsten in Luft aufgelöst, als Lya zu später Stunde auf die Idee gekommen war, das zu spielen. Und dann spielten wir nicht mal mit selbst ausgedachten Fragen und Aufgaben, sondern mit denen aus irgendeiner App.

»Jungs, es ist natürlich ein Kuss auf den Mund gemeint«, erklärte Ana. »Also darf ich bitten?«

Dimitri verdrehte die Augen und erhob sich dann sichtlich widerwillig. Sascha stand ebenfalls auf und näherte sich Dimitri. Einen Moment standen die beiden reglos direkt voreinander.

»Jetzt küsst euch endlich«, riefen Ana und Lya. »Küssen, küssen, küssen!«

Dimitri verdrehte die Augen und stieß ein leises Knurren aus, ehe er sich seinem Schicksal ergab.

Die Gesichter der beiden Männer näherten sich Zentimeter für Zentimeter, bis sich schließlich ihre Lippen berührten. Ehe der Kuss überhaupt richtig begonnen hatte, war er auch schon vorbei.

»Was war denn das? Wir wollen einen anständigen Kuss sehen, mit Zunge!«, befahl Ana grinsend und die beiden Männer warfen ihr vernichtende Blicke zu.

Ich glaubte nicht, dass sie sich erneut küssen würden, wurde jedoch eines Besseren belehrt.

Sascha griff beherzt in Dimitris Nacken und zog ihn zu sich. Ihre Lippen trafen erneut aufeinander und überrascht beobachtete ich, wie sie den Mund des anderen mit der Zunge erkundeten.

Einen Moment war es mucksmäuschenstill und alle starrten gebannt auf die sich Küssenden. Schließlich begannen die Frauen zu grölen und klatschten und applaudierten lachend.

Der Kuss wurde dann abrupt unterbrochen, als Dimitri seinen besten Freund fest von sich stieß. »Das reicht«, zischte er und wischte sich mit dem Handrücken über den Mund.

»Lya, dein Mann ist wirklich ein guter Küsser«, witzelte Sascha und setzte sich wieder zu seiner Frau. »Aber nicht gut genug«, ergänzte er und küsste Ana leidenschaftlich.

Schnaubend nahm auch Dimitri wieder Platz und presste seine Lippen fast grob auf die meiner Schwester.

Nachdem sie sich alle wieder voneinander gelöst hatten, warf Dimitri allen Anwesenden noch einen vielsagenden Blick zu. »Das bleibt alles unter uns, sonst gibt's Ärger«, warnte er leise, woraufhin Lya ihm lachend auf die Schulter klopfte. »Natürlich mein Schatz. Wir werden nicht weitererzählen, dass du leidenschaftlich mit Sascha geknutscht hast.«

Dimitris Gesicht verfinsterte sich erneut. Ihm schien es gar nicht zu gefallen, wenn sich jemand über ihn lustig machte. »Lasst uns jetzt einfach weiterspielen.«

Dimitri ließ sich von Ana das Handy geben und sah Sascha fragend an. »Wahrheit oder Pflicht?«

Sascha legte den Kopf schief und überlegte kurz. »Wahrheit. Ich will dich nicht schon wieder küssen.«

Dimitri ging nicht auf den Kommentar ein und las die vorgegebene Frage zunächst still für sich. Mit einem schiefen Grinsen hob er den Blick. »Was war der außergewöhnlichste Ort auf der Welt, an dem du bisher Sex hattest?«

Sascha runzelte die Stirn und sah zu seiner Frau. »Ähm ... in der Concorde«, erwiderte er nach einer kurzen Pause.

»Dieses Überschall-Flugzeug?«, fragte ich überrascht und Sascha nickte.

»Ich glaube nicht, dass man den außergewöhnlichsten Ort bestimmen kann«, mischte sich Ana ein und Dimitri wandte sich an sie. »Möchtest du etwas ergänzen? Immerhin warst du wohl dabei.«

Ana schürzte die Lippen und überlegte. »Auf dem Eiffelturm, der Freiheitsstatue, einer Pyramide ...«

Mir klappte der Mund auf. Meinte sie das ernst?

Sie bemerkte meinen schockierten Blick und zwinkerte mir zu. »Kleiner, ich bin eine Vampyrin, die die ganze Welt bereist hat. Mache ich auf dich den Eindruck, außerhalb des Schlafzimmers keinen Spaß mit meinem Mann zu haben?«

Anstatt einer Antwort hob ich nur die Schultern und wandte den Blick ab. Es wäre wohl besser, keinen Kommentar dazu abzugeben. Sie machte definitiv nicht den Eindruck, außerhalb des Schlafzimmers keinen Spaß mit ihrem Mann zu haben. Sascha dagegen schon. Doch er schien da eher den Wünschen seiner Frau nachzugeben.

»Lass gut sein, Ana. So, Malyk, du bist dran«, meinte Lya und nahm Dimitri das Handy ab. »Wahrheit oder Pflicht?«

Es war eine Wahl zwischen Pest und Cholera, aber ich hatte zu viel Angst vor zu privaten Fragen. »Pflicht.«

Lya wählte das Feld aus und las meine Aufgabe vor: »Küsse die Person links von dir.« Sie sah auf und ihr Blick wanderte von mir zu der Person, die links neben mir saß. Soley.

Ich sah zu ihr und mein Puls schoss sofort in die Höhle. Mit beinahe unberührter Miene schaute sie mich an. Schon wieder eine Kussaufgabe?

»Nein.« Das Wort hatte meine Lippen verlassen, ehe ich darüber nachdenken konnte und ich konnte schwören, dass sich ein leichter Anflug von Enttäuschung auf Soleys Gesicht zeigte.

»Jetzt zier dich nicht, Malyk«, rief Ana. »Du willst sie doch küssen.«

»Genau, was ist schon dabei?«, mischte sich auch Dimitri ein. »Ich habe Sascha geküsst, also stell dich nicht so an.«

»Nein«, beharrte ich, ohne meinen Blick von Soleys Gesicht zu lösen. Was gäbe ich dafür zu wissen, was gerade in ihrem Kopf vorging?

»Lasst ihn in Ruhe«, sagte Lya in strengem Ton. »Dann nehmen wir einfach die nächste Aufgabe.«

Dankbar nickte ich ihr zu.

»So, tausche mit einer Person ein Kleidungsstück«, las sie vor und ich atmete erleichtert aus. Das war nicht schlimm.

»Da du vermutlich nicht ein Kleid der Damen anziehen möchtest, tauchen wir eben was«, meinte Dimitri und knöpfte bereits sein Hemd auf.

Ich schlüpfte aus meiner Jacke und zog mir anschließend mein Shirt über den Kopf. Kühle Nachtluft strich mir über die nackte Haut und löste bei mir eine Gänsehaut aus. Ich bemerkte, wie sich Soley neben mir versteifte. Mich mit nacktem Oberkörper zu sehen, musste sie an unser Aufeinandertreffen von vor wenigen Stunden erinnern.

Mit einem schiefen Grinsen im Gesicht nahm Dimitri mir das Shirt ab und reichte mir sein Hemd, das ich mir schnell überzog.

Stirnrunzelnd betrachtete er mein Kleidungsstück. »Ich hoffe, du hängst nicht an dem Teil, es könnte mir ein wenig zu eng sein.«

Ich schüttelte den Kopf. Meine Klamotten hatte ich schließlich alle erst hier bekommen, da ich immerhin nur mit den Sachen, die ich am Leib getragen hatte, nach Kanada gekommen war.

Dimitri quetschte sich in mein Shirt, das wirklich viel zu eng war, jedoch nicht riss. Auch wenn ich sehr muskulös und nicht wirklich klein war, kam ich nicht an Dimitri heran.

»Schick siehst du aus, Schatz«, bemerkte Lya grinsend und reichte mir das Handy, weil sie als nächstes dran war. »Lasst uns weiterspielen.«

***

»Wieso hast du dich so vehement geweigert, mich zu küssen? Es ist doch nur ein Spiel.«

Soley war stehen geblieben und ich spürte ihren Blick in meinem Nacken. Ich hielt ebenfalls inne und starrte in die Ferne. Die ersten Strahlen der aufgehenden Sonne fielen durch das dichte Blätterdach auf den Weg. Wir hatten uns erst mit der Morgendämmerung auf den Weg zurück ins Schloss gemacht.

»Für mich wäre es dann aber kein Spiel mehr«, erwiderte ich seufzend und drehte mich zu ihr um. Eindringlich sah ich sie an. »Wenn ich dich küsse, soll es etwas Besonderes sein. Nicht eine Aufgabe in einem Spiel, bei dem du gezwungen wärst mitzumachen«, erklärte ich leise und bemerkte, wie sich ihre Augen bei meinen Worten leicht weiteten und ihr die Röte in die Wangen schoss. Sie erwiderte nichts und wir schauten uns einfach nur an. Schier eine Ewigkeit.

Irgendwann unterbrach sie den Augenkontakt und sah für einen Moment zu Boden. Ich glaubte bereits, dass von ihr keine Reaktion mehr kommen würde, da überwand sie plötzlich den Abstand zwischen uns und gab mir einen Kuss auf die Wange.

»Danke«, flüsterte sie mir ins Ohr und ging wieder auf Abstand. Ehe ich etwas sagen konnte, war sie an mir vorbeigelaufen und in Richtung Schloss gerannt.

Meine Hand glitt zu der Wange, an der mich ihre Lippen berührt hatten, und ich sah ihr sprachlos hinterher.

Nach ihrem Verhalten zu Beginn des Abends war ich mir nicht sicher gewesen, ob zwischen uns irgendwas zerbrochen war. Doch diese Befürchtung hatte sich eben aufgelöst.

Soley hatte meine Gefühlswelt komplett auf den Kopf gestellt. Als wäre es nicht ohnehin schon aufregend genug, was alles in den letzten Wochen passiert war.

In der kurzen Zeit war Kanada zu meinem Zuhause geworden und ich hatte all diese Vampyre ins Herz geschlossen. Einen davon ganz besonders.

***

In den nächsten Tagen wurde das Verhältnis zwischen Soley und mir wieder wie vorher. Wir verbrachten viel Zeit miteinander, doch wir kamen uns nach wie vor nicht näher. Die Ereignisse an Anas und Saschas Hochzeitstag schienen verdrängt worden zu sein, was ich einfach so hinnahm.

An einem Tag bat Soley mich, sie zu einer Ultraschalluntersuchung zu begleiten, was ich ihr nicht abschlagen konnte.

Eine Siya namens Smilla untersuchte Soley, während ich nervös daneben stand. Es war seltsam bei solch einer Untersuchung dabei zu sein, wenn die Schwangere nicht die Freundin und man selbst nicht der Kindsvater war.

Plötzlich schlug sich Soley die Hand vors Gesicht und Tränen sammelten sich in ihren Augen.

»Was ist los?«, fragte ich besorgt und starrte auf den Bildschirm. War etwas mit dem Baby? Ich konnte jedoch nicht erkennen, was sie Ungewöhnliches gesehen haben könnte. Im Gegensatz zu ihr hatte ich nie Medizin studiert und kannte mich überhaupt nicht aus.

»Es ist ein Mädchen«, stieß sie aus und schluchzte. Ich streckte meine Hand nach ihr aus und wischte ihr eine Träne von der Wange.

»Sind das Freudentränen?«, fragte ich vorsichtig und sie nickte.

»Liam hat sich ein Mädchen gewünscht«, murmelte sie und drückte meine Hand.

»Das ist großartig.«

Smilla nahm lächelnd das Ultraschallgerät weg und sofort zog ich Soley in meine Arme, obwohl ihr Bauch noch voller Gel war.

»Er wäre bestimmt stolz auf eure kleine Prinzessin«, flüsterte ich und strich ihr sanft durchs Haar.

Sie nickte an meiner Brust und ließ ihren Tränen freien Lauf. Ich hielt sie einfach nur fest, während die Siya leise den Raum verließ.

***

Die nächsten Stunden verbrachten Soley und ich in der Natur. Wir spazierten zum Wasserfall und besuchten Liams Grab. Nachdem wir eine halbe Ewigkeit dort gesessen hatten, liefen wir scheinbar ziellos durch den Wald.

»Möchtest du reden, Soley? Du wirkst schon die ganze Zeit so nachdenklich. Du weißt, dass ich für dich da bin und dir immer zuhöre«, sagte ich irgendwann und blieb stehen. Sie wich meinem Blick aus und schwieg eine Weile. »Kein Kind sollte ohne einen Vater aufwachsen müssen«, murmelte sie schließlich und ich nickte betrübt.

»Ich weiß. Aber du wirst deinem Kind genug Liebe für zwei Elternteile geben. Du wirst eine großartige Mutter sein und das auch alleine schaffen.«

Sie griff nach meiner Hand und sah mir tief in die Augen. Etwas lag in ihrem Blick, das alle Dämme in mir niederriss. So hatte sie mich noch nie angesehen. Als würde sie direkt in meine Seele blicken. »Ich weiß, dass ich es alleine schaffen kann. Das will ich aber nicht.«

Mir stockte der Atem als sie ihre andere Hand in meinen Nacken legte und meinen Kopf sanft zu sich herunterzog.

»Musst du auch nicht. Ich werde dir beistehen, Soley«, versprach ich. »Egal was kommt, ich bin bei dir.« Und mit diesen Worten überwanden wir die letzten Zentimeter zwischen uns und küssten uns.

32. KAPITEL

Lilya

Fünf Monate später ...

»Wo ist Soley?« Ich bemerkte sofort, dass sie nicht da war, als ich ihre und Malyks Wohnung betrat.

»Du bist also nicht wegen mir hier?«, fragte Malyk schmunzelnd. »Du enttäuschst mich, Schwesterherz.«

Ich verdrehte lachend die Augen. »Dachtest du, ich vermisse dich? Ich sehe dich ja nur jeden Tag.« Es war kein Vergleich zu früher. Meist hatten wir uns nur einmal im Jahr gesehen und heute lebten wir quasi unter einem Dach. Es hatte sich so viel verändert.

»Also wo ist Soley?«, wiederholte ich meine Frage.

»Sie wollte noch mal zum Grab und ein wenig allein sein.«

»Verstehe.« Ich wandte mich zum Gehen. »Dann werde ich mal nach ihr sehen.«

»Die Bedeutung von allein ist dir wohl nicht geläufig?«, bemerkte Malyk und ich zuckte mit den Schultern, ohne mich noch mal zu ihm umzudrehen.

»Und du erinnerst dich wohl nicht daran, dass sie nicht allein unterwegs sein sollte?«

***

Weil es die schnellste Methode war, um zu Soley zu kommen, teleportierte ich mich in die Nähe von Liams Grab. Mir war immer unwohl zumute, wenn Soley alleine war. Eigentlich hätte auch jemand vor der Wohnung Wache halten müssen. Doch weil Ana anderweitig eingesetzt wurde, hatte ich nach Malyk und Soley sehen wollen. Sie wohnten seit ein paar Monaten zusammen, was die Überwachung der beiden zumindest ein wenig erleichterte. Fast geräuschlos bewegte ich mich durch das Dickicht, nur der Schnee knirschte unter meinen Füßen. Doch es spielte keine Rolle, wie leise ich war, Soley würde mich immer kommen hören.

Als ich sie schließlich entdeckte, blieb ich abrupt stehen.

Sie war nicht am Grab, sondern saß einige Meter entfernt auf einem Baumstamm. Und vor ihr stand ein Wolf. Ich hatte Soley bereits häufiger in der Gegenwart von Wölfen gesehen, doch das heutige Bild berührte mich enorm. Der Wolf hatte seinen Kopf geneigt und drückte ihn an Soleys großen Babybauch, während sie ihm durch das Fell strich. Es hatte etwas Magisches an sich, die beiden zusammen in der verschneiten Landschaft zu sehen. Obwohl sie und der Wolf mich längst bemerkt haben mussten, reagierten sie nicht.

Vorsichtig bewegte ich mich auf sie zu und bewunderte den Wolf aus der Nähe. Mir fiel sofort etwas auf, das mich umso mehr staunen ließ. »Sie bekommt bald Junge«, stellte ich mit einem Blick auf ihren dicken Bauch fest und durchbrach damit die Stille. »Aber Wölfe kriegen ihre Jungen doch erst im Frühjahr.«

Soley nickte leicht, ohne mich anzusehen. »Ich weiß, das ist ein Zeichen.«

»Glaubst du an sowas?« Vampyre orientierten sich nicht an den Glaubensrichtungen der Menschen. Das hieß jedoch nicht, dass Vampyre an gar keine höheren Mächte oder an das Schicksal glaubten.

»Es ist ein Wunder, ein gutes Omen. Zumindest rede ich mir das ein.« Soley lächelte matt und sah der Wölfin direkt in die Augen. »Es ist eine einzigartige Begebenheit. Genauso einzigartig wie unsere Situation momentan. Ich hoffe, dass die Geburt der Wölfe und die meiner Tochter nicht die einzigen positiven Ereignisse im neuen Jahr sein werden. Vielleicht bedeutet es, dass nächstes Jahr alles besser wird.« Ihre Stimme war nur noch ein leises Flüstern. Ich seufzte innerlich. Wie gerne würde ich auch so positiv in die

Zukunft blicken wie Soley. Heute war Silvester und morgen würde ein neues Jahr beginnen. Keiner konnte vorhersagen, wie dieses aussehen würde.

»Das hoffe ich sehr. Für uns und die ganze Welt«, erwiderte ich leise. Ich setzte mich neben sie und musterte die weiß-graue Wölfin. Sie war komplett auf Soley fixiert und genoss sichtlich ihre Streicheleinheiten.

»Soley, so schön ich es auch finde, dass du dich um die Wölfin kümmerst, du sollst doch nicht alleine draußen umherwandern.«

Sie hob den Kopf und sah mich zum ersten Mal seit meiner Ankunft an. Ein trauriger Ausdruck lag in ihrem Blick. »Es ist vielleicht das letzte Mal, dass ich sie und Liams Grab besuchen kann vor der Geburt.« Was danach passieren wird, kann niemand vorhersagen …

Sie sprach es nicht aus, doch wir dachten in der Hinsicht bestimmt dasselbe. Seit Monaten konzentrierten wir uns nur darauf, sie und Malyk zu beschützen. Es stand außer Frage, dass Valentin von ihrer Schwangerschaft erfahren hatte. Wir waren uns bewusst, dass seine Spione überall lauerten und vor kurzem waren die Nachricht der Schwangerschaft und das Auftauchen meines Bruders sogar an die Öffentlichkeit geraten. Seither stand Soley ziemlich in der Kritik. Sie wurde von vielen Vampyren dafür verurteilt, ein Kind von einem Menschen zu erwarten. Ich hasste es, dass über sie geurteilt wurde, ohne dass man sie kannte.

Im Internet hatte ich Beiträge gelesen, dass Soley ihr Kind sofort abtreiben oder nach der Geburt töten sollte, weil es ehrlos wäre, als Königin ein Halbblut aufzuziehen. Ich hoffte sehr, dass Soley solche Kommentare nicht zu Gesicht bekam.

»Ich habe entschieden, wie meine Tochter heißen soll.«

Soleys Worte rissen mich aus meinen Gedanken und ließen mich aufhorchen. »Wirklich? Wie denn?« Bisher hatte sie sich bezüglich des Namens ziemlich bedeckt gehalten.

Soley lächelte. »Sag ich dir nach der Geburt.«

✳✳✳

»Jetzt noch mal kräftig pressen, Soley. Das Köpfchen ist schon zu sehen!«, wies die Siya Smilla Soley an.

Soley legte das Kinn auf die Brust und presste mit gequältem Gesichtsausdruck. Ein Schrei drang bei der nächsten Wehe durch ihre zusammengebissenen Zähne.

»Sehr gut, das Köpfchen ist da!«, verkündete Smilla schließlich. »Jetzt atme noch mal tief durch, du hast es gleich geschafft.«

Soley ließ den Kopf in den Nacken fallen. Schweißperlen standen auf ihrer Stirn. Ihr Griff an meiner Hand hatte sich den gesamten Geburtsverlauf über nicht gelockert. Ich konnte froh sein, dass sie keine Djiya war. Ansonsten hätte sie meine Hand längst zerquetscht. Mein Blick fiel auf Malyk. Er stand auf ihrer anderen Seite und hielt ebenfalls ihre Hand. Seine Finger mussten inzwischen ganz schön schmerzen, doch das schien er gar nicht wahrzunehmen. Sein sorgenvoller Blick ruhte auf Soley und er schien deutlich mitzuleiden.

Es war das erste Mal, dass ich bei einer Geburt dabei war, und man fühlte sich schrecklich hilflos. Pressen, Atmen, Pausieren. Ich hatte in der Theorie gewusst, wie eine Geburt ablief, doch nichts konnte einen wirklich auf diesen Moment vorbereiten.

»Und jetzt ein letztes Mal pressen!«

Soley mobilisierte ihre letzten Kräfte und dann war das Baby endlich da. Mit dem ersten Schrei des Babys atmeten wir alle auf und Smilla hielt die Kleine hoch, so dass Soley sie sehen konnte.

»Möchtest du die Nabelschnur durchtrennen?«, fragte Smilla meinen Bruder und dieser nickte zaghaft, als hätte er Angst, dabei etwas falsch zu machen. Er war ganz blass im Gesicht, als hätte er selbst die ganzen Strapazen der Geburt durchlitten. Wenn man bei der Geburt nur zusehen konnte, litt man zwar keine körperlichen Qualen, dafür aber umso mehr seelische.

Nachdem die Nabelschnur durchtrennt war, ließ Soley meine Hand los und streckte sie nach ihrer Tochter aus. Smilla legte die Kleine sofort auf Soleys Brust und die frisch gebackene Mutter strahlte über das ganze Gesicht. Jeglicher Schmerz schien wie weggeblasen.

»Das hast du toll gemacht. Sie ist wunderschön«, murmelte Malyk und drückte seiner Freundin einen Kuss aufs Haar. Voller Stolz blickte er auf das kleine Wesen in Soleys Armen. Er würde ein toller Vater für sie sein. Ich spürte, wie mir Tränen in die Augen schossen und blinzelte sie weg.

»Willkommen auf der Welt, Ylvie«, flüsterte Soley und küsste ihre Tochter, die noch voller Blut war.

»Ein wunderschöner Name. Wir kamst du auf ihn?«, fragte ich.

Soley sah auf und ihre Lippen verzogen sich zu einem breiten Lächeln. »Durch die Bedeutung. Sie ist meine kleine Wölfin.«

✳✳✳

»Wie es aussieht, ist die Kleine kerngesund.« Smillas Worte ließen Soley sichtlich aufatmen.

Sie bekam ihre Tochter nach der kurzen Untersuchung wieder auf die Brust gelegt und stillte sie.

»Die kleine Ylvie ist um null Uhr dreiunddreißig geboren worden. Eine bessere Neujahrsüberraschung gibt es wohl nicht«, meinte Smilla und schrieb alle Daten auf.

Sie hatte recht. Ylvies Geburt war ein wundervoller Start ins neue Jahr. Ich warf einen kurzen Blick aus dem Fenster, hinter dem immer wieder helle Lichter aufblitzten. Den Tieren zuliebe wurde hier auf laute Böller verzichtet, es gab nur einzelne Leuchtraketen. Außerdem konnte ich von weitem erkennen, dass viele Leute mit Wunderkerzen zusammenstanden.

Dimitri hatte sich den Feiernden angeschlossen. Es wäre zu offensichtlich, wenn wir uns alle verstecken würden. Es sollte noch niemand wissen, dass Ylvie heute Nacht zur Welt gekommen war.

»Wie soll ich Ylvie schreiben?«, fragte Smilla und sah von ihren Notizen auf. »Mit I oder Y am Anfang?«

Soley runzelte die Stirn. »Mit Y natürlich.«

Ich bemerkte, wie Smilla bei ihrer Antwort die Lippen fest aufeinander presste. »Bist du sicher?«, hakte sie schließlich nach.

Soleys Miene verfinsterte sich leicht. »Natürlich. Sie ist eine Prinzessin, egal wer ihr Vater ist.«

Ich sah zwischen den beiden hin und her. Ich verstand die Diskussion um die Schreibweise nicht. Malyk schien es genauso zu gehen, denn er sah ebenso verwirrt aus wie ich mich fühlte.

»Könnte mich jemand aufklären?«, fragte ich vorsichtig und sah zu Soley, die bei meiner Frage schmunzelte.

»Ist dir noch nicht aufgefallen, dass unsere Namen ein y enthalten? Genauso wie es in Vampyr und unseren Rassebezeichnungen steckt, enthalten es auch die Namen der königlichen Familienmitglieder.«

»Oh«, machte ich und dachte kurz darüber nach. »Aber wieso ist es bei Dimitri und Valentin nicht so?«

Soley schaute zu ihrer Tochter und seufzte. »Weil sie sich von den anderen Königfamilien entfernt haben. Dimitris Großvater war der erste, der bei seinen Kindern mit dieser Tradition brach. Das war auch der Zeitpunkt, an dem die Spannungen zwischen den Rassen immer größer wurden.«

»Verstehe.« Es überraschte mich, dass ich das bisher nicht erfahren hatte. Nun war ich seit über eineinhalb Jahren Teil der Vampyrwelt und trotzdem gab es immer noch Dinge, von denen ich keine Ahnung hatte.

33. KAPITEL

Soley

Die nächsten Stunden hatte ich nur noch Augen für Ylvie. Nie hätte ich es für möglich gehalten, dass meine Liebe für sie noch weiter wachsen könnte. Ich liebte meine Tochter, seit ich von ihrer Existenz erfahren hatte. Und seit ich sie das erste Mal im Arm gehalten hatte, drehte sich meine Welt nur noch um sie. Meine Gefühle für sie waren überwältigend und nicht zu beschreiben.

Ich hatte immer gehört, dass Muttergefühle die mächtigsten Emotionen waren und nun erlebte ich es am eigenen Leib.

Alle Strapazen der Geburt waren vergessen gewesen, sobald ich das kleine Wesen zum ersten Mal erblickt hatte. Ihr erster Schrei war bis in mein Innerstes gedrungen und hatte eine Welle von Emotionen durch meinen Körper gejagt.

Dimitri, Ana und Sascha waren inzwischen auch vorbeigekommen, um mir zu gratulieren und den Neuankömmling zu sehen. Momentan wusste außer ihnen und denen, die bei der Geburt dabei gewesen waren, niemand von Ylvie.

Mir war klar, dass momentan eifrig darüber diskutiert wurde, wie man sie am besten schützen sollte. Das war die letzten Wochen und Monate oft genug Thema gewesen, doch zu einer richtigen Lösung waren wir bisher nicht gekommen. Vermutlich gab es auch keine.

Während ich alleine mit meiner Tochter im Raum war, und ihr beim Schlafen zusah, geriet ich selbst ins Grübeln, wie ich für ihre Sicherheit garantieren konnte.

Auf keinen Fall würde ich zulassen, dass ihr etwas passierte. Doch wie sollte ich verhindern, dass Valentin sie in seine Finger bekam? Als royaler Halbvampyr war sie außerdem eine Zielscheibe bei allen Vampyren, die der Meinung waren, dass eine Kronprinzessin kein unreines Blut haben darf. Es bestand durchaus die Gefahr, dass es nicht nur Valentin auf sie abgesehen hatte.

Ein dicker Kloß bildete sich in meinem Hals, als mir bewusst wurde, was ihr alles passieren könnte. Sie war so klein und hilflos. Wie konnte ich sie nur beschützen?

***

»Das kann nicht dein Ernst sein!«

Lilya starrte mich an, als hätte ich den Verstand verloren.

»Es ist die einzige Möglichkeit, um ihre Sicherheit zu garantieren«, beharrte ich. Ich hatte mir die Entscheidung ganz und gar nicht leicht gemacht und sie brach mir wortwörtlich das Herz. Aber es musste sein.

»Soley, ich weiß, dass du sie um jeden Preis beschützen möchtest, aber wir finden bestimmt auch einen anderen Weg. Das kannst du nicht tun, diesen Entschluss wirst du vermutlich für immer bereuen.«

»Ich werde es bereuen, wenn Ylvie etwas zustößt und ich nicht alles getan habe, um sie zu beschützen.«

Seufzend setzte sich Lya auf die Bettkante und sah mit trauriger Miene von mir zu Ylvie. Ich folgte ihrem Blick und sah zu meiner Tochter, die seelenruhig in meinem Arm schlief.

Eine Woche war seit ihrer Geburt vergangen. Ich hatte mich im Schloss mit einem falschen Babybauch blicken lassen, damit niemand ahnte, dass Ylvie bereits auf der Welt war. Lange konnte ich diese Täuschung nicht aufrechthalten, sonst würde es auffällig werden. Jeder wusste, wann Liam gestorben war und konnte sich ausrechnen, wann ich spätestens entbinden müsste. Die Zeit saß uns also im Nacken und wir mussten endlich eine Entscheidung treffen.

Eine, die ich Lilya soeben verkündet hatte.

Sie war von meiner Idee aber keinesfalls überzeugt.

»Du willst Ylvie wirklich abgeben?« Ihre Stimme war kaum mehr als ein Flüstern, als könne sie immer noch nicht fassen, dass ich das tatsächlich in Betracht zog.

Ich nickte lediglich, zu keiner Antwort mehr im Stande. Allein der Gedanke daran, meine Tochter in fremde Hände zu geben, schmerzte mehr, als ich mir je hätte vorstellen können. Doch je mehr ich darüber nachdachte, desto mehr wurde mir bewusst, dass mir keine andere Wahl blieb. Ylvie zuliebe. Sie hatte es nicht verdient, in diesen Krieg hineingezogen zu werden.

»Und wem möchtest du sie anvertrauen?«, fragte Lya nach einer Weile. »Du hast doch nicht vor, sie in irgendeinem Krankenhaus der Menschen in die Babyklappe zu legen, oder?«

Energisch schüttelte ich den Kopf. Das wäre mit Sicherheit eine Möglichkeit, da Ylvie so für Valentin kaum aufspürbar wäre. Doch ich hatte viel zu viel Angst, später selbst nicht mehr nachvollziehen zu können, wo meine Tochter hingekommen war. Außerdem wollte ich nicht, dass Fremde sich an Ylvie gewöhnten und ich sie ihnen irgendwann würde wegnehmen müssen. Womöglich sogar entführen.

Wenn ich sie schon abgeben musste, wünschte ich mir ein liebevolles Zuhause für sie. Menschen, die von unserer Existenz wussten und bei denen trotzdem niemand nach meiner Tochter suchen würde.

Das erklärte ich Lilya auch, woraufhin sie die Stirn runzelte. »Und wie willst du so jemanden finden?«

»Fällt dir niemand ein?«, fragte ich schmunzelnd.

Lya überlegte kurz und ich erkannte den Moment, in dem es bei ihr Klick machte.

***

Nervös sah ich in die Runde und wartete auf die Reaktionen zu der Verkündung meiner Entscheidung. Malyk starrte mich völlig entgeistert an und ich schaffte es nicht, ihm in die Augen zu sehen. Lya und ich hatten ihn, Dimitri,

Sascha, Ana, Diego und Smilla zusammengetrommelt, um das weitere Vorgehen zu besprechen.

Es war mir schwergefallen, über meinen Plan zu sprechen, doch es musste geklärt werden.

»Haltet ihr das wirklich für eine gute Idee?« Dimitri war der Erste, der die Stille durchbrach.

»Nein«, erwiderte Lya knapp und warf mir einen Seitenblick zu. »Aber Soley besteht darauf.« Sie war nach wie vor nicht begeistert von meiner Idee. Ich wusste ja, dass sie es nur gut meinte und meinetwegen dagegen war. Aber das machte es nicht leichter, standhaft zu bleiben.

Ich schluckte schwer und schlang die Arme um meine Tochter, die im Tragetuch an meiner Brust schlief. »Ja, und ich bleibe dabei.«

»Und ihr wollt sie in Claudias Obhut geben?« Diego legte die Stirn in Falten und sah mich nachdenklich an.

»Sie hat Malyk und Lya großgezogen, sie weiß von der Vampyrwelt und ist bisher trotzdem verborgen geblieben. Ich glaube, dass sie die beste Option ist.«

Diego nickte und lehnte sich in seinem Stuhl zurück. »Das stimmt wohl. Und sie würde sich vermutlich auch bereit erklären, zu helfen.«

»Denkst du wirklich?« Ich kannte Lyas und Malyks Ziehmutter nicht und war mir nicht sicher gewesen, ob sie sich überhaupt noch mal zu so einer Aufgabe überreden lassen würde. »Weißt du denn auch, wo sie momentan lebt?«

»Natürlich. Ich bin der einzige, der ihren derzeitigen Wohnort kennt«, erklärte er. »Aber wie wollt ihr sicherstellen, dass Ylvie unbemerkt bei ihr ankommt?«

Ich biss mir auf die Unterlippe und sah flehend zu Lya, die daraufhin laut seufzte. »Ich werde Ylvie aus dem Schloss schmuggeln und durch viele Teleportationen dafür sorgen, dass uns niemand folgen kann.«

»Und welche Geschichte wollt ihr dann öffentlich erzählen?« Fragend sah Dimitri in die Runde.

»Ähm«, Smilla räusperte sich und alle Augenpaare richteten sich auf die Siya, die bisher keinen Ton von sich gegeben hatte. »Ich hätte eine Idee.«

Sie sah fragend zu mir, als wartete sie auf meine Erlaubnis, von ihrem Plan zu berichten. Ich nickte ihr aufmunternd zu. Egal was es war, ich wollte keine Möglichkeit auslassen.

»Nun, ich denke, dass wir verhindern könnten, dass jeder sich auf die Suche nach Ylvie macht, wenn wir verkünden, dass sie nicht mehr am Leben ist.«

»Das wird man uns bestimmt nicht glauben«, gab Ana zu Bedenken. »Auch wenn es die Sache vereinfachen würde.«

Ich bemerkte, wie Smilla nervös ihre Finger auf dem Tisch knete. »Das ist mir klar, dass man euch das nicht abkaufen würde. Allerdings dachte ich auch eher daran, dass ich dieses Gerücht in die Welt setze.«

»Was meinst du damit?«, hakte ich nach.

»Ich würde das Schloss verlassen und der Presse die Nachricht als Insiderin verkaufen. So wird es so aussehen, als hättet ihr das geheim halten wollen.«

Sascha warf ihr einen überraschten Blick zu. »Du würdest dich öffentlich als Verräterin ausgeben? Wieso?«

Smilla sah mir direkt in die Augen. Ihre Nervosität schien wie weggeblasen und feste Entschlossenheit war an dessen Stelle getreten. »Um Ylvie zu schützen. Um meine Königsfamilie zu schützen.«

***

»Bist du dir wirklich sicher?«

Malyks besorgter Blick ruhte auf mir. Er hatte mich nach der Besprechung zur Seite genommen, während die anderen das Zimmer bereits verlassen hatten. Während der ganzen Diskussion hatte er kein Wort gesagt und ich hatte seinen Blick gemieden.

»Ja«, versicherte ich ihm und war froh, dass meine Stimme nicht versagte. »Es ist die einzige Möglichkeit.«

»Und wenn wir gemeinsam mit ihr fliehen?«

Die Intensität, mit der er mich ansah, ließ meinen Puls in die Höhe schießen. Wie gerne ich diese Option in Betracht ziehen würde. Ich wollte meine

Tochter nicht hergeben, doch es ging nicht. Traurig schüttelte ich den Kopf. »Die Gefahr ist zu hoch, dass man uns aufspürt. Deine Tante ist mit ihrer kleinen Familie geflohen und Lya hat dir erzählt, wie das für die drei ausgegangen ist.«

Malyk war sehr geschockt gewesen, als er von Dimitris Vergangenheit erfahren hatte und hatte seinem Schwager daraufhin zunächst sehr misstraut. Er hatte lange gebraucht, um zu verstehen, wie Lya ihm das alles hatte verzeihen können. Inzwischen verstand Malyk sich aber wieder mit Dimitri.

»Ich weiß. Aber ich kann nicht mitansehen, wie ihr beide getrennt werdet. Und du weißt, dass ich sie wie mein eigenes Kind liebe. Ich will sie beschützen. Euch beide.«

Ich griff nach seiner Hand und lächelte matt. »Du bist noch nicht einmal erwacht, Malyk. Claudia hat dich großgezogen. Ich bin sicher, Ylvie ist bei ihr in den besten Händen.«

»Ich vertraue ihr, doch Ylvie gehört zu dir.« Er drückte meine Hand und sah mir tief in die Augen. »Zu uns«, ergänzte er leise. »Nur weil Anisya mich und Lya weggegeben hat, heißt das nicht, dass das die einzig richtige Option gewesen ist.«

»Anisya ist gestorben. Hätte sie euch nicht weggegeben, hätte euch vermutlich dasselbe Schicksal ereilt. Ihr wärt ein leichtes Ziel gewesen. Und Ylvie wäre das auch«, murmelte ich leise und sah zu meiner Tochter hinab. Ich schlang den freien Arm um sie und hauchte einen Kuss auf das kleine Köpfchen. »Das eigene Kind abgeben zu müssen, ist wohl die schwerste Entscheidung, die eine Mutter treffen kann. Doch es ist nur zum Wohl des Kindes«, flüsterte ich.

✳✳✳

Der darauffolgende Tag war mit Abstand der schwerste in meinem Leben. Es wurde Zeit, Abschied zu nehmen.

Nach Liams Tod hatte ich sehr gelitten, doch ich hatte immer weitergekämpft. Für meine Tochter.

Vom eigenen Kind getrennt zu werden, war das Schlimmste, das einer Mutter widerfahren konnte. Nur sein Kind zu überleben wäre schmerzhafter. Doch damit es nicht soweit kommen konnte, gab ich sie weg.

Es war eine Trennung auf unbestimmte Zeit. Ich wusste nicht, ob ich sie je wiedersehen würde. Ob wir beide in einem Jahr überhaupt noch leben würden. Ich konnte nur hoffen, dass zumindest sie das Ende des Krieges erleben würde.

Den ganzen Tag über hatte mich noch niemand zu Gesicht bekommen. In den frühen Morgenstunden hatte Smilla das Schloss verlassen und würde in den nächsten Tagen verkünden, dass ich eine Totgeburt erlitten hatte. Anschließend würde sie abtauchen, so als wäre sie wirklich nach ihrem Verrat auf der Flucht. Ich hoffte, Valentin würde nicht auf die Idee kommen, sie aufzuspüren und die Wahrheit aus ihr herauszufoltern.

Einige Leute würden ihr die Geschichte mit Sicherheit abkaufen. Ich war mir sicher, dass mir der Trennungsschmerz in den nächsten Wochen und auch Monaten so stark anzusehen war, dass man ihn leicht für Trauer halten konnte. Gewissermaßen wären es dieselben Emotionen. Ich würde um die Zeit trauern, die ich nicht mit meiner Tochter verbringen konnte. Zeit und Momente, die ich nie ersetzt bekommen würde. Selbst wenn ich sie irgendwann wieder in die Arme schließen könnte, würde ich nie die Zeit zurückdrehen können.

Es waren nur Malyk und Lya anwesend, während ich mich weinend von meiner Tochter verabschiedete.

Ich drückte meine Kleine fest an mich und wünschte, dass ich sie nie wieder loslassen müsste. Sie schien meine innere Angespanntheit schon den ganzen Tag zu spüren, denn sie war die ganze Zeit über sehr unruhig gewesen und hatte immer sofort geweint, sobald ich sie nur kurz ablegen wollte.

Erst vor wenigen Minuten hatte die Müdigkeit sie überwältigt und sie schlief endlich tief und fest. Dass sie sich offensichtlich so sehr nach meiner Nähe sehnte, machte den Abschied für mich umso schwerer.

»Bist du sicher, dass du alles Wichtige für sie eingepackt hast?«, fragte ich Lya zum hundertsten Mal.

»Ja, ich habe alles«, versicherte mir Lya und klopfte leicht auf die große Umhängetasche, die an ihrer Seite baumelte.

Malyk trat an meine Seite und strich sanft über Ylvies kleine Hand, die sie im Schlaf zu einer Faust geballt hatte.

»Mach's gut, mein Mädchen«, flüsterte er und gab ihr einen Abschiedskuss.

Meine Lippen bebten, als ich auf meine schlafende Tochter hinabblickte und wusste, dass der Moment gekommen war. »Ich liebe dich über alles, Ylvie. Wir werden uns wiedersehen, meine kleine Wölfin.« Schluchzend hauchte ich einen letzten Kuss auf ihr Köpfchen, ehe ich sie in Lilyas Hände übergab. Malyk zog mich in seine Arme, während sich Lya mit Ylvie davon teleportierte und mein Herz gefühlt in tausend Stücke zersprang.

34. KAPITEL

Lilya

Zügig lief ich auf das gelbe Einfamilienhaus zu und warf immer wieder verstohlene Blicke über die Schulter. Die Straße war um diese Uhrzeit menschenleer. Es war stockdunkel und eiskalt.

Drei Tage war ich unterwegs gewesen, um hierher zu kommen. Etliche Teleportationen, ein Langstreckenflug unter gefälschtem Namen, Fahrten mit verschiedenen öffentlichen Verkehrsmitteln, Mitfahrten bei Fremden im Auto und noch längere Strecken zu Fuß.

Ich drückte die kleine Ylvie fester an mich, als ich mich der Eingangstür näherte. Mit klopfendem Herzen checkte ich den Namen auf dem Klingelschild. Familie Lindner. Von Diego hatte ich erfahren, dass Claudia und er sich hatten scheiden lassen und sie erneut geheiratet hatte. Für mich fühlte sich das noch immer unwirklich an.

Unruhig trat ich von einem Fuß auf den anderen. Es dauerte einen Moment, bis ich schließlich den Mut hatte zu klingeln.

Kurz darauf wurde die Tür aufgerissen und ein kleiner Junge starrte mich mit großen Augen an. »Hallo?«

»Leon, du sollst doch nicht allein an die Tür gehen!«, hörte ich einen Mann rufen, der daraufhin hinter ihm auftauchte. Er sah von seinem Sohn zu mir und musterte mich ebenfalls mit großen Augen.

»Ähm hallo«, brachte ich mühsam hervor. »Wohnt Claudia Hansen hier?«, fragte ich und verwendete bewusst Claudias Mädchennamen, um sicherzugehen, dass es sich um sie handelte. Ich war dankbar, dass mir meine Zieh-mutter so gut Deutsch beigebracht hatte.

Der Mann runzelte die Stirn. »Ja, und du bist?« Sein Blick fiel auf Ylvie, die in der Trage schlief.

»Ich bin Lilya Braden.«

Die Situation schien ihn sichtlich zu verwirren. Es stand bestimmt nicht oft eine junge Frau mit Baby spätabends vor der Tür.

»Schatz, hier ist jemand für dich«, rief er laut und kurz darauf erschien tatsächlich Claudia im Flur.

»Wer ...?« Als sie mich sah, blieb sie erstarrt stehen und schlug sich eine Hand vor den Mund. »Ich fasse es nicht!«

»Hey ...« *Mom.* Ich biss mir auf die Unterlippe. Es wäre falsch, sie hier so zu nennen.

»Lya«, hauchte sie und lief auf mich zu. Sanft schloss sie mich in ihre Arme, sorgsam darauf bedacht, das Baby nicht zu erdrücken.

Nach all den Strapazen der Reise war ich so erleichtert, endlich angekommen zu sein und auch wenn der Anlass traurig war, war ich sehr froh, sie endlich wiederzusehen.

»Wer ist das, Mama?«, hörte ich den Jungen fragen und Claudia und ich lösten uns wieder voneinander.

Claudia sah von mir zu ihm und schien nicht zu wissen, was sie sagen sollte.

»Eine alte Freundin«, erklärte ich an ihrer Stelle lächelnd und Claudia nickte dankbar.

»Ganz genau«, bestätigte sie und wandte sich schließlich an ihren Mann. »Würdest du Leon bitte ins Bett bringen? Er sollte schon längst schlafen.«

Der Mann musterte mich noch einen Moment, ehe er den Jungen an die Hand nahm und wegführte.

Claudia wartete bis sie weg waren und sah wieder zu mir. »Und jetzt komm endlich rein und erzähl mir, was du hier machst.«

***

Wenige Minuten später hatten wir es uns auf der großen Couch im Wohnzimmer bequem gemacht und Claudia begann, mich mit Fragen zu löchern.

»Wie hast du mich gefunden?«

»Diego hat es mir verraten«, erklärte ich und griff nach dem Glas Wasser, das sie auf den Couchtisch gestellt hatte. Ich war drei ganze Tage unterwegs gewesen und die Reise hatte mich viel Kraft gekostet. Blut wäre jetzt hilfreicher, dennoch nahm einen großen Schluck und stellte das Glas wieder ab.

»Ihm geht es gut? Ihr habt euch getroffen?«

»Ja, er ist nach Kanada gekommen und lebt dort momentan bei uns. Malyk übrigens auch.«

Claudia hakte nicht direkt nach, wen ich mit »uns« meinte.

»O Malyk ... wie ist es ihm ergangen? Wie hat er die Neuigkeiten aufgenommen? Und wie war es bei dir?«

In wenigen Sätzen berichtete ich, wie Malyk und ich in die Vampyrwelt geraten waren und was wir erlebt hatten. Claudia hörte mir ganz aufgeregt zu.

»Und du bist jetzt also eine richtige Vampyrin und findest dich in deinem neuen Leben zurecht?« Ihre Fragen klangen mehr wie eine Feststellung, doch ich nickte trotzdem.

»Ich schätze schon«, erwiderte ich schulterzuckend. »Und du hast wieder neu geheiratet und Kinder bekommen, wie ich sehe?« Mein Blick fiel auf die vielen Bilder an den Wänden. Ein großes Foto hing über dem Fernseher und zeigte Claudia mit ihrem Mann, Leon und einem anderen Jungen.

»Ja. Es tut mir leid, dass ich euch bisher nie von ihnen erzählen konnte«, meinte sie zerknirscht, doch ich winkte ab.

»Ist schon okay. Die Situation hat das nicht möglich gemacht.« Insgeheim dachte ich jedoch, dass sie und Diego uns ruhig früher von der Scheidung hätten erzählen können. Claudia hätte weiterhin unsere Mutter spielen können, auch wenn sie offiziell eine neue Familie gründete. Ich hatte schon seit Jahren vermutet, dass die Ehe mit Diego am Ende war und Claudia sich in Deutschland ein neues Leben aufgebaut hatte. Sie war noch jung, wieso sollte sie nicht ein neues Leben beginnen dürfen?

Ich hatte meine Ziehmutter seit mehr als zwei Jahren nicht mehr gesehen. Doch mir kam es vor, als wäre es erst gestern gewesen, als wir alle das letzte Mal zusammen in Texas gewesen waren.

Die blonden Haare trug sie inzwischen kurz und ihr Gesicht wirkte minimal gealtert. Doch der warme Blick aus ihren blauen Augen war noch genau derselbe. Die Augenfarbe war immer die einzige Ähnlichkeit zwischen uns beiden gewesen, nur wusste ich inzwischen, dass ich sie nicht von ihr geerbt hatte.

»Wie alt sind deine Kinder?«, fragte ich, um das Gespräch wieder in Gang zu bringen.

»Leon ist gerade sechs geworden und Noah ist drei.«

Bei der Erwähnung ihrer Söhne leuchteten ihre Augen.

Im Geiste rechnete ich nach, wie alt Claudia inzwischen war. Da sie mich damals angeblich sehr jung bekommen hatte, würde sie dieses Jahr erst neununddreißig werden.

»Was hast du eigentlich deiner Familie erzählt, wenn du uns in Texas besucht hast? Weiß dein Mann von deiner Vergangenheit?«

Malyk und ich hatten zwei ihrer Schwangerschaften nicht mitbekommen, was mich wirklich überraschte. Doch sie hatte sie nicht nur vor uns, sondern auch uns vor ihrer neuen Familie verheimlichen müssen.

Claudia schwieg einen Moment und schien zu lauschen, ob ihr Mann noch oben bei den Kindern war. Für ihre Ohren blieb vermutlich verborgen, dass Leon und sein Vater sich gerade darum stritten, welches Buch dieser vorlas.

»Nun, Tom weiß, dass ich lange in Texas gelebt habe, und dachte immer, dass ich Freunde besuche. Ich habe aber auch irgendwelche beruflichen Ausreden erfunden.«

»Er ahnt also nicht, dass du jahrelang eine Scheinehe geführt und zwei Vampyrkinder großgezogen hast?«, hakte ich nach.

»Ich habe ihm von Diego erzählt. Lässt sich schwer verheimlichen, wenn man schon mal verheiratet war. Von euch weiß er auch, jedoch habe ich erzählt, dass Diego euch mit in die Ehe gebracht hat.«

Ich runzelte die Stirn. Hätte Tom mich bei der Erwähnung meines Namens dann nicht erkennen müssen? Ich fragte jedoch nicht nach, sondern ließ sie weiterreden.

»Die Vampyrsache habe ich natürlich für mich behalten, auch wenn Tom von der Existenz von Vampiren weiß.«

Ich wurde hellhörig. »Wieso weiß er von ihnen?«

Claudia lächelte. »Er war selbst einige Zeit an der Akademie. Allerdings deutlich später als Diego und ich. Mein Mann ist sechs Jahre jünger als ich. Inzwischen arbeitet er als normaler Polizist. Er hatte das Thema Vampire hinter sich lassen wollen. Deshalb habe ich ihm nicht von der Existenz von Vampyren berichtet.«

»Verstehe. Wieso hast du eigentlich nicht erzählt, dass Malyk und ich von dir sind? Immerhin bist du offiziell unsere Mutter.« Es sollte kein Vorwurf sein, aber meiner Meinung nach wäre es doch sinnvoll, überall denselben Lebenslauf zu haben.

Sie seufzte leise. »Ich weiß, aber ich habe Tom auch nicht erzählt, wie lange ich tatsächlich mit Diego verheiratet war. Er denkt, es war nur eine kurze Liebelei. Außerdem müsste ich euch doch viel häufiger besuchen, wenn ihr wirklich meine Kinder wärt. Ich will schließlich nicht als Rabenmutter dastehen.« Sie zuckte mit den Schultern. »Ach, keine Ahnung.«

In diesem Moment wachte Ylvie in meinen Armen auf und begann zu weinen. Ich wiegte die Kleine hin und her, konnte sie jedoch nicht beruhigen.

»Könntest du Wasser heiß machen? Ich glaube, sie hat Hunger.«

»Natürlich.« Claudia sprang auf und lief in die Küche. Ich griff nach meiner Tasche, holte Fläschchen und Babynahrung heraus und folgte Claudia.

***

»Ich habe bisher gar nicht gefragt, wie es dir überhaupt geht«, meinte Claudia, als wir wieder auf der Couch saßen. Sie schaute zu, wie ich Ylvie das Fläschchen gab und musterte die Kleine neugierig. »Dein Leben hat sich noch mehr verändert als meins und du hast ja auch schon ein Kind.«

Es schien ihr unangenehm zu sein, das Thema bisher nicht angesprochen zu haben.

»Sie ist nicht meine Tochter«, erklärte ich und bemerkte ein wenig amüsiert Claudias schockierten Blick. Was ging in der Sekunde wohl in ihrem Kopf vor?

»Ist sie nicht?«, wiederholte Claudia verwirrt.

»Nein«, antwortete ich und blickte zu der kleinen Ylvie hinab.

»Ylvie ist die Kronprinzessin der Siye. Sie ist ein Halbvampyr und angesichts der momentanen Kriegssituation wird man hinter ihr her sein.« Ich machte eine kurze Pause und sah Claudia wieder in die Augen. »So wie man hinter mir und Malyk her war.«

Claudia schaute von mir zu dem Baby und schnappte hörbar nach Luft. Sofort schien ihr zu dämmern, weshalb ich hergekommen war. Die Frage musste ihr die ganze Zeit über schon im Kopf herumgespukt sein. »Das ist nicht dein Ernst! Das kannst du nicht von mir verlangen.«

Ich stellte das leere Fläschchen auf den Tisch, griff nach Claudias Hand und drückte sie. »Bitte! Du bist die einzige, der ich sie anvertrauen würde.«

Sie zog ihre Hand weg und schüttelte den Kopf. »Schau mich nicht so an wie Diego damals. Zu der Zeit wollte ich eigentlich nur meinem besten Freund einen Gefallen tun.«

»Und nun bitte ich dich um einen Gefallen. Als deine Tochter, die ich immer sein werde«, sagte ich und erkannte in ihren Augen, wie sehr meine Worte sie berührten.

»Du verstehst das nicht. Damals hatte ich nichts zu verlieren. Heute habe ich eine Familie, die ich vor all den Vampyrgeschichten beschützen wollte.«

Ich schluckte angesichts der Worte, die ich ihr als nächstes sagen würde. »Wenn wir den Krieg nicht gewinnen, gibt es dich und deine Familie bald nicht mehr. Und wenn ihr doch überleben solltet, werdet ihr versklavt und deine Kinder werden ihrer Kindheit und ihrer Freiheit beraubt.«

Claudias Augen weiteten sich. Sprachlos starrte sie mich an.

»Dann wären all die Jahre, in der du dich um Malyk und mich gekümmert hast, absolut umsonst gewesen. Man hätte uns direkt als Kinder abschlachten können, wie den Rest unserer Familie. Denn wenn Valentin gewinnt, sind wir alle verloren.«

***

Nervös lief Claudia im Wohnzimmer auf und ab. Der Grund meines Besuchs war ein Schock für sie gewesen und sie schien sich gar nicht mehr zu beruhigen. In der Zwischenzeit hatte ich Ylvie frisch gewickelt, wonach sie wieder eingeschlafen war.

Claudias Mann hatte sich inzwischen auch zu uns gesellt und nun auch erkannt, wer ich war. Tom verstand jedoch nicht, weshalb seine Frau so durch den Wind war und sie erklärte es ihm auch nicht.

Ich nahm wieder auf der Couch Platz und legte die schlafende Ylvie vorsichtig neben mich.

Dann versuchte ich erneut, Claudia von meinem Plan zu überzeugen. »Claudia, ich bitte dich. Hilf mir. Du bist meine einzige Hoffnung.«

Sie blieb stehen und sah schweigend aus dem Fenster. Ihr Mann stand unschlüssig im Raum und sah von ihr zu mir.

»Was ist hier los?«, fragte er an uns beide gerichtet.

»Erzähl es ihm«, meinte ich zu Claudia, woraufhin sie vehement mit dem Kopf schüttelte.

»Er war ein Jäger. Erzähl ihm, was ich bin. Ich bin sicher, er wird es verstehen«, bohrte ich weiter und bemerkte, wie Tom mich nun unsicher musterte. Die Erwähnung der Jäger musste ihn nun völlig aus dem Konzept gebracht haben.

»Was sollst du mir erzählen?« Er war neben seine Frau getreten und zwang sie nun, ihn anzusehen.

»Ich will dich da nicht mit reinziehen«, erwiderte sie und wich seinem Blick aus.

»Er ist schon mittendrin«, warf ich ein, was mir einen bösen Blick von Claudia bescherte.

»Schatz, ich dachte wir haben keine Geheimnisse voreinander«, meinte er bedrückt und Claudia seufzte leise.

»Na schön.« Sie griff nach seiner Hand und zog ihn zur Couch. Die beiden setzten sich zu mir und Claudia atmete noch mal tief durch, ehe sie Tom schließlich die ganze Geschichte erzählte.

***

Es dauerte eine Weile, bis Tom vollständig im Bilde war. Wir hatten ihn über die Existenz von Vampyren aufgeklärt und Claudia hatte auch erzählt, dass sie jahrelang Malyks und meine Mutter gespielt hatte, während sie uns vor der Vampyrwelt versteckt hatte. Anschließend berichtete ich von dem Krieg, der immer noch die gesamte Welt bedrohte.

Tom hatte die ganze Zeit über aufmerksam zugehört und uns nur ein paar Mal unterbrochen, um Fragen zu stellen.

»Du bist also hier, damit Claudia für das Baby ebenfalls wieder die Mutter spielen kann ...«, fasste er den Grund meines Besuchs noch mal zusammen. Sein Blick ruhte auf der schlafenden Ylvie und ich fragte mich, was jetzt in seinem Kopf vorging.

Mit seinen nächsten Worten hatte ich jedoch nicht gerechnet. »Okay, wir machen es.«

»Was?«, fragten Claudia und ich wie aus einem Mund.

»Schatz, ist das dein Ernst? Ich wollte dich und die Jungs nicht ohne Grund aus der ganzen Sache heraushalten.«

Tom schien sich jedoch entschieden zu haben. »Hast du Lilya nicht zuge-hört? Wir haben keine Wahl. Dieses Mädchen dachte fast ihr ganzes Leben lang, dass du ihre Mutter bist. Du hast damals eine Entscheidung getroffen, zu der du auch jetzt noch stehen solltest.« Er machte eine kurze Pause und sah zu mir. »Ich habe die Jäger damals verlassen. Aber ich habe nie aufgehört, die Menschheit beschützen zu wollen. Deshalb bin ich Polizist geworden. Ich sehe es als meine Pflicht an, auch in dieser Sache meinen Beitrag zu leisten. Deshalb sage ich, dass wir das Baby aufnehmen.«

***

»Das hier ist die Nummer einer Siya, die sich für euch um die nötigen Papiere küm-mert.« Ich reichte Claudia den kleinen Zettel, den sie mit ernster Miene annahm.

»Ihr könnt selbst entscheiden, welche Geschichte ihr erfinden wollt. Sei es Adoption, Leihmutterschaft oder eine lange nicht bemerkte Schwangerschaft deinerseits«, erklärte ich und sie nickte.

»Außerdem wäre es besser, wenn Ylvie offiziell einen anderen Namen erhält. Hier Zuhause könnt ihr sie so nennen, doch in der Öffentlichkeit wäre es besser sie umzubenennen.«

»Hast du einen anderen Namen im Sinn?«, fragte Claudia und ich überlegte einen Moment.

»Wenn ich mich nicht täusche, ist Emma momentan ein sehr beliebter deutscher Vorname, oder?«

»Ähm, ja. Also Emma?«

Ich nickte lächelnd. Es würde Liams Schwester bestimmt ein wenig trösten, wenn ich ihr erzählen würde, dass ihre kleine Nichte verdeckt unter ihrem Namen am anderen Ende der Welt lebte.

»Wenn ihr sonst noch etwas braucht ...«, fing ich an, doch Tom unterbrach mich.

»Danke, wir haben alles.«

Nachdem er seine Frau überreden konnte, Ylvie aufzunehmen, hatte er auch direkt ein Beistellbettchen aus dem Keller geholt, das sie für ihre eigenen Kinder geholt hatten. Sie schienen allgemein noch gut mit Babysachen ausgestattet zu sein.

»Kannst du einschätzen, wie lange Ylvie bei uns leben wird?«, fragte Claudia mit besorgter Miene. Ich wusste, woran sie dachte. Ylvie wäre keine Belastung für sie, die sie schnell wieder loswerden wollte. Stattdessen machte sie sich bestimmt Sorgen um Soley oder mich. Nachdem Anisya mich und Malyk an Diego übergeben hatte, hatte er auch nicht damit gerechnet, dass sie so schnell sterben würde.

»Ich hoffe, nicht allzu lange«, erwiderte ich leise. Ich wusste nicht, ob wir es schaffen würden, den Krieg zu beenden. Es bestand durchaus die Möglichkeit, dass Valentin uns alle umbrachte. In dem Fall konnte ich nur hoffen, dass er die Welt nicht in ein Schlachtfeld verwandelte.

Ein letztes Mal betrachtete ich die kleine Ylvie, die wieder in meinen Armen schlief, und spürte, wie mir die Tränen in die Augen schossen. Ich hatte mein Ziel erreicht, jetzt hieß es Abschied nehmen.

»Mach's gut, Ylvie. Ich hoffe, dass ich dich bald wieder zu deiner Mutter bringen kann«, murmelte ich und gab der Kleinen einen Abschiedskuss. Anschließend übergab ich sie in die Arme der Frau, die auch mich in Zeiten der Not aufgenommen hatte.

35. KAPITEL

Lilya

Sechs Monate später ...

»Wusste ich doch, dass ich dich hier finde.«

Soley beachtete mich nicht, sondern hielt den Blick starr auf den Grabstein gerichtet, auf dem Ylvies Name ergänzt worden war. Angeblich war sie hier neben ihrem Vater begraben worden. Soley war blass und hatte dunkle Schatten unter den Augen. Vermutlich hatte sie die ganze Nacht nicht geschlafen und stattdessen hier gesessen.

Mein Blick fiel auf die jungen Wölfe Ylva und Ylvo neben ihr. Die beiden waren wohl zur gleichen Zeit wie Ylvie geboren worden und wichen Soley, seit sie älter waren, kaum von der Seite. Soley hatte täglich nach ihnen gesehen, sie mussten ihr eine Form von Trost spenden.

»Warum? Warum musste sie gehen?« Ihre Stimme brach und Tränen rannen über ihre Wangen.

Ich setzte mich neben sie und zog sie in meine Arme. »Weil du sie in Sicherheit wissen wolltest«, murmelte ich und strich ihr über die nackten Arme. Trotz der sommerlichen Temperaturen hatte sie eine Gänsehaut und fühlte sich kalt an.

»Heute wird sie ein halbes Jahr alt«, murmelte sie. »Valentin hat sich in den letzten Monaten kaum gemeldet, vielleicht hatte er es nie auf Ylvie abgesehen.«

»Das können wir nicht mit Sicherheit sagen.« Ich verstand zu gut, dass sie an ihrer damaligen Entscheidung zweifelte. Wie musste es sich anfühlen, das eigene Kind abgegeben zu haben und seit Monaten kein Lebenszeichen zu erhalten? »Du wirst sie bald wiedersehen, Soley. Das verspreche ich.«

Sie seufzte und schüttelte den Kopf. »Nein. Das werde ich nicht, ehe nicht dieser schreckliche Krieg vorbei ist. Und ich befürchte, dass er nie enden wird.«

Die Hoffnungslosigkeit, die in ihren Worten mitschwang, zerriss mir das Herz. Sie hatte aufgegeben. Die Sehnsucht nach ihrer Tochter hatte sie endgültig zerstört.

»Denk an deine Worte vor Ylvies Geburt. Du hast an ein gutes Omen geglaubt und warst sicher, dass dieses Jahr alles anders sein würde.« Ich streckte meine Hand aus und strich Ylva durch das graue Fell. »Das Jahr ist noch lange nicht vorbei.«

Soley sprang auf und blickte mit tränenüberströmtem Gesicht zu mir hinab. »Es ist alles anders! Es ist viel schlimmer geworden!«, zischte sie und presste die bebenden Lippen fest aufeinander.

Beschämt senkte ich den Blick. »Es tut mir leid, Soley.«

Sie wandte sich ab und entfernte sich einige Schritte. »Ich habe bereits ein halbes Jahr vom Leben meiner Tochter verpasst. Das wird mir niemand zurückgeben können!« Mit diesen Worten rannte sie in den Wald hinein, woraufhin Ylva und Ylvo aufsprangen und ihr folgten.

***

Es vergingen einige Tage, ehe ich Soley wieder im Schloss begegnete. Dieses Mal sprach ich sie jedoch nicht an. Ich wollte es Malyk überlassen, ihr in dieser schweren Zeit beizustehen. Auch wenn er nicht der leibliche Vater war, wusste ich, dass er starke Vatergefühle für Ylvie entwickelt hatte und ebenfalls sehr unter der Trennung von ihr litt.

Egal was ich in den letzten Monaten versucht hatte, Soley hatte sich immer mehr zurückgezogen und Malyk war der Einzige, der noch an sie herankam. Bei ihm kam sie zur Ruhe und er konnte sie zumindest kurzfristig auf andere

Gedanken bringen. Doch nichts konnte sie über den Verlust ihrer Tochter hinwegtrösten. Jeder weitere Tag, an dem sie nicht wusste, wie lange die Trennung noch anhalten würde, schmerzte sie mehr als der Vortag.

Mich selbst zermürbte die ganze Situation. Ich hatte keine Ahnung, was Valentin überhaupt plante. Worauf wartete er? Er hatte bei unserem letzten Aufeinandertreffen in Sibirien darauf bestanden, einen Platz im Ältestenrat zu erhalten. Doch bisher hatte er seinen Anspruch nicht eingefordert. Je länger wir nichts von ihm hörten, desto nervöser wurde ich.

Nachdem die Nachricht von Ylvies Tod durch die Presse gegangen war, hatten wir einen Brief von ihm erhalten, in dem er Soley sein aufrichtiges Beileid bekundete. Soley hatte den Brief in tausend Teile zerrissen und verbrannt.

Vor einigen Wochen hatte er sich dann erneut gemeldet, um sich angeblich nach unserem Befinden zu erkundigen. Ich war mehr als überrascht gewesen, als ich ihn plötzlich am Telefon gehabt hatte. Mein erster Impuls war es gewesen aufzulegen, doch ich hatte mich zusammengerissen. Das Gespräch war nicht sehr aufschlussreich gewesen, doch am Ende hatte er angekündigt, dass er an einer Ratssitzung teilnehmen wollte, sobald er Zeit dafür fände. Wann das jedoch sein würde, ließ er offen.

Ich fragte mich, ob er das nur machte, um uns mal wieder daran zu erinnern, dass er existierte. Er genoss unsere Furcht und ließ uns gerne zappeln. Ich traute es ihm auch zu, dass er jetzt wieder ein Jahr lang die Füße stillhielt. Warum sollte er sich hetzen lassen und irgendetwas überstürzen? Er saß am längeren Hebel. Meiner Meinung nach bestand sein ganzer Lebensinhalt nicht darin, die Weltherrschaft an sich zu reißen, sondern uns unser Leben zur Hölle zu machen. Ansonsten würde er ganz anders agieren. Oder es genügte ihm, wenn er erst in zweihundert Jahren über den Planeten herrschte.

Abgesehen davon, dass wir weiter trainierten und regelmäßig im kleinen Kreis Besprechungen abhielten, die immer ins Leere liefen, taten wir nichts, um Valentin irgendwie zu stürzen. Wir lebten unser Leben, als wäre nichts ungewöhnlich daran. Wenn man davon absah, dass wir uns alle unserer Freiheit beraubt fühlten. Die Freiheit, so zu leben wie wir wollten, ohne Angst zu haben.

Für Soley war es mit Abstand am schwierigsten. Sie musste sich tagtäglich fragen, ob sie überhaupt noch einen Tag von der Kindheit ihrer Tochter miterleben würde. Denn solange der Krieg irgendwie stillstand, konnte sie nichts unternehmen.

Die Sitzungen mit dem Ältestenrat fanden nach wie vor statt, doch es gab kaum wichtige Dinge zu besprechen. Die Maßnahmen zur Verbesserung der Lebensbedingungen von Sklaven überall auf der Welt liefen gut. Nur was Valentin trieb, konnten wir nicht kontrollieren.

Ansonsten hielten wir uns so gut es ging aus der Öffentlichkeit raus. Ylvies Tod war lange genug durch die Medien gegangen. Man schien Smilla die Nachricht abgekauft zu haben. Ich war mir aber sicher, dass Valentin trotzdem jemanden auf die Suche nach der Kleinen angesetzt hatte. Uns blieb nur zu hoffen, dass sie nicht gefunden wurde.

***

»Nein, ich bemerke immer noch keine Veränderung«, erklärte Malyk genervt und ließ das Schwert in seiner Hand kreisen.

Je näher sein Geburtstag rückte, desto ungeduldiger wurde er. Vor einer Woche hatte er auch das erste Mal Blut getrunken. Ich hatte ihm angesehen, wie schwer ihm das gefallen war. Mich hatten meine ersten Male viel Überwindung gekostet.

Ich wusste, dass er sich nichts sehnlicher wünschte, als eine Fähigkeit zu entwickeln, die diesen Krieg sofort beenden könnte. Doch ich fürchtete, dass es solch eine Kraft nicht gab.

»Pech für dich«, rief Ana und stürzte nach vorne, um Malyk frontal anzugreifen.

Gerade noch rechtzeitig wich Malyk aus und parierte den Angriff.

Unruhig rutschte ich auf meinem Platz am Hallenrand hin und her. Es fiel mir unheimlich schwer, Malyk beim Training mit Ana zuzuschauen, weil ich immer befürchtete, dass sie ihn ernsthaft verletzte. Bisher war diese Angst jedoch unbegründet gewesen. Malyk war wahnsinnig geschickt und man merkte, dass er von klein auf im Kämpfen unterrichtet worden war. Mittlerweile lebte er seit einem Jahr hier in Kanada und in der Zeit war er noch um einiges besser geworden. Das Kämpfen lag ihm im Blut und auch wenn er keine für den Kampf hilfreichen Fähigkeiten entwickeln sollte, würde er sich gut verteidigen können. Im Gegensatz zu mir. Ohne meine Telekinese und Teleportation wäre ich ziemlich hilflos. Sogar Soley wäre eine größere Hilfe, weil sie einfach perfekt mit Pfeil und Bogen umgehen konnte. Ich dagegen beherrschte keine Waffe besonders gut, sondern schien bei den Grundkenntnissen hängengeblieben zu sein. Zumindest meine Schnelligkeit und die guten Reflexe waren ein Vorteil beim Kampf mit den Djiye.

Doch die Erlebnisse in der Schweiz hatten mir gezeigt, dass es nicht allzu schwer war, mich auszuschalten. Ich war dem Tod nur knapp entkommen und fragte mich, ob Valentin das bewusst war. Hatte er wirklich meinen Tod gewollt oder hatte ich mir nur meiner Sterblichkeit bewusst werden sollen? Ich vermutete eher Letzteres, weil ich mir nicht vorstellen konnte, dass es Valentin befriedigt hätte, wenn ich auf diese Art und Weise abgedankt hätte. Wenn ich starb, wollte er mit Sicherheit dabei sein. Er würde miterleben wollen, wie ich meinen letzten Atemzug tat und wie Dimitri unter meinem Verlust litt.

***

Nach dem Training mit Malyk bot Ana an, noch eine Einheit mit mir durchzuführen, doch ich lehnte dankend ab. Ich war nicht in der Stimmung, Kampftechniken zu üben. Viel lieber würde ich mir jetzt einen Boxsack schnappen und wild drauf einprügeln.

Im Endeffekt schluckte ich meinen Ärger jedoch hinunter und begleitete Malyk aus der Halle.

»Wenn du so weitermachst, schlägst du Ana irgendwann noch«, meinte ich und zwinkerte meinem Bruder zu.

Ein schiefes Grinsen erschien auf seinem Gesicht. »Das bezweifle ich. Sie ist eine Kriegsgöttin. Ich halte es schon für einen Erfolg, wenn ich nach dem Training noch meinen Kopf auf den Schultern trage.«

Damit sprach er aus, was ich die ganze Zeit über gedacht hatte. Es überraschte mich, dass er selbst noch immer solch großen Respekt vor Anas Kampfkünsten hatte.

»Du brauchst keine Angst zu haben, dass du irgendwann den Kopf unterm Arm trägst«, erwiderte ich schmunzelnd. »Ich schätze, Ana passt sehr gut auf uns auf. Mich hat sie auch nie verletzt.« *Zumindest nie ernsthaft*, fügte ich im Geiste hinzu. Kleinere Wunden waren durchaus am Anfang vorgekommen. Ana war der Meinung, dass man ohne ein bisschen Schmerz nichts lernen würde und er für die Motivation gut war.

Der Blick, den Malyk mir zuwarf, signalisierte mir, dass er dasselbe dachte.

»Wie geht es eigentlich Soley?«, fragte ich vorsichtig und begab mich damit auf unsicheres Terrain.

Für einen Moment lief Malyk schweigend neben mir her, ehe er antwortete. »Ich habe das Gefühl, dass sie kaum noch etwas von ihrer Umgebung wahrnimmt. Sie hat ihr Lachen und ihre Fröhlichkeit verloren.« Er blieb stehen und warf mir einen deprimierten Blick zu. »Sie trauert, als wäre Ylvie wirklich gestorben«, flüsterte er.

Ich nickte traurig. Das war auch mein Eindruck. Es war absolut verständlich, dass sie so sehr unter der Trennung litt und es sich für sie anfühlte, als hätte sie ihre Tochter für immer verloren.

»Ich wünschte, wir könnten ihr irgendwie helfen«, murmelte ich. Es brach mir das Herz, sie so leiden zu sehen.

»Ich auch. Aber wir versuchen ja schon alles.« Die Hilflosigkeit war Malyk deutlich anzusehen. »Unsere einzige Chance ist es, Valentin endlich das Handwerk zu legen.«

Damit hatte Malyk wohl recht. Doch er kannte Valentin nicht.

»Leider haben wir immer noch keine Ahnung, wie wir das bewerkstelligen sollen«, meinte ich betrübt. »Du weißt nur von Erzählungen, was für ein Monster er ist. Du kannst dir nicht vorstellen, wie es für uns war, das alles durchzumachen.«

»Ich weiß.« Er sah den langen Flur entlang und fuhr sich nervös durch die Haare. »Lya ...« Er machte eine kurze Pause und atmete unruhig ein und aus. »Als damals die Bombe in New York explodiert ist, hatte ich schreckliche Angst um dich. Ich dachte, du wärst gestorben, bis Diego Entwarnung gab. Ich habe mich so gefreut, als ich dich in der Schweiz traf. Es tut mir leid, dass ich schließlich nicht bei der Wiedersehensfreude geblieben bin und dich angegriffen habe.«

Seine Worte überraschten und berührten mich zugleich.

»O Malyk.« Ich zog meinen Bruder in die Arme und er drückte mich fest an sich.

»Lya, ich will alles tun, was in meiner Macht steht, um Valentin zu beseitigen. Ich will nicht, dass ihr noch mal sowas durchmachen müsst.«

36. KAPITEL

Dimitri

»Bist du sicher, dass du dir nicht noch einen Drink genehmigen möchtest?«

Kopfschüttelnd lehnte ich mich gegen den Türrahmen. Sascha stand im Flur vor meiner Wohnung und schien offensichtlich nicht gehen zu wollen.

»Ich muss noch arbeiten«, erklärte ich, woraufhin er die Augen verdrehte.

»Seit du verheiratet und ein König bist, kommt ganz schön der Spießer in dir raus«, bemerkte Sascha grinsend. »Sonst war das doch immer mein Job.«

Ich unterdrückte ein Schmunzeln und trat einen Schritt zurück. So gerne ich auch den ganzen Tag mit Sascha gequatscht und getrunken hätte, ich hatte noch einiges zu erledigen. Ich schob Büroarbeit eh schon zu oft vor mir her.

»Wenn du meinst. Wir sehen uns.«

Ohne auf eine Reaktion von ihm zu warten, schlug ich die Tür zu und ging in mein Arbeitszimmer. Im Gegensatz zu Lilya hatte ich mir keinen extra Raum im Schloss gesucht, um zu arbeiten. Mir war das Risiko viel zu hoch, dass jemand dort einbrach und Abhörgeräte oder ähnliches installierte. Unsere Wohnung dagegen hatten wir mehrfach gegen Eindringlinge gesichert. Das war der einzige Ort, an dem wir uns sicher fühlten. Bei jedem Wort, das wir irgendwo anders auf dem Gelände wechselten, rechneten wir bereits damit, dass es einer von Valentins Spionen hörte.

Ich setzte mich an meinen Rechner und schaltete Musik an, um die Arbeit ein wenig erträglicher zu machen. Anschließend checkte ich die Nachrichten. Etliche Anfragen zu Presseauftritten fand ich in meinem Postfach und löschte sie, ohne die E-Mails überhaupt zu öffnen. Die Öffentlichkeitsarbeit war mir schon immer zuwider gewesen. Die Leute sollten sich mit ihrem eigenen Leben beschäftigen, anstatt jedes Detail aus unserem Leben wissen zu wollen.

Im Gegensatz zu den Menschen und deren Royals und anderen Prominenten, ließ man uns glücklicherweise meistens in Ruhe. Es gab jedoch immer Phasen, in denen wir interessanter waren als zu anderen Zeiten. Momentan schien die Öffentlichkeit wieder mehr über uns erfahren zu wollen.

Eine Anfrage für Lilya fiel mir ins Auge. Es ging um ein Interview über die neuen Gesetze in Bezug auf die Behandlung der Sklaven. Es faszinierte mich immer noch, wie Lya die ganze Welt der Vampyre auf den Kopf gestellt hatte. Sklaven hatten vor ihrem Auftauchen keinerlei Rechte und nun ging es den meisten richtig gut.

Ich löschte die Nachricht nicht, sondern würde sie Lilya später zeigen. Es konnte gut sein, dass sie Lust auf das Interview hatte. Immerhin ging es mal um etwas anderes als Valentin oder Ylvie.

Als ich alle neuen Nachrichten überflogen und auf ein paar geantwortet hatte, schloss ich den Posteingang und rief die Finanzübersicht auf. Nachdem alle Könige in diesem Schloss lebten, hatten wir alle Verwaltungsinhalte der Vampyrrassen zusammengelegt.

Ich konnte sehen, wie viele Siye und Djyie es momentan auf der Welt gab, welches Alter sie hatten, wo sie wohnten und wie viele Abgaben sie an das Königshaus zahlten.

Seit Ausbruch des Krieges stimmten die Zahlen jedoch nicht mehr genau. Manche Vampyre verschwiegen aus Angst ihren Wohnort, einige sogar ihre Existenz.

Wenn man diese Vampyre fand, könnte es schwerwiegende Verfahren gegen sie geben. Doch wir hatten momentan kein Interesse daran, Leute zu verurteilen, die nur in Sicherheit leben wollten.

Ich konnte es niemandem verübeln. Wenn ich könnte, würde ich mir auch meine Frau und meine Freunde schnappen und ans Ende der Welt verschwinden.

Eine Weile betrachtete ich die Auflistungen und Statistiken, als ich plötzlich bemerkte, dass es verbrannt roch. Mein Blick glitt zur geschlossenen Tür, unter der Rauch hervordrang.

Fluchend sprang ich auf und wollte zur Tür laufen, hielt aber noch mal inne und loggte mich sicherheitshalber am Rechner aus.

Als ich dann nach der Klinke griff, bemerkte ich, wie heiß sie war. Panik erfasste mich. Brannte unsere Wohnung?

Es half alles nichts, ich musste es herausfinden. Ich riss die Tür auf und sofort überrollte mich eine Welle von Qualm und Hitze.

Der Rauch drang in meine Lungen und brachte mich zum Husten. Ich versuchte, durch den dichten Nebel, der sich bereits gebildet hatte, etwas sehen zu können.

Das ganze Wohnzimmer stand in Flammen. Die Couch, die Vorhänge, die Schränke, die Teppiche. Alles brannte.

Ein Déjà-vu an meine erste Nacht bei Lilya auf der Ranch erfasste mich. Das war das letzte Mal gewesen, dass ich in solch einem Flammenmeer gestanden hatte.

Wie hatte das hier passieren können?

Mir blieb keine Zeit darüber nachzudenken. Ich zog die Tür hinter mir zu, damit sich der Brand nicht so schnell ausbreiten konnte und stürzte dann auf den Ausgang zu.

Schockiert musste ich dort feststellen, dass die Tür abgesperrt war. Wut kochte in mir hoch und mit einem Schlag meiner Faust flog die Tür aus den Angeln.

Ich rannte in den Flur und machte mich auf die Suche nach Hilfe.

***

»Was ist hier nur passiert?«

Bestürzt stand Lilya inmitten der verkohlten Überreste unseres Wohnzimmers. Was das Feuer nicht zerstört hatte, war schließlich dem Wasser und Löschschaum zum Opfer gefallen.

»Ich habe keine Ahnung.«

Mit vereinten Kräften hatten wir den Brand schnell löschen können, ehe er sich auf die anderen Räume hatte ausbreiten und noch mehr anrichten können. Es war mir ein Rätsel, wie solch ein Feuer hatte ausbrechen können, während ich im Nebenraum gesessen hatte.

Lilya, Malyk, Soley, Sascha, Ana und auch Diego waren hier, um die Situation zu besprechen.

»Das Feuer ist an mehreren Stellen gleichzeitig ausgebrochen und ich kann eindeutig sagen, dass es Brandstiftung war.« Ich sah zu Soley, die mit nachdenklichem Blick das ganze Zimmer untersuchte.

»Bist du sicher?«, hakte ich nach und stellte mich neben sie.

»Zu einhundert Prozent.«

Ich biss die Zähne fest zusammen und griff nach der Whiskeyflasche auf dem Glastisch, die das Feuer überlebt hatte. Nur schwarzer Ruß haftete an ihr.

»Dimitri, denkst du wirklich, dass du das Zeug noch trinken solltest?«, meinte Sascha schmunzelnd.

Ich hob die Augenbrauen. »Und den teuren Whiskey lieber wegschütten, oder wie? Möchtest du auch noch was?«, fragte ich meinen Freund, doch er verneinte.

Ich schenkte mir ein großes Glas ein und hielt es Soley unter die Nase.

»Möchtest du einen?«, fragte ich und sie schüttelte den Kopf, ohne mich anzusehen.

Ich zuckte mit den Schultern und zog das Glas zurück. In dem Moment, in dem ich es an meine Lippen setzte und einen Schluck trinken wollte, schaute Soley auf und machte etwas, mit dem ich nicht gerechnet hatte.

Blitzschnell schlug sie mir das Glas aus der Hand, was daraufhin klirrend auf dem Boden landete und in tausend Teile zersprang. »Trink das nicht!«, rief sie und die Panik in ihrer Stimme versetzte mich in Alarmbereitschaft.

»Der Whiskey ist vergiftet«, erklärte sie und griff nach der Flasche.

»Wie bitte?« Saschas Stimme klang deutlich höher als sonst und mit besorgter Miene kam er auf uns zu.

»Da scheint dich jemand aus dem Weg räumen zu wollen, Dimitri«, bemerkte Diego nüchtern, doch ich beachtete ihn nicht.

Soley roch an der Flaschenöffnung und schraubte sie dann wieder zu.

»Kein Zweifel, der Inhalt ist vergiftet.«

Saschas Blick traf meinen und wir dachten mit Sicherheit dasselbe.

»Wir haben vor dem Brand noch davon getrunken«, erklärte ich und hatte das Gefühl, mich direkt übergeben zu müssen.

Soleys Augen weiteten sich vor Entsetzen. Eine Reihe von Flüchen verließ, für sie untypisch, ihre Lippen, ehe sie mir die Flasche in die Hand drückte, anschließend nach Saschas und meiner freien Hand griff und uns zum Ausgang zog.

»Ihr müsst sofort mitkommen.«

***

Die nächsten Stunden auf der Krankenstation hätte ich mir wirklich gerne erspart. Soley pumpte Sascha und mir den Magen aus und spritzte uns irgendetwas gegen das Gift, das sie in dem Whiskey gefunden hatte. Zur Sicherheit bestand sie dann auch noch darauf, dass wir ihr Blut tranken, um unsere Selbstheilungskräfte zu unterstützen.

»Hätte uns das Zeug wirklich umgebracht?«, fragte ich Soley, während sie mir noch mal Blut abnahm, um zu kontrollieren, dass dort keine Rückstände des Gifts zu finden waren.

Zu meinem Entsetzen nickte sie. »Das Gift hat eine sehr spät einsetzende Wirkung, doch es hätte unentdeckt zu einem langsamen und qualvollen Tod geführt.«

»Woher weißt du das so genau?«

Schmunzelnd zog sie die Nadel aus meinem Arm. »Dimitri, ich habe jahrelang Gifte erforscht. Die Auswahl an Giften, die bei Vampyren wirken, ist nicht sehr groß. Deshalb kenne ich mich da sehr gut aus«, erklärte sie und ging zu Sascha, der noch ganz blass im Gesicht war.

»Wer auch immer dich nicht leiden kann, hätte mich beinahe mit unter die Erde gebracht«, beschwerte er sich, woraufhin ich trocken auflachte.

»Sascha, als mein Leibwächter ist es doch deine Aufgabe, mir in den Tod zu folgen.« Ich zwinkerte ihm zu und er verdrehte nur stöhnend die Augen.

»Im Kampf gerne, aber dahingerafft von Single Malt? Wie entwürdigend wäre das denn?«

Dem konnte ich nur zustimmen.

Soley fand die ganze Situation deutlich weniger witzig. »Ihr könnt beide froh sein, dass ihr die Flasche nicht geleert habt. Sonst wärt ihr womöglich sogar ohnmächtig geworden oder hättet Lähmungserscheinungen davongetragen. Das wäre richtig böse ausgegangen, vor allem in Kombination mit dem Brand.«

Ich legte den Kopf schief und sah zu Sascha. »Siehst du, zum Glück war ich in dem Moment der Spießer und wollte arbeiten.«

Statt einer Antwort schnaubte Sascha und ich wandte mich wieder an Soley.

»Man kann also davon ausgehen, dass mich jemand definitiv umbringen und nicht nur erschrecken wollte?«

Sie warf mir einen ernsten Blick zu. »Auf jeden Fall.«

»Jetzt ist nur die Frage, wer mich umbringen will. Und wie das eingefädelt wurde«, überlegte ich laut. »Es hätte schließlich niemand unbewacht in die Wohnung kommen dürfen.«

»Irgendjemand muss sich aber Zutritt verschafft haben«, kommentierte Sascha das Offensichtliche. Soley war nun auch bei ihm mit der Blutabnahme fertig und verstaute unsere Blutproben in einem Kühlschrank. Ich stand auf.

»Dann sollten wir uns mal die Überwachungsvideos ansehen.«

***

Einige Stunden später hatten wir in der Zentrale etliche Aufnahmen gesichtet, jedoch nichts Brauchbares gefunden.

Damit es schneller ging, hatten Lilya und die anderen geholfen und jeder hatte sich ein anderes Zeitfenster vorgenommen. Ich hatte die Whiskeyflasche vor zwei Tagen geöffnet, und da war auf jeden Fall noch kein Gift enthalten gewesen. Es blieb also keine große Zeitspanne, in der jemand in die Wohnung eingedrungen sein konnte, um den Whiskey zu vergiften. Da die Überwachungskameras auch nur die Zeiten erfassten, in denen weder Lilya noch ich in der Wohnung waren, blieben nur wenige Stunden Videomaterial übrig. Diese hatten wir auch akribisch untersucht, doch keiner von uns hatte etwas Verdächtiges entdeckt.

»Wie ist das möglich, dass niemand zu sehen ist?«, stellte Lya die Frage, die uns alle beschäftigte.

Ana lehnte sich in ihrem Stuhl zurück und verschränkte die Arme vor der Brust. »Wie es aussieht, muss jemand in der Wohnung gewesen sein, während ihr dort wart.«

»Unmöglich, das hätten wir doch mitbekommen«, widersprach ich sofort.

Fragend hob Ana die Augenbrauen. »Bist du dir da wirklich sicher? Das Feuer muss immerhin auch gelegt worden sein, während du im Arbeitszimmer gewesen bist. Es ist also sehr wahrscheinlich, dass auf diesem Wege auch das Gift in die Flasche gekommen ist.«

So ungern ich mir das auch eingestand, aber Ana hatte recht. Ich hatte nicht gehört, dass jemand die Wohnung betreten, und an mehreren Stellen im Wohnzimmer Feuer gelegt hatte.

»Aber wer riskiert das?« Sascha sah fragend in die Runde. »Derjenige musste die ganze Zeit damit rechnen, dass Dimitri aus dem Zimmer kommen würde. Wenn ich mich schon in eure Wohnung schleiche, würde ich das nicht machen, wenn ihr drinnen seid und jederzeit auf mich stoßen könnt. Ich würde in eurer Abwesenheit reingehen und mir einen Komplizen suchen, der mich warnt, sobald ihr kommt.«

Ich zuckte die Achseln. »Jemand, der offenbar lebensmüde ist.«

»Du glaubst an Valentins Männer?«, fragte Lya und ich nickte.

»An wen sonst? Dass seine Leute ihr Leben für seine Pläne riskieren, ist ja nichts Neues. Immerhin haben die Piloten auf dem Weg in die Schweiz auch das Flugzeug zum Absturz gebracht.«

Da konnte keiner widersprechen. Eine Frage blieb jedoch offen: Warum hatte man dieses Mal versucht, mich wirklich zu töten?

37. KAPITEL

Lilya

»Hallo, Lya.«

Ich erstarrte, als ich die Stimme durchs Telefon hörte und in meinem Nacken stellten sich augenblicklich alle Härchen auf.

»Valentin«, presste ich hervor und hätte am liebsten direkt aufgelegt.

»Wie geht es dir, Teuerste?«, säuselte er und in mir begann es zu brodeln.

»Warum fragst du nach meinem Befinden? Ist es nicht Dimitris Gesundheitszustand, den du momentan im Auge hast?«, zischte ich wütend.

Es dauerte einen Moment, bis er antwortete. »Ach natürlich, diese ominösen Anschläge auf mein Brüderchen. Ich hab davon gehört, aber es scheint ihm ja dennoch gut zu gehen.«

Ich stockte. Was wollte er damit sagen?

»Davon gehört?«, wiederholte ich ungläubig. »Du bist doch dafür verantwortlich!« In den vergangenen Tagen hatte es weitere Zwischenfälle gegeben, in denen Dimitri beinahe verletzt worden war. Dabei hatten wir vermutet, dass der Brand und das Gift eine einmalige Sache gewesen waren.

Zu meiner Überraschung lachte Valentin am anderen Ende der Leitung. »Verzeih mir, aber dieses Mal bin ich leider nicht der Bösewicht. Es scheint noch mehr Leute zu geben, die meinen Bruder nicht leiden können. Ich hoffe nur, sie arbeiten weiterhin so schlampig. Niemand außer mir darf Dimitri ins Jenseits befördern.«

Ich glaubte, mich verhört zu haben. Er war nicht der Attentäter? Wir waren uns alle einig gewesen, dass er dahinter stecken musste. Es bestand allerdings die Möglichkeit, dass er mich anlog.

»Und das soll ich dir glauben? Das passt wunderbar zu deinen Spielchen, die du sonst mit uns treibst. Oder weshalb rufst du sonst an, wenn nicht um persönlich zu hören, wie deine Anschläge verlaufen sind?«

»Süße, ich rufe wegen der bevorstehenden Ratssitzung an.« Er klang nun leicht verärgert. »Ich wollte dir nur mitteilen, dass ich beabsichtige, daran teilzunehmen.«

»Was?« Panik breitete sich in mir aus bei dem Gedanken, dass er in einer Woche hier auftauchen würde.

»Du hast schon richtig gehört. Ich freue mich darauf, euch bald wiederzusehen.«

***

»Glauben wir ihm oder nicht?« Dimitri stellte seine Frage an alle im Raum. Da unsere Wohnung noch eine Baustelle war, hatten wir uns bei Soley und Malyk am großen Esstisch getroffen. Den Besprechungsraum mieden wir momentan, wie alle anderen Räume, die zu leicht zugänglich waren.

Mein Blick fiel auf Soley, die ganz blass auf ihrem Stuhl saß.

Sie hatte keinen Ton gesagt, seit ich die Neuigkeit zu Valentins bevorstehendem Besuch verkündet hatte.

»Spielt es eine Rolle, ob wir ihm glauben, dass er nichts mit den Angriffen zu tun hat?«, fragte Malyk und lehnte sich auf seinem Stuhl zurück. »Vielleicht wird uns Valentin nie die Wahrheit sagen. Aber wir sollten davon ausgehen, dass es noch jemanden gibt, der es auf Dimitri abgesehen hat. Und dieser Jemand macht vielleicht weiter, bis er ihn wirklich um die Ecke gebracht hat.«

Einen Moment schwiegen alle, ehe Sascha meinem Bruder zustimmte. »Er hat recht. Es spielt sowieso keine Rolle, wer die Anschläge verübt. Wichtig ist nur, dass wir sie verhindern.«

»Ganz schön feige, immer Fallen zu stellen«, bemerkte Ana und Dimitri lachte.

»Denkst du, dass sich irgendjemand mit Verstand zu einem fairen Kampf mit mir einlassen würde?«, fragte er amüsiert.

Anas Augen blitzten auf, doch bevor sie etwas erwidern konnte, ergänzte Dimitri schnell: »Du zählst natürlich nicht.«

»Das heißt, wir haben wohl zwei Probleme«, fasste ich die Situation zusammen. »Valentins nahender Besuch und ein anonymer Attentäter.« Ich wusste nicht, wer von beiden mir mehr Angst machte. Valentin war für mich das schlimmste Wesen auf dem Planeten. Doch auch wenn wir seine Spielchen nie durchschauten, besaß dieses Monster wenigstens ein Gesicht. Wir wussten, wer er war und was ihn antrieb.

Aber wer hatte schon mehrmals versucht, meinen Mann umzubringen? Und warum? Wir hatten nie daran gezweifelt, dass es auf Valentins Anordnung passierte. Es hätte gut zu ihm gepasst. Uns auf diese Art und Weise zu erinnern, dass wir nur lebten, weil er es uns gestattete. In der Schweiz war ich das Ziel gewesen, jetzt Dimitri. Ich war mir unsicher, ob Valentin nicht doch dahinter steckte. Bei dem Gift war die Wahrscheinlichkeit sehr hoch gewesen, dass Dimitri stirbt. Hätte Valentin das wirklich riskiert? Oder war er sich sicher, dass wir jeden Anschlag vereiteln würden?

Doch vielleicht handelte auch einer seiner Männer eigenmächtig. Wir wussten es nicht, dafür müssten wir die betreffende Person aufspüren. Doch von dieser fehlte bisher jede Spur.

***

Am nächsten Tag schlug ich den anderen vor, mal wieder auszureiten. Mein Vorschlag war zunächst auf keine große Begeisterung gestoßen, doch ich wollte einfach mal wieder einen Tag ohne Drama verbringen. Und ich wusste, dass es den anderen insgeheim auch so ging und uns ein wenig Abstand guttun würde.

Zusammen mit Dimitri, meinem Bruder und Soley entfernte ich mich schließlich immer weiter vom Schloss. Weg von den Problemen.

Ich hatte das Gefühl, dass mir Zuhause die Decke auf den Kopf fiel. Hinter jeder Ecke vermutete ich Gefahren und das trieb mich in den Wahnsinn. Wir hatten nirgendwo mehr das Gefühl, in Sicherheit zu sein. Wie lange würde es so bleiben? Bis Valentin entschied, uns alle in die Luft zu sprengen? Oder bis wir auf wundersame Weise einen Weg fanden, wie wir ihm das Handwerk legen konnten?

Ich ritt auf Coco ein wenig voraus und genoss die Sonne, die immer wieder einen Weg durch das dichte Blätterdach fand, und den warmen Wind, der mir durch die Haare wehte. Es war Ende Juli und der Sommer hatte seinen Höhepunkt erreicht. Trotzdem wurde es hier nie so heiß wie in Texas, was für mich jedoch kein Problem war. Die Winter hier waren kalt und lang, doch auch wunderschön. Ich vermisste mittlerweile weder Texas noch New York.

Die völlig unberührte Natur um mich herum faszinierte mich noch genauso wie an meinem ersten Tag in Kanada. Ich liebte es hier zu sein. Unter anderen Umständen könnte unser Leben perfekt sein.

»Wo möchtest du eigentlich hin?«, rief Dimitri und schloss zu mir auf.

»Das wirst du schon sehen.«

***

Die Sonne stand hoch am Himmel, als wir unser Ziel erreichten. Dimitri und die anderen hatten inzwischen erkannt, wo wir waren. Auch Malyk hatte den Ort in den letzten Monaten bereits kennengelernt.

Wir versorgten die Pferde und anschließend führte ich die anderen zum Höhleneingang des Berges vor uns.

Die Höhle, die ich damals mit Liam entdeckt hatte, barg viele schöne Erinnerungen. Ich wusste, dass Liam und Soley sich dort zum ersten Mal geküsst hatten, und nach seinem Tod war ich oft mit ihr hier gewesen.

Es war ein Ort des Gedenkens. Genauso wie der Wasserfall. Ein Ort, um die Seele baumeln zu lassen.

Wir ließen das Zwitschern der Vögel hinter uns, als wir dem Gang immer tiefer in den Berg hinein folgten. Seit die anderen gewusst hatten, wohin wir ritten, hatte ich Soley genau im Auge behalten.

Sie war nach wie vor sehr in sich gekehrt, doch die momentanen Ereignisse schienen sie auch wieder von ihrem Kummer abzulenken. Es blieb keine Zeit mehr, sich in seinem Bett zu verkriechen.

Die Höhle musste alle Emotionen in ihr wieder zum Vorschein bringen. Die Trauer um Liam, den Trennungsschmerz wegen Ylvie.

Ich bemerkte, wie Malyk ihre Hand den ganzen Weg über nicht losließ. Auch wenn ich nie gedacht hätte, dass mein Bruder so gefühlvoll sein konnte, war er das Beste, das ihr hätte passieren können. Er war für sie da, wenn nicht einmal ich zu ihr durchdringen konnte. Woran das lag, wusste ich nicht. Soley war meine beste Freundin. Doch seit Malyks Auftauchen in Kanada waren die beiden tief miteinander verbunden.

Dimitri lief neben mir und griff ebenfalls nach meiner Hand. Ich sah zu ihm auf und begegnete seinem liebevollen Blick. Ich spürte, wie sich mein Mund zu einem Lächeln verzog. Wir genossen viel zu selten unsere Zweisamkeit. Seit unserer Hochzeit hatte uns die Realität immer wieder einen Strich durch die Rechnung gemacht. Auch wenn die Lage seit Monaten ruhig war, schaffte es diese Ruhe nicht bis in unsere Herzen. Weil es lediglich eine trügerische Form von Normalität war. Wir standen dauerhaft unter Strom und lebten mit der Angst vor neuen Katastrophen.

Manchmal sehnte ich mich nach der Zeit in Texas und New York zurück. In unserer Beziehung war dies die entspannteste Zeit gewesen. Es hatte nur uns zwei gegeben und zumindest augenscheinlich für mich keine Probleme. Und alles was danach gefolgt war, hatte uns erst richtig zusammengeschweißt. Auch wenn wir sehr viele Streitereien hinter uns hatten, konnte uns nichts entzweien.

Ich richtete meinen Blick wieder nach vorne. Der Lichtkegel meiner Taschenlampe traf auf die dunklen Felswände und erhellte den Gang, von dem immer wieder Abzweigungen abgingen. Nach einer Weile wurde der Gang breiter und schließlich erreichten wir die große Kammer mit dem kleinen See.

Ich schaltete die Taschenlampe aus, da hier genug Licht in die Höhle fiel, damit auch Malyk alles erkennen konnte. Dimitri nahm den Rucksack mit unseren Sachen ab und lehnte ihn gegen einen Felsen.

»Wollen wir direkt schwimmen gehen?«, fragte er grinsend und zog sich bereits sein Shirt über den Kopf.

»Klar«, erwiderte ich und sah zu Malyk und Soley, die es sich zunächst auf einem Felsvorsprung gemütlich machten.

Während Dimitri sich bereits bis auf die Boxershorts ausgezogen hatte und ins Wasser sprang, ging ich noch mal zu meinem Bruder und seiner Freundin.

»Alles okay, Soley?«, fragte ich besorgt. Ich wollte sie mit diesem Ausflug nicht überfordern, doch nach den gestrigen Nachrichten hatte ich gedacht, eine Auszeit würde uns guttun.

Sie nickte lächelnd. »Ja, ist schon gut. Danke für den Ausflug.«

»Ich weiß, dass du wohl am meisten leiden wirst, wenn Valentin nächste Woche kommt und …«

»Lass uns jetzt nicht darüber reden«, unterbrach sie mich schnell. »Wir können es schließlich nicht ändern.«

Ich wollte etwas erwidern, da hallte ein erstickter Ruf durch die Höhle und aus dem Augenwinkel sah ich, wie Dimitri wild mit den Armen ruderte und schließlich unter der Wasseroberfläche verschwand.

Mit einem stummen Fluch auf den Lippen teleportierte ich mich sofort an die Stelle, an der Dimitri verschwunden war und holte tief Luft, um untertauchen zu können. In dem Moment bemerkte ich aber, wie Dimitri wieder an die Oberfläche schwamm. Er tauchte neben mir auf und atmete hörbar ein.

Erleichtert griff ich nach seinem Arm und teleportierte mich mit ihm ans Ufer. Dimitri kniete auf dem kühlen Gesteinsboden und hustete gequält. Ich klopfte ihm auf den Rücken, damit er das geschluckte Wasser ausspuckte.

Malyk und Soley kamen sofort an unsere Seite. »Was ist passiert?«, fragte Soley und kniete sich neben Dimitri.

»Irgendjemand hat mich unter Wasser gezogen«, erwiderte Dimitri, sobald er wieder zu Atem gekommen war.

»Irgendjemand?«, wiederholte ich und warf einen besorgten Blick zum Wasser. Wie sollte sich dort irgendjemand verstecken?

»Es hat sich zumindest so angefühlt, als hätte mich eine Hand am Knöchel gepackt und nach unten gerissen«, erklärte er. »Ich konnte mich zum Glück schnell wieder befreien.«

»Wie ist das möglich?«

Dimitri zuckte mit den Schultern und erhob sich schwermütig. »Ich habe keine Ahnung. Ich habe auch niemanden gesehen, es ging alles viel zu schnell.«

Malyk runzelte die Stirn. »Das ist wirklich merkwürdig.«

Ich lief zum Rucksack und holte eine Decke hervor, die ich Dimitri um die Schultern legte. Er zog mich an sich und legte die Decke um uns beide.

Derweil untersuchten Soley und Malyk vorsichtig die Höhle. Die Kammer war riesig und nicht komplett einsehbar. Felswände teilten sie in mehrere Abschnitte. Malyk hatte sich die Taschenlampe geschnappt, um besser sehen zu können.

»Seid vorsichtig«, rief ich ihnen hinterher. Am liebsten würde ich die Höhle sofort verlassen. Es gab keine Spuren des Angreifers und dennoch hatte ich das starke Gefühl, beobachtet zu werden.

»Leute, hier sind Fußspuren!«, rief Soley plötzlich und ich wandte mich zu ihr um. Sie kniete ein Stück weiter weg am Ufer des Sees.

Ich löste mich aus Dimitris Umarmung und er warf die Decke auf einen Felsen.

»Ihr glaubt nicht, was ich gefunden habe!«, ertönte in dem Moment Malyks Stimme. Ich hatte ihn aus dem Blickfeld verloren und lief mit Dimitri schnell in die Richtung, aus der seine Stimme gekommen war. Soley war ebenfalls sofort aufgesprungen und losgerannt.

Wir liefen um einen riesigen Felsvorsprung herum und sahen schließlich Malyk, wie er reglos vor der Höhlenwand stand.

Den Strahl der Taschenlampe hielt er auf die Steinfläche vor sich gerichtet.

An der Wand stand etwas geschrieben. Mein feiner Geruchssinn roch sofort das frische Blut, das zum Schreiben verwendet worden war. Ich las die Worte und spürte, wie sich mein Puls beschleunigte.

Dimitri, du wirst für deine Sünden bezahlen!

38. KAPITEL

Lilya

»Du wirst für deine Sünden bezahlen«, las Dimitri laut die Worte vor, die an ihn gerichtet waren. Ein amüsierter Unterton schwang in seiner Stimme mit. »Das scheint ja wirklich etwas Persönliches zu sein.«

»Das ist nicht witzig«, fauchte ich. Die ganze Sache nahm mich deutlich mehr mit als ihn.

Soley trat an die Wand und strich mit den Fingern über das Blut. Ich ahnte, was sie vorhatte.

Vorsichtig leckte sie ihre Finger sauber. Mit der schockierten Miene, die daraufhin auf ihrem Gesicht erschien, hatte ich jedoch nicht gerechnet.

»Was ist los, Soley?«, fragte ich und trat direkt neben sie.

Sie starrte mich an und schien kein Wort über die Lippen bringen zu können.

Ich legte ihr eine Hand auf die Schulter. »Soley, von wem ist es?«

Sie presste die Lippen aufeinander und schloss für einen Moment die Augen. Als sie mich wieder ansah, lag ein entschlossener Ausdruck in ihren Augen.

»Wir sind nicht allein«, hauchte sie so leise, dass selbst ich Mühe hatte, sie zu verstehen.

Mir war sofort klar, worauf sie hinauswollte. Das ungute Gefühl, beobachtet zu werden, hatte sich verstärkt. Ich konnte niemanden sehen oder hören, doch Soleys Sinne waren deutlich stärker als meine. Wenn sie sich konzentrierte, konnte sie Herzschlag und Atmung von jedem wahrnehmen, der sich in der Nähe befand.

»Wo?«, wisperte ich und sie neigte den Kopf leicht nach links. Dort befand sich ein weiterer Gang, der aus der großen Kammer herausführte.

Ich unterdrückte den Drang, mich hektisch umzusehen und legte scheinbar beiläufig eine Hand an die kühle Felswand und schloss kurz die Augen, um mich ganz auf meine Umgebung konzentrieren zu können.

Meine Fähigkeiten der Telekinese erlaubten es mir, Dinge um mich herum besser wahrzunehmen. Ich brauchte nicht zwingend Blickkontakt, um etwas in meiner Nähe zu bewegen. Oder jemanden.

Ich spürte meine Begleiter und außerdem die Anwesenheit einer weiteren Person und ohne nachzudenken rannte ich los. In den scheinbar leeren Gang. Mir kam ein ungeheuerlicher Verdacht. Dimitri rief mir etwas hinterher, doch ich blieb nicht stehen. Mein Verdacht bestätigte sich, als ich Schritte hörte, die nicht von Dimitri oder den anderen stammten.

»Stehen bleiben!«, schrie ich, ehe ich prompt in jemanden hineinrannte.

Eine fremde Frauenstimme schrie auf und wir landeten auf dem Boden.

»Was ist denn los?« Dimitri und die anderen standen irritiert ein paar Meter entfernt und beobachteten, wie ich scheinbar mit der Luft rangelte.

»Zeig dich!«, fauchte ich und plötzlich konnte ich die Person nicht nur fühlen, sondern auch sehen. Und was ich sah, ließ nicht nur mir den Atem stocken. »Das glaube ich nicht!«, entfuhr es mir. Die junge Frau, deren Arm ich festhielt, war mir wie aus dem Gesicht geschnitten. Sie trug ein T-Shirt und kurze Shorts, die genauso nass waren wie ihre schwarzen, schulterlangen Haare.

»Du bist auch eine Kiya«, sagte ich. Das war keine Frage, sondern eine Feststellung. Ihre violetten Augen, die mich wütend anfunkelten, waren Beweis genug. Ich warf den anderen einen kurzen Blick zu. Dimitri starrte sie mit großen Augen an. Soley wirkte dagegen nicht überrascht über das Auftauchen der Kiya. Sie musste es bei dem Blut bereits geahnt haben, um wen es sich handelte. Und Malyk wirkte sichtlich verwirrt.

Anstatt etwas zu erwidern, riss sich die junge Frau von mir los und wollte flüchten, doch Dimitri war bereits neben ihr und packte ihren Arm.

»Lass mich los, du verfluchter Djiyo!«, schimpfte sie und kratzte und biss Dimitri. Genervt griff er auch ihrem zweiten Arm, drehte ihr beide auf den Rücken und zwang sie auf die Knie, damit sie sich nicht mehr wehren konnte.

»Warum willst du abhauen? Wir sind nicht deine Feinde. Siehst du nicht, dass wir verwandt sind? Du und ich, wir sind eine Familie«, meinte ich sanft und versuchte sie zu beruhigen.

»Für eine Familie braucht es mehr als nur dieselben Vorfahren!«, fauchte sie und ich wich erschrocken zurück.

»Ich verstehe das nicht. Warum hast du es auf uns abgesehen?«

Sie schnaubte. »Gegen euch habe ich gar nichts. Nur gegen diesen Djiyo.« Sie neigte den Kopf und warf Dimitri hinter sich einen eiskalten Blick zu.

Verwirrt sah ich zwischen ihnen hin und her.

»Und was hat dir Dimitri getan?«, wollte ich wissen. Dimitri machte nicht den Eindruck, dass er sie schon mal gesehen hatte.

»Er hat meine Eltern auf dem Gewissen und mich hat er auch versucht umzubringen. Nur weil meine Eltern die Bedrohung geahnt und mich gegen ein anderes Baby ausgetauscht haben, lebe ich noch«, erklärte sie und bei ihren Worten machte es Klick in meinem Kopf. Das konnte doch nicht möglich sein. Oder doch?

»Bist du Malyra?«, fragte ich nach einem Moment der Stille und hörte, wie Dimitri bei meinen Worten zischend die Luft einsog. Er musste denselben Verdacht gehabt haben.

Überrascht zog sie die Augenbrauen hoch. »Sag bloß, du weißt von mir? Kennst du etwa die Geschichte? Wie kannst du ihm dann sowas verzeihen?«

Ich öffnete den Mund, war aber nicht in der Lage zu antworten. Zu sehr war ich damit beschäftigt die Neuigkeiten zu verarbeiten. Sie lebte! Malyra lebte! Das bedeutete, dass Malyk und ich nicht die einzigen Kiye waren! Unsere Cousine war ebenfalls noch am Leben.

Normalerweise würde diese Tatsache Jubelstürme in mir hervorrufen, doch Malyras Blick verpasste meinen Emotionen einen Dämpfer. Sie machte nicht den Eindruck, dass sie sich über die Familienzusammenführung freute.

Ich schaute zu meinem Mann, der mit ausdrucksloser Miene hinter Malyra stand und sie noch immer festhielt, auch wenn sich sein Griff gelockert zu haben schien. Ich wusste, dass er sich immer Vorwürfe gemacht hatte, weil er damals auf den Befehl seiner Eltern hin meine Tante und ihre kleine Familie ausgelöscht hatte. Was musste Malyras Auftauchen in ihm auslösen?

Ich schluckte schwer. »Dimitri tut es leid, was er damals getan hat. Es war nicht seine Entscheidung gewesen und heute würde er anders handeln«, erklärte ich und sah dabei meinem Mann in die Augen. Er erwiderte meinen Blick und nickte leicht. Ich rutschte wieder ein Stück näher zu Malyra und legte ihr vorsichtig eine Hand auf den Oberschenkel. Sie bleckte daraufhin die Zähne und zeigte ihre Fänge, doch ich zog meine Hand nicht weg. »Unabhängig von seinen früheren Taten weiß ich, dass Dimitri ein großes Herz hat. Deshalb habe ich ihm seine Vergangenheit verziehen.«

Meine Worte schafften es aber anscheinend nicht, Malyra zu besänftigen.

Sie lachte trocken auf und warf mir dann einen spöttischen Blick zu. »Und du willst die Königin der Kiye sein? Du hast offensichtlich keine Ahnung, wofür unsere Rasse steht.«

»Mir ist egal, wofür die Kiye angeblich stehen«, erwiderte ich und spürte, wie ich wütend wurde. »Ich bin vorher niemandem meiner Rasse begegnet und ich stehe für die Werte ein, die ich selbst für wichtig erachte.«

Malyra verdrehte die Augen und sagte nichts dazu.

»Bist du eine vollwertige Kiya?« Dimitris Frage sorgte dafür, dass alle ihre Aufmerksamkeit auf ihn richteten. Ungläubig musterte er die junge Frau. »Deine Mutter war eine Kiya, dein Vater ein Siyo, doch offenbar kommst du nach deiner Mutter.«

Seine Frage schien Malyra aus dem Konzept gebracht zu haben. »Ja, und?«

Dimitri sah zu mir und ich wusste, woran er dachte. Zu welcher Rasse würden unsere Kinder gehören? Zu den Kiye oder Djiye? Oder eine Mischung aus beidem? Eine Frage, die häufiger Thema war. Vampyrblut setzte sich gegen Menschenblut durch. Doch wenn es sich um Vampyrblut verschiedener Rassen handelte, wussten wir nicht genau, welche Gene sich durchsetzten.

»Hast du irgendwelche Eigenschaften der Siye?«, hakte Dimitri nach und Malyra lachte auf.

»Nein, ich bin durch und durch eine Kiya«, zischte sie und warf ihm einen Blick über die Schulter zu. »Glaub also nicht, dass ich die Sanftmut meines Vaters geerbt habe.«

Dimitris Augen verengten sich zu Schlitzen.

Ich stand auf und wechselte schnell das Thema. »Du hast also die ganze Zeit versucht, Dimitri zu töten?«

Malyra sah zu mir auf und ihre Miene wurde plötzlich ernst. »Ich habe das getan, was jeder an meiner Stelle getan hätte. Ich wollte ihn nicht zwingend sofort töten, sondern meine Rache ein wenig ausweiten.«

Ich presste die Lippen fest aufeinander. Ich konnte ihre Wut verstehen, würde aber nicht zulassen, dass sie weiterhin versuchte, sich an meinem Mann zu rächen.

»Und warum jetzt?«, fragte Soley und trat neben mich, nachdem sie die ganze Zeit über keinen Ton von sich gegeben hatte. »Der Mord an deinen Eltern geschah vor dreißig Jahren. Viele Jahre lang dachte man, dass die Kiye ausgestorben sind. Wo warst du die ganze Zeit? Dass du vor deiner Erweckung nicht hier aufgetaucht bist, leuchtet mir ein. Doch warum ausgerechnet jetzt?«

Malyra blinzelte überrascht und hatte offensichtlich keine Antwort parat. Schließlich wich sie Soleys Blick aus und sah stumm zu Boden. Der Stimmungswechsel gab mir zu denken. Eben noch war sie voller Wut und nun wirkte sie irgendwie unsicher.

Die Antwort auf Soleys Frage interessierte mich ehrlich gesagt auch. Wo hatte Malyra all die Jahre über gelebt? Was hatte sie dazu bewogen, ausgerechnet jetzt aufzutauchen? Sie war gerade einmal ein Jahr alt gewesen, als ihre Eltern gestorben sind. Irgendjemand musste ihnen geholfen haben, die Babys auszutauschen und sie anschließend großgezogen haben.

»Wer hat deinen Eltern damals geholfen?«, fragte ich in der Hoffnung, dass sie doch noch etwas sagte.

Sie reagierte zunächst nicht und ich rechnete schon damit, dass sie nicht antworten würde. Dann hob sie jedoch den Kopf und sah mich an. Ein schiefes Grinsen lag auf ihren Lippen.

»Deine Mutter.«

»Was?« Mit dieser Antwort hatte ich nicht gerechnet.

»Unmöglich«, meinte Dimitri. »Anisya hat die Entscheidung damals gebilligt. Sie war selbst gegen die Rassenvermischung und hat sich überhaupt nicht für ihre ältere Schwester und ihre Familie eingesetzt.«

Seine Worte versetzten mir einen tiefen Stich ins Herz. Als ich das erste Mal von dieser Geschichte gehört hatte, war es mir unmöglich gewesen nachzuvollziehen, wie Anisya ihre eigene Schwester hatte im Stich lassen können, nur weil diese ihrem Herzen gefolgt war.

Malyra schnaubte und verdrehte die Augen. »Das mag nach außen hin vielleicht so gewirkt haben. Aber sie hat meine Mutter gewarnt, dass man sie verfolgen würde. Sie war diejenige, die ihr riet, mich auszutauschen. Anisya hat mich einer anderen Familie übergeben und sich immer wieder auch selbst um mich gekümmert.«

Berührt spürte ich, wie mir Tränen in die Augen schossen. Das war definitiv eine Version der Geschichte, die mir besser gefiel. Ich hatte nie glauben wollen, dass meine Mutter wirklich so herzlos gewesen war. Wieso hatte sie mir keinerlei Erinnerung an Malyra übermittelt? Dann hätte ich wenigstens gewusst, dass ich nicht die letzte Kiya war.

»Und in was für einer Familie bist du aufgewachsen? Bei Menschen oder Vampyren?« Meine Neugier war geweckt, doch Malyra schien nicht zu beabsichtigen, diese zu stillen.

»Das geht dich überhaupt nichts an«, zischte sie. »Ich habe schon viel zu viel erzählt.« Ihre ablehnende Haltung war wieder da. »Außerdem tun mir langsam die Arme weh«, beklagte sie sich und wand sich in Dimitris Griff.

Frustriert warf ich den anderen einen fragenden Blick zu. Was sollten wir jetzt mit ihr machen?

»Benimmst du dich, wenn Dimitri dich loslässt?«, fragte ich sie. Stumm warf sie ihm einen abschätzigen Blick zu, nickte dann aber.

Er zögerte einen Moment, ließ sie dann aber frei und trat einen Schritt zurück. Malyra rieb sich über die Arme und rappelte sich dann auf.

Ich wandte mich derweil an meine Freunde. »Wir sollten uns langsam wieder auf den Heimweg machen.« Mein Blick fiel auf meinen Mann, der immer noch in Boxershorts dastand.

Meine Sachen waren inzwischen angetrocknet und hafteten klamm an meiner Haut. Heute war wieder mehr passiert, als ich verarbeiten konnte. Ich wollte nur noch nach Hause.

»Begleitest du uns?« Ich schenkte Malyra ein aufmunterndes Lächeln. »Ich weiß, dass du viel durchmachen musstest. Das mussten wir alle. Doch wir finden schon eine Lösung, ohne dass du meinen Mann umbringst.«

»Meinetwegen«, grummelte sie schulterzuckend und ich unterdrückte ein Seufzen.

Wir liefen zusammen zurück zu unseren Sachen. Dimitri schlüpfte schnell in seine Klamotten. Ich schnappte mir die Decke und versuchte, sie sorgfältig zusammenzufalten. In dem Moment bemerkte ich, wie die anderen hinter mir irgendwie unruhig wurden.

Ein Schrei ertönte und plötzlich hallte ein Schuss durch die Höhle. Vor Schreck ließ ich die Decke fallen.

39. KAPITEL

Malyk

Mit vor der Brust verschränkten Armen lehnte ich an der Felswand und musterte Malyra. Ich hatte mich aus der gesamten Diskussion rausgehalten. Mir waren die Geschichten von dem Tod ihrer Familie zwar bekannt, doch ich hatte nichts Sinnvolles zur Unterhaltung beizutragen. Außerdem hatte mich die ganze Situation zu sehr überrascht und verwirrt, als dass ich irgendwie nützliche Kommentare hätte abgeben können.

Ihren Rachefeldzug konnte ich nur zu gut nachvollziehen, weshalb ich sie dafür nicht verurteilte.

Trotzdem wirkte sie auf mich nicht sonderlich sympathisch. Egal ob wir verwandt waren oder nicht.

Lilya packte ihre Sachen zusammen, damit wir die Höhle verlassen und zum Schloss zurückkehren konnten. Ich ließ meinen Blick durch die Höhle schweifen und stellte fest, dass Malyra verschwunden war. Ich stieß mich von der Wand ab und schaute mich hektisch um, konnte sie aber nirgendwo entdecken.

Dimitri, der gerade fertig mit Anziehen war, schien es kurz nach mir zu bemerken. Doch ehe jemand etwas sagte, tauchte Malyra wie aus dem Nichts einige Meter entfernt wieder auf. Eilig sprang sie zu einem Felsvorsprung und fischte scheinbar etwas dahinter hervor.

Als ich erkannte, was es war, schoss mein Puls in die Höhe.

Sie zog eine Pistole und zielte damit auf Dimitris Brust. Soley musste es ebenfalls gesehen haben, denn sie schrie panisch auf.

Ich sog scharf die Luft ein und hatte das Gefühl, dass plötzlich die Welt um mich herum stillstand. Ohne zu überlegen, stürzte ich nach vorne und stieß den regungslosen Dimitri aus der Schusslinie. Wir kamen hart auf dem Boden auf und die Luft wurde aus meinen Lungen gepresst.

Dann ertönte der Schuss und ich hörte die Kiya fluchen.

Ein Blick über die Schulter verriet mir, dass Lya Malyra die Pistole entrissen hatte. Sie musste sich teleportiert haben.

»Wie hast du das gemacht?«, keuchte Dimitri neben mir.

»Schnelle Reflexe«, erwiderte ich schulterzuckend und sah wieder zu ihm.

Als unsere Blicke sich trafen, erstarrte Dimitri. »Deine Augen«, stieß er atemlos hervor.

»Was ist mit ihnen?«, fragte ich.

Statt einer Antwort rappelte er sich auf und zog mich auf die Beine. Dabei wurde mir kurz schwarz vor Augen, doch ich ließ mir nichts anmerken. Er führte mich zum Seeufer und ich warf einen Blick auf mein Spiegelbild.

Was ich dort erblickte, brachte mich völlig aus der Fassung. Mein Spiegelbild starrte mir aus violetten Augen entgegen.

»Leute, unser kleiner Kiyo ist erwacht«, rief Dimitri. Soley kam an meine Seite und griff nach meiner Hand. »Alles okay, Malyk?«, fragte sie sanft und ich nickte steif. War wirklich alles gut? Ich wusste es nicht.

Eine Erweckung war für die anderen Vampyre hier keine große Sache, doch ich hatte mich das letzte Jahr über vor diesem Moment gefürchtet. Ich hatte Angst gehabt, dass ich nicht ich selbst bleiben oder mich irgendwie verändern würde. Doch gerade fühlte ich mich wie immer. Zwar aufgewühlt, leicht geschwächt und durcheinander. Doch nicht anders als sonst. Ich öffnete den Mund und leichte Übelkeit erfasste mich, als ich meine Fangzähne im spiegelnden Wasser sah. Nun war endgültig bewiesen, dass ich kein Mensch war.

»Ich glaube, das eben waren keine Reflexe, Malyk«, meinte Dimitri schmunzelnd.

Ich runzelte die Stirn. »Ich habe doch überhaupt nichts gemacht.«

»Nein, er hat recht«, stimmte Soley meinem Schwager zu. »Du hast ziemlich weit weg von Dimitri gestanden und plötzlich lagst du mit ihm auf dem Boden. Als hättest du dich auch teleportiert.«

»So hat es sich aber nicht angefühlt. Ich bin ganz normal zu ihm gerannt.« Hatte ich wirklich besondere Kräfte eingesetzt?

»Er hat die Zeit angehalten«, hörte ich Malyra rufen.

Ich drehte den Kopf zu ihr. Lilya hatte sie erneut am Arm gepackt und kam mit ihr auf uns zu.

»Die Zeit angehalten?«, wiederholte ich verwirrt.

Malyra stöhnte genervt. »Das war doch offensichtlich. Du hast für uns die Zeit eingefroren, sodass du Dimitri aus der Schusslinie bringen konntest, als ich abgedrückt habe.«

»Du scheinst dich aber gut mit den Kräften der Kiye auszukennen«, bemerkte Lya und Malyra warf ihr einen abschätzigen Blick zu.

»Ich bin ja auch als richtige Kiya aufgewachsen.«

Das Gesicht meiner Schwester verfinsterte sich. Die beiden würden wohl keine Freunde werden.

»Nachdem du anscheinend an deinem Plan festhältst, Dimitri umzubringen, und nicht mit uns kooperieren willst, bleibt uns nichts anderes übrig, als dich erst mal einzusperren«, verkündete Lilya und die Schärfe ihrer Worte überraschte mich.

Dadurch, dass Malyra sich unsichtbar machen konnte und sich garantiert wehren würde, stand uns wohl eine anstrengende Rückreise bevor. Doch Dimitri hatte bereits eine Lösung für das Problem.

»Teleportier dich mit ihr in Schloss. Ana und Sascha werden dir helfen, sie sicher unterzubringen. Wir müssen eh aufpassen, dass sie möglichst niemand sieht. Sonst weiß bald die ganze Welt von ihr.«

***

Es dämmerte bereits, als wir am Schloss ankamen. Nachdem Lilya sich mit Malyra teleportiert hatte, hatten auch wir die Höhle verlassen und waren zu den Pferden zurückgekehrt. Anschließend waren wir auf direktem Weg zum Schloss geritten.

Nachdem wir die Pferde in den Stall gebracht hatten, wo sie von Susan und den anderen Mädels versorgt wurden, die dort arbeiteten, eilten wir ins Schloss.

Ich griff nach Soleys Hand, als wir auf der Suche nach Lya durch die dunklen Schlossgänge liefen. Auf dem Rückweg hatten wir alle kaum miteinander gesprochen. Stattdessen hatten wir stumm unseren Gedanken nachgehangen.

Malyras Auftauchen war wohl für uns alle ein Schock. Keiner hatte damit gerechnet und ich fragte mich, was es für uns bedeutete, dass sie noch lebte.

Doch meine Gedanken kreisten nicht nur um meine Cousine. Mich beschäftigte vor allem die Frage, ob ich wirklich die Zeit anhalten konnte. War das meine Fähigkeit? In den letzten Monaten hatte ich oft überlegt, wie meine Kräfte aussehen würden. In alten Büchern hatte ich mich über die Vergangenheit der Vampyre belesen, denn dort waren zumindest ein paar Kiye mit ihren Fähigkeiten beschrieben. Lilya hatte mich oft gefragt, was ich mir denn wünschen würde. Doch darauf hatte ich nie eine Antwort gewusst. War es nützlich, kurz die Zeit anhalten zu können? Und wie funktionierte das Ganze überhaupt?

»Alles okay?« Soleys Stimme riss mich aus meinen Gedanken. Ihr besorgter Blick ruhte auf mir. »Brauchst du Blut, nachdem du deine Kräfte eingesetzt hast?«

Ich schüttelte den Kopf. »Nein, alles okay.« In der Höhle hatte ich mich kurz schlapp und müde gefühlt, doch ich war längst wieder munter. Lya hatte mir erzählt, wie sehr sie der Einsatz ihrer Kräfte am Anfang geschlaucht hatte. Doch mir ging es gut.

Dimitri lief zügig voraus und steuerte die Fahrstühle an. Ich vermutete, dass Malyra in derselben Wohnung eingesperrt worden war, die auch ich bei meiner Ankunft in Kanada bezogen hatte.

»Was glaubst du, würde Valentin sagen, wenn er von Malyra erfährt?«, fragte ich Dimitri, während wir im Fahrstuhl nach unten fuhren.

Dimitri hielt seinen Blick auf die geschlossenen Fahrstuhltüren gerichtet und zuckte mit den Schultern. »Keine Ahnung. Aber wir sollten auf jeden Fall vermeiden, dass er Wind von ihr bekommt. Sie kann uns vielleicht noch von Nutzen sein.«

»Dafür muss sie erst mal ihre Abneigung gegen dich ablegen«, überlegte ich laut. Statt einer Antwort schnaubte Dimitri nur. In diesem Moment ertönte ein »Pling« und die Türen glitten zur Seite.

Wir verließen den Fahrstuhl und Dimitri steuerte direkt eine Tür an, die sich automatisch für ihn öffnete.

Soley und ich betraten hinter ihm den Raum und trafen dort auf Lya, Ana und Sascha.

»Da seid ihr ja«, rief Lya und fiel ihrem Mann um den Hals.

In diesem Zimmer war ich zuvor noch nie gewesen. Es war nicht besonders groß. Ein Schreibtisch mit vielen Monitoren befand sich an der Seite und ein paar Stühle standen im Raum herum. Ich war nie hier gewesen, dennoch erkannte ich sofort, wo wir uns befanden. Am anderen Ende des Raums befand sich nämlich eine große Scheibe, durch die man in die Wohnung schauen konnte, in der ich mit Soley eingesperrt gewesen war. Von hier aus war ich also die ganze Zeit beobachtet worden. Im Wohnzimmer befand sich in diesem Moment jedoch niemand. Der starke Geruch nach Blut ließ mich schließlich den Blick von der Scheibe abwenden. Meine Schwester hob eine Flasche mit Blut an ihre Lippen und trank einen Schluck. Anscheinend musste sie sich stärken, nachdem sie Malyra hergebracht hatte.

Es war das erste Mal, dass ich so wenig Blut auf mehrere Meter Entfernung riechen konnte. Diese Tatsache löste ein wenig Unbehagen in mir aus. Auch wenn ich hin und wieder Blut probiert hatte und es gar nicht so schlecht geschmeckt hatte, hatte ich immer noch Angst, irgendwann ein willenloses, von Blut besessenes Monster zu werden. Diese Angst war nicht rational zu erklären, denn Vampyre wurden im Gegensatz zu Vampiren nicht vom Blutdurst getrieben. Doch ich wurde den Gedanken einfach nicht los.

»Wo ist Malyra?«, fragte Soley neben mir.

Ana deutete auf einen der Bildschirme. Er zeigte das Schlafzimmer, in dem Malyra auf dem Bett lag. Im Zimmer war es scheinbar dunkel und das Bild kam durch eine Nachtsichtkamera. Ich schluckte schwer und warf Soley aus dem Augenwinkel einen Blick zu. Man hatte uns also beobachtet, während wir in dem Bett gelegen und gekuschelt hatten.

»Schläft sie?«, hakte Soley nach und trat näher an den Schreibtisch.

»Nein, das kleine Biest döst nur vor sich hin«, meinte Ana und warf ihre langen Haare über die Schulter. »Hätte ich sie als Erstes in die Finger bekommen, hätte sie etwas erleben können.«

»Du hättest sie aber nie geschnappt, wenn sie sich unsichtbar machen kann«, merkte ich an und Ana warf mir einen finsteren Blick zu.

»Ich bezweifle, dass sie diese Fähigkeit ewig einsetzen kann«, erwiderte sie bissig und ich verkniff mir den Kommentar, dass es auf jeden Fall lange genug klappte. Ansonsten wäre Malyra längst bemerkt worden.

»Und was machen wir jetzt mit ihr?«, fragte Dimitri in die Runde und Lya seufzte laut.

»Keine Ahnung. Sie ist nicht gerade versöhnlich eingestellt. Ich hoffe, dass sich das bald legt ...«

Vermutlich dachte sie wie Dimitri daran, dass Malyra uns im Krieg sehr nützlich sein könnte. Sich unsichtbar machen zu können, war auf jeden Fall etwas Besonderes. Ich räusperte mich. »Wir sollten es ihr nicht übelnehmen, dass sie Dimitri ausschalten will. Sie wollte Rache nehmen, weil er ihre Eltern getötet hat.«

»Ich nehme es ihr nicht übel«, erklärte Lya schnell und schaute zu ihrem Mann. »Ich wollte ihm für diese Tat selbst den Kopf abreißen.«

Dimitri fuhr sich sichtlich angespannt durchs Haar und mied unsere Blicke. »Ich weiß, dass ich das Problem bin. Aber leider kann ich die Zeit nicht zurückdrehen.«

Ich presste die Lippen fest aufeinander. Das wäre wirklich praktisch, wenn das jemand könnte. Wenn ich die Zeit anhalten konnte, bestand dann nicht die Möglichkeit, dass ich irgendwann auch durch die Zeit reisen konnte? Lilya hatte schließlich auch nach und nach ihre Kräfte erweitern können.

Ich machte mir jedoch nicht allzu große Hoffnungen.

»Also lassen wir sie vorerst hier eingesperrt?« Es war mehr eine Feststellung als eine Frage von Sascha.

Lya nickte. »So gerne ich sie auch auf unserer Seite wüsste, sollten wir kein Risiko eingehen und ihr Zeit geben. Wir haben so kurz vor Valentins Besuch ohnehin genug Sorgen.«

Damit war die Sache beschlossen. Es wurde noch diskutiert, wer wann die Überwachung von Malyra übernahm, bevor sich die Gruppe auflöste.

***

»Ich habe ein ungutes Gefühl.«

Ich hob den Blick von der schweren Lektüre in meiner Hand und sah zu Soley auf. Anstatt selbst zu lesen, rührte sie mit nachdenklicher Miene in ihrem Tee.

»Was meinst du?«, fragte ich und legte das Buch zur Seite, das sie mir gegeben hatte. Soley hatte vorgeschlagen, dass ich mich über die Vergangenheit der Vampyre informierte. Auch wenn diese ganze Theorie nicht mein Fall war, widersprach ich nicht. Denn ich war froh, wenn Soley auf andere Gedanken kam. Sie verbrachte aktuell auch sehr viel Zeit damit, meine Fähigkeiten mit mir zu trainieren, was bisher allerdings keine großen Fortschritte gebracht hatte. Es war mir nur ein paar Mal gelungen, aktiv die Zeit für ein paar Sekunden anzuhalten, was mich ziemlich frustrierte.

»Alles, was momentan passiert. Die Anschläge auf Dimitri, das Auftauchen von Malyra und morgen steht die Ratssitzung an, bei der Valentin dabei sein wird.« Sie seufzte schwer. »Ich habe keine Ahnung, was uns noch alles erwartet. Und warum hat Malyra sich plötzlich aus ihrer Deckung gewagt? Und weshalb möchte Valentin unbedingt jetzt an einer Ratssitzung teilnehmen? Was will er von uns?«

Ahnungslos zuckte ich die Schultern. Die letzten Tage waren wirklich nervenaufreibend gewesen. Und je näher Valentins Ankunft rückte, desto nervöser wurde Soley. Wer konnte es ihr verübeln bei all dem, was er ihr angetan hatte? Ihre Hand glitt kurz zu dem Medaillon, das sie um den Hals trug. Ein Foto von ihrer Tochter verbarg sich darin.

»Ich glaube, niemand kann eine Logik hinter Valentins Vorgehen erkennen«, meinte ich schließlich. »Und alles andere können wir auch nicht vorhersagen. Was Malyra angeht, wird auch nur sie Licht ins Dunkel bringen können.« Als wir dachten, dass sie zur Ruhe kommen und nach ein paar Tagen gesprächsbereiter sein würde, hatten wir uns getäuscht. Stattdessen verweigerte sie mittlerweile jegliche Kommunikation. Lilya verzweifelte schier an unserer Cousine, auch wenn sie sich genauso wie Soley große Sorgen wegen Valentin machte. Ich konnte nicht abstreiten, dass auch mir mulmig zumute war bei dem Gedanken, Dimitris Bruder kennenzulernen. Auch wenn ich nun erwacht war und beim Kampftraining durch meine überdurchschnittlichen Reflexe und die erhöhte Schnelligkeit besser abschnitt, wäre es natürlich hilfreich, wenn ich auch meine Vampyr-Kräfte besser kontrollieren könnte.

»Mhh«, machte Soley und nippte an ihrem Tee. »Wir tappen weiterhin im Dunkeln.« Da konnte ich ihr nur zustimmen.

40. KAPITEL

Lilya

Nervös lief ich in der Halle auf und ab und warf immer wieder einen Blick nach draußen.

Vor fünf Minuten hatte Ana uns Bescheid gegeben, dass Valentins Maschine auf dem Radar aufgetaucht war. Sofort hatte ich mich mit Dimitri in die Flugzeughalle teleportiert, um dort auf die Ankunft meines schlimmsten Albtraums zu warten.

Als hinter uns eine Tür aufging, zuckte ich erschrocken zusammen. Ana stieß mit Malyk und Soley zu uns. Meinen Vater hatte ich zusammen mit Emma und ihrer Familie in den Wald geschickt. Sie sollten bei der Höhle campen, in der wir Malyra erwischt hatten, weil ich sie auf keinen Fall in der Nähe des Schlosses wissen wollte, wenn Valentin hier war. Sascha würde in der Zeit auf sie aufpassen, auch wenn er lieber hier wäre, um uns zu unterstützen.

Es war überaus traurig, dass wir sonst niemanden hatten, dem wir solche Dinge anvertrauen konnten. Selbst die Sondereinsatztruppe zum Schutz der Krone, die Ana leitete, hielten wir aus heiklen Dingen heraus. Wer Freund und wer Feind war, würden wir so schnell wohl nicht herausfinden. Wir waren uns zwar relativ sicher, dass wir zumindest den Siye im Schloss trauen konnten, doch diese waren im Kampf leider kaum eine Hilfe. Am liebsten hätte ich Malyk und Soley auch weggeschickt, doch sie hätten dem nie zugestimmt.

»Noch nicht in Sicht?«, fragte Ana und trat neben mich.

Ehe ich antworten konnte, sagte Soley »Er kommt«.

Dank ihres feinen Gehörs musste sie die Maschine deutlich vor uns wahrnehmen. Kurz danach konnten auch wir das Geräusch der Triebwerke hören. Mein Herz schlug immer schneller, je lauter das Dröhnen wurde. Und dann war es soweit. Der Privatjet kam in Sicht und setzte kurze Zeit später auf der Landebahn auf. Der Flieger war komplett rot lackiert und als er schließlich in einer freien Parkbucht zum Stehen kam, erkannte ich das Wappen der Djiye, das groß auf dem Leitwerk prangte. Das war dann wohl die königliche Privatmaschine.

Die Turbinen wurden abgestellt und kurz darauf wurde die Flugzeugtür geöffnet.

Und dahinter stand er. Valentin.

Ich atmete noch einmal tief durch, dann reckte ich das Kinn und sah ihm direkt ins Gesicht. Er blieb an der Schwelle zur Treppe stehen und ließ seinen Blick über unsere Gruppe schweifen. Er trug einen schwarzen Anzug und ein rotes Hemd und hatte sich kein bisschen verändert seit unserem letzten Aufeinandertreffen. Dieselbe Frisur, derselbe kalte Blick, dasselbe falsche Grinsen.

Nun war er hier. In meiner neuen Heimat. Bisher assoziierte ich mit Valentin nur Sibirien. Es hatte sich immer so angefühlt, als wäre er weit genug weg, nachdem er sein Schloss in den letzten Jahren offenbar nie verlassen hatte. Doch nun fühlte es sich an, als würde er in unsere Privatsphäre eindringen. Auch wenn wir uns hier schon lange nicht mehr sicher fühlten, sorgte seine Anwesenheit bei uns für Angst, Unsicherheit und Panik.

Mit einem selbstgefälligen Grinsen stieg Valentin die Treppenstufen des Flugzeugs hinunter und kam direkt auf uns zu. Seine Begleiter, die er mit Sicherheit hatte, schienen im Flugzeug zurück zu bleiben. Warum sollte er auch Geleitschutz brauchen? Er hatte keine Angst vor uns. Ich biss die Zähne fest zusammen und wappnete mich für das Kommende.

»Willkommen in Kanada, Bruder«, meinte Dimitri und an seiner Stimme erkannte ich, wie angespannt er war. Er würde sich bestimmt am liebsten auf ihn stürzen und ihm den Kopf abreißen.

Aus dem Augenwinkel bemerkte ich, wie auch Ana sich versteifte und ihre Muskeln anspannte. Ihre Hand lag an ihrem Schwertgriff. Sollte Valentin eine falsche Bewegung machen, würde er von allen Seiten angegriffen werden.

Ich hoffte jedoch, dass es nicht soweit kam. Ein Kampf war das Letzte, was wir jetzt gebrauchen konnten.

»Danke, dass ich hier sein darf«, säuselte Valentin und musterte mich. Ich hatte mich schon vor Stunden hergerichtet und auf seine Ankunft gewartet. Normalerweise machte ich mich für die Ratssitzungen nicht mehr schick. Doch heute hatte ich mich besonders zurecht gemacht und trug sogar meine Krone, wie auch Dimitri und Soley. Valentin registrierte das mit einem leicht genervten Blick. Er würde wohl nie verkraften, dass sein Bruder ihm den Königstitel weggenommen hatte.

»Als hättest du uns um Erlaubnis gefragt, ob du kommen darfst«, erwiderte ich bissig.

»Stimmt.« Er legte den Kopf schief und grinste mich an. »Es ist sehr schön, dich wiederzusehen.« Sein Blick glitt zu Soley. »Und dich selbstverständlich auch.«

Meine Freundin versteifte sich und Malyk legte schützend den Arm um sie. Diese Geste sorgte dafür, dass Valentin seine Aufmerksamkeit auf meinen Bruder richtete. Mit gerunzelter Stirn musterte er ihn. »Du musst Malyk sein, Lilyas Bruder. Soley scheint schnell jemanden gefunden zu haben, der sie über den Verlust ihres Menschenfreundes und des Babys hinwegtröstet.«

Malyk ballte die Hand zur Faust und starrte Valentin hasserfüllt an. Ich hoffte, dass er vernünftig blieb und vor allem nicht seine Kräfte einsetzte. Valentin sollte nichts über seine Fähigkeiten erfahren. Zumal Malyk sie ohnehin noch nicht gut beherrschte.

»Soll ich dich herumführen, ehe die Ratssitzung beginnt?«, fragte ich Valentin, um Malyk und Soley aus der Schusslinie zu holen.

Valentins Grinsen wurde noch breiter als er sich wieder mir zuwandte. »Ich würde mich sehr freuen, wenn du mir dein Zuhause zeigst.«

***

»Es ist schon eine Weile her, seit wir uns zuletzt gesehen haben ...«, meinte Valentin, während ich ihn durch die Gänge des Schlosses führte. Auch wenn es nichts gab, das ich jetzt weniger gern täte, war es wohl das Beste, ihn im Auge zu behalten. Dimitri war dagegen gewesen, mich mit ihm allein zu lassen, doch ich würde schon mit ihm zurechtkommen.

»Nicht lange genug«, erwiderte ich bissig.

»Für einen Vampyr ist dies in der Tat keine lange Zeitspanne. Was sind schon ein paar Jahre oder gar Monate in unserem Leben?«

Ich verdrehte die Augen und vermied es, ihn anzuschauen. Mir wäre es auch recht, wenn ich ihn mehrere Jahrhunderte nicht mehr sehen müsste. Da würde er aber wohl nicht mitspielen.

»Warum bist du heute hier?« Seit seiner Ankündigung, bei der Ratssitzung dabei sein zu wollen, zerbrachen wir uns alle den Kopf darüber, was er damit bezwecken wollte. War ihm einfach nur langweilig oder hatte er wieder einen hinterhältigen Plan?

Kurz wunderte es mich, dass er sich bisher überhaupt nicht nach Natascha erkundigt hatte. Doch seine Spione mussten ihm längst mitgeteilt haben, dass sie nicht mehr hier lebte. Wenn er es nicht sogar von ihr selbst erfahren hatte, falls meine Theorie stimmte und die beiden zusammenarbeiteten.

Valentin antwortete nicht, weshalb ich stehen blieb und ihn ansah. Er lehnte sich gegen die Wand und schwieg einen Moment, so dass ich schon glaubte, er würde sich dazu nicht mehr äußern.

»Wenn ich sage, dass ich euch vermisst habe, wirst du mir das wohl nicht glauben«, vermutete er und lag damit goldrichtig.

»Ich glaube dir, dass du es vermisst, deine abscheulichen Spiele mit uns zu treiben.«

»Ach Lya, du siehst wirklich nur das Schlechte in mir.«

»Tu mir einen Gefallen und erspar uns diese Diskussionen, dass du gar nicht so böse bist, wie wir denken«, sagte ich und lief schnell weiter. Ich wollte keine langen Gespräche mit ihm führen. Am liebsten würde ich überhaupt kein Wort mit ihm wechseln. Er sollte verschwinden. Aus Kanada und aus meinem Leben.

***

Eine Stunde hielt ich es aus, allein mit Valentin zu sein. Dann führte ich ihn in den Ratssaal, in dem die Ältesten tagen würden.

Ich hatte Valentin die langweiligsten Ecken im Schloss und der Umgebung gezeigt, sehr darauf bedacht, dass er nichts Persönliches von uns erfuhr. Er schien sich ohnehin nicht für die Umgebung zu interessieren, sondern hatte die ganze Zeit über nur Augen für mich. Ich vermied es dagegen strikt, ihn noch einmal anzuschauen. Mir wurde schlecht in seiner Gegenwart und ich war nervös genug wegen der Sitzung.

Nach wie vor hatte ich keine Ahnung, was seine Absichten waren und wir würden erst mehr erfahren, wenn er das wollte.

»Wo darf ich Platz nehmen?«, fragte er und setzte sich bereits im selben Atemzug auf den Stuhl des Ratssprechers, der genau gegenüber von meinem stand. Er war genauso wie die Stühle der Könige ein wenig größer als die restlichen im Saal. Die alten Holzstühle hatten alle die Wappen der betreffenden Rasse eingraviert. So ließ sich sofort zuordnen, welche Mitglieder wo sitzen sollten.

»Zakhar wird sicherlich erfreut sein, dass du seinen Platz beanspruchst«, bemerkte ich amüsiert und setzte mich ebenfalls.

Valentin lehnte sich in seinem Stuhl zurück und zuckte mit den Schultern. Es überraschte mich nicht, dass ihn das nicht kümmerte. Er machte, was er wollte.

Es dauerte einige schier endlose Minuten, in denen ich Valentin konsequent ignorierte und auf den Tisch starrte, bis die Tür endlich geöffnet wurde und Dimitri, Soley und Malyk den Saal betraten. Ich atmete erleichtert auf, als ich nicht mehr allein mit meinem schlimmsten Albtraum war, auch wenn ich selbst vorgeschlagen hatte, ihn ohne die anderen herumzuführen.

Dimitri setzte sich rechts neben mich und gab mir einen Kuss. Seinen Bruder würdigte er keines Blickes.

Links neben mir nahmen Soley und Malyk Platz. Er besetzte den ersten von fünf Stühlen, die für die Kiye bestimmt waren.

In dem Moment wurde mir wieder bewusst, dass Malyra hier im Schloss war. Meine Gedanken waren nur noch um Valentin gekreist und hatten mich meine Cousine völlig vergessen lassen.

Wenn wir es endlich schaffen sollten, sie auf unsere Seite zu ziehen, würde sie hier ebenfalls einen Platz finden.

Lange Zeit hatte ich mich für die Letzte meiner Rasse gehalten und nun waren wir bereits zu dritt. Auch wenn es mir schwer zu schaffen machte, dass Malyra sich uns gegenüber so aggressiv zeigte. Wir wollten ihr schließlich nichts Böses.

Nachdem meine Freunde Platz genommen hatten, wurde die Tür erneut geöffnet und die Ältesten betraten den Saal.

Zakhar blieb kurz im Türrahmen stehen, als er bemerkte, dass Valentin auf seinem Platz saß. Dann erschien jedoch ein Lächeln auf seinem Gesicht, was man nur äußerst selten bei ihm zu sehen bekam. Er nickte Valentin freundlich zu und setzte sich dann auf einen Stuhl der Kiye. Ich presste die Lippen fest aufeinander, als ich das sah. Entschied mich jedoch, es unkommentiert zu lassen. Gerne hätte ich Zakhar des Raumes verwiesen, da sein Platz quasi eingenommen worden war, aber ich wollte die Sitzung nicht mit einem Streit beginnen.

Ich stand auf und räusperte mich. »Nun, da sich alle eingefunden haben, eröffne ich die heutige Sitzung«, verkündete ich und ließ meinen Blick über die Anwesenden schweifen. »Wie bereits angekündigt, ist Valentin bei der heutigen Sitzung dabei. Ich richte das Wort dementsprechend zuerst an ihn, damit er berichten kann, was ihn heute zu uns geführt hat.«

Ich nickte Valentin zu und setzte mich wieder. Nun würde sich zeigen, was seine Absichten waren.

Ein schiefes Lächeln erschien auf seinem Gesicht, als er sich erhob. »Vielen Dank, Eure Hoheit«, säuselte er förmlich. »Ich freue mich riesig, dass ich in diesen Rat aufgenommen wurde. Das bedeutet mir viel.«

Ich unterdrückte ein Stöhnen. Als ob wir eine Wahl gehabt hatten …

»Ich hatte vor, in Zukunft regelmäßig an den Sitzungen teilzunehmen. So können wir vielleicht eine einheitliche Regierung bilden, die Gesetze für alle Vampyre macht. Ich möchte Sibirien nicht länger abgrenzen.«

Überrascht hob ich die Augenbrauen. Er wollte sich den allgemeinen Gesetzen beugen? Das konnte ich mir kaum vorstellen. Ich schielte zu meinem Mann hinüber, der genauso überrascht wirkte. Dass Valentin beabsichtigte, nun häufiger hier aufzutauchen, war zudem eine absolute Horrorvorstellung.

»Außerdem möchte ich Euch hiermit alle offiziell zu der Jahrtausendfeier der Vampyre zum Herbstbeginn einladen.« Er griff in seine Hosentasche und zog eine Einladungskarte hervor, mit der er in der Luft herumwedelte und sie schließlich auf den Tisch legte.

Ich runzelte die Stirn. »Jahrtausendfeier?«, fragte ich verwirrt und Valentin lachte trocken auf.

»Sieh an, unsere oberste Königin kennt sich also nicht so gut mit unserer Geschichte aus«, bemerkte er kopfschüttelnd. »Eure Hoheit, vor fünftausend Jahren entstanden die drei Rassen und deren Monarchie wurde von unseren Vorfahren festgelegt. Von Afanasy, Freya und Lilyana habt Ihr hoffentlich schon gehört. Immerhin wurdet Ihr nach letzterer benannt.«

Ich ignorierte den herablassenden Ton in seiner Stimme und nickte lediglich. Natürlich hatte ich von den drei Geschwistern gehört. Mir war nur nicht bewusst gewesen, dass der Tag gefeiert wurde, an dem unsere Rassen offiziell entstanden waren.

Ein breites Grinsen erschien auf Valentins Gesicht. »Eigentlich wird damit auch der Tag gefeiert, an dem Eure Vorfahrin über die anderen siegte und zum Oberhaupt der Vampyre wurde. Möglicherweise ändert sich das Machtverhältnis nun nach fünftausend Jahren.«

Ich ballte die Hände unter dem Tisch zu Fäusten und erwiderte nichts. Die Genugtuung sollte er nicht bekommen, mit seinen stichelnden Bemerkungen irgendetwas zu erreichen.

Dimitri war es, der an meiner Stelle nun das Wort ergriff.

»Gut, wir werden sehen, ob wir bei unserem vollen Terminkalender Zeit für solch eine Festlichkeit finden.«

Valentin verzog keine Miene. »Natürlich. Ich bin aber sicher, dass es sich einrichten lässt. Es gehört immerhin zu Euren Aufgaben als Könige. Die letzte Jahrtausendfeier hat hier in Kanada stattgefunden. Deshalb ist nun Sibirien an der Reihe.« Sein Blick wanderte zu Soley, die stumm auf den Tisch starrte.

»Das Schloss in Norwegen ist ja leider nicht mehr nutzbar. Vielleicht steht es ja in tausend Jahren wieder. Dann kann beim nächsten Mal dort gefeiert werden«, meinte er schulterzuckend.

»Wir haben es verstanden und zur Kenntnis genommen, dass dieses Jubiläum stattfindet«, zischte ich genervt. »Möchtest du noch andere Themen besprechen? Gibt es zum Beispiel Gesetze, über die du diskutieren willst?« Eigentlich war ich nicht gewillt, mit ihm irgendwelche Regeln aufzustellen, die das Leben der Vampyre betraf. Dabei konnte nichts Gutes herauskommen.

»Selbstverständlich. Ich finde es bemerkenswert, wie du in deiner kurzen Amtszeit bereits die Vampyrwelt auf den Kopf gestellt hast«, erklärte er grinsend und verzichtete nun endlich auf seine Höflichkeitsfloskeln. »Du weißt sicher, dass ich beabsichtige, unsere Existenz nicht auf ewig vor den Menschen zu verbergen. Das ist ein Punkt, über den wir noch ausgiebig reden müssen. Wie offenbaren wir uns ihnen und wie herrschen wir zukünftig über sie und ...«

»Auf keinen Fall!«, fuhr ich ihm ins Wort. Ich sprang auf und verschränkte die Arme vor der Brust. »Es ist ausgeschlossen, dass wir unsere Existenz preisgeben und die Menschheit versklaven.« Mir war bewusst gewesen, dass er irgendwann wieder damit anfangen würde. Valentin hielt an seinen Plänen fest, auch wenn es Jahrzehnte oder gar Jahrhunderte brauchte, um sie zu realisieren.

Sein Grinsen verschwand und er machte ein enttäuschtes Gesicht. »Ach Lya, weshalb machst du es uns nur so schwer? Du weißt doch, dass ich mich ohnehin durchsetzen werde. Muss ich dir wirklich erst drohen?«

Seine Worte brachten mein Blut zum Kochen und meine Vampyrkräfte brodelten in mir. Ich wollte ihn umbringen! Es gab nichts, das ich mir mehr wünschte, als dieses Monster zu töten. Er zerstörte unser aller Leben, aus reinem Vergnügen. So viel zu seinem Versprechen, dass wir im Rat alle Entscheidungen diplomatisch treffen würden.

Dimitri sprang nun ebenfalls auf und schlug mit der Faust auf den Tisch, was das Holz an der Stelle zersplittern ließ.

Erschrocken zuckte ich zusammen.

»Hör mir gut zu, Bruderherz«, fauchte Dimitri mit rot leuchtenden Augen und fixierte Valentin. »Bedrohe noch einmal meine Frau und es werden deine letzten Worte sein.«

»Dimitri!«, rief ich erstickt und legte ihm eine Hand auf die Schulter. Wir konnten jetzt keine Eskalation gebrauchen. Vor meinem inneren Auge tauchten immer wieder die Bilder von New York auf als die Bombe hochging. Das durfte nie wieder passieren. Valentin schien von Dimitris Ansage sichtlich unbeeindruckt zu sein. Gähnend setzte er sich wieder auf seinen Platz, lehnte sich zurück und legte dreister Weise seine Füße auf den Tisch. »Hör auf deine Frau, Dimitri. Du kannst ohnehin nur verlieren.«

In dem Moment schien Dimitri rot zu sehen. Ehe ich mich versah, sprang er auf den Tisch und auf seinen Bruder zu. Erschrocken rief ich seinen Namen, doch es war zu spät.

Dimitri warf sich auf Valentin, so dass dieser mit seinem Stuhl nach hinten kippte. Überrascht sprangen die anderen Anwesenden von ihren Plätzen auf, während zwischen Valentin und Dimitri ein Kampf entbrannte. Mein Mann schlug wie ein Besessener auf seinen Zwillingsbruder ein, der versuchte die Schläge abzuwehren und zurückzuschlagen.

»Aufhören!«, schrie ich und überlegte, wie ich die zwei Kämpfenden am besten trennen konnte. Hilfesuchend sah ich zu Soley und Malyk, die gebannt dem Schauspiel folgten. Da hörte ich, wie die Tür geöffnet wurde und vermutete, dass Ana bei dem Trubel nach dem Rechten sehen wollte.

Die Stimme, die anschließend durch den Saal hallte, gehörte jedoch nicht Ana. Die Frauenstimme klang so fremd und doch so vertraut, dass ich erstarrte.

»Was ist hier los? Das sieht nicht nach einer Sitzung nach Protokoll aus.«

Ich schaute nicht zur Tür, sondern blickte noch immer in Soleys und Malyks Richtung. Beide starrten sprachlos zur Tür und waren ganz blass geworden. Sie sahen aus, als hätten sie ein Gespenst gesehen. Und das war in gewisser Weise auch der Fall. Mit klopfendem Herzen drehte ich langsam den Kopf, um mich mit eigenen Augen davon zu überzeugen, dass diese Person dort wirklich stand.

Und das tat sie.

Im Türrahmen stand Anisya. Meine tot geglaubte Mutter.

41. KAPITEL

Lilya

Eine Million Gedanken schossen mir durch den Kopf, als ich Anisya dort stehen sah. Mein Verstand wollte nicht glauben, was mein Herz längst begriffen hatte. Es war absolut unmöglich. Sie konnte nicht am Leben sein.

Im Saal herrschte Totenstille. Niemand konnte fassen, wer eben den Raum betreten hatte.

Dimitri und Valentin hatten mitten im Kampf innegehalten. Valentin blutete aus der Nase und Dimitri hatte eine Bisswunde am Arm.

Ich richtete meinen Blick wieder auf meine Mutter, die lässig im Türrahmen lehnte, als wäre es keine Sensation, dass sie nach mehr als zwanzig Jahren zurück in diesem Schloss war.

Sprachlos musterte ich die Frau, die ich lediglich aus ihren Erinnerungen kannte. Es wirkte als wäre sie kaum gealtert. Optisch könnte sie meine ältere Schwester sein, auch wenn sie inzwischen fast einhundertfünfzig Jahre alt war.

Ihr langes schwarzes Haar fiel in sanften Wellen über ihre Schultern und sie ließ ihren Blick aus blauen Augen durch den Raum schweifen. Sie trug ein kurzes schwarzes Kleid und High Heels. Ihre Ausstrahlung war überwältigend.

»Mom?« Meine Stimme war kaum mehr als ein Flüstern, doch sie hörte dieses Wort trotzdem und schaute in meine Richtung.

»Hallo Lilya«, sagte sie ohne jegliches Gefühl in der Stimme, was sich wie ein Schlag ins Gesicht anfühlte.

»Du lebst? Wie kann das sein?«

Sie zuckte mit den Schultern und legte den Kopf schief. »Ich bin auf der Suche nach Malyra. Sie wollte hierher kommen und ist dann nicht zurückgekehrt.«

Mir klappte der Mund auf. Malyra hatte also die ganze Zeit bei Anisya gelebt. Und jetzt, wo wir sie erwischt und eingesperrt hatten, zeigte sich Anisya? Nach all den Jahren, einfach so? Sie war wegen Malyra gekommen, aber warum nicht wegen Malyk und mir? In meinem Kopf überschlugen sich die Gedanken und ich wusste überhaupt nicht, was ich zuerst sagen oder fragen sollte.

»Wusstest du, dass sie mit der Absicht herkam, mich umzubringen?«, fragte Dimitri und wischte sich seine blutigen Hände an der Hose ab. Er schien Anisyas Auftauchen schnell verdaut zu haben.

»Hättest du es denn nicht verdient?« Sie warf Dimitri einen eiskalten Blick zu. »Aber wie ich sehe, lebst du noch.«

Die Antwort meiner Mutter schockierte mich und ich verstand die Welt nicht mehr. Was ging hier vor sich?

»Also wo ist Malyra? Scheint so, als wärst du ihr begegnet.«

»Ja, sie ist hier«, zischte Dimitri und ich bemerkte, wie Valentin neben ihm immer blasser wurde.

Er erfuhr in diesem Moment, dass zwei weitere Kiye lebten, die er für tot gehalten hatte. Nachdem er die ganze Zeit gedacht hatte, die Zügel in der Hand zu halten, musste es sich beschissen anfühlen, die Kontrolle zu verlieren. Normalerweise würde ich Genugtuung verspüren, doch gerade war es unmöglich, etwas anderes zu empfinden als Verwirrung.

Anisya trat ein paar Schritte in den Raum und die Ältesten wichen alle kaum merklich zurück. Auch Zakhar, der während der Sitzung mit Valentin schon überraschend ruhig gewesen war, wirkte nun eingeschüchtert.

Er sank auf die Knie und beugte sein Haupt. »Eure Hoheit, wir sind überrascht und doch unendlich erleichtert, dass Ihr wider Erwarten noch am Leben seid.«

»Gewiss doch«, erwiderte Anisya und würdigte Zakhar keines Blickes.

War das wirklich die Frau, von der ich immer wieder geträumt und mir gewünscht hatte, ich hätte sie einmal getroffen? Nun stand sie wirklich vor mir, doch ihre Kälte trübte meine Freude. Nie hätte ich damit gerechnet, dass sie noch lebte. Doch selbst wenn ich damit gerechnet hätte, hätte ich mir ein erstes Aufeinandertreffen niemals so vorgestellt.

Plötzlich kam Leben in Valentin und er rannte an Anisya vorbei zur Tür und verschwand.

Überrascht blickte ich ihm hinterher. Hatte er eben die Flucht ergriffen?

Anisya wandte sich an die Ältesten. »Nun, ich denke, dass diese Sitzung beendet ist.«

»Selbstverständlich, Hoheit«, meinte Zakhar und erhob sich. Dann beeilten er und die anderen Ältesten sich, den Saal zu verlassen.

Nur Dimitri, Soley, Malyk und ich blieben mit Anisya zurück. Ich ging um den Tisch herum, bis ich neben Dimitri und meiner Mutter gegenüberstand. Malyk und Soley folgten mir zaghaft. Sie hatten ihre Stimmen offenbar noch nicht wiedergefunden.

Ich griff nach Dimitris Hand und drückte sie fest.

Anisya bemerkte die Geste mit einem abschätzigen Blick. »Ich habe schon gehört, dass ihr beide verheiratet seid«, meinte sie spitz.

»Und es scheint dir nicht zu passen«, bemerkte ich nüchtern.

»Natürlich nicht. Er ist ein Djyio und was für einer ...«

Ihre Worte trafen mich hart. Ich hatte so sehr gehofft, dass meine Ehe mit Dimitri endlich akzeptiert werden würde. Wir hatten immer um die Anerkennung unserer Beziehung kämpfen müssen und wie es aussah, würde das so weitergehen. Diego war nicht begeistert gewesen und zuletzt hatte mich Malyra dafür verurteilt, trotz seiner Vergangenheit zu Dimitri zu stehen.

Das waren wirklich alles andere als harmonische Familienzusammenführungen. Malyk hatte zwar nicht unbedingt etwas gegen Dimitri, dafür hatte er selbst versucht mich zu töten. Man könnte wohl von zerrütteten Familienverhältnissen sprechen. Dennoch war ich froh, dass meine Familie immer weiter wuchs.

Meine leibliche Mutter war am Leben! Meine Cousine war am Leben! Und Malyk war tatsächlich mein Bruder. Das war mehr, als ich mir vor zwei Jahren noch hätte erträumen können.

»Tut mir leid. Ich konnte dich vor der Ehe leider nicht um Erlaubnis bitten. Immerhin warst du nicht hier.« Ich atmete tief durch und versuchte, meinen Ärger runterzuschlucken. Die ganze Situation war absolut verrückt. Aber ich wollte keinen Streit. Meine Mutter lebte, ich sollte mich freuen und ihr in die Arme fallen. Stattdessen war die Stimmung im Raum eiskalt und absolut erdrückend. Müsste Anisya nicht auch glücklich sein, Malyk und mich endlich wiederzusehen?

»Wie kommt es, dass du noch am Leben bist? Und wo warst du die letzten zwei Jahrzehnte?«, fragte ich möglichst sanft.

Ihre Mundwinkel verzogen sich zu einem breiten Lächeln. »Dachtest du wirklich, dass man mich so einfach töten kann? Für was habe ich meine Fähigkeiten? Lilya, ich habe meine Schwangerschaften geheim halten können, da war das Vortäuschen meines Todes meine leichteste Übung. Danach lebte ich immer mal wieder auf einem anderen Kontinent.«

»Du hast die Erinnerungen aller Anwesenden manipuliert?«, fragte ich und sah zu Dimitri. Er hatte mit angesehen, wie Anisya starb. Diese Erinnerung war also eine Fälschung?

Wieso war niemand auf diese Idee gekommen? Ich selbst hatte es nie in Erwägung gezogen, obwohl ich wusste, wie stark die Fähigkeiten meiner Mutter waren.

»Natürlich«, meinte sie schulterzuckend. »So war hinterher niemand mehr auf der Suche nach mir.«

»Und warum hast du Malyk und mich dann nicht selbst großgezogen? Du warst dann ja scheinbar in Sicherheit, du hättest uns zu dir holen können.«

Diese Frau wirkte auf mich nicht wie die liebende Mutter, die ihre Kinder schweren Herzens abgegeben hatte. Sie wirkte nicht wie die Frau, die ich immer in ihr gesehen hatte.

»Es ging euch doch gut bei Diego. Ich bin untergetaucht und habe Malyra bei mir aufgenommen.«

Ich konnte kaum fassen, was sie da erzählte. Malyra konnte bei ihr aufwachsen, aber Malyk und ich nicht?

Sie wandte sich zum Ausgang und schaute mich erwartungsvoll an. »Könnte ich nun endlich Malyra sehen?«

***

»Ich wusste, du würdest kommen!«

Malyra fiel Anisya um den Hals, sobald die Tür zur Wohnung geöffnet wurde. Die Umarmung mitanzusehen war wie ein tiefer Stich ins Herz. Malyra war lediglich Anisyas Nichte, nicht ihre Tochter. Unabhängig davon, ob sie sie großgezogen hatte oder nicht. Malyk oder mich hatte Anisya nicht umarmt, auch wenn sie uns zuletzt als Babys gesehen hatte.

»Wie konntest du nur so leichtsinnig sein und trotz meines Verbots hierherkommen?«, meinte Anisya streng, sobald sie sich voneinander gelöst hatten.

»Ich habe es einfach nicht mehr ausgehalten.« Sie sah zu Dimitri und ihre Miene verfinsterte sich. »Wie er ein glückliches Leben führen konnte, obwohl er meine Eltern auf dem Gewissen hat.«

Dimitri schnaubte genervt. »Glücklich? Während ihr euch am Ende der Welt versteckt habt, ist euch hoffentlich bewusst gewesen, dass wir uns im Krieg befinden.«

»Der nur so weit kommen konnte, weil du es nicht über dich gebracht hast, deinen Bruder zu töten«, zischte Anisya.

»Tut mir sehr leid, er ist trotz allem mein Bruder. Es schafft nicht jeder, seine Geschwister so einfach zu hintergehen wie du«, fauchte er. »Du hast doch selbst nicht zu deiner Schwester gehalten, als sie sich in einen Siyo verliebt hat. Du hast zugelassen, dass ich sie töte.«

Anisyas Augen färbten sich violett, als sie einen Schritt auf Dimitri zumachte. »Wage es ja nicht, mir die Schuld für deine Tat zu geben.«

Dimitri stellte sich direkt vor sie. Auch seine Augen hatten sich verfärbt. »Sonst was?«, fragte er leise und bedrohlich.

»Dimitri! Es reicht jetzt!«, rief ich und zog ihn am Arm. Er bewegte sich aber keinen Millimeter. »Wir sollten uns beruhigen. Es gibt unglaublich viel zu bereden und wenn wir uns streiten, erreichen wir überhaupt nichts.«

Ich warf einen Blick über die Schulter zu Soley, Malyk und Ana. Letztere war auf dem Weg zu Malyra zu uns gestoßen und hatte die ganze Zeit ihre Überraschung über Anisyas Auftauchen lautstark kundgetan. Außerdem hatte sie erzählt, dass Valentin mit seinem Jet abgehauen war.

Er war also tatsächlich geflohen. Etwas, über das ich mich normalerweise freuen würde, wenn ich nicht gerade so viel anderes im Kopf hätte.

»Das sagst du nur, weil du Angst hast, dass ich deinem Mann weh tue«, meinte Malyra und verschränkte die Arme vor der Brust. »Er hätte den Tod verdient.«

»Wie wäre es, wenn ihr euren Hass auf Valentin statt auf Dimitri richtet?«, schlug ich vor. »Er ist derjenige, der die Welt zerstören will. Nicht Dimitri.«

Malyra verdrehte die Augen. »Wir mischen uns nicht in eure Probleme mit Valentin ein. Er soll ruhig in seinem Schloss hocken und König spielen.«

Entsetzt sah ich von ihr zu Anisya. »Ihr wisst es nicht?«

Meine Mutter runzelte die Stirn. »Was wissen wir nicht?«

»Die Bombe in New York ... Valentin hat sie gezündet. Und wenn wir nicht mit ihm zusammenarbeiten und die gesamte Menschheit versklaven, wird er noch mehr Städte in die Luft sprengen.«

Einen Moment wirkte Anisya geschockt. Sie hatte sich jedoch schnell wieder im Griff.

»Fürs Erste dürfte Valentin ruhiggestellt sein. Er wird genug damit zu tun haben darüber nachzugrübeln, weshalb ich noch am Leben bin. Er hat es in den vergangenen zwanzig Jahre nicht geschafft, die Welt in Schutt und Asche zu legen. Dann wird er das auch jetzt nicht.«

Ich verstand nicht, wie sie das so locker sehen konnte. »Aber ...«

»Nichts aber«, unterbrach sie mich barsch. »Ich würde jetzt gerne an die frische Luft. Außerdem muss ich Lloyd aus seinem Versteck holen«, erklärte sie und hatte offensichtlich keine Lust auf eine weitere Unterhaltung. In meinem Kopf bildeten sich weitere Fragezeichen. Wer war Lloyd?

***

Wenn ich geglaubt hatte, dass es für diese Woche keine weiteren unglaublichen Nachrichten mehr geben konnte, hatte ich mich getäuscht.

Wir folgten Anisya vom Schloss in den Wald und dort stießen wir auf Lloyd. Als ich ihn erblickte, blieb ich wie angewurzelt stehen. Erneut traute ich meinen Augen nicht. Er war ebenfalls ein Kiyo! Das war alles zu viel für mich.

»Malyra! Da seid ihr ja endlich«, rief er und zu meiner Überraschung küssten Malyra und er sich zur Begrüßung.

»Wer ist das?«, stieß ich aus und starrte den jungen Mann an, der offensichtlich noch nicht erwacht war. Er hatte kurzes schwarzes Haar und grüne Augen, was ihn als Mischling kennzeichnete.

»Mein Sohn«, erwiderte Anisya knapp.

»Das ist unser Bruder?«, fragte Malyk ungläubig und warf mir einen verwirrten Blick zu.

»Euer Halbbruder. Lloyd ist ein Jahr jünger als du, Malyk«, erklärte Anisya.

»Und sie sind ein Paar?«, fragte ich ungläubig. Immerhin waren sie Cousin und Cousine. Zakhar hatte zwar bereits erwähnt, dass es bei Vampyren und vor allem den Kiye völlig normal war, wenn Verwandte heirateten, doch es wirkte auf mich trotzdem befremdlich. Der Rat hatte ja auch gewollt, dass ich mich mit Malyk vermähle, um die Rasse rein zu halten.

Lloyds Augen verengten sich zu Schlitzen, als er zu mir sah. »Ist das für dich ein Problem?«

»Sie machen es richtig, immerhin halten sie sich an unsere Traditionen«, mischte sich Anisya ein. »Etwas, das ich von dir leider nicht behaupten kann.«

Das reichte. Malyra, Valentin, Anisya und nun Lloyd. Mir wurde alles zu viel und ich wusste nicht mehr wohin mit meinen Emotionen. Wir bekamen keine befriedigenden Erklärungen, was mich schier in den Wahnsinn trieb. Ich wollte endlich über alles Bescheid wissen.

»Ich fasse es nicht.« Schockiert starrte ich Anisya an. »Du bist verschwunden und hast uns im Stich gelassen! Mich und Malyk! Und dann hast du am anderen Ende der Welt ein neues Kind bekommen.« Ich schrie inzwischen, so verzweifelt war ich aufgrund der Situation. »Und jetzt glaubst du allen Ernstes, mir Vorwürfe machen zu dürfen?«

Mein Ausbruch schien meine Mutter jedoch wenig zu interessieren.

»Ich habe dich in gute Hände gegeben und du hattest eine ganz normale Kindheit. Also warum beschwerst du dich?«

Ich presste die Lippen aufeinander und wusste nicht, was ich dazu sagen sollte. Natürlich hatte ich eine tolle Kindheit gehabt und ich war dankbar, wohlbehütet bei Claudia und Diego aufgewachsen zu sein. Doch ich verstand einfach nicht, wie uns Anisya hatte abgeben können, aber dann Malyra und Lloyd großzog.

»Es geht ums Prinzip!«, erwiderte ich schließlich. »Du hättest mich zumindest suchen können, als meine Erweckung bevorstand. Du wusstest doch, dass mein Leben gefährdet war. Ich wurde entführt und gequält. Lange Zeit lebte ich in dem Glauben, dass ich die letzte Kiya war. Ich habe unter dem Wissen gelitten, dass ich dich niemals würde kennenlernen können!« Tränen der Verzweiflung schossen mir in die Augen. »Was wäre passiert, wenn Malyra hier nicht aufgetaucht und von uns geschnappt worden wäre? Hätten wir dich jemals kennengelernt?«

Anisya starrte mich mit ausdrucksloser Miene an, während die Tränen meine Wangen hinabbrannten. Nach einem Moment der Stille drehte sie sich weg und brach mir mit den folgenden Worten das Herz. »Eine Königin sollte niemals Schwäche zeigen. Ich hätte nie zulassen dürfen, dass du den Thron besteigst.«

42. KAPITEL

Dimitri

Schweigend hielt ich Lilya im Arm und strich ihr sanft über den Rücken, während sie hemmungslos an meiner Brust weinte. Der Tag hatte sie an ihre emotionalen Grenzen gebracht und nachdem wir wieder im Schloss angekommen waren, war sie zusammengebrochen. Die Baustelle in unserer Wohnung würde noch eine Weile bestehen, weshalb wir uns vorerst in einer anderen Wohnung einquartiert hatten.

Sie hatte in ihrem Leben schon viel durchmachen müssen. Doch all das ließ sich nicht damit vergleichen, was heute passiert war.

Ihr ganzer Hass hatte sich auf Valentin konzentriert, er war für sie von Anfang an ein Monster gewesen. Doch nachdem sich die Frau, zu der sie immer aufgesehen hatte, als Eisblock entpuppt hatte, war für sie eine Welt zusammengebrochen. Ich hatte gewollt, dass Lilya gut über ihre Mutter dachte. Sie hatte sie nie kennengelernt, sie kannte sie lediglich aus Anisyas Erinnerungen und anderen Erzählungen. Ich hatte ihr gesagt, dass ihre Mutter kein Engel gewesen war. Doch dass sie so kaltherzig war, hätte Lya wohl nie vermutet.

Sie hatte keine Gelegenheit bekommen, sich darüber zu freuen, dass ihre Mutter noch am Leben war, bevor diese sich ihr gegenüber absolut unmöglich benommen hatte. Ich könnte Anisya den Kopf dafür abreißen. Wie konnte sie ihrer Tochter nur so etwas antun?

Dass ihr unsere Ehe ein Dorn im Auge sein würde, war mir schon immer bewusst gewesen. Doch dass sie sich Lilya und Malyk gegenüber so distanziert verhielt, hätte ich nie erwartet. Durch Lilya hatte ich inzwischen fast verdrängt, wie die früheren Kiye sich verhalten hatten. Sie waren meist unter sich geblieben und hatten ihre Emotionen anderen gegenüber nie offenbart. Durch ihre Erziehung hatte Lilya dieses Merkmal ihrer Rasse verloren. Wäre sie bei Anisya aufgewachsen, wäre ihr von klein auf eingetrichtert worden, wie sich eine Kiya zu verhalten hatte. Die Kiye waren für mich immer sehr distanzierte Wesen gewesen, die zu neutralen Anführern erzogen wurden. In letzter Zeit hatte sich mein Bild dieser Rasse völlig gewandelt, weshalb Anisyas und Malyras Verhalten nun umso verstörender auf mich wirkte.

Ich wünschte mir bereits, dass die drei Kiye Kanada sofort wieder verließen. Doch ich hatte gehört, dass Anisya und die anderen sich Zimmer im Schloss gesucht hatten. Offenbar wollten sie zunächst bleiben.

Sie gehörten zu Lyas Familie, doch solche Leute brauchte sie nicht in ihrem Leben. Sie hatte bereits eine Familie. Malyk, Diego, Soley, Ana, Sascha, Emma und mich ...

Blut war nicht immer dicker als Wasser, wie man ja bereits bei Valentin und mir gesehen hatte. Lilya musste nun selbst einen Weg finden, wie sie mit Anisya, Malyra und Lloyd umgehen sollte. Mit Sicherheit war es schwierig, sie von unserer Ehe zu überzeugen. Malyra hasste mich abgrundtief und ich konnte mir gut vorstellen, dass sie mir den Mord an ihren Eltern niemals verzeihen würde. Anisya hatte mich früher gemocht und mich aufgenommen, als ich kein Zuhause mehr gehabt hatte. Doch an der Seite ihrer Tochter würde sie mich niemals akzeptieren. Lediglich Lloyd kannte mich nicht. Doch er wird bestimmt die Meinung seiner Mutter und seiner Cousine teilen. Immerhin war er mit Letzterer liiert.

»Glaubst du, sie hasst mich?«, murmelte Lya plötzlich an meiner Brust. Ihr Schluchzen hatte aufgehört.

Ich wusste genau, an wen sie dachte. »Nein. Sie hat nur eine seltsame Art und Weise, Zuneigung zu zeigen.«

»Sollte eine Mutter nicht in der Lage sein, ihre Gefühle offen darzulegen, wenn sie ihre Kinder nach mehr als zwei Jahrzehnten wiedersieht?«

Ich schüttelte den Kopf und drückte Lya fester an mich. »Tut mir leid.«

Nach einer Weile löste sie sich aus der Umarmung und lehnte sich zurück. Nachdenklich legte sie die Stirn in Falten. »Wie wohl Diego reagiert, wenn er sie sieht?«

Ana war bereits auf dem Weg, um Sascha zu informieren, dass Valentin das Schloss verlassen hatte. Das einzig Gute, das Anisyas Auftauchen bewirkt hatte.

Eigentlich hätte Lilya sich schnell in die Höhle teleportieren können, in der sich Diego und die anderen aufhielten. Doch verständlicherweise war sie dazu momentan nicht in der Lage. Telefonisch konnten wir die Gruppe nicht erreichen, weil sie ihre Handys ausgeschaltet hatten, damit sie nicht geortet werden konnten.

»Mich interessiert viel mehr, wie Anisya auf ihn reagiert«, erwiderte ich. »Sie wird nicht wissen, dass er hier ist und ist sicher nicht darauf vorbereitet ihm zu begegnen. Möglicherweise erreicht er bei ihr eine Gefühlsregung.«

»Wir werden sehen.« Sie wischte sich die Tränen von den Wangen und erhob sich dann. »Es ist wohl das Beste, wenn wir draußen sind, wenn Diego zurückkommt.« Ich ergriff die Hand, die sie mir daraufhin entgegenstreckte, und ließ mich von ihr von der Couch ziehen.

»Das kann ja spannend werden.«

✳✳✳

Da es noch Stunden dauern konnte, ehe Diego und die anderen zurück waren, hatten wir noch einen Abstecher zu Soley und Malyk gemacht, die ebenfalls mit ihren Gefühlen überfordert waren. Anschließend besuchten wir Liams Grab und sahen nach der Bärin Jacky und ihren Jungen. Schlussendlich machten wir es uns auf einer Bank am Waldrand bequem und warteten darauf, dass die Gruppe aus der Höhle zurückkehrte.

Am Horizont dämmerte es bereits, als wir Hufgetrappel hörten und kurze Zeit später die Gruppe zwischen den Bäumen auftauchte. Lilya sprang auf und lief auf Ana zu, die an der Spitze ritt.

»Hast du schon etwas erzählt?«, fragte sie so leise, dass es ihr Vater bestimmt nicht hören konnte.

Ana schüttelte den Kopf. »Ich dachte, das solltest du übernehmen«, flüsterte sie und Lilya nickte dankbar.

Dann wandte sie sich an ihren Vater. Auf dem Pferd sah er aus wie ein waschechter Cowboy. Kein Wunder, immerhin war er gebürtiger Texaner. Durch die stark gebräunte Haut fiel er zwischen den Vampyren sofort auf. Und auch die Menschen hier hatten durch den langen Winter hellere Haut als er.

»Könntest du duschen und dir etwas Schickes anziehen, nachdem die Pferde versorgt sind?«, bat ihn Lya lächelnd. »Und dann zu mir und Dimitri kommen?«

Diego runzelte die Stirn, fragte jedoch nicht weiter nach, was der Anlass war. »In Ordnung.«

***

Keine Stunde später klopfte es und Lya sprang von der Couch auf, um die Tür zu öffnen.

»Wow Dad, du siehst toll aus«, bemerkte Lya sichtlich beeindruckt. Er trug einen dunkelblauen Anzug und hatte sich die Haare streng nach hinten gegelt.

»Zu schick für den ominösen Anlass?«, fragte Diego schmunzelnd als er bemerkte, dass Lya und ich normale Sachen trugen.

»Nein, definitiv nicht«, erwiderte Lya lächelnd und ergriff die Hand ihres Vaters. »Komm mit.«

Ein skeptischer Ausdruck erschien auf Diegos Gesicht. »Wohin?«

»Das siehst du dann schon«, meinte Lya.

Ich erhob mich ebenfalls und folgte den beiden aus dem Zimmer. Dieses Spektakel wollte ich auf keinen Fall verpassen.

***

»Bist du sicher, dass das eine so gute Idee ist?«, fragte ich Lya leise auf dem Weg zu Anisyas Zimmer.

»Irgendwann werden sie sich zwangsläufig begegnen«, erwiderte sie schulterzuckend und ich seufzte.

»Na dann hoffen wir mal, dass die Begegnung einigermaßen harmonisch verläuft.«

Sie nickte lediglich und blieb schließlich stehen.

»Wir sind da«, sagte sie laut und drehte sich zu ihrem Vater um, der hinter uns gelaufen war.

Diego sah mit skeptischem Blick von Lya zu der Tür, vor der wir stehen geblieben waren. »Und jetzt?«

Lilya stellte sich hinter ihren Vater, packte ihn an den Schultern und schob ihn dicht vor die Tür. Sie klopfte zweimal laut und wich dann schnell einige Meter zurück. Diego registrierte dies mit besorgter Miene, blieb jedoch an Ort und Stelle stehen. Ich ging zu Lya und dann wurde die Tür geöffnet.

»Was ...?« Anisya stand im Türrahmen und verstummte, als sie Diego erkannte. Auch er erstarrte bei ihrem Anblick.

Wortlos sahen sie einander an. Scheinbar minutenlang.

»Was tust du hier?«, fragte Anisya, sobald sie ihre Stimme widergefunden hatte. Mit Diegos Anwesenheit in Kanada hatte sie offensichtlich nicht gerechnet.

»Ich? Was tust du hier?«, entgegnete er sichtlich verwirrt. »Ich dachte, du bist tot.«

Anisya zuckte mit den Schultern. »Das sollte die Welt auch glauben.« Sie setzte wieder ihre emotionslose Maske auf, die sie uns gegenüber bereits präsentiert hatte.

»Ich fasse es nicht, dass du wirklich hier bist.« Diego fuhr sich nervös durchs Haar und machte einen Schritt zurück.

»Mom, wer ist dieser Mensch?« Hinter Anisya erschien Lloyd, der Diego neugierig musterte.

Bei dem Wort »Mom« wurde Diego ganz blass im Gesicht und starrte den jungen Mann stumm an.

»Ein alter Freund«, erwiderte Anisya schnell. »Würdest du dir Malyra schnappen und ein wenig spazieren gehen? Ich müsste kurz mit ihm reden«, bat sie ihren Sohn, der daraufhin wieder im Zimmer verschwand und wahrscheinlich seine Cousine holte.

»Komm rein«, sagte Anisya an Diego gewandt und trat zur Seite. Sie warf Lilya und mir noch einen kurzen Blick zu, ehe sie die Tür hinter Diego schloss und wir allein auf dem Flur zurückblieben.

»Immerhin mit ihm scheint sie ausführlicher reden zu wollen«, bemerkte Lya nüchtern und drehte sich um.

»Vielleicht kann er ja ihre nette Seite herauskitzeln«, überlegte ich laut, hatte aber selbst wenig Hoffnung, dass das funktionierte.

»Ja, vielleicht.«

***

Am nächsten Morgen lief ich meine übliche Runde durch den Wald und versuchte die Gedanken an Anisya, Malyra und Lloyd zu verdrängen. Wir hatten bisher nichts von Diego gehört und wussten nicht, wie das Gespräch zwischen ihm und seiner einstigen großen Liebe verlaufen war. Hatte sie sich ihm gegenüber geöffnet oder war sie weiterhin so gefühlskalt geblieben? Mir war es im Grunde egal, wie sie sich verhielt. Mir tat es nur für Lya leid.

Ich dachte an meinen Bruder, der der einzige Verwandte war, den ich noch hatte. Ohne ihn wäre ich auch besser dran. Viel besser. Ich fragte mich, was er nun unternehmen würde.

Anisyas Auftauchen hatte ihn sichtlich aus der Bahn geworfen. Prinzipiell war sie keine Bedrohung für ihn, genauso wenig wie Malyra oder Lloyd, von dem er bestimmt bald erfahren würde. Mit seiner Bombenerpressung hatte er uns weiterhin in der Hand und Anisya schien sich keine Gedanken darüber zu machen, welche Bedrohung Valentin für die Welt darstellte. Doch wenn die Kiye ihren Hass auf mich vergessen und mit uns zusammenarbeiten würden, könnte man mit ihren Fähigkeiten möglicherweise doch einen Weg finden, um Valentin das Handwerk zu legen. Bisher war uns zumindest kein sinnvoller Plan eingefallen. Doch Malyras Fähigkeit, sich unsichtbar zu machen, und Anisyas Kräfte der Gedankenmanipulation boten ganz neue Möglichkeiten. Welche Fähigkeit Lloyd nächstes Jahr entwickeln würde, wussten wir nicht. Dass Malyk die Zeit um sich herum einfrieren konnte, war vielleicht auch hilfreich. Jedoch hatte er bisher keine Ahnung, wie er diese Fähigkeit richtig kontrollieren konnte. Es würde noch viel Übung erfordern, bis er sie gezielt einsetzen konnte.

Ich hasste dieses Gefühl der Hilflosigkeit. Nicht in der Lage zu sein, Probleme aus der Welt zu schaffen, war frustrierend. Hätte ich Lilya nicht an meiner Seite, wäre ich schon längst wahnsinnig geworden. Die ständige Bedrohung im Nacken zu spüren, war zermürbend. Ginge es nach mir, würde ich nach Sibirien reisen und meinem Bruder den Kopf abschlagen. Auch wenn das bedeutete, dass alle Bomben hochgingen, die er unter den Städten positioniert hatte. Dieses Übel würde ich jederzeit in Kauf nehmen, doch Lilya wollte das um jeden Preis verhindern.

»Dimitri?«

Überrascht blieb ich stehen und drehte mich zu Anisya um, die den Waldweg betreten hatte. Was machte sie hier?

»Was gibt es?«, fragte ich und kam ihr entgegen.

Ihr Blick wurde ernst. »Wir müssen reden.«

43. KAPITEL

Lilya

»Wisst ihr, wo Soley ist?«

Ana und ich unterbrachen das Training, als Malyk in die Turnhalle gestürmt kam. Mein Bruder war ganz bleich im Gesicht und bei mir schrillten alle Alarmglocken. »Nein, wieso?«

»Ich habe sie seit heute Morgen nicht mehr gesehen und schon überall nach ihr gesucht. Sie ist weder im Labor noch bei Emmas Familie oder im Wald.«

Ana und ich warfen uns einen kurzen Blick zu und ich sah, dass auch sie sofort in Alarmbereitschaft war. Ich übergab ihr mein Schwert und ging zu meinem Bruder, um ihm beruhigend eine Hand auf die Schulter zu legen. »Keine Panik, wir werden sie schon finden.«

Ich wollte mich nicht von Malyks Angst anstecken lassen und stattdessen einen kühlen Kopf bewahren. Vielleicht machte Soley nur einen längeren Spaziergang. Doch ich konnte nicht leugnen, dass ich mir große Sorgen machte.

Es war bereits Abend und irgendjemand hätte wissen müssen, wo Soley sich aufhielt.

»Hast du bei deiner Suche zufällig Dimitri gesehen und weißt, wo er gerade steckt?«, fragte ich, als ich mit Malyk und Ana die Halle verließ. »Er und Sascha sollten auch informiert werden.«

»Sascha habe ich bereits Bescheid gegeben, dass er die Augen offenhalten soll. Wo Dimitri ist, weiß ich aber nicht. Das konnte mir Sascha auch nicht sagen. Ich habe in eurer Wohnung zuerst nach dir gesucht, dort waren aber weder du noch er.«

Ich runzelte die Stirn. Während meines Trainings mit Ana verbrachten Dimitri und Sascha meist Zeit zusammen.

Es gab nicht so viele Orte, an denen sich mein Mann normalerweise aufhielt. Ich blieb stehen und warf Ana und Malyk einen fragenden Blick zu. »Hat einer von euch Dimitri heute schon gesehen?«

Beide sahen mich kurz irritiert an und schüttelten dann den Kopf. »Glaubst du, Soley ist bei ihm?«, fragte Ana und ich zuckte mit den Schultern.

»Ich weiß es nicht. Aber ich habe von Dimitri auch nichts mehr gehört, seit er heute Morgen joggen gegangen ist.«

Ich war den ganzen Tag beschäftigt gewesen. Heute Mittag hatte ich einen Ausritt mit Susan unternommen und später hatte ich mit Malyk trainiert, um seine Fähigkeiten zu verbessern. Und zuletzt hatte Schwerttraining mit Ana auf dem Plan gestanden. Anschließend hätte ich Dimitri gesucht, um gemeinsam mit ihm zu Abend zu essen.

»Ich würde gerne noch mal in unserer Wohnung nachsehen, ob Dimitri jetzt vielleicht dort ist. Treffen wir uns gleich in der Kommandozentrale?«, fragte ich Ana. Sie nickte und ich teleportierte mich in meine Gemächer.

***

»Dimitri?«, rief ich, sobald ich in unserer Übergangswohnung angekommen war. Ich schaute in alle Zimmer, doch er war nicht hier.

Auf dem Wohnzimmertisch lag sein Handy, weshalb ich ihn auch nicht anrufen konnte. Es war nicht ungewöhnlich, dass er es hier liegen ließ. Wir trugen unsere Handys nur selten bei uns.

Nachdem ich mich davon überzeugt hatte, dass Dimitri wirklich nicht hier war, machte ich noch einen Abstecher zu unserer anderen Wohnung. Aber auch dort war er nicht.

Mit einem unguten Gefühl im Bauch machte ich mich auf den Weg zu den anderen. Da es nicht weit war, entschied ich mich zu laufen. Wo waren bloß Dimitri und Soley? Die Frage ging mir nicht mehr aus dem Kopf und ich spürte, wie ich immer nervöser wurde.

Unter normalen Umständen hätten wir uns nicht solche Sorgen um die beiden machen müssen. Doch die Erfahrung hatte gezeigt, dass jeder zur Zielscheibe werden konnte.

Vor Malyras Anschlägen auf Dimitri hatte ich mir um ihn auch deutlich weniger Sorgen gemacht als um Soley. Wir waren alle nicht unsterblich und konnten jederzeit in einen Hinterhalt gelockt werden.

Doch würde Valentin so schnell wieder etwas in diese Richtung unternehmen? Oder hatte Malyra ...? Ich schüttelte den Kopf und verdrängte diesen Gedanken. Auch sie hielt vorerst die Füße still. Zumindest war ich mir sicher, dass Anisya dafür sorgte. Auch wenn sie Dimitri selbst nicht leiden konnte. Immerhin hatte sie nicht gewollt, dass Malyra herkam und Dimitri angriff.

Ich musste dringend meinen Vater fragen, was bei dem gestrigen Gespräch rausgekommen war. Es bestand durchaus die Möglichkeit, dass Anisya sich mit ihm gut verstand und die beiden offen miteinander gesprochen hatten.

***

Als ich die Kommandozentrale betrat, verstummte das Gespräch der anderen. Sascha und Ana saßen am Tisch vor den vielen Monitoren und Malyk lehnte daneben an der Wand.

»Gibt es etwas Neues?«, fragte ich in die Runde, woraufhin Ana mir einen Blick zuwarf, den ich nicht deuten konnte.

»Kann man so sagen. Alle Aufzeichnungen von heute Morgen sind gelöscht worden.«

»Die Aufnahmen der Überwachungskameras?« Überrascht wandte ich mich an Sascha. »Warst du nicht den ganzen Tag hier?«

Er verzog das Gesicht und hob die Schultern. »Ich kann nicht den ganzen Tag vor den Monitoren sitzen. Doch auch wenn ich mal nicht hier bin, hat niemand die Berechtigung, Aufnahmen zu löschen.«

»Aber irgendjemand muss es gewesen sein und das anscheinend ohne Spuren zu hinterlassen«, bemerkte Malyk trocken.

Ana lehnte sich in ihrem Stuhl zurück und verschränkte die Arme hinter dem Kopf. »So viele Personen fallen uns nicht ein, die dazu in der Lage wären, oder?«

Ich ahnte bereits, worauf sie hinauswollte. »Du meinst Malyra? Aber auch wenn sie sich unsichtbar machen kann, heißt das nicht, dass sie in der Lage ist, das System zu knacken.«

»Ich spreche nicht von Malyra. Wer sagt denn, dass nicht Sascha selbst die Aufnahmen gelöscht hat? Oder zumindest anwesend war, während das jemand anders erledigt hat? Wenn er noch im System eingeloggt ist, hat jeder Zugriff von hier aus.«

Mir klappte der Mund auf. Doch ehe ich etwas erwidern konnte, meldete sich Sascha zu Wort.

»Du glaubst, dass Anisya hier war und meine Erinnerung daran manipuliert oder gelöscht hat?«

»Zutrauen würde ich es ihr«, meinte Ana schulterzuckend. »Kann doch sein, dass sie heute Malyras Plan in die Tat umsetzen wollte, Dimitri loszuwerden.«

Das konnte und wollte ich nicht glauben.

»Kann ich mir nicht vorstellen. Warum sollte Soley dann ebenfalls weg sein?«, wandte Malyk ein. Darauf wussten die anderen auch keine Antwort.

»Wie auch immer, wir werden hier nichts mehr erfahren. Malyk und ich werden Anisya aufsuchen und ihr durchsucht noch mal das Schloss und die Umgebung«, beschloss ich.

✳✳✳

»Glaubst du wirklich, dass unsere Mutter es gewagt hat, deinem Mann etwas anzutun?«, fragte Malyk auf dem Weg zu Anisyas Unterkunft. »Es war nicht zu übersehen, dass sie etwas gegen ihn hat. Doch würde sie so etwas wirklich ihrer eigenen Tochter antun, auch wenn sie sich bisher nicht wie eine liebende Mutter benommen hat?«, grübelte er weiter.

Das war eine Frage, die mich ebenfalls schon die ganze Zeit beschäftigte. War Anisya einfach nur nicht in der Lage, ihre Gefühle ihren Kindern gegenüber zu zeigen? Oder waren wir ihr tatsächlich egal?

»Ich habe keine Ahnung«, antwortete ich ehrlich. »Ihr Verhalten kann hauptsächlich mit ihrer Erziehung entschuldigt werden. Ich glaube nicht, dass sie so gefühllos ist, wie sie sich gibt. Und wie du schon gesagt hast, macht es keinen Sinn, dass Soley auch verschwunden ist.«

»Hm«, machte Malyk. Er schien sich genauso hilflos und ahnungslos zu fühlen wie ich. Eigentlich fühlte ich mich bereits seit Malyras Auftauchen so.

Wir bogen um eine Ecke und dahinter entdeckte ich Diego, der uns in dem langen Flur entgegenkam. Er hatte beim Laufen den Blick auf den Boden geheftet.

»Hey Dad«, rief ich lächelnd und sein Kopf zuckte hoch.

»Lya«, stieß er sichtlich überrascht aus. Er blieb stehen und beäugte mich und Malyk mit einem eigenartigen Blick.

»Ist alles in Ordnung?«, fragte Malyk, der auch bemerkt hatte, dass unser Vater eigenartig nervös wirkte.

»Ja, klar. Ihr habt mich nur überrascht, ich war ein wenig in Gedanken.« Er lachte auf und fuhr sich mit einer Hand durchs dunkle Haar. Dadurch machte er einen noch nervöseren Eindruck.

Ich ignorierte Diegos Verhalten vorerst und stellte ihm stattdessen die Frage, die mir seit gestern auf der Seele brannte. »Wie lief dein Gespräch mit Anisya?«

Die Augen meines Vaters weiteten sich leicht und ich konnte schwören, dass sich Panik in ihnen abzeichnete.

»Ganz gut«, erwiderte er schnell. »Wir haben viel über die letzten Jahre geredet.«

»Ihr versteht euch also noch gut?«, hakte ich nach und er nickte.

»Super. Dann hat sie heute hoffentlich bessere Laune. Wir sind gerade auf dem Weg zu ihr, weil Dimitri und Soley verschwunden sind. Du hast die beiden nicht zufällig gesehen?«

»Nein, tut mir leid.« Er wich meinem Blick aus und ich wusste sofort, dass er log. Was war hier los?

»Schade. Dann bis später«, meinte ich und griff nach Malyks Hand. Schnell zog ich ihn an Diego vorbei, wobei er mich verwirrt anstarrte. Er fragte sich wohl, warum ich Diego nicht zu einer ehrlichen Antwort drängte.

»Du solltest ihn nicht suchen.«

Ich blieb stehen, drehte mich noch mal zu meinem Vater um und musterte ihn fragend. »Wieso nicht?«

Ein Ausdruck des Bedauerns lag in seinen braunen Augen. »Lya, er ist nicht der Richtige für dich.« Er richtete seinen Blick auf Malyk. »Und Soley nicht die Richtige für dich.«

»Dad, was soll das heißen?« Ich machte ein paar Schritte auf ihn zu, bis ich direkt vor ihm stand. »Wo sind Dimitri und Soley?«

»Wir wollten nur das Beste für euch«, sagte er und wich meinem Blick aus. Ich war mir sicher, dass er Anisya und sich meinte.

»Was habt ihr getan?« Ich musste mich beherrschen, um ihn nicht anzuschreien.

Diego starrte stumm auf seine Hände und ich wurde immer ungeduldiger.

»Ich habe die ganze Nacht mit eurer Mutter gesprochen …«, begann er schließlich. »Eure Beziehungen waren ein Thema, über das wir intensiv diskutiert haben. Ich habe Anisya erklärt, wie sehr ihr eure Partner liebt, doch sie hat mir klar gemacht, dass sie euch nicht guttun.«

Malyk schob mich zur Seite, packte unseren Vater am Kragen und drückte ihn gegen die Wand. »Und dann? Was habt ihr dann getan? Wo sind sie?«, brüllte er.

»Anisya hat ihnen ihre Erinnerungen an euch genommen und dafür gesorgt, dass sie Kanada verlassen.«

»Sie hat was?« Ich traute meinen Ohren kaum. Das konnte nicht wahr sein. Das durfte nicht wahr sein.

Malyk ließ Diego los und wich vor ihm zurück. Schockiert starrte er unseren Vater an. »Das ist nicht dein Ernst.«

»Wir haben alles wieder in Ordnung gebracht. Dimitri und Soley sind in ihre Heimat zurückgekehrt, so wie es sein sollte.«

»Wie konntest du nur?« Ich schüttelte den Kopf, unfähig zu begreifen, was er eben gesagt hatte. Das konnten sie nicht wirklich getan haben.

Übermannt von meinen Gefühlen rannte ich los. Ich konnte Diego nicht länger ansehen. Und Anisya wollte ich auch nicht mehr gegenübertreten.

»Lya warte!«, rief Malyk und ich konnte hören, wie er mir hinterherlief. Doch ich wartete nicht auf ihn und rannte einfach immer weiter. Blind vor Wut und Enttäuschung.

Sie hatten mir meinen Mann genommen. Sie hatten mir meine beste Freundin genommen. Meine eigenen Eltern hatten mein Leben zerstört.

44. KAPITEL

Lilya

Ich schmiss meine Reisetasche in eine Ecke des Cockpits und setzte mich auf den Pilotensitz. Malyk nahm neben mir Platz. Er hatte während seiner Zeit in Kanada Fliegen gelernt, auch wenn er es noch lange nicht perfekt beherrschte.

»Bist du dir hiermit sicher?«, fragte ich Malyk und er nickte ernst.

Ich nickte ebenfalls und startete die Motoren.

Nach dem Gespräch mit Diego hatte ich eine Weile gebraucht, um wieder klar denken zu können. Dann hatte mein Entschluss schnell festgestanden. Ich würde Dimitri suchen und dafür sorgen, dass er seine Erinnerungen wiederbekam. Und Soley ebenfalls.

Ich war in meine Wohnung gegangen und hatte alle möglichen Dinge in meine Reisetasche geschmissen. Als Malyk das mitbekommen hatte, hatte er sofort beschlossen, mich zu begleiten. Eigentlich wollte ich ihn nicht mitnehmen, da die Reise Gefahren bot, die ich nicht einkalkulieren konnte. Dimitri musste in Sibirien sein. Ich hatte keine Ahnung, welche Erinnerungen Anisya ihm tatsächlich geraubt hatte. Hatte sie lediglich die Zeit seit unserem Kennenlernen gelöscht oder mehr? Hatte sie ihm für diese Zeit alternative Erinnerungen eingepflanzt oder einfach eine Lücke hinterlassen?

Würden er und Valentin sich wieder verstehen? War Dimitris dunkle Seite wieder an die Oberfläche gekommen?

Ich wusste auf keine dieser Fragen eine Antwort, doch wollte ich sie auch nicht Anisya stellen. Ich wollte diese Frau nicht mehr sehen. Meine Mutter war für mich gestorben. Vermutlich interessierte sie es gar nicht, dass Malyk und ich abhauten. Sie hatte bisher kein Interesse an uns gezeigt. Jemand, dem es dagegen sofort auffallen würde, wenn wir verschwanden, war Ana.

Ich hatte ihr eine Nachricht hinterlassen, in der ich erklärte, was wir von Diego erfahren hatten und dass ich Dimitri und Soley suchen musste. Sie und Sascha würden sich bestimmt um alles kümmern, während wir weg waren. Doch ich war froh, dass ich nicht miterleben würde, wenn Ana die Nachricht las. Seit der Sache in der Schweiz reagierte sie etwas empfindlich auf Abschiedsbotschaften. Wenn ich heil zurückkehren sollte, würde sie mir den Kopf abreißen.

»Hast du einen Plan, wo wir zuerst hinfliegen?«, fragte Malyk und riss mich damit aus meinen Gedanken.

Ich nickte. »Wir werden zunächst das einzige Mitglied unserer Familie besuchen, das uns noch nicht verraten hat.«

**

Unschlüssig standen wir auf der Straße vor dem großen Einfamilienhaus. Die Umgebung wirkte bei Tageslicht unheimlich idyllisch. Ein älterer Herr mähte gerade auf dem Nachbargrundstück seinen Rasen und lächelte uns freundlich an.

»Bist du sicher, dass wir hier richtig sind?«, fragte Malyk und warf einen Blick zum Haus.

»Natürlich. Ich war bereits hier, schon vergessen?«

Wir liefen zur Haustür und Malyk betrachtete stirnrunzelnd das Namensschild. »Familie Lindner? Dass sie verheiratet sind, hast du gar nicht erwähnt.«

Ich zuckte mit den Schultern und klingelte.

Drinnen ertönten Schritte und Malyk neben mir wurde sichtlich nervös.

Die Tür wurde geöffnet und Claudia kam dahinter zum Vorschein. Als sie uns erkannte, gab sie einen überraschten Laut von sich. »O Lya, Malyk.« Nach einem kurzen Moment der Überraschung sprang sie vor und zog uns in ihre Arme. »Ist das schön euch zu sehen. Kommt rein.«

Wir lösten uns voneinander und folgten ihr ins Wohnzimmer. Ich bemerkte, wie Malyk seinen Blick aufmerksam durch den Raum schweifen ließ. Er war zum ersten Mal hier, weshalb er bestimmt neugierig war. Zumal Ylvie in diesem Haus aufwuchs.

Claudia bat uns Platz zu nehmen und erkundigte sich, ob wir etwas trinken wollten. Wir lehnten dankend ab.

»Wo ist Ylvie?«, fragte Malyk, noch ehe er auf der Couch Platz genommen hatte.

Claudia lächelte und deutete auf ein Babyphone, das auf der Kommode stand. »Sie macht noch Mittagsschlaf.«

Malyk presste die Lippen aufeinander und nickte. Er musste furchtbar aufgeregt sein sie bald zu sehen. Ylvie war für ihn wie seine eigene Tochter. Trauer überfiel mich bei dem Gedanken, dass Soley ihre Tochter nicht ebenfalls wiedersehen konnte. Wusste sie überhaupt noch von Ylvies Existenz?

»Wo sind dein Mann und deine Söhne?«, fragte ich.

»Tom ist noch auf Arbeit, Leon in der Schule und Noah im Kindergarten«, erklärte sie lächelnd. Sie strahlte immer, wenn sie von ihrer Familie sprach. Ich freute mich wirklich, dass sie noch mal ein neues Leben begonnen hatte, nachdem sie so viele Jahre für uns da gewesen war. »Und was treibt euch beide hierher?« Ihr Lächeln erstarb und sie musterte uns ernst. »Ich vermute, dass ihr nicht nur Ylvie besuchen wollt. Irgendetwas bedrückt euch.«

Ich konnte mir ein Schmunzeln nicht verkneifen. Claudia musste uns nicht ausgetragen haben, um unsere Mutter zu sein. Sie kannte uns einfach so gut.

Malyk und ich warfen uns einen kurzen Blick zu, ehe ich antwortete. »Anisya lebt und ist in Kanada aufgetaucht.«

Überraschung zeichnete sich auf Claudias Gesicht ab und sie schien sofort zu bemerken, dass Malyk und ich uns nicht über diese Tatsache freuten. Zumindest gratulierte sie uns nicht überschwänglich zu unserer von den Toten auferstandenen Mutter. »Und was ist dann passiert?«, fragte sie, anstatt überhaupt zu thematisieren, dass Anisya noch lebte.

»Sie hat sich entgegen unserer Erwartungen nicht gerade mütterlich verhalten.« Ich seufzte tief und berichtete dann von den jüngsten Ereignissen in Kanada. Von Malyra, Valentin und schließlich Anisya und Lloyd. Ich erzählte von Dimitris und Soleys Verschwinden und dem Gespräch mit Diego, nach welchem wir uns entschieden hatten, das Schloss zu verlassen. Abschließend berichtete ich von unserem Plan, Soley und Dimitri zu suchen.

Als ich fertig war, schwieg Claudia eine Weile und schien intensiv über meine Worte nachzudenken.

»Ich fasse es nicht«, meinte sie schließlich. »Was ist diese Frau nur für eine Mutter? Und Diego ...« Verständnislos schüttelte sie den Kopf. »Ich bin wirklich enttäuscht von ihm, dass er da mitgemacht hat.«

Malyk nickte zustimmend. »Das sind wir auch«, murmelte er bitter. Diegos Verrat hatte ihn schwer getroffen.

Ich hätte auch nie gedacht, dass Diego so etwas zulassen würde. Er war nie begeistert davon gewesen, dass ich mit Dimitri verheiratet war. Dennoch hatte er sich damit arrangiert. Dass er mir nun so in den Rücken fiel, nachdem Anisya aufgetaucht war, schmerzte sehr. Es war schon schwer genug zu ertragen, dass Anisya nicht die war, für die ich sie immer gehalten hatte. Doch damit konnte ich leben. Ich hatte mein ganzes Leben ohne sie gemeistert. Aber Diego war immer an meiner Seite gewesen. Nun hatte auch er seine Kinder hintergangen. Dass er es getan hatte, weil es angeblich das Beste für Malyk und mich war, tröstete nicht über den Verrat hinweg. Und zwei sich liebende Paare zu trennen, konnte niemals das Richtige sein. Ganz egal, was die Tradition dazu sagte.

»Das tut mir so leid für euch.« Claudia zog uns beide in ihre Arme und sagte ansonsten nichts mehr. Sie war einfach für uns da. Etwas, das alle Eltern für ihre Kinder tun sollten.

***

»Schau mal, wie groß sie geworden ist!«, rief Malyk als er mit Ylvie auf dem Arm hinter Claudia zurück ins Wohnzimmer kam. Ich hatte ihn allein mit Claudia ins Kinderzimmer gehen lassen, damit er einen ruhigen Moment mit seiner Ziehtochter hatte.

Ein entzückter Laut verließ meinen Mund, als Malyk näherkam und ich die kleine Ylvie genauer betrachten konnte. »Sie ist bezaubernd.«

Voller Stolz blickte Malyk auf die Kleine hinab, die ihn anstrahlte, als wüsste sie, wer er war. Bei dem Anblick ging mir das Herz auf. Ich wünschte mir nichts sehnlicher, als dass der Krieg vorbei wäre, Dimitri und Soley wieder an unserer Seite waren und wir mit Ylvie heimkehren konnten. Doch das Leben verlief selten so, wie wir es wollten.

»Hallo Ylvie.« Sanft strich ich mit den Fingern über ihre winzige Hand, woraufhin sie nach meinem Zeigefinger griff und ihn festhielt. Mit großen blauen Augen schaute sie zu mir auf und ihr herzerwärmendes Lachen ließ mich dahin schmelzen.

»Sie scheint Liams Augen geerbt zu haben«, stellte ich fest und die Trauer um meinen toten besten Freund überfiel mich. Soley hatte nach Ylvies Geburt erwähnt, dass es bis zu anderthalb Jahre dauern konnte, bis die endgültige Augenfarbe feststand, man nach einem halben Jahr jedoch schon die Tendenz erkennen konnte. Spätestens mit der Erweckung würde die Augenfarbe jedoch von blau zu grün wechseln. So wie Malyks Augen nun blau und nicht mehr braun waren. »Wenn man es nicht weiß, könnte man dadurch glauben, dass sie deine Tochter ist«, meinte ich und sah meinem Bruder in die Augen.

Lächelnd schüttelte er den Kopf. »Das ist sie auch so für mich. Aber ich bin froh, dass Soley durch Ylvie eine Erinnerung an Liam hat.«

Seine Miene verfinsterte sich und er seufzte schwer. »Wenn sie sich überhaupt je wieder an uns alle erinnern kann. An dich, Liam, Ylvie und mich.«

»Das wird sie«, versicherte ich ihm. Dafür würde ich sorgen.

***

Der Tag bei Claudia fühlte sich so an, als würde ich mich in einer Parallelwelt befinden. Eine heile Welt, die ich mir so sehr wünschte. Doch Probleme verschwanden nicht, indem man ihnen aus dem Weg ging.

Malyk und ich kümmerten uns um Ylvie, während Claudia ihre Kinder vom Kindergarten und der Schule abholte. Keine halbe Stunde später kam sie mit ihren Jungs nach Hause, die ganz begeistert waren, dass Besuch da war.

Leon erinnerte sich auch noch an mich. Immerhin war er derjenige gewesen, der mir und Ylvie die Tür geöffnet hatte, als ich das letzte Mal hier gewesen war.

Ylvie schlief inzwischen wieder, weshalb Malyk und ich mit Leon und Noah spielten, damit Claudia in Ruhe Essen machen konnte. Die zwei Jungs löcherten uns mit Fragen, die wir natürlich nicht ehrlich beantworten konnten. Ich konnte für die beiden nur hoffen, dass sie niemals von der Existenz von Vampyren erfuhren.

Tom und Claudia waren sich einig, dass sie ihre Jungs niemals in die Akademie schicken würden. Ihr Leben sollte nicht durch Kampf und Tod bestimmt werden.

Nachdem er selbst fertig mit Essen war, bestand Leon darauf, Ylvie zu füttern. Er und sein Bruder kannten sie nur unter dem Namen Emma, was auch so bleiben sollte. Claudia hatte Angst, dass ihr echter Name nach außen drang, wenn ihre Söhne sich verplapperten.

Claudia und Tom nannten sie jedoch immer Ylvie, wenn sie mit ihr alleine waren und sprachen auch viel Englisch mit ihr. Ich wusste, dass Soley auch sehr gut Deutsch sprechen konnte. Doch da es das Ziel war, dass Ylvie baldmöglichst wieder nach Kanada zurückkehrte, war es hilfreich, dass sie bereits mit Englisch aufwuchs.

Zumindest wenn alles so verlief, wie wir es uns wünschten. Momentan sah es nicht so aus, als würde es irgendeine Verbesserung geben. Unser Problem mit Valentin war nach wie vor ungelöst und wir hatten keine Idee, wie der Krieg beendet werden konnte. Und zu allem Überfluss hatten wir nun auch noch Soley und Dimitri verloren. Alles ging den Bach runter und am liebsten würde ich mich irgendwo einschließen und hemmungslos weinen. Ich hatte es satt, so zu tun, als hätte ich alles im Griff. Das hatte ich nämlich nicht.

Seit Dimitri vor mehr als zwei Jahren in mein Leben getreten war, hatte ich nichts mehr unter Kontrolle. Mein Leben glich einer Berg- und Talfahrt und ich wusste nie, ob und wie es weiterging.

Es hatte viele Wochen gegeben, in denen es ruhiger gewesen war. Doch wir hatten immer Angst vor der nächsten Katastrophe haben müssen, die dann irgendwann auch gekommen war und uns den Boden unter den Füßen weggerissen hatte. In meinen Augen war stets Valentin der Ursprung allen Übels gewesen. Seit Malyras Auftauchen hatte ich erfahren dürfen, wie es sich anfühlte, wenn man den Glauben an die eigene Familie verlor.

Ich hatte keine Ahnung, weshalb meine Mutter nicht das Gespräch mit mir gesucht hatte, statt meinem Ehemann seine Erinnerungen zu rauben.

Doch nun war mir egal, warum sie es getan hatte. Ich wollte nur alles unternehmen, um es rückgängig zu machen. Ich wusste nur noch nicht genau, wie ich das anstellen sollte.

Als Tom am späten Nachmittag nach Hause kam, schnappte er sich seine Jungs und ging mit ihnen auf den Spielplatz, damit Malyk und ich uns noch mal in Ruhe mit Claudia unterhalten konnten.

Wir mussten uns überlegen, was wir als nächstes tun sollten. So schnell und entschlossen ich in Kanada auch aufgebrochen war, um Dimitri zu suchen, so wurde mir nun bewusst, dass das kein leichtes Unterfangen sein würde. Wenn er sich tatsächlich in Sibirien befand und ins Schloss seiner Familie zurückgekehrt war, musste er auch Valentin getroffen haben, der nichts davon ahnte, dass sein Bruder seine Erinnerungen verloren hatte. Wenn ich Dimitri hinterherreiste, würde auch ich wieder Valentin gegenüberstehen, wovor es mir jetzt schon graute. Wusste Dimitri noch, dass Valentin ihre Eltern umgebracht hatte? Oder verstanden die beiden sich nun wieder gut? Diese Ungewissheit trieb mich in den Wahnsinn.

Wie gingen Dimitri und Soley damit um, sich an nichts erinnern zu können? Oder wann würden sie merken, dass ihre Erinnerungen falsch waren? Beide waren die Oberhäupter ihrer Rassen und standen in der Öffentlichkeit. Sie mussten nur Berichte über sich selbst sehen und würden sofort merken, dass etwas falsch war. Vermutlich würden sie dann nicht mehr wissen, was überhaupt real war und was nicht.

Ich saß mit Malyk und Claudia auf der Couch und wir diskutierten über unser weiteres Vorgehen. Wir hatten uns nach langem Hin und Her entschieden, dass Malyk und ich uns trennen würden. Er würde nach Norwegen aufbrechen und Soley suchen, während ich nach Sibirien ging. Vermutlich war es eine dumme Idee, doch wir wollten Soley und Dimitri so schnell wie möglich finden.

Unser Ziel war es, die beiden zurück nach Kanada zu holen und dafür zu sorgen, dass Anisya ihnen ihre Erinnerungen wiedergab. Mit der Frage, wie wir sie dazu bringen sollten, würde ich mich beschäftigen, sobald es soweit war. Dafür plagten mich noch genug andere Sorgen.

»Was ist, wenn Dimitri mich angreift und versucht mich umzubringen? Ich weiß nicht, wie Anisya seine Erinnerungen beeinflusst hat.« Von ihr als meine Mutter zu sprechen fühlte sich falsch an. Anisya war für mich nur noch meine biologische Mutter.

Claudia lächelte matt. Wir hatten dieses Thema nun mehrfach besprochen. »Lya, ich kann dir nicht sagen, was du tun sollst. Anisya mag seine Erinnerungen an dich gelöscht oder verändert haben. Doch bist du sicher, dass er dich deshalb hassen könnte? Das Herz vergisst niemals.« Sie griff nach meiner Hand und schaute mir tief in die Augen. »Egal, ob sein Verstand sich noch an dich erinnern kann oder nicht. Sein Herz wird es, da bin ich mir sicher.«

45. KAPITEL

Soley

Nur das Kreischen der Möwen und das Peitschen des Meeres waren zu hören, als ich den Sonnenuntergang am Horizont beobachtete. Ich hatte mich an die Klippe gesetzt und meine Beine baumeln lassen. Etwa zwanzig Meter unter mir brachen sich die Wellen am Felsen. Die frische Meeresluft blies mir ins Gesicht, so dass ich das Salz des Wassers förmlich auf der Zunge schmecken konnte. Ich liebte dieses Gefühl.

Der Himmel über dem Meer hatte sich rosa verfärbt und bot ein atemberaubendes Bild, das eine unglaubliche Sehnsucht in mir weckte. Ich konnte mir meine momentane Stimmung nicht erklären. Seit zwei Tagen fühlte ich mich völlig verloren, obwohl ich hier Zuhause war. Nach all den Jahren, in denen ich durch die Welt gereist war und so viel studiert hatte, war ich endlich zurück in Norwegen. Doch es fühlte sich so falsch an und ich konnte mir nicht erklären, weshalb.

Nach dem Tod meiner Eltern war ich oft einsam gewesen, doch in diesem Augenblick fühlte ich mich wie die letzte Person auf diesem Planeten. Was war anders als sonst?

Ich legte den Kopf in den Nacken und blickte zu den Möwen, die über mir am Himmel kreisten. Vögel waren für mich ein Symbol von Freiheit, doch auch wenn ich wie sie überall hinreisen konnte, wurde ich durch irgendetwas gehemmt. Wo sollte ich auch hin? Es gab niemanden, der auf mich wartete.

Als ich gestern an der Ruine meines Heimatsschlosses angekommen war, hatte mich Huldra mit offenen Armen empfangen. Ich kannte die ältere Siya schon mein ganzes Leben lang und sie lebte trotz der Zerstörung des Schlosses vor dreiundzwanzig Jahren noch auf dem Gelände. Sie bewachte es und sorgte dafür, dass keine Menschen den Weg hierher fanden. Denn auch wenn das Schloss ansonsten verlassen war, sollte es zu keiner Touristenattraktion werden.

Ich beneidete und bemitleidete sie zugleich. Hier zu leben bedeutete, im Einklang mit der Natur zu sein. Etwas, das nur noch an sehr wenigen Orten auf der Welt möglich war.

Dennoch bedeutete es gewissermaßen auch Einsamkeit. Wir Siye waren wie Wölfe. Wir brauchten unser Rudel oder unsere Herde um uns herum, um wirklich glücklich zu sein. Doch Huldra hatte es sich zur Aufgabe gemacht, hier alles zu bewachen, und ich war ihr dankbar dafür. Sie hatte schon ihr ganzes Leben der Königsfamilie geopfert und würde damit wohl nie aufhören. So blieb meine Heimat ein sicherer Rückzugsort für mich, den mir niemand nehmen konnte.

Doch wieso fühlte ich mich nicht wie sonst, wenn ich an den Klippen gesessen hatte? Was hatte sich verändert?

Erst jetzt fiel mir auf, dass sich Huldra seit meiner Ankunft nicht erkundigt hatte, wie es mir ging. Oder was ich in letzter Zeit erlebt hatte. Stattdessen hatten wir über Norwegen und ganz banale Dinge gesprochen. Als hätte sie Bedenken etwas Bestimmtes zu thematisieren, von dem ich nur nicht wusste, was es überhaupt war.

Ich nahm mir vor, sie später darauf anzusprechen.

»Soley?«

Der leise Ruf meines Namens durch eine warme Männerstimme ließ mich kurz zusammenzucken. Ich war so in Gedanken versunken gewesen, dass ich nicht bemerkt hatte, dass sich mir jemand genähert hatte.

Ich warf einen Blick über die Schulter, um auszumachen, wer sich hier herumtrieb. Ein junger Mann näherte sich mir langsam. Stirnrunzelnd musterte ich ihn. Ganz offensichtlich handelte es sich um einen Kiyo. Doch ich kannte ihn nicht, er mich scheinbar schon.

Ich war seit Jahren keinen Kiye mehr begegnet. Sie hatten immer sehr zurückgezogen gelebt und außerdem war diese Rasse unheimlich geschrumpft. Wenn ich ehrlich war, wusste ich nicht, wie viele Mitglieder die Königfamilie überhaupt noch umfasste.

»Kann ich dir helfen?« Ich erhob mich und machte ein paar Schritte in seine Richtung.

Er blieb stehen und sah mich schweigend an. Ich hatte den Eindruck, eine Spur von Trauer in seinen blauen Augen zu erkennen und plötzlich überfiel mich ein ungutes Gefühl. War irgendetwas passiert? Was hatte ein Kiyo hier in Norwegen zu suchen?

Unruhig trat ich von einem Bein auf das andere und wartete darauf, dass er endlich etwas sagte.

Nach einem Moment der Stille senkte er den Blick, schob seine Hände in die Hosentaschen und seufzte tief.

»Tut mir leid, ich wollte dich hier nicht so überfallen«, murmelte er schließlich. »Ich bin Malyk«, stellte er sich vor und sah mir dabei prüfend in die Augen, als würde er eine Reaktion von mir erwarten.

Ich war mir sicher, dass ich seinen Namen nie zuvor gehört hatte, doch er löste etwas in mir aus. Ich wusste nicht, ob es sein Name, seine warme Stimme oder sein ganzer Anblick war, der unerklärliche Gefühle in mir weckte. Oder die Art und Weise, wie der junge Mann mich ansah. Als würde er mich gut kennen. Doch die Trauer und die Verzweiflung in seinen Augen passten nicht dazu.

»Soley«, erwiderte ich lächelnd. »Aber das weißt du ja schon.«

Er nickte stumm und fuhr sich mit einer Hand durchs schwarze Haar. Aus irgendeinem Grund schien er nervös zu sein.

»Wie kann ich dir helfen? Ich gehe davon aus, dass du mich gesucht hast?«

»Das habe ich. Ich weiß nur nicht, wie ich es erklären soll …«

Er schwieg erneut und ich spürte, wie ich langsam ungeduldig wurde. Aber ich versuchte, es nicht zu zeigen. Was war hier los?

»Ich glaube, es ist das Beste, wenn ich es dir zeige«, meinte er plötzlich und zog ein Handy aus der Tasche.

»Soley ...« Er warf mir einen eindringlichen Blick zu. »Wir kennen uns seit über einem Jahr.«

Ich runzelte die Stirn. »Ähm, ich kann mich nicht erinnern, dir je begegnet zu sein.« Dieses Gesicht würde ich doch nicht vergessen, oder? Nein, ich war mir sicher, dass ich ihn nicht kannte.

Seine Mund verzog sich zu einem Lächeln, das seine Augen jedoch nicht erreichte. Er wirkte betrübt. »Ich weiß, dass du das denkst. Aber deine Erinnerungen wurden verändert, um mich aus deinem Leben zu löschen.«

»Was?« Ich lachte auf und schüttelte den Kopf. Damit hatte ich nun wirklich nicht gerechnet. Was erzählte er mir hier?

In mir wuchs das Bedürfnis zum Schloss zurückzulaufen.

»Ich weiß, dass du mir jetzt nicht glaubst ...«, meinte er, doch ich unterbrach ihn.

»Halt! Warum sollte irgendjemand ein Interesse daran haben, mir meine Erinnerungen an dich zu rauben?« Die Einzigen, die solche besonderen Kräfte hatten, waren Kiye. Und die einzige, von der ich wusste, dass sie Erinnerungen löschen konnte, war Anisya. »Weshalb sollte Anisya ihre Fähigkeiten bei mir einsetzen?«

Bei der Erwähnung ihres Namens huschte Überraschung über Malyks Gesicht. »Gut, du weißt also zumindest noch von ihr? Anisya ist meine Mutter«, erklärte er seufzend. »Und sie hat dir deine Erinnerungen geraubt, weil sie ... weil sie dagegen war.«

»Wogegen?«, fragte ich verwirrt.

Malyk entsperrte das Handy und hielt mir das Display unter die Nase. Auf dem Bildschirm war ein Pärchen zu sehen, das sich in den Armen lag und leidenschaftlich küsste. Ich schnappte nach Luft. Es handelte sich um Malyk und mich.

»Gegen uns.«

***

»Ich kann es mir einfach nicht vorstellen.«

»Natürlich nicht, sonst hätte die Manipulation deiner Erinnerungen auch nicht funktioniert.«

Ich lief schnell weiter, ohne etwas darauf zu erwidern.

Malyk hatte versucht mir zu erklären, woran ich mich angeblich nicht mehr erinnerte, und mir auch einige Bilder gezeigt. Ich wollte es aber nicht wissen. Mir war das alles zu viel.

»Du kannst doch nicht leugnen, dass du das bist auf den Fotos. Also warum erinnerst du dich nicht mehr an sie?« Er versuchte weiterhin mich zu überzeugen.

»Vielleicht sind die Bilder manipuliert und nicht meine Erinnerungen«, zischte ich. Ich wusste nicht, was ich von der ganzen Sache halten sollte, weshalb ich meinem Instinkt folgte und die Flucht ergriff.

Ein Fremder war zu mir gekommen und hatte verkündet, dass er mein Partner war, den ich leider vergessen hatte. Das war verrückt.

Wir erreichten die Ruinen des Schlosses und ich steuerte direkt das kleine Haus an, in dem Huldra lebte. Vielleicht würde Malyk ja von mir ablassen, wenn ich im Haus verschwand. Ich musste in Ruhe nachdenken.

»Soley, bitte!« Malyks Stimme klang so verzweifelt, dass ich an der Haustür innehielt. »Ich liebe dich!«

Seine Worte drangen bis in mein Innerstes und ließen mein Herz höher schlagen. Mit der Hand am Türgriff stand ich stocksteif da, unfähig mich zu bewegen.

»Hör mich doch bitte an«, flüsterte er. Es klang wie ein Flehen und plötzlich spürte ich, wie er nach meiner freien Hand griff. Die Berührung seiner Finger löste augenblicklich eine Gänsehaut bei mir aus und ich hatte das unerklärliche Bedürfnis, mich zu ihm umzudrehen.

Wie konnte dieser Fremde nur solche Emotionen in mir wecken?

Ich kannte ihn nicht und doch wirkte alles an ihm so schrecklich vertraut. Als hätte mein Verstand ihn vergessen, mein Körper jedoch nicht.

Ich atmete tief durch und drückte dann die Türklinke hinunter. Schnell entriss ich ihm meine Hand, verschwand im Inneren und knallte ihm die Tür vor der Nase zu. Seufzend lehnte ich mich mit dem Rücken dagegen und schloss die Augen. Mein Puls wollte sich einfach nicht normalisieren.

»Alles okay?«

Ich öffnete die Augen und begegnete Huldras fragendem Blick. Sie war aus einem der anderen Zimmer gekommen.

»Kennst du einen Malyk?« Die Sache brannte mir einfach zu sehr auf der Seele.

Sie legte den Kopf schief und lächelte. »Den Prinz der Kiye? Sicherlich. Ihr seid doch ein Paar oder nicht?«

Mir klappte der Mund auf. »Woher weißt du das?«

»Die Gerüchte haben sich doch schon lange verbreitet, bevor ihr öffentlich Stellung dazu bezogen habt. Scheint einen ganz schönen Wirbel gegeben zu haben. Aber im Vergleich zu der Sache mit Liam fanden die Leute es wohl noch harmlos«, meinte sie und mir wurde heiß und kalt zugleich.

Ich hatte nicht die leiseste Ahnung, wovon sie sprach. Wer war Liam? Anscheinend stimmte es wirklich, was Malyk über uns erzählt hatte. Ich hatte mir schon gedacht, dass er die Wahrheit sagte, als ich das Bild von uns beiden gesehen hatte. Ich hatte es nur nicht wahrhaben wollen.

»Alles okay?«, wiederholte Huldra ihre Anfangsfrage. Ich vermutete, dass ich ganz schön blass im Gesicht geworden war. Stumm schüttelte ich den Kopf und drehte mich um. Ich riss die Tür auf, hinter der mit ein paar Metern Abstand Malyk wartete.

»Komm rein«, wies ich ihn an. »Wir müssen reden.«

46. KAPITEL

Valentin

»Weshalb ganz allein da drinnen?«

Ich hob den Blick von meinem Weinglas und schaute zu Natascha, die mit verschränkten Armen am Rand des Whirlpools stand, in dem ich saß.

»Weshalb hast du so viel an im Wellnessbereich?«, stellte ich eine Gegenfrage und musterte das kurze Kleid, das sie trug.

Ein anzügliches Grinsen erschien auf ihrem Gesicht und sie behielt Blickkontakt, während sie sich aus dem Kleid schälte und es zu Boden fallen ließ. Unterwäsche trug sie wie gewohnt keine. Sie strich sich die langen Haare nach hinten, und wartete einen Moment, damit ich sie ausgiebig betrachten konnte.

Schmunzelnd nippte ich an meinem Blut-Wein-Gemisch und stellte das Glas anschließend am Beckenrand ab.

Natascha stieg in den Whirlpool und machte es sich direkt auf meinem Schoß bequem.

»Da ist aber jemand anhänglich«, bemerkte ich grinsend.

Statt einer Antwort schlang Natascha ihre Arme um meinen Hals und küsste mich drängend.

Nach einem Moment unterbrach ich den Kuss und schob sie von meinem Schoß. »Ich bin nicht in Stimmung.«

Beleidigt zog sie einen Schmollmund. »Du beachtest mich kaum noch«, beschwerte sie sich und ich verdrehte genervt die Augen.

»Möchtest du wirklich mit mir diskutieren, Natascha?« Ich sah ihr an, dass sie ihren Dickkopf durchsetzen wollte, doch damit war sie bei mir falsch. Und das wusste sie ganz genau.

»Ich verstehe nicht, wieso du so selten Zeit für mich hast. Momentan unternimmst du doch überhaupt nichts. Du schmiedest nicht einmal Pläne, wie wir die anderen Rassen stürzen könnten.«

»Ich unternehme nichts? Das ist mir neu. Und du warst doch in Kanada und weißt, wie stark Lilya ist. Wir sollten sie nicht unterschätzen.«

Natascha lachte trocken. »Stark? Ich bitte dich.«

»Immerhin hat sie dich ziemlich schnell aus dem Schloss geworfen«, meinte ich schulterzuckend. »Der Plan war, dass du Dimitris Vertrauen gewinnst, um ihn auszuspionieren und dann einen Keil zwischen ihn und Lilya treibst. Damit bist du kläglich gescheitert.«

Schmollend verschränkte sie die Arme vor ihren nackten Brüsten. »Zumindest hat Dimitri mir nie misstraut und kam auch nicht auf die Idee, dass ich auf deiner Seite stehe.«

»Das nützt uns nur herzlich wenig. Und Lilya hat das bestimmt schnell vermutet.«

»Ach diese Lilya.« Sie stöhnte genervt. »Warum tötest du sie eigentlich nicht? Sie ist weder unsterblich noch allmächtig! Wir hätten sie uns schon längst vom Hals schaffen sollen.«

»Es ist meine Entscheidung, was ich mit Lilya mache, Natascha!«, zischte ich verärgert. »Zweifelst du etwa an mir?«

»Ich habe das Gefühl, dass du deine Ziele aus den Augen verlierst! Lass die Bomben hochgehen. Alle! Und dann lass uns Lilya und Dimitri zerstören!«

Gereizt verdrehte ich die Augen. »Und dann?« Ich griff nach meinem Glas und nahm einen großen Schluck. »Was mache ich, wenn ich dieses Ziel erreicht habe? Gegenschläge der Menschen machen mir keine Angst. Die anderen Vampyre auch nicht. Lilya, Dimitri und Soley sind die Einzigen, die noch eine Masse hinter sich vereinen können. Macht interessiert mich nicht, Natascha, das solltest du langsam wissen. Ansonsten hätte ich mir diese längst genommen.« Ich hatte Lilya bereits als mächtigstes Wesen dieses Planeten abgelöst. Ich hatte sie in der Hand, ich hatte sie alle in der Hand. Ich habe sie nur noch nicht spüren lassen, was das bedeutete. Doch im Grunde genommen befand sich die Welt bereits in meinen Händen.

»Willst du den Rest deines Lebens damit verbringen, deinen Bruder und deine Schwägerin herauszufordern? Ab und zu ein paar Anschläge, um sie daran zu erinnern, dass es dich noch gibt?« Sie sah mich an, als hätte ich den Verstand verloren.

»Das ist meine Sache. Jetzt, wo Anisya aufgetaucht ist und weitere Kiye mitgebracht hat, müssen wir ohnehin umdisponieren.« Es hatte mich völlig aus der Bahn geworfen, dass Anisya in die Ratssitzung geplatzt war. Vor nicht allzu langer Zeit galten die Kiye als ausgestorben, bis Lilya aufgetaucht war und man von ihr als die letzte Kiya gesprochen hatte. Und nun explodierte die Population dieser Rasse förmlich.

»Die können dir doch auch nichts anhaben, egal welche Fähigkeiten sie besitzen«, meinte Natascha und lehnte sich zurück.

»Du vergisst, zu was Anisya in der Lage ist. Sie könnte mir leicht all meine Erinnerungen rauben. Dann wäre ich noch so bedrohlich wie ein Kleinkind. Ich muss mich also möglichst weit von ihr fernhalten.«

»Wenn sie das vorhätte, warum hat sie sich dann all die Jahre versteckt? Sie hätte dich längst ausschalten können und somit ihre Kinder auch nicht abgeben müssen.«

»Hm.« Nachdenklich legte ich den Kopf in den Nacken und beobachtete, wie Schneeflocken auf dem Glasdach meines privaten Wellnessbereiches landeten und sofort schmolzen. Der Sommer, der seinem Namen hier ohnehin nicht gerecht wurde, ging bereits in den Winter über.

Natascha hatte recht. Wieso wurde mir das jetzt erst bewusst? Weshalb hatte Anisya all die Jahre versteckt gelebt und zugelassen, dass ich ihre Tochter in die Finger bekam? Und weshalb war sie ausgerechnet jetzt wieder aufgetaucht?

Meine Männer hatten berichtet, dass sie nach Kanada gekommen war, um ihre Nichte zu holen, die für die Anschläge auf Dimitri verantwortlich gewesen war. War ihr Malyra wirklich wichtiger als ihre eigenen Kinder? Das passte alles nicht so recht zusammen. Doch ich wollte mir darüber jetzt nicht den Kopf zerbrechen.

»Genug davon«, brummte ich und zog Natascha grob zurück auf meinen Schoß.

***

Mit prüfendem Blick lief ich an der Reihe junger Frauen entlang, die Andrej ergattert hatte. Es war eine gute Ausbeute. Sie waren alle ausgesprochen hübsch.

»Wo hast du sie her?«, fragte ich Andrej und blieb vor dem letzten Mädchen stehen, das völlig verängstigt zu mir hochschaute. Ich liebte es, diesen verzweifelten Ausdruck in ihren Augen zu sehen. Man könnte wohl sagen, sie waren alle mitten aus dem Leben gerissen und in die Hölle geschleppt worden.

»Von einem Schönheitswettbewerb in der Nähe von London. Das dürfte für ein paar nette Schlagzeilen und lange Suchaktionen der Polizei sorgen.«

Ich spürte, wie sich meine Lippen zu einem kalten Grinsen verzogen. Meist achteten wir darauf, nicht allzu viel Aufsehen zu erregen. Doch es machte einfach zu viel Spaß, die Menschen an der Nase herumzuführen. »Klingt gut. Wie alt sind sie?«

»Zwischen sechzehn und achtzehn Jahren.«

Ich nickte und löste meinen Blick von dem dunkelhaarigen Mädchen vor mir.

»Zwei, Drei, Sechs und Zehn werden bitte für mich hergerichtet. Du kannst dir noch eine aussuchen und den Rest dann ins Zuchtprogramm stecken«, erklärte ich Andrej und ließ meinen Blick noch mal über die Gruppe schweifen. »Sie werden sicherlich für hübsche Nachkommen sorgen.«

»Wird erledigt.«

Ich wandte mich ab und wollte den Raum verlassen, da wurde die Tür aufgerissen und einer meiner Männer kam ganz aufgeregt hereingestürmt. »Mein Prinz, ihr müsst sofort mitkommen!«

»Was ist denn?«, fragte ich genervt. Ich wusste nicht einmal den Namen des Wächters.

»Euer Bruder hat eben das Schloss betreten.«

Ich erstarrte. »Er hat was?« Was hatte Dimitri hier zu suchen?

»Ja, und er verhält sich sehr seltsam. Ihr solltet es Euch selbst anschauen.«

Ich runzelte die Stirn, fragte aber nicht weiter, was er damit meinte. »Bring mich zu ihm.«

***

Ich betrat die Eingangshalle des Schlosses, in der Dimitri lautstark mit mehreren Wächtern diskutierte. Als er mich sah, riss er sich von einem Mann los, der ihn am Arm gepackt hatte und marschierte auf mich zu. »Was zum Teufel ist hier los?«, rief er mir zu. »Was stimmt mit den Typen nicht, dass sie mich wie einen Einbrecher behandeln?«

»Was führt dich denn hierher, Brüderchen?«

Dimitri blieb stehen und sah mich fragend an. »Ich wohne hier. Hast du neuerdings ein Problem damit?«

Ich wollte auflachen und fragen, welche Spielchen er mit mir spielen wollte, doch etwas hielt mich zurück.

Stirnrunzelnd trat ich auf ihn zu und sah meinem Bruder tief in die Augen. »Woher kommst du?«

Dimitri fuhr sich durchs vom Schnee feuchte Haar. »Ich bin irgendwo am Ende der Welt aufgewacht. Hat ewig gedauert, bis ich mich durch die Wälder gekämpft habe. Das Schloss ist nicht unbedingt leicht zu erreichen, wie ich nun festgestellt habe.«

Seine Antwort brachte mich völlig aus dem Konzept. Normalerweise würde ich denken, dass er mich verarsche, doch so ein guter Schauspieler war Dimitri nie gewesen. Wenn er dachte, dass er immer noch hier wohnte, musste er … Konnte es wirklich sein?

»Komm mit, Bruder, du brauchst jetzt erst einmal einen Drink«, erklärte ich und dirigierte ihn aus der Halle.

***

Ich führte Dimitri ins Kaminzimmer und schenkte uns beiden einen doppelten Whiskey ein.

Mein Bruder nahm seufzend auf der Couch Platz und trank einen großen Schluck. »Was für ein seltsamer Tag«, meinte er und leerte mit dem zweiten Zug sein Glas.

Schmunzelnd nahm ich die Flasche und schenkte ihm nach. »Was hast du denn die letzten Tage getrieben?«

Dimitri hob ahnungslos die Schultern. »Ich habe keine Ahnung. Es ist alles sehr verschwommen, als hätte ich den Kater meines Lebens. Die Hochzeit war doch schon ein paar Wochen her oder nicht?«

»Welche Hochzeit?«

Dimitri sah mich an, als hätte ich den Verstand verloren. Dabei würde ich behaupten, dass es genau andersrum war.

»Na die von Sascha und Ana«, erklärte er und ich verschluckte mich vor Schreck an meinem Drink. Der Whiskey brannte in meinem Hals und ich hustete gequält.

»Was ist denn heute mit dir los, Bruder?«, fragte Dimitri amüsiert und verpasste mir einen Klaps auf den Rücken.

Statt einer Antwort schüttelte ich nur den Kopf. Ich hatte keine Ahnung, was ich nun machen sollte. Wäre es sinnvoll ihm direkt zu sagen, dass ihm die Erinnerungen der letzten sechsundzwanzig Jahre fehlten?

Es war offensichtlich, dass Anisya ihm seine Erinnerungen geraubt hatte. Doch weshalb hätte sie das tun sollen? Wollte sie so erreichen, dass Dimitri mein Vertrauen gewann?

»Ich muss kurz telefonieren«, verkündete ich und sprang auf. »Warte hier, ich bin gleich wieder da.«

✳✳✳

Unschlüssig stand ich vor der Tür des Kaminzimmers und versuchte mir eine Strategie zu überlegen. Einer meiner Kontaktmänner in Kanada hatte berichtet, dass Anisya nicht nur Dimitris Gedächtnis, sondern auch das von Soley manipuliert hatte. Offensichtlich ging es nicht um mich, sondern nur darum, dass Anisya nicht mit den Beziehungen ihrer Kinder einverstanden war. Seit sie aufgetaucht war, hatte ich mir Sorgen um meine Pläne gemacht. Doch anscheinend hatte sie keinerlei Interesse an mir. Stattdessen sabotierte sie lieber ihre eigene Familie.

Besser hätte es für mich nicht laufen können. Nun konnte ich Dimitri für meine Zwecke missbrauchen.

Mit einem Lächeln auf den Lippen öffnete ich die Tür und betrat den Raum. Dimitri saß noch auf der Couch und ich bemerkte, dass er etwas Kleines in seinen Fingern betrachtete.

»Was hast du da?«, fragte ich neugierig und er schaute auf.

Er streckte mir seine Hand entgegen. »Ist das nicht der Ehering unseres Vaters? Er steckte an meinem Finger, als ich im Wald aufgewacht bin.«

Ich fluchte innerlich und fragte mich, weshalb Anisya ihm den Ring nicht hatte abnehmen können.

»Wo sind Mom und Dad überhaupt?«, stellte Dimitri eine weitere Frage und ich seufzte tief.

»Hör mir jetzt gut zu, Dimitri.« Ich setzte mich wieder neben ihn und überlegte einen Moment, wie ich es am besten sagen sollte.

»Du weißt doch noch, wer Anisya ist, oder?«

Dimitri runzelte die Stirn. »Natürlich.«

»Dreh jetzt nicht durch, aber wie es aussieht, muss Anisya dir deine Erinnerungen geraubt haben. Wir haben nicht mehr neunzehnhundertvierundneunzig, sondern zweitausendzwanzig.«

Dimitri starrte mich mit großen Augen an und schien über meine Worte nachzudenken. Schließlich fing er an zu lachen und boxte mir auf den Oberarm. »Guter Witz, Bruder.«

»Ich wünschte, das wäre ein Witz«, erwiderte ich und zog mein Handy aus der Hosentasche. Ich reichte es Dimitri, der das Smartphone mit skeptischem Blick betrachtete.

»Ich habe dir sehr viel zu erzählen.«

***

Es dauerte schier eine Ewigkeit, bis ich Dimitri davon überzeugen konnte, dass ihm wirklich so eine große Zeitspanne fehlte. Ich zeigte ihm verschiedene technische Geräte und die Nachrichten im Fernsehen. Irgendwann glaubte er mir und war fassungslos, wie ihm so etwas hatte passieren können.

»Aber wieso hat sie mir meine Erinnerungen genommen?«

Ich zuckte mit den Schultern. »Wir befinden uns im Krieg. Vielleicht hast du etwas gesehen, was du nicht sehen durftest, oder sie wollte uns gegeneinander ausspielen. Sie ist sauer auf uns, immerhin hast du ihre Schwester und ich ihre Mutter auf dem Gewissen.«

»Du meinst, sie will sich rächen?«

Ich nickte. »Es tut mir leid, es dir auf die Art und Weise sagen zu müssen, aber es hat auch einen Grund, weshalb du den Ring unseres Vaters trägst.«

Dimitri wurde hellhörig. »Welchen?«

Ich legte ihm tröstend eine Hand auf die Schulter. »Anisya und ihre Leute haben unsere Eltern und Valeria auf dem Gewissen.«

»Nein!« Dimitri taumelte einige Schritte zurück und starrte mich fassungslos an. »Das kann nicht sein.«

»Doch, sie sind tot. Wir sind die einzigen, die von unserer Familie noch übrig sind.«

Dimitri vergrub das Gesicht in den Händen. Ich konnte sehen, wie seine Schultern bebten. Meine Worte hatten ihn hart getroffen.

»Anisya hat uns unsere Eltern und unsere Schwester genommen, und mit dem Raub deiner Erinnerungen wollte sie unsere Familie endgültig zerstören.«

Dimitri nahm die Hände vom Gesicht und sah mich entschlossen an. »Dann werde ich nach Kanada reisen und mir meine Erinnerungen zurückholen.« Er ballte die Hände zu Fäusten und wandte sich ab. »Ich werde unsere Familie rächen.«

»Warte.« Ich legte eine Hand auf seine Schulter. »Woher willst du wissen, dass Anisya dir deine Erinnerungen zurückgibt? Deine echten Erinnerungen? Sie könnte sie leicht verändern.«

Dimitri rührte sich nicht, doch ich spürte, wie sich seine Muskeln unter meiner Hand anspannten.

»Du musst sie töten, Dimitri. Dann kann sie dich nicht weiter manipulieren.«

***

»Dimitri kann sich an nichts mehr aus den letzten Jahren erinnern. Ist das nicht großartig?«

Natascha rollte sich in meinem Bett herum und blickte fragend zu mir hoch. »Aber wieso das alles?«

Ich zuckte die Schultern und schlüpfte in meine Jeans. »Anisya scheint das eingefädelt zu haben. Wieso und weshalb spielt für mich keine Rolle. Aber es sieht so aus, als wäre sie mit ihrem Schwiegersohn nicht zufrieden gewesen.«

»Und dann beraubt Anisya ihm seiner Erinnerungen an Lilya? Das würde Lilya doch niemals zulassen.«

Ich zuckte erneut die Schultern. Was kümmerte mich das? Ich schnappte mir mein T-Shirt und zog es mir über den Kopf.

»Ich bezweifle, dass Anisya sie um Erlaubnis gebeten hat.«

Natascha verschränkte die Arme hinter dem Kopf und starrte nachdenklich an die Decke. »Dass diese Frau noch lebt, macht unsere Pläne nur noch komplizierter.«

»Bisher hat sich ihr Auftauchen doch nur positiv für uns ausgewirkt«, bemerkte ich schmunzelnd. »Vielleicht schafft Dimitri uns dieses Problem nun ohnehin vom Hals. Vorher müssen wir aber dafür sorgen, dass er mir blind vertraut. Er darf nicht durch andere Geschichten an meiner Version zweifeln.«

»Mh«, machte Natascha und setzte sich auf. »Wo wir gerade von ihm sprechen, wo ist er überhaupt?«

47. KAPITEL

Dimitri

Seit Stunden saß ich vor dem riesigen Fernseher und zappte durch die verschiedenen Programme. Durch die Sendungen lernte ich einiges über das aktuelle Weltgeschehen und konnte besser abschätzen, inwiefern sich die Welt verändert hatte. Ich konnte immer noch nicht begreifen, dass mir mehr als zwei Jahrzehnte an Erinnerungen fehlten. Als wäre ich ein Zeitreisender, der in der Zukunft gelandet war.

Was sich in der Vampyrwelt getan hatte, sollte ich laut Valentin aber nicht recherchieren. Er wollte dazu noch einiges mit mir besprechen.

Mein Bruder hatte sich irgendwann verabschiedet und war schlafen gegangen. Doch ich war nach wie vor zu aufgekratzt, um an Schlaf zu denken.

Irgendwann schaltete ich den Fernseher aus und beschloss, mir ein wenig die Beine zu vertreten. In den frühen Morgenstunden lag das Schloss in völliger Stille, die meisten Vampyre schliefen.

Ich folgte den vertrauten Fluren meines Heimatschlosses, als ein Geräusch hinter mir mich innehalten ließ.

»Dimitri?«, erklang leise eine Stimme hinter mir.

Ich drehte mich um und bemerkte überrascht eine junge Frau, die im Flur stand. Ihr Anblick raubte mir förmlich den Atem. Sie war unfassbar schön. Ich erkannte auf den ersten Blick, dass sie eine Kiya war, doch solch eine Ausstrahlung hatte bisher noch keine von ihnen besessen.

Was hatte eine Kiya hier zu suchen? Ich war ihr nie begegnet. Doch sie sah Anisya unglaublich ähnlich, weshalb ich vermutete, dass sie miteinander verwandt waren. Anisya und ihr Mann waren die einzigen Kiye, von denen ich noch wusste. Hatten sie ein Kind bekommen? Immerhin war genug Zeit vergangen, in der das Mädchen hätte aufwachsen können.

»Wer bist du?«, fragte ich und machte einen Schritt auf sie zu.

»Lilya«, sagte sie leise. Bei dem Namen überfiel mich ein vertrautes Gefühl. Lag es daran, dass ich ihn einfach mit Lilyana, der ersten Königin der Kiye, assoziierte?

Ihr Blick ruhte auf mir und ich erkannte Verzweiflung in ihren blauen Augen.

»Was möchtest du von mir?« Wenn sie tatsächlich Anisyas Tochter sein sollte, was hatte sie dann in Sibirien zu suchen? Hatte das etwas mit Anisyas merkwürdigem Plan zu tun, mir meine Erinnerungen zu nehmen?

Langsam kam sie auf mich zu und ich bemerkte, wie sie sich einen Ring vom Finger zog. Sie legte ihn auf ihre flache Hand und streckte mir diese entgegen.

Als ich den Ring erkannte, lief es mir eiskalt den Rücken hinunter. Es war der Ring meiner Mutter.

»Woher hast du den?«, fauchte ich und schnappte ihn mir.

»Du hast ihn mir bei unserer Hochzeit angesteckt«, erklärte sie ruhig und ich traute meinen Ohren kaum.

»Bei unserer was?« Was für eine Geschichte wollte sie mir hier auftischen?

Unruhig trat sie von einem auf das andere Bein. »Meine Mutter war nicht einverstanden mit unserer Ehe, weshalb sie dir deine Erinnerungen genommen hat. Ich bin hier, um dich zurück nach Kanada zu holen.« Sie warf mir einen flehenden Blick zu. »Du musst deine Erinnerungen zurückbekommen. Ich möchte, dass du wieder der Alte wirst.«

Ich lachte auf und schüttelte den Kopf. »Was auch immer du mir hier für eine Geschichte auftischen möchtest, vergiss es«, zischte ich und ballte die Hände zu Fäusten. »Deine Familie hat meiner schon genug angetan. Weshalb möchtest du mich wirklich nach Kanada locken? Um mich umzubringen? Oder um mein Gedächtnis noch mehr zu manipulieren?«

Der Schock in ihrem Gesicht wirkte echt auf mich. Doch wer wusste schon, wie gut sie schauspielern konnte.

»Dimitri, ich liebe dich!«, beteuerte sie und zu meiner Überraschung fiel sie auf die Knie. »Du musst mir glauben. Ich habe dir nie etwas getan.«

Verunsichert wich ich einen Schritt zurück. Ich war völlig durcheinander. »Woher soll ich wissen, dass du die Wahrheit sagst?« Es war eine absolut seltsame Situation. Wenn ich in die Augen der jungen Frau sah, hatte ich das Gefühl, dass jedes Wort der Wahrheit entsprach. Doch ich konnte nicht wissen, ob sie wirklich vertrauenswürdig war. Sollte ich einer Fremden mehr glauben als meinem eigenen Bruder?

Sie kam hierher und offenbarte mir, dass wir angeblich verheiratet waren. Sie war eine Kiya, wieso hätte ich meine Prinzipien derart verraten sollen? Ich hatte eine ganze Familie getötet, weil eine Kiya sich verbotenerweise in einen Siyo verliebt hatte.

Wenn ich sie so anschaute, verstand ich jedoch, welche Anziehung sie möglicherweise auf mich gehabt hatte, wenn ihre Geschichte denn stimmen sollte. Sie hatte etwas an sich, das ich nicht beschreiben konnte.

»Dimitri?« Valentins Ruf hallte durch die Flure und ich zuckte zusammen. Lilya stand auf und zog etwas aus ihrer Tasche, das sie mir in die Hand drückte. »Da ist alles drauf. Bitte glaube mir.« Für einen Moment hielt sie meine Hand fest und schaute mir tief in die Augen. Ihre Berührung löste eine angenehme Wärme in meinem Inneren aus und irgendein irrationaler Teil von mir wünschte sich, dass sie mich nie wieder losließ.

Viel zu schnell zog sie ihre Hand zurück und drehte sich um. Ich rechnete damit, dass sie davonlief, doch sie fuhr noch mal herum, fiel mir um den Hals und ehe ich mich versah, spürte ich ihre Lippen auf meinen.

Es fühlte sich so an, als würde mich ein Blitz durchfahren. Ihre Lippen fühlten sich unglaublich vertraut an, doch ehe ich den Kuss intensivieren konnte, wich sie zurück und war plötzlich verschwunden. Von der einen auf die andere Sekunde hatte sie sich in Luft aufgelöst.

Sprachlos blieb ich allein im Gang zurück und warf einen kurzen Blick auf das, was sie mir in die Hand gedrückt hatte. Es war ein Handy.

»Hier steckst du also.«

Ich warf einen Blick über die Schulter und sah zu Valentin, der um die Ecke gebogen war und auf mich zulief.

»Alles in Ordnung?«, fragte er und ich nickte steif.

Schnell ließ ich das Handy und den Ring in meiner Hosentasche verschwinden. Ich wollte nicht darüber sprechen, was eben passiert war. Zuerst würde ich das Handy durchsuchen und nachforschen, was es mit Lilyas Geschichte auf sich hatte.

***

Gedankenverloren trommelte ich mit den Fingern auf den Tisch und starrte immer wieder auf den Ehering, den ich am Finger trug. Das Handy hatte ich zusammen mit dem Ring meiner Mutter in meinem Zimmer versteckt, nachdem ich einen kurzen Blick darauf geworfen hatte. Auf dem Display war ein Foto von Lilya und mir erschienen und ich hatte das Handy vor Schreck aufs Bett geworfen.

Ich hatte nicht das Gefühl, für solche Enthüllungen bereit zu sein. Es musste reichen, wenn ich mich später damit auseinandersetzte. Momentan war ich ohnehin mit allem überfordert. Wie sollte ich herausfinden, wem ich wirklich trauen konnte?

»So nachdenklich kenne ich dich gar nicht«, meinte Valentin und riss mich aus meinen Gedanken. Ich sah auf und begegnete seinem amüsierten Blick. Wir hatten uns zum gemeinsamen Essen getroffen und noch nicht viele Worte gewechselt.

»Kannst du mir das in meiner Lage verübeln?«

»Nicht wirklich. Ich möchte nicht mit dir tauschen. Muss schrecklich sein, seiner Erinnerungen beraubt zu werden.« Er griff nach der Weinflasche und füllte unsere Gläser. Ich roch sofort, dass in der rötlichen Flüssigkeit nicht nur Wein enthalten war.

»Wir bekommen übrigens noch Gesellschaft zum Essen.«

Fragend sah ich ihn an. »Wirklich? Wer kommt denn noch?«

Valentin setzte zu einer Antwort an, da hörte ich, wie die Tür in meinem Rücken geöffnet wurde und ein Freudenschrei ertönte. Ich zuckte zusammen und plötzlich schlang jemand die Arme von hinten um mich.

»Wie geht es dir, Dimitri?«

Ich drehte den Kopf und sah meiner Verlobten ins Gesicht. »Natascha?«

Sie lachte und hauchte mir einen Kuss auf die Wange. »Na zumindest hast du mich nicht vergessen.« Sie löste die Umarmung und setzte sich ans Tischende neben Valentin und mich.

»Ein Glück, dir geht es gut«, meinte ich ehrlich erleichtert. Es tat gut, ein weiteres bekanntes Gesicht zu sehen. »Sind wir …« Ich machte eine kurze Pause und sah fragend von einem zum anderen. »Sind wir immer noch verlobt oder inzwischen verheiratet? Oder hat sich das alles anders entwickelt als geplant?«

Natascha schwieg einen Moment und mit einem scheuen Lächeln griff sie schließlich nach Valentins Hand. »Nach dem Tod eurer Familie und vielen anderen Ereignissen haben wir die Verlobung gelöst und Valentin und ich haben zueinander gefunden.«

Erleichtert atmete ich auf. Ich hatte in Natascha nie mehr als eine gute Freundin gesehen und es hätte mich gewundert, wenn sich das geändert hätte. Sie gehörte an die Seite meines Bruders. »Das freut mich riesig für euch. Zumindest eine gute Nachricht.«

Natascha lächelte breit. »Schön zu hören, dass du es genauso gut aufnimmst wie damals.«

»Du weißt doch, dass ich mich immer dafür eingesetzt habe, dass eure Verlobung nicht gelöst wird. Trotz des Wechsels in der Thronfolge.« Ich sah zu meinem Bruder. Über das Thema hatten wir noch nicht gesprochen. »Wie sieht es damit überhaupt aus?«

Ein Lächeln erschien auf Valentins Gesicht, doch es wirkte nicht aufrichtig. »Du bist König, Dimitri. So wie Mom und Dad sich das gewünscht haben.«

»Mhh«, machte ich und versuchte mir vorzustellen, was wohl in den letzten Jahren passiert war. Ich hatte die Hälfte meines Lebens vergessen. Dass ich nun auch noch ein König war, machte es nicht einfacher, ganz im Gegenteil. Es bedeutete Verantwortung und setzte mich zusätzlich unter Druck. »Und nun befinden wir uns im Krieg mit der ganzen Welt?«

Valentins Lippen verzogen sich zu einem breiten Grinsen. »Allerdings. Aber mach dir keine Sorgen. Wir haben den Krieg im Grunde bereits gewonnen.«

48. KAPITEL

Lilya

Völlig erschöpft von der Reise lag ich auf meinem Bett und starrte gedankenverloren an die Decke, anstatt die Augen zu schließen und zu versuchen zu schlafen. Ich hatte Angst vor den Träumen, die mich im Schlaf heimsuchen würden. Angst vor den Emotionen, die sie in mir wachrütteln würden.

Ich versuchte, jegliche Gedanken an Dimitri zu verbannen, doch es gelang mir nicht. Die Begegnung mit ihm hatte mich völlig durcheinander gebracht. Ihm in die Augen zu schauen und zu erkennen, dass ich eine Fremde für ihn war, hatte unglaublich weh getan. Doch ich hatte die Hoffnung noch nicht aufgegeben und glaubte daran, dass er herkommen würde.

Nachdem Valentin im Anmarsch gewesen war, hatte ich mich ziemlich schnell aus dem Staub gemacht, um nicht mit ihm konfrontiert zu werden. Danach hatte ich darüber nachgedacht, Dimitri noch mal aufzusuchen, doch ich hatte mich dagegen entschieden. Er sollte nun in Ruhe über alles nachdenken und ich wollte ihn nicht unter Druck setzen. Es blieb abzuwarten, ob er sich melden würde.

Nach meinem Besuch in Sibirien hatte ich mich schnell wieder auf den Weg nach Kanada gemacht. Dort angekommen, hatte ich mich in Dimitris und mein Zimmer im Schloss teleportiert, ohne irgendjemanden zu informieren, dass ich wieder da war.

Da Ana oder Sascha das Radar mit Sicherheit im Blick hatten, würden sie aber wissen, dass ich wieder hier war und mich vermutlich bereits suchen. Hoffentlich fanden sie mich nicht so schnell. Ich wollte jetzt einfach meine Ruhe.

Kurz war ich versucht gewesen, ein T-Shirt von Dimitri mit seinem Parfüm einzusprühen und darin zu schlafen. Das erschien mir dann jedoch als zu viel des Guten. Dann könnte ich mir auch direkt Eis, Liebesfilme und ganz viele Taschentücher besorgen. Mich in meinem Elend zu suhlen half mir nun auch nicht weiter.

Ich rollte mich auf die Seite und spielte mit meinem Verlobungsring. Meinen Ehering hatte Dimitri an sich genommen und mein Finger fühlte sich nun schrecklich leer an. Ich hatte ihn nie abgelegt und nun war es ungewiss, ob ich ihn je wiederbekommen würde.

Es war ein ungewohntes Gefühl, ohne Dimitri hier zu liegen. Er fehlte mir so entsetzlich und ich wusste nicht, was ich tun sollte, wenn er seine Erinnerungen nicht wiedererlangen würde. Ich hatte es außerdem nach wie vor nicht verkraftet, dass meine Eltern mir so in den Rücken gefallen waren. Vor allem Diego hatte mich maßlos enttäuscht, immerhin war er mein ganzes Leben an meiner Seite gewesen. Er wusste, wie sehr ich Dimitri liebte und hätte Anisya bei ihrem Plan niemals unterstützen dürfen. Es war grausam und einfach nicht zu entschuldigen.

Was ich mit Anisya machen sollte, wusste ich jedoch nicht. Wenn es nach ihr gegangen wäre, hätte sie Malyks und meine Erinnerungen bestimmt auch gerne manipuliert, sodass wir uns so verhielten, wie sie es sich wünschte. Da konnte ich froh sein, dass sie nicht mehr in meinen Kopf eindringen konnte, seit ich erwacht war. Anscheinend hoffte sie, dass es reichte, die Erinnerungen unserer Partner zu manipulieren und darauf zu warten, dass wir über sie hinwegkamen. Dass dieser Tag niemals kommen würde, brauchte ich ihr nicht zu erklären. Sie würde es nicht verstehen.

Ich spürte, wie mir Tränen in die Augen schossen und blinzelte sie weg. Diese Frau hatte bei mir verspielt und ich wünschte mir, dass sie niemals aufgetaucht wäre. Meinetwegen hätte sie weiter am Ende der Welt leben können und ich hätte immer noch geglaubt, dass meine Mutter, die mich über alles geliebt hatte, tot war. Alles wäre besser gewesen als das, was seit ihrem Auftauchen passiert war.

***

»Lilya, bist du hier?«

Die Stimme meines Bruders riss mich aus dem Schlaf und helles Licht blendete mich, als ich versuchte, die Augen zu öffnen. Blinzelnd sah ich zu meinem Bruder, der in der Zimmertür stand.

»Malyk? Du bist zurück?« Verschlafen setzte ich mich auf.

Er kam auf mich zu und setzte sich auf die Bettkante. »Ja, und ich habe auch jemanden mitgebracht.«

Ehe mein müder Verstand begriff, was er mir sagen wollte, erschien dieser Jemand im Türrahmen und ich war augenblicklich hellwach. »Soley!«, rief ich und sprang aus dem Bett.

Ich achtete nicht auf ihren verdutzten Gesichtsausdruck und umarmte sie fest. Im ersten Moment versteifte sie sich in meinen Armen, entspannte sich dann aber schnell.

»Du musst Lilya sein«, meinte sie lächelnd, nachdem ich sie wieder losgelassen hatte. »Malyk hat sehr viel von dir erzählt.«

»Ja. Tut mir leid, dass ich dich so überfalle.« Ich trat einen Schritt zurück. Mein Verstand hatte für einen Moment ausgesetzt, als ich sie gesehen hatte. Es war erst wenige Tage her, seit ich sie zuletzt gesehen hatte, und doch fühlte es sich wie eine Ewigkeit an. Das lag vorrangig wohl an dem Verlust ihrer Erinnerungen, durch die eine gewisse Distanz zwischen uns entstanden war. Unsere Erfahrungen machten uns zu der Person, die wir waren. Wenn diese plötzlich fehlten, waren wir jemand ganz anderes.

Für mich blieb sie immer Soley, meine beste Freundin. Doch im Grunde genommen war sie es nicht mehr.

»Ist schon okay. Die Situation ist wohl für uns alle sehr seltsam.« Ihr Lächeln war genauso herzlich wie immer. Ihr freundliches Wesen war unverändert.

»Das stimmt allerdings. Wann seid ihr angekommen?«, fragte ich und drehte mich zu meinem Bruder um, der immer noch auf dem Bett saß.

»Ungefähr vor einer Stunde«, antwortete er und erhob sich. »Da deine Maschine wieder in der Halle steht, wussten wir, dass du bereits zurück sein musst. Wir sind Ana begegnet, die bisher von Sascha davon abgehalten worden war, nach dir zu sehen.«

»Ja, ich wollte mich erst ein wenig ausruhen. Hat bei euch alles geklappt bei der Heimreise?«

Bevor Malyk und ich uns in Deutschland getrennt hatten, hatten wir ihm ein anderes Flugzeug besorgt. Die Königsfamilie hatte für solche Fälle überall auf der Welt verteilt Maschinen stehen.

»Ja, lief alles problemlos.« Er legte den Kopf schief und musterte mich mit unergründlicher Miene. »Du bist alleine zurückgekehrt?« Eine Spur Mitleid lag in seinem Blick.

»Bisher ja.« Ich wollte zunächst nicht mehr dazu sagen und presste die Lippen aufeinander.

Bevor Malyk etwas erwidern konnte, legte ich ihm eine Hand auf den Rücken und schob ihn Richtung Tür.

»Wir reden später. Ich würde jetzt gerne duschen und mir etwas anziehen.« Ich wollte nicht in Schlafsachen und in meinem Schlafzimmer darüber sprechen, dass ich meinen Mann verloren hatte.

Soley nickte verständnisvoll, griff schnell nach Malyks Hand und zog ihn aus dem Zimmer.

»Bis später«, rief sie noch, ehe die Tür zu fiel und ich alleine zurückblieb.

***

Nachdem ich mich fertig gemacht hatte, fühlte ich mich eher dem gewachsen, was mir bevorstand. Trotzdem trat ich mit einem unguten Gefühl hinaus in den Flur. Ich entschied mich, zunächst die Kommandozentrale aufzusuchen, in der Hoffnung, dort auf Ana zu stoßen. Da ich seit meinem Aufbruch kein Blut mehr getrunken hatte und trotz Schlaf extrem kraftlos war, musste ich laufen statt mich zu teleportieren. Auch wenn so die Gefahr bestand, Anisya zu begegnen. Meine Mutter war nun die letzte Person, die ich sehen wollte. Hätte ich es geschafft, Dimitri hierher zu holen, hätte mich mein erster Weg zu ihr geführt, damit ich sie anweisen konnte, ihm seine Erinnerungen wiederzugeben. Dass mein Plan, ihn nach Kanada zu schaffen, vorerst gescheitert war, hieß jedoch nicht, dass ich mich nicht mit ihr beschäftigen musste. Immerhin hatte Malyk bei Soley mehr Erfolg gehabt und zumindest ihre Erinnerungen mussten wir jetzt zurückholen.

Doch darum wollte ich mich später mit Malyk zusammen kümmern, weshalb ich froh war, als ich an der Zentrale ankam und vorerst von einer Begegnung mit Anisya verschont geblieben war.

Alle Augenpaare richteten sich auf mich, als ich den Raum betrat. Wie ich erwartet hatte, saß Ana vor den Monitoren, denen sie allerdings den Rücken zugewandt hatte. Sascha saß neben ihr und zu meiner Überraschung waren Malyk und Soley auch hier. Die beiden standen mitten im Raum und wirkten ein wenig verloren.

»Hey, Leute«, rief ich und hob eine Hand zur Begrüßung. Ich ließ meinen Blick zu Ana schweifen, die sich in ihrem Stuhl zurücklehnte und die Arme vor der Brust verschränkte. Innerlich machte ich mich bereits auf eine Standpauke gefasst.

»Bist du wahnsinnig geworden?«, fragte sie und ihre Augen verengten sich zu Schlitzen. »Möchtest du, dass ich dir gleich den Kopf abschlage oder lieber später?«

Seufzend lehnte ich mich mit dem Rücken gegen die Tür. »Verstehst du nicht, dass ich nach den Neuigkeiten sofort abhauen wollte?« Wenn ich gedacht hatte, ein ruhiges Gespräch mit Ana führen zu können, hatte ich mich auf jeden Fall getäuscht.

Sie sprang von ihrem Stuhl auf und baute sich bedrohlich vor mir auf. »Du glaubst, ich verstehe dich nicht?«, fauchte sie. »Natürlich verstehe ich dich, ich bin schließlich deine Freundin! Und Dimitri ist mein bester Freund! Was dachtest du, wie es mir nach deinem Brief ging, in dem du verkündet hast, dass er fort ist und von seinem Gehirn womöglich nur noch Matsch übrig ist?«

»Wenn ich mit dir darüber geredet hätte, hättest du um jeden Preis mitkommen wollen! Aber jemand musste hier die Stellung halten.«

Ana lachte trocken auf. »Warum? Valentin würde sich hier so schnell nicht mehr blicken lassen. Und wann kapierst du endlich, dass es egal ist, ob jemand die Stellung hält oder nicht? Hier ist es schon lange nicht mehr sicher und Sascha und ich können auch keine Wunder vollbringen. Außerdem, wer hat dir garantiert, dass Anisya uns beide nicht ebenfalls schnellstmöglich loswerden will?«

Ich öffnete den Mund, um etwas zu erwidern, schloss ihn aber sofort wieder. Sie hatte recht. Ich hatte keine Sekunde daran gedacht, dass Anisya die beiden vielleicht auch manipulieren würde. Wie naiv von mir.

»Tut mir leid, Ana. Daran habe ich wirklich nicht gedacht«, gestand ich zerknirscht.

Anas Blick wurde weicher. »Schon in Ordnung. Ich habe mir schreckliche Sorgen um dich gemacht.« Sie zog mich in ihre Arme und damit war der Streit vom Tisch.

»Hast du bei Dimitri etwas erreichen können?«, fragte sie, als wir uns wieder voneinander gelöst hatten.

Ich spürte die Blicke der anderen auf mir. Sie warteten darauf, dass ich von meinem Besuch in Sibirien berichtete.

»Ich weiß es nicht.« Betrübt hob ich die Schultern. »Es blieb mir nicht viel Zeit, Dimitri etwas zu erklären. Fast hätte mich Valentin erwischt.«

In knappen Sätzen berichtete ich von unserem kurzen Aufeinandertreffen und meiner Hoffnung, dass ich ihn vielleicht zum Nachdenken gebracht hatte und er sich von sich aus melden würde. Ich hatte ihm sein Handy gegeben, das noch hier gelegen hatte. Auf ihm waren genug Bilder und Videos von uns beiden gespeichert. Es blieb abzuwarten, ob er den Aufnahmen glaubte. Ich wusste nicht, welche Erinnerungen Dimitri geblieben waren und konnte nur hoffen, dass er nicht mit Valentin über mich sprach.

Als ich fertig mit Erzählen war, schwiegen die anderen einen Moment. Soley machte ein betretenes Gesicht. Auch wenn sie selbst ihre Erinnerungen verloren hatte, galt das nicht für ihr Mitgefühl. Und ich hatte den Eindruck, dass sie mit mir litt.

Malyk war der Erste, der schließlich das Wort ergriff. »Nun, wie es aussieht können wir wegen Dimitri jetzt nur abwarten und hoffen.« Er warf mir einen mitleidigen Blick zu. »Da aber zumindest Soley wieder hier ist, sollten wir nun Anisya konfrontieren und Soleys Erinnerungen einfordern.«

Ich konnte ihm nur zustimmen. Soley hatte in diesem Moment Priorität. »Gut, dann lasst uns Anisya aufsuchen.«

***

Zusammen mit den anderen machten wir uns auf den Weg zu Anisyas Wohnung, in der sie mittlerweile allein lebte. Ana erzählte auf dem Weg dorthin, dass sich Lloyd und Malyra ein eigenes Zimmer gesucht hatten. Als Paar wollten sie vermutlich mehr Privatsphäre.

Auch wenn Malyra meine Cousine und Lloyd mein Halbbruder war, hatte ich momentan nicht den Drang, die beiden näher kennenzulernen. Sie hatten deutlich gemacht, was sie von mir hielten.

Als wir vor Anisyas Tür standen, beschleunigte sich mein Herzschlag und ich wurde schrecklich unruhig. Ich warf den anderen einen kurzen Blick zu und klopfte dann dreimal.

Mit angehaltenem Atem wartete ich darauf, dass Anisya öffnete. Es dauerte einen Moment, ehe ich Geräusche hinter der Tür wahrnahm und sie schließlich geöffnet wurde.

Überraschung zeichnete sich in Anisyas Gesicht ab, als sie uns alle im Flur stehen sah. Ehe sie etwas sagen konnte, trat Ana neben mich und stieß die Tür ganz auf, damit wir uns alle in den Raum drängen konnten. Erschrocken wich Anisya zurück.

Ihre Haare waren nass und sie war nur mit einem Handtuch bekleidet. »Was soll das?«, fauchte sie wütend.

Mit verschränkten Armen bauten wir uns alle vor ihr auf.

»Was ist denn hier los?«

Mein Blick huschte zur Badezimmertür, durch die Diego getreten war. Er hatte lediglich ein Handtuch um die Hüften geschlungen und blickte verwirrt in die Runde.

Dass er hier war, überraschte mich nicht. Anisya war seine große Liebe und anscheinend hatte sie für ihn auch immer noch mehr übrig, als für Malyk und mich.

»Wir sind hier, damit du Soley ihre Erinnerungen zurückgibst«, erklärte ich Anisya und nickte in Soleys Richtung, die weit weniger bedrohlich als der Rest von uns wirkte.

»Das kannst du vergessen. Ich habe sie ihr und Dimitri nicht ohne Grund genommen. Ihr solltet euch passendere Partner suchen.«

»Aber es sind meine Erinnerungen!«, zischte Soley und trat einen Schritt auf sie zu. »Nur weil dir die Partnerwahl deines Sohnes nicht passt, hast du dich nicht in mein Leben einzumischen!« Ich hatte Soley nur selten wütend erlebt und heute war definitiv einer solcher Moment. Mit geballten Fäusten und goldenen Augen funkelte sie meine Mutter an.

»Du solltest mir dankbar sein«, erwiderte Anisya gelangweilt. »Ich habe dir viele schreckliche Erinnerungen genommen, die du mit Sicherheit nicht zurück haben möchtest.«

Soley stockte kurz und ich fragte mich, was Malyk ihr alles erzählt hatte. Sie versuchte sich ihr Zögern jedoch nicht anmerken zu lassen. »Aber du hattest trotzdem nicht das Recht, diese Entscheidung für mich zu treffen. Also tu nicht so, als hättest du es für jemand anderen als dich selbst getan!«

»Es ist mir gleichgültig«, meinte Anisya und winkte ab. »Such dir einen Siyo als Mann und kümmere dich um deine Rolle als Königin. Ich lasse nicht mit mir verhandeln.«

Ihre Worte brachten mein Blut zum Kochen und ein Seitenblick zu Malyk offenbarte, dass er wohl auch gleich ausrasten würde. »Anisya ...« Ich sprach ihren Namen mit so viel Verachtung aus, wie ich sie normalerweise nur für Valentin übrighatte. »Mir ist eine Idee gekommen und du solltest mich nicht dazu bringen, sie in die Tat umzusetzen.«

Irritiert legte sie den Kopf schief. »Was für eine Idee?«

»Ich habe den Verdacht, dass all deine Manipulationen sofort ihre Wirkung verlieren, sobald du stirbst«, erklärte ich und die Augen meiner Mutter weiteten sich vor Entsetzen.

»Also entscheide dich, Mutter.« Das letzte Wort spuckte ich ihr förmlich entgegen. Ich trat dicht vor sie und schaute ihr tief in die Augen. Mein Vampyrblut kochte und ich schlug ihr meine Aura entgegen. »Willst du leben oder sterben?«

49. KAPITEL

Malyk

Nach Lilyas Worten war es mucksmäuschenstill im Raum geworden. Anisya starrte sie an und schien nicht zu wissen, was sie erwidern sollte. Sie kannte ihre Tochter nicht. Lilya war kein Kind mehr und Anisya hatte den Fehler gemacht, sie zu unterschätzen. Meine Schwester und ich waren auch ohne unsere Vampyrmutter großgeworden und stärker als sie vermutlich für möglich gehalten hatte. Lilya hatte Anisyas Posten übernommen, sie war eine Königin und sie trug diesen Titel zu Recht. Ich war unfassbar stolz auf meine große Schwester und bewunderte sehr, wie sie immer wieder für die Dinge kämpfte, die ihr wichtig waren. Ihre ungeheure Macht war im ganzen Raum spürbar, löste eine Gänsehaut bei mir aus und alles in mir schrie danach, zurückzuweichen. Dabei konzentrierte sie ihre Macht auf Anisya und nicht auf uns.

Ich atmete tief durch, dann lief ich nach vorne und stellte mich neben meine Schwester. Unterstützend legte ich ihr eine Hand auf die Schulter.

»Wir brauchen dich nicht«, warf ich Anisya an den Kopf. »Und ich denke, ich spreche hier für alle, wenn ich sage, dass du für uns gestorben bist. Du hast deinen Weg gewählt und damit deine eigenen Kinder verraten.«

»Ich habe meine Kinder verraten?«, echote sie ungläubig. »Ihr habt eure eigene Rasse, eure Familie verraten!«

»Ja, haben wir«, erklärte Lya ruhig. »Für die Liebe. Und du hast uns sehr deutlich gezeigt, dass Blut nicht immer dicker als Wasser ist. Wir haben nun unsere eigene Familie.«

Lyas Worte berührten mich zutiefst und ich konnte ihr nur zustimmen. Plötzlich spürte ich, wie jemand nach meiner Hand griff und drehte den Kopf zur Seite.

Soley war neben mich getreten und lächelte mich an, als hätte sie nie vergessen, dass sie mich liebte. Vielleicht hatte sie das auch nie. Mir wurde ganz warm ums Herz und ich musste mich beherrschen, nicht anzufangen zu weinen.

Aus dem Augenwinkel bemerkte ich, wie Ana und Sascha sich neben Lilya positionierten. Auch sie als Djiye zeigten deutlich, zu wem sie gehörten.

»Lya, muss dieser Streit sein?«, meldete sich nun Diego zu Wort.

Lilya warf ihm einen wütenden Blick zu. »Ich habe ihn nicht begonnen.«

»Du willst deine richtige Familie also verleugnen? Ja, sogar bedrohen?«, bemerkte Anisya entrüstet.

Lya atmete tief durch. »Ich sage es dir noch mal: Gib Soley ihre Erinnerungen wieder, sonst bekommst du ernste Probleme.«

Anisya verengte die Augen und ich konnte förmlich sehen, wie es in ihrem Kopf ratterte. Es passte ihr ganz und gar nicht, dass wir sie so konfrontierten. Doch was sollte sie machen? Ihr Blick huschte zu Soley.

»Ich wollte nur das Beste für meine Kinder. Aber wenn ihr das nicht zu schätzen wisst, habt ihr Pech«, meinte sie bissig und gab schließlich zähneknirschend nach. »Meinetwegen kann sie ihre Erinnerungen wieder haben.«

Ich atmete erleichtert auf. Wir hatten es geschafft.

Anisya trat vor Soley und legte ihr die Finger an die Schläfen. »Ich habe euch gewarnt«, erinnerte sie uns, ehe sie die Augen schloss und Soley mir noch einen unsicheren Blick zuwarf. Ich drückte ihre Hand fester.

Soley schloss ebenfalls die Augen und der Rest von uns wartete gespannt. Ich hielt den Atem an.

Für einen kurzen Moment war es totenstill im Raum, dann stieß Soley plötzlich einen markerschütternden Schrei aus und sank zu Boden. Sie entzog mir ihre Hand und vergrub ihr Gesicht in den Händen. Der Schrei ging schließlich über in ein jämmerliches Schluchzen, das mir das Herz zerriss.

»Soley, ich bin bei dir.« Besorgt ging ich neben ihr in die Hocke und legte ihr beruhigend eine Hand auf den Rücken.

»Soley?« Auch Lya war sofort an ihre Seite gekommen.

Sie schien uns jedoch kaum wahrzunehmen.

Wütend blickte ich zu meiner Mutter hoch. »Was hast du gemacht?«

»Ich habe ihr doch gesagt, dass sie froh sein sollte, all diese schrecklichen Erinnerungen los zu sein.« Gelangweilt zuckte sie mit den Schultern. »Und jetzt verschwindet.« Sie wandte sich ab und ging auf meinen Vater zu, der unsicher von Anisya zu uns sah. Als sie seine Hand nahm und in Richtung Bad zog, begegnete er meinem anklagenden Blick und wich diesem schnell aus. Die beiden verschwanden im Badezimmer und in meinem Inneren begann auch der Hass auf meinen Vater zu brodeln. Ich verdrängte jedoch schnell jeden Gedanken an meine Eltern und konzentrierte mich wieder auf Soley. Sie war die Einzige, die jetzt zählte.

»Soley, kannst du uns hören?«, fragte ich sanft und übertönte kaum ihr Schluchzen. »Wir sind bei dir, ich weiß, dass schreckliche Erinnerungen auf dich eingeprasselt sind, aber alles wird gut. Du hast das alles schon mal überstanden.«

Soleys gequälte Laute hielten an und Verzweiflung überfiel mich.

»Was hast du ihr von all dem erzählt, was sie vergessen hatte?«, fragte Lya und ich überlegte kurz.

»Nicht so viel«, gestand ich schließlich und das schlechte Gewissen nagte an mir. Hätte ich sie mehr auf das hier vorbereiten sollen?

»Von Yvlie? Liam?«

Ich schüttelte den Kopf. Jetzt war es zu spät. Lya seufzte tief und ich beschloss, nicht länger tatenlos zuzusehen, wie Soley litt. Vorsichtig zog ich sie ihn meine Arme und drückte sie fest an mich.

»Schht«, machte ich und wiegte sie leicht hin und her. Ihr Schluchzen ging über in ein Wimmern und tatsächlich schien sie sich langsam zu beruhigen. Sie nahm die Hände vom Gesicht und ich spürte, wie ihre Tränen an meiner Brust mein T-Shirt durchnässten. Sie zitterte, doch nach und nach entspannte sie sich in meinen Armen und wurde ruhiger.

»Es tut mir alles so leid, Soley. Ich liebe dich und werde immer für dich da sein«, versprach ich leise.

Eine Weile blieb ich reglos mit ihr sitzen, bis sie endlich den Kopf hob und mich ansah. Ihr Gesicht war tränenüberströmt und in ihren Augen erkannte ich pure Verzweiflung.

»Malyk.« Mein Name kam nur als Flüstern über ihre Lippen.

»Ja, ich bin hier.« Ich legte meine Hand an ihre nasse Wange. Sie griff danach und hielt sie fest. »Wie konnte ich euch nur vergessen? Wie konnte ich Liam vergessen und ...« Sie stockte und neue Tränen sammelten sich in ihren Augen. »... und Ylvie. Wie konnte ich meine eigene Tochter vergessen?«

»Du konntest nichts dagegen tun«, erklärte ich. »Wir sind so froh, dich wiederzuhaben.«

Hektisch hob Soley den Blick und schaute von einem zum anderen. Sascha und Ana hatten sich bisher still zurückgehalten und standen etwas abseits.

Plötzlich entwand Soley sich der Umarmung und sprang auf. Ehe einer von uns reagieren konnte, stürmte sie wortlos aus dem Raum.

Perplex blickte ich ihr nach. »Habe ich etwas falsch gemacht?«, fragte ich verwirrt.

Ana schüttelte den Kopf. »Sie wird Ruhe brauchen. Sie hat viel zu verarbeiten.«

Lya seufzte. »Das denke ich auch. Wir sollten sie vorerst allein lassen.«

Ich nickte, obwohl ich den drängenden Wunsch verspürte, ihr nachzulaufen. Soley mit all dem Schmerz allein zu lassen, erschien mir nicht richtig. Was, wenn sie all diese schrecklichen Erinnerungen nicht alle auf einmal verarbeiten konnte? Sie hatte immer Zeit gehabt, mit den Dingen fertig zu werden. Mit allem auf einmal konfrontiert zu werden, musste schrecklich sein. Ich stand auf und entschied mich, dennoch nach ihr zu sehen. Vermutlich war sie in den Wald gelaufen. Liams Grab war immer ein Zufluchtsort für sie gewesen. Ich würde mich zumindest auf den Weg machen und vielleicht schon von Weitem erkennen, ob sie Hilfe brauchte.

»Ich brauche auch einen Moment Ruhe«, sagte ich zu den anderen und trat auf den Gang hinaus.

***

Meine Theorie bestätigte sich jedoch nicht, da ich Soley nicht an Liams Grab fand. Ich suchte die ganze Gegend ab, wurde jedoch nicht fündig. Schließlich entschied ich mich, die Suche einzustellen. Die anderen hatten wohl recht damit, dass ich sie vorerst in Ruhe lassen sollte, weshalb ich zum Schloss zurückkehrte. In unserer Wohnung angekommen, ging ich unruhig auf und ab und hoffte darauf, dass Soley zu mir zurückkam.

Als nach gefühlten Stunden die Tür aufging, war es meine Schwester und nicht Soley, die hereinkam. Sie war genauso nervös wie ich und wir versuchten uns gegenseitig zu beruhigen. Soley war stark, vermutlich sogar die Stärkste von uns allen. Sie würde mit der Situation fertig werden, da war ich mir sicher. Doch das ungute Gefühl blieb.

»Wird es in unserem Leben jemals wieder normal zugehen?«, fragte ich seufzend und erhob mich von der Couch, auf die ich mich nach Lyas Eintreffen gesetzt hatte. Ich ging zum Fenster, hinter dem inzwischen die Nacht hereingebrochen war. Ein weiterer Grund, weshalb ich mir immer größere Sorgen um Soley machte.

Ich konnte hören, wie Lya hinter mir ebenfalls seufzte und dann aufstand. »Diese Frage stelle ich mir, seit ich in New York von einem Vampyr überrascht worden bin«, meinte sie und stellte sich neben mich. Ich schlang den Arm um ihre Taille und sie legte den Kopf an meine Schulter. »Ich bin froh, dass ich dich habe, Bruderherz.«

»Geht mir genauso. Ich verstehe nicht, wie ich damals nur eine Sekunde daran denken konnte, dich umzubringen.« Das war etwas, das ich mir tatsächlich kaum verzeihen konnte. Ich hätte ihr zuhören müssen und sie nicht angreifen dürfen.

»Nun, wir sind eben nur Geschwister und mögen uns nicht so sehr, wie unsere Mutter das gerne hätte.« Ich konnte das Schmunzeln in ihrer Stimme förmlich hören.

»Anscheinend«, bemerkte ich schnaubend. Es war vermutlich das Vernünftigste, die Pläne unserer Mutter mit Humor zu nehmen, wie es Lilya inzwischen scheinbar tat.

»Es könnte alles so schön sein«, meinte ich wehmütig. »Wir könnten mit unseren Liebsten vereint sein und uns mit der neugewonnenen Unterstützung unserer Familie einen Plan überlegen, um Valentin zu stürzen. Stattdessen kämpfen unsere Mutter und unsere Cousine gegen uns.«

»Und unser Vater hält zu ihnen«, stellte sie nüchtern fest. »Das ist für mich das Schlimmste an der ganzen Sache.«

»Anisya muss gut im Bett sein«, überlegte ich laut und Lya schnaubte. »Das oder sie hat sein Gehirn in Brei verwandelt.«

50. KAPITEL

Dimitri

Mit Vollgas raste ich durch den Wald und über die unebenen Pfade. Die richtigen Waldwege hatte ich längst hinter mir gelassen und fuhr nun quer übers Gelände.

Der Lichtkegel meines Motorrads erhellte die Bäume und Sträucher vor mir. Die Sonne war noch nicht komplett untergegangen, dennoch war es bereits ziemlich dunkel im Wald. Wäre ich ein Mensch und würde nicht über die gute Nachtsicht der Vampyre verfügen, könnte ich nicht mehr so spät durch die Wälder fahren. Vor allem nicht in dieser Geschwindigkeit und ohne Helm. Doch ich war kein Mensch, deshalb steuerte ich zielsicher und ohne Angst durch den dichten Wald.

Ich hatte mich dagegen entschieden, mit dem Flugzeug bis zum Schloss zu reisen. Mit dem Motorrad erschien es mir unauffälliger.

Ich fuhr noch eine halbe Stunde, ehe ich anhielt und die Maschine abstellte. Die plötzliche Stille war ein starker Kontrast zu den lauten Motorgeräuschen. Es dauerte einen Moment, bis meine Ohren sich an die Stille gewöhnt hatten und ich die Geräusche der Umgebung wieder wahrnahm. Das Rauschen des Windes in den Bäumen, das Rascheln von Kleintieren in den Büschen, den Ruf einer Eule. Nicht weit entfernt heulte ein Wolf.

Für einen Menschen konnte es gefährlich werden, allein in der Wildnis

Kanadas zu sein. Bären, Wölfe, Schlangen, Berglöwen, Kojoten und auch Elche waren hier beheimatet und konnten durchaus mal angreifen.

Als Vampyr stellte ich für Tiere aber weder Beute noch eine Bedrohung dar. Wenn sie mir begegneten, waren sie entweder desinteressiert oder etwas neugierig. Selbst mit nervigen Stechmücken musste ich mich nicht herumschlagen, weil diese das Blut von Vampyren mieden.

Ich ließ das Motorrad einfach im Wald stehen und ging zu Fuß weiter in Richtung Schloss. Das Licht und der Lärm könnten mich verraten, je näher ich den Schlossmauern kam. Wenn ich mit meiner Vermutung richtig lag, würde ich sie nach nicht einmal einer Stunde Fußmarsch erreichen.

Zügig joggte ich durch den Wald, als mir plötzlich ein Wolf vor die Füße lief. Abrupt blieb ich stehen und bemerkte, wie das Tier mich einen Moment anstarrte. Dann bleckte es die Zähne und knurrte. Ich runzelte die Stirn. Was für ein eigenartiges Verhalten.

Zwischen den umliegenden Sträuchern raschelte es und ich erkannte in der Dunkelheit ein leuchtendes Paar Augen, das zu einem weiteren Wolf gehörte. Auch er schien von meiner Anwesenheit nicht begeistert zu sein. Seine Ohren waren selbstsicher nach vorne gerichtet und sein Schwanz ragte in die Höhe.

Ich blieb ruhig stehen und musterte die beiden grauen Wölfe. Ob sie verletzt waren oder ihre Jungen in der Nähe hatten? Das würde allerdings nur aggressives Verhalten einem Menschen gegenüber erklären, nicht wenn sie einem Vampyr begegneten.

Ehe ich mich versah, wandten sie sich ab und verschwanden wieder im Dickicht.

Verwirrt schüttelte ich den Kopf und setzte mich wieder in Bewegung. Ich kam jedoch keine hundert Meter weit, als ich erneut stehen blieb. Ich hatte eine kleine Lichtung erreicht, die vom Licht des Mondes erhellt war.

Ein ganzes Wolfsrudel hatte sich dort um einen umgestürzten Baum versammelt. Auf diesem saß eine junge Frau, deren langes blondes Haar im Mondlicht schimmerte. Sie musste mich schon von weitem gehört haben, denn sie blickte in meine Richtung.

»Dimitri?« Ihre glockenklare Stimme drang zu mir herüber.

Ich verließ die Schatten der Bäume und lief langsam auf sie zu. Ihr Gesicht kam mir seltsam vertraut vor und ich war mir sicher, dass ich ihr schon einmal begegnet war. Und das nicht in dem Zeitraum, den ich vergessen hatte.

Ich blieb wenige Meter von ihr entfernt stehen. Die Wölfe hatten sich offensichtlich schützend um sie positioniert. Ich hatte den Eindruck, dass sie mich misstrauisch musterten und mich sofort anfallen würden, wenn ich eine falsche Bewegung machte. Sie wollten ein Mitglied ihres Rudels beschützen.

Jetzt fiel mir wieder ein, woher ich die Frau kannte. Sie war deutlich älter geworden seit unserer letzten Begegnung. Zumindest der letzten Begegnung, an die ich mich erinnern konnte. Wir hatten uns bei Anisyas Krönung kennengelernt. Damals war sie noch keine sechzehn Jahre alt gewesen. Die junge Frau vor mir war die Kronprinzessin der Siye.

»Soley? Bist du das?«

Sie stand auf und überwand den Abstand zwischen uns. Ich bemerkte ihren unsicheren Blick, den sie dem Schwertgriff zuwarf, der über meiner linken Schulter hervorragte.

»Was machst du hier mitten im Wald?«, fragte sie und legte den Kopf schief.

»Das könnte ich dich genauso fragen«, erwiderte ich schulterzuckend.

Ein leichtes Lächeln erschien auf ihrem Gesicht, das jedoch traurig auf mich wirkte. »Ich habe einen Ort zum Nachdenken gebraucht, nachdem ich meine Erinnerungen zurückerhalten habe. Deine sind noch nicht zurück, oder?«

Ich versuchte mir meine Überraschung nicht anmerken zu lassen, doch Soley schien sie dennoch zu bemerken.

»Lilya hat dir nicht besonders viel erzählt, oder?«

Ich schüttelte den Kopf. Weshalb hatte Anisya auch Soleys Erinnerungen geraubt? Lilya hatte bei unserer kurzen Begegnung davon gesprochen, dass ihre Mutter nicht mit unserer Ehe einverstanden gewesen war und deshalb dafür gesorgt hatte, dass ich aus ihrem Leben verschwand. Was war bei Soley der Grund?

Bevor ich sie fragen konnte, seufzte sie und fuhr sich mit den Fingern durchs Haar. »Anisya hat von uns beiden die Erinnerungen gelöscht. Bei dir, weil du mit Lilya verheiratet bist, und bei mir, weil ich mit Lilyas Bruder zusammen bin«, erklärte sie. Sie hatte sich also auch verbotenerweise in ein Mitglied der Kiye verliebt?

»Es stimmt also?« Ich schluckte. »Ich bin tatsächlich mit Lilya verheiratet?«

»O ja.« Das Lächeln, das dieses Mal auf Soleys Gesicht erschien, wirkte deutlich ehrlicher und freundlicher. »Und auch wenn Anisya leider nicht allein mit ihrer Meinung ist, dass Tradition wichtiger ist als Liebe, habt ihr dennoch immer wieder zueinander gefunden. Ihr seid füreinander bestimmt.«

»Mhh«, machte ich und verschränkte die Arme vor der Brust. »Ich begreife nur nach wie vor nicht, wie all das zustande kam.«

Soley lachte auf. »Natürlich nicht. Aber glaub mir, wenn du deine Erinnerungen wiedererlangst, wirst du es verstehen.«

»Woher weiß ich, dass es tatsächlich meine richtigen Erinnerungen sein werden?«

»Du wirst es fühlen.« Sie legte den Kopf in den Nacken und starrte in den Nachthimmel. »Ich wusste es außerdem, weil sich niemand ausdenken könnte, was mir widerfahren ist. Ich habe meine Familie verloren, war monatelang Valentins Gefangene und habe die Liebe meines Lebens sterben sehen. Und nun kann ich nicht einmal meinem eigenen Kind beim Aufwachsen zusehen.« Sie verstummte und biss sich auf die Unterlippe.

Ihre Worte ließen mich aufhorchen. »Du warst Valentins Gefangene?«, fragte ich schockiert.

Soley nickte und schwieg einen Moment. »Wo in der Vergangenheit bist du gelandet, Dimitri?«, fragte sie schließlich. »Was ist das Letzte, an das du dich mit Sicherheit erinnern kannst?«

Ich runzelte die Stirn. »Anas und Saschas Hochzeit.«

»Oh.« Soleys Augen weiteten sich leicht. »Das bedeutet, dass dir wirklich alle entscheidenden Erlebnisse der letzten Jahre fehlen.«

Ich war mir unsicher, ob ich überhaupt so genau wissen wollte, was ich alles verpasst hatte. Ich erinnerte mich an die Hochzeit, als wäre sie erst gestern gewesen und nicht vor sechsundzwanzig Jahren. Beim Gedanken an die Feierlichkeiten wurde mir bewusst, dass ich bisher nicht darüber nachgedacht hatte, was aus meinen engsten Vertrauten geworden war. Ich war wirklich ein schlechter Freund. Wo lebten sie jetzt? In Sibirien war ich ihnen nicht begegnet.

Soley war schließlich diejenige, die mir diese Frage beantwortete. »Ana und Sascha befinden sich im Schloss der Kiye. Sie werden sich freuen dich wiederzusehen.« Sie machte eine kurze Pause. »Und Lya auch«, fügte sie hinzu.

»Ich weiß nicht, wie ich mich ihr gegenüber verhalten soll«, gestand ich. Wie begegnete man seiner Frau, wenn man sich nicht mehr an sie erinnern konnte? Zumal ich mir immer noch nicht sicher war, ob die ganze Geschichte stimmte.

»Mach dir keine Sorgen. Andersrum geht es ihr nicht besser. Aber du bist doch hier. Das heißt, dass ein Teil von dir ihr glaubt und die Wahrheit herausfinden möchte.«

Ich nickte schlicht und wusste nicht, was ich noch sagen sollte.

Soley wandte sich kurz ab und streichelte einige der Wölfe. Anschließend kam sie auf mich zu und griff nach meiner Hand. Ich warf ihr einen fragenden Blick zu, woraufhin sie lächelte und sanft an meiner Hand zog. »Komm mit. Es wird Zeit, dass du dich der Vergangenheit stellst.«

***

Nach einer halben Stunde erreichten Soley und ich das Schloss. Einen Teil des Weges hatte uns das ganze Wolfsrudel verfolgt. Es war faszinierend, wie stark die Tiere auf Soley geprägt waren.

Während der letzten Meter zum Schlosstor spürte ich dann, wie die Aufregung mich zu überwältigen drohte. Ich hatte keine Ahnung, was mich erwarten würde.

Obwohl die meisten Vampyre nachtaktiv waren, lag das Schloss ruhig vor uns. Nur hinter einzelnen Fenstern brannte Licht.

Mir blieb jedoch nicht viel Zeit, das gewaltige Gebäude anzustarren, denn Soley war bereits weitergelaufen. Ich folgte ihr ins Schloss hinein, woraufhin ich leises Stimmengewirr vernehmen konnte, das aus den vielen Gängen drang.

Soley blieb stehen und schien unsicher zu sein, wohin sie mich führen sollte. So blieb mir ein Moment Zeit, mich in der Eingangshalle umzuschauen. Als Prinz der Djiye war ich bereits für viele Anlässe hier gewesen. Es gab unzählige gesellschaftliche Verpflichtungen, denen ich hatte nachgehen müssen. Diese hatten meist abwechselnd in den drei Schlössern der Vampyrrassen stattgefunden.

Mein Blick fiel auf die Gemälde der letzten Könige. Ich kannte sie alle. Meine Eltern, Soleys Eltern, Anisya und ihren Mann. Dass unsere Eltern tot waren, hatte mir Valentin erzählt und von Soley hatte ich eben erfahren, dass auch ihre Familie tot war.

Stimmte es, dass meine Eltern den Kiye zum Opfer gefallen waren? Ich war nicht nur nach Kanada gereist, um die Wahrheit über meine Vergangenheit zu erfahren. Ein Teil von mir wollte auch Anisya erledigen, so wie ich es meinem Bruder vor meiner Abreise versprochen hatte.

Seit ich Soley begegnet war, wusste ich aber nicht mehr, was ich tun sollte. Alles war so verwirrend.

Ich schaute zu Soley und wollte sie fragen, wo sie mich nun hinbringen wollte, als ich bemerkte, wie sie einen Punkt hinter mir fixierte. Noch ehe ich mich umdrehen konnte, um nachzuschauen, was ihre Aufmerksamkeit erregt hatte, ertönte eine bekannte Stimme.

»Sieh an, du hast nun auch den Weg hierher gefunden.«

Reflexartig zog ich beim Umdrehen mein Schwert.

»Anisya«, knurrte ich und erspähte sie oben auf der Galerie.

Lächelnd stützte sie die Unterarme auf dem Geländer ab. »Was hast du vor, Dimitri? Willst du dein Schwert nach mir werfen?«

Ich schnaubte und packte den Griff meines Schwertes fester. Sie lachte. »Ich bezweifle, dass du mich treffen würdest. Und wenn du beabsichtigst, zu mir hoch zu kommen, kann ich dir versichern, dass ich dich, ehe du auch nur in meine Nähe kommst, auf das geistige Niveau eines Babys zurückversetzen werde, das nicht weiß, wie man läuft.«

»Hast du etwa Angst vor mir?«, fragte ich schmunzelnd und ließ mein Schwert sinken.

»Mitnichten. Ich möchte dich nur vor einer Dummheit bewahren.«

Aus dem Augenwinkel bemerkte ich, wie Soley neben mich trat.

»Gib Dimitri seine Erinnerungen zurück und erspar uns dieselbe Diskussion wie bei mir.«

Anisya legte nachdenklich den Kopf schief. »Süße, für mich macht es einen deutlichen Unterschied, ob es um dein oder sein Gedächtnis geht. Und bist du wirklich so glücklich darüber, deine Erinnerungen wiederzuhaben?«

Ich wandte den Kopf und sah, wie Soley die Hände zu Fäusten ballte.

»Es ist völlig egal, ob ich froh über sie bin oder nicht. Es sind meine Erinnerungen und niemand hat das Recht, sie mir wegzunehmen!«

Sie traf mit ihren Worten direkt ins Schwarze. Im Grunde dachte ich genauso. Es war mir egal, welche Wahrheiten ich erfahren würde, wenn jede einzelne Erinnerung zu mir gehörte. Ich konnte die Geschichte nicht umschreiben und ich wollte selbst entscheiden können, welches Leben ich führte. Wie sollte ich das tun, wenn ich nicht wusste, wer ich überhaupt war?

Welche Entscheidungen hatte ich in den vergangenen zweieinhalb Jahrzehnten getroffen?

So groß die Angst vor der Wahrheit auch war, ich musste mich ihr stellen.

»Soley hat recht«, rief ich Anisya zu. »Du hättest deine Kräfte nicht missbrauchen dürfen, um dich in unser Leben einzumischen. Ich verlange, dass du mir meine Erinnerungen zurückgibst!«

»Sonst was?«, spottete Anisya und ich hätte ihr am liebsten das kalte Grinsen aus dem Gesicht geprügelt.

»Sonst war's das für dich!«, hörte ich jemanden brüllen und in dem Moment flog Anisya über das Geländer und landete mit einem lauten Aufschrei vor meinen Füßen.

Ohne darüber nachzudenken, was eben passiert war, hob ich blitzschnell mein Schwert und wollte die Gelegenheit von Anisyas Schwäche nicht ungenutzt lassen.

Doch ehe ich mein Schwert auf Anisya hinuntersausen lassen konnte, war ich plötzlich wie gelähmt.

»Bitte töte sie nicht, Dimitri!«, ertönte wieder die Stimme von eben und auf einmal konnte ich mich wieder bewegen.

Vor Überraschung wich ich einen Schritt zurück und wandte den Kopf, um herauszufinden, wer zu uns gestoßen war.

Aus einem Seitengang kam eine kleine Gruppe auf uns zu und blieb mit ein wenig Abstand stehen. An der Spitze stand Lilya, die mich mit großen Augen anstrahlte. »Dimitri, ich wusste, du würdest kommen.« Natürlich, es war ihre Stimme gewesen.

Sprachlos starrte ich sie an. Augenblicklich musste ich an unsere letzte Begegnung denken und ich hatte das Gefühl, als könne ich ihre Lippen noch auf meinen spüren.

»Dima!«

Mir fiel erst auf, wer alles in Lilyas Begleitung war, als Ana bereits auf mich zugestürmt war und mir um den Hals fiel.

Ich drückte meine beste Freundin fest an mich. So wie sie sich freute mich wiederzusehen, waren wir wohl auch heute noch gut befreundet.

»Soley, wo hast du nur die ganze Zeit gesteckt? Ich habe mir schreckliche Sorgen gemacht!« Ich bemerkte, wie ein junger Kiyo Soley neben mir in die Arme schloss und sie sich sehnsüchtig küssten. Das musste Lilyas Bruder sein.

»Gut, dass du endlich wieder hier bist«, meinte Sascha und verpasste mir einen leichten Schlag gegen die Schulter, während Ana mich immer noch umklammert hielt.

»Ich freue mich auch hier zu sein«, erwiderte ich und meinte es in diesem Moment auch so. Ana ließ mich schließlich wieder los und mein Blick fiel auf Lilya, die etwas abseits stand. Ich atmete tief durch und konnte mich dann dazu durchringen, auf sie zuzugehen. »Hey, hoffentlich haben wir heute etwas mehr Zeit als beim letzten Mal.«

»Bestimmt.« Ein Lächeln erschien auf ihrem Gesicht. »Und hoffentlich weißt du auch gleich wieder, wer ich bin.«

Ich warf einen Blick über die Schuler zu Anisya, die sich inzwischen aufgerappelt hatte und uns wütend anfunkelte.

»Das hoffe ich auch«, entgegnete ich.

»Dann lass uns mal deine Erinnerungen zurückholen«, verkündete Lilya und lief an mir vorbei. Vor ihrer Mutter blieb sie stehen und stemmte die Hände in die Hüften.

»Lass es uns nicht unnötig kompliziert machen«, forderte Lilya, woraufhin Anisya die Arme vor der Brust verschränkte.

»Gefällt es dir, deiner Mutter zu drohen?«, fragte diese bissig.

Ohne es zu sehen war ich mir ziemlich sicher, dass Lilya daraufhin die Augen verdrehte. Ihre folgenden Worte überraschten mich dennoch.

»Ich werde es nur ein einziges Mal sagen: Gib Dimitri seine Erinnerungen zurück! Und danach will ich, dass du zusammen mit Malyra und Lloyd verschwindest. Du wirst dieses Schloss verlassen und aus meinem Leben verschwinden. Diesmal endgültig.«

51. KAPITEL

Lilya

»Ist alles okay?« Dimitris Stimme drang leise an mein Ohr und ich hörte, wie er den Balkon betrat.

Ich nickte, ohne mich zu ihm umzudrehen und starrte weiter in die Ferne. Am Horizont ging gerade die Sonne auf, deren Licht die Schatten der Nacht vertrieb. Kühle Morgenluft wehte mir durch die Haare und ich atmete tief ein.

»Worüber denkst du nach?« Dimitris Stimme war nun viel näher und ich spürte, wie er die Arme von hinten um mich schlang. Er legte seinen Kopf auf meiner Schulter ab und wartete geduldig auf eine Antwort.

»Die Zukunft«, erwiderte ich nach einer Weile. Ich drehte mich zu ihm um und schaute ihm in die Augen. Seine dunklen Teddybäraugen, die ich in der kurzen Zeit, in der er sein Gedächtnis verloren hatte, so schrecklich vermisst hatte. Der Ausdruck in ihnen war in dieser Zeit nicht derselbe gewesen. Als wäre er ein komplett anderer Mann gewesen. Im Grunde war es auch so. »Und über uns. Ich bin so froh, dich wiederzuhaben.«

»Und ich erst.« Er hauchte mir einen zarten Kuss auf die Lippen.

Eine Woche war vergangen, seit meine Mutter ihm seine Erinnerungen zurückgegeben hatte. Eine Woche, seit sie mit meinem Halbbruder und meiner Cousine das Schloss verlassen hatte. Es hatte keinen rührseligen Abschied gegeben und jeder war froh, dass sie fort waren.

Nur Diego war ihr gefolgt, was mich nicht überrascht hatte. Obwohl ich noch die Gelegenheit bekam, mich mit ihm auszusprechen, folgte er schließlich dem Ruf seines Herzens. Meine Mutter war die Liebe seines Lebens. Ich wusste, dass er sie nie vergessen hatte und ich erlaubte mir kein Urteil über seine Gefühle. Im Gegensatz zu ihm und Anisya war ich der Meinung, dass man lieben konnte, wen man wollte.

Meine Mutter handelte dadurch selbst nicht nach ihren Prinzipien, aber ich zerbrach mir darüber nicht weiter den Kopf. Sollten sie glücklich miteinander werden. Was sie getan hatte, würde ich niemals vergessen, doch ich hatte ihr nie wirklich nach dem Leben getrachtet. Trotz allem war sie meine leibliche Mutter, auch wenn Claudia diesen Posten für mich nun endgültig übernommen hatte. Sie war ab sofort die einzige Frau in meinem Leben, die ich als meine Mutter sah.

Wie sehr Diego meinen Mann wirklich hasste, hatte ich erst zu spüren bekommen, als er in Anisya jemanden gefunden hatte, der auf seiner Seite stand. Ich wusste, warum er so dachte, auch wenn ich seine Handlungen nicht nachvollziehen konnte. Der Abschied von ihm hatte dennoch geschmerzt, auch wenn ich mir sicher war, dass er mich besuchen würde, wenn sich die Gemüter auf beiden Seiten beruhigt hatten.

»Ich kann es immer noch nicht fassen, dass ich dich wirklich vergessen hatte«, meinte Dimitri und schüttelte ungläubig den Kopf. »Anisya hatte mich damals aufgesucht und ich war davon ausgegangen, dass sie sich womöglich sogar mit mir versöhnen wollte. Dass sie mir stattdessen meine Erinnerungen rauben und dafür sorgen würde, dass ich irgendwo in der Wildnis Sibiriens wieder zu mir kam, hätte ich nie im Leben erwartet.«

»Ich wollte es zunächst auch nicht glauben, als mir Diego den Grund für euer Verschwinden mitgeteilt hat.« Ich lehnte meinen Kopf gegen seine Brust und lauschte seinem kräftigen Herzschlag. »Ich hatte solche Angst, dich für immer verloren zu haben.«

Dimitri drückte mich fester an sich. »Du wirst mich nie verlieren«, versprach er und auch wenn ich wusste, dass er mich nur beruhigen wollte, erinnerte mich eine leise Stimme in meinem Kopf daran, dass ich ihn jederzeit verlieren konnte. Wir waren sterblich, auch wenn wir Vampyre waren. Ich war immer davon ausgegangen, dass Dimitri und ich durch den Tod von einem von uns auseinander gerissen werden würden. Dass Anisya uns durch ihre Kräfte entzweite, wäre mir niemals in den Sinn gekommen. Glücklicherweise war noch mal alles gut gegangen.

»Wie war es eigentlich, Valentins Taten vergessen zu haben?« Bisher hatte ich nicht nachhaken wollen, was er in Sibirien erlebt hatte. Doch nun siegte doch meine Neugier.

»Ich weiß nicht genau. Es war wieder wie früher, als wir uns noch super verstanden haben. Als ich nicht geahnt habe, was er noch alles anrichten würde.« Er seufzte schwer. »Es war schön, wenigstens ein Familienmitglied bei mir zu haben, auch wenn das alles nicht echt gewesen war.«

»Das ist völlig verständlich. Ich weiß, dass du deinen Bruder vermisst. Auch jetzt noch. Das hast du immer getan, egal was er angestellt hat. Du hast ihn trotz allem immer geliebt und warst nie in der Lage, ihn zu töten.«

Dimitri löste sich von mir und wandte sich ab. Er trat an die Balustrade des Balkons und stützte sich mit den Unterarmen darauf ab. Schweigend blickte er der Sonne entgegen.

»Ja, ich vermisse ihn. Doch der Bruder, den ich einst hatte, existiert nicht mehr. Der Wahnsinnige, der an seine Stelle getreten ist, muss vernichtet werden.«

Ich trat an Dimitris Seite und legte ihm eine Hand auf den Rücken. »Wir werden einen Weg finden, um ihm das Handwerk zu legen. Irgendwann finden wir eine Lösung.«

Dimitri löste seinen Blick vom Horizont und sah mir in die Augen. »Ich glaube, die habe ich schon.«

∗∗∗

Wir hatten uns mit Ana, Sascha, Malyk und Soley an einem Tisch zusammengesetzt, um unser weiteres Vorgehen zu besprechen.

Schweigend hörten alle Dimitri zu, während er von seinen Erlebnissen in Sibirien erzählte. Als er davon berichtete, dass Natascha wieder im Schloss lebte und sie und Valentin offensichtlich ein Paar waren, wurde ich hellhörig.

»Ich habe es doch gewusst, dass diese falsche Schlange uns nur etwas vorgespielt hat«, meinte ich und schüttelte fassungslos den Kopf. »Sie war bestimmt nur hier, um uns auszuspionieren.«

Leicht zerknirscht blickte Dimitri in meine Richtung. »Ja, die Situation war eindeutig. Tut mir leid, dass ich dir nicht vertraut habe.«

Ich winkte ab. »Schon vergessen.«

Dimitri lächelte dankbar und fuhr dann fort. »Ich glaube allerdings nicht, dass Natascha nur das Betthäschen meines Bruders ist. Er liebt sie wirklich. Ich bin mir absolut sicher, dass sie seine engste Vertraute ist.«

»Und inwiefern soll uns das nun helfen?«, fragte Ana und lehnte sich in ihrem Stuhl zurück. »Sollen wir sie entführen und hoffen, dass er sich ergibt, im Austausch für ihr Leben?«

»Nein, das wäre wohl zu einfach. Ich will auf etwas anderes hinaus«, meinte Dimitri und ließ seinen Blick von einem zum anderen schweifen. »Wir wissen, dass Valentin uns eigentlich nur in der Hand hat, weil er all diese Bomben installieren ließ, richtig?«

»Ja, und wie wir diese entschärfen sollen, wissen wir nach wie vor nicht«, gab Soley zu Bedenken. »Er hat den Zugang bestimmt auf nur ein oder zwei Geräte gelegt und biometrisch gesichert.«

»Davon müssen wir ausgehen«, stimmte Dimitri zu. »Und wir wissen auch, dass er jemanden beauftragt haben muss, diese Bomben zu zünden, wenn ihm etwas passieren sollte ...«

»Natascha«, stieß ich aus und verstand nun Dimitris Gedankengang. »Du glaubst, dass sie seine Lebensversicherung ist, weshalb wir ihm nichts antun können?«

»Ganz genau. Mein Bruder wird niemand anderem den Zugang zu den Bomben gewähren. Er ist viel zu paranoid. Und je mehr Leute Zugriff erhalten, desto höher ist die Gefahr, dass das System gehackt wird.«

»Aber wäre es nicht zu offensichtlich, wenn diese Person Natascha ist?«, überlegte Sascha laut und ein Grinsen erschien auf Dimitris Gesicht. »Ganz und gar nicht. Wir sind davon ausgegangen, dass Natascha all die Jahre lediglich Valentins Gefangene war. Seit Lya sie aus dem Schloss gejagt hat, wurde sie außerdem nicht mehr gesehen. Hätte ich meine Erinnerungen nicht verloren, wäre ich nie so dicht an Valentin herangekommen und hätte niemals mitbekommen, dass Natascha und er so vertraut miteinander sind.«

»Wow.« Mir klappte der Mund auf. Dimitris Überlegungen wirkten auf mich völlig schlüssig.

»Aber was ist, wenn diese Theorie nicht stimmt? Vielleicht ist Natascha auch nicht die Einzige mit einem Zugang«, meldete sich nun Malyk zu Wort.

»Das ist kein Problem«, erwiderte Soley. »Es ist völlig egal, wie wir es anstellen. Ich brauche einfach nur Zugriff auf das System. Dann kann ich mich um die Bomben kümmern.«

Ich war jedoch immer noch skeptisch. »Und wie sollen wir so einfach in das Schloss und an Natascha herankommen?«

»Dafür habe ich schon eine Lösung gefunden.« Dimitri zog grinsend etwas aus der Hosentasche und legte es auf den Tisch. Es war die Einladung zu der fünften Jahrtausendfeier der Vampyre.

Ich starrte einen Moment auf die Einladungskarte und sah dann wieder zu meinen Freunden. Anas Augen funkelten kampflustig und ihr Mund verzog sich zu einem kalten Grinsen. »Damit kommen wir wohl einem konkreten Plan immer näher.«

Alle nickten zustimmend. Ein ungeahnt starkes Gefühl von Hoffnung überfiel mich. Seit langem hatten wir tatsächlich eine Idee, wie wir Valentin das Handwerk legen konnten.

52. KAPITEL

Valentin

»Meinst du das wirklich ernst, dass ich auf meinem Zimmer bleiben muss?«
Natascha drehte sich auf den Rücken und blickte schmollend zu mir hoch.
»Da unten findet eine Feier statt und ich sollte als deine Begleitung dort auf-
tauchen.« Sie schob die Decke zur Seite und räkelte sich nackt auf dem Bett.
Mich ließ der Anblick jedoch kalt. Ich ignorierte ihre Einwände und ging zum
Kleiderschrank, um mir einen Anzug auszusuchen. Meine Wahl fiel natür-
lich auf schwarz. Ich schlüpfte in die Anzughose, fischte ein rotes Hemd zwi-
schen all meinen schwarzen Sachen hervor und zog es an.

»Hörst du mir überhaupt zu?«, rief Natascha und ich verdrehte die Augen.

»Wie oft soll ich es dir noch erklären?«, fragte ich genervt. »Ich kann dich
dort unten nicht gebrauchen. Schlimm genug, dass Dimitri nun weiß, dass
du nie meine Gefangene warst.« Dass er sein Gedächtnis wiedererlangt hatte,
war mir schnell von meinen Leuten mitgeteilt worden. Wäre ja auch zu schön
gewesen, um wahr zu sein, wenn alles wieder so wie früher gewesen wäre.
»Ich habe außerdem keine Lust auf das Drama, wenn du und Lilya aufeinander trefft.« Ich wandte mich zum Spiegel um und band mir eine Fliege um
den Hals.

»Immer geht es nur um diese Lilya. Das ist so ätzend.«

Ich unterdrückte ein Stöhnen und schnappte mir mein Sakko. »Es ist mir
herzlich egal, was du ätzend findest.« Ich war diese ewigen Diskussionen

leid. »Du bleibst hier und wehe ich sehe dich irgendwo bei den Feierlichkeiten.«

Sichtlich beleidigt presste sie die Lippen aufeinander, gab aber keine Widerworte mehr von sich.

Zufrieden wandte ich mich ab und verließ den Raum.

***

Mit kritischem Blick lief ich den Thronsaal ab, in dem die Jahrtausendfeier stattfinden sollte. Ich wollte, dass alles perfekt war, ehe jeden Moment die ersten Gäste eintrafen. Mein Blick fiel auf die Banner unter der Decke, die zur Abwechslung die Wappen aller Rassen zeigten und nicht nur das der Djiye. Diese Veranstaltung sollte die Verbundenheit der drei Vampyrarten symbolisieren.

Ich spürte, wie sich meine Mundwinkel zu einem breiten Grinsen verzogen. Verbundenheit, in der momentanen Lage? Das war wirklich pure Ironie.

Es überraschte mich ein wenig, dass Dimitri, Lilya und Soley überhaupt zugesagt hatten. Was sie wohl von der Feier erwarteten? Soley und Lilya gingen bestimmt vom Schlimmsten aus, nachdem sie meine Geburtstagsfeier damals miterleben durften. Doch für heute hatte ich mir etwas anderes überlegt. Das war keine Geburtstagsparty, sondern ein formeller Anlass.

Ich ging zur Bar und schnappte mir eins der Gläser, das die junge Kellnerin eben befüllt hatte. Ich leerte es in einem Zug und griff direkt nach dem nächsten Glas. Den leicht vorwurfsvollen Blick des Menschenmädchens ignorierte ich. Normalerweise würde ich sie für ihr respektloses Verhalten züchtigen, doch ich war heute ausgesprochen gut gelaunt.

Lautes Stimmengewirr am Eingang erregte meine Aufmerksamkeit und ich bemerkte Andrej, der mit einem Fernsehteam den Saal betrat.

»Die ersten Maschinen sind gelandet«, verkündete Andrej, als er näherkam.

»Sehr gut.« Ich wandte mich an die Fernsehleute. »Willkommen in meinem Zuhause. Macht es euch bequem, die Jahrtausendfeier beginnt jeden Moment.«

Sie setzten sich an einen Tisch und begannen, ihr Equipment auszupacken. Ich ließ sie ihre Arbeit machen und schaute mich noch mal im Saal um. Der Spaß konnte beginnen.

***

Nach und nach trudelten die Gäste ein und ich hatte alle Hände voll zu tun, sie alle einzeln zu begrüßen. Ich hatte jeden mit Rang und Namen eingeladen. Auch wenn die Königsfamilien extrem geschrumpft waren, gab es unter den Vampyren einige, die man als Promis oder einflussreiche Persönlichkeiten bezeichnen würde. Meist waren es sehr alte Familien, die in der Welt dort draußen über viel Macht und noch mehr Geld verfügten. Außerdem gab es auch bei uns sogenannte Fernsehstars. Und der ein oder andere Vampyr war auch in der Menschenwelt sehr berühmt. Er würde dann irgendwann von der Bildfläche verschwinden, da wir einfach zu langsam alterten.

Die Mitglieder des Rates betraten gemeinsam den Saal und Zakhar kam mit einem Lächeln auf den Lippen auf mich zu. »Guten Abend, mein Prinz. Es ist schön, Euch wiederzusehen.«

»Die Freude ist ganz meinerseits, Zakhar. Ich hoffe, Ihr werdet den Abend genießen.«

Das Lächeln auf seinem Gesicht wurde zu einem kalten Grinsen. »Gewiss. Ich habe in diesem Schloss noch keinen Abend erlebt, der mich nicht gut unterhalten hätte.«

»Dann werde ich Eure Erwartungen hoffentlich nicht enttäuschen.«

Er nickte mir zu und suchte sich dann mit den anderen Ältesten einen Platz an einem der vielen Tische.

Ich richtete meinen Blick wieder zum Eingang und stellte fest, dass meine Ehrengäste eingetroffen waren.

Lilya, Dimitri, Soley, Malyk, Ana und Sascha betraten den Saal und entdeckten mich sofort.

Mit unergründlicher Miene blickte mir Lilya entgegen, als ich zu ihnen ging, um sie zu begrüßen.

»Willkommen zur Jahrtausendfeier, meine Freunde!«, säuselte ich und musterte sie nacheinander von oben bis unten.

Lilya, Dimitri und Soley hatten es sich nicht nehmen lassen, bei diesem Anlass ihre Kronen zu tragen. Mein Bruder trug wie ich einen schwarzen Anzug und ein rotes Hemd. Nur auf die Fliege hatte er verzichtet.

Ihn nun wiederzusehen und zu wissen, dass er seine Erinnerungen zurückhatte, schmerzte unerwartet. Für kurze Zeit hatte ich mich der Illusion hingeben können, dass wir wieder ein Team waren. In der Hinsicht hätte ich nicht so naiv sein dürfen. Ich hätte wissen müssen, dass Lilya nicht zulassen würde, dass ihr der Mann geraubt wurde. Ich versteckte meine Gefühle hinter einer lächelnden Maske und ließ meinen Blick zu den Damen schweifen.

Soley und Lilya trugen lange Ballkleider. Soleys Kleid bestand aus vielen Lagen Glitzertüll und war in einem satten Goldton gehalten. Ihre blonden Haare fielen in sanften Wellen über ihre Schultern.

Lilyas schulterfreies Kleid hatte denselben lila Farbton wie ihre Vampyraugen. Ihr schwarzes Haar war hochgesteckt, wodurch man einen einladenden Blick auf ihren Nacken und ihr Dekolleté bekam. In dem spitzenbesetzten Kleid waren funkelnde Kristalle eingearbeitet, die alle Blicke auf sich zogen. Lilya würde mit ihrem Auftritt heute Abend jeder Frau die Show stehlen.

Ich streckte Lilya meine Hand zur Begrüßung entgegen.

»Ich denke, unsere Freude hält sich in Grenzen«, meinte sie und ignorierte meine ausgestreckte Hand.

Lächelnd ließ ich sie wieder sinken. »Das kann ich mir vorstellen.« Mein Blick fiel auf Ana, die in einem roten Kleid steckte und bis an die Zähne bewaffnet war. Sie trug ihr Schwert auf dem Rücken und durch den Schlitz an ihrem Kleid offenbarten sich eine Pistole und mehrere Messer an ihrem Oberschenkel.

»Bist du der Meinung, dass Waffen so gut zu einem Abendkleid passen?«, fragte ich sie amüsiert. »Es überrascht mich, dass meine Männer dich so ins Schloss gelassen haben.«

Lächelnd zog Ana eins der Messer aus ihrem Oberschenkelgurt und strich über die Klinge. »Glaubst du, dass auch nur einer deiner Wächter Manns genug wäre, um sich mit mir anzulegen?«

So ungern ich das auch zugab, aber damit hatte sie durchaus recht. Dass Ana eine grandiose Kämpferin war, musste ich ihr leider zugestehen. Keiner meiner Männer kam an ihre Kampfkünste heran. Das war wirklich ein Armutszeugnis.

Doch zum Glück war ich nicht auf die Fähigkeiten meiner Wächter angewiesen.

»Es spielt ohnehin keine Rolle«, erwiderte ich schulterzuckend. »Behalte deine Waffen, aber bedrohe nicht meine Gäste damit.«

Ihr Mann trug zu seinem Anzug ebenfalls ein Schwert, was ich unkommentiert ließ. Ich wandte mich stattdessen wieder an Lilya. »Ich habe einen Tisch für uns vorbereitet. Ihr dürft den Abend an meiner Seite genießen.«

»Großartig«, meinte sie kühl. Ich sah ihr an, wie wenig sie diese Neuigkeit begeisterte. Mein Mund verzog sich zu einem breiten Grinsen und ich führte die Gruppe zu einem Tisch, der etwas erhöht auf einer kleinen Plattform stand. Ich bat sie, Platz zu nehmen und setzte mich zu ihnen, anstatt weiter die anderen Gäste zu begrüßen. Die interessantesten Personen waren immerhin bereits da.

Eine Kellnerin kam zu uns und füllte alle Gläser mit Sekt. Ich bemerkte den neugierigen Blick, mit dem Lilya die Frau musterte.

»Gefällt dir ihr Outfit heute besser als das an meinem Geburtstag?«

Lilya legte die Stirn in Falten. »Ich wusste nicht, dass du auch stilvoll feiern kannst.«

Schmunzelnd sah ich der Kellnerin hinterher, die sich bereits auf dem Weg zu einem anderen Tisch gemacht hatte. Sie trug wie alle anderen Kellnerinnen ein weißes knielanges Kleid und war aufwändig frisiert und gestylt worden.

»Nun, der Anlass ist eben ein ganz anderer«, erklärte ich schulterzuckend. »Das Weiß lässt sie ganz unschuldig wirken, nicht wahr? Die Menschen sind heute tabu. Wenn sich doch jemand an ihnen nähren sollte, würde das Blut die Kleidung besudeln.«

Überraschung zeigte sich in den Gesichtern der anderen, wodurch ich beinahe loslachen musste. »Haltet ihr mich wirklich für ein Monster, das keinerlei Manieren hat?«, fragte ich und überspielte meine Kränkung. Zumindest Dimitri, Ana und Sascha mussten diese Seite nur allzu gut kennen. Auch ich konnte ein Mann von Welt sein.

»Erwartest du wirklich eine Antwort darauf?« Soley warf mir einen hasserfüllten Blick zu.

»Es ist wirklich schade, dass du meine Gesellschaft nie zu schätzen gelernt hast«, antwortete ich. Malyk, der neben Soley saß, verkrampfte sich und wäre wohl aufgesprungen, wenn sie ihn nicht zurückgehalten hätte.

»Lass es gut sein, Malyk«, meinte Soley und stand auf. »Ich muss mal zur Toilette.«

Lilya schloss sich direkt an. »Ich auch.«

»Frauen und ihre Tradition, nur zu zweit auf die Toilette zu gehen«, kommentierte ich schmunzelnd.

»Ich begleite euch«, rief Malyk schnell und erhob sich ebenfalls. Er warf mir noch einen abschätzigen Blick zu und folgte dann den zwei Damen aus dem Saal. Ich sah ihnen stirnrunzelnd hinterher und wandte mich dann an den verbliebenen Rest am Tisch. »Hat er etwa Angst, dass ihnen auf dem Weg ins Badezimmer etwas zustoßen könnte?«

»Das kann man bei deinem Hang zu Spielchen wohl nie wissen«, bemerkte Ana.

»Oder habe ich etwas Falsches gesagt, dass sie alle so eilig geflüchtet sind?«

Dimitri schüttelte missbilligend den Kopf. »Du hast eindeutig ein falsches Selbstbild, Bruder.«

»Was führt dich zu der Erkenntnis?«

Mein Bruder verdrehte genervt die Augen und ich verkniff mir ein Lachen. Ich liebte es, ihn zu ärgern.

»Du warst viel lustiger, als du deine Erinnerungen verloren hattest«, bemerkte ich seufzend und er warf mir einen finsteren Blick zu.

»Weil ich vergessen hatte, wie gern mir mein eigener Bruder das Leben zur Hölle macht.« Die Verbitterung in seiner Stimme erheiterte mich.

»Ich bitte dich, sei nicht so nachtragend.« Ich zuckte mit den Schultern und lehnte mich zurück. »An meiner Stelle hättest du ebenso gehandelt.«

»An deiner Stelle? Weil dir der Thron und deine Verlobte genommen wurden, nachdem du selbst auf die schiefe Bahn geraten bist? Unsere Eltern haben nur frühzeitig den Wahnsinn erkannt, der in dir schlummert. Ich werde mir nie verzeihen, dass ich es erst erkannt habe, nachdem du sie getötet hast.«

Ich presste die Lippen aufeinander und sagte nichts dazu. Dimitri verstand es nicht. Meine Familie hatte mich verraten und mir alles genommen, was mir etwas bedeutet hatte. Dafür hatte sie büßen müssen. Als mein Zwillingsbruder hatte ich mehr Verständnis von Dimitri erwartet. Aber die Erfahrung hat gezeigt, dass ich mich nur auf mich selbst verlassen konnte.

Ich griff nach meinem Glas und wechselte das Thema. »Sollen wir mit dem Anstoßen noch warten, bis die anderen von der Toilette zurück sind?«

»Wir wollen doch nicht, dass du bis dahin verdurstet bist«, erwiderte Ana bissig und erhob ihr Glas. Dimitri und Sascha ahmten die Geste ebenfalls nach. In dem Moment sah ich aus dem Augenwinkel, wie Lilya zum Tisch zurückkam.

»Oh, wo hast du denn die anderen zwei Turteltauben gelassen?«, fragte ich sie, als sie sich setzte.

»Soley braucht noch einen Moment, ehe sie deine Gesellschaft wieder ertragen kann«, zischte sie.

»Na hoffentlich verpasst sie nicht das ganze Programm.« Ich nickte in Richtung ihres Glases und nach einem kurzen Zögern hob sie es in die Höhe. Grinsend prostete ich allen zu. »Auf einen schönen Abend.«

53. KAPITEL

Lilya

Unruhig ließ ich meinen Blick durch den Saal wandern. Jede Minute, die Soley und Malyk weg waren, erhöhte die Anspannung in meinem Inneren. Ich konnte nur hoffen, dass unser Plan aufging. Valentin neben mir erhob sich und ich zuckte vor Überraschung zusammen.

Er nahm sein Glas und klopfte mit dem Messer leicht dagegen, woraufhin die Gespräche um uns herum erstarben und sich alle Augen auf ihn richteten.

»Meine Damen und Herren, nochmals herzlich willkommen bei der Jahrtausendfeier von uns Vampyren.« Seine Stimme hallte durch den Saal. Ruhig und einnehmend. »Ich bedanke mich vor allem bei den Mitgliedern des Ältestenrates und den Oberhäuptern unserer Rassen für ihr Kommen.« Sein Blick glitt kurz zu Soleys leerem Platz und für einen Moment verhärtete sich der Zug um seinen Mund. Ihm passte ihre Abwesenheit ganz und gar nicht. Er hatte sich jedoch schnell wieder unter Kontrolle und setzte ein falsches Lächeln auf. »Der Legende nach entstanden vor fünftausend Jahren die drei Königshäuser und die Vampyre vereinten sich zu einer eigenen Gesellschaft.« Er stoppte kurz und sah zu mir hinab. »Königin Lilyana übernahm die Führung der Vampyrgesellschaft und ein neues Zeitalter brach an. Den Vampyren ging es besser als je zuvor und aus einer Lebensform, die bis dato unorganisiert und hauptsächlich allein vor sich hingelebt hatte, wurde eine Gemeinschaft. Es entstanden Gesetze und die drei Schlösser der Vampyrarten wurden gebaut. Mit jedem Jahr wuchs unsere Macht und unsere Lebensqualität. Doch eine Sache hat sich im Vergleich zu damals nicht verändert.« Er verließ seinen Platz am Tisch und tat ein paar Schritte in den Raum hinein. »Trotz all dieser Reformen blieb eine Sache stets gleich: Unsere Existenz wurde all die Jahrtausende vor dem Rest der Welt geheim gehalten. Wir leben versteckt vor den meisten Menschen und ich frage euch nun: Warum?« Er blieb stehen und ließ seinen Blick über die Menge wandern. Mich überkam ein ungutes Gefühl. Was hatte Valentin vor?

Ich sah zu meinen Freunden am Tisch, die ebenfalls auf der Hut zu sein schienen. Dimitri hatte die Lippen fest aufeinandergepresst und ließ seinen Bruder keine Sekunde aus den Augen.

»Wir sind Vampyre, die mächtigsten Wesen dieser Welt. Doch wieso darf niemand von unserer Existenz erfahren? Die Menschen denken, sie seien die Krone der Schöpfung. Es wird Zeit, dass wir ihnen zeigen, wer tatsächlich an der Spitze der Nahrungskette steht. Oder was meint ihr?« Valentin breitete bei seinen letzten Worten die Arme aus und die Menge grölte und applaudierte.

Schockiert beobachtete ich, wie die Anwesenden Valentin anfeuerten. Er wusste wirklich, wie man eine Masse hinter sich versammelte. Es war egal, ob er ein König war oder nicht. Es zählte nur die Zahl seiner Anhänger. Und von denen hatte er viele.

Ich musste irgendetwas unternehmen. Ohne groß darüber nachzudenken stand ich auf und erhob meine Stimme. »Es gibt einen Grund, warum alle früheren Könige sich gegen die Offenbarung unserer Spezies entschieden haben!«

Die Jubelrufe erstarben und plötzlich wurde es wieder still im Saal. Valentin drehte sich zu mir um und hob fragend die Augenbrauen.

Ich schluckte schwer und machte einen Schritt auf ihn zu. »Es würde zu einem Krieg kommen, der unzählige Opfer auf beiden Seiten fordern würde. Die Menschen sind nicht schwach, sie dürfen nicht unterschätzt werden. Sie haben schließlich genug Möglichkeiten, um uns gefährlich zu werden. Ein Krieg würde Jahrzehnte lang dauern und es ist ungewiss, ob wir jemals mit ihnen in Frieden zusammenleben könnten.«

Meine letzten Worte brachten Valentin zum Lachen und zu meinem Leidwesen stimmten sehr viele Vampyre mit ein.

»In Frieden zusammenleben?«, fragte er ungläubig, nachdem er sich wieder beruhigt hatte. »Wer sagt, dass wir das anstreben? Wir werden die Herrschaft über die Welt übernehmen und die Menschheit hat dann nur noch einen Zweck.« Er sah mir tief in die Augen und grinste kalt. »Und zwar uns zu dienen.«

Ich ballte die Hände zu Fäusten und versuchte meine Kräfte unter Kontrolle zu halten. Am liebsten würde ich ihn quer durch den Saal schleudern. »Du riskierst die Leben deiner Männer bei dem Versuch, die Weltherrschaft zu übernehmen.«

Valentin schüttelte lachend den Kopf. »Nein, es wäre ein einfaches Unterfangen.« Er zog eine Fernbedienung aus seiner Hosentasche und schaltete damit einen Beamer ein, der ein Bild an eine freie Wand projizierte. Eine Weltkarte war zu sehen und verschiedene rote Punkte waren darauf eingezeichnet. Eine lange Liste mit Städtenamen erschien daneben. Washington fiel mir direkt ins Auge und ich ahnte Schreckliches.

»Hier kann man die Städte erkennen, unter denen ich Bomben platziert habe«, erklärte Valentin und mir wurde übel. Die Liste war viel länger als ich vermutet hatte. Plötzlich spürte ich, wie jemand nach meiner Hand griff und ich drehte den Kopf. Dimitri war ebenfalls aufgestanden und an meine Seite getreten. Der unsichere Ausdruck in seinem Gesicht verstärkte meine Sorge. Ich wollte nicht hören, was für Pläne Valentin hatte. Doch er sprach einfach weiter.

»All diese Punkte sind mit Bedacht gewählt. Es sind Städte, in denen die jeweiligen Länder ihren Regierungssitz haben oder die aus anderen politischen Gründen wichtig sind. Wenn wir die Regierungen ausschalten, werden die Menschen führungslos sein und Chaos wird ausbrechen. Das werden wir nutzen, um die Kontrolle zu übernehmen. Wer überleben will, muss sich uns unterwerfen. Wir werden den Menschen keine Gelegenheit bieten, einen Gegenschlag zu planen.«

Ich versuchte die begeisterten Zurufe der anderen Vampyre zu ignorieren.

Sie konnten doch nicht alle diesen Plan gutheißen. Die Zahl der Opfer könnte in die Milliarden gehen.

Doch genau das hatte Valentin immer gewollt. Er wollte die Weltbevölkerung radikal dezimieren, es gab ohnehin viel zu viele Menschen auf dem Planeten. Und er brauchte gar nicht viele von ihnen, um einen sehr guten Lebensstandard der Vampyre zu garantieren.

Wenn Valentin diesen Plan in die Tat umsetzte, würde sich allerdings die Welt von Grund auf ändern. Die Wirtschaft würde zusammenbrechen und die Folgen wären nicht kalkulierbar. Menschen würden verhungern und sich auch untereinander bekriegen. Dass dadurch noch mal mehr Menschen starben, war Valentin egal.

Er sah nur sich und seine verdrehte Weltanschauung.

»Wie kommst du nur auf die Idee, dass wir dich diesen kranken Plan in die Tat umsetzen lassen?«, fragte ich ihn verständnislos. »Was sollte uns daran hindern, dich auf der Stelle zu töten, wenn du deine sogenannte Lebensversicherung verbraucht hast?«

Valentin kam höhnisch grinsend auf mich zu. »Ganz einfach: Weil ich noch viel mehr Bomben deponiert habe.« Er stellte sich dicht vor mich und flüsterte mir ins Ohr: »Möchtest du, dass das Schloss in Kanada hochgeht? Du hast dort viele Freunde gewonnen. Oder die Stadt, in der deine Ziehmutter wohnt und momentan Soleys Baby großzieht?«

»Nein!« Mir stockte der Atem und entsetzt wich ich zurück. »Nein«, wiederholte ich schockiert und spürte, wie mein Puls raste. Das konnte er unmöglich herausgefunden haben.

»Die Bomben, die ich hochgehen lassen möchte, würden sehr punktuell eingesetzt werden und nicht einmal ganz so viele Opfer fordern, wie du vielleicht denkst. Selbst wenn, was ist eine Milliarde Menschen im Vergleich zu fast acht Milliarden auf der Welt? Ich könnte noch viel mehr Leben auslöschen und die Folgen wären noch weitaus gravierender. Vor allem, wenn ich neben meinen Bomben auch noch Atombomben zünden würde.«

»Du elender Mistkerl!«, zischte Dimitri und baute sich vor seinem Bruder auf. »Willst du die ganze Welt zerstören?«

Gelassen hob Valentin die Schultern. »Was kümmert es mich, wenn ich tot bin?«

»Du bist ein Feigling!«, brülle Dimitri. »Versteck dich nicht immer hinter deinen miesen Tricks und kämpfe wie ein Mann!«

»Warum sollte ich fair kämpfen, wenn ich mit meinen Mitteln alles erreichen kann?«, fragte Valentin amüsiert und wandte sich ab.

»Alles bis auf Ehre!«, rief Dimitri seinem Bruder hinterher, woraufhin dieser innehielt. »Deshalb trage auch ich die Krone und nicht du!«

Langsam drehte sich Valentin wieder um. Purer Hass lag in seinem Blick. Dimitri hatte seinen wunden Punkt getroffen.

»Was willst du, Bruder?«

Mein Mann warf mir einen kurzen Blick zu, ehe er antwortete: »Einen Kampf. Mann gegen Mann. Wenn du gewinnst, bekommst du die Krone und darfst deinen Plan in die Tat umsetzen.«

Ich sog zischend die Luft ein. Natürlich wusste ich, dass Dimitri ein herausragender Kämpfer war und seinen Bruder immer geschlagen hatte. Doch ihr letzter Kampf lag lange zurück. Was, wenn Valentin stärker geworden war? Konnten wir so viel riskieren? Doch welche Wahl hatten wir?

Das kalte Grinsen auf Valentins Gesicht verhieß nichts Gutes. »Na gut. Du bekommst deinen Kampf, kleiner Bruder.«

***

Nervös trat ich von einem Bein auf das andere und hielt den Blick gebannt auf Dimitri. Sascha hatte ihm sein Schwert übergeben, welches er nun locker kreisen ließ. Man hatte die Tische beiseitegeschoben, damit ein großer Kreis in der Mitte des Saals frei wurde, um den sich nun die Menge versammelt hatte und gespannt auf das Spektakel wartete. Auf der anderen Seite erspähte ich ein Fernsehteam, das das Ereignis wohl live übertrug.

Meine Anspannung wuchs und ich musste mich zwingen, nicht daran zu denken, was alles schief gehen konnte. Ich senkte den Blick kurz auf die Krone der Djiye in meinen Händen. Es war meine Aufgabe, sie dem Gewinner des Duells aufzusetzen. Unter gar keinen Umständen durfte es Valentin sein.

Dieser trat nun ebenfalls in den Kreis und genoss sichtlich den Applaus der Menge. Ich hoffte, dass ihm seine gute Laune schnell vergehen und jeder mitansehen würde, wie er verlor.

Die beiden Brüder stellten sich einander gegenüber und duellierten sich bereits mit Blicken. Sie erhoben ihre Schwerter und Dimitri warf mir noch einen kurzen Blick zu, ehe er entschlossen nickte. Schweren Herzens zählte ich innerlich bis drei und gab dann das Startsignal für den Kampf.

Augenblicklich schossen die Kontrahenten nach vorne und schwangen ihre Schwerter, die klirrend aufeinandertrafen. Ich hielt den Atem an und verfolgte jede ihrer Bewegungen. Obwohl die Schwerter viel stabiler und schwerer waren als die, mit denen die Menschen früher gekämpft hatten, war es trotzdem eine Kunst, die Waffe so einzusetzen, dass sie nicht zerbrach.

Zu meinem Entsetzen schien Dimitri nicht überlegen zu sein. Stattdessen waren die Brüder gleich stark.

»Er packt das«, flüsterte Ana, die plötzlich neben mir aufgetaucht war. Ich nickte nur, unfähig, einen Ton herauszubringen.

Dimitri täuschte einen Angriff von rechts an und schlug dann über die andere Seite zu. Valentin schaffte es gerade noch aus der Ziellinie zu springen. Er wich immer mehr zurück und hob plötzlich die Hände. »Halt!«, schrie er und Dimitri blieb stehen. Verwirrte Blicke richteten sich auf Valentin. Er zog ein Handy aus der Hosentasche und tippte kurz darauf herum, ehe er es wieder wegsteckte. Er strecke den Arm aus und zeigte auf einen Punkt hinter Dimitri. Stirnrunzelnd drehte ich den Kopf in die Richtung, in die er deutete. Mein Blick glitt zu der Wand, auf der eben noch die Weltkarte zu sehen gewesen war. Nun war an deren Stelle ein Countdown getreten. Und der lief von zehn Minuten immer weiter runter.

»Was hat das zu bedeuten?«, hörte ich Dimitri fragen.

»Wenn die Zeit abgelaufen ist, werden die Bomben hochgehen und mein Plan wird in die Tat umgesetzt«, erklärte Valentin grinsend. »Du solltest dich also beeilen mich zu schlagen.«

Tausend Flüche drangen über meine Lippen. »Schaffst du es nicht, ohne deine Tricks zu kämpfen?«, fauchte ich ihm zu.

Gelassen hob er die Schultern. »Ich möchte nur sichergehen, dass ihr nicht auf die Idee kommt, selbst zu schummeln und mich zu töten. Außerdem wollen wir doch noch die Party genießen und den Kampf nicht unnötig in die Länge ziehen.«

Er wandte sich an Andrej, der in der Nähe des Eingangs stand. »Such Soley und Malyk. Ich will nicht, dass sie noch länger durch das Schloss schleichen.«

Ich schnappte panisch nach Luft. Er wusste also, dass die beiden etwas vorhatten. Ich machte Anstalten, Andrej hinterherzueilen, doch Ana hielt mich fest und Valentin warf mir einen warnenden Blick zu. »Du möchtest doch nicht verpassen, wie ich deinen Mann schlage, oder?«

Ich antwortete nicht und starrte wieder auf den Countdown. Fieberhaft überlegte ich, was ich tun konnte. Ich schloss für einen Moment die Augen und hörte nur, wie die Schwerter erneut aufeinandertrafen. Dimitri musste gewinnen.

54. KAPITEL

Malyk

»Und Lilya hat uns definitiv die richtige Richtung vorgegeben?«, fragte ich, nachdem wir erneut auf ein leeres Zimmer gestoßen waren.

»Sei doch einfach froh, dass wir bisher niemandem sonst begegnet sind«, murmelte Soley und lief vorsichtig auf die nächste Tür zu, den Bogen bereits schussbereit. Ich fragte mich, weshalb sie überhaupt so vorsichtig war. Ihr Gehör war so gut, sie müsste eigentlich wissen, ob die Zimmer leer waren, ehe wir sie betraten.

Ich seufzte und hob mein Schwert. Von der Toilette aus hatte Lilya uns zunächst zu unserem Waffenversteck und anschließend in einen abgelegenen Teil des Schlosses teleportiert, damit niemand bemerkte, dass wir uns von der Party stahlen. Sie war zurück zu den anderen gegangen, während der ganze Plan von Soley und mir abhing. Unsere Mission musste erfolgreich sein.

Soley hatte ihre Krone abgelegt und den ausladenden Tüllrock ihres Kleides abgenommen, um sich besser bewegen zu können. Wir positionierten uns links und rechts neben der nächsten Tür und ich wartete auf Soleys Zeichen. Sie nickte, woraufhin ich den Griff nach unten drückte und die Tür aufstieß. Das dahinterliegende Schlafzimmer lag im Dunkeln.

»Leer«, verkündete ich und wollte die Tür wieder schließen, da stieß mich Soley plötzlich in den Raum. »Was ...?«

Sie legte einen Finger auf die Lippen und bedeutete mir still zu sein. Vermutlich näherte sich uns jemand.

Sie spannte den Bogen und schließlich vernahm ich sie ebenfalls. Die Schritte, die sich schnell näherten.

Soley sprang zurück auf den Flur und ehe ich mich überhaupt rühren konnte, hatte sie ihren Pfeil abgeschossen. Ein anschließender dumpfer Aufprall signalisierte mir, dass sie ihr Ziel nicht verfehlt hatte.

»Hilf mir«, bat sie und verschwand aus meinem Sichtfeld. Ich folgte ihr hinaus in den Flur und sah, dass sie auf den am Boden liegenden Mann zulief. In seiner Brust steckte ein Pfeil. Soley hatte sein Herz getroffen, wodurch der Djiyo augenblicklich gestorben war. Wenn es nicht die Verletzung an sich gewesen wäre, hätte das Gift an der Pfeilspitze den Rest erledigt. Soley hängte sich den Bogen um, griff nach dem Arm des Mannes und schleifte ihn in meine Richtung. Ich kam ihr zu Hilfe und gemeinsam versteckten wir ihn in dem Zimmer, das wir eben kontrolliert hatten. Anschließend setzten wir unsere Suche fort.

Die nächsten zwei Zimmer waren wieder leer, doch als die dritte Tür in Sicht kam, blieb Soley abrupt stehen. Sie legte die Stirn in Falten und schien zu lauschen. Ich hielt den Atem an und versuchte auszumachen, was sie hören könnte. Doch ich konnte nichts Besonderes feststellen. Auch wenn ich selbst ein Vampyr war, unterschieden sich meine Sinne trotzdem bei weitem von denen Soleys. Zumal ich nach wie vor nicht besonders geschickt darin war, mit meinen Kräften umzugehen. Alles, was ich vor meiner Erweckung bereits gut gekonnt hatte, hatte sich verbessert. Doch jegliche Neuerung war eine Herausforderung für mich. Ich war noch viel besser im Nahkampf geworden, dafür beherrschte ich meine Fähigkeit, die Zeit um mich herum einzufrieren, immer noch nicht richtig. Das wurmte mich enorm, zumal es bei Lilya immer so einfach aussah, wenn sie ihre Kräfte einsetzte.

»Treffer«, flüsterte Soley und ich sah sie fragend an.

»Bist du sicher?«

Sie nickte ernst und ich biss die Zähne fest zusammen. Nun ging es also los. Ich packte den Griff meines Schwertes fester und nickte Soley ebenfalls zu. Ich war soweit.

So leise wie möglich schlichen wir auf die geschlossene Tür zu und ich spürte, wie sich mein Puls vor Aufregung erhöhte. Ich vernahm nun die verschiedenen Geräusche, die durch die Tür drangen. Es klang so, als würde ein Fernseher laufen.

Erneut positionierten wir uns und sahen uns noch mal tief in die Augen. Ich erkannte die Sorgen, die in Soleys Blick lagen und versuchte ihr ein möglichst zuversichtliches Lächeln zu schenken.

Sie erwiderte es und nach einem kurzen Moment nickte sie mir zu. Ich öffnete die Tür und wir stürmten in den Raum.

»Keine Bewegung!«, rief ich Natascha zu, die bei unserem Eindringen von der Couch gesprungen war.

»Was habt ihr hier zu suchen?«, fauchte sie und starrte uns mit großen Augen an. »Ich denke, eure Anwesenheit wird gerade woanders erfordert.«

»Wir müssen uns kurz mit dir unterhalten«, erklärte Soley ruhig, während sie mit dem Pfeil auf Nataschas Brust zielte. Die Djiya trug nur einen schwarzen Bademantel. Es sah tatsächlich so aus, als ob sie den Feierlichkeiten keinen Besuch abstatten wollte.

»Ist das so?« Sie verschränkte die Arme vor der Brust und legte den Kopf schief. »Und für dieses Gespräch ist es notwendig, dass ihr mich mit Waffen bedroht?«

»Reine Vorsichtsmaßnahme«, erklärte ich. »Weshalb bist du nicht auf der Party? Dort hätten wir uns viel zivilisierter mit dir unterhalten können.«

Nataschas Blick verfinsterte sich. »Das geht euch überhaupt nichts an.«

»Wir können es uns bereits denken«, erwiderte ich schulterzuckend. »Dich soll niemand sehen. Weshalb sollte dich Valentin all die Jahre versteckt halten und nun offen präsentieren? Auch wenn das Versteckspiel seit Dimitris letztem Besuch eigentlich überflüssig ist. Wir wissen, dass du nie seine Gefangene warst und ihr zusammenarbeitet.«

Natascha gähnte gelangweilt. »Scharf kombiniert, junger Kiyo. Und was genau habt ihr nun davon? Wollt ihr Valentin erpressen, indem ihr mein Leben bedroht?«

Soley neben mir schüttelte den Kopf. »Nein, wir wissen zu gut, dass Valentin sich um niemanden sorgt als sich selbst. Er würde dich jederzeit opfern, wenn er dadurch seine Macht behält.«

Natascha blinzelte überrascht und warf Soley dann einen zornigen Blick zu. »Ihr wisst überhaupt nichts über Valentin und mich«, zischte sie. Doch sie konnte nicht überspielen, dass wir einen wunden Punkt bei ihr getroffen hatten. Sie wusste selbst ganz genau, welche Stellung sie in Valentins Leben hatte.

»Wir wollen auch nicht mehr von eurer Beziehung erfahren«, meinte ich und machte einen Schritt auf sie zu. »Wir sind hier, weil du Zugang zum Auslöser der Bomben hast.«

Für eine Millisekunde zeichnete sich Entsetzen auf Nataschas Gesicht ab. Sie hatte sich jedoch schnell wieder unter Kontrolle. Sie legte den Kopf in den Nacken und lachte auf. »Wie kommt ihr denn auf diese verrückte Idee?«

Soley ließ sich allerdings nicht beirren, auch wenn wir uns nicht sicher sein konnten, ob unsere Theorie stimmte. Wir durften uns unsere Unsicherheit nur nicht anmerken lassen.

»Du brauchst gar nicht zu versuchen, uns in die Irre zu führen. Wir wissen, dass du Valentins Lebensversicherung bist. Euer Plan war gut, doch nicht gut genug.«

Natascha schüttelte lachend den Kopf und vergrub die Hände in den Taschen des Bademantels. »Ihr seid wirklich ganz schön dumm.« Sie zog die rechte Hand wieder aus der Tasche und hielt dieses Mal ein Smartphone in der Hand. Der Bildschirm leuchtete, anscheinend hatte sie das Handy in der Tasche bereits entsperrt. »Dachtet ihr wirklich, es wäre eine gute Idee, mich zu bedrohen?«

»Ist dort der Zünder drauf?«, fragte Soley scharf und Natascha nickte. Mit einem kalten Grinsen auf den Lippen winkte sie mit dem Gerät. »An eurer Stelle würde ich von hier verschwinden. Wenn ich den Auslöser betätige, werden alle Bomben gleichzeitig hochgehen. Und das kann ja nicht in eurem Sinne sein.«

»Wenn du die Bomben hochgehen lässt, gibt es aber keine Rettung mehr. Weder für dich noch für Valentin«, bemerkte ich schulterzuckend. »Also nur zu.«

Ich spürte Soleys Anspannung neben mir, während ich bluffte. Wir hatten nicht viele Möglichkeiten, deshalb musste ich alles auf eine Karte setzen. Ich drehte den Kopf leicht, um meine Freundin anschauen zu können. Ihr Blick haftete auf mir. Ich erkannte die Frage, die darin lag. Wusste ich, was ich tat?

Doch in ihren Augen las ich noch etwas anderes. Vertrauen. Ich wusste, dass Soley mir blind vertraute und sie mir deutlich mehr zutraute als ich mir selbst.

Ich kannte diesen Blick zur Genüge aus unserem gemeinsamen Training. Immer wenn ich frustriert gewesen war und aufgeben wollte, hatte sie es geschafft, mich noch mal zu motivieren. Doch im Hinblick auf meine Kräfte hatte auch das meist nicht geholfen. Nur war heute etwas anders als sonst. Dies war die Realität. Wenn wir hier versagten, würde es Tote geben. Das musste ich um jeden Preis verhindern.

Ich wollte nicht, dass Unschuldige starben.

Ich wollte nicht, dass Soley noch mehr leiden musste.

Ich musste diese Tyrannei beenden.

Ich schloss für einen Moment die Augen und bündelte meine Vampyrkräfte in mir. Die Macht steckte in meinem Blut, ich musste sie nur heraufbeschwören.

Ich holte tief Luft und hielt dann gleichzeitig mit meinem Atem die Zeit um mich herum an.

Soley und Natascha standen festgefroren an Ort und Stelle, während ich mich in Bewegung setzte.

Ich überwand den Abstand zwischen Natascha und mir und nahm ihr vorsichtig das Smartphone aus der Hand. Dann kehrte ich zu Soley zurück und mit meinem nächsten Atemzug verflog die Wirkung meiner Kräfte. Natascha und Soley zuckten zusammen.

Laut fluchend bemerkte Natascha den Diebstahl des Handys. Nun war ich derjenige, der grinsend damit winkte.

»Gib das wieder, sonst wirst du es bereuen!«, fauchte sie und wollte auf mich losstürmen. Zischend sauste in dem Moment ein Pfeil an mir vorbei und bohrte sich neben Natascha in die Wand, woraufhin sie abrupt stehen blieb.

»Keine Bewegung oder der Nächste trifft!«, rief Soley und legte einen neuen Pfeil an.

»Du ...!« Natascha ballte die Hände zu Fäusten und wurde vor Zorn ganz rot im Gesicht.

»Pass auf, dass du nichts Falsches sagst. Du solltest meine Freundin besser nicht beleidigen, sonst wirst du es bereuen«, warnte ich sie ruhig. »Erklär uns lieber, wie wir die Bomben entschärfen.« Ich wedelte mit dem Telefon in der Luft herum.

Natascha funkelte mich wütend an. »Vergiss es.«

»Gut, wir bekommen es auch selbst raus.« Ich zuckte mit den Schultern und schob das Gerät dann in meine Hosentasche.

»Dann würde ich mich an eurer Stelle aber beeilen«, meinte Natascha und das kalte Grinsen erschien wieder auf ihrem Gesicht.

»Was soll das heißen?«, hakte Soley nach.

Natascha lachte trocken. »Ich habe vor eurem Eindringen hier einen Countdown bestätigt. Wenn dieser abläuft, gehen die Bomben ohnehin los.«

»Shit.« Soley und ich tauschten einen kurzen Blick.

»Wie es aussieht, bist du jetzt aber keine Hilfe mehr für uns.« Ehe Natascha die Bedeutung meiner Worte richtig begreifen konnte, war ich nach vorne gesprungen und hatte ihr meinen Schwertknauf gegen den Kopf geschlagen. Bewusstlos ging sie zu Boden.

Soley legte schnell ihren Bogen ab und streckte mir ihre Hand entgegen. »Gib mir das Telefon.«

Ich reichte es ihr. Meine Arbeit war getan, nun war sie an der Reihe. Der wichtigste Part stand uns noch bevor.

Soley kniete sich neben die bewusstlose Natascha und entsperrte das Gerät mithilfe deren Fingerabdrucks. Anschließend setzte sie sich auf die Couch, griff in ihren Ausschnitt und fischte einen Stick mit verschiedenen Anschlüssen heraus, den sie in das Handy steckte. Wenn ich es richtig verstanden hatte, half das Teil ihr, das Handy und all seine Programme zu hacken, ohne zusätzlich einen Computer anschließen zu müssen. Aufgeregt tippte sie auf dem Handy herum, während ich überlegte, wo wir Natascha einsperren sollten.

Ich sah mich in den anderen Zimmern um, die an das Wohnzimmer anschlossen. Fand jedoch nichts Brauchbares und kehrte zu Soley zurück.

»Wird es dir gelingen?«

»Ich denke schon. Ich brauche nur noch ein bisschen Zeit«, antwortete sie, ohne vom Display aufzuschauen. »Ich weiß nur nicht, ob wir die noch haben.«

Trotz ihrer Worte war ich zuversichtlich. Ich vertraute Soleys Fähigkeiten. Sobald sie Erfolg hatte, mussten wir nur zusehen, dass wir so schnell wie möglich zur Party zurückkehrten, ohne unterwegs aufgehalten zu werden.

»Wie viel Zeit noch, bis der Countdown abläuft?«

»Fünf Minuten.«

»Reicht das?«, fragte ich vorsichtig, doch sie antwortete nicht und starrte stumm aufs Display. Panik breitete sich in mir aus. Die Zuversicht war wie weggeblasen. Nervös ließ ich mich neben Soley nieder. Ich konnte jetzt nur abwarten.

55. KAPITEL

Lilya

Noch fünf Minuten.

Ich löste meinen Blick vom Countdown und konzentrierte mich wieder auf den Kampf. Inzwischen war ich einem Nervenzusammenbruch nahe. Dimitri und Valentin kämpften weiterhin verbissen. Noch schwächelte keiner von beiden. Sie waren darin geübt, stundenlang zu kämpfen.

Ich sah meinem Mann trotzdem die Anstrengung an. Er wollte es schnell beenden. Doch Valentin war gut darin, einen Kampf in die Länge zu ziehen. Es war ein gemeiner Schachzug, Dimitri mit dem Countdown unter Druck zu setzen.

Ich wusste nicht, was ich tun sollte. In den letzten Minuten war mir immer noch keine Idee gekommen. Beim Kampf einzugreifen würde keinen Sinn machen. Valentin würde dann nicht den Countdown stoppen.

Wir konnten uns aber auch nicht sicher sein, dass er das tat, wenn Dimitri gewann. Valentin war niemand, dem man trauen konnte. Meine Verzweiflung wuchs mit jeder Sekunde, die verstrich. Ich fühlte mich absolut hilflos.

Immer wieder warf ich einen Blick zur Tür und rechnete jeden Moment damit, dass Andrej Soley und Malyk anschleppte. Er durfte sie einfach nicht erwischen. Doch in wenigen Minuten würde das keine Rolle mehr spielen.

»Was ist los, Dimitri? Kann es sein, dass du langsamer wirst?«, spottete Valentin und brachte wieder Abstand zwischen sich und seinen Bruder.

»Du schindest nur Zeit! Wenn du auch mal angreifen und versuchen würdest zu gewinnen, wäre der Kampf schneller entschieden! Wenn der Countdown abgelaufen ist, hast du trotzdem nicht gewonnen und deine Ehre endgültig verloren!«, zischte Dimitri und griff wieder an.

Ich konnte sehen, wie Valentin die Zähne zusammenbiss. Er verteidigte sich, funkelte Dimitri wütend an und ging dann tatsächlich in die Offensive. Der Kampf nahm an Fahrt auf und man konnte sehr gut erkennen, dass nun beide das Duell für sich entscheiden wollten.

Schwer atmend verfolgte ich ihre Bewegungen, bis Ana neben mir panisch meinen Namen rief. »Lya, der Countdown!«

Schnell sah ich zu der Anzeige und hatte das Gefühl, mein Herzschlag würde aussetzen. Noch dreißig Sekunden!

Ich musste etwas unternehmen! Doch was?

Alles in mir schrie danach, Valentin nun selbst zu besiegen und zu hoffen, dass er in Todesangst schnell genug einknicken würde.

Doch noch ehe ich etwas unternehmen konnte, ging plötzlich ein Raunen durch die Menge und einige der Umstehenden deuteten zur Anzeige.

Er war stehen geblieben! Der Countdown war bei sechzehn Sekunden stehen geblieben! Vor Erleichterung wäre ich beinahe auf die Knie gesunken.

Die Brüder hatten ihren Kampf unterbrochen und Valentin starrte entsetzt auf die Zahl an der Wand.

»Das kann nicht sein«, hörte ich ihn murmeln.

Es war auf einmal wieder totenstill, als plötzlich mit einem lauten Knall die Tür aufflog und Andrej mit jemandem im Schlepptau den Saal betrat.

»Malyk!«, schrie ich entsetzt, als ich meinen Bruder erkannte, der versuchte, sich gegen Andrejs Griff zu wehren.

Wo war Soley? Weshalb war sie nicht bei ihm?

»Soley hat es geschafft!«, rief Malyk und ich traute meinen Ohren kaum. Vier Worte, die alles veränderten.

Sie hat es geschafft.

Es dauerte einen Moment, bis die Bedeutung endgültig zu mir durchgedrungen war. Doch dann schienen sie auch alle anderen zu verstehen. In der nächsten Sekunde brach das Chaos aus.

Die Menge teilte sich und die Mehrheit stürmte zum Ausgang, an dem immer noch Andrej und Malyk rangelten. Ich konnte gerade noch erkennen, wie sich mein Bruder losriss, ehe die Masse sie erreichte. In dem darauffolgenden Durcheinander verlor ich ihn aus den Augen.

Aus dem Augenwinkel sah ich, wie Ana ihr Schwert zog und sich in den Kampf mit anderen Djiye stürzte. Wo Sascha war, wusste ich nicht.

Ich stand immer noch am selben Fleck, Dimitris Krone in den Händen. Die Situation überforderte mich.

»Jetzt bist du fällig!«, hörte ich Dimitris Stimme über all den Lärm hinweg und Leben kam wieder in mich. Ich ließ die Krone fallen und drängte mich durch die Menge an umherrennenden Vampyren, die mir die Sicht auf meinen Mann und meinen Schwager genommen hatte. Die beiden hatten ihren Kampf wieder aufgenommen. Doch etwas hatte sich verändert. Der selbstgefällige Ausdruck war aus Valentins Gesicht verschwunden. Stattdessen erkannte ich Angst in seinen Augen. *Es geht jetzt nicht mehr um die Krone. Es geht um Leben und Tod.*

Und keiner seiner Männer konnte ihm in dem ganzen Chaos zu Hilfe kommen. Zumal ich sah, wie Ana einen nach dem anderen niederstreckte. Ich entdeckte nun auch Sascha am anderen Ende des Saals, der ebenfalls gegen Valentins Männer kämpfte. Von meinem Bruder war nichts mehr zu sehen. Und wo Soley steckte, wusste ich immer noch nicht. Ich konnte nur hoffen, dass sie in Sicherheit war.

Ein lautes Knurren lenkte meine Aufmerksamkeit wieder auf den Kampf der Zwillinge. Valentin hatte den Blick verbissen auf Dimitri geheftet und kämpfte erbarmungslos gegen ihn. Immer wieder landete einer von ihnen einen Schwerttreffer und ich zuckte jedes Mal zusammen, wenn Valentin meinem Mann eine Wunde zufügte. Doch Valentin musste sogar noch mehr einstecken als er. Beide Schwerter waren inzwischen blutgetränkt.

Es wäre nun ein Leichtes für mich gewesen, in den Kampf einzugreifen. Doch ich tat es nicht. Ich hatte begriffen, dass dies ein Kampf war, den

Dimitri allein führen musste. All die Jahre hatte er einen Konflikt mit sich selbst ausgetragen, weil er zwischen der Liebe und dem Hass zu seinem Bruder wählen musste. Wenn ich nun Valentin angriff, nahm ich Dimitri die Chance, mit dem Thema auf seine eigene Weise abzuschließen.

Wie ein Besessener kämpfte Dimitri gegen seinen Bruder und indirekt auch gegen seine eigene dunkle Seite. Ich wusste, dass er mit seiner Vergangenheit abschließen wollte. Er hasste den Teil an sich selbst, der seinem Bruder so ähnlich war.

Die Angriffe erfolgten immer schneller hintereinander und dann passierte es. Dimitri stieß seinen Bruder zu Boden und schlug ihm das Schwert aus der Hand.

»Game over!« Triumphierend baute sich Dimitri vor Valentin auf und drückte die Schwertspitze gegen dessen Brust.

»Sieh an, mein kleiner Bruder hat es wirklich noch drauf«, bemerkte Valentin grinsend. »Also, wie hat unsere kleine Sonnenkönigin herausgefunden, wie sie die Bomben entschärfen kann?«

»Natascha«, erwiderte Dimitri knapp. »War leichtsinnig von dir, mir von eurer Beziehung zu erzählen.«

»Anscheinend.« Valentin legte den Kopf schief und sah von Dimitri zu mir. »Und was habt ihr nun vor?«

»Du wirst heute dafür büßen, dass du so viele unschuldige Leben genommen hast!«, zischte Dimitri und obwohl Valentin am Boden lag, ließ dieser sich nicht anmerken, dass er geschlagen war.

»Von welchen Unschuldigen sprichst du? Unserer Familie? Du weißt, dass sie es sich selbst zuzuschreiben hatten! Soleys oder Lilyas Familie? Keiner von ihnen war unschuldig!« Valentin schlug Dimitris Schwert zur Seite und rappelte sich leicht auf, so dass er nun kniete.

Ich näherte mich den beiden und mischte mich in das Gespräch ein. »Sie mussten nur sterben, weil sie nicht hinter deinen Plänen standen«, rief ich wütend.

»Als Teil der Königsfamilie muss man damit rechnen, dass Fehlentscheidungen das Leben kosten können«, erwiderte Valentin schulterzuckend.

Ich ballte die Hände zu Fäusten. Wie konnte er nur so etwas denken? »Und was war mit Liam? Du hast ihn und Emma entführt und deren Tod riskiert! Aber Menschen haben für dich ja ohnehin keinen Anspruch auf ein unversehrtes Leben.«

Plötzlich lachte Valentin. »Liam? Dieser Menschenjunge? Sein Tod war von Anfang an geplant. Dachtest du wirklich, sein Mord geschah zufällig?«

Mir klappte der Mund auf. »Du hast Liam bewusst töten lassen?«

»Natürlich. Wäre damals niemand gestorben, hätte es wie ein sehr lascher Versuch gewirkt, euch aufzuhalten. Selbst wenn er sich nicht selbst in den Tod geworfen hätte, wäre er an jenem Tag gestorben. Ihr musstet denken, dass ich Natascha auf keinen Fall gehen lassen will. Dimitri sollte Vertrauen zu ihr fassen.«

»Und sich in sie verlieben?«, vermutete ich bissig.

»Nein.« Valentin schüttelte den Kopf. »Ich wusste, dass keine andere Frau sein Herz erobern könnte. Doch Dimitris Beschützerinstinkt ist stark. Genauso wie sein moralischer Kompass. Wie hätte er sonst fünfzehn Jahre lang wie ein Trottel durch die Welt reisen können? Nur wegen Schuldgefühlen.« Verständnislos schüttelte er den Kopf. »Er hat sich auch immer für den Tod unserer Familie und Natascha Vorwürfe gemacht. Dass sie noch lebt, brachte ihn dazu, sie beschützen zu wollen. Ich hatte die Hoffnung, dass ich euch zumindest ein bisschen entzweien könnte«, erklärte er und sah mir direkt in die Augen. »Du hast Nataschas Plan jedoch sehr schnell erkannt. Ich bin beeindruckt. Nachdem du sie vom Hof gejagt hast, ist sie hierher zurückgekehrt und wurde zu meiner Lebensversicherung. Natascha war die Einzige, die Zugang zu den Bomben hatte, und das sollte niemand erfahren.«

»Nur ist dieser grandiose Plan letztendlich doch gescheitert«, bemerkte Dimitri grinsend und Valentins Blick verfinsterte sich.

»Das lag nur an einem kurzen Moment der Schwäche, in dem ich mich meinem Bruder offenbarte.«

»Du hättest wohl nicht von deinem Grundsatz abweichen dürfen, niemandem zu vertrauen. Du hast dich ja schon immer am liebsten nur auf dich selbst verlassen.«

»Ich bin eben nicht so dumm wie du und vertraue anderen. Was glaubt ihr, wie ich alles über euch erfahren konnte? Ich hatte meine Augen und Ohren überall. Seit ich damals von Lilyas Existenz erfahren habe, verfolgte ich die Wege ihrer Familie und Freunde. So fand ich ihre Ziehmutter und durch die Beschattung dieser erfuhr ich auch, dass Soleys Baby lebte.«

Die Tatsache, dass er von Anfang an über Claudia Bescheid gewusst und erfahren hatte, was mit Ylvie passiert war, schockierte mich. Wir hatten gedacht, dass wir ihn in die Irre führen konnten. Doch eigentlich war er uns immer einen Schritt voraus gewesen.

»Das zu wissen, nützt dir nun auch nichts mehr. Du hast verloren, Valentin«, meinte ich und verschränkte die Arme vor der Brust. Um uns herum war es inzwischen ruhiger geworden. Die meisten Gäste hatten den Saal verlassen und es waren nur noch wenige von Valentins Männern übrig. Vermutlich waren auch einige von ihnen geflohen, als sie gesehen hatten, dass Dimitri ihn entwaffnet hatte.

Voller Genugtuung beobachtete ich, wie Ana gegen Andrej kämpfte und diesem mit dem Schwert einen tiefen Schnitt quer über die Brust zufügte. Ehe er zu einem Gegenschlag ausholen konnte, durchbohrte sie ihn mit ihrer Klinge und Valentins engster Vertrauter ging zu Boden. Mein Bruder kam derweil Sascha zu Hilfe. Er war mit dem Schwert genauso geschickt wie ein Djiyo.

Ehe ich meinen Blick zurück auf Valentin richten konnte, entdeckte ich endlich Soley. Sie stand am Eingang und sah glücklicherweise unversehrt aus. Erleichtert nickte ich ihr zu, als sich unsere Blicke trafen. Dimitri neben mir schien sie auch bemerkt zu haben.

»Und was wollt ihr jetzt machen?«, fragte Valentin höhnisch und ich schaute wieder zu ihm. Der Blick aus seinen rötlichen Augen lag auf seinem Zwillingsbruder. »Wirst du deinen Bruder schlussendlich doch töten, Dimitri? Unbewaffnet und verletzt? Oder überlässt du diese Aufgabe deiner Frau? Als oberste Königin wird sie doch sicher über mich richten. Bekomme ich denn keinen Prozess?«

Dimitri und ich sahen uns an und ich wusste, dass wir dasselbe dachten.

Ein trauriges Lächeln erschien auf seinem Gesicht und schließlich schüttelte er den Kopf. »Nein, Valentin. Du wirst sterben, wie du gelebt hast ...«

Valentin runzelte die Stirn und sein Blick traf mich.

»... hinterhältig«, ergänzte ich und in diesem Augenblick traf ihn ein Pfeil im Rücken, der sich durch seinen Oberkörper bohrte. Valentin keuchte und starrte ungläubig auf die Pfeilspitze, von der Blut auf den Boden tropfte. Er wandte den Kopf und blickte zu Soley. Sie stand etwa fünfzig Meter weit entfernt, den Bogen noch in der Position, in der sie den Pfeil abgeschossen hatte.

Valentin sah wieder zu uns und ein kleines Lächeln umspielte seine Mundwinkel. »Sie hat mein Herz verfehlt. Ich schätze, das habe ich verdient«, röchelte er, ehe er vornüberfiel und reglos liegen blieb.

56. KAPITEL

Lilya

»Sie sind eine wundervolle kleine Familie.«

Ich folgte Claudias Blick, der auf Malyk, Soley und Ylvie gerichtet war. Die drei saßen zusammen auf der Couch und bei dem Bild wurde mir ganz warm ums Herz. Nach all den Widrigkeiten waren sie endlich vereint.

»Das sind sie«, stimmte ich ihr lächelnd zu.

Ich saß mit Claudia und ihrem Mann am Esstisch. Ihre Kinder waren nicht hier, da sie ihre Oma besuchten.

Soley wich keine Sekunde mehr von der Seite ihrer Tochter. Sie hatte sie viel zu lange nicht gesehen. Und im Endeffekt hatte es nichts gebracht, Ylvie wegzugeben, da Valentin trotzdem von ihr gewusst hatte. Das hatte ich Soley allerdings verschwiegen. Sie würde sich nur noch mehr Vorwürfe machen, wenn sie wüsste, dass ihre Tochter trotz unserer Vorkehrungen die ganze Zeit über in Gefahr geschwebt hatte. Nun konnten wir es ohnehin nicht mehr ändern und es spielte auch keine Rolle mehr. Valentin war tot, er würde uns nie wieder bedrohen.

Durch die Datenbanken im Schloss in Sibirien hatten wir herausfinden können, wer alles verdeckt für ihn gearbeitet hatte. So konnten wir uns sicher sein, dass uns kein Verräter in Kanada durch die Finger ging. Außerdem hatte Ana den Djiyo aufspüren und töten können, der Claudia überwacht hatte.

Wir wollten sichergehen, dass niemand heimlich einen Anschlag verüben konnte und Valentin womöglich rächte. Nur Natascha stellte für uns noch ein Restrisiko dar. Während des Durcheinanders im Schloss war es ihr gelungen zu fliehen. Hoffentlich war sie nicht so dumm, sich wieder in unserer Nähe blicken zu lassen. Falls doch, würden wir sie erwischen. Wegen ihr machte ich mir also keine Sorgen.

Und es gab eine weitere Person, wegen der ich mir nicht länger Sorgen machen musste. Ich hatte erst nach Valentins Tod erfahren, dass Malyk während des Tumults im Schloss mit Zakhar gekämpft und ihn umgebracht hatte. Keiner von uns hatte ihm je getraut und ich konnte nicht behaupten, dass ich seinen Tod bedauerte.

Dimitri war vorerst mit Sascha in Sibirien geblieben, um das ganze Chaos zu beseitigen. Doch Soley wollte schnellstmöglich zu ihrer Tochter, nachdem sich der größte Tumult gelegt hatte. Deshalb waren sie, Malyk und ich sofort nach Deutschland gereist.

Dass Soley diejenige war, die Valentins Leben beendet hatte, war absolut richtig gewesen. Sie hatte durch ihn am meisten leiden müssen und es war wichtig, dass sie nun damit abschließen konnte.

Ich wusste außerdem, dass Dimitri seinen Zwillingsbruder niemals hätte selbst töten können. Es war etwas anderes, ihn ihm Kampf zu besiegen als ihn letztendlich hinzurichten. Den finalen Schlag hätte er niemals ausführen können, dafür kannte ich ihn zu gut. Auch ich hätte meinen Schwager nicht töten können. Oberste Königin und Richterin hin oder her. Ich hätte Dimitri nie wieder in die Augen sehen können, hätte ich Valentins Leben beendet.

Deshalb hatten wir bereits beschlossen, als wir unsere Pläne für die Jahrtausendfeier geschmiedet hatten, dass es Soley tun musste.

Ich konnte immer noch nicht fassen, dass es uns tatsächlich gelungen war, Valentin das Handwerk zu legen. Ich wusste nicht, was ich gemacht hätte, wenn Soley keinen Erfolg gehabt hätte. Nun waren die Bomben entschärft und Valentins Forschungseinrichtungen waren geschlossen worden.

Was die gesamte Politik anging, würden wir einiges ändern müssen. Wir wussten nicht, was die Zukunft bringen würde, doch wir waren zuversichtlich.

Irgendjemand musste das Schloss in Sibirien verwalten. Das war eigentlich Dimitris Aufgabe. Doch wir würden uns logischerweise nicht dafür trennen, da Dimitri weiterhin bei mir in Kanada leben wollte. Vermutlich würden wir also einfach häufiger nach Sibirien reisen, um dort nach dem Rechten zu sehen. Oder wir bestimmten einen Verwalter. Es würde sich schon eine Lösung finden. Wir waren optimistisch. Denn die Gefahr war gebannt. Wir konnten unser Leben genießen und Ruhe in die Vampyrwelt bringen.

»Malyk ist ein toller Vater«, bemerkte Claudia lächelnd und riss mich aus meinen Gedanken. »Auch wenn Ylvie nicht seine leibliche Tochter ist.«

»Stimmt. Er könnte sie nicht mehr lieben.«

Malyk schien unsere Worte gehört zu haben und hob kurz den Kopf. Nachdenklich legte er seine Stirn in Falten und stand schließlich auf.

Soley war nach wie vor auf ihre Tochter fixiert, bis sie bemerkte, wie Malyk sich vor die Couch kniete. Sie schaute auf und ihre Augen wurden groß. Ihr Mund öffnete   sich, doch kein Laut drang über ihre Lippen.

Stattdessen fing Malyk an zu sprechen. »Soley, du weißt, wie sehr ich dich liebe. Du bist meine Sonne, das Licht meines Lebens. Und wie du weißt, liebe ich Ylvie wie meine eigene Tochter. Ich habe dich die Schwangerschaft und die Geburt über begleitet und Ylvie in den letzten Monaten ebenso schrecklich vermisst wie du. Mir ist egal, dass ich nicht ihr biologischer Vater bin. Ich werde mich trotzdem immer um sie und dich kümmern. Auch wenn ich Liam niemals ersetzen kann, möchte ich, dass wir eine Familie sind. Ich wünsche mir, dass jeder erfährt, dass wir zusammengehören. Für jetzt und den Rest unseres Lebens.«

Malyk machte eine kurze Pause, griff in seine Jackentasche und zog eine kleine Schatulle daraus hervor. Soley schnappte hörbar nach Luft und auch ich beobachtete sprachlos das Geschehen.

»Soley, ich weiß schon lange, dass du die Frau meines Lebens bist und ich dich nie wieder hergeben will. Ich wusste nicht, wie der Krieg ausgehen würde und wann wir Ylvie wieder in die Arme würden schließen können. Ich habe mir geschworen, dir diese eine Frage zu stellen, wenn alles gut ausgehen sollte.« Er öffnete die Schatulle und ich erkannte trotz der Entfernung den funkelnden Ring darin.

»Möchtest du mich heiraten?«

»Ja!« Soley glitt vom Sofa und kniete sich mit Ylvie im Arm vor Malyk. Er schloss beide in seine Arme und küsste Soley leidenschaftlich.

EPILOG

Lilya

»Ist das nicht zu viel?«, Soley rutschte ungeduldig auf ihrem Stuhl herum.

»Halt still, sonst kann ich nicht arbeiten.« Lachend drehte ich ihren Kopf wieder in meine Richtung.

»Ich würde mich gerne mal sehen. Ich weiß doch überhaupt nicht, ob ich noch wie ich selbst aussehe«, jammerte sie.

»Mach dir keine Sorgen. Dein Bräutigam wird dich schon noch erkennen, wenn du erst einmal vor dem Altar stehst. Und wenn du ihm nicht gefällst, finden sich noch genug andere Männer, die dich heiraten würden.« Ich zwinkerte ihr zu und sie verdrehte theatralisch die Augen.

»So ist das also. Du schminkst mich so entsetzlich, dass Malyk mich nicht mehr heiraten will. Ich wusste doch, dass du etwas dagegen hast, dass ich nach dem heutigen Tag mit deinem Bruder liiert bin«, antwortete sie gespielt schockiert.

Ich verpasste ihr einen Knuff in die Seite. »Natürlich, das ist es.«

Wir lachten und als wir wieder zu Atem gekommen waren, vervollständigte ich mein Kunstwerk. Nachdem ich noch einmal alles kontrolliert hatte, stand Soley auf und wartete hibbelig vorm Spiegel, bis ich ihn endlich enthüllte.

Gespannt beobachtete ich ihre Reaktion, als sie sich zum ersten Mal komplett gestylt für ihre Hochzeit sah. Im ersten Moment blinzelte sie nur ein paar Mal und starrte sprachlos ihr Spiegelbild an. Dann schlug sie die Hand vor den Mund und betrachtete sich genauer. Ich hatte sie nur dezent geschminkt, ihre Augen leicht betont und einige ihrer Locken mit weißen Perlen hochgesteckt.

Soleys Augen strahlten. Vermutlich nicht nur aufgrund ihres Stylings.

»Wow, Lya. Das hast du so toll hinbekommen.«

»Ach Quatsch. Du bist einfach eine gute Vorlage. Das Make-up unterstreicht lediglich deine Schönheit«, meinte ich bescheiden.

»Nein, ich meine es ernst. Vielen Dank. Nicht nur für das Styling.« Sie ergriff meine Hand und schaute mich dankbar an.

»Das habe ich gern gemacht. Ich freue mich so sehr, dich glücklich zu sehen«, erwiderte ich.

Ihr Blick wurde traurig und sie nickte. »Das ist das erste Mal, dass ich wirklich glücklich bin, seit ...«

Ich ließ sie nicht aussprechen und schloss sie in meine Arme, bevor sie in Tränen ausbrechen und das Make-up ruinieren konnte. »Schht. Ich weiß, was du meinst. Ich bin sicher, dass er heute zusehen und sich für dich freuen wird. Er hat sich das so sehr für dich gewünscht.«

»Ich weiß, dass er wollte, dass ich wieder jemand Neues finde. Aber er wird für immer einen Platz in meinem Herzen haben.«

»Das ist ganz natürlich. Er war deine erste große Liebe.«

Sie löste sich von mir und blinzelte die aufkommenden Tränen weg. Auch ich hatte Mühe gegen die Tränen anzukämpfen. »Genug geweint. Heute ist ein schöner Tag.«

Grinsend warf sie einen Blick auf meinen Bauch. »Und du bleibst noch eine Weile da drinnen, kleines Fräulein. Ich heirate heute und bin nicht im Dienst.«

Ich folgte ihrem Blick, legte meine Hände auf meinen prallen Bauch und spürte die Tritte meiner Tochter. »Ich glaube, sie hat dich gehört. Aber es sind ja noch ein paar Wochen Zeit«, antwortete ich lachend.

Sie nickte. »Natürlich hat sie das. Sie hat schließlich auf ihre zukünftige Tante zu hören. Meinst du nicht auch, zukünftige Schwägerin?«, fragte sie augenzwinkernd.

Wir brachen erneut in Gelächter aus. Der Gedanke gefiel mir, dass wir nach ihrer Trauung eine Familie waren.

»Ach übrigens. Wenn wir schon beim Thema sind ...«, fing sie an. »Die kleine Prinzessin wird neben ihrem großen Bruder und meiner Tochter wohl bald noch einen weiteren Spielkameraden bekommen.«

Verwirrt schaute ich sie an. »Wie meinst du das?«

Sie lächelte verschmitzt, ahmte meine Bewegung nach und legte ebenfalls ihre Hände auf ihren Bauch. Sprachlos starrte ich auf ihren Bauch und realisierte erst nach und nach, was sie mir sagen wollte. Ich kreischte auf und fiel ihr vor Begeisterung um den Hals. »O mein Gott! Herzlichen Glückwunsch! Das ist ja wundervoll. Ich freue mich so für euch. Weiß es mein Bruder schon?«

Sie schüttelte den Kopf. »Nein, du bist die Erste, die es erfährt. Ich werde es ihm heute Abend sagen.« Sie warf mir einen vielsagenden Blick zu. »Sicherheitshalber nach der Trauung. Nicht, dass er es sich anders überlegt, bei der Aussicht auf vollgemachte Windeln und schlaflose Nächte«, fügte sie amüsiert hinzu. Ich wusste, dass sie immer noch traurig war, dass sie die ersten Lebensmonate ihrer Tochter nicht hatte miterleben können. Doch über den größten Schmerz war sie scheinbar hinweg.

»Ach Quatsch, das hat er doch bei Ylvie auch schon alles mitgemacht. Aber das heißt ja, ich werde Tante«, schlussfolgerte ich begeistert.

»Nein, wir beide werden Tante«, erinnerte sie mich und wie auf Kommando spürte ich einen Tritt im Unterleib. Ich hätte gerne noch weiter mit ihr geplaudert angesichts dieser tollen Neuigkeiten. Allerdings bemerkte ich nach einem Blick auf die Uhr, dass wir bereits spät dran waren. Ich umrundete Soley noch einmal und prüfte eingehend ihr Outfit. Gegen das Grinsen in meinem Gesicht konnte ich nichts mehr tun. Und nachdem ich ihr mein Okay gegeben hatte, machten wir uns auf den Weg.

***

Der Anblick meines Bruders haute mich fast vom Hocker. Ich hatte ihn nie zuvor in einem so schicken Anzug gesehen. Dimitri hatte mit Sicherheit geholfen, dass er so toll aussah.

Die Trauung an sich war wunderschön. Ich gab mir alle Mühe, es so emotional zu gestalten, wie es Soley bei meiner Hochzeit getan hatte.

Beim Ja-Wort war es dann um mich geschehen und mir rannen die Tränen über die Wangen, während Soley und Malyk sich küssten.

Hand in Hand und unter tosendem Applaus verließen sie schließlich den Pavillon, in dem ich sie getraut hatte.

Mein geliebter Ehemann trat anschließend zu mir, legte einen Arm um mich und zog mich an sich. »Diese Hormone«, witzelte er. Ich konnte mir ein Grinsen nicht verkneifen. Auf seinem freien Arm schlief seelenruhig unser vierzehn Monate alter Prinz Ryan. Ich warf ihm einen liebevollen Blick zu und schaute dann meinem Mann in die Augen. In ihnen konnte ich bedingungslose Liebe erkennen. Ich lehnte mich an seine Schulter und flüsterte ihm ins Ohr: »Das sind nicht die Hormone. Ich liebe einfach Happy Ends.«

✳✳✳

»Warum muss die Hochzeit ausgerechnet jetzt stattfinden?«, hörte ich Ana schimpfen und drehte mich schmunzelnd zu meiner Freundin um, die mit einem Teller Häppchen auf mich zulief.

»Wann hätten sie denn sonst heiraten sollen?«, fragte ich sie amüsiert.

»Keine Ahnung. Zu irgendeinem Zeitpunkt, an dem wir *nicht* schwanger sind?«, meinte sie und deutete auf ihren runden Bauch, der sich deutlich unter ihrem roten Kleid abzeichnete. Ihre Tochter sollte zwei Monate nach meiner auf die Welt kommen. Nie hätte ich gedacht, einmal gleichzeitig mit Soley und Ana schwanger zu sein. Es war das Beste, was ich mir vorstellen konnte. Unsere Kinder würden alle zusammen aufwachsen.

»Die beiden wollten eben nicht noch länger warten«, entgegnete ich schulterzuckend. »Ist doch verständlich. Immerhin kam die letzten zwei Jahre immer etwas dazwischen.«

Ana verdrehte die Augen. »Da wäre es auf die paar Monate auch nicht mehr angekommen.«

Malyks Antrag lag nun über zwei Jahre zurück, und ich wusste, dass Soley am liebsten direkt geheiratet hätte. Doch es hatte so viel zu tun gegeben, dass die Vorbereitungen andauernd untergegangen waren.

Die Hochzeit war das größte Event seit der Jahrtausendfeier. Inzwischen war Frieden in der Vampyrwelt eingekehrt und alles ging mehr oder weniger seinen gewohnten Gang.

Meine Mutter hatte inzwischen akzeptiert, dass sie mir bei meinen Entscheidungen nicht reinreden konnte. Sie war mit Diego auf Weltreise. Die beiden kamen aber häufiger vorbei, um ihren Enkel zu besuchen. Ryan gegenüber war sie überraschenderweise die liebende Großmutter, weshalb ich mich mit ihr versöhnt hatte. Auch wenn ich niemals vergessen würde, was sie getan hatte.

Valentins Anhänger hatten sich alle ergeben oder waren geflüchtet. Seine treuesten Gefolgsmänner waren tot und der Rest würde es nicht wagen, sich erneut gegen uns zusammenzuschließen. Sie hatten keinen Anführer mehr.

In der Politik hatten wir inzwischen fast freie Hand. Seit Zakhars Tod waren die Ältesten recht umgänglich geworden. Vielleicht hatten sie mitbekommen, dass Malyk für dessen Ableben verantwortlich war, und hatten nun Angst, dass wir uns ihrer ebenfalls entledigen würden, wenn sie zu aufmüpfig wurden.

»Ach, hier steckt also meine wunderschöne Frau«, hörte ich eine bekannte Stimme.

Anas Blick verfinsterte sich, als sie sich zu ihrem Mann umdrehte. »Wunderschön? Ich bin fett!«

Sascha schüttelte lachend den Kopf. »Du trägst das wertvollste Geschenk der Welt in dir. Außerdem steht dir jedes Gramm.« Er legte einen Arm um ihre Taille und strich mit der freien Hand über ihren Bauch. Er hatte recht, auch wenn Ana das anders sah. Die Schwangerschaft stand ihr wirklich.

»Na hoffentlich reicht dir ein Geschenk. Noch mal mache ich das nicht mit«, erwiderte sie bissig und ich stahl mich schnell davon.

Sascha tat mir leid. Ana war schon immer eine starke Frau gewesen und die Beziehung mit ihr war sicherlich nicht einfach. Doch seit der Schwangerschaft war sie ungeheuer zickig geworden und machte ihrem Mann das Leben schwer.

Trotz der Streitereien wusste ich allerdings, wie sehr sie Sascha liebte und sich auch auf das gemeinsame Kind freute. Sie gab es nur ungern zu, doch so war sie nun mal.

Ich konnte mir allzu gut vorstellen, wie ihre Tochter einmal sein würde, wenn sie das Temperament der Mutter erben sollte. Dass sie bei den Eltern eine großartige Kämpferin werden würde, stand für mich außer Frage.

**

Nach dem Gespräch mit Ana kehrte ich zu meinem Mann zurück und übernahm Ryan. Ich ging mit meinem Sohn ins Schloss, um seine Windeln zu wechseln, und entdeckte auf dem Rückweg meinen Bruder, der an einem Baum gelehnt die Feiernden beobachtete.

Auf der Tanzfläche wurde ausgelassen getanzt. Alle Schlossbewohner waren anwesend, sowie einige Leute von außerhalb. Ich entdeckte Susan und Julia, die beide unglaublich gut tanzen konnten. Julia fühlte sich inzwischen hier zu Hause und ich wusste, dass sie uns niemals verraten würde. Hätte sie hier nicht ihr Glück gefunden, hätte ich mir auf ewig vorgeworfen, ihr Leben ruiniert zu haben. Inzwischen überlegten die beiden jungen Frauen, wo auf der Welt sie studieren und eine Zeit lang leben wollten. Mason und Sarah erblickte ich direkt neben ihnen. Sarah hatte vor kurzem ebenfalls einen Sohn zur Welt gebracht. Sie hatte den Kleinen Liam getauft, womit sie Soley, mich und ihre gesamte Familie zu Tränen gerührt hatte. Während der Party passte vermutlich ihre Mutter oder eine ihrer älteren Schwestern auf den Kleinen auf. Die Familie war stetig am Wachsen, und ein weiteres Mal wünschte ich mir, dass Liam seine Neffen und Nichten und vor allem seine eigene Tochter kennengelernt hätte.

Am Rand der Tanzfläche erspähte ich Emma, die mit der kleinen Ylvie tanzte. Sie versuchten es zumindest. Die beiden gaben zusammen ein unglaublich süßes Bild ab. Ich löste meinen Blick von den beiden und ging auf meinen Bruder zu, der immer noch am Baum lehnte.

»Na Brüderchen, wie fühlt sich die Ehe an?«

Er drehte den Kopf und sah mich an. »Bisher ganz gut«, erwiderte er lächelnd. »Ich hoffe, die nächsten tausend Jahre verlaufen auch so harmonisch.«

»Mach dir da nicht so viele Hoffnungen.« Mit einem Augenzwinkern übergab ich ihm den kleinen Ryan. »Hier, damit du noch mal üben kannst.«

Selbstsicher nahm er mir meinen Sohn ab und wiegte ihn in seinen Armen. »Ich werde das schon hinbekommen. Seitdem wir Ylvie zu uns geholt haben, habe ich meine Fähigkeiten als Vater doch schon unter Beweis stellen können. Außerdem habe ich ja Soley an meiner Seite. Sie ist eine tolle Mutter.«

»Apropos Soley, wo steckt deine Ehefrau?«, fragte ich und schaute mich um, ob ich sie in der Menge entdecken konnte. Mit ihrem wuchtigen weißen Kleid müsste sie mir sofort ins Auge springen.

Malyk hob ahnungslos die Schultern. »Ich weiß es nicht. Vor ein paar Minuten habe ich sie noch gesehen.«

»Pass bitte auf Ryan auf. Ich denke, ich weiß, wo ich sie finden werde.« Damit ließ ich meinen kleinen Bruder stehen und machte mich auf die Suche nach Soley.

***

Der Mond erhellte den Himmel, als ich am Fluss entlang Richtung Wasserfall lief. Wie zu erwarten war, fand ich Soley an ihrem Lieblingsplatz. An Liams Grab.

Sie saß mit dem Rücken zu mir gewandt am Grab. Ihr weißes Kleid erstrahlte im dämmerigen Licht. Erneut wirkte sie auf mich wie ein gefallener Engel. Möglichst leise näherte ich mich ihr von der Seite. Sie hatte die Augen geschlossen und die Hände im Schoß gefaltet.

»Eine Braut sollte sich an ihrem großen Tag nicht im Wald verstecken.«

Ein Lächeln zuckte um ihre Mundwinkel. Die Augen weiterhin geschlossen, antwortete sie: »Es ist mein großer Tag, also kann ich entscheiden, was ich machen möchte. Mein Mann wird in den nächsten Jahrhunderten genug Zeit mit mir verbringen müssen. Also kommt es auf die paar Minuten ohne mich nicht an. Zumal ich der Meinung bin, dass es der richtige Zeitpunkt ist, um Liam zu gedenken und zu trauern.«

»Glaubst du, dass er dich jetzt sehen kann?«, fragte ich und trat näher.

»Ja, zumindest hat er das geglaubt. Er war der festen Überzeugung, dass nach dem Tod nicht das ewige Nichts kommen kann.« Sie öffnete die Augen und sah zur mir auf. Gedankenverloren legte ich eine Hand auf den Grabstein. »Ich hoffe, du hast da oben ein paar coole Leute kennengelernt, mein Freund. Wir vermissen dich alle sehr. Wenn Vampyre nach dem Tod an denselben Ort kommen wie Menschen, werden wir uns bestimmt wiedersehen.«

Soley lächelte und eine einzelne Träne rann ihre Wange hinab. Sie stand auf und stellte sich neben mich. Ich griff nach ihrer Hand und wir verschränkten die Finger ineinander.

So standen wir noch einige Augenblicke zusammen und dachten an die vergangenen Jahre zurück.

»Ich wünschte, er hätte unsere Tochter noch sehen können«, sagte Soley und unterbrach damit die Stille.

»Ich weiß. Darüber hätte er sich sehr gefreut. Aber immerhin wusste er, dass sie existiert. Und ich bin sicher, dass er sich freuen würde, dass Malyk sie mit dir großzieht. Malyk liebt die Kleine wie sein eigenes Kind.«

Nachdenklich legte Soley ihre Stirn in Falten. »Bist du sicher, dass es ihm überhaupt nichts ausmachst? Malyk hat Liam nicht gekannt und nun muss er sich immer Geschichten von meinem verstorbenen Ex anhören, mit dem ich sogar ein Kind habe.«

»Ganz sicher. Malyk liebt dich genauso wie du bist und da gehört auch die Erinnerung an Liam und eure gemeinsame Tochter dazu. Glaub mir, ich kenne meinen Bruder. Er möchte, dass du glücklich bist.«

»Danke Lya.« Sie schloss mich in die Arme. »Ich hoffe, dass unsere Kinder in einer friedlicheren Welt aufwachsen, als wir sie in den letzten Jahren erlebt haben.«

»Das wünsche ich mir auch. Und ich werde alles in meiner Macht Stehende tun, damit dieser Wunsch in Erfüllung geht«, versprach ich und löste mich wieder von ihr.

»O ja. Zusammen werden wir es hoffentlich schaffen, diese Welt ein wenig besser zu machen.« Soley wischte sich die Tränen weg und strahlte mich an. »Lass uns zurückgehen. Unsere Ehemänner warten auf uns.«

»Alles klar, Schwägerin«, sagte ich und hakte mich bei ihr unter.

Auf dem Rückweg kamen uns Dimitri und Malyk entgegen. Malyk hatte wohl einen neuen Babysitter für Ryan gefunden, denn er war nicht bei ihm.

»Hier steckt ihr also. Es gehört sich nicht für die wichtigste Person des Tages, einfach spurlos zu verschwinden«, sagte Dimitri grinsend und Malyk gab ihm einen Stoß. »Hey, ich bin heute genauso wichtig. Jeder vergisst den armen Bräutigam, der jetzt für den Rest seines Lebens eine Fußfessel trägt«, rief er entrüstet.

Ich konnte mir ein Kichern nicht verkneifen. Es war so schön zu sehen, wie unsere beiden Männer herumalberten. Auch Soley neben mir fing an zu lachen. Ihren Kummer schien sie wieder hinter sich gelassen zu haben.

»Das brauchst du mir nicht zu erzählen. Ich bin schon länger als du verheiratet«, antwortete Dimitri genauso theatralisch. Bei seinen Worten machte ich ein finsteres Gesicht und ging bedrohlich auf ihn zu. Er hörte sofort auf zu reden und schaute mich abschätzig an. Ich blieb vor ihm stehen und streckte ihm die Zunge raus. »Entschuldige. Ich wusste nicht, dass die Ehe so schlimm für dich ist. Dir steht es jederzeit frei zu gehen«, antwortete ich gespielt beleidigt.

Er hob entwaffnet die Hände. »Friede. Niemals könnte ich ohne meine bezaubernde Frau leben.« Er zog mich in seine Arme, was sich aufgrund meines Bauchumfangs mittlerweile als schwierig gestaltete. »Und ohne die wundervollen Kinder, die sie mir geschenkt hat und noch schenken wird«, fügte er stolz hinzu und gab mir einen Kuss auf die Stirn. Glücklich schmiegte ich mich an seine Schulter. »Ich liebe dich auch, Schleimer«, brummte ich.

Soley und Malyk waren bereits weitergegangen, so dass ich mit Dimitri alleine zurückblieb. Ich wollte mich von ihm lösen und auch zurück zur Party gehen, doch er ließ mich nicht los. Stattdessen hob er mein Kinn, damit ich ihn ansah.

»Ich liebe dich, meine Königin. Für immer und ewig«, sagte er liebevoll. Dann küsste er mich.

ENDE

DANKSAGUNG

Es ist vollbracht! Meine Debüttrilogie ist endlich fertig!

Mehr als ein Jahrzehnt Arbeit und Herzblut stecken in diesem Werk und ich kann gar nicht beschreiben, wie es sich anfühlt, endlich das Wort »Ende« unter die Geschichte setzen zu können. Mit einem weinenden und einem lachenden Auge beende ich meine Herzensgeschichte, auch wenn für mich die Geschichte ewig weitergeht. Vielleicht entführe ich euch eines Tages noch mal in die Welt von Lilya, Dimitri und Soley. Ideen sind genug vorhanden, denn es geht immer irgendwie weiter, nicht wahr?

Vielen Dank an das wundervolle Team von Impress, das mir meinen Traum vom Autorendasein erfüllt hat. Meine Vampire hätten kein besseres Zuhause bekommen können.

Danke an Wencke, die das Lektorat des Finales übernahm und mir währenddessen so sehr ans Herz gewachsen ist. Es freut mich, dass du die Geschichte genauso liebst wie ich.

Danke an meine Eltern und meine Schwester, die überall voller Stolz erzählen, dass ich Autorin bin und auch selbst meine Bücher lesen und lieben.

Danke an meinen Freund, den ich mit der vielen Zeit am Handy und am Laptop schier in den Wahnsinn getrieben habe.

Danke an alle meine lieben Autorenkollegen und meine ganzen Autorenfreunde, wie Chii Rempel und Kristina Licht.

Kristina, ich kann dir nie genug dafür danken, was du für mich und diese Buchreihe getan hast.

Chii, danke für die unglaublich schönen Illustrationen zu meinen Charakteren. Ich liebe sie so sehr.

Katelyn Erikson, Sabine Schulter und Jennifer Alice Jager, euch hatte ich schon ins Herz geschlossen, bevor wir Verlagskollegen wurden. Aber auch July Winter, Cosima Lang, und der ganze Rest der Truppe hat mich herzlich aufgenommen und mir die Messen versüßt, die hoffentlich bald wieder stattfinden.

Danke an die wundervolle Klasse 1A (inzwischen 2A) und die beste Klassenlehrerin Frau Schmidt, die mich auch bei meinen Büchern unterstützt.

Danke Diana, dass du meine Bücher sofort verschlungen hast. Ich weiß, du bist der größte Valentin-Fan. Tut mir leid, wie es endete.

Danke Freddi, für die verrückten Ideen und Gespräche.

Danke Meli, für eine Freundschaft, die gefühlt schon mein ganzes Leben geht. Wann kommen deine Bücher raus?

Danke Mandy, für all deine Ratschläge. Ich hoffe, bei Carlsen gefällt es dir.

Danke an alle, die ich an dieser Stelle nicht auch noch namentlich erwähnen kann. Fühlt euch alle angesprochen und fest geknuddelt.

Und letztendlich, ein großes Dankeschön an alle, die diese Reihe gelesen und die Geschichte durchlebt haben. Ich hoffe sehr, dass euch die Bücher gefallen haben.

Eure Rezensionen, Kommentare und Nachrichten versüßen mir jeden Tag. Ich werde mich nie an den Gedanken gewöhnen, dass es tatsächlich Menschen gibt, die mein Geschreibsel mögen. So viele Jahre habe ich nur für mich selbst an Lilyas und Dimitris Geschichte gearbeitet und mit der Veröffentlichung schlussendlich einen Sprung ins kalte Wasser gewagt.

Anstatt zu ertrinken, tauchte ich voller Energie wieder auf. Die Reaktionen auf meine Bücher überwältigten mich und niemals hätte ich mir vorstellen können, wie wundervoll das Autorendasein für mich ist. Mir ist bewusst, dass meine Bücher nicht jedem gefallen, doch das war auch nie mein Ziel. Keine Geschichte kann jeden überzeugen und das ist auch völlig okay. Für mich steht auf jeden Fall fest, dass nach dieser Reihe noch nicht Schluss mit dem Schreiben ist. Es wird noch viele weitere Projekte von mir geben und es würde mich freuen, wenn ihr mich auf meinem weiteren Weg begleitet.

Eure Alex

VERLIEBE DICH
IN DUNKLE KREATUREN
DER NACHT

Cosima Lang
HUNTING THE BEAST 1: NACHTGEFÄHRTEN
ISBN 978-3-551-30183-3
Softcover
Auch als E-Book erhältlich

M. D. Hirt
BLOODY MARRY ME 1: BLUT IST DICKER ALS WHISKEY
ISBN 978-3-551-30139-0
Softcover
Auch als E-Book erhältlich

Cat Dylan
CALL IT MAGIC 1: NACHTSCHWÄRMER
ISBN 978-3-551-30093-5
Softcover
Auch als E-Book erhältlich

Seit Dot bei einem Wolfsangriff ihre Eltern verloren hat, lebt sie für die Rache. Sie gehört der Gilde der »Reds« an, die es sich zur Aufgabe gemacht hat, Nachtwesen aller Art zu jagen. Doch die Zeiten ändern sich. Von einem Tag auf den anderen wird den Reds die Jagd untersagt. Anstatt zu kämpfen, soll sie nun mit einem Werwolf zusammenarbeiten.

Als Holly einen der begehrten Gästeplätze bei den wichtigsten Music and Movie Awards der Welt gewinnt, wird ein Traum für sie wahr. Doch der droht sich schnell in einen Albtraum zu verwandeln, als sie von den Bedingungen erfährt, die an diese Chance geknüpft sind. Denn dafür muss sie die erfolgreiche Band »Bloody Mary« auf Tour begleiten und die besteht aus Vampiren.

Nichts liebt Eliza mehr als ihre Nachtschichten als Radiomoderatorin. In diesen Momenten gibt es nur sie, die Musik – und seit kurzem einen mysteriösen, aber charmanten Anrufer, der geradewegs ihre Gedanken zu lesen scheint. Der smarte Morgan würde hingegen alles tun, um der Verbindung mit Eliza zu entgehen. Denn es gilt in seiner Vampirgemeinschaft als niederträchtig, Gefühle für einen Menschen zu hegen.

WWW.IMPRESSBOOKS.DE

DÄMONISCHE LIEBE
IM SCHATTEN DER NACHT

Jennifer J. Grimm
SOULTAKER.
DÄMONENBLUT
ISBN 978-3-551-30218-2
Softcover
Auch als E-Book erhältlich

Lenah kann noch immer kaum glauben, dass ihr neuer Freund der millionenschwere Immobilienmakler und Traummann Jason Meyer ist. Aber ihre Liebe wird von einem Geheimnis bedroht. In Jason wütet eine dämonische Dunkelheit, die er mit aller Macht vor Lenah und der Welt zu verbergen versucht.

Karin Kratt
GEJAGTE DER SCHATTEN
(SEDAY ACADEMY 1)
ISBN 978-3-551-30092-8
Softcover
Auch als E-Book erhältlich

Cey ist eine J'ajal und nicht nur übernatürlich schön, sondern sie besitzt auch übermenschliche Fähigkeiten, die Cey zu einem Leben auf der Flucht verdammen. Nirgends ist sie zu Hause, an keinen Menschen bindet sie ihr Herz. Zu groß ist die Gefahr, dass die Seday sie aufspüren. Doch dann begegnet sie Xyen, einem der mächtigsten Anführer der Seday – und einem der attraktivsten.

Jess A. Loup / Nika S. Daveron
BEYOND ETERNITY.
DER FLUCH DES VAMPIRS
ISBN 978-3-551-30225-0
Softcover
Auch als E-Book erhältlich

Andy braucht dringend Geld und so wird sie Kellnerin im »Wild Dog«. Eine heruntergekommene Bar mit schlecht gelauntem Besitzer und mehr als zwielichtigen Gästen. Die einzige Ausnahme: Ein faszinierender, schweigsamer Mann, der Andys Herz schon bei der ersten Begegnung zum Aussetzen bringt – und sie in einen Strudel dunkler Geheimnisse und magischer Gefahren reißt.

WWW.IMPRESSBOOKS.DE

Impress
Die Macht der Gefühle

Impress
Ein Imprint der CARLSEN Verlag GmbH
Februar 2021
© der Originalausgabe by CARLSEN Verlag GmbH, Hamburg 2020
Text © Alexandra Lehnert, 2020
Lektorat: Wencke Woitzik
Umschlagbild: shutterstock.com / © Daria_Cherry / © Naz-3D
Umschlaggestaltung: formlabor
Satz und Umsetzung: readbox publishing, Dortmund
Druck und Bindung: CPI Books GmbH, Birkach
ISBN 978-3-551-30340-0
Printed in Germany
www.carlsen.de/impress

Alle Bücher im Internet: www.carlsen.de